SAGE COMME
UNE IMAGE

DU MÊME AUTEUR

chez le même éditeur

Un enfant pour un autre
L'Homme à la tortue
Véra va mourir
L'Été de Trapellune
La Gueule du loup
La Maison aux escaliers
L'Arbre à fièvre (nouvelles)
La Demoiselle d'honneur
Volets clos
Fausse Route
Plumes de sang (nouvelles)
Le Goût du risque
Le Journal d'Asta
L'Oiseau-crocodile
Simisola
Une mort obsédante
En toute honnêteté (nouvelles)
Noces de feu
Regent's Park
Espèces protégées
Jeux de mains

DU MÊME AUTEUR

SOUS LE NOM DE BARBARA VINE

Ravissements
Le Tapis du roi Salomon

RUTH RENDELL

SAGE COMME UNE IMAGE

roman

Traduit de l'anglais
par Johan-Frédérik Hel Guedj

CALMANN-LÉVY

Titre original anglais :
A SIGHT FOR SORE EYES
(Première publication : Hutchinson/Random House (UK) Ltd., Londres, 1998)

ISBN 2-7021-3098-4

Pour Don, une fois de plus.

1

IL FALLAIT QU'ILS SE TIENNENT par la main et qu'ils se regardent. Les yeux dans les yeux.

« C'est une séance de pose, alors je me pose. Et si je m'asseyais sur ses genoux, non ? »

Il rit. Tout ce qu'elle disait l'amusait ou le ravissait, tout en elle le captivait, depuis ses cheveux roux auburn et bouclés jusqu'à ses pieds blancs et menus. Le peintre leur avait donné pour indication de se regarder, lui comme s'il était amoureux d'elle, et elle comme s'il l'envoûtait. C'était facile, ils n'avaient pas vraiment besoin de se forcer.

« Ne fais pas la sotte, Harriet, s'écria Simon Alpheton. Quelle idée, vraiment ! Tu n'as jamais vu cette toile de Rembrandt, *La Fiancée juive* ? »

Non, ce tableau, ils ne l'avaient jamais vu. Simon leur en fit la description tout en entamant ses esquisses préparatoires.

« C'est une œuvre pleine de tendresse, qui exprime l'amour protecteur d'un homme pour sa jeune et docile épouse. À l'évidence, ces personnages-là sont fortunés, très richement vêtus, mais on voit bien qu'il s'agit aussi de personnes délicates et posées, et qu'ils s'aiment.

– Comme nous. Riches et amoureux. Alors nous leur ressemblons ?

– Pas le moins du monde, et je ne pense pas non plus que ça te ferait envie. Notre conception de la beauté a changé.

– Ton tableau, tu pourrais l'intituler *La Fiancée aux cheveux roux*.

– Elle n'est pas ta fiancée. Ce tableau, je vais l'intituler *Marc et Harriet à Orcadia Place* – je ne vois pas quel autre titre lui donner. Maintenant, Marc, veux-tu bien te taire un peu ? »

Pour les connaisseurs en la matière, la demeure devant laquelle ils se trouvaient répondait exactement à la description d'un cottage début XIXe, une maison bâtie dans une variété de brique ocre rouge. Mais à cette époque de l'année, le plein milieu de l'été, la façade était presque complètement masquée par un épais rideau de vigne vierge, dont les feuilles émeraude et chatoyantes frissonnaient sous la brise légère, telles les vaguelettes ridées d'une mer verticale.

Simon Alpheton était un amoureux des murs, murs de silex, murs de brique, murs de bois et murs de pierre. Pour peindre *Come Hither*, une autre de ses toiles, il les avait placés tous deux devant le mur en béton entièrement tapissé d'affiches de son atelier de la ruelle de l'Épée-suspendue. Et dès qu'il avait découvert que la maison de Marc possédait un mur entier masqué de feuillage, la même envie de le peindre lui était venue, avec Marc et Harriet devant, naturellement. Le mur composait une cascade éclatante de nuances de vert, Marc portait un costume bleu nuit, une mince cravate noire et une chemise blanche, et Harriet était tout de rouge vêtue.

Quand viendrait l'automne, la couleur de ces feuilles virerait, deviendrait semblable à celle de sa chevelure et de sa robe à elle. Puis elles se décoloreraient peu à peu, passeraient à l'or, au jaune pâle, tomberaient et se transformeraient en une véritable nuisance, sur plusieurs centimètres d'épaisseur, qui remplirait la totalité de la cour pavée ceinte d'une haie, ainsi que tout le jardin derrière la maison. Une fois encore, la façade de brique se trouverait exposée au regard, ainsi que les colombages visibles par endroits – probablement factices. Ensuite, dans le courant du printemps 1966, des pousses vert pâle referaient leur apparition et ce serait un nouveau cycle végétal qui recommencerait. Voilà à quoi songeait Simon tout en dessinant ce feuillage, cette chevelure et cette soie plissée.

« Non, ne fais pas ça, demanda-t-il, lorsque Marc se pencha pour embrasser Harriet en gardant sa main dans la sienne et en l'attirant à lui. Tu ne pourrais pas la laisser tranquille cinq minutes ?

– C'est pas facile, mon vieux, pas facile.

– Ce que je veux saisir, c'est de la tendresse, pas du désir. D'accord ?

– J'ai le pied tout engourdi, se plaignit Harriet. On ne pourrait pas s'accorder une petite pause, Simon ?

– Dans cinq minutes. Ton pied, n'y pense pas. Regarde Marc et songe à quel point tu l'aimes. »

Elle leva le regard sur Marc et Marc baissa les yeux sur elle. Il lui tenait la main gauche dans sa main droite, leurs yeux se rencontrèrent, ils se dévisagèrent longuement, sans bouger, et c'est ainsi que Simon Alpheton les peignit, dans ce jardin, devant Orcadia Cottage, fixant leur image à tous deux, sinon pour l'éternité, en tout cas pour fort longtemps.

« Je l'achèterai peut-être, envisagea Harriet, plus tard, en considérant les contours de son visage et sa silhouette d'un œil approbateur.

– Avec quoi ? s'enquit Marc avec un baiser. (Sa voix était douce, mais ses mots, eux, ne l'étaient pas.) Tu n'as pas un sou. »

Et quand Simon Alpheton repensa à cette journée, il se dit que c'était là le début de la fin : le ver était dans le fruit, il pointait sa tête repoussante et son corps se contorsionnait au milieu des fleurs.

2

ÉTÉ 1966. PAR UN FROID SAMEDI, Jimmy Brex et Eileen Tawton partirent pour Broadstairs en autocar. C'était la première fois qu'ils partaient tous les deux pour une excursion de ce genre. D'ordinaire, leurs activités – Eileen appelait cela « sortir ensemble » (Jimmy, lui, n'avait pas de nom pour désigner la chose) – se limitaient à la fréquentation d'un pub, le *White Rose and Lion*, ou bien encore, à l'occasion, Jimmy passait prendre le thé chez la mère d'Eileen. Mais depuis que le pub avait changé de propriétaire, on y organisait le week-end des manifestations réservées aux habitués, et l'excursion à Broadstairs s'inscrivait dans ce cadre.

Il pleuvait. Un vent cinglant venu du nord soufflait le long des côtes du Suffolk, de l'Essex et du Kent avant d'aller se perdre quelque part vers les îles Anglo-Normandes. Jimmy et Eileen s'étaient assis sous un abri, devant la mer, pour manger les sandwichs qu'ils avaient emportés avec eux pour le déjeuner. Ils s'étaient aussi acheté ces longs bâtons de sucre d'orge qu'on ne vend que sur le littoral, et ils avaient tenté d'apercevoir les côtes de France à la longue-vue, en vain. À l'heure du thé, ils décidèrent de faire un vrai repas au *Popplewell*, un restaurant sur le bord de mer.

Comme la plupart des restaurants et des cafés de l'époque, l'endroit ne disposait pas de licence pour servir de l'alcool, et Jimmy mourait d'envie de boire un verre. Les pubs n'ouvrant pas avant cinq heures et demie, ils durent se contenter d'un thé. Quand ils eurent terminé leurs œufs, leurs frites, leurs petits pois et leurs champignons, la tarte aux pommes, la crème anglaise et les tranches de cake aux fruits secs et aux amandes, il leur restait encore une demi-heure à tuer. Jimmy commanda un autre thé et Eileen se rendit aux toilettes.

C'était un véritable placard, étroit, sans fenêtre, au sol de béton, avec une porte qui ouvrait sur un seul et unique cabinet – et le tout était dans un état répugnant, comme d'habitude dans ces années-là. Il y avait un lavabo à moitié descellé contre un mur, mais on ne voyait ni savon, ni serviette, ni essuie-mains en papier et, naturellement, pas question de séchoir automatique. L'un des robinets gouttait. Une femme sortit du cabinet et Eileen y entra. Une fois à l'intérieur, elle entendit le robinet couler puis la porte des toilettes se refermer.

Eileen n'avait pas l'intention de se laver les mains. Elle se les était lavées ce matin avant de quitter la maison, et en plus il n'y avait pas de serviette. Mais d'un coup d'œil dans le miroir ébréché, elle vérifia la tête qu'elle avait, s'arrangea un peu les cheveux, plissa les lèvres : avec tout ce petit manège, il lui était difficile de ne pas inclure la tablette située sous le miroir du lavabo dans son champ de vision. Et là, en plein milieu, il y avait une bague sertie d'un diamant.

La femme qui l'avait précédée avait dû la retirer pour se laver les mains et l'oublier. Et voilà où cela mène, de se laver trop souvent. À propos de cette femme, Eileen n'avait rien remarqué, sinon qu'elle était d'âge moyen et qu'elle portait un imperméable. Elle observa la bague. Elle la prit.

Même si l'on est d'une ignorance totale en la matière, même si l'on n'a pas la moindre idée, la moindre notion de l'allure que peut avoir un bijou de prix, une belle bague sertie d'un diamant annonce toujours la couleur. En l'occurrence, c'était un solitaire, avec un saphir de chaque côté du chaton. Eileen passa la bague à l'annulaire de sa main droite, où elle s'ajusta aussi parfaitement que si elle avait été faite pour elle.

Il valait mieux ne pas sortir d'ici la bague au doigt. Elle la glissa dans son sac. Jimmy l'attendait en fumant sa trentième cigarette de la journée. Il lui en donna une et ils marchèrent côte à côte jusqu'à l'*Anchor*, où il prit une pinte de bière et elle un demi de cidre. Au bout d'un petit moment, elle ouvrit son sac et lui montra la bague au diamant.

Il ne leur vint pas à l'esprit, ni à l'un ni à l'autre, de la rapporter au restaurant et de la remettre à la direction, et encore moins de se présenter à la police. Cette bague était à qui l'avait trouvée. Mais d'autres idées leur trottaient dans la tête. Ou plutôt, la même idée. Eileen passa de nouveau la bague, mais cette fois au majeur de la main gauche, qu'elle leva pour montrer le bijou à Jimmy. Et qu'est-ce qui l'empêcherait de la garder pour toujours ? Cela, elle ne le dit pas à haute voix, mais entre elle et Jimmy, il se produisit une espèce de transmission de pensée.

Il alla payer une deuxième pinte et un paquet de chips et, en regagnant leur table, il fit :

« Tu pourrais la garder.

– Tu crois ? »

Elle avait dit ça d'une voix mal assurée. Elle percevait toute la gravité de la situation. Cette minute avait quelque chose d'intimidant.

« On pourrait aussi se fiancer », ajouta Jimmy.

Eileen approuva d'un signe de tête. Sans sourire. Son cœur cognait.

« Si tu penses que c'est une bonne chose.

– Ça fait un bout de temps que j'y pense, avança Jimmy. Que je pense à te trouver une bague. Jamais ça me serait venu à l'idée qu'on tomberait sur celle-là. Je vais me reprendre un verre. Tu veux un autre cidre ?

– Pourquoi pas ? accepta Eileen. Pour fêter ça... pourquoi pas ? Et donne-moi une autre clope, tu veux ? »

En fait, avant cette minute, Jimmy n'avait pas une seconde envisagé de se fiancer. Et l'intention de se marier ne l'avait pas effleuré. Pourquoi faire, se marier ? Sa mère était là pour veiller sur son frère et lui, elle n'avait que cinquante-huit ans, avec en elle la force de vivre encore des années. Mais la découverte de cette bague, c'était quand même une trop bonne occasion pour qu'il la laisse filer. Supposons qu'il n'ait rien fait, qu'il ait tout bêtement laissé Eileen s'accrocher à cette bague, point, et puis que, plus tard, il décide de se fiancer pour de bon, alors il aurait bien été obligé de lui en acheter une, de bague, une toute neuve. Et puis, quoi, se fiancer, ça n'engageait à rien ! Des fiançailles, ça pouvait tout aussi bien se prolonger des années, ça ne voulait pas dire pour autant qu'on était forcé de se marier dès le lendemain.

Eileen n'était pas amoureuse de Jimmy. Si elle avait pris le temps d'y réfléchir, elle aurait sûrement admis qu'elle l'aimait bien, ça oui. Elle l'aimait mieux que tous les autres hommes qu'elle avait connus, mais elle n'en avait jamais vraiment connu d'autres. Aucun homme n'avait jamais franchi le seuil de la boutique de lainages, propriété de Mlle Harvey, où elle était employée en qualité de vendeuse de tricots double fil, double épaisseur, doux comme une peau de bébé, destinés à une clientèle féminine et plutôt âgée. Jimmy, elle l'avait rencontré quand son patron et lui étaient venus repeindre l'appartement de Mlle Harvey, au premier, et poser un nouveau bloc d'évier. Il y avait de ça cinq ans.

Durant les quelques semaines qui suivirent sa découverte, Eileen, qui était droitière, servit les clientes de la main gauche, qu'elle gardait sans arrêt levée à hauteur du menton, exhibant le diamant sous toutes ses facettes pour qu'il prenne bien la lumière. Tout le monde l'admira. Elle et Jimmy continuèrent de se rendre au pub et de venir prendre le thé avec Mme Tawton. Eileen fêta son trente-cinquième anniversaire. Ils partirent pour d'autres excursions, sous le patronage du *White Rose and Lion*, soit tout seuls, soit en compagnie de Mme Tawton et de son amie Gladys.

Parfois, Eileen parlait de mariage, mais invariablement Jimmy lui répondait : « On est fiancés, un point c'est tout », ou : « On a un an ou deux pour y penser. » Et puis ils n'avaient jamais de quoi prendre un logement. Elle ne se décidait à emménager ni chez sa mère ni chez celle de Jimmy. Et leur relation n'était pas fondée sur le sexe. Même s'il lui arrivait parfois de l'embrasser, jamais Jimmy n'avait proposé d'aller plus loin. De toute façon, Eileen se dit qu'elle n'aurait pas été d'accord, et elle le respectait d'autant plus qu'il ne le lui demandait pas. On avait un an ou deux pour y penser.

La mère de Jimmy mourut. Elle tomba morte dans la rue, un cabas à provisions dans chaque main. Des miches de pain, des plaquettes de beurre d'une demi-livre, des paquets de biscuits, des morceaux de cheddar, des oranges, des bananes, du bacon, deux poulets, des boîtes de flageolets et de spaghettis à la sauce tomate roulèrent sur le trottoir et tombèrent dans le caniveau. Betty Brex venait de succomber à une attaque cérébrale foudroyante.

Ses deux fils avaient habité dans cette maison depuis leur naissance, et ni l'un ni l'autre n'envisagèrent de déménager. Maintenant qu'il n'y avait plus personne pour veiller sur eux, Jimmy décida que mieux valait se marier. Après tout, cela faisait cinq ans qu'il était fiancé. La bague, qu'Eileen portait tous les jours que Dieu faisait, était là pour le lui rappeler. Elle n'aurait pas la chance de trouver une alliance sur une tablette dans les toilettes pour dames mais, heureusement, il possédait celle qu'il avait retirée du doigt de sa défunte mère. Et ils se marièrent civilement à Burnt Oak.

Le domicile des Brex était une petite maison individuelle mitoyenne – deux pièces en haut, deux en bas, petite salle de bains, cuisine, des murs extérieurs en stuc ocre jaune –, perdue au milieu de rangées de maisons identiques, pas très loin de la rocade nord, à Neasden. Parce qu'elle était située en angle, on pouvait accéder au jardin par la rue, et c'était là, occupant ainsi la presque totalité de cet espace exigu, que Keith Brex garait sa voiture. Ou plutôt, la série de ses voitures successives – à l'époque du mariage de son frère, c'était une Studebaker rouge et argent avec des ailerons.

Keith était plus jeune que Jimmy, et célibataire. Il n'éprouvait aucun intérêt pour les femmes, ou pour le sexe sous quelque forme que ce fût. N'étant pas lecteur, pas sportif, il manifestait la plus complète indifférence envers toute chose, excepté la boisson et les voitures, moins par envie de les conduire que pour les bricoler. Histoire de les démonter et de les remonter. De les laver et les briquer, de les admirer. Avant la Studebaker, il avait eu une Pontiac, et, encore avant, une Dodge.

Pour l'usage courant, pour se rendre au travail, il possédait une moto. Une fois qu'il était parvenu à remettre sa voiture du moment en parfait état, quand elle était impeccable, il la sortait : il rejoignait la rocade nord à hauteur de Brent Cross, jusqu'à l'embranchement vers Hendon Way, descendait en direction de Station Road et revenait par Broadway. Et quand le Club des propriétaires de Studebaker organisait un rallye, ils s'inscrivaient – la voiture et lui. Sortir la voiture, cela supposait au préalable démonter le moteur, et puis le remonter. Keith, qui travaillait dans le bâtiment, comme son frère, avait depuis longtemps coulé une dalle de béton sur tout le jardin derrière la maison pour y garer la voiture et la moto, ne laissant qu'un minuscule quadrilatère de verdure, une « pelouse » – autrement dit, un rectangle d'herbe, de pissenlits et de chardons.

Du temps de leur mère et, avant cela, du temps de leur père, les frères Brex avaient partagé la même chambre. C'était là, le soir, pendant que Keith travaillait sur sa voiture, que Jimmy s'était débrouillé pour assouvir ses besoins sexuels personnels, avec le secours de *Penthouse*. À présent qu'il avait déménagé pour s'installer dans ce qui avait été la chambre de Betty Brex, il allait lui falloir accomplir une mue d'un autre genre. Jimmy, qui ne réfléchissait pas beaucoup, s'était imaginé que ce serait facile. En réalité, cela lui prit environ un an, et il n'y trouva jamais autant de satisfaction que dans ses liaisons imaginaires avec les femmes repliées dans le cahier central des magazines. Eileen, elle, acceptait la chose. Ça se passait sans problème. Ça ne faisait pas mal. On n'attrapait pas froid, ça ne donnait pas mal au cœur. C'était le genre de choses qui se faisaient, quand on était mariés. Comme de passer l'aspirateur, de faire les courses, la cuisine et de fermer la porte de derrière à clef la nuit.

Et, bien sûr, d'avoir un bébé.

Eileen avait quarante-deux ans. À cause de son âge, elle ne se serait jamais imaginé tomber enceinte. Comme beaucoup de femmes avant elle, elle avait d'abord cru que c'était le « retour d'âge ». En plus, elle ne savait pas grand-chose sur le sexe (sur la reproduction, encore moins), et elle était allée chercher de bien curieuses notions chez sa mère et ses tantes. Dans le lot, il y avait l'idée que, pour être productive, l'éjaculation devait être fréquente, abondante et cumulative. En d'autres termes, il fallait, avant d'espérer obtenir le moindre résultat, qu'une bonne quantité de cette substance vous entre à l'intérieur du corps. C'était un peu comme la lotion Grecian 2000 que Keith s'étalait sur des cheveux déjà grisonnants, et qui ne faisait de l'effet qu'après des applications répétées.

Depuis son mariage, les applications avaient été assez peu fréquentes et devenaient de plus en plus rares. Aussi, même quand elle commença à prendre beaucoup de poids et à avoir un gros ventre, elle ne pensa pas être enceinte. Jimmy, naturellement, ne remarqua rien. Ce fut Mme Chance, leur voisine d'à côté, qui lui demanda pour quand c'était. La mère d'Eileen, elle, comprit immédiatement – elle ne l'avait pas vue depuis deux mois – et fut d'avis que « quelque chose allait clocher » avec ce bébé, à cause de l'âge de la mère. À l'époque, personne ne parlait de trisomie, et donc Agnes Tawton annonça que l'enfant serait mongolien.

Pas une seule fois Eileen ne se rendit auprès d'un médecin. Jamais elle n'était allée consulter un docteur et ce n'était pas maintenant qu'elle allait s'y mettre. Elle était convaincue qu'il suffisait d'ignorer une chose pour qu'elle disparaisse, aussi ignora-t-elle sa silhouette, qui prenait de l'importance, non sans céder à ses envies de nourriture. Elle se prit de passion pour les beignets et pour les croissants, qui venaient tout juste de faire leur apparition dans les magasins, et elle se mit à fumer avec une voracité féroce, quarante ou cinquante cigarettes par jour.

On était dans les années soixante-dix, en ces temps où l'on employait couramment la formule : « Être à l'écoute de son corps. » Eileen, elle, n'était absolument pas à l'écoute de son corps : jamais elle ne l'observait, jamais elle ne se regardait dans le miroir, et elle traitait la plupart de ses sensations par le mépris – sauf la douleur proprement dite. Et justement, ces douleurs-là, c'était tout autre chose, Eileen n'avait jamais rien connu de pareil : ça faisait mal sans arrêt, sans le moindre répit, ça ne faisait qu'empirer, et il lui devint impossible de ne pas être à l'écoute de son corps. Naturellement, la famille Brex n'avait pas le téléphone (le téléphone, quelle idée !), aussi, lorsque Eileen fut à deux doigts d'accoucher, on envoya Keith chercher le docteur à la rescousse. Il prit la Studebaker, qui justement avait besoin de sa sortie bimensuelle.

Quant à Jimmy, il n'était pas question qu'il y aille. Tout ça, pour lui, c'était une tempête dans un verre d'eau. En plus, il venait d'acheter une télévision, leur premier poste en couleurs, et il regardait Wimbledon. Un médecin arriva, très en colère, et, presque incrédule, découvrit Eileen couchée au beau milieu de sa poche des eaux, fumant cigarette sur cigarette. Une sage-femme vint. La famille Brex se fit sévèrement réprimander, du premier jusqu'au dernier, et la sage-femme prit sur elle d'éteindre la télévision.

Le bébé, un garçon de quatre kilos trois, était né à dix heures du soir. Contrairement aux prédictions de Mme Tawton, rien ne clochait. Enfin, rien au sens où elle l'entendait. Ce qui clochait, c'était le genre de chose qu'aucun examen, à l'époque – et même encore de nos jours, dans la plupart des cas –, ne permettait de déceler. En réalité, tout dépendait de ce que l'on privilégiait : l'inné ou l'acquis. Dans les années soixante-dix, tous ceux qui s'y connaissaient un tant soit peu estimaient que le caractère et le tempérament de l'individu dépendaient uniquement de son éducation et de son conditionnement social. Autrement dit : Freud parole d'Évangile.

C'était un beau bébé. Durant la grossesse, sa mère avait vécu de croissants au beurre, de beignets à la crème fouettée, de salami, de bacon bien veiné de gras, d'œufs sur le plat, de barres de chocolat, de saucisses, et avec tout ça, des frites. Elle avait fumé environ dix mille huit cents cigarettes et bu des litres et des litres de Guinness, de cidre, de champagne non alcoolisé avec un doigt de cherry sucré. Mais l'enfant était beau, il avait la peau douce, une peau de pêche, des cheveux brun foncé et soyeux, il avait les traits de chérubin d'un maître de la Renaissance, des doigts et des orteils parfaits.

« Comment allez-vous l'appeler ? s'enquit Mme Tawton au bout de plusieurs jours.

– Il va falloir lui trouver un nom, c'est ça ? » fit Eileen, comme si donner un prénom à un enfant était simplement chose conseillée, sans être du tout une obligation.

Des noms, ni elle ni Jimmy n'en connaissait. Enfin, si, ils connaissaient les leurs, celui de Keith et de M. Chance, le voisin de la porte à côté (il s'appelait Alfred), et les noms de leurs pères à tous les deux (qui étaient morts), mais aucun de ces noms-là ne leur plaisait. Keith proposa Roger, parce que c'était le nom de son copain avec qui il sortait boire des coups, mais Eileen n'aimait pas ce Roger, alors il n'en était pas question. Et puis, un autre voisin apporta un cadeau pour le bébé : un petit ours en peluche blanc avec des clochettes attachées aux pieds par un ruban que l'on accrochait à l'intérieur de la capote du landau.

Agnes Tawton et Eileen furent toutes deux très touchées de ce cadeau, s'écrièrent « Aaah ! » et déclarèrent qu'elles le trouvaient très mignon.

« Teddy, fit Eileen tendrement.

– Eh bien, le voilà, votre prénom », s'écria Keith.

Et il rit, mais à part lui cela ne fit rire personne.

3

PERSONNE NE FIT JAMAIS très attention à lui. Mais chez eux, il est vrai, personne ne faisait jamais très attention à personne. Chacun paraissait vivre dans une sorte d'autisme (certes, sans aucun symptôme clinique), chacun faisant ce qui lui plaisait, chacun ne vivant que pour soi-même. Pour Keith, c'étaient les voitures, pour Jimmy, la télévision. Pour avoir vendu ce genre d'article des années durant, Eileen avait contracté, elle, une obsession du brin de laine et autres fils en tout genre et, trouvant peu d'agrément au tricot, s'était mise assidûment au crochet. Elle passait des heures à faire du crochet, à confectionner des dessus-de-lit, des napperons, des nappes et des vêtements.

Jusqu'à l'âge de quatre ans, Teddy dormit dans la chambre de ses parents. Ensuite, on l'installa avec son oncle sur un lit de camp. Quand il était petit, on le laissait des heures dans son parc, et on ignorait ses pleurs. Eileen comme Jimmy excellaient à ignorer les choses. À la maison, il y avait toujours abondance de nourriture, on servait des repas copieux, de la variété plateau-télé et frites-express, donc Teddy était largement nourri. La télévision était tout le temps allumée, donc il y avait quelque chose à regarder. Jamais personne ne le câlinait, ne jouait avec lui ou ne lui adressait la parole. Quand il eut cinq ans, Eileen l'envoya à l'école – tout seul. L'école était à cinquante mètres, dans la même rue et sur le même trottoir, l'idée n'était donc pas aussi dangereuse ni aussi inepte qu'il y paraissait.

Il était l'enfant le plus grand de sa classe, celui qui avait la meilleure allure. Un Teddy se doit d'être rond et costaud, avec une bouille aux joues roses, tout sourire, les yeux bleus, les cheveux bruns et bouclés. Teddy Brex, lui, était grand et mince, il avait la peau olivâtre, le cheveu très noir, les yeux noisette clair. Il avait cette espèce de nez en trompette, de bouche en cœur et cette douceur d'expression susceptibles d'inspirer aux femmes qui n'avaient pas d'enfant l'envie de le serrer dans leurs bras et de l'écraser contre leur poitrine.

Si elles avaient osé, elles se seraient fait éconduire sans ménagement.

À sept ans, il déménagea son lit hors de la chambre de son oncle. Rien de fâcheux ne lui était arrivé, dans cette chambre. Avec Keith, il n'y avait pas eu le moindre démêlé, même pas sur le plan verbal. Ils s'étaient rarement parlé. Si, au cours des années qui suivirent, Teddy Brex avait été en relation avec un psychiatre, même un spécialiste de ce genre aurait été incapable de diagnostiquer chez lui aucun syndrome de refoulement du souvenir.

Tout ce à quoi Teddy trouvait à redire, c'était le manque d'intimité et les terribles ronflements de son oncle, ces gargouillements et ces mugissements liquides qui donnaient l'impression de secouer toute la pièce et qui ne ressemblaient à rien, si ce n'est à une dizaine de baignoires en train de se vider une fois que l'on aurait retiré les bondes simultanément. Et la fumée, la fumée le dérangeait. Il avait beau y avoir été accoutumé (l'ayant pour ainsi dire absorbée au biberon), dans la petite chambre, c'était pire ; quand Keith fumait sa dernière clope à minuit et demi et sa première à six heures du matin, l'air était presque irrespirable.

Ce lit de camp, il le déménagea tout seul. Keith était au travail, parti installer la plomberie dans des appartements tout neufs, à Brent Cross. Jimmy était au travail, parti à Edgware transbahuter des briques dans sa hotte, jusqu'en haut d'une échelle. Eileen était dans le salon, où elle se livrait avec dextérité à cinq opérations à la fois, fumer une cigarette, avaler une boîte de Coca, croquer une barre de Crunch, regarder la télévision et tricoter au crochet un poncho dans des tons feu, citron, bleu roi et fuchsia. Teddy tira le lit en bas de l'escalier, en faisant beaucoup de bruit parce qu'il n'avait quand même pas la force de le soulever. Si Eileen entendit le lit brinquebaler, une marche après l'autre, elle n'en laissa rien paraître.

Personne n'utilisait jamais la salle à manger, même pas pour Noël. Elle était assez petite, meublée d'une table victorienne en acajou, de six chaises et d'un buffet. Il y avait à peine assez de place pour y entrer, sauf si l'on s'asseyait à table. Tout était recouvert d'une épaisse couche de poussière, et si l'on secouait les rideaux en velours de couleur indéterminée qui descendaient au ras du plancher, il s'en élevait des nuages de poussière, denses comme de la fumée. Mais du fait que personne n'y entrait jamais, cette pièce sentait moins la fumée que toutes les autres de la maison.

Même alors, même à sept ans, Teddy trouva le mobilier hideux. Il l'étudia avec curiosité, ces renflements en forme de bubons qui ornaient les pieds des meubles, avec leurs extrémités en laiton – les griffes d'un lion qui aurait eu des cors. L'assise des chaises était garnie d'un matériau précurseur du plastique, un similicuir pommelé noir et marron. Le buffet était si monstrueux, avec ses rayonnages en bois et ses colonnettes à épis, ses niches et ses panneaux sculptés, ses miroirs encastrés et ses vitres teintées en vert, qu'il se dit que ce meuble, pour peu qu'on le regarde un petit moment, avait de quoi faire peur. Si l'on se réveillait dans une demi-obscurité, ou au point du jour, on pourrait voir ses parois, ses flèches et ses cavernes surgir de l'ombre comme dans un conte le palais de la sorcière.

Il fallait s'épargner cela. De l'index, il dessina des motifs dans la poussière des chaises et, à la surface de la table, il écrivit les deux gros mots qu'il connaissait. Ensuite, il empila quatre chaises, deux à deux, celle du dessus renversée les pieds en l'air, hissa la dernière paire de chaises contre le buffet pour en cacher les horreurs et se ménager la place d'installer son lit.

Keith remarqua la chose, mais n'émit aucun commentaire, même s'il lui arrivait parfois d'entrer dans la salle à manger, de fumer une cigarette et de monologuer en tenant à Teddy des propos décousus où il était question de sa voiture ou de son envie d'aller faire un tour au bureau des paris mutuels. Il est probable que ni Eileen ni Jimmy ne savaient où dormait leur fils. Eileen termina son poncho, le porta pour aller faire ses courses et entama son entreprise la plus ambitieuse à ce jour, un manteau long, rouge écarlate et noir, avec pèlerine et capuche. Jimmy tomba de l'échelle, se blessa au dos et renonça à travailler afin de toucher une allocation. Il ne devait plus cesser de la toucher, et ne plus jamais travailler. Keith échangea la Studebaker contre un cabriolet Lincoln vert laitue.

Les gens de la rue disaient que Teddy Brex avait commencé d'aller frapper à la porte voisine parce qu'à la maison on le délaissait. Il désirait, disaient-ils, l'affection, les baisers et la tendresse qu'une femme sans enfant comme Margaret Chance saurait lui donner. Et il avait envie de conversation, aussi, et de quelqu'un qui lui témoigne de l'intérêt, à lui et à ce qu'il faisait à l'école, et peut-être d'une maison propre, et de repas convenables, cuisinés. Dès qu'on parlait de la famille Brex, de ses voitures, du chômage de Jimmy, des vêtements extravagants d'Eileen et des cigarettes qu'elle fumait dans la rue, les langues allaient bon train.

Mais les gens avaient tort. Si délaissé qu'il fût, Teddy avait quand même toujours de quoi manger, personne ne l'avait jamais frappé, et il n'éprouvait aucun besoin d'affection. N'en ayant jamais reçu, il ignorait ce que c'était. Cela pouvait donc expliquer son comportement, à moins qu'il ne soit né comme ça. Il se suffisait tout à fait à lui-même. Il se rendait chez la voisine, il y passait de longues heures, car la maison était remplie de belles choses, et puis parce que Alfred Chance, dans son atelier, fabriquait de belles choses. À l'âge de huit ans, Teddy fit connaissance avec la beauté.

Dans la partie du jardin qui correspondait à l'emplacement où Keith Brex garait sa Lincoln verte, Alfred Chance possédait un atelier. Il l'avait construit de ses mains quelque trente ans auparavant, en brique blanche et en cèdre rouge, et, à l'intérieur, il avait installé son établi et les outils de son métier. Alfred Chance était ébéniste et menuisier, et, parfois, en certaines occasions particulières, graveur sur pierre. Une pierre tombale, sur laquelle il avait exécuté quelques inscriptions, fut le premier exemple des divers travaux de M. Chance que vit Teddy.

La pierre tombale était en granit gris foncé, scintillante, les lettres profondément incisées, noires. « Le Temps de la Mort et la Fin du Péché, l'Horizon et l'Isthme entre la Vie et une Existence Meilleure », lut Teddy. Naturellement, il n'avait aucune idée de ce que cela signifiait, mais ce qu'il savait, c'était qu'il aimait beaucoup ce travail.

« Ça doit être difficile d'obtenir des lettres comme ça », dit-il.

M. Chance approuva de la tête.

« J'aime bien que les lettres ne soient pas en doré.

– Un bon garçon. Quatre-vingt-dix-neuf personnes sur cent auraient voulu du doré. Comment as-tu su que le noir, c'était ce qu'il y avait de mieux ?

– Je ne sais pas, admit Teddy.

– On dirait que c'est dans ta nature d'avoir du goût. »

L'atelier sentait le bois fraîchement raboté, une odeur âpre, organique. Un ange à moitié terminé, sculpté dans le frêne, couleur de cheveux blonds, était adossé contre le mur. M. Chance emmena Teddy dans la maison et lui montra des meubles. Ce n'était pas la première maison dans laquelle Teddy entrait, mis à part le foyer des Brex, car il avait eu l'occasion de rendre visite à sa grand-mère Tawton et il était allé prendre une ou deux fois le thé chez des camarades de son école. Mais c'était la première à ne pas être pleine de meubles de famille, façon époque victorienne tardive, ou de meubles en kit ou achetés dans une grande surface.

La maison des Brex ne contenait pas de livres, mais ici il y en avait des bibliothèques pleines, à portes vitrées, pilastres moulés et frontons brisés. Dans le salon, il y avait un bureau, un véritable miracle tout en minuscules tiroirs ; une table ovale en bois sombre, aussi brillante qu'un miroir, était incrustée de feuilles et de fleurs d'un bois clair également brillant de vernis. Une vitrine aux pieds galbés avait des portes peintes et sur chacune était dessiné un fruit débordant d'une urne sculptée.

« Un régal pour les yeux », déclara M. Chance.

S'il y avait quelque chose d'insolite au fait d'abriter toutes ces splendeurs dans une maison mitoyenne et exiguë du nord de Londres, Teddy n'en eut pas conscience. Il était ému et excité par ce qu'il voyait. Mais il n'était pas dans son tempérament de manifester de l'enthousiasme et, en déclarant aimer cette inscription gravée, il était allé plus loin qu'il n'avait jamais pu aller. Il eut un hochement de tête devant chaque pièce de mobilier et il pointa un doigt pour caresser très délicatement ce fruit, là, sur le fronton de la vitrine.

Mme Chance lui demanda si un biscuit lui ferait plaisir.

« Non », répondit Teddy.

Personne ne lui avait jamais appris à dire merci. Quand il était chez les voisins, personne ne s'en plaignait ou ne semblait même le remarquer. Les Chance lui organisèrent des sorties. Ils l'emmenèrent chez Madame Tussaud et à Buckingham Palace, au Muséum d'histoire naturelle et au Victoria and Albert Museum. Ils appréciaient son engouement pour les belles choses et sa façon de s'intéresser à tout, et ne se souciaient guère de son manque d'éducation. Au début, M. Chance n'aurait pas permis à Teddy de toucher à une scie ou à un ciseau à bois, mais il acceptait qu'il reste dans l'atelier, à regarder. Il l'autorisait à prendre les outils en main et, au bout de quelques semaines, il lui donna la permission de raboter un morceau de bois taillé pour un panneau de porte. Point n'était besoin de lui demander de garder le silence, car Teddy ne disait jamais grand-chose. Il ne paraissait jamais s'ennuyer non plus, ni geindre ou réclamer. Parfois, M. Chance lui demandait si une pièce qu'il avait sculptée ou un motif qu'il avait dessiné lui plaisaient, et presque toujours Teddy répondait : « Oui. »

Mais de temps en temps, c'était ce « non » froid et sans équivoque qui lui venait à la bouche, exactement comme quand on lui avait demandé si un biscuit lui ferait plaisir.

Teddy aimait bien regarder les dessins de M. Chance. Certains étaient encadrés et accrochés aux murs. D'autres étaient rangés dans un portfolio, à l'atelier. C'étaient des dessins méticuleux, propres et épurés, exécutés au trait, d'une main ferme. Des vitrines, des tables, des meubles de bibliothèque, des bureaux, évidemment, mais aussi, à l'occasion – et ceux-là, M. Chance les avaient dessinés pour son plaisir –, des maisons. Ces maisons étaient du genre de celles qu'il aurait aimé posséder, s'il avait pu s'offrir mieux que son pavillon mitoyen de celui des Brex. Il est rare que les artisans qui réalisent de beaux meubles, exécutent des gravures sur pierre raffinées et des motifs peints sur des tables, gagnent beaucoup d'argent. Teddy avait dix ans quand il apprit cela, et ce fut aussi à cette époque que Margaret Chance mourut.

C'était l'époque d'avant la mammographie. Elle sentit cette grosseur sous son sein gauche et plus jamais elle ne palpa cet emplacement, fit comme si de rien n'était, dans l'espoir que cela s'en irait. Le cancer se propagea à la moelle épinière et, malgré une radiothérapie, elle mourut en six mois.

Pour sa sépulture, M. Chance exécuta une pierre tombale en granit rose d'Écosse, et cette fois, Teddy fut d'accord, il serait convenable et de bon goût de remplir les lettres d'argent. Mais pour lui, les mots « épouse bien-aimée » et une formule évoquant la certitude que l'on se reverrait ne signifiaient rien, et il n'avait rien de réconfortant à dire à M. Chance, en fait rien à dire du tout, il avait déjà presque oublié Margaret Chance. Il devait se passer un peu de temps avant qu'Alfred Chance ne se remette au travail, alors Teddy eut l'atelier pour lui tout seul, il expérimenta, il apprit, il prit des risques.

Chez les Brex, personne n'allait jamais voir un médecin. Teddy n'avait jamais été vacciné contre rien. Quand il se coupa dans l'atelier et que M. Chance l'emmena en taxi au service des urgences de l'hôpital, la première chose qu'ils firent fut de lui administrer une piqûre antitétanique. Pour Teddy, c'était sa toute première piqûre, mais lorsque l'aiguille pénétra, il resta silencieux et indifférent.

Si Jimmy et Eileen s'aperçurent de quelque chose, ils n'en laissèrent rien paraître. Keith ne releva rien. La seule personne qui fit une remarque fut Agnes Tawton.

« Qu'est-ce que tu t'es fait à la main ?

– Je me suis coupé le bout du doigt, avoua Teddy l'air de rien, sur le ton de celui qui demande pardon en admettant souffrir d'une légère égratignure. Je me suis fait ça avec le ciseau à bois. »

Agnes Tawton était passée par là en rentrant des commissions et elle avait trouvé son petit-fils seul dans la maison. Ce n'était une femme ni très sensible, ni très réceptive, ni particulièrement chaleureuse. Elle n'éprouvait pas non plus beaucoup d'affection pour les enfants, mais quelque chose, dans la situation lamentable où se trouvait Teddy, la mit mal à l'aise. Elle fut frappée de constater qu'il était souvent seul, elle ne l'avait jamais vu avec une tablette de chocolat, un paquet de chips ou une boîte de Coca, il n'avait pas de jouets. Elle se souvint de son parc, à l'intérieur duquel on l'avait si souvent tenu enfermé comme un animal de ferme dans son enclos. Et, dans un sursaut d'imagination tout à fait inusité, sans précédent dans son existence – un pareil effort, cela l'épuisa –, elle comprit que n'importe quelle mère, ou presque, d'un enfant qui avait perdu le bout du doigt dans un accident en aurait fait part à sa propre mère, aurait été pendue au téléphone, peut-être en larmes. Si Eileen, enfant, s'était blessée comme cela, elle, Agnes, en aurait parlé à tout le monde.

Mais que fallait-il faire ? Elle n'allait pas créer d'histoires, en parler à Eileen, en parler à Jimmy, elle ne pouvait pas se hausser du col comme ça. Ce serait s'immiscer, et elle ne s'immisçait jamais. Il ne restait qu'une seule solution. Si elle en croyait sa propre expérience, c'était toujours la réponse à tout. L'argent vous apportait le bonheur et quiconque prétendait le contraire était un menteur.

« Comment ça se passe, pour tes sous ? demanda-t-elle à Teddy.

– Mes sous ?

– Est-ce qu'on t'en donne, tu sais, de l'argent de poche ? »

Ils savaient, l'un comme l'autre, qu'« on » ne lui en donnait pas. Teddy secoua la tête. Il étudiait la physionomie de sa grand-mère et se demandait pourquoi elle avait quatre mentons et pas de cou. Quand elle se pencha pour ouvrir le fermoir de son grand sac à main noir, ces mentons se fondirent dans sa poitrine, comme chez un bouledogue.

Elle sortit un billet d'une livre de son porte-monnaie en cuir rouge.

« Tiens, dit-elle. C'est pour ta semaine. Tu en auras un autre la semaine prochaine. »

Teddy prit le billet et hocha la tête.

« Dis merci, espèce de petit diable.

– Merci », répéta Teddy.

Agnes avait vaguement dans l'idée que la circonstance exigeait qu'elle prenne Teddy dans ses bras et qu'elle l'embrasse. Mais elle ne l'avait jamais fait et il était trop tard pour s'y mettre. En outre, elle eut le sentiment qu'il la repousserait, ou que peut-être même il la frapperait. À la place, elle dit :

« Il faudra que tu viennes le chercher chez moi. Je ne peux pas constamment me précipiter ici pour obéir à tes quatre volontés. »

Keith était un individu grand et massif, qui ressemblait à feu David Lloyd George. Il avait le visage carré de cet homme d'État, le front large, le nez droit, les yeux écartés et les sourcils en ailes de papillon, ainsi que des cheveux mi-longs, gris-jaune, et une moustache tombante et broussailleuse. Jeune, Lloyd George avait été bel homme, et il en était allé de même pour Keith, mais les années, la nourriture et la boisson avaient prélevé leur tribut, et maintenant, à cinquante-cinq ans, il était sacrément décati.

Quelque chose en lui évoquait une bougie à moitié fondue. Ou une figurine de cire que l'on aurait oubliée au soleil. Les chairs de son visage pendouillaient et lui faisaient comme des barbillons et des fanons. On eût dit qu'elles s'étaient frayées un passage en se dandinant jusqu'au bas de son cou, pour ensuite s'affaisser, à partir des épaules et de la poitrine, avant de s'empiler en masses graisseuses sur son ventre. Il portait son pantalon, ou son jean, étroitement serré par une ceinture, au-dessous de la courbe imposante de sa panse arrondie. Cette fusion des chairs – ou quel que soit ce qui lui était arrivé – lui avait laissé les bras et les jambes aussi minces que des bâtons. Son front était dégarni, mais il portait ses cheveux teints longs dans la nuque et, depuis peu, il les attachait en queue de cheval, avec un élastique de couleur bleue.

Le temps que Teddy soit en âge d'aller au collège d'enseignement général, Eileen était devenue dans sa rue une figure réputée, plutôt clocharde sans domicile que ménagère mère d'un garçon de onze ans. Habillée des pieds à la tête de vêtements en laine de toutes les couleurs de l'arc-en-ciel, faits maison – des pieds à la tête, littéralement, puisqu'elle tricotait au crochet aussi bien ses chapeaux et ses pantoufles que ses robes et ses capes –, ses longs cheveux gris s'étalant en éventail sous son bonnet à rayures, elle faisait les boutiques à pied, sans trop se presser, en fumant cigarette sur cigarette, pour ne souvent revenir avec, en tout et pour tout, qu'un seul article dans son sac de ficelle confectionné au crochet. Plus tard, il faudrait qu'elle y retourne, et parfois elle s'arrêtait pour s'asseoir sur un muret de jardin, à fumer et à chantonner quelques tubes sirupeux du passé, jusqu'à ce que la toux mette un terme à la séance. La toux la rendait folle de rage, alors elle laissait tomber la chanson et lançait des injures aux passants.

Jimmy se rendait au pub, il allait pointer pour ses allocations, et c'était à peu près tout. Il souffrait d'emphysème – même si, ne bénéficiant d'aucun suivi médical, il n'en savait rien –, il éternuait toute la journée et il étouffait toute la nuit. Tous les trois, Eileen, Keith et lui, ils disaient que fumer faisait du bien parce que ça calmait les nerfs. Les murs de la maison des Brex, et en particulier les plafonds, s'étaient recouverts d'une teinte ocre prononcée, une couleur très semblable à celle des taches qu'Eileen, Jimmy et Keith avaient au bout de l'index. Personne ne repeignait jamais la maison et, naturellement, personne ne lessivait les murs.

Au collège d'enseignement général, Teddy marchait bien. Il se montrait particulièrement prometteur en art, et puis dans cette matière que l'on appelait « design et technologie ». Il avait envie d'apprendre à dessiner, mais cette école ne disposait d'aucun équipement permettant de véritablement enseigner le dessin, aussi ce fut M. Chance qui s'en chargea. Il lui apprit la précision et l'exactitude, et surtout à travailler proprement. Il l'obligeait à dessiner des cercles, encore et encore, et lui raconta l'histoire du O de Giotto : lorsque le messager du pape était venu se procurer auprès du peintre un exemple de son travail, Giotto ne lui avait pas présenté une toile élaborée mais, d'un moulinet de son pinceau, il avait tracé sur un morceau de papier un cercle parfait. Teddy ne parvint jamais à dessiner un cercle parfait, mais il ne se débrouillait pas trop mal.

Il aimait bien dessiner et, bientôt, il aima aussi réaliser des objets dans l'atelier de M. Chance, des objets simples au départ, et ensuite des pièces et des sculptures plus compliquées. Il passa son certificat de fin d'études secondaires et fut transféré dans une classe de première au collège, en vue de passer son bac option arts, dessin graphique et anglais.

Naturellement, chez lui, personne n'accordait le moindre intérêt à ce qu'il apprenait à l'école, bien que son père se soit mis à grommeler qu'il était temps que son fils gagne sa vie et quitte la maison. À présent que Teddy grandissait, les trois Brex aînés commençaient à le considérer d'un autre œil, comme un individu qui pourrait leur être d'un certain secours, un membre de la maisonnée que l'on pourrait utiliser. Un coursier, un médiateur auprès de tous les représentants de l'autorité locale ou de la compagnie du gaz, un soutien de famille, voire un cuisinier et un homme de ménage. Qu'ils aient largement ignoré son existence jusqu'alors n'importait nullement à leurs yeux. Pour leur part, ils n'avaient aucunement l'impression de faillir. Mais, dans une certaine mesure, à peine consciemment, ils commencèrent à courtiser Teddy. Eileen stockait des boîtes de Coca au frigo, exprès pour lui, sans avoir jamais remarqué qu'il détestait les boissons gazeuses, et ils se mirent tous à lui offrir des cigarettes.

À ceci près qu'il était rarement là. Ou, s'il était là, il établissait son domaine dans la salle à manger. Il y faisait ses devoirs et y accrochait ses dessins, suivant l'exemple de M. Chance. Il les encadrait lui-même, en utilisant l'agrafeuse spéciale de M. Chance. Un soir, Jimmy entra dans la pièce d'un pas hésitant, trouva son fils assis sur le lit de camp en train de lire l'ouvrage de Ruskin *Les Deux Chemins*, et lui demanda s'il ne croyait pas qu'il était temps pour lui d'aller transporter son postérieur à l'Agence pour l'emploi.

« Pourquoi tu ne vas pas y transporter le tien ? lui répliqua Teddy en levant à peine les yeux.

– Veux-tu ne pas t'adresser à ton père sur ce ton ! »

Teddy jugea que ceci ne méritait aucune repartie mais, au bout d'un petit moment que Jimmy employa à hurler un peu et à taper du poing sur le buffet poussiéreux, il lâcha :

« Je n'aurai jamais d'employeur.

– Quoi ? Qu'est-ce que c'est que cette histoire, bon sang de bonsoir ?

– Tu m'as entendu », acheva Teddy.

Alors Jimmy s'approcha de lui en brandissant les poings, mais il était trop gros et trop faible pour faire grand-chose, et tous ces hurlements avaient déclenché chez lui une toux sèche et tenace. Une toux qui le plia en deux, et il resta là, debout, courbé, pris de haut-le-cœur, devant son fils assis, contraint, en fin de compte, de s'agripper à lui pour ne pas tomber. En silence, Teddy retira les mains tremblantes crispées sur son sweat-shirt acheté dans une boutique du Comité d'Oxford contre la faim, et guida son père vers la sortie en le tenant par le col de son veston, un peu comme l'on saisirait par la peau du cou un animal en train de se débattre.

Toutefois, même Jimmy et Eileen étaient au fait de l'existence du chômage. Si Teddy quittait l'école, il ne trouverait pas de travail. Il serait obligé de rester à la maison et d'occuper la salle à manger, présence menaçante. Présence également imposante et puissante, car Teddy avait atteint le mètre quatre-vingt-sept et, en dépit de sa minceur, il était fort et bien bâti ; aussi, lorsque les formulaires pour sa demande de bourse universitaire arrivèrent, ils les signèrent, presque avec soulagement. Non que Teddy aille bien loin ou qu'il parte vivre en dehors de la maison. Il serait tout simplement à la faculté, au bout de la ligne qui traversait Londres, et ferait le trajet en métro.

Eileen avait tellement grossi qu'elle ne pouvait plus porter sa bague de fiançailles. En se graissant le doigt avec de la vaseline, elle parvint à la retirer, mais l'alliance, elle, resta en place, incrustée dans la chair jusqu'à ce que l'on ne voie plus qu'une lueur d'or, comme un sequin tombé au milieu d'un amas de coussins roses. Elle avait entamé son grand œuvre, le couronnement d'une vie de travail, une courtepointe de dentelle destinée à recouvrir le lit à deux places qu'elle partageait avec Jimmy. Le fil dont elle se servait était d'un blanc pur, mais, après seulement un mois de travail au crochet, l'ouvrage avait pris un ton jaune uniforme, comme s'il avait été trempé dans du thé.

Keith échangea la Lincoln contre une Ford Edsel Corsair jaune primevère, qui datait des années cinquante. Peut-être les Américains de cette époque avaient-ils été mécontents de ce levier de vitesse placé perpendiculairement, ou peut-être n'avaient-ils guère apprécié la forme de la calandre, une bouche arrondie en « oooh ! » en lieu et place du grand sourire de requin habituel. Quoi qu'il en soit, l'Edsel connut d'entrée de jeu un échec retentissant, ce qui peut expliquer pourquoi Keith dégotta la sienne pour seulement cinq mille livres chez un vendeur du sud de Londres.

Avant Keith, la voiture, malgré son âge, n'avait connu qu'un seul propriétaire, avait rarement roulé et n'affichait que quinze mille kilomètres au compteur. Malgré tout, Keith démonta le moteur pièce par pièce et le remonta. Pendant tout cet été si chaud, il travailla dehors, et le bruit qu'il faisait ne fut pas concurrencé par celui du bois que l'on sciait chez son voisin, car M. Chance était mort en juillet.

Il n'avait pas de descendants et son parent le plus proche était un cousin. Quand il mourut, ce cousin fut le seul à porter le deuil. Pas un instant, il ne vint à l'esprit de Teddy de se rendre à l'enterrement. Sa seule préoccupation était qu'il n'aurait plus désormais nulle part où travailler, car la maison allait certainement être vendue sur-le-champ. Ses inquiétudes furent quelque peu tempérées quand il apprit que M. Chance lui laissait tous ses outils, plus un lot de bois, de peinture et du matériel de dessin. Il essaya de fourrer le tout dans la salle à manger et, quand il s'aperçut que c'était impossible, il connut la première véritable colère violente de sa vie. L'individu était froid, mais sa colère, elle, était féroce et brutale, une ébullition intérieure silencieuse qui lui empourprait le visage et faisait saillir les veines de son front.

C'était l'horrible camelote de la salle à manger que l'on aurait dû mettre dehors, pour qu'elle y pourrisse sous la pluie et le soleil. C'est là qu'il aurait mis le mobilier, s'il avait pu le passer par les étroites portes-fenêtres. À un certain moment, il songea à démanteler les fenêtres, à démolir l'arrière de la maison, à flanquer des coups de pied dans le verre et à faire éclater le bois, mais s'il était en colère, il était aussi prudent. Ils étaient capables, tous autant qu'ils étaient, d'aller chercher la police. Enfin, ce mobilier, comment avait-il pénétré ici ?

Keith lui raconta :

« C'étaient les meubles de mon grand-père. Mon père adorait ces tables et ces chaises, là. Et ce buffet, c'est du beau travail d'artisan. Des meubles comme ça, on n'en fait plus.

– J'espère bien, lâcha Teddy.

– Toi, surveille tes paroles. Qu'est-ce que tu en sais ? Montre-moi un seul meuble que ce vieux casse-pieds de Chance ait fabriqué et qui soit aussi bien que ça. Mon père a acheté cette maison... tu le savais, ça ? Il n'était qu'un ouvrier, mais il ne payait pas de loyer pour un logement social de la ville, il n'est pas tombé dans ce piège. Il a épargné. Il a acheté cette maison, et quand il a reçu ce mobilier et qu'il a vu qu'il ne pourrait pas le rentrer à l'intérieur, ça lui a presque brisé le cœur. Alors il l'a fait démonter et assembler de nouveau. Attention, hein ! une fois à l'intérieur ! Et, à ton avis, qui l'a fait, ça ?

– Ne me dis rien. Je suis capable de deviner.

– Chance a été trop heureux de le faire pour de l'argent. Pour ça, il s'est mis en quatre, voilà. »

Ce fut la désillusion suprême. Si Teddy avait cru, un temps, qu'Alfred Chance était différent, c'était bien fini. Les gens, il le soupçonnait depuis longtemps, étaient uniformément vils et corrompus, largement inférieurs aux objets. Les objets, eux, ne vous laissaient jamais tomber. Ils demeuraient identiques à eux-mêmes et pouvaient offrir une source infinie de plaisirs et de satisfactions. Peut-être y avait-il des gens, ou une personne, pour lesquels c'était également vrai, mais, à dix-huit ans, il n'en avait encore jamais rencontré aucun.

Pour ce qui était des outils, il n'avait pas d'autre choix que de les conserver dans la petite partie du jardin qui n'était pas occupée par la Ford Edsel de Keith. Là, dehors, il ne pouvait pas s'en servir. Il dut les laisser sur le « gazon », recouverts d'une bâche en plastique. Si Keith n'avait pas habité ici, ou s'il n'avait pas possédé cette voiture, Teddy aurait pu se construire un appentis comme celui de M. Chance.

Mais Keith vivait ici, ce qui, très bientôt, ne fut plus le cas d'Eileen. Eileen allait mal finir. Quand elle était enfant, sa mère l'avait souvent prévenue, cela lui pendait au nez, mais ce n'était pas à ce genre de fin qu'elle faisait allusion.

4

Ce qui avait sauvé la vie de Francine, c'était sa méchanceté. Elle avait survécu parce qu'elle s'était mal conduite. Ou du moins, Julia le disait. Julia n'était pas là, personne n'était là, sauf sa mère et elle, et l'homme, naturellement, mais Julia savait toujours tout. Il est monté te chercher, disait Julia. Sinon, pour quelle raison serait-il entré dans toutes les chambres, l'une après l'autre ?

Bizarrement, après coup, pendant longtemps, Francine n'avait jamais pu se rappeler quelle vilaine action elle avait commise. Avait-elle fait du bruit, désobéi, ou s'était-elle montrée impolie ? Et pourtant, ce genre de comportement ne lui ressemblait pas. Elle n'avait jamais appartenu à cette sorte d'enfants-là. Mais elle avait sûrement fait quelque chose qu'elle n'aurait pas dû, parce que sa mère n'était pas une femme stricte, elle était plutôt coulante. Si Francine avait fait du bruit, ou la difficile pour manger une tartine de pain beurré, sa mère n'aurait pas fini par lui répliquer, d'une voix exaspérée : « Cela, Francine, c'était une bêtise et une étourderie. Tu ferais mieux de monter dans ta chambre. »

Et si, au bout du compte, elle appartenait quand même à cette sorte d'enfants-là ? Comment savoir ? Les événements de la demi-heure qui avait suivi avaient transformé son existence, avaient fait d'elle une tout autre personne, et elle ne disposait d'aucun moyen de vérifier si, à l'époque, elle était de tempérament rebelle et sournois, ou si son caractère était le même qu'aujourd'hui. Elle n'avait pas tenu tête à sa mère. Elle avait obéi, elle était montée dans sa chambre, et elle avait refermé la porte derrière elle. C'était par une belle et chaude soirée de juin, vers six heures moins dix. Elle n'avait pas encore appris à lire l'heure. Son père disait que pour les enfants, de nos jours, apprendre à lire l'heure était plus difficile qu'autrefois, car si certaines montres avaient des aiguilles, d'autres étaient digitales et n'affichaient que des chiffres. Mais elle savait qu'il était six heures moins dix parce que sa mère le lui avait dit juste avant de l'envoyer dans sa chambre.

La fenêtre de sa chambre était ouverte et elle s'était appuyée au rebord un petit moment, pour regarder dehors, la petite route au bout du jardin. Il n'y avait pas d'autres maisons, pas d'autres jardins où regarder, les plus proches étaient à quatre cents mètres de là. Ce qu'elle voyait, c'était un champ, des arbres et une haie, et puis, très loin, la flèche de l'église. Une voiture s'était arrêtée sur la petite route, en face, et s'était garée sur l'accotement, mais elle n'avait pas fait très attention, elle ne s'intéressait pas aux voitures et, après coup, elle fut même incapable de se rappeler sa couleur. Elle n'avait pas remarqué le conducteur, ni même s'il y avait quelqu'un d'autre à bord de la voiture.

Elle se souvenait d'un papillon dans sa chambre, voletant contre la vitre, et de quelle manière elle l'avait attrapé, en le tenant entre le pouce et l'index, délicatement, de manière à ne pas retirer la poudre protectrice de ses ailes. C'était un vulcain, et elle l'avait relâché par la fenêtre ouverte, lancé en l'air, dans le ciel, et suivi du regard jusqu'à ce qu'il ne soit plus qu'un point perdu dans tout ce bleu. Ensuite, elle s'était éloignée de la fenêtre et s'était allongée sur son lit, d'ennui, de solitude, en se demandant combien de temps il faudrait avant que sa mère ne monte et n'ouvre la porte pour lui dire : « Très bien, Francine, tu peux descendre maintenant. »

Au lieu de cela, quelqu'un sonna à la porte. Elles n'attendaient personne et c'était d'autant plus excitant, parce qu'un visiteur, un voisin, un ami, cela impliquerait sûrement que l'on viendrait la chercher pour la faire redescendre au rez-de-chaussée. Elle ne resta pas sur son lit, se rapprocha de la fenêtre et regarda en bas. De là, il était possible de voir qui se présentait à la porte d'entrée, en tout cas d'avoir une vue plongeante sur son crâne. Une fois, elle avait regardé en bas, et elle avait aperçu le sommet d'un crâne complètement chauve, une lune blanche et luisante. Ce crâne-ci n'était pas pareil, c'était une tête bien chevelue, avec des cheveux châtains. Cela dit, elle fut incapable de rien voir d'autre, hormis des souliers bruns et brillants.

Sa mère alla ouvrir la porte. Ce devait être sa mère, parce qu'il n'y avait personne d'autre pour s'en charger, et la porte se referma. Elle l'entendit se refermer, très silencieusement. Au début, il n'y eut aucun bruit de voix, et puis elle entendit la sienne, à lui. Une voix âpre, pas très forte, mais en colère, très en colère. Cela la surprit, quelqu'un qui venait à leur domicile, en colère, qui criait après sa mère. Elle entendait la voix de sa mère, pas ce qu'elle disait, mais elle parlait avec calme, posément. L'homme lui demandait quelque chose. Francine appuya l'oreille contre la porte. Après ça, ce qu'elle entendit, ce fut sa mère qui criait : « Non ! »

C'est tout, juste « non », une seule fois, et puis le coup de feu. Un coup de feu, suivi de plusieurs autres. Elle avait entendu des coups de feu à la télévision, alors elle savait ce que c'était. Mais savoir si le cri était venu avant la première détonation, ou bien entre les coups de feu, ou après le tout dernier, ça, elle était incapable de s'en souvenir. Quelque chose tomba par terre, ou fut renversé, peut-être un meuble, une chaise ou, plus vraisemblablement, une petite table, parce qu'il y eut un bruit de glissade et un fracas, un tintement de verre brisé. Ensuite, des bruits qu'elle n'avait jamais entendus auparavant, des coups sourds, un halètement, un grognement étouffé, et aussi un autre bruit, qu'elle avait déjà entendu, celui-là, un geignement, comme celui du chiot de son amie quand on le laissait tout seul. Et après ça, encore un dernier coup de feu.

Francine pensa sortir par la fenêtre. Elle s'approcha et regarda en bas, mais c'était trop haut. En plus, il fallait qu'elle se cache, et atterrir dans le jardin devant la maison, ça ne ferait pas une cachette. Julia lui avait toujours soutenu qu'elle s'était cachée parce que son instinct lui avait soufflé que l'homme allait monter au premier, à sa recherche, avec l'intention de tirer sur elle aussi. Mais sur le moment, elle était sûre et certaine de ne pas avoir pensé à cela. Si elle avait dû expliquer pour quelle raison elle s'était cachée, elle aurait dit que les enfants se cachent toujours quand il y a du danger, quel qu'il soit, d'instinct, comme les animaux.

À la porte, elle avait écouté, elle avait entendu quelque chose que l'on tirait sur le sol. C'était le bruit d'une carpette que l'on roule, d'un tapis que l'on tire. Une fois, et une fois seulement au cours de sa brève existence, elle avait vu un adulte pleurer. C'était sa maman qui avait pleuré, à la mort de sa propre mère. C'est ce bruit, le sanglot d'un adulte, pire, bien pire que celui d'un enfant qui pleure, qu'elle entendit venant de cet homme. C'était plus effrayant que les coups de feu et que le bruit de ce que l'on traînait. Elle se glissa dans le placard.

À l'intérieur, il y avait ses vêtements, suspendus sur des cintres, et ses chaussures, posées à même le sol. Il y avait aussi une boîte en carton, remplie de jouets avec lesquels elle ne jouait plus, car elle était trop grande. Elle cala ses chaussures debout contre le carton de jouets et s'accroupit par terre. Au début, on aurait cru que la porte du placard allait refuser de se fermer de l'intérieur, il n'y avait pas de poignée, mais elle s'aperçut qu'elle pouvait la fermer en faufilant ses doigts entre le bas de la porte et la moquette. C'était un avantage de n'avoir que sept ans, elle avait de tout petits doigts. Plus grande, elle n'aurait pas pu et, en entrant dans la chambre, l'homme l'aurait trouvée. Cela, c'était ce qu'avait dit Julia.

Il entra, en effet. D'abord, elle entendit ses pas dans l'escalier. En arrivant en haut des marches, on débouchait devant sa porte, donc c'est dans sa chambre qu'il pénétra en premier. Il entra, jeta un œil, et ressortit. Elle l'entendit dans la chambre de ses parents, qui ouvrait les tiroirs, qui en vidait le contenu sur le sol. Qui les jetait même par terre. Elle était glacée de terreur et elle claquait des dents, comme l'année précédente, quand elle avait nagé dans cette mer si froide. Sa mère l'avait enveloppée dans un grand drap de bain et ensuite dans la veste de son père. Maintenant, il n'y avait plus personne pour s'occuper d'elle.

Elle l'entendit descendre l'escalier en courant. Il referma la porte d'entrée derrière lui, très doucement. Comme celui qui, la nuit, ne veut pas réveiller ceux qui dorment. Sa mère ne dormait pas. Elle était morte. Mais cela, sur le moment, elle l'ignorait, elle ignorait ce qu'était la mort, même si finalement, quand elle se faufila en bas, quand elle la vit étendue par terre dans le vestibule, elle sut que l'homme lui avait fait du mal, un mal terrible.

Elle s'agenouilla à côté de sa mère, elle lui prit la main, la bougea. Étrangement, à cet instant, elle ne remarqua pas le sang. Peut-être parce que sa mère avait les cheveux foncés, et aussi à cause du tapis rouge sombre. Plus tard, elle s'était souvenue qu'il y avait eu du sang car, lorsqu'elle retira sa main après avoir caressé les cheveux de sa mère, elle avait la paume et les doigts rouges, comme peints au pinceau fin. Et après, parmi les personnes qui étaient arrivées, des hommes en uniforme, des policiers, des infirmiers, l'une d'elles avait dit l'avoir vue assise dans du sang, que sa jupe d'écolière était rouge de sang.

Son père allait bientôt rentrer à la maison. D'habitude, il arrivait à sept heures ou sept heures moins le quart. Elle regarda la pendule et vit les aiguilles qui indiquaient des directions incompréhensibles. Ce n'était que lorsqu'elles étaient pointées vers le haut ou à angle droit qu'elle avait une idée de l'heure qu'il était. Elle était assise par terre à côté de sa mère et elle regardait la pendule en se demandant pourquoi on n'arrivait jamais à voir les aiguilles bouger. Pourtant, si l'on regardait ailleurs un bref instant, dès que les yeux revenaient dessus, elles avaient bougé.

Ses dents avaient cessé de claquer. Tout s'était arrêté, vraiment. Le monde. La vie. Mais pas le temps, car lorsqu'elle avait de nouveau regardé la pendule, l'une des aiguilles avait grimpé vers le haut, sans un bruit, et pointait à angle droit, vers la gauche. Elle connaissait sa droite et sa gauche.

Il y eut le bruit de la clef de son père dans la serrure, des tâtonnements, des grattements de souris, et puis la porte s'ouvrit et il fut à l'intérieur. Là, debout, le regard figé, Richard Hill laissa échapper un son qui ne ressemblait à aucun de ceux qu'elle avait entendus sortir de sa bouche. Jamais elle n'aurait su le décrire, même après avoir retrouvé la parole, c'était trop terrifiant et trop insolite, pas du tout un bruit de personne, mais le rugissement d'un animal seul dans la jungle.

Elle fut incapable de lui parler. Elle fut incapable de rien lui dire. Ce n'était pas que sa voix était trop fluette ou enrouée, comme celle de sa mère le jour où elle avait eu une laryngite. Non, sa voix n'était pas là, les mots n'étaient pas là. Quand elle ouvrait la bouche, quand elle remuait les lèvres, et la langue, rien ne se passait. Comme si elle avait oublié comment on parle, ou comme si elle n'avait jamais parlé.

Richard Hill la tint dans ses bras et l'appela son bébé, il lui dit que maintenant il était là, il était rentré à la maison, jamais il ne la quitterait. Même en pareil instant, il avait trouvé le moyen de lui assurer que tout irait bien, qu'il veillerait sur elle, toujours. Mais elle était incapable de lui répondre, elle s'était contentée de tourner son visage vers le sien, avec ses yeux pétrifiés qui, lui raconta-t-il plus tard, avaient doublé de grandeur.

Les psychologues entreprirent sur elle un certain travail. Pas Julia, pas encore. Par la suite, elle comprit à quel point ils s'étaient montrés attentifs et bienveillants. Et la police aussi. Personne ne l'avait soumise à la moindre tension. Personne n'avait manifesté la moindre impatience. Les psychologues lui avaient donné des poupées pour qu'elle joue avec et, après coup, des années plus tard, elle avait compris qu'ils avaient agi ainsi dans l'espoir qu'elle traduise, dans ses jeux, les événements de ce soir-là. Il y avait une poupée monsieur et une poupée dame et une poupée petite fille.

Francine n'avait jamais été très poupées.

« Elle n'aime pas les poupées, les avait prévenus Richard Hill, elle n'a jamais aimé ça. »

Mais les poupées étaient reconnues comme le jouet à travers lequel les enfants se révélaient aux psychologues, eux-mêmes et les épreuves qu'ils traversaient. S'ils lui avaient donné des lapins ou des chiens en peluche, elle aurait pu exprimer des choses avec, mais ils ne lui en donnèrent jamais. Parfois, la police venait lui parler. Les femmes officiers de police étaient les personnes les plus gentilles, les plus aimables qu'elle ait jamais rencontrées, si gentilles et si aimables que cela éveilla ses soupçons.

Elle saisit pourquoi on la questionnait. On voulait attraper l'homme qui avait tué sa mère. Elle était incapable de leur parler, c'est tout juste si elle était capable d'écrire son nom, ou de lire autre chose que quelques mots simples, et tout cela favorisait donc peu la communication. Mais il s'écoula des années avant qu'elle ne découvre qu'ils avaient fait porter leurs soupçons sur son père. Pendant deux jours, ils avaient tenu Richard Hill pour l'auteur possible de ce meurtre.

Il était le mari de la morte. En général, dans les cas de meurtre au sein d'une famille, le coupable était un membre de ladite famille. La police l'interrogea et le traita avec une certaine défiance. Par la suite, il fut lavé de tout soupçon. Deux hommes, dont un inconnu, s'étaient présentés en déclarant avoir effectué le trajet depuis Waterloo Station à bord du même train que lui, entre dix-huit heures et dix-huit heures vingt-cinq.

« Je crois que vous connaissez M. Grainger, lui dit l'inspecteur divisionnaire chargé de l'enquête. Vous l'avez croisé dans le train, il s'est présenté et nous a déclaré vous avoir vu.

– Je lui ai demandé comment allait sa femme, confirma Richard. Elle avait été souffrante.

– Oui, il nous a rapporté le fait. Sans qu'on lui ait rien demandé, oserais-je ajouter. Il est venu vous saluer et vous avez pris des nouvelles de son épouse. L'autre homme s'appelle David Stanark. Il vous connaît de vue.

– Je ne le connais pas. »

L'inspecteur Wallis ignora cette remarque.

« Il s'est présenté de son propre chef pour nous déclarer qu'il était dans le train et qu'il vous y avait vu. »

Des années après, Richard raconta tout ceci à Francine, sur sa demande. Et il raconta à Julia ce que David Stanark avait fait pour lui.

« Il m'a sauvé la vie.

– Non, mon chéri, pas la vie, avait rectifié Julia.

– Bon, alors, ma liberté.

– En réalité, il t'a évité de passer quelques journées très perturbantes, et c'est tout, tu ne crois pas ? »

Julia expliquait toujours ce qu'était la réalité.

Une fois la vie et la liberté de Richard sauvées, vint une période de vide. Ce fut une plage de silence et d'immobilité. Francine n'allait plus à l'école et Richard n'allait plus travailler. Ils étaient tout le temps ensemble, jour et nuit. Il installa le lit de sa fille dans sa chambre, il lui faisait la lecture, il ne la quittait jamais. Qu'aurait-il pu faire de plus pour elle ? Il aurait fait n'importe quoi. Lui apporter des compensations fut toute sa vie – pendant un temps. Il lui acheta un petit chat, un persan blanc, et cela l'aida de cajoler le chaton, de le regarder jouer, au point qu'on la vit même sourire un petit peu, un temps. Mais un jour le chaton attrapa un oiseau et le lui apporta en cadeau, le déposant à ses pieds. L'oiseau mort avait des plumes noires, et son sang coulait, alors elle frissonna, son regard se figea sur l'animal, elle serrait et desserrait les poings. On trouva au chat un foyer d'accueil, il n'y avait rien d'autre à faire.

Personne ne voulait acheter la maison, bien que l'endroit fût magnifique, un cottage de « gentilhomme », vieux de presque trois cents ans. C'est à peine si les acheteurs potentiels paraissaient remarquer les fenêtres à losanges ou le ravissant jardin, la vigne vierge verte, rouge et or qui drapait à moitié ses pignons, s'ils relevaient que la maison était située en plein dans la campagne, et ce à quarante-cinq kilomètres de Londres. Ils savaient ce qui s'était passé ici, alors ils venaient explorer les lieux avec un air macabre ou se demander s'ils pourraient y vivre. Il y eut une femme qui fixa des yeux le sol du vestibule, comme si elle cherchait là une tache de sang.

Finalement, la maison se vendit à un prix très inférieur à sa valeur.

Parce qu'elle était incapable de parler et que ses capacités à lire ou à écrire étaient des plus limitées, Francine arrivait à peine à communiquer avec les autres. Elle ne pouvait rien dire à son père de cette cassette vidéo, ni lui écrire qu'elle l'avait trouvée. Elle aurait pu la lui remettre, mais elle n'en fit rien, sans trop savoir pourquoi. Bien qu'elle fût très jeune et muette, même à l'époque, elle sentait qu'il y avait dans cette cassette quelque chose de mal, qu'elle allait le rendre malheureux. C'était peut-être pour ça qu'on l'avait si soigneusement cachée.

Elle était certaine que cette cachette était sa découverte à elle, et à elle seule, que son père n'en savait rien, et que peut-être sa mère n'en avait rien su non plus. Il y avait un vieux placard dans le mur de la cheminée, qu'on appelait un placard à perruques, parce que dans l'ancien temps, avant de monter se coucher, le monsieur de cette maison retirait sa perruque et la rangeait dedans pour la nuit. Sa mère, elle, y rangeait sa boîte à couture et une paire de ciseaux. Le bas du placard à perruques était construit de planches qui avaient l'air parfaitement ajustées, et pourtant, si l'on appuyait sur l'une d'elles en s'y prenant d'une certaine façon, cette planche se soulevait un peu, on l'attrapait entre les doigts et, en faisant levier, on la retirait. Dessous, il y avait un petit logement, pas très profond.

La première fois, quand elle découvrit cette cachette, il n'y avait rien à l'intérieur. Elle avait voulu se servir des ciseaux, en tendant la main pour les attraper, elle l'avait posée sur la plaque secrète qui avait basculé vers le haut.

Sa mère l'avait vue avec les ciseaux, elle n'était pas en colère, mais elle n'avait pas l'air très contente.

« Tu n'as pas à te servir de mes ciseaux sans me demander avant, Francine. Tu n'es pas assez grande pour te servir de ciseaux toute seule. »

Alors, c'était ça ? C'était pour cela qu'on l'avait envoyée dans sa chambre ? Pour s'être servie des ciseaux sans avoir demandé ?

Peut-être. Mais en fait, jamais elle n'avait utilisé cet espace vide pour y cacher des choses. Jamais plus elle n'avait soulevé la planche, jusqu'au jour où ils déménagèrent. Le jour du déménagement, en rassemblant ses affaires, elle regarda à l'intérieur du placard aux perruques, mais la boîte à couture de sa mère et les ciseaux avaient disparu. Richard Hill était dehors, dans le jardin devant la maison, avec les déménageurs, et il n'y avait personne pour la voir. Francine passa la main dans le creux et, à l'intérieur, elle trouva une cassette vidéo. Ou plutôt, le boîtier en plastique rectangulaire d'une cassette vidéo.

Sur le boîtier, il y avait une photo et des lettres imprimées en gros. Elle put lire le mot « des », mais ce fut tout. Elle mit la cassette dans le sac qu'elle allait emporter avec elle, avec dedans tous ses objets personnels, les choses qui n'iraient pas dans le camion de déménagement, mais qui voyageraient avec elle et son père dans la voiture.

Ils allaient emménager dans une maison aussi différente que possible de l'ancienne. Plus récente d'environ deux cents ans, pour commencer. C'était une vaste villa résidentielle mitoyenne, qui donnait sur une grande rue, à Ealing. Des lignes de bus empruntaient cette rue où des voitures n'arrêtaient pas de passer. Il y avait des voisins côté gauche, des voisins mitoyens côté droit, et encore d'autres voisins tout le long de la rue. Leur maison était au numéro 215. Ce n'était pas le genre d'endroit où un homme se présentait devant chez vous et se faisait ouvrir la porte pour tuer une maman à coups de pistolet.

Quelques jours après leur emménagement dans la nouvelle maison, elle retrouvait la parole.

C'était à peu près neuf mois après le meurtre. Elle avait déjà déballé depuis longtemps le sac qu'elle avait apporté avec elle et, sans regarder à l'intérieur du boîtier, elle avait posé la cassette vidéo sur une étagère avec quelques-uns de ses livres. Son père et elle en étaient encore à sortir des objets des cartons et là, au milieu des peignes, des broches et des barrettes, dans une boîte en fer-blanc qui jadis avait contenu des biscuits au chocolat, elle trouva les morceaux d'un disque, un 45 tours, une chanson d'amour à l'eau de rose, *Mending Love*.

À la vue de ce disque, Richard pleura. Les larmes lui coulaient sur le visage.

« C'était sa chanson préférée, se rappela-t-il. Elle adorait ce morceau. Une fois, on avait dansé dessus. »

Et Francine, qui n'avait plus proféré un mot pendant neuf mois, lui répondit d'une voix claire et avec une sorte d'étonnement :

« C'est moi qui l'ai cassé. Voilà, c'est moi. »

Oubliant momentanément son chagrin, Richard avait laissé échapper une exclamation, avait refermé ses bras autour d'elle et l'avait tenue serrée fort contre lui. Un geste inconsidéré, probablement, de quoi faire peur à un enfant, mais il n'avait pu se retenir, et cet incident n'avait pas empêché Francine de reprendre la parole.

« Il était sur le tourne-disque, poursuivit-elle. Maman m'a dit de faire attention si je voulais l'enlever, mais je n'ai pas fait assez attention et je l'ai laissé tomber et il s'est cassé, et maman m'a envoyée au premier. Maintenant, je me rappelle.

– Oh, ma chérie, s'était écrié son père, mon cœur, tu parles, tu arrives à parler. »

Les psychologues revinrent, avec leurs poupées. Les dames douces et gentilles de la police revinrent. Elles lui montrèrent des centaines de photos de voitures et lui passèrent des dizaines de bandes avec des voix d'hommes. Elle imagina, elle vit la voiture stationnée sur l'accotement, les branches d'arbre en surplomb, mais comme une photographie en noir et blanc. La voiture aurait pu aussi bien être verte, rouge ou bleue. À elle, elle lui apparaissait en gris clair, de même que l'herbe ou le ciel. Elle vit le sommet du crâne de l'homme, brun comme une fourrure de lapin, et ses chaussures d'un marron brillant.

Elle avait la grande chambre à l'arrière de la maison, là où sa fenêtre donnait sur leur jardin, avec son pavillon d'été, sa balançoire et ses pommiers, une vue sur tous les jardins des voisins et au-delà. Elle avait sa salle de bains à elle, ce qu'on appelait une salle de bains attenante, et le mobilier de sa chambre était tout neuf. Mais pendant un temps, en attendant que l'on finisse de décorer sa pièce, elle avait pris la petite chambre sur le devant et, à plusieurs reprises, elle avait regardé en bas par la fenêtre et vu un homme debout sur le seuil, elle avait vu ses souliers et le sommet de son crâne, et elle s'était mise à hurler : « C'est lui ! C'est lui ! »

La première fois, c'était le facteur, et les autres fois c'était David Stanark et Peter Norris, qui habitait la porte à côté. Quand cela arrivait, son père en était bouleversé, et plus tard elle découvrit qu'il avait dit à la police et aux psychologues qu'ils devaient arrêter de la questionner. Il fallait qu'ils y renoncent. Julia était d'accord avec lui. C'était mauvais pour elle, cela la traumatisait. Ils devaient clore le dossier.

Mais ils n'en feraient rien. En tout cas, pas avant des années. Ils le trouveraient, lui affirma l'inspecteur principal chargé de l'enquête, coûte que coûte. Ils avaient une théorie. La raison de ce meurtre, sur laquelle ils s'étaient appesantis, le mobile de l'homme, horrifia Richard Hill. Il en conçut une telle honte, une telle culpabilité qu'il aurait préféré (se répéta-t-il à maintes reprises) tout ignorer.

5

UNE SEMAINE APRÈS le meurtre, David Stanark était passé voir Richard à l'improviste. Il s'était présenté sur le seuil, un homme d'une certaine prestance, à peu près du même âge que Richard, avec une expression angoissée. Il lui tendit la main et lui rappela qui il était.

« C'est moi qui étais dans le train, celui que vous ne connaissiez pas. »

D'ordinaire plutôt doux et effacé, Richard, tout à sa confusion et à son chagrin, lui hurla :

« J'imagine que vous êtes venu pour qu'on vous remercie ? C'est ça ? Vous voulez de la gratitude ? »

David Stanark avait insisté :

« Puis-je entrer ?

– Vous ne savez pas ce que c'est, avait continué Richard, personne n'en sait rien. Ceux qui ne sont pas passés par là ne savent pas ce que c'est que d'être soupçonné du meurtre de l'être que vous... (sa voix s'était brisée et il s'était détourné avant de marmonner)... aimiez le plus au monde.

– Je crois pouvoir imaginer. »

Là-dessus, David était entré et les deux hommes s'étaient parlé. Ou plutôt, Richard avait parlé, David l'avait écouté pendant deux heures avant de révéler à Richard qu'il avait perdu la femme qu'il aimait, lui aussi, qu'elle était décédée de mort violente. Mais il devait s'écouler plusieurs mois avant que leur amitié ne s'établisse solidement et que Richard lui confie le poids de la culpabilité qui l'accablait et la honte qui allait de pair.

Flora Barker, une ancienne infirmière, venait s'occuper de Francine quand son père était au travail ou quand il partait en voyage d'affaires.

Francine retourna à l'école. Ou plutôt, elle entra dans un nouvel établissement, près de leur nouveau lieu de résidence, et se fit de nouveaux amis. Elle avait du retard dans son travail scolaire, mais elle ne fut pas longue à le rattraper parce qu'elle était très vive d'esprit. Et puis, elle aimait bien Flora. En la choisissant pour s'occuper de sa fille et lui tenir lieu de mère de substitution, Richard avait été assez avisé. C'était là l'une des rares décisions sages qu'il ait jamais prises.

Flora faisait partie de ces femmes qui font mouche immédiatement avec les enfants car, tout en étant gentilles, patientes et aimantes, elles aiment les petits, elles apprécient d'être en leur compagnie et de leur parler. Ces personnes-là ne prennent jamais les enfants de haut, elles sont trop ingénues et trop conscientes de leur ingénuité pour prendre qui que ce soit de haut, à supposer même qu'elles sachent ce qu'est la condescendance. Jamais elles ne prennent un air protecteur, jamais elles n'exercent leur pouvoir, jamais elles n'abusent de leur position.

Il arrivait à Flora de dire : « J'aime bien ces nouveaux biscuits, pas toi ? Et ils ne sont pas plus chers que ceux de l'autre paquet. Vas-y, prends-en un autre, moi je vais en prendre un autre. » Ou encore : « On va allumer la télé. Tiens, si tu regardes *East Enders* avec moi, je regarderai ton émission sur les lions avec toi. »

Pour trouver des arrangements donnant-donnant, elle était très forte.

« Si tu m'apprends à faire des puzzles, je t'apprends à tricoter. Les puzzles, je n'ai jamais pigé.

– Mais c'est facile !

– Comme le tricot, quand on sait s'y prendre. Tiens, si tu me chantes une chanson, une de ces chansons que tu as apprises à l'école, je te prépare des crêpes pour le goûter. »

Julia Gregson, c'était un autre genre de bestiole. C'était Flora qui parlait d'elle comme d'une bestiole, un terme que Richard n'appréciait guère. Il trouvait cela impertinent. Mais Julia avait l'air d'un poisson, insista Francine. Pas d'un poisson mort, un de ces maquereaux effilés, ou un de ces cabillauds du genre de ceux que l'on voit à l'étalage du supermarché, mais un poisson tout scintillant, en pleine santé, et qui nage, un poisson magnifique, peut-être bien un shubunkin, ou une carpe koi. Julia avait un visage aux sourcils haut plantés, le nez plutôt long, et elle était toute dans les ors, les blancs et les rouges. Sa peau était d'un blanc luisant et ses cheveux d'un jaune luisant, sa grande bouche en arc était peinte d'un rouge écarlate, et les ongles vernis d'une couleur assortie.

C'était David Stanark qui la leur avait recommandée. Elle était psychothérapeute pour enfants, ou, pour reprendre la formule qu'elle avait employée, pédopsychiatre. C'était David qui avait suggéré que Francine la voie, car il était arrivé à Richard de confier à ses amis que sa fille était trop calme, trop grave, et qu'elle avait besoin de s'extérioriser. Au début, Richard était perplexe. Ferme défenseur, ô combien, de l'éducation la plus traditionnelle, il se demandait quels talents de guérisseuse de l'esprit une femme pouvait bien posséder, quand ses références se limitaient à un brevet de formation pédagogique et à un diplôme d'assistante psychosociale – obtenu au terme d'un stage intensif. Il avait toujours été en profond désaccord avec ce vide de la législation qui permettait à n'importe qui, selon sa fantaisie, de s'improviser psychothérapeute, d'en prendre le titre, et de s'établir sans détenir aucun diplôme de médecine ou la moindre formation psychiatrique. Mais sa rencontre avec Julia avait tout changé.

Elle affichait une telle confiance en elle, elle tenait des propos si apaisants et elle avait un tel entrain qu'il était presque impossible de passer cinq minutes avec elle sans lui accorder une totale confiance. Du moins était-ce l'impression de Richard. Ce fut presque sans aucune réserve qu'il lui confia Francine.

Julia fit jouer Francine à la poupée. Ces poupées, se disait parfois Francine, il n'y avait pas moyen d'y échapper. Pourtant, là, dans cet agréable salon qui donnait sur Battersea Park, ce qu'on attendait d'elle, apparemment, ce n'était pas qu'elle révèle par ses jeux la conscience cachée qu'elle aurait eue du crime commis contre sa mère, mais à la rigueur, peut-être, au travers des gestes de cette poupée et leur enchaînement, les secrets profondément enfouis de son enfance. Julia l'observait et, de temps à autre, elle notait des choses. Elle parlait beaucoup avec Francine, mais pas comme Flora. Flora parlait des livres qu'elle lisait et des émissions de télévision qu'elle regardait, de sortir faire les courses et de ce qu'on allait préparer pour le dîner, elle demandait à Francine si elle aimait telle de ses copines plus que telle autre, et discourait à propos de ses propres amis.

Julia posait des questions.

« Pourquoi aimes-tu ça, Francine ?

– J'aime ça, c'est tout, répondait Francine.

– Pourquoi aimes-tu les glaces ?

– Je ne sais pas. Je les aime, voilà. »

Francine savait pourquoi, mais elle ne le dirait pas.

« Si tu pouvais formuler trois souhaits, que choisirais-tu ? »

Les trois souhaits de Francine, c'était que cet homme ne soit pas venu, que sa mère ne soit pas morte, et de revivre au cottage, avec sa mère et son père. Et peut-être que Flora habite la porte à côté. Cela, elle ne voulait pas le dire à Julia. Il fallait que Julia le sache sans qu'on le lui révèle, il fallait que tout le monde le sache, parce que c'était évident. Or, désormais, Francine savait lire, elle était bonne lectrice, et avant de venir voir Julia pour sa séance, elle avait lu un livre dans lequel un personnage avouait sa peur d'être poursuivi par des pirates dont il avait déterré le trésor. Cette histoire était racontée de façon très vivante et elle en avait retenu presque tout.

« Je veux être en sécurité, expliqua-t-elle, en citant directement le livre. Je ne veux pas qu'ils viennent m'attraper. Je ne veux pas qu'ils me trouvent. »

Julia hocha la tête, eut un air grave et lui répondit que c'était tout pour le moment, car son père allait venir la chercher d'un instant à l'autre. En effet, son père arriva, et Julia et lui eurent une conversation en tête à tête pendant que Francine, assise dans l'autre pièce, regardait une cassette vidéo pour enfants soigneusement choisie. Quelques minutes plus tard, il la ramena en voiture à la maison. On lui avait posé suffisamment de questions pour la journée, mais il se mit à lui en poser d'autres. Est-ce qu'elle aimait bien Julia ? Julia l'aidait-elle à se sentir plus heureuse ? Se sentait-elle seule quand il n'était pas là ?

« J'ai Flora, lui répondit-elle. Je l'aime bien, Flora. »

Il partit en voyage pour Glasgow, Francine se rendit à l'école et Flora vint l'attendre à la sortie pour la ramener à la maison.

« Cela ne te fait pas peur d'aller dehors, non ? s'enquit Flora alors qu'elles marchaient toutes les deux.

– Non. Pourquoi ?

– Ton papa a dit que ça te faisait un peu peur d'aller dehors », expliqua Flora.

Chez elle, dans sa chambre, Francine sortit un livre de sa bibliothèque. C'était un recueil de nouvelles de Roald Dahl que Flora lui avait offert et qu'elle n'avait pas encore lu, mais maintenant, elle était prête à essayer. À côté du livre, il y avait le boîtier de la cassette vidéo.

Elle n'avait plus posé l'œil dessus depuis qu'elle l'avait rangé là, un an plus tôt. À l'époque, elle n'avait pas beaucoup le cœur à lire, mais maintenant elle était capable de lire n'importe quoi – c'est-à-dire tout ce qui était écrit en lettres d'imprimerie. Elle vit que les grandes lettres imprimées sur la feuille en couleurs du boîtier, ce bout de carton qui ressemblait à une couverture de livre, où elle n'avait pu lire la première fois que le mot « des », elle vit alors que ces lettres voulaient dire : *La Route des Indes*. Il y avait aussi une image, d'un homme en turban et d'une vieille femme devant une grotte. Francine ouvrit le boîtier, mais il n'y avait pas de cassette vidéo dedans.

Cette petite boîte en plastique était remplie de feuilles de papier sur lesquelles il y avait quelque chose d'écrit. Pas écrit en caractères d'imprimerie, mais à la main, des lettres attachées. Francine eut beau regarder attentivement, elle fut incapable de lire un mot. Les adultes savaient lire ce qui était écrit à la main, elle se demandait bien comment, et ça n'avait pas l'air de leur prendre plus de temps. Flora disait que personne n'écrivait plus rien désormais, à part des listes de commissions et des mots pour le laitier. Que tout le reste se traitait sur ordinateur. Mais sur ce papier, du genre bloc-notes, que l'on trouvait chez le marchand de journaux, une personne avait écrit au stylo et quelqu'un, au cottage, avait remisé ces papiers dans cette boîte et l'avait cachée. Ce n'était pas elle qui avait fait ça, et quelque chose lui disait que ce n'était pas son père. Par conséquent, c'était sa mère qui avait dû extraire la cassette vidéo de *La Route des Indes* de son boîtier, l'avait remplacée par ces papiers pour loger la boîte dans l'espace vide du placard aux perruques.

Francine ne s'était pas lancée dans d'autres tentatives pour déchiffrer cette écriture. Elle avait remis la boîte sur le rayonnage, là où elle se trouvait auparavant.

En ce monde, il y a des gens à la tête bien faite, agiles d'esprit et qui, en même temps, sont dépourvus de tout bon sens. Mauvais juges des tempéraments et des situations, incapables de voir à long terme, ils sont à la fois très habiles et très malavisés. Richard Hill était de ceux-là.

Il avait tué sa femme et son enfant. Pas avec un pistolet, pas avec préméditation et dans une intention criminelle, non, à ses yeux, c'était sa propre vanité, sa vanité irréfléchie qui les avait tuées. C'était la fierté que lui inspirait sa propre réussite qui avait causé leur mort.

L'inspecteur de police principal chargé de l'affaire lui avait rapporté le mobile de cet homme, et par ce récit il avait réduit à néant le peu de tranquillité d'esprit que Richard était parvenu à acquérir. Le crime commis contre son épouse l'avait été en rapport avec la drogue, et c'était le résultat d'une confusion d'identité et d'une terrible coïncidence, très probablement. Lui, Richard, se faisait appeler docteur Hill, bien qu'il soit titulaire d'un doctorat en philosophie, et il était domicilié à Orchard Lane. Un autre docteur Hill, docteur en médecine, habitant une Orchard Road située à une quinzaine de kilomètres de là, conservait chez lui des sommes d'argent considérables – de l'argent sale, bien que la police n'ait pas employé la formule –, que lui versaient certains des patients qu'il recevait en consultation à son cabinet. Le meurtrier, soupçonné d'être un héroïnomane, certainement sous l'emprise de la drogue au moment du meurtre, avait confondu les deux hommes. Quant à son adresse, lui avait indiqué l'inspecteur principal presque en guise d'excuse, il l'avait probablement trouvée dans l'annuaire.

Et depuis lors, à cause de ce « docteur » qui précédait son nom dans l'annuaire, Richard s'était senti profondément angoissé, coupable. Car cette mention n'était pas nécessaire. Son métier et sa réussite professionnelle n'exigeaient guère que tout le monde doive savoir qu'il était titulaire d'un doctorat en philosophie de l'université d'Oxford. Il avait fait insérer cette précision dans l'annuaire par fierté. Il était fier de sa réussite personnelle et du titre qu'elle lui conférait, elle le rendait vaniteux et, à cause de cela, pour s'en être vanté, il avait assassiné sa femme.

Un soir que les deux hommes buvaient un verre ensemble, il confia ce qu'il ressentait à David Stanark. David ne lui dit rien de bien réconfortant. Il n'eut pas un mot pour que Richard cesse de s'en vouloir, pour l'assurer qu'il n'avait rien à se reprocher, ou qu'il devrait se sortir cette culpabilité de la tête. Richard s'était plus ou moins attendu à ce que David lui dise ça, il l'avait espéré. La formule de David – « En fait, il va te falloir vivre avec, et tout ce que tu peux te dire, c'est qu'avec le temps ça s'estompera » – le déconcerta.

« Alors tu penses que c'était ma faute ? J'ai raison de me sentir coupable ?

– Dans ta situation, n'importe quel être humain responsable et doué de raison se sentirait coupable, lui répondit David, peut-être pour adoucir la sévérité de ses mots. Tu es celui qui a conduit cet homme jusqu'à ta maison, en effet. Tu l'as fait très directement, par tes actes. Tu appelles cela de la vanité, un jugement plus clément estimerait qu'il s'agit là d'une preuve légitime de la fierté que tu éprouves pour ta réussite. Quelle qu'ait pu être la cause, le résultat, c'est que cet homme a tué ta femme. Mais nous ne pouvons prédire vers quoi nos actes vont nous conduire. Si nous le pouvions, peut-être ne sortirions-nous plus nulle part, nous nous consacrerions à écrire, nous ne nous lèverions même plus le matin. Ce n'est pas possible, donc la réponse consiste à toujours essayer d'agir avec beaucoup de circonspection.

– En évitant de commettre les sept péchés capitaux ? » ironisa Richard.

Mais il n'aima pas la manière qu'eut David de hocher la tête et de lui répondre, sur un ton de prêcheur :

« Ce sont des événements comme celui-ci qui nous montrent pourquoi la vanité est du nombre. »

Après cela, il se créa un froid entre les deux hommes, et même s'ils se voyaient encore à l'occasion, ce n'était plus pareil. Leur amitié ne se renoua que lorsque tous deux se marièrent, et après que leurs femmes furent devenues proches. Au lieu de s'en ouvrir à David Stanark, Richard fit part de ses problèmes à Julia, et sa réaction fut plus à son goût.

Elle était psychothérapeute « pour enfants » – en tout cas, de sa propre opinion – mais, n'ayant à vrai dire confiance dans aucune espèce de psychothérapie, Richard tendait à considérer que cela n'importait guère. Dans son esprit, ces deux convictions voisines s'équivalaient : d'abord, que la psychothérapie n'était qu'un tissu de sornettes, ensuite, que Julia, parce qu'elle était bien de sa personne, compréhensive, calme et confiante, devait être une bonne psychothérapeute. En fait – tels furent ses propres termes –, elle était la seule de son espèce à qui il pouvait se fier.

Julia n'opposa aucune objection à le prendre pour client. Un adulte, c'était plus motivant qu'un enfant. Un homme adulte, et attirant de surcroît, qui vous confesse les secrets de son cœur, alors que vous êtes assis l'un près de l'autre dans une pièce au chaud, à la tombée du jour, juste éclairée par une seule et unique lampe, voilà qui était plus excitant que d'observer une enfant qui joue à la poupée. Et Richard s'aperçut qu'il pouvait dire à Julia n'importe quoi, qu'il pouvait tout lui raconter. Elle écoutait, sans jamais l'interrompre. Elle posait le coude sur le bras du divan et, la tête un petit peu penchée de côté, elle appuyait dans la paume de sa main le menton qu'elle avait plutôt petit et légèrement fuyant, et, ses lèvres magnifiques à peine entrouvertes, des lèvres de poisson, elle écoutait. De temps à autre, elle hochait la tête, un geste qui laissait entendre que les horreurs qu'il reconnaissait, ses faiblesses et ses lubies, étaient toutes parfaitement compréhensibles. Elle, elle savait, elle comprenait, et elle pardonnait.

Il lui parla de la vanité qui l'avait amené à se faire appeler docteur Hill dans l'annuaire et lui expliqua que c'était pour cela qu'il s'en voulait de la mort de sa femme.

« La première chose qu'il vous faut comprendre, lui avait-elle répondu, c'est que la culpabilité fait partie de ce bagage encombrant, quelquefois répugnant, que nous autres êtres humains sommes contraints d'emporter partout avec nous. Souvent, cette culpabilité ne comporte que peu de liens avec la réalité, mais vous seriez un homme bien étrange si vous ne l'éprouviez pas. Imaginez que ma réponse ait été : il faudrait vraiment que vous soyez un psychopathe pour ne pas vous sentir coupable. Qu'en pensez-vous ? »

Il lui apprit que sa femme et lui, au cours des mois qui avaient précédé sa mort, s'étaient éloignés l'un de l'autre, qu'elle était devenue froide, et qu'il avait passé de plus en plus de temps loin de sa famille, à se préoccuper de sa carrière. À présent, il s'en voulait de cela aussi, de s'être montré insensible aux besoins de Jennifer, d'avoir omis de la questionner, de lui parler.

« Qu'aimeriez-vous le plus au monde ? » lui demanda Julia.

Il n'eut pas besoin de réfléchir.

« Pouvoir annuler ce qui s'est passé. Revenir en arrière et agir autrement.

– Mais en réalité, cela vous est impossible. Ce n'est à la portée de personne. Si vous aviez trois souhaits, trois souhaits raisonnables, dans l'ordre des choses possibles, qu'est-ce que ce serait ?

– Protéger Francine, répondit-il. L'élever en sécurité et la préserver de tout traumatisme. Dormir la nuit, comme autrefois.

– Et le troisième souhait ? »

Jusqu'à cette minute, il avait ignoré quel serait ce troisième souhait. Il lui traversa l'esprit, tel un rai de lumière pénétrant dans une pièce obscure. S'en ouvrir à l'instant, il en était incapable. Il ne put que regarder Julia, lui serrer la main et répondre :

« Un jour je vous le dirai. »

Elle sourit. Elle retira la main sur laquelle elle avait appuyé sa joue et la posa sur la sienne.

« Il est l'heure, Richard. Vous verrai-je la semaine prochaine ? Même heure, même endroit ?

– Bien sûr. »

Francine vint chez Julia le lendemain, accompagnée de Flora.

« Il est temps que nous parlions de cette fameuse journée, Francine », lui annonça Julia.

Ce que signifiait « cette fameuse journée », Francine le comprit sur-le-champ. Avec Julia, elle ne l'avait jamais évoquée, alors qu'elle en avait parlé avec presque tout le monde. Cette journée, elle aurait bien aimé la tenir à distance, en essayant de l'enfouir dans le passé, et ne la laisser revenir qu'en rêve. Et voilà Julia qui disait que ce serait mal. Qu'il fallait en discuter.

Elle n'était pas une enfant rebelle, mais plutôt calme et douce, et surtout soucieuse de voir son père heureux. Elle était venue voir Julia sans protester, pour se plier au souhait de son père. Mais elle aurait tout fait pour s'éviter de parler de cette journée-là avec Julia.

« Tu crois que cet homme va te retrouver, n'est-ce pas, Francine ? »

Cela ne lui avait jamais traversé l'esprit.

« Je sais pourquoi tu n'as pas envie d'en parler. C'est parce que tu as peur que cet homme te retrouve. N'ai-je pas raison ? »

Francine tenait absolument à ne pas pleurer, mais elle pleura, elle ne pouvait pas s'en empêcher.

Julia la prit dans ses bras et la serra contre son chemisier de satin blanc tout glissant, elle l'étreignit longuement, avec amour, et lui caressa les cheveux.

« Je veillerai à ce qu'il ne t'arrive jamais rien. Papa veillera à ce qu'il ne t'arrive jamais rien. Tu le sais, ça, maintenant, n'est-ce pas ? »

Il devait s'écouler près d'une année avant que Richard ne comprenne ce qui avait provoqué la décision subite de Julia : cesser d'exercer, vendre sa maison et déménager. Sur le moment, il lui sembla que ces actes servaient ses propres desseins de façon providentielle, à moins qu'il ne se soit agi de merveilleuses coïncidences. Un samedi soir, alors que Francine et lui étaient seuls, avaient fini de dîner et venaient d'écouter un CD de Britten, le *Guide de l'orchestre à l'usage des jeunes gens*, Richard annonça :

« Mon cœur, je veux te demander quelque chose. C'est assez sérieux.

– C'est au sujet de cette fameuse journée ? » s'enquit-elle.

Il comprit ce qu'elle entendait par là et il en resta interdit. Avait-il couru le risque d'oublier à quel point elle était mentalement la proie du passé ?

« Non, il ne s'agit pas de cela. Nous avons dit tout ce qu'il y avait à en dire. »

Elle approuva de la tête, et puis, comme mue par un doute après coup, elle haussa les épaules.

« Ce que je veux te demander n'a rien à voir. C'est à propos du futur, pas du passé. Des temps à venir. »

Il attendit, puis il poursuivit :

« Comment le prendrais-tu, si je me mariais ?
– Si tu te mariais ?
– Je souhaite me marier. Je n'oublierai jamais ta mère, tu le sais. Je ne cesserai jamais de l'aimer. Mais je veux me remarier, pour ton bien aussi. J'imagine que tu sais de qui il s'agit ?
– Flora », hasarda-t-elle.

Sa supposition, qui n'aurait pu être plus à côté de la plaque, le mit presque en colère. Elle n'était qu'une enfant. Et pourtant, l'imaginer susceptible d'épouser une bonne femme trop grosse et mal fagotée, permanentée, les mains rougeaudes, une ex-infirmière diplômée d'État avec l'accent de Bristol...

« C'est Julia. »

Il ne se départit pas de sa patience. Il sourit même, mais sans pour autant la regarder droit dans les yeux.

« Je ne le lui ai pas encore demandé. Je suis en train de te demander ta permission, Francine. Je suis en train de te dire, ma petite fille, puis-je épouser notre bonne amie Julia ? »

Un père qui demande à son enfant s'il peut se remarier a toujours l'intention de passer à l'acte, quelle que puisse être la réponse. Seulement, si la réponse est oui, cela rend les choses plus commodes. Cela, Francine l'ignorait, mais elle en avait l'intuition. Avec cinq ans de plus, elle aurait sans doute répondu : « Je ne peux pas t'en empêcher », ou alors : « Fais comme tu veux, c'est ta vie. » Mais elle n'avait que neuf ans, et le savoir heureux lui faisait plaisir.

Par le passé, elle avait déjà perdu l'usage de la parole, et encore maintenant, quelquefois, même si elle ne l'avait jamais avoué à personne, elle avait peur que son mutisme ne la reprenne. Un jour, elle se réveillerait et ne serait plus capable de parler. Ce n'était pas encore arrivé, et cela ne lui arrivait pas à cet instant. Cette fois, elle choisit de ne pas parler. Elle le regarda en silence et elle hocha la tête.

6

DANS SON ENFANCE, pendant de nombreuses années, Teddy avait rendu visite à sa grand-mère une fois par semaine pour son argent de poche. Par nature ou par conditionnement, ils avaient tous les deux un tempérament froid, et tous deux étaient des solitaires. La mort de son mari avait soulagé Agnes Tawton, elle le reconnaissait sans vergogne. Elle n'avait plus à vivre avec quelqu'un dont les souhaits pouvaient ne pas coïncider à tout coup avec les siens, et qui donc, à l'occasion, avait pu requérir de sa part un minimum d'attention.

De cette attention, elle en accordait peu à Teddy, mais elle lui donnait quand même son billet d'une livre. Parfois, sa visite se déroulait sans qu'un mot soit échangé, hormis ses remerciements sur lesquels elle insistait, qu'elle exigeait même avant que le billet ne parvienne dans la main de Teddy. S'il la dévisageait en silence, les lèvres serrées, elle lui arrachait l'argent des mains et le gardait derrière son dos.

« Qu'est-ce qu'on dit ?

– Merci.

– Merci, grand-maman.

– Merci, grand-maman. »

Il était rare qu'elle l'invite à entrer, et si elle le lui proposait, elle ne lui offrait rien, ni à manger ni à boire. Leur conversation, dans ces moments-là, consistait, de sa part à elle, à le harceler de questions sur son travail à l'école et à solliciter ses lumières sur ce qui se passait au sein du foyer Brex, et, de son côté à lui, en une insolence monosyllabique – insolence parfois même totalement muette. Elle était âgée, elle avait entre soixante-dix et quatre-vingts ans quand Teddy en avait dix, mais elle avait bon pied bon œil. Sans jamais être invitée, elle passait voir sa fille de temps à autre, et pourtant, même si cette visite tombait le jour où Teddy devait recevoir son argent hebdomadaire, elle ne lui remettait pas pour autant son billet d'une livre. Pour cela, il fallait qu'il lui rende visite.

Ainsi se développa-t-il entre ces deux individus apparemment insensibles une certaine forme de relation. Ils avaient beau ne s'intéresser ni l'un ni l'autre à la nature humaine – si ce n'est pour partager un mépris général à son endroit –, ils ne connaissaient sans doute personne mieux qu'ils ne se connaissaient l'un l'autre. Teddy entra dans l'adolescence, il grandit, il présentait très bien, et Agnes adoucit même son attitude à son égard, formulant de temps en temps une remarque où ne perçaient plus ni sévérité, ni autoritarisme, ni moquerie. « Il fait froid, aujourd'hui », s'écriait-elle, ou encore, avec une immense satisfaction : « Tu vas être beaucoup plus grand que ton papa. »

Par conséquent, il peut paraître étrange, incompréhensible que, quand à dix-huit ans Teddy partit pour l'université, Agnes ait tout fichu en l'air. Elle aurait pu lui octroyer deux fois ou même trois fois la somme qu'elle lui versait – elle pouvait se le permettre –, mais au lieu de ça, et parce qu'il obtint sa bourse, elle lui annonça qu'il allait falloir mettre un terme à son billet d'une livre hebdomadaire.

« Tu vas avoir de plus gros revenus que moi », lui déclara-t-elle.

Teddy ne fit aucune réponse, car il n'avait aucune idée des revenus de sa grand-mère.

« Tu vas plus t'embêter avec moi, maintenant, n'est-ce pas ? »

Ces mots furent proférés sur un ton de triomphe.

« Probablement pas.

– À ta guise », conclut Agnes.

Lorsque Keith demanda pourquoi la maison sentait l'acétone, Eileen sut de façon certaine qu'elle était affligée de la même infirmité que son père. C'était dans son haleine, et peut-être cela lui sortait-il par les pores, mais Jimmy ne l'avait pas remarqué. Elle avait longtemps suspecté la chose. Au courant des symptômes de Tom Tawton, elle comprit finalement ce que devaient signifier cette soif atroce, cette peau sèche et cette fatigue permanentes. La soif, elle y avait remédié en buvant de la bière, qu'elle absorbait en alternance avec des canettes de Coca Light. Ses yeux n'étaient plus ce qu'ils avaient été non plus, mais à cela elle avait remédié en s'achetant des lunettes chez Boots.

Avoir une bonne vue était essentiel si elle voulait continuer le couvre-lit en dentelle blanche et le terminer. Au stade où elle en était, ignorer les choses, faire comme si de rien n'était, n'allait plus marcher. Elle allait devoir agir. Après ce commentaire de Keith sur l'odeur d'acétone, aucun des hommes de la maisonnée n'avait plus manifesté aucun intérêt pour son état de santé. De leur part, le contraire l'eût étonnée.

Malgré la bière, elle avait perdu du poids, car elle n'avait aucun appétit.

« Je crois que je pourrais remettre ma bague, dit-elle à Jimmy un soir qu'ils regardaient *Allô, Allô*. Tiens, regarde mon doigt. »

Mais Jimmy s'en garda bien. Il esquiva la main qu'elle brandissait devant lui, une main desséchée, à la peau qui pelait tant qu'on aurait cru qu'elle l'avait plongée dans un sac de farine. Il se pencha de côté, à l'opposé de cette main, et lorgna vers l'écran avec un rire de gorge.

Vêtue d'une jupe rouge et grise, au crochet, d'une pèlerine rouge, au crochet, et d'une casquette à visière jaune, au crochet, Eileen sortit attraper le bus pour se rendre chez sa mère. En chemin, elle passa devant le cabinet du médecin, récemment rebaptisé « centre médical », remarqua-t-elle – en fait, elle s'arrêta devant pour lire sur le panneau d'affichage les horaires de consultation et la marche à suivre pour prendre rendez-vous. Mais elle poursuivit sa route. Dix-neuf ans après, elle se rappelait encore le remue-ménage d'avant et après la naissance de Teddy, parce qu'elle avait été incapable d'aller quérir une assistance médicale, le médecin généraliste méprisant et la sage-femme à l'air pincé. Et elle songea à ce qu'on lui ferait si elle entrait là-dedans. Sa connaissance de la chose, elle la puisait dans la télévision. Elle s'imaginait les examens, les enquiquinements, l'humiliation, les adjurations pour qu'elle arrête de fumer.

À l'arrêt de bus, elle alluma une cigarette. Une femme, qui elle aussi attendait, éventa la fumée de la main, et Eileen soulagea sa rancœur en lui infligeant une pleine bouffée de ce mauvais traitement. Le temps d'arriver chez sa mère, elle se sentit très fatiguée, entre autres parce que, sur le trajet, elle avait dû chercher des toilettes publiques, et ce à deux reprises, pour pouvoir soulager sa vessie.

Lorsqu'elle apprit les intentions d'Eileen, Agnes tenta mollement de l'en dissuader. Mais elle manquait autant de force de persuasion que de chaleur ou de véritable intérêt pour le destin d'autrui. Elle ne se sentait pas suffisamment concernée.

« Tu vas te détraquer les intestins, la prévint-elle.

– Les intestins ? Enfin, c'est dans la jambe que je vais me faire ça.

– Les cochonneries de ton père sont sûrement périmées. Ça fait cinq ans. »

Mais elle ne put empêcher Eileen d'aller dans la salle de bains chercher la seringue et l'ampoule. Eileen avait si souvent regardé son père qu'elle savait exactement ce qu'il fallait faire. Tom Tawton avait laissé derrière lui des stocks de médicaments et Agnes n'avait rien jeté, malgré les recommandations de l'infirmière de l'assistance publique. Eileen se dit qu'elle pourrait en remporter une partie avec elle, et qu'il suffirait qu'elle achète sa propre seringue.

En fouillant dans l'armoire à pharmacie, elle trouva une boîte marquée Tolbutamide. Se souvenant que ce médicament avait été prescrit à son père par voie orale avant que l'on ne poursuive son traitement par intraveineuses, elle avala quelques gélules avec de l'eau du robinet, froide. Cela ne pouvait pas lui faire de mal. Il était plus compliqué de se faire une piqûre, mais elle avait vu comment on s'y prenait, alors c'était à sa portée.

Après coup, elle alla retrouver sa mère et lui annonça qu'elle allait leur préparer une tasse de thé. Elle allait arrêter de mettre du sucre dans son thé. « Ça va être un vrai déchirement, reconnut-elle, mais il faut que je pense à ma santé », et puis, parce qu'elle avait entendu cette phrase quelque part, ou quelque chose d'approchant : « Je le dois à Jimmy, de penser à ma santé. »

Dans la cuisine, pendant que l'eau chauffait, elle dut s'asseoir. Elle s'assit, sentit sa tête tourner, sa vision s'obscurcir, son corps fut secoué de tremblements, elle glissa et s'effondra par terre, dans le coma. Sa mère, lasse d'attendre son thé, s'endormit, et ne la découvrit dans cet état que cinq heures plus tard.

De retour de la faculté pour les vacances de Pâques, Teddy trouva la maison déserte en plein milieu de la journée. Jimmy avait omis d'informer les autorités de la mort de son épouse et continuait de percevoir la totalité de la pension de retraite due à un couple marié, à laquelle on lui avait précédemment donné droit depuis ses soixante-cinq ans. Presque à la même période, la loi ayant changé, les pubs avaient le droit de rester ouverts toute la journée. Jimmy allait au pub dès dix heures du matin et y restait jusqu'à six ou sept heures du soir.

Keith travaillait toujours dur, cela faisait un an qu'il avait commencé à toucher sa retraite, et il travaillait encore comme plombier, surtout pour se faire de l'argent de poche. Il gagnait coquettement sa vie. Ainsi, il avait gagné assez l'an passé pour se payer des vacances à Lanzarote et se construire un auvent sur la rampe de béton, pour protéger son Edsel des intempéries. Un bon plombier – qui se déplacera quelle que soit l'heure où on l'appellera, à cause de la fuite du ballon d'eau chaude de l'appartement, du réservoir de la chasse d'eau qui n'arrête plus de se remplir – est toujours très demandé. Donc, la maison était vide et, pour la première fois de sa vie, Teddy l'avait pour lui tout seul.

Il aurait pu demander à ses amis de passer faire un saut, mais il n'avait pas d'amis. S'il avait jamais connu quelqu'un qui, de près ou de loin, ressemblât à un ami, c'était Alfred Chance. À la faculté, les filles s'entichaient de lui et exprimaient clairement leurs sentiments, mais il les repoussait. Il était solitaire et aimait bien se considérer comme tel. Pour commencer, quand il fut seul dans la maison, il l'explora, car jamais il n'avait eu pareille occasion auparavant.

Elle était très sale, à cause de toute cette laine partout, de tous ces vêtements en lainage infestés de mites. Les vers à bois étaient en train de dévorer les meubles du salon et, à partir de la tablette de la télévision, ils avaient pénétré dans les plinthes. Teddy ferma les yeux et songea à la maison, rongée par les insectes qui foraient, perçaient, mâchaient, et il se figura presque percevoir le bruit de leurs déprédations, une variation en diverses tonalités sur un spectre de fredonnements et de bourdonnements réguliers.

Il y avait des araignées dans la salle de bains et de petits poissons d'argent qui se tortillaient sur les lattes du plancher. Les coccinelles étaient massées en grappes pourpres sur les rideaux sales. Vues de loin, on eût dit des croûtes sur une peau. Il entra dans la chambre de Keith, non par envie de voir ou de vérifier quelque chose, mais plutôt sous le coup de l'étonnement et mû par un dégoût mêlé de fascination. Un plaisir obscur, voilà ce qu'il ressentit rien qu'au spectacle de ce lit qui n'était jamais fait et de ces draps qui n'étaient jamais changés. Depuis la mort d'Eileen, il n'y avait personne pour faire la lessive, et un tas de vêtements sales s'empilaient dans un coin. Keith attendrait qu'il ne lui reste plus qu'un pantalon et un T-shirt en loques, alors il fourrerait le tas de vêtements dans un sac-poubelle et l'emporterait à la laverie.

La chambre sentait la cigarette refroidie, la sueur, le fromage et la puanteur sèche, amère et jaunie des draps de lit pas lavés. Les cendriers de taille normale n'étaient pas assez grands pour Keith, et il se servait d'une vieille casserole en Pyrex où il déposait sa cendre et écrasait ses mégots. Elle était posée à même le sol, à côté du lit. Teddy s'accroupit et regarda sous le lit. De son enfance, il gardait le souvenir que Keith entreposait là-dessous de quoi boire. Ça n'avait pas changé, une demi-bouteille de vodka, une entière de gin, trois canettes de bière, encore attachées par leur collier de conditionnement en plastique.

Keith collait des Post-It roses et bleus partout sur les vitres et sur le devant de la commode. Dessus, il y avait des numéros de téléphone de clients et des adresses de fournisseurs en équipements sanitaires. Et sur un mur étaient punaisées des photographies (découpées dans des livres de bibliothèque) des héros de Keith : Karl Benz et Gottlieb Daimler, inventeurs du véhicule automobile, et de Ferdinand Porsche, debout à côté de sa Volkswagen, dans l'Allemagne de Hitler. Leurs visages guindés, graves, et leurs vêtements impeccables produisaient un contraste grotesque avec le sordide de cette chambre.

Une porte plus loin, Jimmy dormait, seul à présent. Le lit était une version plus grande de celui de son frère. Jimmy avait saigné du nez sur l'un des oreillers. À en juger par la couleur et la texture de la tache, cela remontait à quelques semaines. C'était peut-être ce qui avait attiré les mouches, à peu près une dizaine, qui dansaient et rebondissaient contre la fenêtre close, tandis qu'une mouche bleue, aussi grosse qu'une abeille, traçait dans la pièce des diagonales affolées en vrombissant. Teddy regarda à l'intérieur de la penderie. Les vêtements de sa mère sentaient le vieux mouton. Les traces laissées par les larves de mites se voyaient à la surface de la laine pelucheuse et des cocons de mites d'un blanc grisâtre, comme de la moisissure, étaient nichés entre les coutures.

C'étaient les couleurs qu'elle avait choisies qui fascinaient Teddy, et qu'il trouvait repoussantes. Sur la couleur, il en savait d'ores et déjà un peu, sans compter ce qu'on lui avait appris. Par exemple, ce qui peut sembler beau dans la nature, comme une primevère sur un fond de feuilles de lierre vert sombre, un papillon bleu sur une rose rose, se révélait, il le savait, moins acceptable en art ou dans le textile. Eileen avait placé du vert à côté d'un pourpre et de l'ocre à côté d'un violet, du turquoise rivalisait avec du pêche et du cramoisi jurait avec un bleu clair. Ces associations de couleurs lui donnaient mal aux yeux et firent, une fois de plus, monter la colère en lui.

Il avança jusqu'à la coiffeuse et resta là, debout, un moment, les mains appuyées sur le plateau vitré, les yeux fermés. Il tournait le dos au lit mais il l'avait bien présent à l'esprit. Ici, ils avaient dû, de temps à autre, au moins une fois depuis sa naissance, cinq ans après leur mariage, souvent peut-être ils avaient dû, ils avaient couché ensemble. D'après ce qu'on en disait à l'école, il le savait, l'idée des parents en train de coucher ensemble était inimaginable pour tous, mais dans son cas à lui, c'était encore plus inimaginable que d'ordinaire. Il en eut un frisson. Il avait dormi ici jusqu'à l'âge de quatre ans, il en avait un vague souvenir, alors peut-être avaient-ils fait ça devant lui.

Il garda les yeux clos. À vingt ans, il était vierge et n'en avait pas honte. Si quelqu'un le lui avait demandé, il l'aurait fièrement admis. Il avait lu quelque part, dans un journal probablement, que « se préserver », conserver sa virginité, était en train de devenir à la mode. Pour une fois, il ne voyait pas d'inconvénient à suivre la mode. S'il s'agissait de se préserver pour quelque chose ou pour quelqu'un, l'idée du mariage était ridicule. Le mariage, c'était cette chambre à coucher, ces gens, la fumée et les mites et le mobilier de la salle à manger. Mais il pouvait s'imaginer se garder pur et intact pour... pour quoi ? Une créature aussi directe et aussi intacte que lui-même.

Se retournant brutalement, il ouvrit les yeux et fixa son reflet du regard. Le miroir piqueté perdait son tain en une espèce d'ulcération verdâtre sur le pourtour, mais ceci n'eut pour effet que de mettre la beauté de Teddy plus en relief, plus à nu. Sa ressemblance avec son oncle Keith ne l'avait jamais frappé, et c'était tout aussi bien. Cette ressemblance, il l'aurait rejetée avec fureur. Il ne vit qu'un visage et une silhouette qu'il ne se lassait jamais d'admirer, cette mâchoire carrée, ces yeux et ces pommettes, ce nez et cette bouche parfaits, cette chevelure soyeuse et noire et ce corps mince et ferme, avec des hanches et un bassin apparemment trop étroits pour contenir tout ce qui était en eux.

Pourtant, ce n'était pas de la vanité. Il n'avait absolument pas l'intention de mettre son physique en valeur, de s'habiller dans ce but, encore moins de s'en servir. Seulement, il retirait de la contemplation de sa personne – comme de regarder n'importe quel bel objet – un certain plaisir. Si l'envie le prenait de s'afficher, de s'imposer à quelqu'un, cela équivalait pour lui à installer dans le jardin une sculpture qu'il affectionnait, ou à inviter des gens à venir voir, accroché sur son mur, un tableau auquel il tenait beaucoup. Il s'appartenait. Il était la seule personne à laquelle il accordait autant d'importance qu'il en accordait aux objets.

Son absence de défaut n'était gâchée que par une infirmité à la main gauche. Il avait contracté l'habitude de tenir le petit doigt de cette main-là recroquevillé et planté dans la paume. De nos jours, ou dans d'autres circonstances, avec des parents qui se seraient sentis un tant soit peu responsables de leur enfant, aussitôt découvert ce bout de doigt, ils l'auraient emporté avec eux au service des urgences et l'auraient fait recoudre sans qu'il y paraisse rien. Ce manque d'attention, ce désintérêt était une autre raison de sa haine à leur égard. Il baissa les yeux et considéra le fatras sur la coiffeuse. Depuis la mort de sa mère, rien n'avait été changé de place, rien n'avait été épousseté. L'endroit avait été laissé dans l'état où il avait toujours été, comme un autel, mais ce n'était pas de la dévotion, c'était de l'indifférence.

Une vieille brosse à cheveux Mason-Pearson, les poils raides et noirs bouchonnés de cheveux tout aussi raides, mais grisonnants, ceux d'Eileen, une bouteille de parfum dans laquelle, avec le temps, le liquide avait viré au jaune visqueux, un peigne aux dents collées ensemble par un gel gris foncé, une boîte en carton qui avait jadis contenu des chocolats de chez *Terry's All Gold*, un cendrier en verre rempli d'épingles à cheveux, de barrettes, de bouts de coton hydrophile, une mouche morte, le capuchon d'un stylo-bille et, détail horrible, un bout d'ongle cassé. Et tout ceci posé sur un napperon au crochet taché qui avait viré au gris, froncé au centre et recourbé sur ses bords effrangés, telle une île dans une mer de poussière après une explosion nucléaire.

Teddy eut soudain le réflexe de tout envoyer par terre d'un geste du bras. Son père ne remarquerait rien, ne s'apercevrait pas de ce qui clocherait, pas avant des années, pas avant une éternité. Quelque chose l'en empêcha, simplement sa curiosité pour le contenu de la boîte. S'il y avait toujours à l'intérieur ce qui s'y trouvait à l'origine, ce devait être des fantômes de chocolat, enrobés de moisissure, de pâles fantômes en forme de cube, d'hémisphère et de coquillage.

Mais les chocolats avaient été mangés depuis longtemps. C'était dans cette boîte qu'Eileen rangeait ses bijoux. Teddy ne l'avait jamais vue les porter, des rangs de perles écaillées, un collier en verre de couleur verte, une broche en forme de scotch-terrier, un bracelet de cuivre pour tenir les rhumatismes en respect – c'était dit, gravé dessus –, un collier qu'on aurait dit tressé avec du fil gainé de plastique. Et puis il vit ce que c'était en réalité. Ainsi, même les bijoux pouvaient se travailler au crochet.

Il renversa le tout. Dans le fond, comme une orchidée plantée sur un lit de chardons, il y avait une bague.

Exactement comme sa mère, tant d'années auparavant, dans les toilettes pour dames de Broadstairs, il en perçut la valeur. Il jaugea non pas, à l'exemple de sa mère, son prix éventuel, mais sa beauté. Il la déposa au creux de sa paume et la retourna en tous sens, pour que la pierre attrape la lumière. Le diamant était gros, il brillait d'une lueur sombre, d'un éclat fastueux, ses facettes aux reflets d'arcs-en-ciel projetaient d'autres arcs-en-ciel qui dansaient à la verticale sur le mur sale. Le sertissage de la pierre et l'anneau étaient englués dans les mêmes dépôts que ceux du peigne d'Eileen qui formaient comme un épiderme desséché. En signe de dégoût, il retroussa la lèvre devant cette crasse noire et graisseuse qui recouvrait ce ruban d'or et ce chaton délicatement travaillés. D'où provenait cette bague ? L'avait-elle jamais portée ?

Elle avait besoin d'être nettoyée, il trouverait comment on nettoyait une bague sertie d'un diamant. Mais d'abord, après toutes ces explorations, il allait prendre un bain.

Les voisins, renonçant à leurs cancans calomnieux et à leurs jugements peu amènes, ainsi que le font les gens lorsque frappe la tragédie, jugèrent que le fait que Jimmy n'ait pas longtemps survécu à la mort de sa femme montrait bien à quel point ils étaient attachés l'un à l'autre. Ils ne pouvaient vivre l'un sans l'autre. Ce n'était pas que Jimmy soit mort, mais on l'avait emmené à l'hôpital en ambulance après qu'il eut été terrassé par une crise cardiaque dans un pub.

Il était resté debout au bar, sa pinte de Guinness à la pression devant lui, parlant à qui voulait bien l'écouter des rapports entre les races dans les quartiers nord de Londres. Ou, plus précisément, de la conduite du marchand de journaux d'origine indienne, quoique né à Bradford, qui avait vendu tous ses exemplaires du *Sun* avant que Jimmy ne parvienne à rendre visite à son commerce. « Donc, j'ai dit à Paki le négro, s'expliquait Jimmy, en utilisant ce sobriquet spirituel qu'il croyait être de sa propre invention, je lui ai dit, t'es pas dans ton Cal-de-trou-du-cul-de-Cutta là maintenant, tu le sais, ça, t'es plus au milieu des charmeurs de serpents et de ces merdeux avec leurs vaches, là, et là il est devenu – bon, pas blanc, non, pas ça, épargnez-moi ça –, non, il est devenu couleur curry, voilà, avec ses frites à la con et... »

La douleur coupa net Jimmy. Il agrippa le haut de son bras gauche avec sa main droite, un geste qui parut d'abord le pousser en avant, et puis le casser en deux, et lui faire lâcher un gémissement sourd, la bouche molle. Ce gémissement enfla jusqu'à se changer en un hurlement guttural, les genoux de Jimmy se dérobèrent sous lui et il s'effondra par terre, membres écartés.

Après avoir longtemps vécu sans téléphone, les Brex en avaient acquis un dix ans auparavant, essentiellement pour les affaires de plomberie de Keith. Keith était donc au téléphone, en train de discuter avec une femme chez qui de l'eau s'écoulait par le plafond de la salle de bains, quand un policier franchit la porte. Keith était devant un dilemme : soit aller se porter au secours de la femme à la salle de bains, soit se rendre à l'hôpital. En entrant dans la salle à manger, il trouva Teddy assis sur son lit en train de travailler à un dessin pour un repose-pieds.

« Toute la famille part en morceaux, pleurnichait-il. Tu ferais mieux d'aller voir ton père là-bas, tu peux venir avec moi à moto, je te déposerai en allant à Cricklewood, c'est sur ma route.

– Non, merci, répliqua Teddy. Je suis occupé. »

Le repose-pieds serait beau, une création toute en lignes dépouillées et régulières, en surfaces luisantes. Il ferma les yeux, s'imagina une vie future d'où toute laideur serait bannie.

7

DE RETOUR À LA FACULTÉ, Teddy assista à une conférence sur l'École de Joyden. Cette conférence était donnée par un professeur invité, il n'était pas tenu de s'y rendre, et on n'attendait même pas de lui qu'il y assiste. Les « beaux-arts » ne faisaient pas partie de son cursus, mais il admirait le travail de Michael Joyden, Rosalind Smith et Simon Alpheton, dont il avait vu des spécimens reproduits dans un supplément du dimanche, et il avait envie d'entendre ce que le professeur Mills avait à en dire.

D'une propreté impeccable, comme toujours, les cheveux lavés et les ongles curés, Teddy était vêtu de ses habituels quasi-haillons immaculés. Il n'avait pas d'argent pour s'acheter des vêtements et, quand il le fallait, il allait faire ses achats à l'Oxfam, le Comité d'Oxford contre la faim, et dans la boutique de Sue Ryder. Sa mère l'avait toujours habillé dans ces deux établissements, il s'y était fait et se désintéressait de ce qu'il portait. Ce jour-là, il portait un jean, comme tout le monde dans la salle de conférences du Potter Building, un T-shirt blanc comme neige mais miteux quand même et un sweat-shirt bleu foncé acheté neuf, douze ans plus tôt, chez C & A, par celui qui en avait ensuite fait don à la boutique de Sue Ryder.

La fille assise à côté de lui le toisa du regard, un de ces regards qui avaient cessé de le surprendre. Elle était plutôt jolie. Il n'accordait pratiquement aucun intérêt aux caractéristiques physiques, aux attitudes ou aux opinions des gens, mais il remarquait toujours s'ils avaient bonne allure – ou le contraire. Cette fille avait un visage lumineux, aux traits anguleux et un petit corps soigné, mais, pour employer une phrase de sa grand-mère, elle avait l'air malpropre. Comme si, songea-t-il avec un frisson instantané, elle était passée par trop de mains sales, comme si elle s'était affalée sur trop de lits aussi fétides que celui de Keith.

« Salut », lui lança-t-elle.

Il lui répondit d'un hochement de tête.

« Je ne t'ai jamais vu, ici. »

Il haussa ses sourcils incurvés en aile d'hirondelle.

« Je me souviendrais de toi, crois-moi, poursuivit-elle, charmeuse. Il y a des gens qu'on n'oublie pas.

– Ah oui, vraiment ? »

Il usait fréquemment de cette formule interrogative, qui en signifiait le moins possible. Il oubliait tout le monde, sauf ceux qu'il était obligé de fréquenter dans la promiscuité du quotidien.

« Dis-moi une chose. »

À présent, elle souriait.

« Tout ce que tu veux !

– Tu t'y prendrais comment, pour nettoyer une bague ?

– Quoi ?

– Tu t'y prendrais comment, pour nettoyer une bague avec un diamant ?

– Alors ça, je n'en sais rien. »

Elle lui lâcha un regard courroucé, mais parut méditer la question. Elle haussa les épaules.

« Ma grand-mère les fait tremper dans du gin. Elle les laisse toute la nuit dans un verre de gin. »

Le conférencier montait à la tribune.

« Bien, acquiesça Teddy. Merci. »

Teddy s'était demandé comment le professeur Mills allait pouvoir leur montrer des exemples de toiles. Il espérait qu'il ne fixerait pas de reproductions au tableau. Cela le rassura de voir qu'il allait se servir de diapositives. On baissa un peu l'éclairage de l'auditorium et la première image apparut sur l'écran. C'était le *Come Hither Blues* de Michael Joyden, que Teddy n'avait jamais vu auparavant. Le groupe pop, avec lequel Joyden et Alpheton s'étaient liés d'amitié, et dont ils aimaient la musique, apparaissait sur la toile sous forme de tourbillons de couleurs et d'éclairs de lumière, à telle enseigne que, chose assez étrange, c'était un tableau que l'on pouvait presque entendre.

La fille marmonna quelque chose, elle n'arrivait pas à y voir suffisamment pour prendre des notes. Teddy l'ignora. Le professeur Mills parla de Joyden et Smith et de l'influence des Fauves, de leur style audacieux et de leur emploi de couleurs éclatantes. Si Rosalind Smith manifestait cette influence peut-être plus que tout autre membre de l'École de Joyden, Alpheton était plus redevable à Bonnard, à Vallotton et Vuillard qu'à Matisse et Rouault. Certains jugeaient son travail rétrograde, mais le conférencier plaida en faveur de sa modernité frappante, au moins comparable à celle de Hockney ou de Freud.

Teddy savait à peine qui étaient ces gens. Lucian Freud, il le connaissait, et peu lui importait sa qualité, car il trouvait son travail monstrueux. Il avait vu une reproduction d'un des tableaux d'Alpheton sur un dépliant glissé dans la boîte aux lettres de la maison de Neasden, et voilà qu'il le revoyait, aussi grand que nature, sur cet écran : *Musique dans la ruelle de l'Épée-suspendue*.

Les Come Hither de nouveau, les quatre musiciens nonchalamment adossés, cette fois, contre l'un des murs de béton du bâtiment qui abritait le studio d'enregistrement, leurs instruments à leurs pieds. Marc Syre, le guitariste solo, avait la bouche grande ouverte, la tête ballante, rejetée en arrière, et les cheveux longs jusque dans le dos. Ce tableau, leur expliqua le professeur Mills, datait de 1965.

« Ma mère a tous leurs 45 tours, chuchota la fille. Elle était une groupie de Come Hither... Pas croyable, hein ? »

Teddy haussa les épaules. Il ne s'intéressait à aucune musique, d'aucune sorte. De toute façon, tous ces gens étaient probablement morts, maintenant. Les personnages enregistrés sur la toile, c'était autre chose. Comme le tableau suivant, le chef-d'œuvre d'Alpheton, le plus fameux de l'École de Joyden, celui qui se trouvait à la Tate Gallery, que l'on trouvait dans tous les livres sur l'art moderne et qui s'était frayé un chemin jusque sur les calendriers chics. Jusqu'alors, Teddy ne l'avait vu que dans un magazine du dimanche, et c'était vraiment ce tableau qui l'avait poussé à venir assister à cette conférence.

Marc et Harriet à Orcadia Place. Les deux jeunes gens étaient dans une cour ou un jardin ensoleillé, devant ce qui ressemblait à un arbre. Mais un arbre sans tronc ni branches, plutôt un rideau de feuillage. Le tout servait simplement d'arrière-plan à cet homme et à cette femme debout, légèrement à distance l'un de l'autre, se tenant les mains, leurs doigts se touchant délicatement. Il était brun, barbu, les cheveux longs, vêtu de bleu sombre, elle, c'était une beauté rousse, une masse de cheveux brun-roux bouclés, exactement de la même teinte que sa robe longue Régence. Ils ne se quittaient pas du regard, un regard qui semblait rempli de tendresse, d'amour et de désir. La passion habitait ce tableau à telle enseigne qu'après toutes ces années, et en dépit des millions d'yeux qui l'avaient contemplé et des milliers de commentaires qu'il avait inspirés, l'amour de ce couple, immuable, éternel, conservait sa fraîcheur.

« Ainsi que vos parents vous l'auront certainement raconté, Marc Syre, rappela le professeur Mills, faisait partie de ce groupe, Come Hither, et c'est en tant que tel qu'il gagna une fortune qui lui permit, dès 1965, l'année de cette œuvre, de s'installer dans cette maison de St. John's Wood et de jouir de cette *rus in urbe*, de cette campagne à la ville. Croyez-moi, il y a bien une maison derrière tout ce lierre, toute cette vigne vierge ou que sais-je encore. Harriet Oxenholme était ce que nous appellerions de nos jours sa petite amie, sa concubine.

« Mais il est inutile que nous nous préoccupions de ces personnages outre mesure. Leur importance ne tient qu'à l'amitié qui les liait à Simon Alpheton et au fait qu'ils sont devenus, grâce à un très heureux coup de chance pour les générations ultérieures, ses modèles. Ce qu'il faut voir, c'est l'usage saisissant qu'Alpheton fait de la couleur, son traitement subtil de la lumière et sa singulière faculté d'exprimer, avec une extrême économie de moyens, une émotion puissante et, oui, la passion sexuelle. À l'évidence, l'exemple – ou le modèle – qu'il avait en tête, c'était *La Fiancée juive* de Rembrandt, mais avant d'aborder cet aspect, examinons d'abord le jeu de l'ombre et de la lumière... »

Teddy décida se rendre à la Tate Gallery et de se confronter à l'original. Il pensait à des feuilles, à sculpter des feuilles, à quelque chose d'approchant le travail d'un Grinling Gibbons, mais avec des feuilles modernes, des feuilles pour notre temps. Un cadre fait de feuilles ou un miroir – oui, pourquoi ne pas fabriquer un miroir ?

Une fois la conférence terminée, une fois qu'on eut redonné de la lumière, la fille assise à côté de lui consulta les notes qu'elle s'était échinée à prendre.

« Est-ce que tu dirais que c'est un tableau érotique ? lui demanda-t-elle.

– C'est comme ça que Mills l'a présenté.

– Ah oui ? Alors, c'est ce que je vais dire moi aussi. Je m'appelle Kelly. Quel est ton nom ?

– Keith, mentit Teddy.

– Qu'est-ce qui t'est arrivé au doigt, Keith ? »

Avec gravité, il répondit :

« Mon oncle me l'a arraché avec les dents. »

Cette fois, elle ne le crut pas. Elle gloussa.

« Tu irais boire un verre, Keith ?

– J'ai un TD », répondit Teddy.

Il se leva et s'éloigna sans regarder derrière lui. Pourquoi avait-il menti au lieu de simplement dire non ? Il dirait non la fois suivante. Il n'avait pas de TD, évidemment, et il n'avait pas de mémoire à rédiger. Dans son cours, personne ne donnait l'impression de se soucier de savoir si vous preniez ou non des notes. Il retournait chez lui, pour se consacrer à une tâche, ou pour entamer une tâche qu'il brûlait d'entamer depuis longtemps. Son oncle serait en train d'installer une douche à gros jet dans un appartement de Golders Green, puis il irait à l'hôpital rendre visite à Jimmy. Keith, qui, dans le passé, n'avait jamais manifesté beaucoup d'affection à son frère, ni d'ailleurs à qui que ce soit, se rendait régulièrement au chevet de Jimmy. Ainsi, il n'y aurait personne à la maison pour voir ou pour entendre.

L'Edsel, d'un jaune pâle délicat et sans défauts, son moteur remonté plusieurs fois, était rangée sur la rampe de béton agrandie sous le nouvel auvent, avec ses quatre piliers de métal et son toit luisant de polytétrafluoroéthylène rouillé. C'était – ou cela lui semblait être – la plus grande voiture que Keith ait jamais possédée. Elle était trop grande pour être garée droite dans le jardin, et son capot et sa calandre en forme de bouche qui faisait la moue étaient tournés face à la palissade, son énorme coffre à ailerons, avec ses feux arrière en hauteur, calé tout contre les portes-fenêtres. À côté de la voiture, à l'emplacement où Keith rangeait la moto quand il était à la maison, il y avait une longue tache d'huile. L'auvent, conçu pour abriter une grosse voiture, avait pris encore plus de place que la rampe originelle, et la collection d'outils de Teddy était entassée dans un coin, dans l'angle, à droite, à la jonction des deux palissades.

Il souleva la bâche de plastique et secoua l'eau que la pluie de la nuit dernière avait laissée dans ses plis. De là-dessous, d'une boîte et de son emballage de papier journal, il sortit une scie et une scie à métaux, des ciseaux de différentes tailles et un marteau. M. Chance ne possédait pas de hache, non, rien d'aussi grossier, mais eux, ils en avaient une, que grand-maman Brex utilisait en ces jours lointains où l'on débitait le bois. Teddy la trouva sous l'évier, humide et émoussée, au milieu d'un fatras de saletés couvertes de moisissure.

Il emporta ses outils dans la salle à manger et attaqua. Il était cinq heures quand il s'y mit, et, à sept heures et demie, il avait scié les pieds de toutes les chaises, ainsi que les bras des fauteuils, il en avait scié le fond et arraché les coussins. Il n'avait pas envie de s'arrêter pour manger, aussi affûta-t-il la hache sur la pierre à aiguiser de M. Chance, et il entreprit de débiter le tout. En l'espace d'une demi-heure, il avait réduit les six chaises à l'état de bois de chauffage. Ce fut alors que les voisins cognèrent contre le mur. Ils cognèrent plusieurs fois, et puis le téléphone se mit à sonner. Teddy se dit que c'étaient eux, un couple de jeunes cadres qui avaient acheté la maison de M. Chance et se jugeaient très au-dessus du reste de la population de la rue. Il ignora les coups et le téléphone ; pour le moment il en avait fini avec la hache, et il s'occupa de scier le buffet.

Quand, à neuf heures, Teddy se remit à manier la hache, le monsieur d'à côté vint sonner. Teddy le laissa un peu sonner et puis il alla à la porte, avec le *Civilisation* de Kenneth Clark en main, qu'il ouvrit au chapitre intitulé « Grandeur et obéissance ».

« Dites, qu'est-ce qui se passe ? Qu'est-ce que c'est que ça ?

– Mon oncle est en train de fabriquer un cercueil, prétendit Teddy. On lui a donné une heure limite. »

Le voisin était de ces individus qui rougissent quand ils pensent qu'on leur a menti ou qu'on les a envoyé promener, mais ne savent pas trop comment réagir.

« Quelle heure limite ?

– Dix heures ce soir, répondit Teddy. C'est presque fini. Bonne nuit. »

Il referma brutalement la porte et y flanqua un coup de pied. Il n'était pas dans ses habitudes de se sentir désolé. Avant de retourner au démembrement du mobilier, il monta au premier, trouva la bouteille de gin sous le lit de Keith et en versa un doigt dans le coquetier qu'il avait apporté avec lui. Il y plongea la bague au diamant. Teddy rangea le coquetier sous son propre lit. Il tailla le buffet à la hache en moins de deux, entassa le tout en une pile de bois haute de un mètre vingt, et se trouvait dans la cuisine en train de manger une grande boîte de haricots blancs à la tomate sur trois tranches de pain grillé lorsque Keith rentra, à onze heures vingt-cinq.

« Tu manges tard », remarqua Keith.

Teddy ne répondit pas.

Keith posa ses deux sacs en plastique remplis de bouteilles et de boîtes de bière, alluma une cigarette avec une allumette qu'il laissa tomber par terre.

« Tu n'as pas envie de savoir comment va ton père ?

– À ton avis ? répliqua Teddy.

– Surveille un peu ta langue. Tu n'es pas allé au chevet de ton père depuis qu'il est entré là-bas, et ça fait bien deux mois, putain. Ce pauvre vieux salopard est en train de passer l'arme à gauche et t'en as pas plus à foutre que d'une passe à quatre sous.

– Et si toi tu surveillais ta langue ? lui répondit Teddy. Et si tu te la rinçais ? Au cyanure, par exemple ? »

Il passa dans la salle à manger et claqua la porte derrière lui. Mais une fois à l'intérieur, il se mit à rire. Cette nuit-là, il dormit comme une souche. Ou comme un Brex, car ils avaient tous le sommeil lourd, même s'il constituait parfois l'exception. Le lendemain soir, il scia les pieds de la table et les débita, à la hache, mais pas le plateau. Tard dans la journée, mais pas trop tard, il avait vu de quel bel acajou il était fait. Il le démonta soigneusement et rangea les planches contre le mur.

Le bois débité faisait une pile qui occupait un espace à peu près de la taille qu'avait eue le buffet. Le seul moyen qui lui vint à l'esprit pour s'en débarrasser fut d'en emporter trois ou quatre morceaux avec lui dans un sac en plastique chaque fois qu'il s'en allait de la maison. Un peu comme quelqu'un qui se serait défait d'un cadavre, une moitié de jambe un jour, une main un autre jour, et finalement la tête.

Par chance – avant, jamais il n'avait considéré que c'était une chance –, l'endroit était plein de sacs en plastique qui remplissaient les tiroirs de la cuisine et débordaient quand on ouvrait le placard sous l'évier. Keith les prenait chez Safeway, où il achetait sa gnôle, et il ne rapportait jamais les sacs usagés. Le recyclage, sous quelque forme que ce fût, n'avait pas de place dans son mode de vie. Quand Teddy prenait le métro pour aller à la faculté, il emportait avec lui des morceaux de pied dans un sac et les jetait dans une poubelle.

Comme l'avait prédit la grand-mère de cette Kelly, le gin avait nettoyé la bague. Dans le coquetier, des grumeaux d'une substance cireuse et grise, l'un d'eux avec un cheveu pris dedans, flottaient à la surface du liquide. Teddy renifla la chose avec un frisson. Il était une autre virginité qu'il préservait, celle qui consistait à ne jamais laisser l'alcool franchir ses lèvres.

La bague scintillait dans la lumière matinale. Teddy se demandait à qui elle avait appartenu avant de se retrouver entre les mains de sa mère. À grand-maman Brex ? Certainement pas. C'était un vol, c'était ça le plus vraisemblable, mais il doutait que son père ait jamais eu le courage de voler quoi que ce fût. Peut-être avait-il tort et cette bague était-elle sans valeur, peut-être sortait-elle d'un berlingot surprise, une de ces papillotes que l'on déchire avec un claquement sec, à Noël.

Il s'interrogea : un si bel objet pouvait-il être sans valeur ? Un jour, il trouverait une femme et la lui donnerait.

8

PEU DE TEMPS APRÈS son mariage avec Julia, la police demanda à Richard s'il autoriserait Francine à participer à une séance d'identification.

« Elle n'a vu que ses souliers et le sommet de son crâne, protesta Richard.

– Si vous prenez la peine d'y réfléchir, insista l'inspecteur principal Wallis, je suis certain que vous serez d'accord avec moi pour admettre que personne, jamais, en regardant quelqu'un d'en haut, ne voit que le sommet de son crâne et ses souliers. Elle aura vu bien plus que cela. Ses mains, par exemple, leur forme et leur taille, ses oreilles, ses épaules. »

Julia prit cette perspective fort mal. À son avis, Francine était déjà suffisamment perturbée, cette enfant était terrorisée, traumatisée. Voilà qui pourrait lui faire franchir un pas irréversible. Ce fut leur premier désaccord, à elle et Richard. Richard passa outre, mais cet affrontement avec Julia devait être le dernier où il aurait le dessus. Elle lâcha un soupir et, l'air attristé, elle ajouta :

« J'espère que nous ne sommes pas en train de décider des dommages irréparables que ceci va entraîner sur la personnalité déjà fragile de Francine. »

Ils l'accompagnèrent au commissariat de police où se tenait la séance d'identification, dans le Surrey. En raison de l'angle particulier sous lequel Francine avait vu l'individu quand il se trouvait devant l'entrée de la maison, elle fut placée dans une pièce d'où elle pourrait regarder, de haut, les huit hommes alignés en rang pour la confrontation. La vitre de la pièce était opaque, sans tain, afin qu'elle puisse les voir sans être vue. C'est du moins ce que la police assura à Richard.

Pour Julia, cette vitre avait l'air normal. « Mon chéri, fit-elle, ils nous auront dit cela pour nous tranquilliser l'esprit. »

En tout cas, Francine fut incapable de repérer l'homme. Elle put en identifier quatre, elle expliqua que le sommet de leurs crânes à tous ressemblait à celui qu'elle avait vu, mais elle ne fut pas en mesure d'en reconnaître un en particulier. Ce qu'il advint de ces hommes alignés en rang lors de cette séance, Francine, Julia et Richard n'en furent pas informés, mais aucun d'eux ne se retrouva en état d'arrestation.

« Mais lui, il l'a vue, non ? s'écria Julia.

– C'est la raison de la vitre opaque, souligna Richard, pour que personne ne la voie. »

Julia, qui était tout sauf illogique, lui rétorqua :

« De toute façon, cela ne fait rien, n'est-ce pas, qu'il l'ait vue ou non ? La réalité, c'est qu'il sait qui elle est et qu'il sait qu'elle est le seul témoin dont la police dispose.

– Tu es en train de tenir pour acquis qu'il figurait parmi ces huit hommes.

– Allons, Richard, c'est évident. Il n'aurait pas été là si ce n'était pas le cas. »

Qu'est-ce qui motiva Julia dans ses actes ultérieurs ? Francine se posa la question, mais plus tard. Au début, elle était trop jeune pour questionner Julia. Richard, lui, ne la questionnait jamais. Il ne posait pas de questions, car il estimait que les craintes de Julia pour la sécurité de Francine étaient sincères. En se lançant dans son système de protection, en couvant et en isolant Francine, elle ne faisait qu'obéir à sa conscience et à sa science de la psychologie.

Que la mise en œuvre de ce programme de sauvegarde ait pu être inspirée par d'autres motifs, par le fait qu'elle était elle-même sans enfant et le resterait probablement, ou par la perte de ses moyens de subsistance et de sa profession, ou parce qu'elle avait renoncé à tous les autres domaines dans lesquels exercer son pouvoir, cela ne vint à l'esprit de sa belle-fille que dix ans plus tard.

Mais surtout, à cette époque-là, ce qui perturba Francine, ce fut le départ de Flora. Elle aurait pu rester, au moins en qualité de visiteuse occasionnelle ou d'assistante sociale, ou être conviée à garder Francine lorsque Richard et Julia sortaient le soir. Mais Richard et Julia ne sortaient jamais le soir, ils ne sortaient jamais ensemble. Julia trouvait néfaste que Francine reste à la maison en l'absence de l'un et l'autre. Aussi Flora s'en alla et Francine pleura.

« Tu peux venir me voir, lui suggéra Flora. Je ne suis pas loin. Tu auras Mme Hill pour t'amener. »

Mais en fait, Julia n'avait jamais le temps. Elle était trop occupée à veiller sur Francine. En aparté, elle expliquait à Richard qu'il valait mieux que Francine opère une rupture nette avec Flora. « Pour être plus terre à terre, argumenta-t-elle, tu ne voudrais pas que ta fille attrape cet accent. »

Ce fut à peu près à cette période, après le départ de Flora – Francine avait alors presque neuf ans et venait tout juste de subir la séance d'identification –, que Richard lut une lettre adressée à Julia par l'avocat d'un de ses anciens clients. Il la lut par erreur, avoua et s'excusa, très humble et très contrit, mais, tout de même, il voulait savoir ce que cela signifiait.

« Cela signifie qu'un homme extrêmement vindicatif et, je dois le dire, déséquilibré a finalement obtenu une victoire sur moi. Il a réussi à s'arranger pour que je cesse d'exercer et son triomphe est total, ça ne fait aucun doute. »

L'explication qui suivit indigna Richard presque autant qu'elle indignait son épouse. Le fils de cet homme avait compté parmi les patients et clients de Julia. C'était un garçon de dix ans. Il s'en était fallu de peu que cela ne tourne à la tragédie lorsque, de retour chez lui après une séance avec Julia, le garçon avait essayé de se pendre, heureusement sans y arriver. Le père avait menacé d'intenter une action en justice contre Julia, et il avait fait le nécessaire pour engager la procédure, certain de pouvoir apporter la preuve des dommages causés à l'équilibre mental de son fils par elle directement, mais en fin de compte il s'était laissé convaincre d'accepter une transaction, moyennant le versement par Julia d'une somme de deux mille livres et sa promesse de renoncer à tout exercice de la psychothérapie.

« Tu aurais dû te défendre, lui dit Richard.

– Je sais. Je n'en ai pas eu la force. Je n'en ai pas eu le courage. Richard. J'étais toute seule... à l'époque. »

Elle ne dit rien des éminents psychiatres qui s'étaient montrés tout disposés à fournir des preuves devant la cour. Elle ne fit aucune allusion au témoignage du jeune garçon auprès de l'avocat de son père, à propos des crises de terreur, d'agoraphobie et des cauchemars à répétition que les questions et les suggestions de Julia avaient provoqués chez lui.

« Je serais encore capable de faire usage de toute ma science, affirma-t-elle gaiement. Il y a encore des gens pour en profiter. Toi et Francine. Me jugerais-tu mélodramatique si je te disais que j'ai l'intention de consacrer ma vie à Francine ? »

Tous les enfants ont besoin que l'on veille sur eux et, au début, on veilla sur Francine avec plus d'attention que sur n'importe quel autre enfant, voilà tout. Par exemple, son père et sa belle-mère ne la laissaient jamais seule avec quiconque, Julia s'occupait de mener l'enquête afin de savoir si ses camarades d'école étaient comme il faut, et il y avait l'Interphone pour bébé. Cet appareil transmettait dans la chambre de Julia et Richard tous les bruits en provenance de celle de Francine susceptibles de signaler un cauchemar ou un sommeil perturbé. Julia surveillait de près ses lectures et le peu de devoirs qu'elle faisait à la maison, les petites rédactions qu'elle était censée rédiger, elle les étudiait en vue d'y déceler la preuve éventuelle d'un psychisme perturbé. Flora, elle, avait largement laissé à Francine sa vie privée. Avec l'arrivée de Julia, elle n'en avait aucune.

Ce fut la découverte par Julia du boîtier de la cassette vidéo qui provoqua chez Francine une réaction tranchée. Fait remarquable, venant d'elle, Julia ne regarda pas à l'intérieur de la boîte, elle se limita au lettrage et à l'illustration sur la jaquette.

« *La Route des Indes* est un livre merveilleux, Francine, et je crois qu'on en a tiré un très bon film, observa Julia, mais je pense que tu n'es pas encore assez grande ni pour l'un ni pour l'autre. Il vaut mieux remettre ces choses à plus tard, jusqu'à ce que tu sois capable de les comprendre.

– Je n'ai pas envie de regarder la cassette, lui répondit Francine, je veux juste l'avoir », et elle tendit la main pour récupérer la boîte.

« Est-ce que je la descends pour la ranger avec les autres ? Comme cela, nous saurons qu'elle est en lieu sûr.

– Ici, elle est en lieu sûr », répliqua Francine aussi fermement que possible, mais elle n'en fut pas moins surprise, vraiment, quand les doigts aux extrémités écarlates de Julia lui restituèrent la boîte, et lorsqu'elle la gratifia de l'un de ses sourires éclatants, colorés, lèvres rouges, dents blanches, les yeux bleus à fleur de tête, les yeux d'un poisson d'aquarium.

Bien sûr, ce n'était pas vrai, ce qu'elle avait dit. La boîte et son contenu étaient loin d'être en lieu sûr. Pendant qu'elle était à l'école, il n'y avait rien à faire pour empêcher Julia d'entrer la prendre et y jeter un œil. Julia, elle, était certainement capable de déchiffrer cette écriture.

Mais désormais, Francine aussi, peut-être.

Une singulière répugnance s'empara d'elle à l'idée de regarder ces feuilles de papier. Leur seule pensée l'effrayait. Pas comme l'effrayait certaine illustration dans son livre des *Contes* de Grimm, car, sachant précisément où elle était située dans ce gros volume, entre la page 102 et la page 104, quand elle se plongeait dans ce conte bien précis, elle prenait soin de tourner les trois pages d'un seul coup. Non, ce n'était pas pareil, car cela ne lui inspirait qu'une espèce de dégoût, la sensation qu'elle aimait autant éviter de se confronter au contenu de ce boîtier, de même qu'il lui arrivait parfois de ne rien vouloir manger qui ait le goût de gingembre.

Il se trouvait qu'elle était en train de lire un livre de mythes grecs racontés aux enfants, et l'un des mythes évoqués était celui de Pandore, qui, en ouvrant une boîte précieuse, relâcha dans le monde une nuée d'entités néfastes. Francine ne s'imaginait pas relâchant quoi que ce soit de ce genre si elle ouvrait cette boîte, néanmoins, du haut de ses dix ans, elle était en mesure de saisir l'analogie. Pourtant, ce jour-là, elle souleva le couvercle du boîtier et en sortit les feuilles de papier à présent jaunies. Et, pour la première fois, elle comprit que c'étaient des lettres.

Sur la première feuille de la liasse, il n'y avait pas d'adresse, mais il y avait une date, un jour du mois de mars, quelque trois ans et demi auparavant. Elle lut les termes par lesquels commençait la lettre : Ma chérie. La lecture de cette écriture ne lui posait plus aucune difficulté et, cependant, c'était au-dessus de ses forces. Pour une raison inconnue, et dont elle ignorait tout, elle était trop terrorisée pour continuer de lire. Ses yeux se refusaient à déchiffrer distinctement ces lettres penchées du côté droit. Elle vit l'image floue de zébrures foncées, sur un fond ocre clair, et puis elle rangea les pages dans le boîtier et referma le couvercle, en appuyant dessus aussi fort qu'elle le put, comme s'il ne s'était pas tout de suite enclenché correctement.

La maison ne possédait pas de cheminée. Dans la rue, là où il y avait des corbeilles pour les détritus, elle n'était jamais seule. Ce n'était qu'à l'école qu'elle était à distance de l'œil aimant, vigilant de Julia. Elle emporta le boîtier de la cassette à l'école, dans son sac à dos bleu marine à galons jaunes, comme tous les élèves de cette école élémentaire chic et privée, et, à la récréation du matin, elle sortit les lettres du boîtier, les glissa dans la poche de son blazer et se rendit dans la cour de récréation. Tout le monde était là, dans cette cour de récréation, un véritable jardin, avec des pelouses, des aires de jeux, un bac à sable et un mini-zoo, et puis Holly, la meilleure amie de Francine, l'appela pour qu'elle vienne voir les nouveaux bébés cochons d'Inde.

Pour la rejoindre, Francine devait passer devant une de ces corbeilles peintes en rouge cramoisi, avec un couvercle rabattable, installées çà et là dans cette partie du jardin afin d'apprendre aux élèves les vertus des réceptacles à détritus. Francine souleva le couvercle au passage et fourra les lettres en dessous, en vitesse. Holly l'appelait toujours, à son tour Francine lui répondit d'un signe de la main et elle courut pour aller voir ces petites choses aveugles et recroquevillées, avec leur mère bien grosse qui avait un pelage tacheté de chat, écaille de tortue.

Mais le lendemain matin, quand Julia la déposa devant le portail de l'école – au prix de bien des difficultés, Francine était parvenue à empêcher Julia de l'accompagner jusqu'à la salle de classe –, elle dut passer devant cette corbeille rouge avec son couvercle rabattable. En regardant furtivement pardessus son épaule, pour vérifier que Julia s'en allait, elle le souleva et regarda à l'intérieur. La corbeille était vide, et quelqu'un avait remplacé le sac de la veille par un neuf.

Parfois, Richard trouvait Julia trop vigilante. Jamais Francine n'avait la moindre chance de trouver son indépendance, d'avoir une vie privée ou de grandir loin de toute surveillance. Mais il avait du mal à savoir quoi penser ou que croire. Peut-être cette enfant était-elle en danger pour de bon. L'homme qui avait tué son épouse était encore en liberté, et peut-être vivait-il dans la crainte de ce que Francine pourrait se remémorer un jour, et, partant, de ce qu'elle raconterait. Et ceci mis à part, il était possible que son mental, son moi psychique – quel que soit le terme approprié – ait subi des dommages. À la lumière des connaissances actuelles, il semblait presque incroyable que ce qui était arrivé à Francine ait pu la laisser indemne.

Elle devait avoir subi des traumatismes, même si la cicatrice ne lui apparaissait pas, à lui. Peut-être était-il incapable de la voir, ce qui ne signifiait pas forcément qu'elle n'existait pas. Il était déchiré entre une conviction branlante et la peur de s'en vouloir un jour, sans pour autant avoir envie de se disputer avec Julia ou de tenter de la dissuader de cette vigilance excessive. Fallait-il qu'il rappelle Julia, ce chien de garde, pour découvrir ensuite que tous ses avertissements étaient fondés ? Il songea à l'histoire de Cassandre, à ses prédictions vouées à l'incrédulité, et qui pourtant avait eu raison.

Ainsi, lorsque vint le moment pour Francine de changer d'école, le lycée subventionné initialement prévu, qui pratiquait une certaine sélection à l'entrée, qui accueillait les filles des voisins, et qui avait sa préférence, fut écarté au profit du choix de Julia, une école de filles, privée, très chic, très coûteuse, qui s'appelait La Champlaine. Holly de Marnay allait dans cette école, et ce fut auprès de la mère de Holly que Julia alla glaner tout ce qu'elle avait besoin de savoir. La Champlaine était installée dans une demeure de style géorgien, à la limite de Wimbledon Common, loin de chez les Hill, mais cet établissement affichait un niveau tel que le taux de réussite de ses élèves dans le supérieur était parmi les plus élevés qui soient. L'année précédente, presque quatre-vingt-quinze pour cent des élèves de terminale avaient été admis à l'université, dont douze pour cent à Oxford et Cambridge.

Les classes étaient petites, les enseignants hautement qualifiés. Parmi les étudiantes – que l'on n'appelait jamais des élèves –, il y avait la petite-fille d'un comte et une princesse thaï. On jouait au hockey féminin sur gazon, mais aussi au football. La Champlaine disposait d'une grande piscine chauffée, de courts de squash et de courts de tennis, en dur et sur gazon. À ce que l'on disait, le nouveau laboratoire de sciences avait coûté trois millions de livres. C'est pourquoi les frais de scolarité étaient extrêmement élevés, et, pour s'en acquitter, les Hill allaient devoir consentir des sacrifices considérables. Julia ne protesta pas. Si cela impliquait de renoncer aux vacances à l'étranger, à une seconde voiture et à s'acheter des vêtements, elle l'acceptait comme le prix à payer pour que Francine soit en sécurité.

Même si la direction de La Champlaine plaidait en faveur de l'internat, Francine ne fut pas autorisée à intégrer l'école en qualité d'interne. Julia ne serait pas tranquille, jamais. Récemment, un journal avait publié un article sur un homme qui s'était introduit dans un dortoir pour y violer une jeune fille. Si cet individu avait été capable de violer, il était capable de tuer. C'est pourquoi Francine demeura externe, ce qui, du même coup, la rattachait à une petite minorité défavorisée. Elle se retrouvait exclue de certaines plaisanteries réservées aux initiées, des conduites à adopter, des sociétés secrètes et des rituels très privés. Cette exclusion aurait pu être moins marquée si les autres élèves n'avaient pas été au courant de son histoire passée, des événements survenus dans la maison d'Orchard Lane. Mais ils savaient. Julia avait insisté pour que la directrice – qui, assez mystérieusement, était connue ici sous le nom de directrice générale – en fasse part à toute l'école et au personnel rassemblés, et ce avant même l'arrivée de Francine.

« C'est pour la protéger, avait expliqué Julia à Richard. Être au courant les rendra vigilantes, pour son bien. Elles contribueront à la protéger. »

Richard doutait que ce soit là le mode de pensée et la manière de se comporter des adolescents, mais Julia, elle, devait être au fait de ces choses-là. Avant de devenir psychothérapeute, elle avait été enseignante.

« Tant qu'elle est en classe, il y a moins de souci à se faire, estima Julia. Je pense aux moments où elle est dehors, dans le parc. Ses amies peuvent se charger de la surveiller. »

Francine avait de nombreuses amies, d'autres filles externes comme elle. Il se passerait beaucoup de temps avant qu'on ne l'autorise à se rendre chez elles, mais Julia leur permit de venir à la maison, après s'être livrée sur leur compte à une enquête minutieuse, approfondie. Elle s'y prenait en téléphonant à la mère de la jeune fille, lui proposait qu'elles se rencontrent à déjeuner, puis elle soumettait la jeune femme à ses questions, qui touchaient la famille, la profession du mari – et, le cas échéant, celle de la mère –, le nombre d'enfants, et sa position en matière de crime et de châtiment, jusques et y compris son opinion sur les prisons et si elle était favorable au rétablissement de la peine capitale.

Les jeunes femmes en question ne paraissaient pas trop s'en formaliser. Julia ne révélait jamais ses motivations et ces parents d'élèves de La Champlaine s'imaginaient qu'elle s'intéressait à leurs ancêtres, au fait qu'ils revendiquaient leur appartenance à une classe supérieure, ou qu'ils défendaient des convictions politiques bien précises. Résultat de tout ceci, Francine reçut l'autorisation d'inviter une ou deux amies et, à l'occasion, de les garder à coucher. Mais jamais elle ne devait sortir avec une amie, ou avec la famille d'une amie, ni partir en excursion avec l'école. Une année, La Champlaine emmena la classe de seconde sur le lac de Lucerne et, l'année suivante, la classe de première à Copenhague, sans elle. Il y eut bien des sorties au National Theatre, mais en compagnie de Julia, sans les camarades de classe de Francine.

Francine avait l'âge de se rebeller et se rebellait en effet – un peu. Pourquoi la gardait-on de la sorte ? À quoi cela rimait-il ? Elle s'écria même : « Je préférerais me faire agresser par quelqu'un plutôt qu'être retenue en prison. »

L'occasion de cette rébellion fut une invitation à aller voir un ballet avec deux amies de l'école et la mère de l'une d'elles. Julia avait refusé, sans hésitation. Se rendre dans le West End, en soirée, par les transports en commun ? D'accord, la mère de Miranda serait avec elles, et Francine passerait la nuit chez Miranda, et une fois là-bas elle téléphonerait, mais supposons...

« Il faut que tu comprennes que tu te trouves dans une situation particulière, Francine.

– On ne me permet jamais de l'oublier.

– Est-ce que tu crois que j'aime ça ? lui demanda Julia. Est-ce que tu crois que je fais ça pour mon plaisir ?

– Je n'ai pas dit ça. Mais je ne crois pas être en danger... je veux dire, un danger qui viendrait de qui ? »

Là-dessus, Julia fit ce qu'elle avait promis à Richard de ne jamais faire. Elle révéla sa théorie à Francine.

Francine blêmit et se mit à trembler.

« Mais je ne l'ai pas vu. Je n'ai rien vu.

– Francine, si tu te conduis raisonnablement, si tu nous laisses veiller sur toi, tu n'as aucune inquiétude à avoir.

– Il n'y a aucun moyen de lui faire savoir que je ne l'ai pas vu ? On ne peut pas... je ne sais pas... faire passer ça dans les journaux, faire en sorte que la police le lui dise ?

– Voilà, maintenant, tu dis des bêtises. »

Pourquoi avait-elle fait ça ? Elle, Julia. Pourquoi ? À cause de l'explication qu'elle se donnait à elle-même pour motiver sa vigilance – croyait-elle. L'homme s'imaginait que Francine serait capable de l'identifier, et c'est pourquoi il poursuivait Francine. Si elle n'avait pas cru à cette théorie, tout en continuant de faire ce qu'elle faisait, elle aurait été soit méchante, soit stupide. Julia n'était ni l'une ni l'autre. Elle n'était pas une belle-mère acariâtre. Au début, et pendant une longue période, elle s'était fiée à cette théorie qui était la sienne mais, au bout d'un certain temps, ses motivations s'embrouillèrent et ses buts se firent confus.

Par exemple, elle se demandait rarement quel garde du corps elle ferait, comment elle s'y prendrait, elle, une femme approchant la cinquantaine, et pas particulièrement athlétique, pour défendre Francine ou convaincre un agresseur potentiel qu'il fallait compter avec elle. Elle ne portait jamais d'arme, elle n'aurait jamais songé à en porter une sur elle. La nuit, elle dormait, et Richard dormait, pendant que Francine était seule dans sa chambre, où un intrus aurait pu pénétrer tout aussi facilement, sinon plus facilement, que dans un dortoir d'école.

L'Interphone pour bébé n'était plus là depuis longtemps. (Là-dessus, Francine, qui supportait bien des choses, qui était à la fois douce et stoïque, avait finalement protesté et exigé son bannissement.) Qui plus est, Julia n'avait aucune idée véritable de ce qui se passait quand Francine était à l'école. Elle vivait dans l'espoir, dans la confiance, mais elle ne savait pas si Francine sortait à l'heure du déjeuner, ce qu'elle faisait pendant ses plages de temps libre, ou même s'il lui arrivait parfois de préférer l'école buissonnière. Elles étaient nombreuses dans ce cas – même la petite-fille du comte.

De tout ceci, Julia avait vaguement conscience, comme elle avait conscience que le moment approchait où il allait falloir soit réduire Francine au silence et l'interner dans une institution, comme une jeune fille affligée d'un handicap insurmontable, soit la laisser aller librement dans le monde. Mais ce fut justement sur cette question que le peu de bon sens qu'elle conservait s'écroula. Francine était l'enfant dont elle avait la charge, sur laquelle elle se figurait exercer un pouvoir absolu. Elle l'avait sauvée, préservée durant toute son enfance et son adolescence, jusqu'aux prémisses de l'âge adulte, et renoncer à elle était au-dessus de ses forces.

Et puis, pendant toutes ces années, elle s'était sacrifiée pour Francine. Personne ne le lui avait demandé – Richard lui avait simplement demandé de l'épouser –, elle avait agi entièrement de son propre chef. Mais cela avait été un sacrifice. À une époque, jeune mariée, elle aurait pu avoir un enfant à elle, elle était assez jeune, mais cela aurait supposé d'abandonner Francine, au moins en partie. Elle aurait pu poursuivre l'une de ses deux carrières – mais cela aurait impliqué de négliger Francine. Bon an, mal an, pendant l'année scolaire, elle avait conduit Francine jusqu'à l'école, sur un trajet d'une quinzaine de kilomètres, avec une circulation chargée, idem au retour. Pas une fois elle n'était sortie le soir avec son mari, si ce n'est en emmenant Francine avec eux.

Leur mariage aussi, elle l'avait sacrifié. Elle l'avait gâché, pour le bien de Francine. Car après que Richard eut découvert qu'elle avait rompu sa promesse et qu'elle avait parlé à sa fille, les choses ne furent plus jamais pareilles entre eux. Cette théorie, sa théorie, c'était du grand guignol, mais Francine n'avait que quinze ans, et faire endosser un tel poids à une enfant qui avait déjà assez souffert, qui avait connu une vie d'angoisse avant même d'avoir atteint ses huit ans, il jugeait cela indéfendable. Il voyait Julia d'un œil neuf, comme quelqu'un d'hostile, d'une possessivité démesurée, et aussi de rancunier. Pour quel autre motif serait-elle allée tout raconter à Francine, si ce n'était par méchanceté ? La jeune fille avait souhaité obtenir un peu de liberté, elle s'était montrée, sinon impolie, du moins un peu trop directe, et Julia l'avait cinglée en retour avec une fable faite pour la terroriser.

« Par méchanceté ? J'aime Francine. Tout ce que je veux,

c'est lui apporter la latitude de vivre une vie aussi heureuse que possible, dans un monde imparfait.

– Il va te falloir reconsidérer toute ton attitude, annonça-t-il d'un ton sombre. Tu vas devoir admettre qu'elle est en train de grandir, et qu'elle va grandir loin de nous. »

Julia voyait les choses très différemment. Pour Francine, elle s'était dévouée, alors comment pourrait-elle désormais s'arracher à elle, ou même ne serait-ce qu'ouvrir la voie en ce sens ? Qui plus est, il y avait un autre aspect à considérer.

Elle ne pouvait pas renoncer à Francine, pas maintenant, ni la voir se créer des amitiés plus intimes et s'adonner à d'autres centres d'intérêt qu'elle, Julia. Par son sacrifice et son reniement de soi-même, elle avait acheté sa belle-fille, elle en avait payé le prix et l'avait faite sienne. Francine était sa belle-fille, mais elle était aussi sa possession, une jeune fille qu'elle avait créée à partir d'une enfant craintive.

En un sens, Francine était plus son enfant que si elle lui avait donné naissance. Et pour la garder, elle allait se battre.

9

Un soir, après la visite de son frère, qui avait passé une heure assis à son chevet, après qu'ils eurent regardé tous les deux la télévision dans la salle commune, Jimmy Brex mourut. La dernière de ses artères valides se boucha (la substance qui en formait le revêtement intérieur avait tant épaissi que le passage, d'une section guère plus large qu'un fil, s'était réduit à celle d'un cheveu, puis à rien), et Jimmy, haletant, à l'agonie, luttant pour que circulent sang, souffle et oxygène, passa de vie à trépas. Il avait soixante-sept ans.

Les voisins dirent qu'après la mort de son épouse il n'avait plus envie de vivre. Son frère déclara le décès, commanda les pompes funèbres, organisa le service funéraire et invita quelques privilégiés à boire à la maison, bière et whisky avec des chips, après la crémation. Son fils fit acte de présence, quoique pratiquement en silence, contemplant cet endroit qui était maintenant à lui sans en penser grand-chose, mais satisfait d'être détenteur d'une propriété, quelle qu'en soit la nature.

Après le départ de tout le monde, Teddy dit à Keith :

« Je ne suis pas en train de t'expulser, tu n'es pas obligé de le prendre comme ça. Je sais qu'ici tu as été chez toi toute ta vie. Mais j'aimerais bien que tu prévoies de t'en aller, disons, d'ici Noël. »

On était en octobre. Teddy venait juste de commencer sa dernière année d'études à l'université d'Eastcote. Ils étaient dans le salon, au milieu des meubles massifs et encombrants avec leurs jetés de diverses couleurs travaillés au crochet, une têtière sur le dossier d'un fauteuil, un châle en drapé sur un canapé. Contre toute attente, une couronne de lis, apportée par on ne sait qui, était posée sur la table basse et se fanait dans la poussière. Keith, fortement anesthésié par le Chivas Regal, mais qui récupérait vite et qui avait toute sa tête, gratifia Teddy d'un lent sourire. Ses mâchoires tombantes et sa longue moustache, grise désormais, lui donnaient l'air d'un morse débonnaire. Le regard restait perçant, les sourcils en éventail, tels deux arcs méphistophéliques.

« Cette maison m'appartient, lâcha-t-il. À moi. Elle est à moi. C'est pas la peine de faire cette tête-là. Enfin, tu peux toujours, si ça te chante, moi, ce que j'en dis... Elle est entièrement à moi. C'est mon papa qui m'a laissé cette maison. Ma maman en avait l'usufruit et, quand elle morte, ça m'est revenu. “Revenu”, c'est le terme. D'accord ?

– Tu mens, répliqua Teddy. (Il ne savait pas quoi dire d'autre.)

– Que je t'explique. Je ne vois pas pourquoi je devrais, bordel, mais je vais t'expliquer. C'est aussi bien. Ton papa, Dieu ait son âme, le pauvre, ton papa n'était pas le fils de mon père. Ma maman était grosse quand il s'est mis à la colle avec elle. Bon, tu devines le reste, j'imagine. Il était d'ac, mais pour ce qui est d'avoir la maison, ben, il va falloir que tu tires un trait dessus, tu vois ?

– Je n'y crois pas, fit Teddy.

– Dommage. C'est ton problème. J'ai tous les actes notariés en banque, et ça, c'est des preuves, plus que tout ce que tu peux croire. En tout cas... (Keith répéta ces mots, dont il semblait aimer la sonorité.) En tout cas, je suis moins salaud que toi. Ça pour une surprise ! Comme tu es mon neveu, ou mon demi-neveu, y'a pas trop de doute là-dessus, je vais pas me comporter comme toi. Tu m'aurais fichu dehors à Noël, mais pour ce qui me concerne, tu peux rester ici tant que tu es dans cette putain de faculté. Qu'est-ce que tu dis de ça ? »

Keith ne se fit pas prier pour fournir quelques explications supplémentaires. Concernant la paternité de Jimmy, son père lui avait relaté les faits quand Jimmy avait vingt-trois ans et que lui-même en avait vingt et un. Brex senior était un homme magnanime et il avait élevé ce fils aîné comme le sien. Cependant, la propriété, et l'héritage de la propriété, c'était une autre affaire. La maison pour laquelle il avait épargné, et sur laquelle un emprunt immobilier continuait de courir, devait aller à son fils.

« Je pourrais rédiger un testament et la laisser à quelqu'un d'autre de la famille, précisa Keith. Je suppose que je dois avoir un paquet de cousins quelque part. Ou alors je pourrais te la laisser à toi. Si tu te tiens bien. Montre-moi un peu que tu me respectes. Fais le ménage, apporte-moi ma p'tite tasse du matin. »

Son propre trait d'esprit le fit ricaner.

« Pourquoi ne m'a-t-on jamais rien dit ?

– Pourquoi on ne t'a jamais dit quoi ? Qu'est-ce que tu t'imagines ? Quand ta maman et ton papa étaient vivants, si tu veux bien te souvenir de ça, je les ai laissés habiter ici, et maintenant, je te laisse, toi. T'as une putain de chance, même si tu t'en rends pas compte. Dans ma situation, il y a un tas de types qui attendraient de toi que tu leur verses un loyer. »

Teddy sortit, claqua la porte derrière lui. Il se rendit dans la salle à manger et s'assit par terre, près de la pile de bois. Il avait eu l'intention, dès le lendemain, si ce n'est ce soir, de commencer à vider le salon et la chambre de ses parents. Peut-être de faire venir quelqu'un pour la débarrasser, un marchand de meubles d'occasion qui aurait pu lui donner quelque chose pour l'ensemble de la chambre à coucher et pour le canapé défoncé. À présent, c'était impossible, et cela le serait peut-être pour toujours.

Il se sentait accablé de laideur. Dans cette maison, tout était laid, à l'exception d'un ou deux objets dans sa pièce, et ses propres dessins, dans leur cadre de bois clair, sa rangée d'ouvrages, entre les serre-livres qu'il avait sculptés, lui paraissaient à présent bien lamentables. Ses outils n'étaient pas laids, l'établi, qui occupait l'ancien emplacement du buffet, les deux rabots, la rangée de scies accrochées sur leur support, les marteaux et les chignoles, mais ils étaient purement utilitaires. L'odeur lui parut plus entêtante que d'ordinaire, pénétrante, même, ici. Il faisait trop froid pour ouvrir les fenêtres. La maison était un répugnant dépotoir, mais il l'avait crue sienne, c'était tout ce qu'il avait. Sauf qu'elle n'était pas à lui. Elle était à Keith, Keith qui était l'une des entités les plus laides de cette maison, dont le corps bouffi et la face ramollie, les mains crasseuses et les dents cassées, jaunies, le choquaient chaque fois qu'il le voyait.

Pendant un petit moment, il envisagea sérieusement de

partir. Mais où aller ? Son université offrait des possibilités d'accueil dans deux résidences pour étudiants, mais pas en troisième année. Il n'avait pas les moyens de s'offrir un loyer, même pas pour une chambre. Sa bourse lui laissait tout juste de quoi vivre et payer ses transports. Il lui vint à l'idée – soit dit en passant, cela ne lui importait pas tant – que jamais dans sa vie il ne s'était acheté de vêtements neufs. Il n'était jamais allé à l'étranger, ni au cinéma à Londres, ni dans aucun restaurant de catégorie supérieure au Burger King.

Son projet, qu'à peine arrêté il avait tenu pour acquis, avait été de vendre la maison. De la vider, de la retaper, d'en repeindre l'extérieur et de la vendre. Elle valait à peu près la même chose que n'importe quelle maison mitoyenne des années trente à Londres, une petite fortune, peut-être quarante mille livres.

Mais elle était à Keith.

Teddy gardait la bague dans la poche de son unique autre veste, celle à fermeture Éclair, accrochée à la patère derrière la porte. Il la prit dans sa paume et la regarda. Il ne l'avait pas encore fait évaluer. S'il essayait de la vendre, le bijoutier croirait à un larcin. Il pouvait essayer de la déposer au mont-de-piété. Teddy n'y connaissait pas grand-chose en matière de mont-de-piété, mais il savait qu'il existait des prêteurs sur gages, il en avait vu, et il n'était pas sans savoir qu'un prêteur sur gages lui donnerait approximativement la moitié de la valeur de la bague. Ce serait un moyen de la faire évaluer. Il n'allait pas la vendre.

Jamais il ne la vendrait. Somme toute, l'argent n'était pas un problème si grave. Il pouvait toujours s'arranger, comme il l'avait toujours fait. Tant que Keith continuait de pourvoir pour partie à leur nourriture à tous les deux, il ne mourrait pas de faim. Et il pourrait continuer de fabriquer des choses, d'apprendre à en fabriquer, il pourrait achever son cursus et décrocher son diplôme.

Pour passer son diplôme, il devait fabriquer quelque chose, un objet, qui ferait office d'échantillon ou de spécimen de démonstration de ses talents personnels. Presque tous les autres présenteraient une table basse ou un bureau. Teddy savait qu'un sculpteur sur bois de talent allait fabriquer une sirène destinée à une figure de proue. Lui était doué pour la marqueterie, mais il se considérait comme un artiste du meuble peint. Il allait fabriquer un miroir. Il aurait un cadre en bois clair, en bois de sycomore ou en noisetier, incrusté de houx et d'if, peint en bleu, gris et or.

Si seulement cela avait pu se faire ailleurs, ailleurs que dans cet endroit où ses yeux, où qu'ils se posent, ne rencontraient que difformités ou vulgarités choquantes. Par la fenêtre, même l'Edsel était recouverte d'un plastique, sous son abri à quatre montants et son toit en plastique. Un sac-poubelle noir était passé par-dessus le guidon de la moto de Keith et un autre recouvrait la selle. Cet endroit était une boutique de sacs en plastique, il y en avait même un qui partait à la dérive sur le béton, où des brins d'herbe grisâtres s'acharnaient à pousser dans les fentes. Un autre s'était plaqué contre la palissade en grillage, les coins du sac pointant au travers, du côté de chez les voisins, une tentative d'évasion. Teddy tira les rideaux.

Keith était endormi dans le salon. Depuis la mort de son frère, il buvait davantage, on pouvait considérer qu'il buvait pour deux, la part de Jimmy et la sienne. Très souvent, au lieu d'aller au lit, en rentrant d'on ne sait quel boulot, il recouvrait la moto avec les deux sacs-poubelle et il se rendait directement dans le salon, avec ses deux sacs en plastique, l'un contenant ses outils les plus petits et les plus faciles à porter, l'autre son Chivas Regal et sa Guinness préférés, pour la soirée. La télévision s'allumait, Keith décapsulait sa première canette ou sa première bouteille et allumait sa première cigarette, la première depuis quelques heures. Ses clients refusaient de le laisser fumer chez eux.

Quand il vit que Teddy l'observait, il lui proposa une explication :

« Quand je sors travailler, je ne laisse rien à boire ici. Si tu étais là, à tourner autour de mon Chivas, je ne me fierais plus à toi, tellement plus que je pourrais te foutre dehors. »

Teddy ne fit aucune réponse. Qu'y avait-il à dire ? Il ne touchait jamais à l'alcool et Keith le savait aussi bien que lui. Pour une raison ou une autre, Keith qui, en des temps reculés, s'était comporté plutôt mieux à son égard que ne l'avaient fait ses propres parents, depuis leur décès, était devenu grossier, injurieux et constamment revêche. Teddy s'en moquait. Il n'allait pas se perdre en conjectures pour savoir si cela tenait au fait que Keith avait réellement aimé son frère et qu'il lui manquait, ou s'il souffrait de n'avoir personne pour veiller sur lui et, à l'occasion, à qui parler. Aux yeux de Teddy, cela importait peu. Il surveillait Keith, parfois, depuis l'embrasure de la porte, surtout quand le whisky et la Guinness avaient rempli leur office ; il ne le surveillait pas par sympathie ou par pitié, mais avec une sorte de dégoût fasciné.

Souvent, il se tenait là, debout, pendant dix ou quinze minutes, à regarder, simplement. Pas seulement Keith, mais ce qui l'entourait, s'imprégnant du spectacle de cette pièce épouvantable, avec ses rideaux qui se décrochaient de leurs tringles, épinglés ensemble par une espèce d'agrafe ou de pince sortie de la trousse à outils de Keith, la poussière si épaisse qu'elle paraissait croître à la surface des choses comme un duvet de fourrure, les cendriers jamais vidés, les soucoupes, les couvercles en étain, les pots en verre pleins de cendre et de mégots, les meubles branlants, cassés, l'abat-jour déposé dans un coin et l'ampoule nue qui pendait d'un fil électrique tressé, jusqu'à ce que finalement ses yeux se fixent sur Keith sur lui-même.

Son ronflement était pire qu'il y a seize ans. Il trompetait, il grognait et, toutes les deux ou trois minutes, il sursautait, faisait un bond, comme si on le piquait avec une sonde électrique. Ensuite, le ronflement reprenait son rythme régulier, traînant, l'air faisait vibrer les fosses nasales avant d'être expulsé avec une sorte de sifflement chaotique et heurté. Une fois – mais une fois seulement –, il reprit ses esprits et, en se redressant, beugla :

« Qu'est-ce que tu regardes, bordel ? »

Il n'y eut pas de seconde fois. Keith était trop hébété, trop matraqué par sa mixture favorite. Il gisait, la bouche grande ouverte, les bras pendant de part et d'autre des accoudoirs du fauteuil, et son gros ventre rond, couvert d'un sweater de laine verte mangé aux mites, se soulevait comme une colline verdoyante où des spéculateurs auraient creusé des trous. Il n'utilisait jamais de verre, buvant directement dans la boîte. Le whisky, il le versait dans un pot de yaourt, sans que Teddy sache bien d'où provenait ce pot. D'ordinaire, il avait un sac en plastique posé sur les genoux et deux ou trois autres par terre, à côté de lui. Très souvent, il ne se donnait même pas la peine de sortir le whisky du sac dans lequel il l'avait acheté, il le versait en soulevant à la fois la bouteille et le sac qui l'enveloppait.

Il pouvait être minuit, mais la télévision était encore allumée. Keith allait rester là toute la nuit. S'il éprouvait le besoin de pisser, jamais il n'arrivait à monter l'escalier jusqu'à la salle de bains, il sortait en titubant dans le jardin, devant la maison. Teddy sentait souvent l'odeur. Les jeunes cadres chics de la porte à côté s'imaginaient que c'étaient des chats. Keith grogna et fut pris d'un de ses sursauts aussi violents qu'une décharge électrique. Par l'effet d'une coïncidence, dans la série qui passait à la télévision, les personnages du service des urgences étaient sur le point d'administrer des chocs électriques à un patient étendu sur un brancard pour stimuler son muscle cardiaque. Teddy éteignit et alla au lit.

10

LE TABLEAU AVAIT deux ans, il était déjà très apprécié et s'était vendu pour une forte somme, quand Marc Syre jeta Harriet Oxenholme dehors.

Elle lui avait demandé s'il l'aimait encore – une fois de trop. À bout, il perdit brusquement son sang-froid – il n'en avait jamais eu beaucoup. Il lui assena un tel coup sur la tête qu'elle tomba à la renverse et s'étala sur le tapis souillé de taches au-dessous du lustre brisé. Ensuite, il l'attrapa par les cheveux, par cette masse de cheveux épais, roux et bouclés, et il essaya de la tirer hors de la pièce. Mais une touffe de cheveux lui resta dans la main, alors il la traîna par les épaules.

Pour une fois, aucun autre membre des Come Hither n'était dans la maison, ni l'organisateur de leurs tournées, ni aucune des groupies que Marc avait coutume de ramener à la maison, que ce soit pour une nuit ou juste pour un coup vite fait sur le canapé du salon. Harriet et Marc étaient seuls, et c'était la raison pour laquelle, faisant allusion à leur passion et à leur relation exclusive, alors si récente et qui semblait en même temps si éternelle, elle lui avait posé la question fatale.

Le coup ne lui avait pas fait perdre connaissance, mais elle abandonna le combat. Elle se laissa tirer hors de la maison, c'était plus commode que de marcher. Devant la porte d'entrée, elle se leva, parce qu'elle n'avait pas envie d'être précipitée au bas des marches de pierre. Il la poussa et elle trébucha, sans toutefois perdre l'équilibre. Quand il fut rentré dans la maison, après qu'il eut claqué la porte, elle s'assit sur les dalles de pavement et se frotta la tête à l'endroit où les cheveux avaient cédé. Elle avait du sang sur les doigts, il l'avait blessée.

C'était l'automne, et l'épais rideau de feuilles était passé du vert au jaune pâle et au bronze, avec des touches de rouge foncé. Quand une fenêtre de l'étage se souleva brusquement, des vrilles de vigne vierge détachées et des feuillages arrachés voletèrent jusqu'au sol. Marc se mit à lancer les vêtements de Harriet. Elle dut rentrer la tête pour ne pas être heurtée au vol par une bottine. La robe rouge, la seule et unique, descendit en flottant avec désinvolture, tel un grand papillon cramoisi ou un fragment de cette vigne vierge, comme si cette chute la divertissait. Puis ce fut le tour d'un carton.

Elle se leva et lui hurla :

« Donne-moi une valise, espèce de salaud ! Je ne vais pas emporter mes affaires dans cette boîte à la con. »

Elle ne pensait pas qu'il allait s'exécuter. Elle commença à ranger ses vêtements dans le carton qui avait jadis contenu des bouteilles de champagne sans alcool. Quand, bon Dieu, avait-il bu du champagne sans alcool ? La valise suivit, prenant son envol, couvercle battant au vent, et s'écrasa avec un claquement sonore en plein sur l'unique massif de roses. Elle la prit dans ses bras, se griffant sur les épines.

On était au début de l'époque des robes en mousseline et elle était toujours à l'avant-garde de la mode, donc elle en avait beaucoup, de cette étoffe flottante et pâle, aussi fragile qu'elle-même en cet instant. Elle fourra ses tenues dans la valise, du sang y goutta de ses doigts, les zébrant de motifs chinés. Des larmes coulaient de ses joues et elle lâcha un gémissement.

La fenêtre à guillotine se releva de nouveau. Marc réapparut et posa une grande cuvette de porcelaine rose et blanc en équilibre sur le rebord. Les nécessaires de toilette de style victorien faisaient fureur, elle se devait donc d'en posséder un. C'était Marc qui le lui avait acheté, comme tout le reste, et maintenant il allait lui vider le contenu de la cuvette sur la tête. Elle parvint avec peine à se relever, geignant et tirant la valise derrière elle, et elle était au portail quand l'eau se déversa en cascade. La cuvette suivit, heurtant le pavement dans un tel fracas que les gens d'en face sortirent dans leur jardin.

Harriet ne leur accorda pas un regard. Dans le passé, ils s'étaient plaints à la police des agissements de Marc, et sans doute allaient-ils encore se plaindre. Ce n'était pas son problème. Elle en avait assez comme ça, sans argent et sans nulle part où aller. Ses parents vivaient dans le Shropshire, dans le domaine seigneurial d'un village situé non loin de Long Mynd, et ils étaient ce que sa mère appelait des « gens bien nés ». Ce n'était pas qu'ils aient montré le chemin de la porte à Harriet, pas exactement, mais après son exclusion de l'école privée et sa décision de suivre partout les Come Hither, en campant dans son sac de couchage devant la porte d'entrée du studio d'enregistrement de la ruelle de l'Épée-suspendue, puis en s'installant avec Marc, et en faisant part aux journaux de son adoration pour lui, après tout cela, ses parents lui avaient plus ou moins clairement laissé entendre qu'elle n'était plus la bienvenue à Colling Manor. Même le fait que *Marc et Harriet à Orcadia Place* ait été désigné tableau de l'année par la Royal Academy n'avait pas modifié leur attitude.

À l'époque, qu'ils aient eu ou non envie de la voir, cela lui était égal. Qu'ils s'y refusent, c'était plutôt un soulagement, car cela lui avait épargné bien des tracas. À l'instant présent, pourtant, ils auraient été utiles. Colling Manor était un point de chute possible, où il faudrait bien qu'on la recueille. Mais à quoi cela servait-il d'y penser quand elle n'avait même pas de quoi se payer un billet de train ou d'autocar ? Elle n'avait pas le moindre sou, ni l'énergie de faire du stop. La seule chose à faire, c'était d'aller jusqu'à Camden Town et de s'en remettre à la miséricorde de quelques-uns de ses amis, qui vivaient là-bas, dans un squat, à Wilmot Place.

Il était difficile de dire s'ils étaient contents de la voir ou s'ils en avaient assez d'elle. De toute façon, ils étaient tous défoncés presque en permanence, et cela les rendait rêveurs, ils planaient, ils déambulaient avec lenteur, tels des zombies, ou fixaient du regard les angles des murs comme s'ils y voyaient des choses qu'ils étaient seuls capables de voir. Terry et John, qui s'étaient rebaptisés Orage et Anthère, lui offrirent un matelas de secours dans une chambre déjà occupée par Anthère lui-même et une femme nommée Cithare, mais en lui précisant que ce ne serait possible que pour quelques nuits. Ils réservaient la place au gourou d'Orage, qui allait bientôt les rejoindre, de retour de son ashram de Hartlepool.

Harriet dut trimbaler sa valise en haut toute seule. Mais elle ne s'était pas attendue à ce qu'il en soit autrement. Le matelas, naturellement, était posé à même le sol, et elle s'assit dessus. Le seul autre meuble de la chambre était un second matelas, également par terre, qu'Anthère partageait donc avec Cithare. Un couvre-lit indien faisait office de rideau. Sur un mur était punaisée une grande feuille de papier sur laquelle quelqu'un avait inscrit, d'une écriture curieuse, à la peinture rouge : « Quatorze Manvantaras et un Krita font un Kalpa. » Harriet fondit de nouveau en larmes, c'était plus fort qu'elle.

Elle n'avait rien mangé depuis midi, depuis le petit déjeuner, ou ce qui en avait tenu lieu, et maintenant elle avait très faim. Il se pouvait qu'Orage, Anthère et Cithare partagent leur nourriture avec elle, ou qu'ils ne la partagent pas. Il se pouvait aussi bien qu'ils ne mangent rien du tout. Elle aurait bien aimé boire un verre. En même temps que beaucoup d'autres péchés mignons, elle avait pris l'habitude de boire avec Marc, mais ici rien de tel, à moins que l'on ne parle de maté ou d'une infusion de boldo, et ce n'était pas à cela que Harriet songeait.

Elle pouvait faire le trottoir, mais elle ne savait pas par quel bout commencer. Est-ce qu'on se mettait dans sa plus belle tenue pour rester plantée là jusqu'à ce que quelqu'un se présente et vous demande si vous auriez envie ? Il se pouvait aussi que le maquereau d'une fille ou un client la frappe. Tôt ou tard, il faudrait bien finir à Colling Manor par l'autoroute M1, en poids lourd, et pourtant, même dans cette hypothèse, il faudrait bien qu'elle mange quelque chose sur la route. En rassemblant les affaires que Marc avait jetées par la fenêtre, elle n'avait pas exactement regardé ce qu'elle mettait dans la valise, elle était trop bouleversée. Il y avait toujours l'éventualité qu'il ait jeté quelque chose qu'elle pourrait vendre. Au chapitre des bijoux, il ne lui avait jamais offert grand-chose, et sa pièce la plus précieuse, un bracelet en or, se trouvait sûrement encore dans un tiroir, à Orcadia Place. Abattue, elle défit la valise et souleva le couvercle.

De la mousseline. Comment avait-elle pu en accumuler une telle quantité ? Des chemises, des hauts, des gilets, des pantalons, comme si la robe longue et le tailleur des origines s'étaient accouplés pour faire des petits. Une masse claire, laiteuse, froissée, zébrée de sang, qu'elle ne voulait plus jamais revoir, ses bottines et deux ou trois paires de souliers, une touffe de feuilles rouges meurtries qui s'était mélangée au reste, sans qu'on sache comment. Et tout à fait dans le fond, la robe qu'elle avait portée quand Simon Alpheton l'avait peinte, une soie délicatement plissée, exactement de la même couleur que ses cheveux. Pas de bracelet, pas de montre. Marc avait payé cette robe rouge une fortune, ce qui était bien normal, car la personne qui l'avait dessinée était quelqu'un du nom de Fortuny, et elle n'était même pas neuve. Elle s'en souvenait à présent, Simon avait poussé Marc à l'acheter, c'était même lui qui l'avait trouvée, pour elle et pour son tableau.

S'il y avait eu quelqu'un pour l'acheter en deuxième main, peut-être y aurait-il quelqu'un pour l'acheter en troisième main. Elle connaissait quelques endroits, elle essaierait dans la matinée. Désormais, la valise était vide, à part le soufflet à fermeture Éclair, sur l'arrière, qu'elle n'avait pas ouvert, où elle n'avait rien mis. C'était la valise de Marc, pas la sienne, et il se pouvait tout à fait qu'il ait oublié quelque chose dans ce soufflet depuis la dernière fois qu'il avait utilisé cette valise. Un paquet de cigarettes à moitié vide ? Elle mourait d'envie d'une cigarette.

Harriet fit coulisser la fermeture Éclair. Elle lâcha un petit cri. Le soufflet était rempli d'argent. Non pas des liasses attachées par des bracelets, mais des billets en vrac. Elle se sentit franchement défaillir : prise de faiblesse, comme si sa tête saillait de son cou, au bout d'une longue tige. Après avoir fermé les yeux, compté jusqu'à dix et rouvert les yeux, voyant que les billets étaient toujours là, elle recompta, l'argent cette fois.

À l'époque, ces billets-là existaient encore. Des billets d'une livre. C'étaient principalement des billets d'une livre, mais il y en avait aussi de cinq et quelques-uns de dix. Harriet compta. Elle en oublia sa faim et son envie d'une cigarette. Jamais de sa vie elle n'avait tant aimé compter, et elle regretta d'avoir à s'arrêter. Mais elle ne regretta pas la somme. Deux mille neuf livres.

Son euphorie dura environ une heure. En bas, elle trouva Anthère et Cithare dans la cuisine, en train de faire cuire des gâteaux au haschisch. Ils lui en proposèrent un, mais elle refusa d'un mouvement de tête. Pour le moment, elle n'avait envie de rien qui soit susceptible d'altérer sa lucidité, elle se trouvait très bien comme elle était. « Je vais au bout de la rue, fit-elle. Je peux vous rapporter quelque chose ? »

Pour toute réponse, ils allumèrent leurs sourires planants, mais quand elle revint avec deux sacs en papier kraft remplis de commissions, ils acceptèrent chacun une cigarette et un verre (une tasse fêlée) de vin. Harriet annonça qu'elle serait partie le lendemain matin.

« C'est bon, répondit Anthère. Le saint rishi ne sera pas ici avant jeudi.

– Il faut que je me trouve un endroit à moi », déclara Harriet.

Son visage lui faisait mal là où Marc lui avait donné un coup et, quand elle se regarda dans le miroir maculé de la salle de bains – voilà longtemps qu'elle n'était pas entrée dans une salle de bains aussi crasseuse, et elle avait oublié que cela existait –, elle vit sa joue, naguère d'un rose lumineux, en train de virer à la couleur de la vigne vierge. Elle retourna dans la pièce avec la bouteille de vin et le chocolat qu'elle avait achetés. Sa joie avait vite laissé place à l'appréhension. Pourquoi y avait-il de l'argent dans cette valise ?

À sa connaissance, il y avait deux éventualités. La première, c'était que Marc n'avait pas voulu la laisser sans ressources et qu'il l'avait mis là exprès. Il gardait de l'argent un peu partout dans la maison, dans des tiroirs, sous le lit, c'était sa façon de faire, celle d'un invraisemblable excentrique. Peut-être avait-il ramassé en vitesse une liasse de liquide pour la fourrer dans ce soufflet en guise de cadeau d'adieu. Mais en ce cas, n'y aurait-il pas aussi glissé le bracelet ? Et aurait-il accéléré son départ en lui balançant une cuvette pleine d'eau ?

Non, elle ne parvenait pas à voir cela comme un ultime geste de générosité de la part de Marc, ce n'était pas du tout son genre. Une autre explication, plus vraisemblable, c'était qu'il avait mis ces billets à cet endroit la dernière fois qu'il était parti pour quelque part – peut-être pour l'Espagne, un mois plus tôt – et qu'il les avait tout simplement oubliés. Il se pouvait même que ce soit là l'une de ses « banques », à l'instar des tiroirs et du dessus de sa penderie. Sans aucun doute, cet argent lui était sorti de la tête, mais il allait bientôt s'en apercevoir. Il saurait qu'elle avait ses deux mille livres et il allait venir les chercher. Ou ses gorilles. D'autres musiciens avaient des gardes du corps, lui, il avait des gorilles ; elle avait rencontré l'un d'eux et il portait bien son nom : de sa vie, c'était l'homme le plus grand qu'elle ait jamais vu.

Il valait mieux qu'elle disparaisse.

Harriet trouva une chambre à Notting Hill, dans le quartier de Ladbroke Grove, connu de ses habitants sous le nom de « the Grove », et quand elle exhiba une caution de cent livres, la propriétaire renonça à lui demander ses références. Harriet ne voyait pas comment on pourrait la retrouver ici, mais chaque fois qu'elle sortait, elle était tendue. Et elle était solitaire.

Tous ses amis étaient aussi ceux de Marc. Elle avait toujours apprécié Simon Alpheton, elle s'était franchement entichée de lui, mais elle s'était bien gardée de lui faire signe. Il connaissait Marc, il pourrait avertir Marc, et Marc déboulerait pour récupérer ses deux mille livres, qui diminuaient à vue d'œil. Elle avait beau nourrir des appréhensions chaque fois qu'elle sortait, elle avait quand même trouvé le moyen de dépenser. Acheter des choses la réconfortait. Quand elle regagnait Chesterton Road avec, par exemple, une paire de bottines, un pouf, deux ou trois des derniers disques du hit-parade, *Vogue*, *Forum* et *Cosmo*, du vernis à ongle doré et une robe indienne, elle se sentait toujours plus gaie et moins seule. Elle s'acheta même une perruque, avec vaguement l'idée de se déguiser, mais ses cheveux à elle faisaient une telle masse qu'elle ne put l'enfiler.

Jamais, depuis l'âge de quinze ans, elle n'avait passé autant de temps sans faire l'amour. Son célibat dura deux mois, jusqu'à ce que sa propriétaire fasse repeindre la maison. Un jour, l'homme qui s'en chargeait apparut à sa fenêtre, en haut de son échelle. Otto Neuling était le fils d'un ancien prisonnier de guerre allemand et d'une femme anglaise et blonde, il était grand et bien bâti, avec un teint de Siegfried et les traits de Paul Newman. Il était plus jeune que Harriet, tout juste dix-huit ans, contre vingt-quatre de son côté à elle. Il allait être le premier d'une longue lignée de jeunes amants qui appartenaient à la fois au genre belle brute prolo et à la catégorie jeune homme.

Après un flirt poussé, entamé à la fenêtre, Harriet l'invita à enjamber le rebord et à pénétrer dans la chambre.

Otto n'avait jamais entendu parler de Simon Alpheton ou de *Marc et Harriet à Orcadia Place*, il ne savait pas s'exprimer, il était d'une intelligence limitée, et très viril. Voilà qui convenait très bien à Harriet. Parfois, elle sortait boire un verre avec lui au *Sun in Splendour*, et elle se rendit une fois à Clacton, assise derrière lui, sur sa Honda. Jamais, se disait-elle, Marc n'aurait l'idée d'aller la chercher en compagnie d'Otto.

Alors que l'argent de Marc se réduisait désormais à un peu moins de cinq cents livres, Harriet, vêtue d'une robe rouge et chargée d'un sac *Biba* rempli de parures qu'elle venait d'acheter, rentrait chez elle à pied en longeant Holland Park Avenue. Sa seule économie, c'était d'arrêter de prendre des taxis. L'homme qui s'approchait d'elle avec un chien en laisse était de ceux auxquels elle n'accordait jamais la chance d'un second regard : il était âgé, il allait certainement sur la quarantaine, avec une calvitie naissante et des lunettes. Harriet remarqua le chien, car c'était un setter irlandais, avec un pelage de la même couleur que ses cheveux à elle. Mais ni l'un ni l'autre n'étaient assez intéressants pour la distraire de son passe-temps favori, étudier son propre reflet dans les vitrines devant lesquelles elle se promenait.

Il lui adressa la parole. Elle ne l'avait jamais vu auparavant, mais il prononça son prénom.

« Harriet. »

Il l'avait dit sur un ton à la fois satisfait et ravi. Elle était sur ses gardes.

« Et comment va Marc ? » poursuivit-il.

Si elle avait mieux connu la nature humaine, elle aurait décelé dans son attitude l'expression d'une sorte d'heureux hasard, comme venant de quelqu'un qui est content d'avoir fait une découverte inattendue. Voilà ce que son sourire aurait dû lui souffler, de même que les sourcils froncés. En l'occurrence, Harriet, la solitaire, crut immédiatement que l'on avait mis cet homme sur sa piste, qu'il pouvait s'agir d'un détective privé ou d'une espèce d'huissier envoyé pour récupérer l'argent. Elle s'écria d'une voix perçante :

« Qu'est-ce que vous voulez ?

– Je vous en prie, reprit-il. Je suis désolé. Mais vous êtes bien Harriet, n'est-ce pas ? La Harriet d'Alpheton, à Orcadia Place ? Je vous aurais reconnue n'importe où.

– Et c'est tout ? lâcha-t-elle, et de nouveau elle put respirer.

– Je suis tombé amoureux de ce tableau voici trois ans. Peut-être devrais-je préciser que je suis tombé amoureux de la jeune fille de ce tableau. »

Vous avez un sacré culot, songea Harriet. Elle ne le dit pas à haute voix. Elle le regarda, comme il faut cette fois, et avec un intérêt renouvelé. Il n'était pas trop mal. Vraiment grand, et il n'avait pas de ventre malgré son âge. De belles mains, des dents convenables et un chien adorable. Elle caressa la tête de l'animal, soyeuse et rousse.

« Comment s'appelle-t-il ?

– O'Hara.

– Vous êtes certain que ce n'est pas Marc qui vous envoie ? »

Il éclata de rire.

« Je ne sais même pas qui c'est... Un chanteur pop, c'est ça ?

– Il est très célèbre, s'indigna-t-elle.

– J'en suis convaincu. Je ne le connais que par ce tableau, mais c'est vrai que je ne suis pas très dans le vent. Tiens, pourquoi n'irions-nous pas prendre un thé ?

– Je préférerais prendre un verre », rectifia Harriet.

Le *Prince of Wales* venait d'ouvrir pour la soirée. Ils prirent deux Tequila Sunrise (il expliqua au barman comment les préparer). Pour O'Hara, on posa un bol d'eau par terre. Il dit s'appeler Franklin Merton et vivre à Campden Hill Square. Voilà qui fit dresser l'oreille à Harriet, et elle lui demanda s'il avait un appartement là-bas. Non, une maison, lui répondit-il, et elle-même ? Elle ne savait que dire, il n'y avait rien à dire, elle n'était que la Harriet Oxenholme qu'Alpheton avait peinte.

« Un oiseau sur la branche ? »

Elle ignorait ce qu'il entendait par là et le crut un peu simple d'esprit. Mais riche. Elle ne demandait jamais aux gens comment ils gagnaient leur vie parce que c'était une chose qui ne la préoccupait guère, et quand il lui expliqua qu'il veillait sur les gens et s'assurait qu'ils soient en sûreté, elle songea, déçue, qu'il devait être travailleur social.

« Je suis dans les assurances, lui déclara-t-il.

– Oh !

– Et je suis marié.

– Très bien. »

Elle le gratifia d'un sourire innocent, insouciant. En quoi le fait qu'il soit marié pouvait-il l'intéresser ou la perturber ? Les mariages, quoi qu'il arrive, et pour autant qu'elle sache, étaient faits pour être rompus. Mais il était riche, et elle, d'ici seulement quelques semaines, elle serait pauvre.

« Vous avez une allure magnifique dans votre robe Fortuny, lui déclara-t-il. Si je ramène le chien à la maison, vous dînez avec moi ? »

Elle capta une curieuse froideur dans son sourire forcé, mais, sur le moment, elle n'y décela rien de sinistre.

11

C'ÉTAIT TOUT LE TEMPS LÀ. Les autres filles qu'elle connaissait, Miranda, Isabel et Holly, conservaient elles aussi des souvenirs de la huitième année de leur existence, vers lesquels elles pouvaient se tourner, des souvenirs qu'elles se remémoreraient éternellement. Le chiot que les parents de Miranda lui avaient offert pour son anniversaire ; pour Holly, sa chute de son poney et sa jambe cassée ; pour Isabel, la naissance de son frère. Elle, Francine, avait aussi son souvenir : le meurtre de sa mère.

Pourquoi se souvenait-on de certains détails et pas d'autres ? Est-ce que quelqu'un avait déjà su donner à cela une explication satisfaisante ? Pourquoi falsifiait-on sa mémoire – car on la falsifiait bel et bien ?

Toutes les fois où on l'avait envoyée dans sa chambre, où elle avait attendu, grognon, où elle s'était ennuyée, tout cela lui restait. Le papillon qu'elle avait attrapé et relâché par la fenêtre. Les vulcains étaient une espèce commune de papillon, peut-être la plus commune de toutes, en Angleterre, et on s'en servait partout comme motif ou comme logo. Il ne faisait guère de doute que bien peu de gens remarquaient le vulcain sur le paquet de céréales, sur les couvertures des livres, sur les flacons de bain moussant. Elle, si. Elle en avait même vu un sur un T-shirt. Le tintement du carillon de la porte, elle s'en souvenait, et de s'être cachée dans le placard, et d'avoir tiré la porte à elle pour la fermer, avec ses petits doigts de sept ans.

Mais pas de ce « Non ! » en forme de cri, ni de ce hurlement. Si elle était au courant, c'était uniquement parce que Julia lui avait rappelé qu'elle, Francine, en avait informé la police.

C'était Julia qui maintenait ses souvenirs en vie. Avoir découvert sa mère, s'être assise à côté d'elle, s'être maculée de son sang, avoir attendu là jusqu'au retour de son père, de tout cela, elle n'avait aucune réminiscence. Julia lui affirmait qu'il valait mieux pour elle se confronter à ce qui s'était passé, aussi le lui remettait-elle en mémoire. Sans quoi, tout cela lui serait complètement sorti de la tête.

Julia affirmait, lui avait affirmé pendant des années, que l'homme penserait qu'elle l'avait vu. Elle l'avait vu, en effet, le sommet de son crâne et le bout de ses souliers. Son père lui avait raconté, cela devait maintenant faire une bonne centaine de fois, que l'homme n'était pas venu la chercher, elle, que tout cela était absurde, une invention pure et simple, qu'il ne l'avait jamais pourchassée. De toute façon, étant héroïnomane, il était probablement décédé. Il s'était cru dans la maison d'un autre docteur Hill, pas dans la leur.

Francine n'avait pas peur de l'homme, n'en avait jamais eu vraiment peur. Elle ne voulait pas savoir qui il était, ni où il était, ni ce qu'il était advenu de lui. Souvent, quand on parlait de découvrir la cause de la mort de quelqu'un, on formulait ce cliché : « Cela ne le fera pas revenir. » Elle y pensait souvent : savoir qui était cet homme, le capturer, le punir, l'empêcher d'être un péril pour les autres ne feraient pas revenir sa mère.

La technique psychothérapique de Julia consistait à demander à ses clients quel usage ils feraient de trois vœux. Elle avait posé la question à Francine, une fois, et puis une fois à Richard, mais depuis qu'elle avait renoncé à sa profession, elle ne la leur avait plus posée. Si elle le lui avait demandé, Francine lui aurait répondu que son premier souhait serait que ce jour ne soit jamais venu et, si ce n'était pas possible, qu'on le lui fasse oublier ; le deuxième souhait serait d'aller à Oxford ; le troisième, elle était trop bien élevée et trop gentille pour le formuler.

Sauf pour elle-même. Car son troisième souhait, c'était que Julia s'en aille. Elle ne lui voulait aucun mal. Sa mort était bien la dernière chose qu'elle désirait, la mort, elle en avait vu assez, mais peut-être qu'elle rencontre un homme riche, vraiment gentil, beau, et qu'elle parte avec lui.

C'était la suggestion de Holly. En général, tout ce qui avait trait au sexe venait de Holly.

« Elle est grosse et elle est vieille, mais elle est encore bien, disait Holly. Un vieux bonhomme pourrait s'enticher d'elle.

– Elle n'est pas grosse, corrigeait Francine.

– Oh, allez. Elle fait du 42. Au moins. Un grand poisson bien gras. Elle a longtemps été un poisson rouge, mais maintenant c'est un dauphin. Et un jour, ça fera une baleine.

– Les dauphins et les baleines ne sont pas des poissons, Holly.

– Des créatures marines, alors. C'est une grande créature marine bien grasse. »

Il n'y avait pas d'autre façon d'aborder Julia que de tomber d'accord avec elle, d'acquiescer – et d'en faire tranquillement à sa tête. Pour autant que ce soit possible. Tout le reste, tout ce qui était de l'ordre du raisonnement ou de la discussion, était épuisant. On avait beau avoir seize ans, face à ses quarante-neuf, on était quand même la première épuisée. Au stade où elle en était, Francine n'adressait plus vraiment beaucoup la parole à Julia, elle lui disait simplement oui et merci, et elle souriait.

Cela n'empêchait pas Julia de lui répéter, et de le lui répéter très souvent, avec des variantes :

« Bon, Francine, qu'est-ce qui ne va pas ? Qu'est-ce que j'ai fait ? Si j'ai fait quelque chose qui te contrarie, vraiment j'aimerais bien savoir ce que c'est.

– Tu n'as rien fait, Julia, répondait inlassablement Francine.

– Parce que si c'est le cas, c'est mieux d'exprimer ces choses-là ouvertement, de s'y confronter et d'en parler dans la sérénité, tu sais.

– Mais il n'y a rien, Julia.

– Tu es très jeune, tu sais, guère plus qu'une enfant. En fait, pour moi, tu es une enfant, et pourtant tu fais souvent plus mûre que ton âge. Tu te conduis comme une vieille femme. Tu en as conscience ? »

Francine ne répondait pas. Si elle se conduisait en jeune fille, est-ce que cela plairait plus à Julia pour autant ? À l'exemple de Miranda, qui se vantait de ce que son nouveau petit ami était le quatrième avec lequel elle avait couché ? Ou à l'exemple de Kate, qui cachait un paquet de pilules d'ecstasy dans son pupitre, alors qu'elle, Francine, y cachait des Smarties ? À bien des égards, elle se sentait beaucoup plus vieille que les jeunes filles de son âge. Elle avait souffert plus qu'elles, perdu davantage, vu des choses que la plupart des gens, elle le savait, ne verraient jamais de leur vie entière, fait de si mauvais rêves qu'elle ne pouvait en parler à personne, avait été distinguée par le destin.

Par exemple, si ses camarades apercevaient un vulcain, qui, parmi elles, verrait dans la longue traînée rouge sur ses ailes de velours noir une éclaboussure sanglante, un sang qui aurait coulé de la blessure d'une femme assassinée ? De toute l'école, elle avait été la seule à être prise de frissons, à être restée momentanément frappée de mutisme, figée, le regard fixe, quand un professeur invité, fonctionnaire de police, un homme aimable et paisible, lui avait montré le pistolet dont on l'avait doté afin de parer à d'éventuelles situations critiques.

Elle avait bientôt retrouvé la voix. Mais elle redoutait le retour de cette perte de la parole qui l'avait frappée durant de si longs mois, après le meurtre. Pendant des années, le matin, au réveil, elle avait eu peur de devenir muette, d'être incapable de prononcer une parole, et la première chose qu'elle faisait, c'était de se parler à voix haute. Pour dire son propre nom, et le jour, et la date. « Francine, on est jeudi, le 14 juin. »

Cela ne lui arrivait plus de faire ça, mais elle rêvait encore de la perte de sa voix. Dans un rêve très récent, elle se trouvait dans un musée et, en pénétrant dans une galerie centrale, elle débouchait dans une salle d'armes, flèches, javelots, harpons, piques, gourdins, carabines, grenades à main. Elle ignorait qu'elle connaissait pareils objets, et encore moins qu'elle savait leurs noms, mais elle se réveilla en gémissant, fourrant le drap dans sa bouche pour taire ces bruits à son père.

Est-ce que cela lui arriverait tout le temps ? Était-ce là son destin ?

Son père n'arrêtait pas de faire pression sur Julia, et ce fut probablement grâce à ses efforts qu'on aboutit à un ordre de libération. L'école était trop loin pour qu'elle s'y rende et qu'elle en revienne par les transports en commun, et pour qu'il soit raisonnable que Julia continue de l'emmener et de la ramener en voiture. Presque toutes les jeunes filles se faisaient déposer à l'école en voiture. Mais presque toutes avaient la permission, après l'école, de rentrer chez elles avec une autre amie si elles en avaient envie, voire de passer la nuit chez une autre fille. Francine, jamais, mais maintenant cela changeait. Elle pouvait aller chez Holly, Miranda ou Isabel, pourvu que ce soit en leur compagnie et sous surveillance. Et elles pouvaient venir chez elle. Elle fut libérée d'une autre contrainte également, elle eut la permission de sortir avec elles – pourvu qu'elle rentre à la maison avant la nuit.

Julia était la mère idéale. Elle tenait la maison de façon exquise, elle achetait tout le temps des petits cadeaux à Francine : une nouvelle gamme de savons au miel de chez *Neal's Yard*, des boîtes de cartes de vœux, le parfum de Calvin Klein, des livres de poche, des CD. Tous les jours, Francine avait des draps propres, et des serviettes propres dans sa salle de bains. On lui préparait toujours ses plats préférés. Le matin, on la réveillait bien avant l'heure à laquelle elle devait se lever et, le soir, on lui préparait une boisson chaude.

Julia et elle avaient de fréquents entretiens et des conversations sérieuses. C'était une grande marque de confiance, lui affirmait Julia, car Francine apprenait à être responsable d'elle-même. Cela devait se faire lentement et progressivement. Elle donnait à Francine l'impression que c'était elle qui avait commis un crime, et qu'on allait la libérer sur parole.

« Personne ne m'attend dehors pour me faire du mal, Julia, lui disait Francine avec ménagement. Tu le sais. Peut-être avant, mais plus maintenant.

– Je ne dis pas que quelqu'un t'attend dehors, répondait Julia. Cela, je n'y crois plus, ce danger-là est passé. C'est de toi, pas de lui, que j'ai peur.

– Qu'est-ce que tu veux dire ? »

Cette idée lui faisait horreur.

Julia s'expliqua. Sa belle-fille, de son point de vue, était innocente, naïve, fragile, incapable de se prendre en charge, le contraire d'une dégourdie. C'était son histoire et une terrible épreuve qui l'avaient rendue ainsi. Ce que Julia ne dit pas, car peut-être ne le savait-elle pas, c'était que sa peur d'un homme en particulier avait laissé place à la peur de quantité d'hommes, de ces hommes sur lesquels elle lisait des choses dans le journal, qu'elle voyait à la télévision, qui agressaient des femmes ou qui les enlevaient et les violaient. Mais elle faisait la leçon à Francine, lui parlait des manies et des désirs de ces hommes étranges, lui disait de ne pas mentir à ses parents, d'être ponctuelle, de tenir parole, de se montrer circonspecte dans le choix de ses amis. « Les mauvaises relations altèrent les bonnes manières », disait-elle, citant l'apôtre Paul.

Pour Noël, entre autres cadeaux, elle avait offert à Francine un téléphone portable. Les jeunes gens, croyait-elle, adoraient ce genre de choses, tout ce qui demandait de s'y connaître un peu côté technologie, cette touche à enfoncer, et puis cette autre, cette antenne à sortir, ces numéros avec lesquels jongler. Le but, naturellement, c'était que la jeune fille s'en serve pour téléphoner à la maison, que l'on ait une idée de l'endroit où elle se trouvait, en particulier si elle risquait d'avoir du retard. Cela lui plairait de posséder un objet aussi adulte, qui lui donnerait la chance de pouvoir se conduire de façon responsable. Julia expliqua qu'elle voyait la possession d'un téléphone portable comme la prochaine étape essentielle de la lente métamorphose de Francine.

Francine la remercia poliment et lui assura qu'à l'occasion elle lirait la notice de l'appareil. Si elle lut cette notice, elle ne se servit jamais du téléphone. Sommée de s'expliquer, elle admit qu'elle n'arrivait pas à s'y faire, que cela la déroutait. Elle était désolée, car c'était un cadeau, et elle ne voulait pas froisser Julia qui s'était montrée si attentionnée. Peut-être Julia aimerait-elle s'en servir, elle ?

Un jour de février, alors qu'elle était sortie avec Holly, elle rentra à la maison une heure plus tard que convenu. Il n'était que six heures du soir, mais en tout état de cause elle avait une heure de retard. Naturellement, on ne lui avait pas remis de clef de la maison, jamais Julia n'aurait été d'accord, et elle dut sonner à la porte. Tremblante, la bouche traversée de tics, Julia la tira à l'intérieur et la frappa.

Ce n'était pas un coup violent. Si l'on n'a jamais frappé personne au visage de sa vie, quand cela vous arrive, la tentative n'est guère efficace, une claque oblique, facile à esquiver. Francine l'esquiva, mais pas suffisamment, et la main de Julia l'atteignit dans le cou. Gardant la sienne à l'endroit où on venait de la frapper, Francine, le souffle coupé, en silence, dévisageait sa belle-mère en sanglots. Les larmes ruisselaient sur le visage de Julia et elle gémissait.

« Je ne le dirai pas à mon père », la rassura Francine.

Pas « papa », mais « mon père ». C'était la première fois.

« Je suis désolée, je suis désolée, sanglotait Julia. Je ne sais pas ce qui m'a pris. J'ai eu si peur, j'avais presque perdu la tête. »

Tu as perdu la tête, voilà ce que Francine aurait aimé lui répondre, mais jamais elle ne disait de pareilles choses à quiconque. « Il ne faut pas me faire des choses violentes, dit-elle. Ou me dire des choses violentes. S'il te plaît. »

Et là-dessus, elle monta au premier, dans sa chambre, mais quand Richard rentra à la maison, elle redescendit et lui demanda une clef de la porte d'entrée.

« Je croyais que tu en avais une », lui répondit-il, incrédule, en jetant un coup d'œil à son épouse.

Julia lui répliqua :

« Tu aurais dû en demander une. Pourquoi n'as-tu pas demandé ?

– Bien sûr, qu'il te faut une clef, ajouta Richard. Tu peux prendre ma clef de secours, et je vais faire faire un double. »

Francine sortit en boîte avec Miranda, mais cela ne lui plut pas tellement. Durant toutes ces années d'adolescence, alors que les autres s'étaient fait progressivement endoctriner par les plaisirs du bruit, elle avait vécu dans un silence insolite. Elle n'aima pas la boîte et trouva ennuyeux le club où elle se rendit avec Holly et le cousin de Holly. À la maison, elle s'était habituée à boire du vin aux repas, et ce depuis des lustres, et elle trouva le mousseux répugnant, sans parler du rhum Bacardi à la liqueur de cassis. Le cousin, pourtant, elle l'aimait bien, ou c'est ce qu'elle crut, jusqu'à ce qu'il lui mette les mains partout pendant qu'ils dansaient.

Lorsqu'elle se vit accorder une place à Oxford après avoir obtenu des résultats satisfaisants à son examen de fin d'études secondaires, Richard fut fier de Francine. Bien sûr, qu'elle devait fort bien s'en sortir. On avait plusieurs fois répété à Richard qu'elle était la jeune fille la plus brillante de sa classe. Et il s'émerveillait de ce que son intellect n'ait pas été affecté par ce qui lui était arrivé. Toutes les facettes de sa fille, si belle et si éveillée, semblaient intactes. Plusieurs années s'étaient écoulées sans qu'ils aient ni l'un ni l'autre fait allusion au meurtre de sa mère. Francine apprenait à oublier, avait peut-être déjà oublié. Lorsqu'il la regardait, il voyait une jeune personne heureuse, bien adaptée, peut-être pas particulièrement vive, plutôt calme et réservée. Mais c'était dans sa nature. Il n'aurait pas apprécié d'avoir un garçon manqué – cette formule démodée, il la gardait pour lui –, sautant dans tous les sens, comme cette Miranda, ou cette Holly, une petite aguicheuse sournoise, avec ses regards de travers.

Pour l'essentiel, le bien-être et l'adaptation de Francine à une vie normale étaient certainement dus à Julia. Il le voyait bien, désormais. La protéger et l'abriter, c'était ce qu'il y avait eu de plus sage. À une certaine période, il avait pu lui arriver d'aller trop loin, mais c'était fini, désormais. Francine avait la clef de la maison. Progressivement, on avait fait entrer Francine dans le monde, et elle s'y comportait impeccablement. S'il y avait une chose dont il pouvait être certain, c'était que sa fille dirait fermement non à toutes les espèces de drogues qu'on pourrait lui proposer, à tout jeune homme importun et – cela allait sans dire – à tout comportement qui ne respectait pas la légalité.

Il devait remercier Julia – pour cela. Malheureusement, il ne trouvait plus guère de plaisir à vivre en sa compagnie, et il avait sans doute même cessé de l'aimer. Mais il lui fallait se montrer reconnaissant. À présent, cela lui paraissait bien évident, Julia était la mieux à même de juger. Julia avait été la bonne étoile de Francine. Aussi, quand Francine lui fit une réflexion qui pouvait être interprétée comme une critique détournée de Julia, il en resta abasourdi. Ils étaient seuls. Ces temps-ci, Julia sortait de son côté, tout comme lui, à l'occasion – bien qu'ils n'aient jamais laissé Francine seule à la maison. Julia s'était rendue à une sorte de réunion de son ancienne faculté.

Francine était recroquevillée dans un fauteuil, en train de lire un roman. Mais quand il jeta un coup d'œil vers elle, il vit qu'elle ne lisait pas, qu'elle avait levé les yeux et regardait fixement de l'autre côté de la pièce. Il détourna le regard avant de poser les yeux sur elle de nouveau quelques minutes plus tard. Elle ne s'était toujours pas replongée dans son livre. Avant qu'il ait pu lui demander ce qui n'allait pas, elle dit, d'une voix hachée, forcée :

« Je vais vraiment aller à l'université, n'est-ce pas ? »

C'était inattendu.

« Bien sûr. Pourquoi me demandes-tu cela ? »

Elle ne répondit pas à sa question.

« Julia ne va pas m'en empêcher ?

– Julia t'aime, Francine. Elle te souhaite tout ce qu'il y a de meilleur. Elle n'a jamais rien voulu d'autre. »

Francine se tut un moment, et Richard en fut troublé. Chaque fois que sa fille manifestait un mal-être, sa culpabilité, en sommeil ces temps-ci, reprenait un tour aigu. S'il n'avait pas, par vanité, indiqué que l'on inscrive cette mention dans l'annuaire, s'il était simplement apparu sous le nom de Hill, R., sa chère épouse, Jennifer, qu'il aurait été sûr d'adorer jusqu'à ce jour, serait encore vivante, sa fille aurait grandi comme une jeune fille normale, heureuse, et quant à Julia...

« Qu'est-ce qu'il y a ? » s'enquit-il.

Les grands yeux sombres de Francine étaient un peu trop brillants.

« Si je n'ai jamais la permission de sortir seule et de rester seule à la maison et si je dois toujours être rentrée avant la nuit, comment vais-je faire pour aller à Oxford, où il va bien falloir que je me débrouille toute seule ? »

Elle ajouta :

« Je demande, c'est tout. Si ça te donne l'impression d'une insolence, ce n'est pas intentionnel. »

Julia la préparait à cela – la « formait », c'était le mot qui lui était venu à l'esprit. De façon progressive. En l'habituant à la vie et au monde extérieurs et aux convenances sociales. Oui, mais était-elle prête ? Était-elle vraiment prête ?

« Comment vais-je faire pour vivre, oui, pour vivre toute seule ? Parce que c'est bien ce qui va se passer, non ? Comment vais-je faire, une fois qu'on m'aura laissée me débrouiller toute seule, sans personne comme Julia pour me surveiller ? »

Elle se souvint d'avoir lu quelque chose à propos de ces jeunes gens qui se faisaient accompagner à leur université par des parents, des tuteurs ou des compagnons dûment choisis. Cette idée avait quelque chose de cauchemardesque – d'ailleurs, le cauchemar, en était-on si loin ? Richard hasarda, non sans hésiter :

« Tu sais, tu pourrais prendre une année sabbatique. »

Cette suggestion émanait de Julia. Elle lui en avait fait part la veille au soir.

« Inscrivons-la à Oxford en octobre de l'année prochaine, qu'elle prenne une année de battement. Tous les jeunes font ça, c'est à la mode.

– Quoi, à traînasser ici à la maison ? À quoi faire ? »

Julia n'avait pas répondu.

« Et quand elle aura terminé son année, je me disais, enfin, je me demandais... est-ce qu'il ne serait pas possible de déménager à Oxford, comme cela, nous serions toujours réunis ?

– Et moi, je serais censé m'arranger comment ? En faisant tous les jours la navette entre la maison et le bureau ? »

Mais après un petit moment de réflexion, Richard était tombé d'accord avec la première partie de la proposition de Julia. Francine devrait prendre une année sabbatique. Si elle en avait envie. Elle n'avait pas répondu. Il lui soumit de nouveau la chose.

« C'est ce que va faire Holly », remarqua Francine, pensivement.

Richard n'aurait jamais cru qu'il aurait un jour une raison de bénir cette petite dévergondée de Holly. Il sourit.

12

QUAND IL EUT EMPORTÉ le dernier sac de bois avec lui et une fois la salle à manger vidée, Teddy la nettoya. Il descendit les rideaux et les jeta dans la chambre à coucher de ses parents. Il balaya par terre et lava les portes-fenêtres. Il avait déjà accroché beaucoup de ses dessins aux murs, et maintenant il y ajouta un autre croquis qu'il avait encadré avec un morceau d'acajou de la table de la salle à manger. Le reste, il l'avait transformé en table basse circulaire. L'épais vernis et la surface incrustée de saletés une fois poncés, il avait laissé au bois sa teinte naturelle, d'un brun roux chaud et mordoré, et il en avait marqueté le pourtour d'ébène et d'érable, des morceaux qu'il avait récupérés à la faculté, pendant que personne ne le regardait faire. Cette table, son lit et les livres entre les serre-livres étaient les seuls meubles de la pièce, le reste était rempli par son établi et ses outils.

Keith n'était pas entré dans la salle à manger depuis le jour où le policier était venu lui annoncer que l'on avait emmené Jimmy à l'hôpital. Ce qui l'amenait ici en cet instant, Teddy n'en savait vraiment rien. Peut-être, tandis qu'il rentrait de son dernier dépannage de la journée, via un détour chez *Oddbins, liqueurs et spiritueux*, la lumière derrière les portes-fenêtres avait-elle éveillé ses soupçons. N'étant plus masquée par les épais rideaux de velours, elle avait dû ruisseler sur le béton, une véritable illumination au projecteur qui se portait à la rencontre de Keith zigzaguant sur sa moto.

Teddy éteignit la lumière. Le jardin sur l'arrière devint noir comme de la poix, car Keith avait éteint ses phares en franchissant le portail, et il n'y avait rien d'allumé chez les voisins.

Les jeunes cadres dynamiques, Teddy en était pratiquement certain, étaient sortis. Il entendit Keith trébucher, avancer vers la porte de derrière en se cognant. Une fois qu'il fut à l'intérieur, Teddy ralluma sa lampe et retourna à son dessin. On était en janvier, et le miroir qu'il était en train de dessiner devait être terminé et présenté d'ici la fin avril.

Keith ne frappa pas. Cela ne lui serait pas venu à l'idée. Teddy ne put qu'entendre de quelle manière il s'y prenait pour ouvrir la porte. Il tourna la poignée, puis il recula d'un pas et décocha un violent coup de pied dans le battant qui s'ouvrit à la volée, la poignée venant heurter le mur. Il resta là, debout, essoufflé par l'effort. Les sacs, il les laissa tomber par terre, comme s'ils avaient fini par peser trop lourd pour lui. Quoi qu'il ait eu envie de dire, il ne prononça pas un mot. Il resta bouche bée.

« Qu'est-ce qui est arrivé aux meubles ?

– Quels meubles ? fit Teddy.

– Ne me sors pas "quels meubles", pas à moi. Ici, il y avait la table et les chaises et le buffet de mon père. Qu'est-ce que tu en as fait ? Le vieux Chance avait dû tout démonter et tout remonter pour que ça entre.

– Donc, ils n'ont pas pu sortir d'ici, hein ? »

Keith ramassa ses sacs et battit en retraite vers la cuisine. Il dut y avaler une lampée de whisky, car il revint en s'essuyant la bouche du dos de la main.

« Si tu as vendu ces meubles, j'appelle la police. C'était à moi, comme tout le reste dans cette maison.

– Alors ils ont des jambes, ironisa Teddy, et ils peuvent marcher, c'est ça ? À quoi d'autre ça pourrait servir, les jambes ? Les meubles se sont faufilés sur le pas de la porte, ils sont sortis à pied dans la rue, ils sont montés dans un bus et maintenant ils habitent chez un brocanteur à Edgware. »

Keith brandit les poings et s'avança vers lui, le même geste que Jimmy, tant d'années auparavant. Teddy se leva. Il faisait à peu près dix centimètres de plus que Keith, et il avait aussi deux vies de moins. « N'essaie pas », menaça-t-il.

Au bout d'un petit moment, il entendit Keith passer dans la pièce principale. La télévision fut allumée, un quelconque film de gangsters, rien que des bruits fracassants, des coups de feu et les cris étouffés des mourants. Il tendit l'oreille, entendit claquer la languette d'une boîte de bière. La soirée d'abrutissement progressif de Keith avait débuté.

Le miroir devait recevoir sur son cadre une sorte de marqueterie géométrique. Teddy n'avait pas encore décidé de quelle sorte. Des croix, peut-être, mais pas des croix et des cercles. Il n'avait aucune envie que ça ressemble à la façade de l'immeuble Oxo, sur les bords de la Tamise. Des triangles peut-être, de simples triangles, en bois clair légèrement teinté. Du sycomore ou du houx rendraient une teinte jaune pâle et vert. D'un autre côté, des lignes de marqueterie parallèles, le tout conservant une couleur très claire, abricot, or, beige, olive, ce serait peut-être le mieux. Il composa les motifs, trouva la boîte d'aquarelles d'Alfred Chance.

Keith fit un retour à l'improviste. Il hésita devant la porte de Teddy, histoire peut-être de rassembler assez d'énergie pour y flanquer un coup de pied. La porte s'ouvrit à la volée, suffisamment fort pour que la poignée heurte à nouveau le mur. Keith avait une boîte ouverte de Guinness dans la main.

« Je veux que tu partes d'ici », annonça-t-il.

Teddy posa son pinceau.

« Tu quoi ?

– T'as entendu. Si tu avais un peu filé doux, si tu t'étais mêlé de rien, j'aurais pu te laisser attendre jusqu'à l'été. Ah mais non, pas toi, toi, tu détruis ma maison, tu fiches en l'air ma maison, t'es un vrai danger public, bordel, voilà ce que t'es. Il faut que tu partes. D'accord ? Pigé ?

– Qui va me mettre dehors ? Toi ?

– Moi, confirma Keith, et la police s'il le faut. »

Et, comme s'il donnait un coup de poing, il renversa la moitié du contenu de sa boîte de bière sur la peinture de Teddy. Une tache de liquide brun, agrémentée d'une rafale de mousse, inonda le dessin délicatement coloré du cadre de miroir.

Teddy n'émit aucun son, c'est à peine s'il esquissa un mouvement. Il avait observé fixement Keith avant qu'il ne jette la Guinness et il continua de le dévisager, impassible. Keith dut être plus piqué au vif par cette froide passivité qu'il ne l'aurait été par une réaction violente, car c'est lui qui détourna le regard. En signe de défi, il avala une rasade de ce qui restait dans la boîte, exécuta un demi-tour et sortit de la pièce.

Teddy alla chercher un torchon dans la cuisine. La serpillière qu'il trouva dans une bassine sous l'évier avait probablement été tricotée au crochet par sa mère. Il la considéra sans émotion aucune, sans le moindre sentiment d'ailleurs, si ce n'est qu'il remarqua ce qui, pour ainsi dire, constituait sa marque de fabrique, ces points de crochet loupés et cette bordure rouge vif. La serpillière avait rempli son office, à savoir les opérations de nettoyage, et bien sûr le motif en était râpé. Teddy essuya sa table, la sécha avec un essuie-tout, essuya aussi par terre, froissa le dessin et le jeta dans sa corbeille à papier.

Quand il eut remis la serpillière à sa place, il alla écouter à la porte de la pièce principale. Le son de la télévision avait été baissé. Il entendit la languette d'une autre boîte de bière sauter, et quelque chose comme le bouchon d'une bouteille de Chivas que l'on dévissait. Est-ce à ce stade des événements qu'il se décida, ou une heure plus tard ? Après coup, il aurait été incapable de le dire. Le mieux, c'était encore de ne pas trop y penser. Agir, ne pas penser.

Sa chambre sentait la Guinness, une odeur forte, écumeuse. Fallait-il qu'il exécute un autre dessin ou non ? Il ne connaissait guère de façon plus agréable de passer le temps. Pendant une demi-heure, ou plus, il dessina des croquis, mais cette fois sans les colorier. Ensuite, il rangea les nouveaux croquis dans un carton à dessins et le crayon dans sa boîte, astiqua une nouvelle fois sa table et se posta debout devant les portes-fenêtres.

Il faisait nuit très noire, la noirceur sans espoir du creux de l'hiver, lorsque le soleil, ou ce qu'il en reste, s'est couché à quatre heures et que l'on est resté privé de lumière naturelle depuis. Il entendit les jeunes cadres d'à côté rentrer chez eux, allumer la lumière. L'interrupteur de la pièce mitoyenne à la sienne émit un craquement très sec. Il éteignit sa propre lampe. Pendant quelques instants, ce fut comme d'être à l'intérieur d'un sac tout noir. Puis les objets extérieurs commencèrent à reprendre forme. Dans la rue, les éclairages publics étaient allumés, sans être à portée de vue. La lumière de la porte voisine baignait l'air ambiant d'une lueur jaunâtre et traçait des barres jaunes entre les montants de la palissade.

Il pouvait voir le contour de l'auvent, l'arrière de l'Edsel juste devant les fenêtres, un vaisseau spatial qui aurait atterri un peu trop près. Un rai de lumière issu de quelque part zébrait les sacs-poubelle qui recouvraient la moto. Le ciel était couleur violine très foncé. À côté, on éteignait les lumières, on se mettait au lit. Lorsqu'ils montèrent, leur escalier grinça. Il n'avait pas de montre, n'en avait jamais eu, mais il supposa qu'il devait être minuit passé, pas loin de minuit et demi.

Dehors, dans le couloir, il dut avancer à tâtons, car tout était plongé dans l'obscurité. Le faible rai de lumière au bas de la porte de la pièce principale lui fournissait une indication. Il tendit l'oreille. Il ouvrit la porte et entra, silencieusement. Sur l'écran de la télévision, très lumineux mais muet, un comédien obèse racontait des histoires drôles jugées trop peu convenables pour un horaire moins tardif. Keith était affalé en arrière dans son fauteuil, les yeux clos, la bouche ouverte. Il lâcha subitement un copieux ronflement, liquide, avec force gargouillements, manière d'accuser réception de la présence de Teddy.

Le mégot de la dernière cigarette qu'il avait fumée, n'étant pas parvenu à atteindre le cendrier, s'était consumé sur le dessus de la table. Dans la pénombre, on eût dit une chenille à la fourrure grise. Tout le dessus de la table était marqué d'entailles en forme de larves, comme si quelqu'un s'était essayé à la pyrogravure. Teddy s'approcha, souffla sur la chenille de cendre et la regarda disparaître, un pâle nuage. Keith ne bougea pas. Il avait bu trois boîtes de Guinness et, si, à son retour, la bouteille de whisky était pleine, alors il en avait descendu la moitié.

Maintenant, il fallait trouver un autre sac en plastique approprié. Il y avait tellement de noms pour ces matières, il les connaissait presque tous, parce qu'il les détestait, tous, et ce qu'ils représentaient : polyéthylène, polypropylène, polyester, polystyrène, polyvinyle. En l'occurrence, c'était de polyéthylène qu'il avait besoin. Il y en avait plein la pièce, des verts, des jaunes, des blancs et des rouges laissés au rebut par Keith, lâchés par terre, ou enfilés les uns dans les autres, dix ou douze à la fois, histoire de confectionner un polycoussin.

Il tira sur l'un des sacs. C'était un grand et gros sac jaune, avec une seule couture, qui provenait de chez Selfridges. Comment un individu de l'espèce de Keith avait-il pu se procurer un sac de chez Selfridges ? Jamais il n'était entré dans cette boutique, c'était impossible. Cela devait lui venir de l'un de ses clients, qui l'avait donné à Keith pour remplacer un sac troué.

Le polyéthylène était mou, glissant, épais, ce que l'on pouvait appeler un plastique supérieur, haut de gamme, de première qualité. Au lieu des deux échancrures pratiquées de chaque côté, celui-ci avait un épais bandeau du même plastique, faufilé sur tout le pourtour de l'ouverture, comme les cordons passés dans la taille des pantalons de survêtement. Mais ce bandeau dépassait par deux orifices pour former des poignées qui, lorsqu'on tirait dessus, resserraient étroitement l'ouverture du sac. C'était exactement ce qu'il voulait, songea Teddy, c'était idéal.

Ensuite, il cessa de réfléchir et passa à l'action. Il agit machinalement. D'abord, il éteignit la télévision et resta debout, dans le noir, à écouter le calme. La circulation sur la rocade nord faisait un bourdonnement lointain, au-delà du silence. Il retira la pince qui maintenait les rideaux, les écarta et laissa entrer la lumière du réverbère, qui n'était pas planté juste là dehors, mais plus haut, à l'angle de la petite rue transversale. Keith émit un gargouillement, pas tout à fait un ronflement. Il ramena la tête vers la gauche, puis en arrière, dans sa position initiale.

Teddy attrapa le sac jaune à deux mains, le maintenant ouvert. Il détestait l'idée de toucher Keith, mais il le fallait ; ses mains n'effleurèrent que ses cheveux et son pull-over en laine, bref contact, à l'instant où, prenant une profonde inspiration, il mit le sac sur la tête de Keith.

Il se serait attendu à une certaine résistance, mais Keith ne résista pas. Il était trop bourré pour cela. Teddy tira sur le bandeau du sac aussi fermement que possible, sans déchirer le plastique. Il ne quitta pas la pièce, pas tout de suite, mais il se détourna.

Il resta debout devant la vitre et regarda cette rue, qu'il avait vue toute sa vie, depuis cette fenêtre, cette longue chaussée toute droite, à la surface teinte en jaune sur fond noir par les lampes de la rue, les maisons trapues aux façades en stuc, chacune avec, en guise de porche, sa méchante petite marquise au-dessus de la porte d'entrée, la palissade et, derrière, là où auraient dû se trouver des jardins, étaient parqués ce qui tenait lieu de moyens de transport à ses voisins, des voitures hors d'âge, des fourgonnettes repeintes à la bombe, des motocyclettes, des bicyclettes et, chez l'un d'eux, à côté d'une caravane, un bateau avec sa coque proéminente.

Cette vision inspira à Teddy son aversion coutumière de tout cela, sa haine toujours intacte. Le caractère familier de ce spectacle ne lui avait jamais appris l'indifférence. Pendant une minute ou deux, il en oublia presque Keith, et ce qui était en train de lui arriver. Accordez à l'humanité ne serait-ce qu'une demi-chance de n'en faire qu'à sa tête, et elle enlaidira tout ce qui se trouvera à son contact, tout ce qu'elle touchera. Keith et les parents de Teddy avaient fait pire. Ils avaient trouvé de la laideur et l'avaient rendue plus laide encore.

Dehors, un chat traversa la rue en courant, se glissa sous un portail et, se sentant désormais en sûreté, remonta d'une allure nonchalante jusqu'au pas d'une porte, où il s'installa et entama sa toilette. Une créature magnifique, grande, mince, pâle – il aurait été incapable d'en dire la couleur –, toute d'élégance et de détachement. Des gens avaient fait des croisements de chiens pour en tirer des formes grotesques, de hideuses créatures de farce, sans doute pour avoir de quoi rire, mais il leur avait été impossible d'agir de même avec les chats, les chats conservaient toujours la même silhouette. Il se demanda pourquoi on n'avait pas réussi, car ce n'était pas faute d'avoir essayé. Les gens se donnaient un mal fou pour répandre la laideur. Le chat se jucha sur un rebord de fenêtre et se glissa à l'intérieur de la maison.

Teddy retourna dans sa chambre. Il n'osait allumer, alors il s'assit dans le noir. Il ne pensait pas à Keith, ça, c'était assez facile, mais à son miroir, et à ce qu'il allait faire une fois sorti de l'université, comment il allait vivre. En fabriquant des meubles ? Qu'on puisse en vivre, cela l'étonnerait. En faisant ça et quelque chose d'autre à côté ?

Demain, il s'en occuperait, il passerait une annonce. Peu importait ce que cela lui coûterait, il se procurerait l'argent, d'une manière ou d'une autre. Il se leva et tâta la poche de sa veste accrochée à la porte. Même dans le noir, le diamant laissa entrevoir son léger scintillement. La bague était comme un talisman. Il la tint serrée dans sa main et sentit la pierre s'enfoncer dans son doigt mutilé. Il fallait qu'il trouve l'argent pour cette annonce, mais pas en vendant la bague.

Au bout de ce qu'il estima être une demi-heure, il retourna dans la pièce principale, relâcha le bandeau du sac en plastique jaune et dégagea la tête de Keith. L'élastique bleu de la queue de cheval vint avec. Il faisait trop sombre pour qu'on y voie grand-chose, et il n'avait pas envie de voir. Mais il lui fallait se rendre compte. Il tâta le pouls de Keith, dans le cou et aux poignets et, prenant son courage à deux mains, plongeant la main sous le pull-over et la chemise, il palpa du doigt à l'endroit où devait se trouver le cœur de Keith. Rien. Le sang avait cessé de circuler. Keith était mort.

Depuis l'arrivée de l'Edsel, on ne pouvait ouvrir complètement les portes-fenêtres. Le pare-chocs était à soixante centimètres de l'arrière de la maison, tout au plus. Teddy entrebâilla les portes-fenêtres. Le coffre de l'Edsel, comme une bouche grimaçante aux commissures relevées, était fermé à clef. Il n'avait pas pensé à ça. Cela signifiait qu'il allait devoir tâter les poches de Keith, et fouiller dans les vêtements de Keith, une fois encore, mais il le fallait.

Pas de clefs, mais pas mal d'argent. Il ne s'attarda pas sur cet argent, assez cependant pour s'apercevoir que bon nombre de ces billets étaient d'un brun rougeâtre et violet, pas verts. Ses mains tremblaient, tout son corps aussi. En tuant Keith, il n'avait pas tremblé, mais être en possession de cet argent le faisait trembler. Voilà qui trahissait quelque chose de l'humain, mais quoi ? Cela confirmait la conviction qu'il avait toujours eue depuis qu'il était en âge de raisonner, songea-t-il avec un soudain élan de mépris de soi, à savoir que les humains étaient bas, vils et voués au matérialisme.

Il monta au premier. Les clefs devaient être quelque part. Elles devaient être quelque part dans la chambre de Keith. De plus en plus dégoûté, il chercha dans les vêtements de Keith, ceux qui étaient propres – ou les moins sales – dans le placard et le tas de linge crasseux par terre. Au fond des poches de veste et des poches de pantalon, des sacs en cuir et des vieux sacs en toile, et dans le fatras de saletés des tiroirs de la commode. Il regarda sous le lit et dedans, sous les oreillers, souleva le carré gris et graisseux du tapis. Au moins, son tremblement avait cessé. D'une certaine façon, c'était le caractère d'urgence de cette recherche qui l'avait dissipé.

De retour dans la pièce principale, évitant les yeux de Keith mort – comment et quand ses yeux s'étaient-ils ouverts ? –,

Teddy vérifia dans la trousse à outils, puis il tourna son attention vers le mobilier. Il n'y avait pas de tiroirs ici, seulement des rayonnages faits pour recevoir des livres, mais qui, à la place, étaient encombrés du bazar et des déchets caractéristiques de cette maison. Mais de clefs, point, pas plus que sur l'étagère au-dessous de la télévision. Ensuite, la cuisine, un endroit évident. Pourquoi n'y avait-il pas pensé ?

Était-ce l'endroit où l'on conservait les choses utiles, ou qui valaient la peine d'être conservées ? Tout en cherchant, il s'émerveilla en songeant à ceux qui avaient eu l'idée de remplir ces tiroirs et ces placards, ces pots et ces vases, et même un pot à thé – inutilisé depuis l'invention du sachet – d'épingles et de trombones, d'élastiques et d'épingles de nourrice, de vis et de punaises, de mouchoirs en papier et de peignes, de crayons cassés et de morceaux de biscuits, de pastilles pour la gorge et de limes à ongles, de pièces jaunes, de lacets et d'aspirine. Et même de clefs, mais pas les clefs en question. Il ouvrit le placard au-dessus de l'évier et il en tomba un paquet de sacs en plastique.

Les clefs devaient être dans la chambre de Keith. Elles devaient y être et, chose incompréhensible, ils les avaient manquées. La pendule de la cuisine, la seule de la maison, lui indiquait qu'il était à peine plus d'une heure et demie. Il s'écoulerait des heures avant qu'il ne fasse jour, six, sept heures, et pourtant le défilement trop rapide du temps le perturbait. Supposons qu'il ne retrouve jamais ces clefs ?

À nouveau, dans la chambre de Keith. Il avait déjà regardé sous le tapis, mais cette fois il le roula entièrement. Des cafards noirs grouillèrent en tous sens. Teddy donna un coup de pied dans la casserole en Pyrex et de la cendre et des mégots de cigarettes s'éparpillèrent un peu partout. Il refit tous les tiroirs, jeta un œil dans les bottes de Keith, dans ses baskets malodorantes, dans sa seule paire de bonnes chaussures. Teddy avait un caractère qui s'enflammait difficilement, mais là il sortit de sa réserve. Les visages austères des créateurs de la voiture, leurs regards sévères tournés vers la fenêtre le mirent subitement en rage, et il déchira les coupures de magazine affichées au mur. Le portrait de Ferdinand Porsche fut le dernier arraché, et il vint plus facilement que les autres. Forcément, puisque derrière il y avait un trou dans le mur, creusé dans le plâtre. Et, dans ce trou, il y avait les clefs de la voiture, sur un anneau auquel une poupée était suspendue, une femme minuscule, nue et rose.

Teddy ne se perdit pas longtemps en spéculations sur les motivations qui avaient pu pousser Keith à dissimuler de la sorte ses clefs de voiture. Sans nul doute, il avait soupçonné Teddy, qui ne savait pas conduire et qui avait fréquemment laissé entendre que cette Edsel l'insupportait, d'aller faire du rodéo automobile en son absence. Il s'empara des clefs et descendit. Sa chambre était glaciale parce qu'il avait laissé la porte-fenêtre ouverte. Conscient qu'allumer une lampe serait une erreur, il resta debout, tremblant, ses yeux s'accommodant à l'obscurité. Puis il déverrouilla le coffre de la voiture et souleva le capot. Largement la place à l'intérieur, ainsi qu'il l'avait supposé.

Keith pesait lourd. Se pouvait-il que les gens soient plus lourds morts que vivants ? Peut-être. Il avait entendu ou lu quelque part que l'on était censé fermer les yeux des morts, d'ailleurs il l'avait vu faire dans un téléfilm. Mais il était incapable de se résoudre à poser les doigts sur les paupières de Keith. Bientôt, il n'aurait plus à les voir. Il traîna le corps à travers toute la maison, dans le noir, les cheveux de Keith, libérés de leur élastique, balayant le sol. Arrivé aux portes-fenêtres, il eut la crainte fugace de n'être pas assez fort pour soulever Keith et le hisser dans le coffre. Mais les événements de cette soirée lui enseignaient quelque chose. Il était en train d'apprendre que si le besoin d'accomplir un acte, une tâche exigeant de la force physique, était suffisamment impérieux, si c'était une absolue nécessité, vous pouviez y arriver, dans la limite du raisonnable.

Keith devait peser un quintal, plus quelques kilos. Teddy eut l'impression, en se démenant pour le soulever, que son cœur allait éclater et que ses bras allaient se déboîter de leurs cavités articulaires. Passer un harnais autour de Keith, voilà qui serait d'un certain secours, mais il savait qu'il n'y avait pas de corde dans la maison. Prenant de profondes inspirations, il leva les yeux sur les fenêtres de la maison voisine. Tout était plongé dans l'obscurité, tout était silencieux. Pourtant, un vague rayon de lumière – quoi qu'on fasse, il y a toujours, partout, un reste de lumière – vint effleurer le plastique lisse et brillant qui recouvrait la motocyclette.

Teddy ne s'était encore jamais donné la peine de l'examiner, c'est tout juste s'il y avait jeté un coup d'œil, avec dégoût. À présent, il s'en approcha, ses yeux s'accoutumant à la nuit. Ce n'était pas une feuille de plastique, mais deux sacs, deux énormes sacs en plastique qui devaient avoir plusieurs millimètres d'épaisseur et mesurer deux mètres et demi sur deux.

Il souleva la moto et la fit passer par les portes-fenêtres, en prenant soin d'éviter le moindre bruit de raclement. Par comparaison, il fut facile de rouler dans le sac le corps de Keith. Ensuite, Teddy trouva une prise sur la partie supérieure du sac et le hissa, le hala par-dessus le rebord du coffre de l'Edsel. Une fois que le sac et le corps furent à l'intérieur, il eut l'idée que ce serait peut-être une mesure hygiénique et sage de le fermer du mieux qu'il pourrait. Y avait-il du ruban adhésif dans la maison ? À sa connaissance, non.

Puis il se souvint de la trousse à outils de Keith, son équipement de plombier. À l'intérieur, il trouva un rouleau de gros adhésif noir. Il ignorait complètement à quoi ce dernier pouvait servir, peut-être à entourer des joints de tuyaux, mais cela ferait l'affaire. Il resserra l'ouverture du sac pour l'entourer d'adhésif noir, vingt tours. C'était terminé. Il n'avait fait aucun bruit en transportant le corps de Keith et maintenant il rabattait le couvercle du coffre, en silence, et le verrouillait à clef.

Quelque part, au loin, un bruit porté par l'air mordant et glacé, une horloge qui sonnait deux heures. Il avait vécu dans cette maison la totalité des vingt et une années de sa vie et n'avait jamais entendu cette horloge auparavant. Peut-être n'avait-il jamais été aussi conscient, ni ses sens aussi aiguisés. Il rentra à l'intérieur et ferma les portes-fenêtres.

13

IL PRIT UN BAIN. Ce fut la première chose qu'il fit après ce qu'il avait accompli. S'il était allé directement au lit après avoir manipulé le corps de Keith, il n'aurait pas pu dormir. En fait, il se réveilla au petit jour et demeura assis un certain temps, bien avant le lever du soleil, encore à moitié endormi, encore immergé dans un rêve, il avait oublié ce qui s'était passé. Il vit le buffet contre le mur, dans la pénombre, ses fleurons et ses colonnettes en forme de canne à sucre, son verre dépoli et ses sculptures en forme de gargouilles. Il le vit comme un édifice, comme le sinistre manoir de ses imaginations enfantines, ses crénelures étaient des tours, ses fleurons, des flèches, et son verre de couleur verte, des fenêtres, et tout cela dans un frémissement, là-bas, dans les ténèbres. Il hurla, terrorisé, avant de reprendre pleinement ses esprits, de retrouver son bon sens et de ne plus rien voir dans l'obscurité épaisse. Le buffet n'était plus là et la pièce était vide, hormis son lit, ses outils et sa table.

C'est alors que la mémoire lui revint, et le souvenir de ce qu'il avait infligé à Keith. Quoique enfermé dans un plastique épais, entouré d'adhésif, dans le cercueil en métal du coffre de l'Edsel, le corps gisait à moins de deux mètres de son oreiller. Il ne pouvait le voir, il ne pouvait rien voir. Avait-il fait cela, l'avait-il vraiment fait ? Il songea à se lever pour aller regarder dans la pièce principale, et ensuite dans la chambre de Keith. Au lieu de quoi il se rendit à la fenêtre, fixant du regard un lampadaire dans une rue latérale, un lampadaire qui, d'aussi loin, ne dispensait aucune lumière, rien qu'une lueur. Le jardin, l'auvent, la clôture étaient d'un noir intense, le ciel était d'un brun sombre et rougeâtre. Subitement, il se rendit compte qu'il faisait froid, il tremblait. Il se recoucha, ramenant autour de lui les couvertures et le couvre-lit.

Il pensait être incapable de se rendormir, mais il s'assoupit et fut réveillé, tard, par la lumière éclatante du soleil de midi, sous un ciel limpide et bleu d'hiver. Ou peut-être par le téléphone. Il alla répondre, se demandant ce qu'il ferait si c'était la police, alertée par les jeunes cadres d'à côté. Mais c'était quelqu'un pour Keith, une femme qui ne pouvait plus refermer son robinet d'eau chaude et qui voulait un plombier d'urgence.

« M. Brex a pris sa retraite », l'informa Teddy. C'était vrai, en un sens.

« Sa retraite ?

– C'est exact. Nous finissons tous par en arriver là, au bout du compte, même les drogués du travail comme M. Brex. »

Cela l'amusait – incroyable, ça, après la nuit dernière.

« Il est parti vivre dans une petite résidence, à Liphook. »

Cela n'intéressait guère la cliente, ce qui n'était pas étonnant.

« Bon, et vous, pouvez-vous venir ?

– Bien peur que non, répondit Teddy. Je suis un artiste. Je vous suggère de consulter les Pages jaunes. »

Après avoir raccroché le téléphone, il se mit à rire. Il se sentait incroyablement mieux que tout à l'heure, lorsqu'il s'était réveillé au petit jour. Cette fable, il la servirait à toute personne qui téléphonerait à Keith. Y avait-il un endroit de ce genre, à Liphook ? À vrai dire, il n'en savait rien, le nom lui était venu comme ça, mais il valait mieux vérifier. Presque aussitôt, le téléphone sonna de nouveau, et une fois encore il délivra sa version du départ de Keith, qui avait quitté la plomberie et le nord de Londres.

Cela allait se reproduire fréquemment. Et puis, aussi, de vieux clients ou des clients potentiels allaient probablement passer. Mais il n'y avait guère de risque que quelqu'un devine ce qui était arrivé à Keith, ou bien à quel endroit il se trouvait maintenant. Il allait au-devant de quelques tracas, cela ne lui avait pas échappé. Par exemple, pourrait-il laisser le corps là indéfiniment ? Pourrait-il reprendre la maison et continuer d'y habiter comme si elle était à lui ? Peut-être était-elle à lui, désormais, en effet. Et d'où allait venir l'argent pour tout payer ?

Dans la chambre de Keith, il trouva une carte routière des îles Britanniques, écornée, fatiguée. Keith avait dû s'en servir quand il partait pour ses rallyes auto. Il chercha Liphook et repéra enfin l'endroit, dans le Sussex, non loin de Midhurst. Par hasard, il avait déniché pour Keith un lieu de retraite tout à fait convenable. Il imagina le petit bungalow bas sur l'horizon, avec son toit de tuiles flamandes, ou même un de ces cottages qui avaient connu une première vie sous forme de wagon de chemin de fer. Connaissant Keith, c'est sur ces derniers qu'il aurait porté son choix. Un wagon installé sur un socle en béton entouré de murs en parpaings, avec un garage en amiante rouillé pour l'Edsel... Ici, il n'y avait que l'Edsel, avec Keith à l'intérieur...

Teddy laissa là ses idées fantaisistes et s'attaqua à la chambre. Il arracha tous les Post-It collés aux carreaux des fenêtres et à la commode. Il remplit trois sacs en plastique des vêtements de Keith, deux de ses bouteilles et boîtes vides, et trois autres de ses magazines d'automobile et de ses cartouches de cigarettes. Les six paires de bottes rentrèrent dans un carton qui avait contenu des magazines. Ce ne fut que lorsque la chambre eut été vidée de tout, hormis le lit tout juste défait, la commode et l'unique fauteuil, une fois les sacs et le carton sortis sur le pas de la porte, attendant la collecte des ordures du lundi matin, qu'il prêta attention à l'argent dont il avait délesté le corps de Keith.

Il le compta. Cinq cent soixante-cinq livres. Ses mains tremblèrent de nouveau. Il serra les poings et respira profondément, jusqu'à ce que le tremblement ait cessé. Il consacrerait une partie de cet argent à passer son annonce, pour offrir ses services de menuisier et d'ébéniste. Il n'avait aucune idée de la façon de procéder, mais il pouvait apprendre.

L'arrière de l'Edsel, avec ses ailerons incurvés, paraissait plus proche de ses fenêtres que par le passé. C'est alors qu'il lui vint à l'esprit qu'il allait devoir apprendre à conduire. Il allait falloir dépenser de l'argent en leçons de conduite. À un moment ou un autre, et dans pas trop longtemps, il faudrait qu'il soit en mesure d'éloigner cette voiture.

Il rêva encore cette nuit-là, mais cette fois pas du buffet changé en manoir. Ce rêve-là concernait la chose qui occupait le coffre de l'Edsel, à moins de deux mètres de son cerveau endormi, sa métamorphose progressive, au long des semaines et des mois, en effigie de cire, en squelette, en sac de poussière. Jusqu'à ce que, étant sorti de Londres au volant de cette monstrueuse voiture jaune pâle, ayant traversé le Surrey et le Sussex, en direction de Liphook, il se gare pour ouvrir le coffre et trouve, à l'intérieur des sacs, une minuscule chose ratatinée, tel un insecte desséché, qu'il la ramasse entre le pouce et l'index et la jette dans le fossé.

À la mi-février, Teddy avait entamé le travail sur le miroir. Au lieu de noisetier, il s'était décidé pour du sycomore, parce que la couleur et les veinures en étaient belles, et le motif composait comme une multitude de mèches de cheveux blonds ondulés. Il travaillait avec méticulosité, très lentement, taillant avec précision les triangles de bois pour sa marqueterie, au dixième de millimètre près, visant la perfection. Et il travaillait en paix, en silence, et respirait de l'air frais. L'odeur de la fumée avait disparu partout, sauf dans la pièce principale. La commode de Keith, il l'avait descendue ici, il en avait poncé la surface graisseuse, brûlée de cigarettes, et, après avoir légèrement teinté l'acajou, il l'avait verni à l'alcool.

Quand il eut rempli des sacs et des cartons de sa récolte de détritus, cette fois ceux de la chambre de ses parents, il se rendit au bout de la rue, chez le marchand de journaux. Le présentoir en verre à côté de la porte ne contenait pas le genre de journaux d'annonces gratuites qu'il recherchait, aussi acheta-t-il deux périodiques recommandés par le marchand, le *Ham and High* et le *Neasden Times*.

Le *Ham and High* lui conviendrait parfaitement. La rubrique « Service des petites annonces » était divisée en sous-rubriques spécialisées : « Construction et décoration », « Ramoneurs », « Jardinage et aménagement paysager », « Santé et beauté ». Sous la rubrique « Débarras et enlèvement », une entreprise proposait : « Débarras de greniers grands et petits, vieux vêtements et objets en tout genre... bons prix offerts. » L'« Enlèvement de détritus » était également proposé, mais sans aucune mention de règlement – excepté pour le client. Dans la colonne suivante, une auto-école proposait des leçons de conduite à des « tarifs compétitifs », avec un « passage rapide de l'examen » garanti. « Rapide », se dit Teddy, pouvait tout vouloir dire, six semaines ou deux ans. Mais il appela le numéro de l'entreprise de débarras et celui de l'auto-école, dans l'espoir que l'argent reçu de l'une paierait l'autre.

Ensuite, il tomba sur quelques offres de services inattendues. « Articles à vendre » occupait beaucoup d'espace, de même que « Massages ». On proposait beaucoup de charpentiers, il compta douze annonces. Des étagères et des penderies, voilà ce que ces derniers proposaient, de même que des installations de cuisines et des remplacements de portes. Quelqu'un se présentait comme ébéniste spécialisé dans les bureaux et une autre annonce émanait d'un tandem de menuisières.

Teddy ne voyait pas quel avantage il y aurait à faire construire des placards par une femme, et l'annonce le mit confusément mal à l'aise. Mais, pour le reste, il jugea cela réjouissant. Visiblement, il y avait bien des gens qui s'occupaient de ce genre de choses et qui devaient en vivre, sinon ils n'iraient pas passer des annonces, non ? Il avait la certitude de pouvoir faire du meilleur travail que presque tous ces annonceurs.

Il aurait suffisamment de temps devant lui pour composer sa propre annonce, une fois le miroir terminé. En mai, pourquoi pas. Peut-être se présenterait-il comme un expert, suivant en cela le modèle d'un des menuisiers, et mentionnerait-il la qualification qu'il aurait obtenue d'ici là. Ajouterait-il aussi « service courtois et sérieux » ? En ce cas, « minutieux et digne de confiance » pourrait être préférable.

Entre-temps, il lui restait assez d'argent pour se débrouiller. Il plia soigneusement *Ham and High* et le rangea dans le tiroir du haut de la commode remise à neuf.

« Max et Mex, Débarras à domicile » emporta le mobilier de la grande chambre à coucher et lui en donna cinquante livres. Il en avait espéré au moins cent, et il protesta, mais les déménageurs lui expliquèrent que ça ne leur rapporterait pas autant, alors, où serait leur profit ? Faisant référence à leur annonce dans *Ham and High*, ils lui précisèrent qu'ils ne travaillaient absolument pas dans l'enlèvement de détritus.

Se défaire du mobilier de la pièce principale par ses propres moyens eût été risqué, car sa grand-mère passait encore, quoique rarement. La dernière fois remontait à un peu avant

Noël. Il avait été assez bien inspiré de garder les meubles, car elle fit une apparition le lendemain du passage de « Max et Mex ».

Accordant peu d'intérêt à la psychologie des autres, et aucun à leurs émotions, il ne s'était jamais demandé comment Agnes Tawton avait pu réagir au fait de survivre à son mari, à sa fille unique et à son gendre, de n'avoir personne d'autre au monde que lui. Après tout, il n'avait personne d'autre qu'elle. Il ne posa pas la question mais ressentit seulement un vague malaise pendant qu'elle passait en revue la pièce principale, propre et bien rangée, la cuisine bien tenue, récurée.

« Keith s'est donné du mal », constata-t-elle.

C'était la seule conclusion qu'elle pouvait tirer, que Keith, gêné par le désordre de toutes ces années, et après le décès de son frère et de sa belle-sœur, ait fait place nette. Elle passa de pièce en pièce en trottant, posant autour d'elle un regard curieux. Elle souleva le coussin d'un fauteuil et en scruta la face intérieure, à la recherche de cendres de cigarette ou de mouchoirs en papier sales. Elle parcourut d'un doigt arthritique et noueux le linteau de la porte de derrière, et parut rester perplexe devant son doigt propre.

« J'imagine que, maintenant, il va te mettre dehors, poursuivit-elle. Il a le droit. Cette maison n'a jamais été à ton père. Je suppose que tu ne savais pas ça.

– Désolé de te décevoir, mais en fait, si, je le savais.

– Je ne vois pas ce que tu veux dire, me décevoir. Ça n'a rien à voir avec moi.

– Dommage, reprit Teddy. Je comptais me trouver un coin à moi sous ton toit. »

La réponse d'Agnes se perdit dans le tintement strident de la sonnette. Cela faisait dix minutes que Teddy attendait l'arrivée du moniteur de conduite. Il ouvrit la porte et fit entrer l'homme. Et maintenant, se débarrasser d'Agnes.

Elle s'était dirigée vers la chambre de Teddy et se tenait devant les portes-fenêtres, regardant au-dehors. Teddy n'avait jamais eu qu'un seul livre d'enfant, un recueil de nouvelles animalières anthropomorphiques, et c'était elle qui le lui avait donné. Il se fit la réflexion qu'elle ressemblait à une illustration de cet ouvrage, un crapaud en chapeau et manteau, par exemple, ou une taupe ménagère. Elle se retourna, lui demanda s'il allait se décider à la présenter et, comme il n'en faisait rien, elle tendit la main et annonça :

« Je suis Mme Tawton, je suis sa grand-mère.

– Ravi de vous rencontrer, répondit le moniteur de conduite. Appelez-moi Damon. »

Puis il aperçut l'Edsel.

« Elle vous appartient ? demanda-t-il à Teddy.

– Elle est à son oncle, intervint Agnes.

– Ça vous ennuie si je sors la regarder de plus près ? »

Cela ennuyait beaucoup Teddy, mais il lui était difficile de le dire. Tous trois sortirent par la porte de derrière. Agnes, quoique l'aînée de Damon d'un bon demi-siècle, gambadait plus vite que lui. Cette journée de mars n'était pas plus chaude que celles de janvier. Un vent glacé leur giflait la figure et Agnes fut obligée de maintenir fermement en place son chapeau rouge en forme de pain de sucre.

« Keith n'est pas à moto, alors », observa-t-elle.

C'était l'une de ces réflexions qui, tout en se bornant purement et simplement à remarquer ce qui, aux yeux de tous, relevait de l'évidence, paraissaient lourdes de menaces. Teddy sentit en effet cette moto comme une menace dirigée contre lui. Si Keith était parti travailler, comme devait le croire sa grand-mère, la moto aurait dû y être avec lui. S'il avait pris sa retraite, comme le croyaient tous ses anciens clients, la moto aurait dû être partie avec lui, ou bien déjà vendue. Elle ne se trouverait certainement pas dans ce jardin.

Mais Agnes apporta elle-même la réponse à ses propres spéculations.

« Il fait trop froid pour lui, décida-t-elle et, avec une pointe de dépit : il a passé l'âge de jouer les casse-cou sur ces engins. »

Teddy se demanda si, d'apprendre à conduire une voiture, cela vous apprenait aussi à piloter une motocyclette. Il ne crut pas devoir poser la question. Damon examinait l'Edsel, en adoration devant elle, et il s'en était rapproché d'un peu trop près au goût de Teddy. Il avait carrément posé une main sur le coffre.

« Ça, c'est une beauté. C'est un véhicule qui devait faire du deux cents à l'heure, neuve, déclara-t-il. Peut-être qu'elle les ferait encore aujourd'hui, la petite chérie. On voit qu'elle a été conservée en merveilleux état. »

On eût dit qu'il parlait d'un cheval.

« Notez, avec sa consommation d'essence dans les dix litres au moins, ce n'est pas donné à tout le monde.

– Une voiture de pauvres ? lança Teddy.

– Pardon ?

– La posséder vous maintiendrait dans la pauvreté.

– Oh, oui. Très juste. Vous avez tout compris. »

Y avait-il une odeur ? Non, il n'y avait rien. Il avait fait très froid et ça devait être aussi glacé qu'un frigo, là-dedans. Il crut voir Agnes froncer le nez, comme un lapin. Il dit :

« Alors, et si on se mettait en route ? »

Damon offrit à Agnes de la raccompagner chez elle en voiture. Elle refusa. Elle n'allait pas monter dans une voiture conduite par son petit-fils, qui ne s'était encore jamais mis au volant. Il ne faisait pas bon se rompre les os, à son âge.

Teddy monta dans la voiture de l'auto-école et, quand Damon eut fini de lui expliquer comment actionner le démarreur et faire passer le levier de vitesse du point mort à la première, il demanda si obtenir son permis l'autoriserait également à piloter une motocyclette. Damon lui répondit que non, pas celles du groupe D, sans que Teddy sache trop ce que cela signifiait, et il entreprit d'énumérer toutes les variétés de véhicules que Teddy aurait la latitude de conduire, y compris les voitures pour handicapés et les véhicules utilitaires, jusqu'à un certain poids total en charge. Teddy mit le contact, démarra, embraya et fit caler le moteur.

À la mi-avril, il avait terminé le miroir et le présenta. Il était beau et exempt de défaut, il en était amoureux – car il avait tendance à tomber amoureux des objets, des ornements, des tableaux, de *Marc et Harriet à Orcadia Place*, par exemple, ou de la bague ornée d'un diamant. Après l'avoir emballé avec le plus grand soin dans du papier bulle et du polystyrène – encore une de ses bêtes noires en plastique, mais indispensable, cette fois –, ce fut un crève-cœur de le laisser partir. Après l'avoir exposé à l'occasion du spectacle de fin d'année d'Eastcote College, pourrait-il se résoudre à le vendre ? À s'en séparer ?

C'est volontiers qu'il vendit la moto de Keith. Un ami des jeunes cadres dynamiques passa un jour, lui dit qu'il avait vu la vieille Enfield depuis une fenêtre, et que Megsie lui avait indiqué que l'homme qui en était propriétaire avait pris sa retraite et déménagé, et que la moto pourrait être à vendre.

« Megsie ?

– La porte à côté, fit l'ami, surpris. Megsie et Nige. Vous savez bien. »

Il n'en savait rien jusqu'à aujourd'hui. Comment avaient-ils su ? Comment cette Megsie avait-elle su ? La nouvelle avait dû filtrer par l'intermédiaire d'un des clients de Keith auxquels il avait raconté cette histoire. Heureusement, il avait conservé la carte grise de la moto, qu'il avait trouvée avant de jeter les quelques papiers de Keith. Ensuite, il dut annoncer un montant. Il fallait absolument agir comme si Keith lui avait demandé de vendre la moto, et c'est pourquoi il avait suggéré un prix possible. L'Enfield était vieille comme Hérode. Si, depuis la naissance de Teddy, Keith avait changé trois fois de voiture, il était toujours monté sur la même moto.

Avec fermeté, comme s'il savait ce qu'il faisait, Teddy en demanda cent livres. Aussitôt que ces mots eurent franchi ses lèvres, il sut qu'il l'avait sous-évaluée. L'ami de Megsie était tout sourires, se montra fort empressé. L'Enfield devait probablement avoir une valeur de spécimen de collection, mais à présent il était trop tard, et Teddy fut grandement soulagé de la voir tout simplement disparaître. C'était un objet hideux, une offense pour les yeux, comme toutes les motos, à son avis.

Si seulement il pouvait se débarrasser aussi facilement de l'Edsel ! En cette fin avril, il faisait chaud. Sentant la chaleur croissante du soleil et surveillant la montée de la température, il s'inquiéta de plus en plus du contenu du coffre. Dans la journée, il n'osait pas passer trop de temps à tourner autour de la grande voiture jaune, mais la nuit, quand la rue était dans le noir, quand Megsie et Nige avaient éteint la lumière de leur chambre, il ouvrait les portes-fenêtres et venait placer son visage tout près des deux ailerons incurvés.

Il avait un excellent odorat, mais il était incapable de discerner s'il sentait quelque chose ou s'il s'imaginait une odeur. Keith avait l'habitude de dire que la Ford Edsel était une voiture très bien construite, le coffre devait fermer de manière étanche. L'air était pur et la nuit était fraîche. Il y avait une odeur, mais c'était celle du diesel mêlée aux senteurs des arbres en fleur, des cerisiers et des pruniers ; il en poussait dans tous les jardins, excepté celui des Brex. Il ferma les fenêtres et dormit, jusqu'à ce qu'il soit dérangé par ce rêve récurrent du manoir en bois qui se dressait en tremblant dans l'obscurité, plus dentelé de créneaux, plus bardé de tours et de remparts que jamais. Plus du tout à la taille d'une maison de poupée, mais assez grand pour repousser les murs de sa chambre, il avait également perdu son immobilité, paraissait trembler, enfler. Sa façade et ses tours frémirent, comme vues au travers de l'eau.

Lorsque la grande porte au-dessous de l'arche centrale s'ouvrit et que quelqu'un ou quelque chose en sortit, il se réveilla en hurlant. Qui était-ce, qui avait émergé à cet endroit, il n'arrivait pas à le voir, il n'avait pas envie de voir, ce n'était qu'une silhouette minuscule, de forme indistincte. Il était couché, immobile, respirant profondément, savourant son retour à la réalité, espérant que son cri n'avait pas porté jusque chez Megsie et Nige.

En juin, il passa son examen de conduite, et fut reçu. Une fois qu'on lui eut délivré son permis, il envisagea de téléphoner à Damon, à l'auto-école, et de lui demander une leçon supplémentaire – cette fois au volant de l'Edsel.

Mais son plan présentait de redoutables inconvénients. L'odeur, si odeur il y avait, pouvait ne pas être discernable dans le jardin, et tout de même imprégner l'intérieur de la voiture. En particulier si le fait de la déplacer modifiait la position du corps dans le coffre. Ou si ni lui ni Damon ne parvenaient à faire entrer de nouveau la voiture dans le jardin exigu, s'ils se trouvaient contraints de la laisser dans la rue. C'était une voiture énorme, et Damon n'avait certainement jamais conduit aucun véhicule de cette catégorie. Et s'ils étaient impliqués dans un accrochage – ce cas de figure était le pire de tous, mais pas totalement invraisemblable. Cela pouvait arriver sans que ce soit sa faute, ou celle de Damon, mais simplement à cause de quelqu'un qui, en roulant trop vite derrière eux, viendrait taper dans l'arrière de l'Edsel. Rien que l'envisager était à peine supportable.

En plus, et surtout, il y avait sa répugnance à téléphoner à Damon, ou à qui que ce soit, à se mettre, en quelque sorte, en situation de se lier d'amitié avec autrui. Une chose en entraînerait une autre, l'expérience du petit tour au volant de l'Edsel déboucherait sur un verre dans un pub, sur un retour ici, voire sur une invitation chez Damon. Cela se passait ainsi, ou du moins était-ce ainsi qu'il se l'imaginait, et il n'avait franchement pas besoin de ça. Il n'avait pas envie d'un ami qui s'installe dans sa vie, qui découvre des choses. Il allait devoir sortir l'Edsel par ses propres moyens. Un jour, mais pas tout de suite. Et puis, il devait réfléchir à la manière de se débarrasser de la voiture ainsi que de tout son contenu, se libérer de ce cercueil ambulant jaune clair.

Damon avait qualifié l'Edsel de beauté, et par-dessus la clôture, l'autre jour, Nige avait déclaré que c'était du « beau travail ». Mais pour Teddy, elle était hideuse, aussi laide que le buffet, et même plus laide encore, car le buffet, lui, était fabriqué en bois, une substance naturelle, alors que l'Edsel était une savante combinaison de métal soumis à la torture, peint d'une couleur repoussante. La couleur du vomi, songea-t-il, tourmenté, la couleur de l'eau contaminée, de certaines boissons alcoolisées, de la pisse. Il désirait ardemment en être débarrassé, mais désirait presque tout aussi ardemment connaître l'état de ce qui gisait sous le capot de ce coffre.

La chose était hermétiquement enfermée dans du plastique. Mais le plastique comportait des coutures, n'était pas étanche à l'air. Cela ferait-il une différence ? Y aurait-il une odeur, ou seulement si l'adhésif s'était décollé ? Quelle allure ça aurait ? Il ne le savait pas, il n'en avait aucune idée. Comme de la viande sur laquelle les mouches sont venues poser leurs pattes ? Comme l'intérieur de leur poubelle, habituellement, avant la mort de Keith ? À quoi ressemblait l'odeur d'un corps mort ?

Mais plus encore que cela, plus que tout, il avait peur de regarder à l'intérieur. Il avait peur de ce qu'il pourrait voir. La réalité ne ressemblerait pas à ce rêve qu'il avait fait, celui dans lequel il ouvrait le coffre et ne trouvait qu'une poupée grise et rabougrie.

14

DANS LE PREMIER ÉLAN de son amour, Franklin Merton avait acheté à Harriet cadeau sur cadeau. Beaucoup de bijoux, cela allait sans dire, et un manteau en ocelot. Bientôt le temps viendrait où porter de la fourrure susciterait des réactions haineuses, dans la rue, mais pas au début des années soixante-dix. Il lui aurait volontiers acheté *Marc et Harriet à Orcadia Place*, mais il ne pouvait se le permettre. Il avait beau être riche par rapport à un niveau de vie normal, la peinture, à l'époque, était au-dessus de ses moyens.

À la place, il acheta la maison. Orcadia Cottage, c'était son nom, mais au bureau de poste elle était connue comme le 7a Orcadia Place. Marc Syre n'en était pas propriétaire, il l'avait louée, et elle était maintenant sur le marché.

« Nous vivons dans un drôle de monde, confia Franklin à son amour, un monde où l'on peut se permettre d'acheter une maison, mais pas le tableau de cette maison. Voilà qui doit renfermer une vérité profonde. Mais laquelle, je m'interroge.

– Oh, je ne sais pas, Frankie, comment le saurais-je ? Ce que j'espère, c'est que tout va bien se passer. »

Ce que Harriet entendait par là, c'était : si tu l'achètes, Marc découvrira-t-il où je suis ? Elle ne le formula pas à haute voix, car Franklin ignorait tout des deux mille livres. Mais en fin de compte, par une bizarre coïncidence, si c'était une coïncidence, le jour où Franklin acheva la transaction pour l'achat d'Orcadia Cottage, Marc Syre mourut. Déjà imbibé d'héroïne, selon son habitude, il suça une pastille de LSD fondue sur un sucre et, réaction qui ne lui ressemblait pas, sauta du haut de la falaise de Beachy Head.

Harriet aurait assisté aux funérailles si elle avait pu savoir où elles avaient lieu. Cela lui aurait fourni un moyen d'avoir sa photo dans les journaux. Dorénavant, elle pourrait paraître dans les journaux sans risquer sa vie. Simon Alpheton, lui, y assista, se retrouva en première page du *Daily Mail*, et la Tate Gallery acheta *Marc et Harriet à Orcadia Place* pour un montant non divulgué.

Quant à la maison, Franklin déclara l'avoir achetée pour elle. Il avait dû vouloir dire « pour qu'elle y vive », car elle restait à son nom à lui. Il la meubla XVIIIe, un style dont il raffolait tout particulièrement, y consacrant beaucoup de temps pour que le résultat soit parfait. Harriet ne fut pas consultée. Harriet n'était pas non plus son épouse. Anthea Merton refusa de divorcer d'avec Franklin et le fit patienter cinq ans : passé ce délai, son consentement ne serait plus requis.

En voyant la maison de Franklin, les gens poussaient des « oh ! » et des « ah ! ». Le très haut mur qui séparait la demeure de la chaussée la rendait presque invisible depuis la rue, mais les passants pointaient le nez entre les barreaux du portail en fer forgé, scellé sous son arche de brique. Ce faisant, ils découvraient la porte d'entrée gris pastel et les lauriers sur les marches basses, en pierre, le petit médaillon, d'après Della Robbia, qui saillait entre les frondaisons vertes, jaunes ou rouges de la vigne vierge, et ils découvraient aussi les fleurs, car il y en avait partout, de mars jusqu'à octobre, qui emplissaient le parterre, qui cascadaient des jardinières et débordaient des pots en pierre.

Franklin s'occupait des fleurs. C'était un jardinier hors pair. Au printemps et en été, la vigne vierge offrait sa magnifique toile de fond aux balsamines rouges, aux bégonias orange et aux pétunias violets, et, en automne, aux chrysanthèmes blancs. Il planta des scilles, diverses espèces de tulipes et d'ornithogale dans les poteries en majolique et un daphné sur la plate-bande circulaire où la valise de Marc Syre avait atterri. Harriet y prêtait très peu d'attention. Le jardinage ne figurait pas parmi ses centres d'intérêt. Harriet s'intéressait à très peu de chose, en dehors de Harriet, de son apparence, et d'un certain type d'hommes.

Elle avait accepté la maison et s'y était installée parce que c'était une maison, et un endroit où vivre, où être en sécurité, où l'on prenait soin d'elle, mais elle n'éprouvait pas le moindre sentiment à son égard. Quand elle y habitait avec Marc Syre, sa beauté ne l'avait jamais énormément frappée, et guère plus depuis lors. Sa principale préoccupation, c'était elle-même et, depuis ses quatorze ans, bien lointains désormais, elle s'était regardée dans tous les miroirs devant lesquels elle était passée. À Orcadia Cottage, une dizaine de fois par jour, les miroirs lui avaient reflété sa propre image, en adoration devant elle-même, et pareillement les miroirs de Chesterton Road, et puis, tout au long de ses vingt-trois années de mariage, à Orcadia Cottage de nouveau, une autre panoplie de miroirs avait fait de même, à la même fréquence.

Ce matin-là, avant de partir travailler, Franklin émit un commentaire sur cette manie lorsqu'il la surprit, assise dans le lit à baldaquin qu'ils partageaient encore, en train de se contempler dans le miroir de la coiffeuse. La merveilleuse chevelure, teinte désormais, se déployait toujours en éventail, de manière à encadrer son petit visage blanc d'un nuage d'écume pourpre.

« Pourquoi es-tu toujours en train de te regarder ? » lui demanda Franklin avec irritation. Approchant maintenant des soixante-dix ans, il était plutôt ratatiné et desséché, quoique toujours aussi alerte.

« Enfin, à ton âge, cela te sert à quoi ?

– Je ne suis pas tout le temps en train de me regarder, répliqua Harriet, qui s'imaginait que ce genre de défense suffisait à faire croire aux gens qu'ils se trompaient sur son compte. Je ne me regarde pas plus que n'importe qui. Toi, oui, tu te regardes.

– Seulement pour me raser. Et ce que tu vois ne te déplaît pas. »

Il eut un petit rire, comme si tout ceci était assez loufoque pour provoquer l'hilarité.

« Je suppose que tu dois apprécier. Comme c'est extraordinaire.

– Oh, tais-toi », lâcha Harriet.

Elle l'avait bien aimé, autrefois, pendant un ou deux ans. À partir de cet instant où ils s'étaient rencontrés sur Holland Park Avenue, l'idée de tout l'argent qu'il devait posséder l'avait éblouie. Mais il n'avait jamais été question d'amour. Après avoir vécu avec lui pendant cinq ans à Orcadia Cottage, Harriet n'avait plus eu aucune envie de l'épouser. C'était ce qu'elle avait fait, certes, mais avait-elle le choix ? Il était son gagne-pain, son propriétaire, celui qui lui fournissait ce que l'on pourrait appeler ses bons d'achat de vêtements, et celui qui remplaçait, indéfiniment, épisodiquement, l'argent qu'elle avait emporté avec elle de cette même maison, dans la valise. Parfois, il lui arrivait de se dire qu'il ne lui avait jamais pardonné, non pas de l'avoir enlevé à Anthea, mais la séparation qui s'en était suivie avec O'Hara, le chien.

Franklin revint dans la chambre avec le café de Harriet et les journaux, le *Times*, le *Daily Telegraph*, le *Financial Times* et *Ham and High*. Il posa la tasse de café sur le meuble de chevet et les journaux sur le lit, devant elle. C'était tout lui, cela, l'insulter, pour ensuite se montrer conciliant. Non qu'elle fût une lectrice de journaux, car elle se contentait plutôt de les feuilleter, mais cela, il l'ignorait. Ou alors il le savait, mais il s'en moquait ?

Elle l'observait. Depuis le début de leur mariage, toute leur vie ensemble, avant d'aller au lit le soir, il avait vidé le contenu de ses poches de pantalon pour le déposer sur la coiffeuse : invariablement, un grand mouchoir blanc, les clefs de maison et de voiture, son chéquier plié en deux et sa menue monnaie, et le cas échéant un billet de train ou une carte de visite professionnelle. Elle détestait voir son fouillis laissé là, en dépôt, au milieu de ses brosses à cheveux en argent, de son flacon d'Eau d'Issey et de ses boucles d'oreilles suspendues à leur présentoir en forme d'arbre aux branches en argent.

Il avait d'autres manies exaspérantes. Avant de s'asseoir dans un fauteuil ou sur un canapé, il lançait tous les coussins par terre. Pourtant, il avait acheté ces coussins lui-même, et il insistait pour qu'ils se trouvent là. C'était à elle qu'il incombait de les ramasser. Elle le regarda remettre tout ce fouillis dans ses poches. À force de les gonfler, cela les distendait, abîmait ses coûteux costumes de chez *Huntsman*.

Elle détourna le regard et se concentra sur les rubriques « Services » de *Ham and High*.

Cela avait commencé avec Otto Neuling. Il avait été le premier de tous. Et peut-être était-ce parce que Marc Syre l'avait guérie de l'amour, ou parce qu'être rejetée par lui l'en avait guérie. Marc avait été exigeant, enclin à la remontrance, et, peu importait qu'elle se montre obéissante et fasse de son mieux pour lui faire plaisir, il avait quand même eu d'autres filles, par dizaines, par centaines probablement, toutes celles dont il avait eu envie. Otto n'avait rien exigé, sauf du sexe, et quand ils sortaient sur sa moto, chacun payait sa part, moitié moitié. Et il avait toujours envie de faire l'amour, il ne se fatiguait jamais, et il avait été fidèle le temps que cela avait duré, elle en était sûre.

Quand Franklin se présenta, elle l'abandonna. Il n'y avait aucune alternative. Otto disparut et, pendant des années, ne fut pas remplacé. Elle savait ce qu'elle voulait : un autre Otto, un autre jeune ouvrier fort, viril, insatiable, vigoureux, sans grand-chose dans le crâne. Après tout, et elle avait toujours été plutôt prompte à l'admettre, elle non plus n'avait pas grand-chose dans le crâne. Franklin n'était pas sexy. Franklin n'était pas très beau à regarder, et il avait la tête bien remplie. Il était intelligent, tous ses amis étaient intelligents, et sans aucun sex-appeal.

Il attendait d'elle qu'elle s'occupe de tout dans la maison, et même des travaux, oui, des travaux ménagers. C'est-à-dire, une fois qu'ils eurent été mariés. Avant leur mariage, elle était encore sa déesse, juchée sur son piédestal, l'icône d'Orcadia Place, à qui l'on apportait des présents quasi quotidiennement, et pour qui l'on consentait des sacrifices infinis. Là-dessus, après leur mariage discret – Harriet en robe Fortuny et chapeau noir –, il changea. Et même, il le reconnut, usant d'une citation puisée on ne sait où : « Les hommes sont avril quand ils courtisent et décembre quand ils convolent. » Il sourit, sans doute pour adoucir la brutalité de la formule.

La pension alimentaire d'Anthea lui coûtait une fortune – ainsi que garder la maison de Campden Hill Square. Enfin, c'était ce qu'il disait. Le moins que Harriet pût faire, c'était le ménage et la lessive, et de s'occuper de faire venir les électriciens et les plombiers et les décorateurs et les couvreurs et les charpentiers chaque fois que les services d'un de ces artisans étaient requis.

« Pourquoi se charger soi-même de ce qu'on peut confier à sa chienne, ironisa Franklin.

– Dommage que je ne sois pas un setter irlandais », riposta Harriet, et elle eut la satisfaction de le voir tressaillir.

Quant à la laisser cuisiner, ce qui lui aurait beaucoup plu, il s'y refusait. Franklin répétait qu'elle en était incapable et qu'elle n'avait aucun sens de l'hygiène, il n'avait aucune envie d'attraper une intoxication alimentaire. Salmonellose et listeria étaient inconnues à cette époque, mais c'était cela qu'il avait en tête. Ils dînaient dehors. Longtemps avant qu'à Londres tout le monde ne s'y mette, ils sortaient au restaurant, une habitude quotidienne, et commencèrent à lancer des modes.

D'ordinaire, chaque fois qu'il proférait une réflexion particulièrement désagréable, il la ponctuait d'un rire ou d'un sourire aimable. Sourire faisait passer la chose. Comme quand il disait : « J'ai l'intention de prendre mes vacances de mon côté. Je vais partir tout seul au printemps et à l'automne. Tu peux faire comme bon te semble. »

Et quand il lui disait :

« Je ne voulais pas me marier, tu sais. Je me suis marié parce que je suis un homme d'honneur et que tu étais ma maîtresse. Certains jugeraient mes conceptions démodées, ce que je conteste. Le changement apparent n'est que superficiel. J'ai estimé que personne ne voudrait de mes restes, donc, pour ton bien, le plus convenable était de faire de toi une femme honnête. »

Ce fut la goutte d'eau qui fit déborder le vase. Le lendemain, ou peu de temps après, ils firent poser une nouvelle moquette dans son bureau. Le poseur de moquette était gros, la soixantaine, et son aide de seize ans était maigre et empoté. Mais il avait fallu retirer la porte et on ne pourrait la remettre en place tant que l'on n'en aurait pas raboté un demi-centimètre à la base. Le poseur de moquette prononça le nom d'un charpentier compétent, dont il leur communiqua le numéro de téléphone. Celui-ci vint deux jours plus tard.

Il aurait pu être le frère d'Otto, ou son clone. Il se nommait Lennie, et avait environ vingt ans. Harriet savait qu'à un ouvrier on était censé offrir des tasses de thé, mais quand il s'agissait d'aider un homme à perdre la tête et ses inhibitions, le thé, cela ne menait à rien. Une fois la porte remontée sur ses gonds, Harriet prépara des Martinis dry pour Lennie et pour elle-même. Non seulement il n'avait jamais goûté de Martini dry, mais il n'avait jamais essayé le gin non plus. Combiné aux charmes de Harriet, l'effet fut saisissant et, au bout d'une demi-heure et de deux autres Martinis, ils étaient au lit.

Pendant deux ou trois mois, Lennie revint plusieurs fois par semaine. Puis, un jour, il lui demanda d'un ton plutôt amer si elle se rendait compte qu'il sautait son déjeuner pour venir la voir.

Mais ce qui mit un terme à la chose, ce fut lorsqu'elle lui demanda : « Pourquoi n'y a-t-il que des ouvriers qui s'appellent Lennie, et jamais, absolument jamais personne d'autre ? »

Pendant un certain temps, elle resta sans amant. Juste au moment où elle commençait à donner des signes d'impatience, Franklin eut un geste qui résolut son problème. Il acheta un ordinateur. Pas tout à fait un prototype, mais presque. Anthea s'était remariée et il n'avait plus à surveiller ses dépenses, fût-ce avec modération. L'ordinateur était gros, encombrant, il occupait presque tout son bureau, et il lui fallut faire installer une nouvelle prise de courant dans le mur pour l'alimenter.

« Il va falloir que tu trouves un électricien, observa Franklin.

– Comment ?

– Je ne sais pas. Tenir la maison, c'est ton affaire. Essaie celui que nous avions déjà fait venir. »

Celui qu'ils avaient déjà fait venir avait déménagé, ou bien il était mort. En tout cas, le résultat, une fois composé le numéro, fut une tonalité qui signalait une ligne non attribuée. Harriet chercha dans le journal. Au milieu des petites annonces, elle trouva un homme qui proposait ses services sous une ligne de texte ainsi libellée : « Stephen se charge de votre électricité, travaux petits ou gros. » Elle appela le numéro et Stephen arriva, encore plus jeune que Lennie, le teint plus foncé, plus mince, mais à part cela il donnait tout autant satisfaction.

Les années passant, la décennie quatre-vingt et le début des années quatre-vingt-dix, une cohorte de jeunes ouvriers défila à Orcadia Cottage. Pas à la demande de Franklin, bien sûr, il y a une limite au nombre de prises électriques nécessaires, de bas de porte qui ont besoin d'être rabotés et de joints de robinet à remplacer. Harriet devint très blasée et très dévergondée, inventant tout simplement une tâche pour l'homme qu'elle avait convoqué – la pomme de douche gouttait, il y avait une odeur de gaz – et d'ailleurs, au bout d'un certain temps, elle ne chercha même plus vraiment d'excuse.

Naturellement, cela ne marchait pas à tous les coups. Le jeune homme le plus beau qui se soit jamais présenté sur le seuil d'Orcadia Cottage, un dépanneur de télévision, était homo, et un électricien, à en juger à sa voix, laissa Harriet abasourdie, car il se révéla être une électricienne. Tous ceux qui répondaient à ses coups de téléphone ne l'attiraient pas, mais dans l'ensemble ils correspondaient à ce qu'elle voulait, et apparemment elle correspondait à ce qu'ils souhaitaient. Ces dernières années, elle avait essuyé un plus grand nombre de refus que d'habitude, et elle n'arrivait pas à comprendre pourquoi. Voilà qui justifiait qu'elle s'examine d'encore plus près dans les miroirs – même s'il lui était difficile de faire part à Franklin de ce qui la motivait.

Après tout, elle avait à peine plus de cinquante ans. Les gens disaient qu'elle en faisait dix de moins. Elle avait conservé sa silhouette. Tous ceux qui possédaient sa couleur de cheveux avaient de la chance parce que, de toute façon, tout le monde les croyait teints, aussi, dès qu'on se mettait à les teindre pour de bon, personne ne remarquait rien. Harriet se passa les doigts dans les cheveux et se regarda bien, et longtemps, dans le miroir. Si elle tournait la tête en levant des yeux langoureux, si elle tendait son bras d'albâtre, si elle entrouvrait les lèvres et fixait du regard quelque visage invisible, elle redevenait Harriet à Orcadia Place, inchangée, absolument pas différente.

Retour à *Ham and High*. Et pourquoi pas un jardinier paysagiste ? Pas une très bonne idée. Il se pourrait qu'il soit de la classe moyenne, que ce soit une femme. En outre, toute personne conviée à jeter un œil à ce jardin si parfaitement entretenu par Franklin jugerait son propriétaire insensé de vouloir y changer quoi que ce soit. Double vitrage ? Impossible sur les fenêtres d'Orcadia Cottage. Elle ferait peut-être mieux d'essayer les Pages jaunes, à la place. Mais il y avait là-dedans quelque chose de tellement officiel, de si respectable. Les petites annonces, cela valait mieux, et puis il était rare que cela ne lui ait pas réussi.

Et pourquoi pas « Parquets en bois posés suivant vos spécifications, finitions pin, cerisier, frêne ou chêne, prix incroyables » ? Composer ce numéro allait faire surgir un personnage du nom de Zak. Harriet aimait bien la sonorité de ce nom. Elle composa le numéro. Zak paraissait manquer de travail, s'exprimait avec enthousiasme et annonça sa venue pour le jour même, à midi pile. Son accent lui laissa entendre qu'il convenait à la perfection, et le timbre de sa voix qu'il était jeune.

Parfois, elle se demandait si Franklin ne faisait pas grosso modo la même chose. Enfin, bon, pas la même chose exactement, mais s'il n'avait pas une petite amie, ou une ribambelle de petites amies. L'insistance qu'il avait mise à prendre ses vacances de son côté, par exemple. Les sommes d'argent énormes qu'il dépensait. Quand elle avait un jeune homme comme ce Zak qui lui rendait visite, avec ensuite l'assurance qu'il lui fasse deux visites hebdomadaires pendant des semaines, elle se moquait de Franklin. Il pouvait toujours avoir une femme s'il en avait envie, cela lui était égal. Mais quand elle était seule, ou quand sa dernière « invitation » n'avait pas été couronnée de succès, elle s'en moquait beaucoup moins. Elle se demandait qui cela pouvait être, si c'était une de leurs connaissances, une soi-disant amie. Et elle passait en revue les membres de leur entourage, ses relations professionnelles, cette parente de Simon Alpheton qui était venue dîner à une ou deux reprises, la femme qui habitait un de ces appartements aménagés à l'intérieur d'anciennes écuries, cette Mildred Unetelle avec laquelle il s'attardait toujours à cancaner.

Au bout d'un moment, elle se leva. Elle défit le lit, sortit des draps propres de l'armoire séchante. Avant de prendre son bain, de se laver les cheveux et de s'habiller, elle allait passer l'aspirateur un peu partout, épousseter un brin, cueillir quelques-unes des fleurs de Franklin pour en garnir les vases. Elle allait vérifier qu'il y ait de la glace et mettre la bouteille de gin et les verres au frigo. Sur ce genre de détails, Harriet ne s'était jamais laissée aller à la négligence. Ses jeunes messieurs méritaient de passer un bon moment, eux aussi, le meilleur moment qu'il serait en son pouvoir de leur accorder, ce n'était que justice. En outre, elle aimait bien le spectacle de leur étonnement teinté de prudence, quand ils jetaient de furtifs coups d'œil un peu partout dans la maison, montaient l'escalier, pénétraient ici, dans cette chambre.

Il fallait que ce soit pour eux l'expérience de leur vie, un événement dont ils se souviendraient une fois qu'ils seraient mariés et installés dans une tour de logements sociaux municipaux, à Hounslow.

15

JULIA AVAIT QUANTITÉ d'amies. Des femmes, naturellement. Elle était d'avis que les amitiés masculines d'une femme mariée devaient se borner aux amis de son mari, fréquentés uniquement en sa compagnie. Donc, pour elle, David et Susan Stanark étaient « nos » amis. Les siennes, en revanche, étaient des femmes de son âge, glanées tout au long de la grande route de la vie – enfin, surtout aux premières étapes du chemin. Elle avait même conservé une amie avec qui elle était allée à l'école. Il s'agissait de Laura, une consultante en relations publiques, presque exactement de son âge, puisqu'elle était née le même mois qu'elle, la même année, mais deux jours plus tôt. Avec Rosemary, elle s'était trouvée en immédiate harmonie, et ce dès sa première journée à l'Institut de formation des maîtres. Noelle, acheteuse pour une boutique de vêtements prestigieuse, avait été la belle-sœur de son premier mari. Elle avait rencontré Jocelyn, fonctionnaire au ministère de l'Intérieur, au mariage de Noelle et, selon la formule même de Julia, elles avaient « tilté » instantanément. Della, son acquisition la plus récente, était la tante d'Isabel, l'amie de Francine, et elle n'avait pas de métier. Si elle avait appartenu à une couche sociale moins élevée, on l'aurait appelée une mère de famille.

Toutes ces femmes étaient ou avaient été mariées et toutes, sauf Noelle et Susan, avaient des enfants. Julia déjeunait avec elles et leur téléphonait longuement. À l'occasion, l'une ou l'autre venait déjeuner chez elle. Elle passait ses soirées avec telle ou telle, toujours à condition, bien sûr, que Richard soit à la maison avec Francine.

La plupart du temps, leurs conversations tournaient autour

des difficultés de l'éducation des enfants, en particulier quand ces enfants devenaient des adolescents. C'était là un stade de leur existence qu'elles avaient toutes atteint au cours de ces dernières années, ou qu'elles étaient sur le point d'atteindre, car elles appartenaient à la même tranche d'âge, la fin de la quarantaine. Et même si Julia n'était pas une mère, mais simplement une belle-mère, elles avaient tendance à s'incliner devant ses avis. Après tout, elle était, ou avait été, une psychothérapeute spécialisée dans les problèmes de l'enfance. Peut-être s'estimaient-elles aussi redevables d'une certaine générosité à l'égard de Julia, qui avait elle-même renoncé, et le leur avait souvent raconté, à toutes ses chances d'avoir un enfant pour se consacrer à Francine.

Cette belle-fille dont elles savaient toutes qu'elle était une enfant profondément difficile. Elles n'en avaient eu aucune preuve à titre personnel, mais elles savaient, au vu de leur expérience avec leurs propres enfants, que les jeunes peuvent se montrer parfaitement charmants avec les visiteurs tout en se comportant comme des monstres de grossièreté, au tempérament rebelle, dès qu'ils sont seuls à la maison avec leurs parents. D'après ce que leur avait rapporté Julia, Francine avait des excuses, bien sûr, elles ne devaient pas s'imaginer qu'elle lui en voulait, ce n'était pas sa faute, mais cette jeune fille était, oui, traumatisée. C'était la mission de Julia de lui donner, grâce à ses bons soins, la possibilité, un jour, de mener une vie normale, mais ce n'était qu'une possibilité.

« La réalité, expliqua Julia à Susan, c'est que je suis la seule à pouvoir lui éviter de se claquemurer dans sa chambre du matin au soir. Si elle pouvait n'en faire qu'à sa tête, c'est à ça qu'elle passerait ses week-ends. Il faut l'empêcher de pour ainsi dire disparaître à l'intérieur d'elle-même. »

Et, à Jocelyn, elle confia : « Elle est tout bonnement incapable de se montrer responsable. Je veux dire, par exemple, qu'elle a sa clef de la porte d'entrée, ça va de soi, mais elle ne s'en sert presque jamais. Elle espère que je suis là, à l'attendre dans le vestibule, pour lui ouvrir la porte. Elle fait ça pour se rassurer, je le sais, c'est l'un des aspects de sa totale dépendance à mon égard. »

À Noelle, qui était donc sans enfant, elle réservait des explications différentes : « À l'inverse des convictions les plus répandues, la bonne manière d'enseigner l'indépendance, ce n'est pas de charger le sujet de tâches trop complexes pour ses fragiles capacités, mais de structurer sa confiance, avec une infinie précision, jour après jour.

– Comment cela ? demanda Noelle.

– L'un des moyens de créer cette structure consiste à exiger du sujet un certain nombre de petits services, avant de les multiplier et de leur conférer une dimension plus importante, jusqu'à ce que le sujet puisse assumer des domaines entiers de responsabilité et gérer de manière organisée sa vie quotidienne.

– Si tu le dis, acquiesça Noelle. La nouvelle gamme des créateurs pas chers arrive cette semaine, alors si cela t'intéresse, tu n'as qu'à venir jeudi faire un saut. »

Que Francine prenne une année sabbatique, tel avait été l'objectif de Julia mais maintenant que c'était décidé, cette perspective se dressait devant elle comme une nouvelle source d'anxiété. Tant que Francine était à l'école, elle était prise en charge une bonne partie de la journée et, quand elle rentrait à la maison, elle avait des devoirs à faire, des amis à qui rendre visite, ou à recevoir – sous surveillance. Maintenant, elle allait être libre, sans contrainte, oisive. Et si elle avait envie de travailler ? De trouver un emploi ? L'idée de cette perspective-là était encore bien pire.

« Holly a un boulot, annonça Francine. Elle commence en août. Elle va faire du travail à domicile pour un député, ce n'est pas payé, bien sûr, mais c'est à cause de ça qu'elle l'a dégotté. Ce député a une permanence où il rencontre ses électeurs et Holly va travailler là-bas.

– À quoi faire, grands dieux ? » s'exclama Julia.

Francine admit qu'elle l'ignorait.

« J'aimerais bien faire quelque chose de ce genre.

– Non, tu n'aimerais pas ça, ma chérie. Tu crois que tu aimerais ça, mais tu n'aimerais pas. Pas en respectant des horaires de bureau et en rencontrant des gens comme tu n'en as jamais rencontré. Tu n'es absolument pas faite pour ce genre de chose.

– J'aimerais bien trouver un boulot, n'importe quoi. Je ne peux pas rester ici à la maison.

– Et pourquoi pas ? s'étonna Julia. Je reste bien, moi. »

Parce que j'ai dix-huit ans, songea Francine, ce qui signifie que je suis jeune mais aussi que je suis, officiellement, une adulte. Tu en as cinquante. Pour toi, c'est différent. Elle ne le formula pas à haute voix parce qu'elle répugnait à être impolie.

« J'aurais eu tendance à croire, reprit Julia, que la perspective de ton examen de fin d'études t'aurait suffisamment donné de quoi t'occuper l'esprit, sans qu'il te faille penser à des petits boulots. »

Francine se replongea dans le livre qu'elle était en train de lire. C'étaient les *Lettres* de Tchekhov, et cela lui plaisait, mais pendant un petit moment elle regarda la page fixement, sans rien voir. Pourtant, elle avait des projets pour l'avenir, si seulement elle obtenait la permission de les concrétiser. À l'école, tout le monde était au courant des événements du début de sa vie, on savait ce qui s'était passé, même si personne n'y avait jamais fait allusion. Francine était déterminée à ce que personne, parmi les gens qu'elle serait amenée à rencontrer au cours de la prochaine étape de son existence, n'en sache rien. Elle n'en parlerait que si on l'interrogeait. Et l'autre partie de ses projets consistait à prendre ses distances, non pas tant avec son père qu'avec Julia. Pourtant, elle le sentait, une fois l'école et les examens terminés, Julia allait vouloir passer de longues heures avec elle à la maison, la sortir, l'accompagner dans les musées et les bibliothèques, les cinémas et les théâtres, prendre ses repas avec elle, avoir avec elle des conversations approfondies.

Holly avait été très prompte à lui donner son avis.

« Légalement, tu es adulte. Tu as le droit de vote. En fait, cela fait deux ans que tu es en âge de te marier. Même si ce n'est pas de ça que tu as envie, j'imagine.

– Bien sûr que non, je n'ai pas envie de me marier, s'était écriée Francine.

– Tout le monde a compris ce que fabrique ta vicieuse de belle-mère, tu sais. Tout le monde a saisi, et tout le monde est désolé pour toi. Mais il va falloir que tu t'affirmes. Je veux dire, tout ce que tu as à faire, c'est de dire : "Je vais faire ci, ou ça, ou n'importe quoi, et vous ne pouvez pas m'en empêcher", et tu le fais, un point c'est tout. Sors toute la nuit si tu en as envie. Tu es une adulte. Tu peux faire ce que tu veux.

– Tu dis "tout ce que j'ai à faire", reprit Francine, comme si c'était facile, comme si n'importe qui pouvait faire n'importe quoi.

– Tout le monde peut.

– Elle n'est pas méchante, tu sais. Elle est bien intentionnée, elle me souhaite ce qu'il y a de mieux. Sauf que ce qu'elle veut elle, ce n'est pas ce que je veux moi. »

Pour l'heure, c'était moins grave, à cause de son examen de fin d'études secondaires. Julia ou non, il fallait qu'elle reste à la maison et qu'elle travaille en vue de ces épreuves. Pendant quelques mois, elle ne serait en rien différente de ses amies, pour qui toute sortie le soir avait cessé Elles étaient prisonnières dans leur chambre, tout comme elle. Elle était semblable aux autres filles, enfin.

Elle n'avait pas calculé l'effet de tout ceci sur Julia. Elle n'avait pas prévu – comment l'aurait-elle pu ? – l'opinion que Julia se forgerait du renoncement soudain de sa belle-fille à l'attitude un rien rebelle qu'elle avait récemment manifestée. Tout ce qu'elle perçut, ce fut l'apparente satisfaction de Julia et le plaisir tout neuf qu'elle tirait de sa compagnie à elle, Francine. Julia devait être heureuse, se dit Francine, comme l'était son père, de la voir travailler si dur pour son examen.

Et Julia était heureuse, en effet, mais pas parce que Francine étudiait. À sa façon, elle était une femme astucieuse, elle avait une notion très juste du quotient intellectuel élevé de Francine et savait qu'elle était une érudite-née, qui aimait s'appliquer à la lecture des livres, pour le plaisir. On pouvait dire d'elle qu'elle ne pouvait s'empêcher d'étudier.

« J'ai entendu dire que, ces temps-ci, ce sont les filles qui travaillent leurs examens plus dur que les garçons, observa Richard. On entre dans un monde de femmes. »

Julia lui lâcha un de ses sourires attristés. Jadis sculpturale, cette femme était devenue imposante, lourde, robuste et massive. Son visage, ses bras et sa poitrine étaient plus blancs que jamais. Avec l'âge, la peau de Julia semblait avoir épaissi, s'être opacifiée. Ses cheveux étaient désormais décolorés, plus dorés, et ses ongles plus rouges et plus longs. Mais si forte et bariolée qu'elle fût, la tristesse lui allait bien, et elle rappelait à Richard une statue qu'il avait vue quelque part, de Niobé pleurant ses enfants morts.

« J'ai peur que ce ne soit jamais le monde de Francine, lâcha-t-elle.

– Bien sûr que si. »

L'envolée d'imagination à laquelle il se livra lui empourpra le visage.

« Un jour, je la verrais bien en... en directrice d'un collège d'enseignement supérieur pour femmes, ou en haut fonctionnaire du gouvernement ou... enfin, quelque chose qui sorte de l'ordinaire. »

Pendant un moment, Julia ne dit rien, puis :

« Je l'aime vraiment, tu sais, je l'aime comme si elle était ma propre fille.

– Je sais, admit-il.

– À ceci près que nous voyons les choses si différemment. C'est plutôt curieux mais, tu sais, mon chéri, tu vis dans un monde pré-freudien, je pourrais presque dire un monde pré-psychologique. Tu m'as envoyé Francine quand j'exerçais... et Dieu merci, parce que c'est ainsi que nous nous sommes connus... mais sincèrement, tu t'imaginais, je pense, que c'était comme d'envoyer chez le docteur quelqu'un qui souffre d'un abcès. Tout ce qu'il a à faire, c'est de percer l'abcès, et le traitement est à effet immédiat. L'esprit, ce n'est pas comme un doigt douloureux. Les émotions, cela ne se guérit pas si facilement.

– Je pourrais tomber d'accord avec toi si je voyais le moindre signe de traumatisme chez Francine, mais je n'en vois pas. Elle me paraît éminemment normale. Peut-être un peu silencieuse et un peu enfouie dans les livres, mais ça s'arrête là. »

Julia sourit et lui tapota la main.

« Un jour, elle sera normale. J'y veillerai. Je m'en charge. Elle veut un petit boulot pendant l'année sabbatique qu'elle prend. Tu le savais ?

– Un boulot ?

– Cette agaçante petite Holly s'est organisé quelque chose de son côté, et naturellement Francine veut faire pareil. La réalité, c'est qu'à cet âge ils sont beaucoup dans le mimétisme. Dois-je en parler autour de moi et voir ce que je peux trouver ?

– Tu crois que tu peux ?

– Quelque chose pas loin de la maison, poursuivit Julia,

pensivement, quelque chose de pas trop fatigant. Il est dommage que les dames n'aient plus de demoiselles de compagnie. Franchement, je doute que Francine soit en état de garder des enfants.

– En état ? s'enquit Richard.

– En réalité, je veux dire "prête". Mais nous verrons. J'ai peur que travailler dans une maison de retraite ne l'amène à assister à trop de scènes horribles. Mais laisse-moi m'en charger. »

Ce qu'il fit. Il avait un nouveau métier, et les voyages en constituaient une partie essentielle. Rien ne devait prendre le pas sur ces quatre journées prévues à Zurich et, plus tard dans le mois, sur une conférence à Francfort. En quoi ses projets devraient-ils être chamboulés ? Julia, comme toujours, se montrait tendre, soucieuse et attentive envers Francine, et Francine était – ce mot, il fut sur le point de le dire – « obéissante ». Même « conciliante » ne serait pas le terme exact. Elle était simplement elle-même, douce et gentille. Au travail, concentrée, bien décidée à obtenir la meilleure moyenne possible à ses épreuves de baccalauréat.

Le voyage de Richard en Suisse se déroula sans encombre. Au retour, dans l'avion pour Heathrow, il fut pris d'une frayeur soudaine, celle de trouver la maison dans une pagaille effarante, Francine prisonnière, pleine d'animosité, en larmes, Julia gardienne inflexible, l'une et l'autre s'accablant mutuellement de reproches. Certes, à sa connaissance – et il était forcément au courant –, il ne s'était jamais rien produit de tel. Il était en train de s'imaginer des choses. Parfois, il lui arrivait de détester son imagination, et pourtant, alors même qu'il s'en faisait la réflexion, la tête calée contre le dossier de son siège et les yeux fermés, il se laissa aller à cette rêverie qui le prenait de plus en plus souvent, et à laquelle il trouvait de plus en plus de plaisir.

Jennifer était en vie. L'homme n'avait jamais pénétré dans la maison et ne l'avait jamais tuée, car l'inscription dans l'annuaire était rédigée simplement, comme la mention actuelle : Hill, R. Il n'était pas un homme futile, sujet au péché de vanité, il était modeste et simple, et il ne lui serait pas venu à l'idée de se faire appeler docteur uniquement parce qu'il était titulaire d'un doctorat en philosophie. Donc, aujourd'hui, Jennifer était en vie, et ils vivaient encore là-bas, dans le cottage de cette ravissante quasi-campagne du Surrey. Jennifer avait vieilli, bien sûr, mais plutôt embelli dans sa maturité, et peut-être y avait-il eu un autre enfant.

Pourquoi pas ? Ils l'avaient évoqué à plusieurs reprises, ou en tout cas jusqu'à cette dernière année, quand elle avait changé à son égard. Mais il l'aurait reconquise, et il y aurait eu une autre petite fille, une enfant jouant avec ses jouets pendant que Francine aurait été assise à réviser ses examens. Dans son ancienne maison à elle, avec sa mère à elle, sans ce passé effroyable.

Il entrait dans le cottage, prenait Jennifer dans ses bras et l'embrassait. À une ou deux reprises, dans sa rêverie, et cela lui faisait honte, confusément, il avait fait l'amour à Jennifer, avec une réelle excitation et, assez curieusement, dans un réel assouvissement. Mais à cet instant, il se contentait de l'embrasser et d'embrasser Francine, et alors qu'ils se parlaient le petit enfant de son rêve arrivait en courant et s'écriait : « Papa, papa », et tendait les bras...

Le signal lumineux des ceintures de sécurité s'alluma, ainsi que la consigne de redresser le dossier des sièges et, en dix minutes, ils eurent atterri. Dans la voiture, sur l'autoroute M4, sa peur le reprit, mais quand il se glissa dans la maison – le foyer de son second mariage, moins idyllique –, il s'aperçut que tout allait bien.

Julia avait plein de nouvelles. Son amie d'Australie, Felicia, arrivait pour des vacances, son amie Rosemary et son mari avaient gagné une somme conséquente à la loterie, son amie Noelle ouvrait une boutique qui vendait des vêtements de créateurs presque neufs. Julia avait trop d'amies pour qu'il arrive à suivre. Il s'enquit de Francine mais, avant que Julia ait pu lui répondre, sa fille apparut dans l'embrasure de la porte, souriante, un manuel à la main.

« Tu es toute pâlotte », remarqua-t-il.

Elle réfléchit promptement.

« Parce que j'ai travaillé jusqu'à l'aube ? Bon, c'est vrai, j'ai tellement bûché que je n'y vois plus très bien. »

Elle vint vers lui et l'embrassa.

« Tu as fait bon voyage ?

– Grosso modo cela s'est passé comme je l'espérais.

– Je vais en avoir besoin de cette année sabbatique, reprit-elle, et il eut l'impression pas très agréable qu'elle lui disait cela pour lui faire plaisir, ainsi qu'à Julia. Je suis crevée. Après le mois de juin, je ne vais plus jamais vouloir ouvrir un livre.

– Nous devrions tous prendre des vacances, Richard, intervint Julia. Est-ce qu'on pourrait faire ça ? Disons, en août. On te doit un mois de congé, non ? On pourrait prendre un mois ?

– Peut-être. Nous verrons.

– Et partir quelque part, dans un endroit tranquille, à l'écart, loin de tout. Voilà ce qui plairait à Francine. »

Holly montra à Francine les piercings qu'elle s'était fait faire, un anneau dans le nombril, un clou enchâssé dans le bas de la colonne vertébrale. Francine était au courant du tatouage de Miranda et du diamant planté dans l'aile du nez d'Isabel, mais ceci la choquait, même si elle dissimula sa stupéfaction.

« Je voulais m'en mettre un sur les tétons, mais le type a refusé. Tu sais pourquoi ? Il m'a dit que c'était mon accent. "Pas avec cette voix chicos, mon cœur, m'a-t-il dit, je vais retrouver papa devant ma porte." Ça me fait carrément gerber. C'est à cause de cette école ringarde où on va, c'est aussi nul qu'Eton. Je vais changer de façon de parler, je vais me chercher des cassettes d'anglais avec l'accent de l'estuaire de la Tamise et apprendre à parler comme tout le monde.

– C'est un homme qui te l'a fait ? lui demanda Francine.

– Et pourquoi pas ? C'est un homme qui le verra, non ? Justement, l'homme l'a vu, et sa réaction a été profondément satisfaisante. C'est moi qui te le dis. »

Le nouveau petit ami de Holly s'appelait Christopher et elle sortait avec lui tous les soirs, malgré les examens. Si lui n'était pas plus perturbé que cela par les épreuves de fin d'études universitaires à Eastcote College, alors qu'il était en plein dedans, elle n'allait certainement pas se mettre dans tous ses états pour cette broutille de baccalauréat.

« J'aimerais bien le rencontrer, lui confia Francine.

– Tu sais, parfois, tu as le même ton que ta vicieuse de belle-mère. Vraiment. Centenaire et revenue de tout.

– Parce que j'ai dit que j'aimerais bien rencontrer Christopher ?

– À cause du ton de ta voix et de tes mots. Oh, ne prends pas cet air. Je suis désolée. Je vais te dire, quand Eastcote organisera son spectacle de fin d'année, tu pourras venir avec moi, et là-bas nous retrouverons Chris et son frère jumeau, qui va faire les Beaux-Arts et qui a un tableau dans l'exposition de l'école. Il ressemble exactement à Chris et il va sûrement te brancher et... ça ne serait pas génial, Francine, si toi et moi on se baladait avec des jumeaux, hein, des jumeaux ? »

Francine approuva d'un signe de tête.

« Imagine Julia.

– Si je ne la connaissais pas, je serais incapable de me l'imaginer, fit Holly. Il faudrait être un... un Balzac, pour l'imaginer.

– Ce qui me rappelle que je devrais me mettre au travail. Demain matin, j'ai français. »

Lors de ses examens, Francine n'éprouva aucune panique. Elle ne tomba ni sur des questions surprises ni sur grand-chose qui fût de nature à lui faire perdre les pédales. Mais quand elle eut passé la dernière épreuve, lorsque tout fut terminé, elle eut la surprise de trouver Julia qui l'attendait devant l'école avec la voiture. Julia lui expliqua qu'elle était allée voir la principale avec une requête qui, dit-elle, allait réjouir le cœur de Francine, elle le savait.

« Pour te sortir en vitesse de l'école, maintenant que ces examens sont finis, et t'emmener en vacances. Et, à ce propos, la principale a été absolument adorable. Elle a même dit qu'il était absolument inutile de traîner encore deux semaines ici jusqu'à la fin officielle du trimestre. »

Et fini les fêtes de fin d'études, les flâneries dans le parc avec les amies, la liberté d'aller nager dans la piscine chaque fois qu'on en avait envie, et de jouer au tennis et d'échafauder des projets pour des retrouvailles futures.

« Pour où est-ce que nous partons ? demanda Francine.

– Attends, tu vas voir. Une ravissante petite île des Hébrides. Là-bas, il n'y a rien que des oiseaux de mer, des plages, des montagnes et de la bruyère. »

Je n'irai pas, eut-elle envie de répondre. Julia ne peut pas me traîner hors de la maison de force, pas plus qu'elle ne peut me retenir prisonnière à l'intérieur. Quand elles arrivèrent à la maison, elle découvrit que Julia lui avait déjà fait sa valise. Tous leurs bagages se trouvaient dans l'entrée. Julia s'était arrangée avec Noelle pour qu'elle jette un œil sur la maison, elle avait décommandé le laitier et les journaux. Et il ne fallait pas perdre un instant. Elles allaient retrouver son père à Heathrow et s'envoler ce soir pour Glasgow.

Avant leur départ, elle essaya de téléphoner à Holly, mais ça ne répondait pas, et quand elle essaya Miranda, elle obtint le service de messagerie téléphonique.

16

IL NE RECEVAIT PRESQUE JAMAIS de lettres. Son courrier se composait surtout de factures et de prospectus. L'enveloppe qu'il ramassa sur le paillasson avait la couleur chamois de l'université d'Eastcote et, dans le coin supérieur gauche, l'aigle rouge des armoiries de la faculté. Il ne pouvait espérer déjà recevoir les résultats concernant son diplôme, il était trop tôt et, de toute façon, on ne les lui ferait pas parvenir de cette façon. Soupçonneux, après avoir ouvert l'enveloppe, il resta un moment le regard figé, sans comprendre. Ensuite il comprit, puis il réalisa.

Cela ne lui avait pas traversé l'esprit. Bien sûr, il savait qu'Eastcote récompensait d'un prix annuel l'auteur de la meilleure pièce artisanale présentée en licence de lettres, dans la section Arts décoratifs. Il le savait, mais n'avait pas établi le lien avec lui-même. Et là, à l'instant, on lui annonçait qu'il avait remporté pour son miroir le prix Honoria Carter Black. Qui allait de pair avec une récompense de cent livres.

L'argent n'était rien – même s'il avait bien besoin d'argent, quelle qu'en soit la provenance –, mais ce prix était prestigieux, de quoi être immensément fier. Teddy n'avait jamais rien gagné auparavant. Il n'avait même pas remporté un prix d'encouragement. Son école veillait tellement à instaurer une certaine égalité que le corps enseignant ne disait à un élève qu'il avait bien travaillé que si le professeur était à même d'en dire autant à tous les autres membres de la classe. L'absence d'esprit de compétition était le maître mot. De même, au sein de sa famille, sa grand-mère estimait que féliciter un enfant l'encourageait à faire l'intéressant ; quant à ses parents, pas un instant ils n'y avaient songé.

Une chose étrange était en train de lui arriver. Et cela aussi, c'était nouveau. Il ressentait ce qu'éprouvent tous ceux qui rencontrent un succès soudain : le désir de s'en ouvrir à quelqu'un. Jamais auparavant il n'avait eu envie de raconter quoi que ce soit à qui que ce soit, mais maintenant, se le raconter à lui seul ne suffisait plus. Cet échange intérieur, qui était sa version personnelle de la conversation, lui parut déplacé. Or, il n'avait personne à qui raconter.

M. Chance était mort depuis longtemps. Il fit la grimace à l'idée d'aller rendre visite à sa grand-mère. Que lui dirait-il – et elle ? À Damon ? Une fois passé son examen de permis de conduire, il ne lui avait plus jamais téléphoné. Megsie avait passé la tête au-dessus de la palissade et l'avait invité au barbecue d'anniversaire de Nige, mais il avait répondu qu'il était occupé. Et il était resté entre ses quatre murs, par ce chaud samedi après-midi d'été, à observer la transformation de l'atelier de M. Chance en pavillon d'été, son jardin rempli de la fumée et de l'odeur des hamburgers et des saucisses brûlés, à se demander ce qu'ils pouvaient tous être en train de raconter à propos de la voiture d'à côté, à peut-être la regarder en hasardant des hypothèses. Mais il n'avait pas regretté un instant de ne pas avoir accepté l'invitation. C'était simple, il était incapable d'être avec des gens, pas plus qu'il n'aurait pu, en cette minute, faire part de la nouvelle à Megsie et Nige, même s'il y était allé de sa vie.

Son contentement, il ne devait le tirer que de ce seul prix, et du fait d'être le seul au courant. Pourtant, il ne tarda pas à découvrir que d'autres savaient, tous ceux qui comptaient, car lorsqu'il se rendit à la Chenil Gallery, dans King's Road, où l'exposition des diplômés d'Eastcote était organisée, toutes sortes de gens le félicitèrent. Le doyen des études se trouvait être là, et le chef du département des Arts décoratifs, de même qu'une foule de candidats au diplôme, aucun d'eux n'ayant beaucoup fait attention à lui avant cela. C'était la première fois que quelqu'un lui serrait la main, et il trouva l'expérience originale, mais pas plaisante. Il ne savait vraiment pas comment se comporter, il n'arrêtait pas de passer de groupe en groupe, de marmonner des remerciements, impatient d'arriver jusqu'à son miroir, qu'il pouvait apercevoir du coin de l'œil, de loin.

Une femme dont il ignorait la fonction et qu'il n'avait jamais vue lui apprit qu'un mur de la galerie lui serait consacré. Les lauréats du prix Honoria Carter Black bénéficiaient toujours de leur propre emplacement, en vedette. Ils pensaient l'accrocher justement ici, où il y avait un bon éclairage – qu'en pensait-il ?

Il ne pensait pas, il ne savait pas.

« J'imagine que c'est bien, répondit-il.

– Pourquoi ne revenez-vous pas la veille du vernissage voir si cela vous convient ? »

Elle sourit. Il était si beau et si timide, et si talentueux.

« Comme cela, nous aurions le temps de le changer de place, si besoin était.

– Non, ça ira très bien », la remercia Teddy, et il se mit à la recherche de la personne qui saurait lui dire quand et où il pourrait se faire remettre son argent.

Gagner ce prix le poussa à téléphoner au journal à propos de son annonce, tant qu'il lui restait encore de l'argent pour la payer. Les cinquante livres de « Max et Mex » s'étaient envolées, et il ne restait pas grand-chose de la somme qu'il avait prélevée sur le corps de Keith, même si, l'achat d'une montre mis à part, il avait été aussi économe que possible. En rédigeant sa petite annonce, il aurait aimé trouver un moyen de mentionner « lauréat du prix Honoria Carter Black », mais il se pouvait que les gens ignorent de quoi il s'agissait, et cela augmenterait le prix de l'insertion. Finalement, il écrivit simplement : « Menuisier ébéniste. Diplômé des Arts décoratifs, fabrique ou assemble beaux meubles suivant vos indications. Prix raisonnables », et il ajouta son numéro de téléphone. Ensuite, il se dit que préciser « jeune » avant « menuisier » et « débutant dans le métier » après « décoratifs » rendrait l'annonce plus alléchante. Il demanda qu'elle passe pendant trois semaines.

Sans aucune idée bien arrêtée de l'endroit où il allait, ni même de pourquoi il s'en allait, il prit son courage à deux mains et sortit l'Edsel. D'abord, il vérifia qu'il y avait bien de l'essence dans le réservoir. Il était presque plein. L'essence était une chose qu'il n'avait pas les moyens de se payer, mais il n'avait pas non plus les moyens de tomber en panne et d'être contraint d'abandonner la voiture quelque part. L'Edsel, il se souvint des propos de Damon, avait une consommation très élevée. Il ne l'emmènerait pas loin. Juste un tour du pâté de maisons.

Son maniement était très différent de celui de la Golf de Damon. Le moteur cala. La voiture eut un soubresaut et piaffa comme un jeune animal impétueux – un guépard, peut-être. Teddy garda toute sa tête, se répéta de rester calme. Il suffisait de prendre le coup, et il ne tarda pas à y arriver. Il passa en marche arrière et, finalement, ayant appris à diriger l'Edsel, manœuvra, franchit le double portail grand ouvert et sortit dans la rue tranquille. Il était tôt, dimanche matin.

Il fit ce qu'il s'était promis de faire et boucla le tour du pâté de maisons. Par deux fois, le moteur avait calé, mais par deux fois il l'avait fait redémarrer sans difficulté. Il regagna le portail ouvert, le jardin vide et l'auvent et, bien plus sûr de lui à présent, il la ressortit. Cette fois, il s'arrêta et la gara, acheta un journal du dimanche, la fit redémarrer de nouveau sans mal. Un homme qui portait un carton de lait se retourna pour le regarder passer, une femme avec un chien resta en arrêt devant ce machin énorme, cette espèce de torpille en forme de poisson jaune pâle et scintillante. Ce projectile ronronnant aux multiples ailerons, avec ses yeux argentés et sa bouche de morue qui faisait la moue. Elle n'était plus trop astiquée et rutilante, car personne n'avait posé une éponge ou un chiffon dessus depuis cinq mois, aussi, quand Teddy la ramena pour la seconde fois sans encombre, il décida de la laver.

Laisser la voiture sale finirait, tôt ou tard, par attirer l'attention. En outre, Teddy cherchait une bonne raison de tourner autour de l'Edsel. Il alla chercher dans la cuisine une éponge, deux bassines d'eau, des chiffons. Sans tuyau d'arrosage, le lavage lui prit du temps, en particulier parce qu'il n'était pas dans sa nature de bâcler le travail.

Il était incapable de sentir la moindre odeur. Et s'il était incapable de rien sentir, personne ne sentirait rien. Le plastique avait ses avantages et cette voiture son utilité, ne serait-ce qu'en tant que cercueil. Il estima qu'il avait franchi un grand pas. Il l'avait sortie et ramenée, il était capable de la conduire. Ce qu'il fallait à présent, c'était trouver un endroit, inventer un endroit où il pourrait l'emmener, la bazarder, avec le corps de Keith. Un étang quelconque ou un réservoir – la mer ? C'était pure divagation, et il le savait. Il n'arriverait pas à conduire une voiture jusque dans un étang, à couler la voiture, et à en sortir vivant. En outre, où y avait-il un endroit susceptible de faire l'affaire sans qu'il se fasse repérer ? Le réservoir Brent ? Impossible. Impensable. Il allait probablement devoir se débarrasser du corps et ensuite, un jour, vendre la voiture. Peut-être la revendre à la société située dans South London où Keith l'avait achetée.

Sortir le corps de là, en le soulevant à nouveau ? Si tu as pu le tuer et le mettre là, tu peux le soulever, se dit-il, en frottant énergiquement la carrosserie jaune pâle de l'Edsel avec un chiffon. Tu l'as fichu là-dedans, tu peux le sortir. Nige était dans le jardin d'à côté avec une femme qui était probablement sa mère. Tous deux le gratifièrent de sourires approbateurs. Teddy avait remarqué, non sans dédain, que les gens apprécient toujours le spectacle du travail manuel, en particulier quand c'est un travail déplaisant.

« Quand vous aurez fini, vous pourrez venir faire la mienne, lui lança la femme.

– Un café, ça te dirait ? » proposa Nige.

Teddy le remercia, mais il était occupé. Il termina avec l'Edsel, la ferma à clef et retourna à l'intérieur, où il s'installa pour lire le journal qu'il avait acheté. Un article consacré au genre d'individus qui tuent leur prochain lui apprit que les psychopathes commencent souvent leur carrière en tuant un membre de leur propre famille. Cela faisait-il de lui un psychopathe ? Il se mit à repenser au corps de Keith, à la manière de s'en débarrasser.

Il avait eu beau se déclarer satisfait des dispositions prises pour exposer son miroir, il retourna à la galerie. Mais le jour même du vernissage. Il y a une limite à l'indifférence que l'on peut ressentir à l'égard de l'opinion des autres, et quoique le seuil du mépris, chez Teddy, fût situé très bas, il s'aperçut qu'il avait très envie de voir les visages des visiteurs, leur expression quand ils contempleraient le miroir, leur admiration et peut-être leur envie de le posséder.

Il arriva juste à temps pour le discours du président de l'université. Le vice-président était un universitaire, mais le président était un acteur de télévision qui avait accédé à la célébrité en jouant dans une série policière. Il avait vraiment la façon de parler d'un comédien, sans rien dire de très remarquable, mais avec un phrasé impeccable et un accent très Royal Shakespeare Company, si beau que ce qu'il disait n'importait guère. Teddy fut surpris de voir autant de gens. Il prit position, non pas immédiatement à côté, mais à proximité de son miroir, se préparant aux réactions.

Et puis il la vit. Elle n'était qu'un être humain parmi d'autres, une espèce qu'il n'aimait guère. Aussi, pendant un instant, il eut peine à la croire humaine. Humaine comme l'était l'homme à côté d'elle, ami du jumeau dont le frère était le petit ami de Kelly, et la fille avec lui, des gens laids et normaux. Elle était un ange ou une effigie de cire, une statue ou une illusion. Son visage ovale et pâle, ses yeux sombres et brillants, sa bouche rouge et pleine, tout cela composait encore un autre objet de beauté parmi tous ces objets fabriqués, exposés. Le plus parfait de tous, le meilleur, celui qui aurait dû remporter le prix, mais un objet quand même.

Il ferma les yeux, se secoua mentalement. Était-il fou ? Ce n'était qu'une fille. Il regarda de nouveau. Elle le regardait. Leurs regards se croisèrent. Jamais il n'avait existé d'yeux pareils, jamais à sa connaissance, si grands, insondables, limpides et supersympa. Cette formule, « supersympa », il en usa mentalement et, là encore, il crut qu'il perdait la tête. Auparavant, jamais il ne l'avait utilisée, sauf pour décrire une saveur ou, comme tout le monde ici, dans l'argot de la fac, pour dire « c'est bon ». Elle leva la main pour ramener en arrière les cheveux noirs qui barraient son front blanc, ses sourcils parfaitement arqués, puis elle lui sourit. Il tenta de répondre à son sourire et il était sur le point d'y arriver quand la foule se déplaça, des visages passèrent devant le sien – des faces porcines, simiesques, difformes, inachevées, le jumeau, la fille aux cheveux frisottés –, et elle avait disparu.

Il se fraya un chemin dans la foule. Ils buvaient, maintenant, du vin, de l'eau et du jus de fruits. Une fille qu'il bouscula en jouant des épaules renversa du jus d'orange partout sur sa robe et se mit à hurler, en colère. Teddy n'y prêta pas attention. Il trouva la femme qui avait organisé l'exposition et lui demanda :

« Qui est-ce ?

– Je vous demande pardon ?

– Cette fille aux longs cheveux noirs, en robe blanche.

– Mon cher petit, je n'en sais rien. Une invitée, c'est tout. »

Kelly, elle, le lui dirait. Il la chercha, vit le jumeau du jumeau et l'ami du jumeau, mais pas Kelly. Teddy n'avait jamais eu grand-chose à voir avec ces gens, il avait depuis longtemps pris de haut leurs plaisanteries et leurs démonstrations d'amitié. Et maintenant, ils ne l'appréciaient guère, mais cela il n'y pouvait rien. Sans doute lui adresseraient-ils quand même la parole s'il leur parlait.

« Qui est-ce, là, avec ton frère ? »

Le jumeau hésita. Il haussa les épaules, répondit, pas très chaleureux :

« Tu veux dire sa copine ? Holly ?

– Celle qui a les longs cheveux noirs.

– Sais pas qui c'est. Une copine de Holly, peut-être. Pourquoi ? »

Teddy était tout à fait perplexe. Il ne savait pas ce qu'on faisait dans une situation comme celle-ci. D'ailleurs, il ne savait pas de quoi il avait envie. Regarder, supposait-il. Être près d'elle et regarder et s'émerveiller. Il se souvint de sa grand-mère et de Damon se rencontrant à côté des portes-fenêtres, et de ce qu'Agnes Tawton avait dit, de ce qu'elle avait fait.

« Je veux qu'on me présente. »

Le jumeau secoua la tête comme quelqu'un qui en a beaucoup vu, mais que l'on peut encore surprendre.

« T'es vraiment spécial, Brex. Je sais pas pourquoi je te dis pas d'aller te faire foutre, tout simplement. Allez, amène-toi. »

Ils trouvèrent les trois personnes debout devant le miroir de Teddy. Teddy se sentait chamboulé, tous ses organes frémissaient, et quelques-uns lui donnèrent l'impression de se retourner sens dessus dessous. Il n'avait jamais rien éprouvé de tel. Peut-être lâcha-t-il un son, un halètement ou un grognement, car la fille se retourna et il subit de nouveau les effets très directs de ces yeux, de ces lèvres rouges délicatement entrouvertes, de cette peau blanche comme le lis. Et cette fois il la vit tout entière, mince, de longues jambes, la taille aussi mince que les tiges réunies d'un bouquet de fleurs, les poignets et les chevilles aussi fins que ceux d'un enfant.

Le jumeau était en train de dire :

« Holly, James, voilà le type qui l'a fabriqué. Le vainqueur du prix. Il s'appelle Brex, j'arrive pas à me souvenir de ce qui vient avant Brex. »

Elle dit – « elle », la seule qui comptait :

« C'est écrit sur le carton, Christopher. »

Elle le regarda.

« N'est-ce pas ? Teddy ?

– Oui.

– Ton miroir est absolument splendide. »

Ce n'était pas elle qui avait dit cela mais cette fille, Holly, tête frisée, yeux verts, gros seins, d'une voix incroyablement forte et très « haute société », surtout après la sienne, à elle. Teddy se contenta de hocher la tête. Ce qu'il voulait, c'était que ce soit elle qui le dise, mais elle se contenta de sourire.

Holly reprit :

« As-tu gagné des milliers et des milliers de livres ? »

Par chance, elle n'attendit pas la réponse.

« Que vas-tu faire de ton miroir ? Le vendre ? Le donner à ta mère ? »

Tous, ils le regardaient. Leurs visages, curieux, moqueurs, malicieux, le confirmaient dans sa misanthropie. Excepté son visage à elle, qui était timide, réservé, et ces yeux-là ne croisaient plus les siens. D'une petite main blanche comme une fleur, elle tenait son verre d'eau pétillante. Divisant la soie noire des cheveux, une raie parcourait toute sa tête inclinée, comme une route étroite et blanche. Il s'imagina déposer dessus une couronne de fleurs blanches.

Il prit une profonde inspiration.

« Je vais le donner à ma femme. »

Il dit cela avec brutalité, coupant court à toute réaction d'amusement. Il n'y en eut aucune, si ce n'est un vague malaise.

La fille, Holly, dessina une moue de ses lèvres épaisses.

« Qu'est-ce que tu veux dire, ta femme ? C'est une bien curieuse façon de s'exprimer. Tu veux dire ta petite amie ?

– Ma femme, insista-t-il avec fermeté, et il ajouta : Quand elle sera mienne. »

Sa voix emprunta un registre plus grave.

« Pour y voir son visage », ajouta-t-il, et il se détourna, avec une sensation inhabituelle, celle du sang qui lui montait au visage.

Alors, et seulement alors, quand il fut à plusieurs mètres de distance, avalé par la foule, il se souvint qu'on lui avait donné les noms de tout le monde, sauf le sien.

Cela ne pouvait en rester là. Elle était partie. Il ne la voyait plus. Viens vers moi, la pria-t-il en silence, éloigne-toi d'eux et viens vers moi. Comment réussit-on à obtenir ce genre de choses ? Il ne possédait aucune expérience, aucune indication, aucun savoir. Il se retourna, s'ouvrant un passage, il passa devant la table qui se trouvait au-dessous du miroir, le tableau de Kelly, l'ouvrage en fer forgé de James, scrutant la foule pour la trouver, entravé par des corps, des jambes, des bras, des têtes, des fesses, en vrac, qui se mettaient en travers de son chemin. Puis, soudain, elle fut en face de lui.

Seule, si l'on pouvait être seule dans cette foule, Holly et les jumeaux quelque part ailleurs. Elle et lui, ils étaient seuls, se faisant face dans cette houle, cette foule de gens, une île d'elle et de lui dans une mer d'humanité. Telle se détache une colombe neigeuse parmi les corbeaux attroupés, telle cette damoiselle se détache de ses semblables. C'était ce qu'il ressentait, même si ces mots ne lui venaient pas ainsi à l'esprit. Il ne savait pas non plus comment formuler sa question, aussi la posa-t-il sans détours.

« Quel est ton nom ? »

Elle leva la main, mais pas tout à fait jusqu'à ses lèvres.

« Francine. Francine Hill. »

Que demandait-on après ? Le numéro de téléphone, évidemment. Il le lui demanda, elle répondit, il le répéta, encore et encore, pour se le graver en mémoire.

« Mes amis m'attendent », lui dit-elle gentiment, presque en s'excusant.

Elle pouvait s'en aller, à présent, cela lui était égal. C'était trop pour lui, de toute façon, cela le plongeait dans un état second. Elle le dévorait des yeux, à tel point qu'il se sentit défaillir, la nausée.

« Au revoir, dit-il.

– C'était sérieux ? De vouloir donner le miroir à... quelqu'un ?

– Oui.

– Oh ! Bon, au revoir. »

Le temps qu'il rentre chez lui, la moitié du numéro lui était sortie de la tête. Il n'avait rien pour écrire, rien où écrire, et la tête lui tournait. Il ne savait pas s'il se terminait par deux fois neuf et trois ou deux fois trois et neuf, mais il se souvenait du numéro d'indicatif. Dans l'annuaire, c'était Hill, R., et neuf, deux, deux fois trois. Que faire de ce numéro maintenant qu'il l'avait trouvé, il n'en savait rien. Il était allongé sur son lit, toujours le même lit de camp dans lequel ses parents l'avaient relégué quand il avait quatre ans, et il pensait à elle.

La plus belle chose qu'il ait jamais vue. L'objet parfait, fait de chair. Supérieur à tout ce qu'un homme pourrait fabriquer, sculpter ou peindre. Il s'imagina l'avoir ici avec lui, dans cette pièce, mais c'était inimaginable, cet endroit n'était pas fait pour elle, ce serait comme la bague au diamant mêlée à la camelote de ses parents. « Francine, dit-il à haute voix, Francine. » Il n'avait jamais entendu ce nom auparavant, mais il était beau, comme elle. Francine.

S'il avait de l'argent et un bel endroit où vivre, il construirait pour elle un socle, le draperait de blanc et l'y ferait asseoir, dans un fauteuil blanc et or. Il lui passerait au doigt la bague au diamant, piquerait dans ses cheveux de minuscules orchidées blanches achetées chez un fleuriste et l'habillerait. Une robe comme celle que la Harriet de Marc Syre portait à Orcadia Place, une tunique longue jusqu'au sol, délicatement plissée, mais blanche, pas rouge, du blanc le plus pur, celui de sa peau et des orchidées. Et elle devrait se regarder le visage dans son miroir et l'adorer comme il l'adorerait, comme il l'adorait.

Francine.

Le soleil du soir étincelait sur les ailerons de l'Edsel et soudain, alors que les nuages s'écartaient, il jaillit un éclair aveuglant, au point que le regarder faisait mal aux yeux. C'était comme si des flammes léchaient le coffre et calcinaient la lunette arrière. Il enfouit sa tête dans l'oreiller. Francine.

17

« Et voilà, ma chérie, tu as du travail ! »

Julia dit cela avec un de ses grands sourires – un sourire de conspiratrice –, les mains croisées, les épaules rentrées. Elle aurait aussi bien pu s'adresser à un enfant dont les parents ont trouvé un compromis face à sa mauvaise conduite. Si tu dois faire la vilaine, nous allons canaliser cela dans des domaines où tu te rendras utile. Francine lui retourna son sourire, sans grand enthousiasme.

« Dans la boutique de Noelle. Tu vas aider Noelle à vendre ses superbes vêtements de créateurs presque neufs. Trois jours par semaine, elle n'aura pas besoin de plus, et, chose merveilleuse, elle va te payer. Pas beaucoup, mais elle va te payer. À propos, tu disais, je crois, que Holly, elle, n'était pas payée, donc tu as de quoi lui en imposer. Alors, qu'en penses-tu ? »

Francine se souvenait depuis son enfance que lorsque les adultes vous demandent ce que vous en dites, c'est qu'ils pensent : « Pourquoi n'as-tu pas déjà dit merci ? » Elle se refusait à dire merci, pour le moment. Pourquoi voudrait-elle prendre l'avantage sur Holly ? Elle hocha la tête, fit :

« Très bien, Julia, je vais essayer. J'espère que je vais y arriver. »

Cela la sortirait de la maison, songea-t-elle.

« Naturellement que tu vas y arriver. Les doigts dans le nez, les pieds au mur. Et j'espère que, grâce à Noelle, tu pourras avoir toutes sortes de jolies choses au rabais. »

Francine n'avait aucune envie d'avoir des vêtements d'occasion de chez Jean Muir et Caroline Charles, dessinés pour des femmes de quarante-cinq ans, mais elle garda ça pour elle. S'imaginer chez Noelle en train de servir des clientes, les doigts dans le nez, les pieds au mur, les cheveux traînant par terre et les pieds flottant en l'air, la fit sourire. Julia prit cela pour du plaisir, voire pour de l'excitation.

« Et le plus beau, expliqua-t-elle à Richard, c'est qu'elle ne sera qu'à un jet de pierre de la maison. Je veux dire, pile de ce côté-ci de High Street. En regardant par la fenêtre du premier qui donne sur le côté de la rue, je pourrai presque la voir arriver devant chez Noelle. »

Richard hocha la tête. Au moins, Francine aurait du travail, elle aurait de quoi s'occuper durant son année sabbatique. Il était capable de tolérer Julia, même de raviver sa tendresse à son égard, pourvu qu'il ne la voie que deux ou trois jours d'affilée. Et il arrivait à se décontracter en compagnie de Francine lorsqu'il revenait à la maison avec des cadeaux pour elle et des questions à lui poser au sujet de ses activités, des choses à lui raconter sur des endroits qu'elle n'avait jamais visités. À ne plus la voir de façon régulière, il créait avec elle une distance, ce qui lui permettait de se convaincre qu'elle était en train d'apprendre ce que tous les gens de son âge devaient apprendre, à grandir loin du foyer familial et à s'adapter au monde extérieur.

Pour ce qui était de Julia, en tant que guide et tutrice, il était sans crainte. Ou alors, il refusait qu'aucune de ces craintes ne vienne au premier rang de ses préoccupations. Sous sa garde, ainsi qu'il se le répétait sans cesse, il ne pouvait rien arriver de mal à Francine. Francine serait la jeune fille la mieux protégée de Londres. Il avait commencé à s'organiser pour le déménagement à Oxford. À présent, lorsqu'il n'était pas en déplacement, il pouvait travailler chez lui, il perdait beaucoup de temps en trajets entre ici et Heathrow, alors il serait tout aussi commode d'habiter à Oxford qu'à Ealing. Plus commode. Francine serait en sécurité et Julia serait enchantée.

Mais en sécurité par rapport à quoi ? Quand cette question survenait dans son esprit, il la refoulait. S'il se répétait suffisamment souvent que Julia agissait pour le mieux, il réussissait à ne plus s'inquiéter. De rien.

Francine s'intéressait peu aux vêtements. Il se pouvait que ce soit parce qu'ils intéressaient beaucoup Julia et parce que, depuis que Francine avait douze ans, elle avait essayé de l'habiller de pulls, de jupes ornées de perles et de jolies robes de coton. Mais Francine recevait de son père de l'argent pour s'acheter des vêtements et, quand elle avait la permission de sortir avec Holly, Miranda ou Isabel, elle le dépensait en jeans, cuirs, vieilles capotes militaires et Doc Martens. Comme les autres. Elle avait deux robes noires et une blanche – celle qu'elle avait portée au vernissage – et des nippes qui lui avaient tapé dans l'œil, des petites vestes à la coupe fantaisie, des hauts moulants et des minijupes. Voilà à quoi se résumait sa garde-robe.

Quand, pour travailler chez Noelle, elle arriva en jean et T-shirt « Espèces en danger » avec léopards imprimés, celle-ci la toisa de la tête aux pieds, l'air plutôt sombre, et suggéra qu'elle se change pour passer « quelque chose sur le portant Moschino ». Disposée à trouver une forme de compromis, Francine jeta un œil sur des pantalons noirs tout simples, mais rien de ce qu'elle trouva ne lui allait.

« J'ai peur qu'ils soient largement trop grands, Noelle. »

La propriétaire de *Nouveaux Départs* était elle-même une blonde platine au corps raide et décharné, débordante d'énergie et de nervosité. Elle rétorqua, sur un ton plutôt désagréable :

« J'espère que tu ne te montreras pas indélicate avec nos fidèles clientes. »

Noelle n'avait pas de clientes, mais de fidèles clientes.

« Les femmes de taille normale ne sont jamais tellement ravies d'avoir des adolescentes qui leur exhibent leur derrière taille 36, tu sais. »

À vrai dire, Francine eut assez peu l'occasion d'exhiber quoi que ce fût, car la plupart des visiteuses de la boutique étaient reçues et fêtées par Noelle, qui se chargeait de tout leur montrer et de les convaincre. Francine passait l'essentiel de son temps dans l'atelier. Là, elle recevait les vêtements apportés pour être vendus, et sa fonction consistait à examiner leurs défauts ou leur degré d'usure. Pour *Nouveaux Départs*, la moindre imperfection suffisait à disqualifier une robe ou un tailleur. Si tout semblait parfait aux yeux de Francine, il fallait appeler Noelle pour qu'elle en fixe le prix. Même s'il fallait que le vêtement ait été nettoyé à sec et soit encore sous son film plastique protecteur, ce prix était toujours très bas, ce qui permettait à Noelle de réaliser un énorme profit, quelque chose comme deux cents pour cent.

À l'occasion, si l'ourlet d'une robe ou d'une jupe était défait, il fallait le reprendre. Noelle fut atterrée d'entendre Francine s'avouer incapable de coudre.

« Mais enfin, qu'est-ce qu'on t'apprend, dans cette école très chère où tu vas ?

– Les maths, la littérature française et anglaise, et l'histoire », répondit Francine.

Elle dit cela poliment, même si sa patience était mise à rude épreuve, et elle sourit.

« Garde tes sarcasmes pour toi, je te prie », lui rétorqua Noelle.

Le matin, en arrivant devant la boutique, elle regardait derrière elle, vers la fenêtre d'où Julia la surveillait. Le visage de Julia, elle ne pouvait le voir, elle n'apercevait que le mouvement du rideau. Et quand elle quittait Noelle, à cinq heures, elle voyait le rideau bouger de nouveau. Julia guettait sa venue et serait en train de l'attendre.

Julia demanda à Francine comment elle s'en était sortie à la boutique, à peu près comme une mère questionne un enfant qui vient d'entrer à l'école primaire. Francine devait être fatiguée, debout toute la journée, elle allait avoir envie de se coucher de bonne heure. Il serait malavisé de sortir les soirs de semaine et, en fait, estima Julia non sans une certaine expression de triomphe, aucune des soi-disant amies de Francine n'avait téléphoné pour lui fixer un rendez-vous.

« J'ai bien peur que tu ne doives te préparer à ce que quelques-unes de ces personnes ne te laissent tomber, maintenant que tu as quitté l'école et que tu ne les vois plus tous les jours. Ainsi va le monde, Francine.

– C'est autant à moi de leur téléphoner qu'à elles. »

Le sourire de Julia était empreint de sympathie, un peu attristé.

« Je me demande si elles ne s'estiment pas socialement supérieures à toi ? Cela ne m'étonnerait pas. L'école met tout le monde sur un pied d'égalité, et puis quand c'est fini... »

En apparence, Julia paraissait sereine. Elle ne laissait rien paraître de son anxiété. Si Richard avait été à la maison, elle lui aurait tout raconté, mais il était à Bruxelles jusqu'à la fin de la semaine. Cela avait commencé par un coup de téléphone. Une voix, celle d'un jeune homme, avec un accent que Julia aurait dit de Brent Cross, avait demandé à parler à Francine. Sans préliminaires, sans se donner la peine d'un simulacre de courtoisie, d'une brusquerie assez inimaginable.

« Je veux parler à Francine.

– Qui est à l'appareil ? l'avait interrogé Julia avec sa voix de stalactite, détachant les mots avec lenteur, avec froideur.

– Je peux lui parler ?

– Ma belle-fille n'est pas disponible », avait répondu Julia, et elle avait raccroché.

Sans doute n'y avait-il aucun lien entre cet appel et la voiture. Évidemment, leur rue en était pleine, de voitures en stationnement et de voitures de passage – quelle rue ne l'était pas ? Mais celle-ci était une voiture de sport d'un rouge écarlate, sans toit, ou alors décapotable, à deux places, et très rapide. Elle enfila la rue à toute vitesse, autoradio à plein volume. À dix heures du matin, elle parcourut la rue dans un sens, jusqu'au bout, et puis à onze heures dans l'autre sens. Elle repassa à quatre heures de l'après-midi, un torrent de rock se déversant par ses vitres et son toit ouverts, mais à l'heure où Francine fut de retour à la maison, elle avait disparu.

L'appel téléphonique ne se renouvela pas, et la voiture ne revint pas. Julia aurait pu ne plus y penser, n'était l'allure de cet homme. Là encore, elle n'avait aucune raison de le relier au coup de téléphone. Il aurait pu s'agir du conducteur de la voiture rouge, car il était lui aussi jeune et brun, mais elle ne pouvait en être certaine. La première fois qu'elle l'avait vu, c'était de l'autre côté de la rue, vers midi.

Presque exactement en face de la maison, il y avait un arrêt de bus, avec un abri. Il était assis dans l'abribus, en train de lire un livre. Ou de faire semblant. Au moment où il était arrivé et s'était assis au milieu de la banquette, il se trouvait que Julia regardait par la fenêtre.

Dix minutes plus tôt, il lui était venu à l'esprit qu'elle n'avait aucune idée de ce que faisait Francine pour le déjeuner, les jours où elle travaillait. Elle pouvait lui poser la question, ou à

Noelle, mais il serait peut-être tout aussi concluant d'observer la porte de la boutique depuis sa fenêtre. Il était possible que Francine sorte seule et aille déjeuner dans un café. Il pouvait lui arriver n'importe quoi, elle pouvait rencontrer n'importe qui.

Elle ne vit pas Francine, mais elle vit le jeune homme. Et à cette vue, le monde de Julia chavira. Dans le passé, il lui était arrivé de penser à des hommes en relation avec Francine, certes, mais elle n'avait songé qu'à cet homme, celui de cette fameuse journée, et à d'autres psychopathes, vagues produits de son imagination, susceptibles de porter atteinte à Francine physiquement. Et voilà qu'il lui venait à l'esprit une chose terrible, à savoir que Francine, tôt ou tard, puisse attirer un homme et être attirée par lui.

À ses yeux, Francine n'était pas attirante. Elle était trop mince, trop brune, trop contraire à l'idéal de la beauté selon Julia. Et puis, elle était trop jeune – ou, en tout cas, c'était ce qu'avait cru Julia. Elle s'apercevait maintenant que Francine n'était nullement trop jeune, car elle avait dix-huit ans, un âge que beaucoup de gens jugeraient même tardif pour avoir un premier petit ami.

Des vagues brûlantes de douleur et de panique déferlèrent en elle. Elle se mit à transpirer. Francine en jeune femme avec, oui, un amoureux, c'était là une perspective à laquelle elle se savait incapable de faire face. Rien que de l'envisager, cela la rendait malade. Et le plus horrible, c'était que Francine était certainement hypersexuée. C'était souvent le cas des gens traumatisés ou perturbés.

« Cela va la détruire », s'écria Julia à haute voix dans la pièce vide. « Je vais la perdre », se chuchota-t-elle à elle-même.

Le jeune homme sur le siège de l'abribus avait l'air dangereux. Il était trop beau et trop décontracté. Comme s'il ne se souciait que d'une chose : obtenir ce qu'il désirait. Julia l'observa fixement, souhaitant qu'il s'en aille, pour se prouver qu'elle avait tort.

Deux autres personnes arrivèrent à l'arrêt du bus. L'une d'elles s'assit, la seconde aurait apparemment bien aimé en faire autant, mais l'homme ne se pousserait pas pour lui laisser de la place, pas cet homme-là. Il était affalé, occupant la moitié de la banquette avec sa jambe droite croisée au-dessus du genou gauche. Julia pensa traverser la rue pour aller lui parler.

Elle irait le trouver et lui passerait un savon, lui demanderait pourquoi il n'avait pas la courtoisie de laisser une vieille dame s'asseoir. C'était ce qu'elle envisageait de faire, quand le bus arriva. Les deux autres personnes montèrent, mais pas lui. Il resta là où il était.

Julia avait horreur de cela. Elle était effrayée. Mais que pouvait-elle faire ? Il avait parfaitement le droit de s'asseoir où il voulait, aussi longtemps qu'il voulait. Toute la journée, elle n'arrêta pas de revenir à la fenêtre, mais à quatre heures il était parti. Il n'y avait aucune raison d'imaginer un lien entre le coup de téléphone, la voiture de sport rouge et le jeune homme sous l'abribus, mais elle en imagina bel et bien un. Elle imagina aussi un lien avec Francine et elle avait hâte d'être à samedi, quand Richard serait rentré à la maison.

Le lendemain après-midi, le jeune homme était de retour. Julia était malade d'appréhension. Il était assis là, en train de lire, lançant de temps à autre un coup d'œil vers la maison. Enfin, une demi-heure avant l'heure à laquelle Francine devait quitter *Nouveaux Départs*, elle traversa la rue et l'accosta. Il leva les yeux et la dévisagea de son regard sombre, froid, inexpressif.

« Qu'est-ce que vous fabriquez ici, au juste ?

– Je suis assis, répondit-il. Je lis.

– Je vois bien que vous êtes assis et que vous lisez. Je ne suis pas aveugle. Pourquoi faites-vous cela ici ? Vous n'attendez pas le bus, je vous ai observé. Vous n'avez aucun domicile où aller ? »

Le regard fixe qu'il posait sur elle était agaçant. Elle eut l'impression étrange et incongrue qu'il s'agissait d'un acteur, de ceux qui sont passés maîtres dans l'art du timing. Il ne craignait pas de rester muet, de créer un long temps de silence, de le faire durer. Enfin, il dit :

« Allez-vous-en. »

Julia ne put le supporter. Elle s'écria, en fulminant :

« Si vous êtes encore là dans une demi-heure, j'appelle la police. »

En regagnant la maison à pied, Francine ne vit personne, n'entendit rien. Elle était profondément absorbée dans ses pensées. Si elle supportait de rester chez Noelle encore un mois, ce serait vraiment le maximum. Et pourtant, il fallait qu'elle s'y tienne, car si elle annonçait à son père à quel point elle détestait *Nouveaux Départs* et quel ennui c'était, cela apporterait la preuve, dirait Julia, de ce qu'elle avait toujours répété, que Francine n'était pas en état de s'adapter au monde extérieur, et qu'elle était incapable d'assumer ne serait-ce qu'un petit boulot à temps partiel.

Maintenant, elle aurait préféré ne pas avoir acquiescé à ce projet d'année sabbatique. En réalité, c'était uniquement parce que Holly prenait une année de battement et qu'elle s'était imaginé qu'elle se retrouverait d'une manière ou d'une autre en sa compagnie, qu'elles feraient des choses ensemble et qu'elles s'amuseraient, alors qu'en fait Holly était si occupée à travailler pour son député et à sortir avec Christopher qu'elles se parlaient à peine et se voyaient rarement. À cause de sa propre faiblesse, de sa propre impulsivité, elle était tombée dans le piège de Julia, avec la contrainte de devoir passer encore une année de son existence dans l'ennui et le quasi-emprisonnement.

Elle refusait de lever les yeux en direction de la fenêtre d'où Julia la suivait sûrement du regard, souriante, lui faisant sans doute un signe de la main, et elle resta même de l'autre côté de la rue, qui était large. Elle ne voulait pas narguer Julia, elle ne l'avait jamais fait, et ce n'était pas faute d'en avoir eu la tentation, mais ce fut sans hésitation qu'elle longea la file de breaks et de camions de livraison en stationnement qui la dissimuleraient à la vue de Julia. Après quoi, évidemment, elle serait obligée de traverser la rue, et elle décida de le faire au passage pour piétons, à quelques mètres de l'arrêt de bus.

Quelqu'un attendait un bus. Après coup, elle ne fut pas certaine de savoir qui des deux avait reconnu l'autre le premier. Peut-être se reconnurent-ils simultanément.

« Salut, fit-il.

– Oh, salut, hello.

– Est-ce que tu..., commença-t-il, et il s'y reprit à deux fois : Est-ce que tu me reconnais ?

– Tu es l'auteur du miroir.

– Oui. »

Il se leva, en la regardant.

Elle ne se souvenait pas avoir jamais été regardée par quiconque avec une telle intensité. C'était comme s'il l'étudiait, comme s'il l'« apprenait », la mémorisant pour un usage futur.

« Est-ce que tu..., fit-elle, hésitante, habites par ici ? »

Il répondit d'un signe de tête.

« Je suis venu te voir. J'ai vu où tu travailles et je t'ai attendue ici pour te voir.

– C'est vrai ? »

Elle sentit le sang lui monter au visage. Cette bouffée de chaleur la mit mal à l'aise.

« Cette femme, dans ta maison, elle nous fixe depuis la fenêtre, remarqua-t-il. Elle est sortie me demander pourquoi j'étais là.

– Pourquoi es-tu là ?

– Je lui ai dit de s'en aller. Est-ce que je peux entrer avec toi un moment ? »

Sa terreur dut se voir. Il la fixa du regard, intensément, sans sourire, le visage fermé par la concentration. Alors, à cet instant, le bus arriva. S'en était-il rendu compte, elle l'ignorait, mais elle comprit instantanément que le bus allait les dérober à la vue de Julia. Un homme en descendit, puis une femme âgée, en prenant son temps.

« Si je t'écris mon numéro, reprit-il, tu me passeras un coup de fil ? »

Avant qu'elle ne comprenne ce qu'il était en train de faire, il avait pris sa main gauche dans la sienne et retourné la manche de son cardigan. Ce fut alors qu'elle remarqua la mutilation de son auriculaire, coupé à la première phalange. Il se mit à écrire au stylo à bille sur son poignet. Elle lui laissa sa main, non sans raideur, les doigts tendus. C'était un numéro de téléphone qu'il écrivait.

« Je ne peux pas, lui répondit-elle. Je ne peux vraiment pas.

– S'il te plaît. J'en ai tellement envie. »

Le bus démarra. Elle traversa la rue en courant derrière le véhicule, évitant une bicyclette qui fit un écart. Il se pouvait qu'il soit encore là, mais elle refusa de regarder derrière elle. Elle tira bien la manche de son cardigan, par-dessus l'inscription au stylo à bille, pour qu'elle lui recouvre à moitié la main. Julia ouvrit la porte d'entrée juste avant que Francine l'atteigne, l'un de ses tours préférés.

L'espace d'un instant, Francine crut que Julia allait l'attraper par le bras et la tirer à l'intérieur. Ce fut exactement l'impression que lui fit la main tendue en avant de sa belle-mère. Mais Julia se retint, recula d'un pas, et rabattit vivement la porte derrière Francine.

« À qui parlais-tu ? »

Il serait facile de mentir et de raconter qu'il s'agissait d'un étranger qui lui avait demandé l'heure, ou quel était le bus qui allait à Chiswick.

« Quelqu'un que j'ai rencontré au vernissage où je suis allée.

– Tu veux dire qu'il est venu te séduire, Francine ? C'est ça que tu es en train de me dire ?

– Non, Julia. Je ne dis pas ça. Il m'a été présenté.

– Est-ce que tu sais qu'il est venu deux fois traîner par ici, à espionner la maison ? Il est passé dans une voiture de sport rouge. Je suis allée lui parler et il s'est montré extrêmement grossier. Ton père va en être horrifié. »

Francine monta au premier, dans sa chambre. Elle regarda par la fenêtre, vers l'arrêt de bus, mais naturellement il était parti depuis longtemps. À peu près n'importe laquelle de ses amies aurait su quoi faire en pareille situation, mais pas elle. Elles ne seraient pas avares de conseils, ça, elle en était certaine, mais elle n'avait aucune envie de les interroger. Il lui fallait s'interroger elle-même. Est-ce qu'elle l'aimait bien ? Est-ce qu'elle avait envie de mieux le connaître ? Il était jeune et beau, elle le trouvait intelligent et elle appréciait sa façon de parler.

Elle ferma les yeux, laissa tomber sa tête dans ses mains et songea que s'il la touchait, s'il passait son bras autour d'elle, s'il posait sa bouche sur sa bouche, elle ne détesterait pas ça. Quand il lui avait saisi la main pour écrire sur son poignet, cela ne l'avait pas gênée. Elle avait même ressenti un étrange petit frisson quand sa peau avait touché la sienne. Mais lui téléphoner ? Se servir de ce numéro et lui téléphoner ? Elle retourna sa manche et réfléchit à ce numéro. Le laver, l'oublier. Voilà ce qu'elle était en train de se dire lorsque la voix de Julia monta par l'escalier.

« Francine ? »

C'était toujours la même chose. Chaque fois que Julia se montrait revêche ou autoritaire, elle prenait un ton sévère, et puis, dix minutes plus tard, elle la cajolait.

« Francine.

– Qu'est-ce qu'il y a ? »

Francine ouvrit sa porte, passa la tête par-dessus la rampe.

« J'ai préparé un thé, ma chérie. Je me suis dit que nous pourrions dîner tôt et aller au cinéma. Cela te ferait plaisir ? »

Francine eut recours à cette phrase qu'elle n'employait plus avec personne et qu'elle n'aimait guère, mais qui était celle exprimant le mieux ses sentiments.

« Ça ne me dérange pas. »

Elle se rendit dans la salle de bains et se lava les mains et le poignet, mais d'abord elle nota le numéro de téléphone. Elle le nota dans trois endroits différents, à titre de précaution.

18

CETTE DERNIÈRE SEMAINE, la faculté de concentration de Teddy, d'ordinaire excellente, avait été soumise à rude épreuve. Le fait d'avoir vu, et d'aussi près, cette fille, Francine, en était la cause. Jamais il n'avait ressenti ça. Pourquoi n'arrivait-il pas à se la sortir de la tête ? Pourquoi voyait-il son visage dès qu'il fermait les yeux et la cherchait-il dans toutes les jeunes filles brunes qui passaient ? Il ne savait même pas ce qu'il lui voulait, sauf l'avoir avec lui et tout le temps la regarder. Chaque fois que le téléphone sonnait, il sursautait et quelque chose venait le frapper à la poitrine.

Il avait contracté cette manie de se précipiter sur le combiné et de parler sans reprendre son souffle. C'était ce qu'il avait fait quand cette femme avait téléphoné. Sa déception fut en proportion, le laissant abasourdi, comme un coup violent derrière les genoux. Il s'assit. La voix était perçante, avec une inflexion distinguée. Elle lui dit avoir lu son annonce et souhaitait faire faire un peu de menuiserie. Un placard et des étagères à construire dans un renfoncement. Se déplacerait-il ? Elle s'appelait Harriet Oxenholme, et elle habitait au 7a, Orcadia Place, NW8.

Il aurait dû être ravi, mais tout ce qu'il ressentit, ce fut que peut-être il allait en tirer un peu d'argent. Le nom aurait dû lui mettre la puce à l'oreille, mais le seul nom qui pour lui signifiait quelque chose était celui de Francine Hill. Il ferma les yeux et se revit tel qu'il était, tenant sa main blanche dans la sienne, en train d'écrire son numéro de téléphone sur son poignet gauche. Sa main était douce, chaude et sèche. Sa peau avait le toucher de la soie. Pourquoi ne lui avait-elle pas téléphoné ?

Il se souvint d'avoir lui-même à moitié oublié son numéro. Il ne l'avait pas noté et il avait dû se le répéter mentalement. Mais il avait cherché son père dans l'annuaire et trouvé le numéro. Peut-être avait-elle lavé le numéro de son poignet, ou alors cette femme qui était venue le questionner l'avait empoignée de force et le lui avait nettoyé. Il n'avait jamais de peine à imaginer la violence.

Retourner sous cet abribus et rééditer une tentative ? L'idée était humiliante, il n'en ferait rien, jamais plus il ne se montrerait à cette femme. Il pourrait se rendre à la boutique où elle travaillait et lui demander de sortir avec lui. Comment demandait-on cela ? On disait juste : veux-tu boire un verre ? Sans doute. Ou alors : si on allait faire une promenade. Elle pouvait dire non.

Et serait-il judicieux de prendre l'Edsel ? Serait-il judicieux d'aller jusqu'à St. John's Wood avec l'Edsel ? Peut-être pas. Ce serait un acte d'imprudence, vu sous n'importe quel angle, d'aller où que ce fût avec l'Edsel. Il suffisait d'un incident mineur, ne serait-ce qu'un pneu crevé, et tout serait terminé. Mieux valait prendre le métro, descendre toute la Jubilee Line.

Il partait quand le téléphone sonna. Son cœur fit un bond. Il était à peine une heure passée. En fait, il s'était dit que si elle téléphonait, ce serait de cette boutique et à l'heure du déjeuner. Mais ce n'était pas elle, c'était une femme, de l'eau coulait du plafond de sa salle de bains, on lui avait donné le numéro de Keith.

« Il a pris sa retraite et il est parti vivre à Liphook », répondit Teddy.

Une fille monta dans la rame de métro, elle ressemblait beaucoup à Francine mais dans une version miteuse, au rabais. Comme une mauvaise reproduction d'un grand tableau, songea Teddy, ou comme de l'aggloméré où l'on a imprimé des veinures pour le faire ressembler à du chêne. Cette fille avait les ongles rongés, une tache au milieu de la joue droite, et des genoux cagneux. En réalité, seuls ses cheveux ressemblaient à ceux de Francine, et ses yeux sombres. Francine était parfaite. Vous pouviez retirer les vêtements de Francine, braquer sur elle une puissante lampe à arc, l'examiner de partout sans lui trouver le moindre défaut, la moindre marque. Un jour, c'est ce qu'il ferait.

Il descendit à St. John's Wood, emprunta Grove End Road jusqu'au bout, et traversa Alma Gardens. Orcadia Place se cachait dans un endroit où l'on ne se serait pas attendu à trouver une rue avec des maisons, tout au bout de Melina Place. Il demeura un instant en arrêt, car il ignorait l'existence de pareils endroits dans Londres. On se serait cru quelque part à la campagne, dans une bourgade de province, ou dans une image tirée d'un livre de photos de ladite bourgade de province. Et c'était d'un calme. On pouvait entendre les bruits de la circulation au loin, et comme un bourdonnement d'abeilles. Orcadia Cottage était une maison invisible, parfaitement protégée par le haut mur qui l'entourait. Il ouvrit le portail en fer forgé et il entra.

Des fleurs partout, il n'en connaissait pas les noms. Il ne connaissait que les roses, et il y en avait à foison, roses, rouges et blanches, au parfum capiteux. Des bacs à fleurs et des paniers débordaient de fleurs en forme de trompette, roses et violettes, de pâquerettes bleues et de longues gerbes de feuilles argentées. Elles s'épanouissaient devant une draperie ondoyante, faite de plusieurs couches de feuilles chatoyantes, vertes, mais avec une touche de bronze. La façade de la maison était presque tout entière recouverte de ce feuillage, comme une tenture ou un écran épais, mais parcourue d'un léger tremblement.

Où l'avait-il vu auparavant, ce mur de feuilles ? Le tableau, évidemment, cette toile devait être une image exacte de cette maison. Orcadia Place. Il devait être très préoccupé pour ne pas avoir fait le rapprochement plus tôt. Il avança, scrutant, touchant les couches de feuillages et les vrilles rouge et or qui grimpaient dans l'épaisseur des feuilles et s'agrippaient au briquetage, caressant du doigt la porte gris clair, examinant cette vitre qui ne ressemblait à aucune de celles qu'il avait pu voir, pareille à de l'eau vert pâle solidifiée.

Elle ouvrit la porte avant qu'il ait pu sonner. Encore une femme qui venait de le surveiller. Qu'est-ce qui leur prenait ? Celle-ci ressemblait à sa voix au téléphone, tape-à-l'œil, criarde, trop vieille pour s'habiller comme ça. Ses yeux le parcoururent, comme des mains tripoteuses.

« Entrez, Teddy, fit-elle, comme si elle le connaissait depuis des années. Il fait tellement chaud, j'imagine que vous aimeriez prendre un verre. »

Harriet Oxenholme, avait-elle annoncé au téléphone. Le signal qui aurait dû l'avertir, mais qui n'avait pas retenti parce que sa capacité de concentration était perturbée, retentissait maintenant. Les mêmes cheveux roux, et le nez peut-être aussi, mais cela ne pouvait pas être... En tout cas, il n'allait pas trop s'avancer en terrain découvert, et passer pour un imbécile alors qu'elle ignorait peut-être complètement de quoi il parlerait. En outre, le temps de faire deux pas dans l'entrée, il resta paralysé par autre chose de bien plus important à ses yeux, ce cadre, cette maison.

C'était de loin le plus bel endroit qu'il ait jamais vu. Les proportions du vestibule, la pièce dans laquelle elle le fit entrer, les fenêtres, les murs, les tapis, les fleurs, les meubles, les tableaux, tout cela le subjugua. Le seul endroit où il soit jamais allé et qui s'en rapprochait vaguement, c'était le Victoria and Albert Museum, où les Chance l'avaient emmené une fois, le seul endroit où l'on pouvait caresser l'espoir, s'était-il dit, de voir des fauteuils pareils à ceux-ci, et des vases semblables à ceux-là. Il posa le regard sur tout ce qui l'entourait, se tournant d'un côté, de l'autre, levant les yeux au plafond, les baissant sur les hautes fenêtres qui donnaient dans le jardin, à l'arrière de la maison.

Des gens habitaient ici. Cette femme habitait ici. Et c'était une femme bien réelle, ordinaire, entre deux âges, avec son long nez et ses cheveux teints en roux. Seule la perfection devrait prendre place ici, seule la beauté parfaite convenait à ces lieux pour y prendre ses quartiers auprès de cette beauté jumelle. Seule Francine... Dans sa robe blanche, dans ce fauteuil de brocart crème, sa main blanche sur cet accoudoir blanc et or.

« Que voulez-vous boire ? s'écria cette femme, Harriet. J'ai un merveilleux chardonnay frappé, d'une fraîcheur exquise, à moins bien sûr que vous ne préfériez quelque chose de plus fort ? »

Teddy reprit ses esprits, redescendit sur terre. Pourquoi lui proposait-elle à boire ? Pendant un instant, la raison de sa présence ici lui était sortie de la tête. Il s'était senti comme dans un rêve, le genre de rêve dans lequel vous vous rendez quelque part pour accomplir une tâche précise, et il y a là des gens qui vous traitent comme si vous étiez venu vous occuper de tout autre chose.

« Vous feriez mieux de me montrer où vous voulez ce placard, répliqua-t-il.

– Prenons un verre, d'abord. »

Il hocha la tête, céda.

« De l'eau, alors. »

Sa déception était manifeste. Il fut incapable d'en comprendre le motif. Dans le cas improbable où il inviterait quelqu'un à boire un verre, il serait très content que l'on ne boive que de l'eau et qu'on lui épargne une dépense. Sans doute l'argent, pour elle, ne signifiait-il pas grand-chose, elle devait en avoir en quantité. Il prit le verre d'eau, distraitement, sans la regarder ; elle était, et de loin, l'objet le moins attirant de l'endroit. Elle s'était servi du vin et l'observait de singulière façon par-dessus le rebord du verre. Brusquement, il lui demanda :

« Est-ce que je pourrais jeter un œil sur cette maison ? Je veux dire, voir le reste.

– Vous voulez faire le tour de la maison ? »

Le ton de sa voix laissait entendre qu'il n'aurait pu formuler demande plus étrange.

« Oui. C'est possible ? »

Elle hocha la tête.

« C'est une demande plutôt inattendue. »

Parce qu'elle ne le considérait pas comme un artisan éduqué, mais comme un vulgaire travailleur, issu de la classe ouvrière ? Il posa sur elle un regard froid et elle ajouta, précipitamment :

« Bien sûr, je vais vous montrer la maison, j'en serai ravie. Nous sommes ici dans la salle à manger, ajouta-t-elle, et voici la niche où je veux faire installer ce rangement. »

Teddy regarda fixement le tableau accroché au-dessus du buffet. C'était une nature morte, ou presque une nature morte, car, sur la table sombre, à côté des oranges et du morceau de fromage, on notait la présence d'une souris blanche. On pouvait voir, à son expression, que la souris mourait d'envie du morceau de fromage, et voir aussi sa peur et sa circonspection.

« C'est un Simon Alpheton ? »

Il venait de la surprendre. Elle l'avait ravalé au rang d'un simple jeune travailleur, un ignorant, ça ne lui avait pas échappé. Comme la souris, elle était perturbée, mais également tout comme la souris, si jamais cette bête était parvenue à franchir les limites de la toile, ou si elle avait eu une existence propre, elle se rapprocha.

Elle lui posa la main sur le bras, sur la partie où s'arrêtait la manche de sa chemise, là où elle pouvait toucher la peau.

« Vous connaissez le travail d'Alpheton ?

– En partie.

– Alors, vous avez dû me reconnaître. *Marc et Harriet à Orcadia Place*.

– J'ai reconnu la maison, répliqua-t-il. Cette Harriet, c'était vous ?

– Je ne pense pas que vous connaissiez cette peinture aussi bien que vous le dites. (Elle retira sa main.) J'aurais bien aimé que vous acceptiez de prendre ce verre.

– Je ne bois pas. Là-dedans, qu'est-ce qu'il y a ? »

Il désigna une porte au bout du corridor, à côté de l'escalier.

« L'escalier qui descend à la cave. On ne l'utilise jamais.

– Je veux tout voir. »

Elle ouvrit la porte, expliqua, non sans impatience :

« Cela servait de cave à charbon, on livrait le charbon directement de l'extérieur. D'accord ? Il n'y a rien à voir. »

Il regarda en bas de l'escalier, dans la demi-obscurité. Elle n'alluma pas la lumière. Il vit une grotte, un sol de pierre, une porte verrouillée. Il se retourna.

« Je vais prendre les mesures de cette niche, annonça-t-il, et si vous me donnez une petite idée de ce que vous voulez, j'exécuterai quelques croquis. Cela ne prendra pas longtemps, environ une semaine. »

Elle ne se sentit pas capable de l'interrompre une seconde fois. Il prit une mesure, recula, prit une autre mesure, examina les portes de la vitrine aux porcelaines, les lambris sur les murs, hocha la tête, posa son mètre.

Il n'avait pas apprécié qu'elle le touche. Il aurait aimé se saisir de cette main brune, ridée, aux ongles rouges, pour la rendre à sa propriétaire. Mais il avait envie de ce boulot. Il la suivit en haut de l'escalier, au premier étage, en marquant des temps d'arrêt pour contempler les tableaux et regarder par un ravissant bow-window. Deux chambres et deux salles de bains seulement, par ici. Il s'était attendu à plus, mais la chambre à coucher principale était très grande et très spacieuse, avec un lit drapé d'une soie laiteuse et blanche tendu de voiles de mousseline blanche. Il était surmonté d'un baldaquin immense et magnifique dont le ciel était orné d'un tableau représentant des nymphes, des dieux et un taureau blanc, une couronne de fleurs sur ses cornes.

On pouvait s'asseoir dans ce lit et se regarder dans le miroir de la coiffeuse, un miroir ovale, orné de fioritures. Francine aurait pu avoir un tel geste. Tout le monde aurait été écrasé et diminué par cette maison, sauf Francine. Pour elle, ce serait le décor qui conviendrait, et il l'imagina, nue dans ce lit, avec sa longue chevelure noire pour tout vêtement, et la bague qu'il lui passerait au doigt. Il n'avait encore jamais vu de fille nue, mais il avait vu des tableaux. Elle serait mieux encore que ces tableaux.

Il y eut une autre tentative pour le faire boire, une fois qu'ils furent redescendus au rez-de-chaussée et que la main eut retrouvé son bras. Il s'en dégagea dans un mouvement reptilien, se leva et sortit dans le couloir, à dessein, en promettant les croquis dans la semaine. À cet instant, le facteur déposa une carte dans la fente de la porte. Teddy se pencha, la ramassa et la lui remit, en veillant, ce faisant, à ce que ses doigts ne touchent pas les siens.

Une fois dehors dans la rue, il fut gagné par une sensation peu familière : l'envie. Il voulait cette maison et les choses qu'elle contenait. Les sensations qu'il éprouvait étaient partagées par beaucoup de beaux jeunes gens pauvres : comme il était injuste de se voir refuser les avantages dont jouissaient les gens vieux, les gens laids.

Rien qu'en imagination, sa propre maison souffrait de la comparaison. À présent, elle allait lui paraître pire que jamais. Sur le chemin du retour, il acheta de la peinture, mate et brillante, couleur ivoire et café, et entreprit de décorer les lieux. Il ne pouvait pas amener Francine ici, pas dans l'état où c'était. L'ironie de la chose le frappa quand le téléphone sonna, c'était encore quelqu'un qui répondait à son annonce, pas pour lui demander de lui fabriquer du joli mobilier, mais pour faire ce qu'il était justement en train de faire chez lui, peindre sa maison. Ou plutôt, une pièce. Il en fut outré, sur le point de dire non, mais ensuite il songea à l'argent, il pourrait demander une bonne somme, et puis il fallait qu'il trouve du travail.

Toute la soirée et toute la journée du lendemain, il œuvra sur les murs de sa chambre et ceux du salon, les lessivant avant de commencer à peindre au rouleau. Cela le réconfortait de nettoyer la saleté et les taches, de préparer une surface nue et récurée. Francine ne téléphona pas. Il commençait de perdre espoir. Ce soir-là, au lieu du rêve au buffet, il rêva qu'il nettoyait le monde entier, qu'il le débarrassait de sa laideur. Il disposait pour cela d'une machine, une espèce d'aspirateur géant qui tondait les motos, les palissades et les bâches en plastique, et qui engloutissait tout dans ses entrailles. L'appareil venait percuter les stations-service et les vitrines des boutiques de soldes, les fracassait, et avalait les bleus et les rouges et les jaunes et les chromes tapageurs. Il allait l'essayer sur les gens, engloutir les vieux laids, et les jeunes laids, la foule difforme, mais au moment même où il dirigeait sa machine vers un vieil homme décharné qui descendait de voiture, il se réveilla.

La femme qui l'avait appelé était une certaine Mme Trent. Elle ne ressemblait pas le moins du monde à Harriet Oxenholme, et sa maison de Brondesbury Park était très différente d'Orcadia Cottage. Teddy jeta un coup d'œil sur son salon minuscule, envahi par un ensemble de trois éléments, deux fauteuils et un canapé rebondis, tapissés de satin rosé, avec placage en faux noyer verni, et il lui donna, à titre d'estimation, la première somme qui lui venait à l'esprit. Il avait dû fixer son prix trop bas, car elle s'empressa d'accepter. Quand pourrait-il commencer ? Jeudi, répondit-il.

Il se rendit à la Chenil Gallery pour se renseigner, savoir si quelqu'un avait demandé à acheter son miroir. Non, personne. Il n'avait pas vraiment envie de le vendre, mais il pourrait le céder si quelqu'un lui en offrait le prix demandé, huit cents livres. Cela représentait un sacré bout de chemin, de St. John's Wood jusque là-bas, mais d'un autre côté c'était sur sa route, alors il descendit du métro et finit à pied jusqu'à Orcadia Place. Juste pour voir. La première fois, il n'avait pas remarqué le médaillon des deux chérubins aux ailes repliées, ni la rangée de carreaux bleus et verts sous l'avant-toit, et il ne se souvenait pas des têtes de faucon en haut des piliers d'angle.

Personne d'autre ne téléphona. Il chercha *Nouveaux Départs* dans l'annuaire et nota le numéro sur le papier où il avait inscrit son numéro de téléphone à elle. Tout le week-end, tout en peignant les murs, en nettoyant l'Edsel et en exécutant ses croquis, il songea à Francine. Pas à ce qu'elle éprouvait, à ce qu'elle pensait, à ce qu'elle faisait ou à ce qu'elle pouvait ressentir à son égard, pas à sa relation avec la grosse femme blonde qui l'avait réprimandée, mais uniquement à son allure, à son parfum, au son de sa voix. Il l'assit sur un rempart et sur un piédestal blanc et se surprit à dessiner, au lieu d'un placard, son visage. Il dut exécuter sept dessins avant de bien la réussir et d'en être content.

19

NOELLE S'ADRESSAIT À ELLE comme une maîtresse de maison de l'époque victorienne dont la femme de chambre aurait des prétendants. Francine avait lu suffisamment de romans de cette période pour reconnaître et l'attitude et le ton. Elle écoutait en silence, mais pas docilement. La veille, mardi, un jeune homme s'était présenté à la boutique *Nouveaux Départs*, l'avait demandée, s'était exprimé avec un accent fort vulgaire et sur un ton insolent, comme s'il s'arrogeait le droit d'aller là où bon lui semblait et de faire ce qui lui plaisait, et il avait dit à Noelle de lui transmettre un message. Pour qui se prenait-il ? Pour qui, elle, Francine, la prenait-elle ? Il était hors de question qu'elle complote quoi que ce soit dans le magasin de Noelle.

« Quel était le message ? » s'enquit Francine.

Noelle eut un rire désagréable.

« Je l'ai communiqué à Julia. Tu peux le lui demander. »

Francine s'en abstint. Elle demanda à son père. Il était à Londres pour toute la semaine et, quand il rentra à la maison ce soir-là, elle lui demanda s'il avait un message pour elle. Julia était dans la cuisine en train de préparer le dîner.

Richard fronça le sourcil.

« Ce garçon, Francine, tu le connais ?

– Bien sûr que je le connais. »

Elle avait répondu avec une vivacité qui ne lui ressemblait pas. Cette brusquerie était suffisamment surprenante pour que son père lève les yeux sur elle, l'air préoccupé.

« C'est un copain du petit ami de Holly... enfin, quelqu'un qu'il connaît. Ils étaient ensemble à l'université. Le petit ami de Holly nous a présentés.

– Nous ? » releva Richard.

Ce mot resta en suspension dans l'air, tel une menace.

« Il me l'a présenté.

– Je dois dire que cela me surprend. Il m'a tout l'air d'un grossier personnage. Julia dit qu'il est très mal vu. Et toi, tu l'apprécies ?

– Quel était le message ? répéta Francine.

– Oh, il était question que tu lui téléphones. (Richard avait l'air mécontent.) Il a précisé que tu avais son numéro. Est-ce vrai, Francine ? »

Elle ne répondit pas. Elle aurait pu le faire si Julia n'était pas entrée. Francine reconnut la robe qu'elle portait, un modèle Jean Muir en crêpe bleu clair, qui était resté pendu au portant depuis qu'elle avait commencé de travailler à la boutique. Elle avait elle-même, laborieusement, lentement, cousu dessus de nouveaux boutons. Dans cette tenue, Julia n'était plus qu'un assemblage discordant de couleurs primaires, bleu, jaune, rouge.

« Noelle ne le laissera plus entrer dans la boutique, avertit Julia, tu peux en être certaine. Il faut sonner pour entrer, et si elle le voit, c'est simple, elle ne lui ouvrira pas la porte. Elle me l'a promis. »

Deux vieilles sorcières, telle fut l'expression qui vint à l'esprit de Francine. C'était la description de Holly, et qui l'avait choquée, parce qu'elle pensait rarement en des termes aussi crus.

« Cela ne me plaît pas de travailler dans cette boutique », lança-t-elle.

Julia ne répondit rien.

« Ton dîner est sur la table.

– Laisse passer encore un petit peu de temps, Francine, conseilla Richard, d'un ton suppliant. Saisis cette occasion. Tu n'es là-bas que depuis un mois.

– Mais oui, si tout le monde laissait tomber un boulot dès l'instant que les conditions de travail ne sont pas absolument parfaites, le monde aurait vite fait de s'immobiliser, jusqu'à la paralysie. Viens dîner. »

Richard reconnut la sensation qu'il éprouvait pour ce qu'elle était, et cette sensation ne lui plut guère, pas plus que lui-même en cet instant. Il était jaloux. Jaloux d'un jeune homme impudent, avec un accent de prolétaire, qui avait fait ses études dans un de ces établissements d'enseignement supérieur. Cette peur de perdre sa fille si précieuse s'appelait aussi de la possessivité. Mais cela lui fit considérer Julia d'un autre œil. Julia avait raison, Julia savait et elle comprenait. Pour lui, elle veillerait à ce que sa fille soit en sécurité, près de lui, elle revêtirait l'armure du tutorat et marcherait sur l'ennemi, étendards au vent.

Autrefois il avait aimé Julia, il l'aimerait de nouveau. D'être éloigné d'elle le revigorait et réveillait ses sentiments à son égard. Ils l'avaient tous deux reconnu, quel qu'ait pu être le passé de Francine, elle avait atteint maintenant un âge difficile entre tous. Cela réclamait une vigilance sans précédent. Peut-être pouvaient-ils même songer à habiter Oxford dès à présent, à vendre la maison et à déménager pour Noël...

Autrefois, Jennifer possédait l'étonnante faculté de lire dans les pensées de Richard. Il était sur le point de faire une remarque à propos d'une chose qui lui était venue en tête, sans aucun rapport avec leur conversation antérieure, avant même qu'il ait pu trouver ses mots, elle formulait très exactement ce qu'il était sur le point de dire. Jamais Julia n'en avait fait autant, mais maintenant, si. Cela avait pour effet de la rendre plus chère à ses yeux.

« Mon chéri, je me demandais si je ne devrais pas songer à monter à Oxford et me mettre un petit peu en chasse d'une maison. Évidemment, j'emmènerais Francine avec moi. À l'occasion d'une de ses journées de congé.

– Je me disais exactement la même chose », s'écria Richard.

Il était assis à quelque distance d'elle, et changea de place pour venir s'asseoir à côté d'elle sur le canapé.

« Je trouve que c'est une très bonne idée qu'elle ait son mot à dire dans le choix de sa nouvelle maison. En ce qui la concerne, tout cela fait partie de cette prise progressive de responsabilité que je recommande. Après tout, elle y habitera tout autant que nous, pendant ses trois années à l'université et au-delà. Et puis, je pense que ce serait bien d'être aussi près que possible du centre-ville, tu ne crois pas ? Nous ne serons pas trop loin d'elle, et elle n'aura pas trop de transport.

– Vous pourriez y aller pendant que je serai à Stockholm. »

Il lui prit la main et la garda dans la sienne.

Si Noelle n'avait pas fait autant d'histoires, si Julia ne s'était pas montrée si autoritaire, si son père ne lui avait pas posé toutes ces questions, et si Holly, au téléphone, n'avait pas essayé de défendre les intérêts de James, le jumeau de Chris, tout en prétendant avoir oublié qui était l'auteur de ce miroir, Francine n'aurait peut-être plus tant repensé à Teddy Brex. Il lui serait peut-être tranquillement sorti de la tête, pour se retrouver éventuellement relégué au rang de souvenir : le premier garçon qui l'ait jamais admirée.

Mais c'était l'opposition de tous ces gens qui l'amenait à penser à lui. Leur aversion excitait son engouement. Il était scandaleux de condamner quelqu'un parce qu'il ne parlait pas comme vous, terrible de mettre au ban de la société quelqu'un parce qu'il était entré dans une boutique poser une question. Elle se souvint des choses singulières qu'il avait dites, par exemple qu'il offrirait ce miroir à sa femme pour y voir son visage. Et qu'il l'avait attendue à cet arrêt de bus, attendue des heures, rien que pour la voir.

Il commençait à occuper ses pensées. Ce petit doigt mutilé à la main gauche, comment était-ce arrivé ? Et comment pouvait-il avoir un geste aussi audacieux, remonter sa manche et lui écrire sur le poignet ? Elle se rappela le contact de sa peau sur la sienne et frissonna, mais ce n'était pas désagréable. Un après-midi, dans la boutique, l'idée lui était venue, une idée surgie à l'improviste, issue de nulle part, qu'il était très beau. Jusqu'à cet instant, cela ne l'avait guère frappée. Elle se trouvait dans l'atelier, en train de repasser la chose la plus difficile à repasser qui soit, une chemise en coton blanc, lorsque la sonnette de la boutique retentit. À cette sonnette répondait toujours le bip de Noelle, qui déclenchait l'ouverture de la porte, mais cette fois il n'y eut pas de bip en réponse. On n'avait laissé entrer personne.

Évidemment, elle ne pouvait en être certaine et elle n'allait pas poser la question, mais elle se dit que c'était Teddy qui s'était présenté à l'entrée. Il était venu et on l'avait éconduit. Ce fut alors qu'elle éprouva les premiers battements de cœur de la peur : elles n'auraient de cesse de le repousser, jusqu'à ce qu'il se lasse et renonce. Il allait croire qu'elles agissaient en son nom et qu'elle voulait se débarrasser de lui, tout comme elles.

Peut-être serait-il à l'abribus, en train de l'attendre, comme la première fois. Il n'y était pas, et elle sentit son cœur se serrer, comme si elle avait perdu quelque chose de précieux. Holly téléphona – pour la première fois depuis longtemps – pour lui annoncer qu'elle et Christopher sortaient en boîte, que James venait aussi et qu'il aimerait bien que Francine se joigne à eux. Son père l'aurait laissée y aller, pourvu qu'il sache avec qui et où elle sortait, or, il connaissait Holly et ses amis, et il les appréciait, mais cet après-midi-là son père était parti. Pour peu qu'elle fasse toutes sortes de promesses à Julia, celle-ci lui donnerait probablement la permission, mais songer à ces promesses – prendre des taxis, téléphoner à la maison, rester avec les autres quoi qu'il arrive, être rentrée à minuit, en pauvre Cendrillon qu'elle était –, lui retirait toute envie de se donner cette peine. Qui plus est, elle ne connaissait pas vraiment James, et elle n'était pas certaine de savoir si elle l'aimait bien ou non.

Et Teddy, est-ce qu'elle l'aimait bien ? D'expérience, et en vertu d'un savoir qui n'était pas de son âge, elle se dit que si elle avait eu de quoi s'occuper l'esprit, beaucoup d'amis, des centres d'intérêt et un vrai travail, elle l'aurait oublié du jour au lendemain. Mais elle ne possédait rien de tout ça, elle n'avait qu'un vide, qu'il était à même de remplir. Déjà, sans le revoir ni entendre sa voix, dans ses pensées elle avait délaissé le nom de famille pour ne plus l'appeler que Teddy. Déjà, elle tenait avec lui des conversations silencieuses et à sens unique, lui confiant ce qu'elle ressentait, à quel point les choses étaient injustes, pour lui et pour elle – pour « nous » –, et formant avec lui une alliance contre le monde.

Elle avait beau désormais fort bien connaître Julia, Francine n'avait pas réellement cru que cette idée d'acheter une maison à Oxford exercerait la moindre influence sur son père. Mais ce fut le cas. Bel et bien le cas. Des descriptifs et des brochures d'agents immobiliers avaient commencé de leur parvenir et on attendait d'elle qu'elle donne son avis sur telle ou telle maison.

En un sens, c'était apparemment bon signe, car cela voulait dire qu'elle allait entrer à Oxford. Ils prenaient au sérieux le fait qu'elle aille à Oxford, ils n'étaient pas en train de l'amadouer ou de préparer le terrain pour lui raconter que ce ne serait pas très judicieux, ou pas très pratique, ni rien de ce genre. Elle irait. Mais dans un autre sens, c'était inquiétant. Julia serait encore plus proche qu'elle ne l'avait été lorsqu'elle était à l'école, beaucoup plus proche – sur le pas de sa porte, si ça ne tenait qu'à elle. Si elle réussissait à faire prévaloir son point de vue et à obtenir gain de cause – cela, Francine le savait, compte tenu de la manière dont étaient situées les maisons à Oxford –, Julia achèterait une demeure en face du portail de la faculté. La loge du concierge, songea Francine avec amertume, pour peu qu'elle soit à vendre.

Elles passèrent leur journée de sortie à Oxford, à visiter des maisons. Francine s'entendit demander à plusieurs reprises son avis et ses préférences.

« Il importe que tu aimes cet endroit autant que nous, Francine. Tu dois tout nous dire. C'est une décision importante qu'en général les gens ne sont pas appelés à prendre à ton âge. C'est pourquoi nous estimons qu'il serait si bon que tu t'y confrontes. »

Francine s'y confronta, mais invariablement Julia lui répondait que les maisons qu'elle aimait étaient situées trop en dehors de la ville, trop inaccessibles. « En tout cas, moi, je n'irai pas habiter à Woodstock, avertit Julia. Mais ça ne fait rien. On va s'arrêter là pour aujourd'hui. Peut-être devrions-nous revenir demain. »

Le courrier du matin apporta les résultats des examens de Francine. Elle était reçue dans trois épreuves avec un A. Il était impossible de faire mieux. Holly avait deux A et un B et, exultant elle aussi, elle la félicita avec élégance et se montra peu avare de compliments. Francine eut envie de téléphoner à son père à Stockholm, de lui faire quitter sa réunion pour lui parler, une impulsion que Julia ponctua d'un claquement de langue, en la traitant d'hystérique. « Tu es vraiment le centre de ton propre petit univers », déclara-t-elle, mais elle dit cela d'un air absent.

Dans le courrier, il y avait aussi une lettre pour Julia, émanant d'un membre de la famille qui lui apprenait la nouvelle de la mort de David Stanark. Il s'était pendu. S'il y avait eu quoi que ce soit dans les journaux à ce propos, Julia n'était pas tombée dessus. La lettre expliquait que la femme de David, Susan, l'avait quitté voici deux mois, qu'il était profondément déprimé, qu'il avait menacé de se suicider, mais que personne ne l'avait cru. Julia en fut bouleversée. Elle se sentait coupable, aussi, parce qu'elle n'avait pas pris contact avec Susan depuis longtemps, et – c'était tout Julia – elle avait la conviction que si seulement elle avait eu ce geste, si elle lui avait parlé, ainsi qu'à David, si elle s'était arrogé le rôle de conseillère conjugale, toute cette tragédie aurait pu être évitée.

Se pendre, quelle terrible façon de se tuer. Pourquoi pas des comprimés, la boisson, voire les gaz d'échappement ? C'est qu'il avait dû se haïr à un point tel, se dit Julia en bonne psychologue, qu'il avait voulu se punir jusqu'à l'instant même de la mort. Mais alors, cette minute ultime, ce moment, lorsque la corde avait brisé l'os hyoïde, ou elle ne savait trop quoi... Julia ne savait pas au juste ce dont une corde était capable, mais tout cela était abominable. Elle était impatiente d'en parler à Richard, d'en discuter avec lui, mais Richard était à Stockholm.

Francine se rendit à *Nouveaux Départs*. Il lui restait encore deux semaines à travailler là-bas avant que la crise ne survienne.

Elle n'arrivait jamais franchement à savoir si le problème tenait à son apparence ou à son état d'esprit. Pour complaire à Noelle et ne pas causer d'embêtements à Julia, elle avait constamment veillé à adopter une allure neutre et à s'habiller de plus en plus comme une femme d'âge mûr. Elle relevait ses cheveux pour les nouer, portait d'amples Dockers au lieu de jeans, et, alors qu'elle aimait bien, ces derniers temps, mettre ses yeux en valeur avec un peu d'ombre à paupières et de mascara, elle avait arrêté. Noelle n'était toujours pas satisfaite, mais paraissait incapable de trouver par quels autres moyens Francine pourrait s'enlaidir encore.

Une cliente, furieuse parce qu'elle n'arrivait pas à boucler la ceinture d'un tailleur pantalon Armani qu'elle était en train d'essayer, se retourna vers Francine et l'accusa d'anorexie.

« Évidemment, vous vous laissez mourir de faim, hurla-t-elle, en s'escrimant avec l'étroit pantalon.

– Je n'ai que dix-huit ans et je suis naturellement mince », lui répondit Francine.

Elle s'était exprimée avec froideur, mais poliment, il n'y avait dans sa voix aucune indignation, mais la cliente, puis Noelle, l'accusèrent de grossièreté outrancière.

« Comment oses-tu laisser entendre que tu es plus séduisante que l'une de mes clientes ? »

Francine avait quantité de réponses en tête, mais elle n'en proféra aucune à voix haute. En silence, elle se rendit dans l'atelier et attrapa sa veste suspendue à une patère, derrière la porte.

« Et où vas-tu comme ça ?

– C'était gentil de me prendre chez vous, Noelle, mais manifestement je ne fais pas l'affaire. Et... (Francine prit une profonde inspiration.)... j'ai bien peur que cet endroit ne me convienne pas, à moi non plus. Pour cette semaine, je ne vous prendrai pas d'argent. Au revoir. »

Noelle ouvrit la porte d'un seul coup et lui cria, dans la rue :

« Julia se confectionnera des jarretelles avec tes boyaux, espèce de petite pouffiasse ! »

Étrange qu'une femme comme celle-là puisse taxer Teddy de vulgarité. Francine courut jusqu'à chez elle, goûtant ce qu'elle pensait être la liberté. La liberté ! Elle n'en avait jamais eu beaucoup. Juste avant qu'elle n'arrive à la porte d'entrée, Julia ouvrit. Quelques secondes après l'avoir injuriée, Noelle s'était sûrement ruée sur le téléphone.

Ce fut le début d'un nouveau torrent d'invectives. Francine était ingrate, paresseuse, égocentrique, rebelle et immature. C'était une bénédiction qu'elle prenne une année sabbatique, car elle était visiblement inadaptée, incapable de prendre part à la vie d'une grande université, en dépit de ses brillants résultats à ses examens. Son père serait si profondément déçu qu'elle, Julia, redoutait d'avoir à lui raconter ce qui s'était passé. Enfin, pour l'instant, elle estimait que le mieux serait encore que Francine monte dans sa chambre pour y passer le restant de la journée.

Francine s'assit dans un fauteuil. Elle répondit, très posément :

« Ne sois pas stupide, Julia. »

Julia la dévisagea. Elle porta les deux mains à son visage, comme pour s'en faire une armure protectrice contre une pluie de projectiles.

« J'ai dix-huit ans, je ne suis pas une enfant. Je ne monterai pas dans ma chambre tant que je n'y serai pas disposée. »

La réaction de Julia, réaction futile, fut d'essayer d'appeler Stockholm. Richard était sorti, et tout ce qu'elle obtint, ce fut le répondeur téléphonique de l'hôtel. Elle gémit quelque chose à propos de Francine qui lui avait brisé le cœur, le sien et celui de son père, et qui avait détruit sa vie. Comme si elle n'était pas assez bouleversée comme cela avec un de ses amis qui s'était pendu, ajouta-t-elle, et elle sortit de la pièce en claquant la porte derrière elle.

Pour la forme, Francine resta dans son fauteuil une dizaine de minutes. Ensuite, après avoir écouté les sanglots étouffés de Julia derrière la porte de la cuisine, elle monta au premier, dans sa chambre, et y dénicha le téléphone portable que Julia lui avait offert. Apprendre comment s'en servir lui prit un petit moment et elle dut se référer à la notice, mais au bout de quelques minutes elle savait en maîtriser les subtilités. Alors, elle composa le numéro de Teddy Brex et attendit. Mais il n'y eut pas de réponse.

20

CE FUT UN REMUE-MÉNAGE dans les affaires de sa coiffeuse qui réveilla Harriet, et non un bruit bizarre impossible à localiser dans la maison. Dans la pénombre, elle discerna le visage de Franklin. Il tenait en main la perche, munie d'un crochet à son extrémité, qui servait à ouvrir la fenêtre en demi-lune.

« Qu'est-ce qui se passe ?

– Silence, fit-il. Il y a quelqu'un en bas. »

La première fois qu'il lui avait dit cela au beau milieu de la nuit, elle avait crié de peur. C'était vingt ans plus tôt. En l'occurrence, il n'y avait personne en bas, ni la fois suivante, ni celle d'après et, à n'en pas douter, il n'y avait personne cette fois-ci non plus. Franklin entendait des bruits que personne d'autre n'entendait, il avait dans les oreilles une espèce de bourdonnement, moins un tintement qu'une vibration ou un battement sourd. De même, il n'arrivait pas à percevoir les sons qu'entendaient les autres. Le vieux bonhomme, l'idiot, le vieil imbécile.

Il avait enfilé sa robe d'intérieur en poil de chameau et s'en était noué le cordon autour de la taille. Sans un bruit, perche en main, il ouvrit la porte de la chambre. Une fois, en une occasion similaire, elle avait allumé une lampe, il avait alors grimacé, donné des coups de poing dans le vide et trépigné avant d'obtenir le retour de l'obscurité. Elle entendit grincer les marches de l'escalier qu'il était en train de descendre. Aucun autre bruit, jusqu'à ce qu'il lance sa sommation habituelle, prononcée sur un ton d'officier : « Pas un geste. Restez où vous êtes. Je suis armé. »

Après quoi, n'ayant pas obtenu de réponse – et jamais il n'avait obtenu de réponse –, il fit de la lumière. Elle alluma les lampes de chevet.

« J'imagine que tu te rends compte, lui dit-elle quand il fut de retour, qu'avec toi n'importe quel cambrioleur digne de ce nom aurait le dessus en moins de deux. Tu es un vieux bonhomme.

– Tu préférerais, je n'en doute pas, que je me blottisse sous le lit pendant que l'intrus te violerait », lui rétorqua Franklin en lui souriant d'un air entendu.

Elle resta couchée un moment, sans s'endormir. Sur le meuble de chevet à côté d'elle, il y avait l'enveloppe contenant les croquis de Teddy Brex et la lettre explicative qu'il y avait jointe. Elle lui téléphonerait dans la matinée et lui demanderait de revenir lui exposer le projet. Naturellement, en réalité, il n'y avait aucun projet. Rien qu'à la pensée qu'un jeunot de Neasden avait l'intention de construire un placard dans l'une de ses niches géorgiennes, Franklin aurait eu une attaque, toute cette histoire n'était pas vraisemblable. Tout cela n'avait pas d'importance, Harriet n'y songeait pas sérieusement, la seule chose à prendre au sérieux, c'était Teddy Brex. Harriet lui laisserait encore une chance de saisir ses véritables intentions et, s'il ne saisissait pas, elle leur remettrait leur feuille de route, à lui et à ses croquis, qu'ils passent leur chemin.

Or, peut-être parce qu'on était au milieu de la nuit et que les choses, la nuit, revêtent toujours un aspect différent, plus désespéré et plus déprimant, elle se dit qu'elle avait commis une erreur au sujet de Teddy Brex. Ce ne serait pas la première fois. Ses avances enregistraient un taux d'échec d'environ un sur quatre. En effet, si elle avait reçu, au cours de toutes ces années, un tel nombre d'ouvriers du bâtiment qu'ils auraient pu à eux tous (parfois, elle y songeait en pouffant), bâtir et aménager une propriété de cinquante hectares, il y en avait toujours eu quelques-uns pour l'éconduire. Il y en avait toujours eu un ou deux, voire trois ou quatre, pour la rejeter par timidité, ou parce qu'ils étaient jeunes mariés, ou homos, ou même fidèles à une épouse ou à une petite amie. Il se pouvait également que certains ne l'aient pas trouvée attirante, tout simplement.

C'était probablement à l'une de ces dernières catégories qu'appartenait Teddy Brex. S'il en était ainsi, on n'y pouvait rien. Au bout d'un moment, elle s'endormit et se réveilla pour découvrir Franklin assis à côté du lit, un morceau de verre brisé dans la main. Ce dérangement nocturne avait apparemment été provoqué par quelqu'un dans l'ancienne allée des écuries qui, en lançant une pierre par-dessus le mur, avait brisé l'une des fenêtres de derrière. Étant donné que la fenêtre était munie de barreaux, cela ne présentait aucun danger, seulement un désagrément.

« Pourquoi me le montrer ? fit Harriet. Ce n'est pas moi qui vais le réparer.

– Peut-être vais-je te trancher la gorge, répliqua Franklin, avec un rire joyeux pour faire comprendre qu'il n'était pas sérieux. Il va falloir que tu trouves un vitrier.

– Un quoi ?

– Un homme qui fixe les vitres aux cadres des fenêtres. »

C'était une idée. À défaut de Teddy Brex, un vitrier. Elle se contempla dans le miroir et se trouva tout à fait ravie de ce qu'elle y voyait. Téléphoner à Teddy, aller chez le coiffeur, peut-être acheter une nouvelle tenue dans St. John's Wood High Street. Elle n'aurait pas le temps d'aller dans le West End ou à Knightsbridge. Si Teddy était d'accord pour venir à, disons, deux heures, elle pouvait téléphoner à un vitrier à une heure et demie. Les deux visites n'auraient pas lieu en même temps.

Franklin lui apporta son thé et les journaux. Elle éprouva un besoin pressant de lui demander s'il lui avait été fidèle, mais à quoi bon une question pareille ? Soit on obtenait un mensonge en guise de réponse, soit on vous retournait le même coup d'œil louche et inquisiteur. Elle se regarda dans le miroir. Peut-être y aurait-il une publicité de vitrier dans *Ham and High*, se dit-elle, en s'observant en train d'ouvrir le journal. Franklin s'interposa dans son champ de vision pour retourner au contenu de ses poches, mouchoir, clefs, menue monnaie et chéquier plié. Elle contourna la tête de Franklin et trouva une position pour voir combien sa peau était blanche et ses cheveux roux.

« Pourquoi est-ce que tu passes ton temps à te regarder ? lui demanda-t-il, comme s'il ne lui avait jamais posé cette question.

– Je ne me regarde pas plus que n'importe qui. »

Franklin rit.

« La semaine prochaine, je serai parti, pour mes vacances, puis-je te le rappeler. Donc, je veux que mes affaires soient revenues du nettoyage à sec. Tu devais aller les chercher hier, j'ignore pourquoi tu ne l'as pas fait.

– Tu pars seul, Frankie ?

– Pourquoi me demandes-tu ça ? Je ne te le demande jamais, moi. »

Elle adressa une moue à son reflet.

« Un de ces jours, fit-elle, tu pourrais rentrer et me trouver partie.

– C'est vrai. »

Il ne croyait pas vraiment que ce fût vrai.

« Et tu pourrais rentrer et me trouver parti.

– Que ferais-tu si je m'en allais, tout simplement ? »

Franklin eut un grand sourire. Comme c'est le cas de beaucoup d'hommes minces quand ils vieillissent, son sourire transformait son visage osseux en tête de mort. « N'oublie pas de téléphoner à un vitrier », lui répondit-il.

Au lieu de quoi, dès qu'il fut parti, Harriet téléphona à Teddy Brex. À deux heures, cela lui conviendrait. Qu'avait-elle pensé des croquis ? Harriet les avait à peine regardés, mais elle lui répondit qu'elle préférait ne pas lui donner son avis au téléphone. C'était de cela qu'ils parleraient quand il viendrait.

Le coiffeur lui fit une nouvelle application d'Acajou Tropical, en discutant, pendant tout ce temps, de ses racines grises qui, par endroits, s'étaient changées en racines blanches. Harriet fut soulagée de les voir toutes recouvertes d'une pâte pourpre. Dans la boutique d'à côté, elle s'acheta un pantalon corsaire blanc et un haut blanc, rose et vert jade, qu'elle garda sur elle, et retourna à la maison en remportant, dans le sac de la boutique, les vêtements qu'elle avait mis ce matin.

Cette fois, dans *Ham and High*, il n'y avait pas de publicités pour des vitriers, mais elle trouva quantité de numéros dans les Pages jaunes, et en choisit finalement un qui se prénommait Kevin. En général, les Kevin, presque tous âgés de moins de trente ans, étaient une valeur sûre. Ce Kevin-ci n'était pas à son domicile, aussi Harriet laissa-t-elle un message sur son répondeur, ce qui lui convenait fort bien. S'il lui avait annoncé qu'il passait sur-le-champ, cela eût été embarrassant.

Revoir Teddy Brex en chair et en os raviva les sensations de leur première rencontre. Un petit frisson d'excitation, du genre de celui qu'elle éprouvait dans sa jeunesse, la parcourut tout entière. Il la balaya du regard, des pieds à la tête, mais son expression était indéchiffrable. Elle se plut à le croire attiré et admiratif.

Mais, là encore, il refusa de boire un verre. L'essentiel, c'était de regarder ces croquis ensemble, proposa-t-il, et de se décider sur ce qu'elle voulait. Harriet les avait laissés au premier, exprès. L'amener à la suivre dans la chambre n'était pas dénué d'arrière-pensée, mais il la laissa y aller seule, et son attitude, se dit-elle, se faisait de minute en minute plus froide et distante. Lorsqu'elle redescendit, il était debout près de la fenêtre cassée, en train de regarder au-dehors la partie pavée, l'arrière du garage et le portail qui donnait sur les écuries.

« Comment est-ce arrivé ? »

Il désigna le carreau cassé.

« Quelqu'un a dû lancer une pierre dedans, cette nuit. »

Il hocha la tête.

« Vous allez faire poser des planches, pour boucher ça. »

Il ne dit pas pourquoi, n'offrit pas de s'en charger. Elle se tenait debout à côté de lui, tout près, faisant mine d'examiner la fenêtre. Il se pencha pour ramasser quelque chose sur le parquet. C'était un galet que la mer, voici bien longtemps, sur une plage lointaine, avait poli. Elle se pencha, il se redressa, leurs têtes se frôlèrent. Si quelque chose pouvait signifier à Harriet qu'elle perdait son temps, ce fut bien le mouvement de recul de Teddy. Il s'écarta d'un bond, le galet dans son poing serré, comme s'il avait eu l'intention de le lancer sur elle.

Écarlate, car elle n'était pas si endurcie que cela, elle s'assit à la table de la salle à manger et, sans grand enthousiasme, étala les croquis. Même quelqu'un de moins observateur que Harriet, ou de moins porté à s'intéresser aux gens uniquement sous l'angle sexuel, aurait remarqué les yeux de Teddy qui s'allumaient à la vue de son propre travail, et quelque chose d'autre, dans toute l'expression de son visage, presque de l'admiration. Mais cette admiration ne lui était manifestement pas destinée et, d'ailleurs, elle se sentait déjà humiliée et vexée. Soudain, elle s'écria :

« Vraiment, je ne crois pas. Ce n'est pas ce que je veux. »

Le regard qu'il lui adressa n'était pas franchement sympathique. On y lisait le mépris et une aversion extrême.

« Quoi ?

– Je vous dis que ce bazar ne correspond pas à ce que je veux.

– C'est ce que vous avez demandé.

– Je n'y peux rien. Il n'empêche que ce n'est pas ce que j'avais en tête. Ça ne va pas du tout. (Elle se divertissait presque, à présent.) Ces croquis ne sont pas très bons, c'est tout, poursuivit-elle. Je m'y connais dans ce genre de choses. Il vous suffit de jeter un œil sur cette maison pour vous en rendre compte. Vos croquis... eh bien, ils ne sont pas à la hauteur de cette maison. »

C'était à son tour de rougir, mais il n'en fit rien. Il devint très pâle et ses longs doigts, parfaits à l'exception de celui qui était mutilé et difforme, se refermèrent en deux poings serrés. Il se leva. Elle pensait qu'il ne lui adresserait plus la parole, et elle fut surprise quand il dit, d'un ton cassant et glacial :

« Puis-je sortir par la porte de derrière ? J'ai laissé ma voiture dans l'allée des écuries.

– Sortez par où vous voulez, fit-elle. Pour moi, ça revient au même. »

Elle surveilla son départ, comme si elle le soupçonnait de vouloir voler quelque chose en sortant. Ce n'est pas qu'il y ait eu quoi que ce fût à voler dans cette petite cour pavée, hormis un pot en pierre avec un plant de genièvre dedans et les meubles de jardin en fer forgé blanc, presque tous trop lourds pour être soulevés. Il ouvrit le portail, lui lança un regard maussade par-dessus son épaule et sortit dans l'allée des écuries en refermant le portail derrière lui.

Harriet attendit que le moteur de sa voiture démarre. Ensuite, elle se rendit au portail et le verrouilla. L'arrière de la maison était recouvert d'une vigne vierge encore plus épaisse que celle de la façade, et son feuillage virait maintenant au rouge. Combien de feuilles y avait-il sur cette seule plante ? Des millions – enfin, des centaines de milliers. Quatorze Manvantaras et un Krita font un Kalpa, se répéta-t-elle. Ce genre de réflexion ne lui ressemblait guère. Qu'importait le nombre de feuilles qu'il y avait là ? Elle retourna dans la maison, vers le miroir le plus proche, afin d'y étudier son image.

Jadis, aux premiers temps de leur vie commune, la surprenant ainsi en train de se contempler, Franklin lui avait appris que personne ne se voyait dans un miroir comme il était réellement. On fait toujours un peu la moue, on relève toujours les coins de la bouche ou bien on lève le menton, on rentre le ventre, on redresse les épaules, on ouvre grands les yeux ou on adoucit son expression jusqu'à une mièvrerie empreinte de mélancolie. Il était donc absurde de se regarder dans un miroir, sauf pour vérifier rapidement que l'on est bien mis et pour s'assurer que sa fermeture Éclair n'est pas ouverte.

Mais en dépit des remarques qu'il lui adressait, elle avait continué de se regarder, exactement comme elle se regardait en cet instant, en faisant tout ce qu'il avait mentionné, et plus encore, fermant à demi les yeux, afin que les rides autour de sa bouche se brouillent, et levant une main pour cacher les plis horizontaux qui lui encerclaient le cou. Dans ces conditions, c'était une image plaisante qu'elle voyait devant elle, une femme d'une jeunesse ridicule pour ses cinquante années et quelques, et tandis qu'elle s'admirait, le téléphone sonna.

C'était Kevin, le vitrier. Pouvait-il venir demain en milieu de matinée ? Volontiers, lui répondit Harriet. À l'oreille, il paraissait dix-neuf ans.

21

ILS ALLÈRENT dans un pub. C'était l'endroit le plus proche de là où habitait Francine, à un carrefour, un relais routier des années trente en brique rouge, qui avait l'air immense vu de l'extérieur mais qui était tout petit à l'intérieur, bondé de machines à sous, enfumé et bruyant. Il but de l'eau et elle un jus d'orange.

Il lui parla du pub, de sa laideur, quelle honte qu'on ait pu construire des endroits pareils, et que cela puisse encore continuer. On devrait les abattre, tous les endroits de ce genre devraient être démolis, tout ce qui était hideux, comme ici, et même des choses moitié aussi hideuses mériteraient d'être aplaties, passées au bulldozer, rasées. Seules les belles choses devraient avoir la permission d'exister, afin que, où que l'on regarde, l'œil soit flatté et les sens comblés.

Elle écoutait et elle hochait la tête, parce qu'il parlait bien et semblait connaître ces choses. Et en un sens, elle comprenait, si lui n'en avait pas conscience, que c'était là sa façon de la courtiser, et que son éloge des belles choses était un transfert de son admiration pour elle.

« J'aimerais bien vivre dans un bel endroit, fit-elle, mais ce n'est pas le cas. Et toi ? »

Il ne voulait pas qu'elle voie l'endroit où il vivait – jamais. Il secoua la tête. Une bouffée de colère monta en lui lorsqu'il songea qu'il n'avait nulle part où l'emmener qui soit digne d'elle, pas un seul endroit dont il n'aurait pas profondément honte.

« Ça m'est arrivé, une fois, reprit-elle, et elle songea au cottage, dont le charme, à ses yeux, avait été gâché par ce qui s'y était passé. Tu vis à la maison ? »

Où pourrait-il vivre ? À la maison, c'était là qu'on vivait, non ?

« Avec tes parents, je veux dire ?

– Mes parents sont morts.

– Je suis désolée, s'excusa-t-elle. Je sais ce que c'est. Ma mère est morte. »

Jamais elle ne lui dirait comment sa mère était morte, jamais elle ne lui raconterait qu'elle s'était cachée dans le placard, qu'elle avait entendu l'homme venir et tirer. Son amitié avec lui, si cela se révélait une amitié, elle la préserverait de cela. À la place, elle se mit à parler de l'année qu'elle s'accordait avant d'entrer à l'université, du petit boulot qu'on lui avait trouvé et de possibles petits boulots futurs. Il écoutait, sans poser de questions. Elle n'avait aucun moyen de savoir que c'était sa voix qu'il écoutait, le ton de sa voix, et son timbre, son accent magnifique de la Champlaine School, semblable à celui d'une actrice dans une pièce télévisée, et non ses paroles ou leur sens.

« Je lui ai dit que je sortais avec une amie, expliqua-t-elle. Je lui ai dit que c'était mon amie Holly. Tu te souviens de mon amie Holly ?

– Je devrais ?

– À l'exposition.

– Oui, fit-il, oui, et il ajouta : c'est un thon. »

Francine en fut choquée.

« Ce n'est pas un thon, elle est très jolie. Tout le monde le dit. Elle attire beaucoup les hommes.

– Te voir avec elle, reprit-il, et sa voix était grave et intense, c'était comme de voir une... une princesse et un crapaud ! »

Cela la fit rire et, au bout d'un petit moment, il rit lui aussi, un rire sombre, comme s'il ne lui arrivait pas très souvent d'exprimer ses sentiments de cette façon. Bientôt ils prirent le chemin du retour ; passant devant un petit parc, ils entrèrent et s'assirent sur un banc. C'était une douce soirée, pas encore automnale. Parce qu'il était silencieux et semblait attendre qu'elle parle, elle se souvint de la première raison pour laquelle elle lui avait téléphoné. Elle avait eu besoin de quelqu'un à qui se confier, qui ne soit pas un de ces camarades d'école impatients, quelqu'un de nouveau, quelqu'un qui – et le mot lui vint étrangement en tête – qui l'adorerait. Ainsi, assise à côté de lui sur ce banc, dans un parc, au crépuscule, elle lui parla de la manière qu'avait Julia de l'emprisonner et d'agir en vigile de groupe d'autodéfense, surveillant le moindre de ses mouvements et tâchant de s'insinuer dans son cœur et dans son âme. Et de sa crainte que Julia et son père, en fin de compte, en la cernant de si près, ne trouvent un moyen quelconque de la confiner à la maison et ne l'empêchent d'entrer à Oxford.

Il ne l'interrompit pas. Il écoutait et, de temps à autre, il hochait la tête. Elle s'attendait à des suggestions du genre de celles de Holly et de Miranda, et elle les redoutait, mais il ne formula pas de réponse. Il était ce que devraient être les psychothérapeutes, à l'écoute, réceptifs, absorbant tout de leur mieux, pour comprendre. Les vrais, pas ceux comme Julia. Lorsqu'ils poursuivirent leur chemin, il lui prit la main et la garda dans la sienne. Personne, jamais, pensa-t-elle, n'avait eu un tel geste, dont elle éprouvait un tel besoin, au bon moment.

Si, avant qu'ils ne se séparent, il l'avait embrassée, elle aurait eu peur, et peut-être aurait-elle été choquée. Il n'en fit rien mais se contenta de dire, comme si cela allait de soi, comme si cela avait été organisé et prévu par quelque autorité supérieure ou par le destin :

« Alors, je te revois demain.

– Où ? lui demanda-t-elle.

– Ici. Exactement là où nous sommes. Sous ces arbres. À sept heures. »

Julia l'attendait derrière la porte, qui s'ouvrit quelques secondes avant que Francine l'atteigne. Il y a toujours quelque chose de menaçant et de presque sinistre dans une porte qui s'ouvre avant que l'on ait sonné ou introduit la clef dans la serrure. Cela évoque des reproches imminents. Et des reproches, il y en eut. Julia la questionna d'une voix haut perchée :

« Comment es-tu rentrée à la maison ? Je n'ai pas entendu de taxi.

– J'ai marché.

– Tu veux dire que tu as marché depuis la station de métro, Francine ? Il ne faut pas que tu fasses ça. Pas à la nuit tombée. Ça, enfin, tu le sais bien. Je croyais que tu apprenais à te montrer plus responsable. Si tu n'as pas assez d'argent sur toi pour un taxi, tu n'as qu'à demander au chauffeur d'attendre, le temps que tu viennes me chercher, et je le paierai. »

Francine monta dans sa chambre.

Pour les pièces à repeindre, Mme Trent choisit un vert clair maladif et un ocre jaune terne. Teddy n'apprécia guère d'appliquer cette peinture, mais il le fallait. C'était la première leçon de son apprentissage : si l'on travaillait pour d'autres personnes moyennant finances, on était tenu de faire ce qu'elles vous demandaient. Qui paie décide.

En travaillant, il réfléchit. Harriet Oxenholme avait presque disparu de ses pensées, sauf, à l'occasion, comme une source d'étonnement. Qu'elle ait pu être la Harriet du tableau d'Alpheton, cela le laissait encore stupéfait. Ce qui lui causait plus de souci, c'était qu'il avait laissé ses croquis derrière lui, chez elle. S'il avait pu se le permettre, il aurait tiré des photocopies de ces croquis, mais il ne pouvait se le permettre, et il ne l'avait pas fait. Il voulait les récupérer et il voulait retourner dans cette maison.

Sans doute y vivait-elle seule. Il n'avait été fait aucune allusion à un autre occupant. Il commença à laisser libre cours à une sorte de rêve éveillé dans lequel il emmenait Francine à Orcadia Cottage, et les lieux étaient vides, en dehors de leur présence à tous les deux. Harriet était partie. Francine se trouvait dans la chambre, dans le lit, et il venait la rejoindre... Teddy fut incapable d'aller plus loin dans son fantasme, car tout son désir et toute son envie de jeune homme en pleine santé, si longtemps méconnus, le submergèrent. Son corps était trop présent, le physique était tout, et le mental n'était rien, sauf un rougeoiement de chaleur et de lumière.

Il se calma en respirant profondément. Posséder Orcadia Cottage, il ne fallait pas y penser, car il était inutile de s'attarder sur l'impossible. Il devait réfléchir au moyen de l'utiliser, oui, à utiliser l'endroit. Il se demanda si la solution qui lui venait à l'esprit était réalisable.

De retour chez lui, au lieu de se détendre, il nettoya la maison. À ses yeux, elle avait toujours l'air aussi horrible. Mais où pouvait-il amener Francine, si ce n'est ici ? S'il avait une voiture, ce serait plus facile. À cette pensée, il rangea l'aspirateur et resta en arrêt devant les portes-fenêtres. La croupe haute de l'Edsel luisait d'un or plus sombre dans la lumière du soleil couchant. Quand bien même elle n'aurait pas été lestée de sa cargaison (Keith), il n'arrivait pas à imaginer Francine à bord, son raffinement exquis à bord de cette vulgarité. Il fallait vendre l'Edsel, c'était la seule solution, et peut-être acheter quelque chose de moins dispendieux pour sa bourse.

Avant tout, il fallait se défaire du contenu du coffre. Les yeux fixés sur la voiture, il songea à la peur que lui inspirait l'ouverture de ce coffre. Pourquoi ne pas le reconnaître, il aurait peur. Six mois s'étaient écoulés, sept, depuis cette nuit-là. Que s'était-il passé dans ce laps de temps ? La décomposition, certainement, mais qu'est-ce que c'était, la décomposition ? Il se souvint, à la mort de sa mère, de sa grand-mère se prononçant en faveur de la crémation, expliquant que, comme ça, on ne se faisait pas manger par les vers. Qu'y avait-il dans ce sac en plastique, des vers, un genre de liquéfaction, ou bien quoi ? Il sentit ses cheveux se hérisser dans sa nuque. Il ne pouvait pas ouvrir ce coffre. Et pourtant, il allait devoir le faire.

Il imagina l'Edsel demeurant là des années et des années, le coffre jamais ouvert, il la surveillerait indéfiniment, jusqu'à ce qu'une ou deux décennies se soient écoulées, et puis un jour il soulèverait le capot de ce coffre pour découvrir un sac d'os gris et secs. C'était une autre variante de son rêve. Il savait qu'il ne pourrait pas, qu'il ne se lierait pas pour toujours à cet endroit. Et elle ? L'amener ici, avec cette chose à quelques mètres de son lit ?

Il sortit la retrouver sous les arbres et l'emmena dans un autre pub. Elle voulait tout savoir de lui, son enfance, ses parents, ses amis, les gens qu'il connaissait. Raconter la vérité sur Jimmy et Eileen lui était impossible, mais inventer, cela le dépassait. Au lieu de quoi, il lui parla de Keith, de ses voitures et des grands constructeurs automobiles, ses idoles. Elle avait envie de savoir où était son oncle à présent, et il le lui dit : retraité, à Liphook, il avait acheté un pavillon, à Liphook.

« Et il a laissé sa voiture ? Il ne va pas revenir la chercher ? »

Teddy en frémit presque. Keith, gris et décharné, à un stade de décomposition avancé, franchissant le portail d'un pas lourd pour repartir au volant de sa voiture...

« Liphook, je connais très bien, annonça-t-elle. Ma mère venait de là-bas. J'ai des parents, là-bas. »

Une ombre parut traverser le visage de Francine et il en fut heureux, sans se soucier d'en connaître la cause, simplement content qu'elle ne creuse pas la piste Liphook. Il la regardait en silence, ses lèvres plissées comme une fleur rouge, ses grands yeux sombres, ses cheveux noirs qui retombaient de chaque côté de son visage, séparés en leur milieu, deux rideaux sans un pli. Il aurait pu lui prendre la main, mais il avait peur que le contact de Francine ne lui fasse trop d'effet et qu'il ne l'attire à elle, pour s'emparer d'elle, là, devant ces buveurs indifférents.

« À propos du miroir, reprit-il. L'exposition est finie. Tu viendras avec moi le chercher ?

– Demain et après-demain, je ne pourrai pas, je suis sûre que je ne pourrai pas.

– Je parle de samedi.

– Très bien. (Elle réfléchit un instant, puis elle dit, comme une très jeune fille, qu'en réalité elle n'était déjà plus tout à fait :) Et après, est-ce que je pourrai venir voir ta maison et cette voiture dingue ? »

Il n'y avait pas moyen d'y échapper. Il fallait qu'il soit seul avec elle, et où, sinon là-bas ? Il avait besoin d'être seul avec elle et, d'une façon ou d'une autre, de l'amener à le désirer autant qu'il la désirait. Comment y parvenir, à première vue, il n'en avait pas la moindre idée. Mais là, debout avec elle sous les arbres où ils s'étaient séparés la veille et retrouvés ce soir, il comprit quelque chose qui simplifiait tout. Quand vous êtes jeune, et que l'autre personne est jeune, et que vous êtes tous les deux beaux à regarder, les mots n'ont aucune importance, et peu importent l'habileté ou l'expérience. Tout ce qu'il faut, c'est regarder, puis désirer, et puis toucher. Et ce qui suit, c'est une décharge électrique qui vous réunit dans un désir propre à vous envelopper l'un l'autre, qui vous conduit peut-être même à être, oui, à être l'autre.

Leur baiser en découla naturellement. Il l'embrassa, il n'avait pas envie que cela cesse, il avait envie de continuer jusqu'à la possession complète et, sans qu'un mot soit échangé, il savait qu'elle éprouvait la même chose. Une vague parut se briser au-dessus d'eux, une lame qui menaçait de les noyer. Ce fut lui qui rompit l'étreinte, qui la repoussa et la tint à bout de bras, haletant comme elle.

Il plongea ses yeux dans les siens, et elle aussi. Ils respiraient tous deux comme s'ils venaient de disputer une course. Il porta les mains à son visage, le recueillit au creux de ses paumes et lui murmura ses adieux. Puis il courut. Il courut au bout de la rue, en direction de la station de métro, comme s'il fuyait quelque chose, comme si, au lieu d'étreindre une fille qui désirait son baiser autant que lui-même avait envie de le donner, il avait commis une agression brutale et cherchait à échapper aux conséquences de son acte.

Ils n'étaient convenus de rien pour samedi. Alors qu'il se demandait quoi faire, elle lui téléphona. Son père serait à la maison tout le week-end et lui avait annoncé, au téléphone, qu'il voulait l'emmener, sa belle-mère et elle, rendre visite à des amis à la campagne, mais elle avait répondu qu'elle ne pouvait pas, qu'elle avait pris un engagement avec Isabel. Sa belle-mère avait essayé de la persuader d'annuler, mais il n'en était pas question, elle avait expliqué à son père qu'elle était trop grande pour les suivre dans leurs sorties, lui et Julia.

C'était un monde dont Teddy ignorait tout. Ces gens dépassaient son entendement. Il demanda à Francine de le retrouver à la Tate Gallery, et là-dessus il se rendit chez Mme Trent, pour peindre son salon en vert clair. Sa propre maison – dans ses pensées, c'était la sienne, sans fierté aucune – était aussi propre que possible, tout était impeccablement rangé, lavé, récuré, les fenêtres étincelantes. Mais pouvait-il l'y amener ? Il le fallait. Il faudrait qu'elle vienne lui rendre une visite, avec l'Edsel et le contenu de son coffre devant ces fenêtres, mais une fois seulement. Après quoi, dès que possible, il ferait ce qui devait être fait. Alors, et alors seulement, les lieux seraient véritablement propres, et lui, libre.

22

LE JEUNE HOMME à la voix horrible était assis sous l'abribus. Il était de nouveau là, en dépit des avertissements de Noelle et des siens. Julia le surveillait depuis la fenêtre. Elle devait s'assurer que c'était le bon. Par là, bien sûr, elle entendait : le mauvais. Tout en lui était mauvais, sa voix, son allure, son attitude, son insolence. Mais était-ce bien celui qui avait téléphoné à Francine, qui avait adressé la parole à Francine, et qui avait appelé chez Noelle ?

S'il avait une voiture, pourquoi attendait-il à un arrêt de bus ? C'était facile, il n'attendait pas le bus, mais Francine. Il devait avoir garé sa voiture quelque part. Julia mit son manteau et traversa la rue en courant, fut contrainte de s'arrêter au milieu pour laisser passer les voitures qui venaient en sens inverse, et d'entendre les injures d'un conducteur.

À cet instant, le jeune homme se leva, faisant mine de lire l'horaire des bus sur la cloison de l'arrêt. Julia s'assit sur le banc et l'étudia. Elle voulait s'assurer qu'elle saurait le reconnaître en une autre occasion. Ses cheveux noirs étaient bouclés, ce qu'elle n'avait pas remarqué la première fois, et ses yeux étaient marron. Il était sûrement asiatique ou à moitié asiatique. Le fait qu'il parle avec l'accent cockney ne voulait rien dire. Il était né là-bas, sans aucun doute. Il était vêtu d'un costume, bleu foncé à fines rayures, et il portait une chemise blanche à col ouvert. L'ensemble était ridicule, se dit Julia.

Elle aurait aimé lui demander son nom, mais elle manqua de cran. Il n'y avait rien, ou presque, que Julia n'eût fait pour sauver Francine et la protéger du mal. Pourtant, aborder un étranger pour lui demander qui il était, c'était au-dessus de ses forces. S'il le fallait, elle le ferait, le moment venu, mais pas pour l'instant.

S'étant gravé en mémoire une image complète du personnage, Julia tourna au coin, juste après le passage piétons, et s'engagea dans la rue qui partait de cette artère principale. Elle était à la recherche de la voiture de sport rouge du jeune homme et elle dut parcourir un bon bout de chemin à pied avant de la trouver. La rue montait en pente assez raide, elle la grimpa et, en haut de la colline, elle découvrit une voiture de sport rouge en stationnement. Cela ne la surprit pas, elle le savait bien, qu'elle serait là, quelque part.

Il n'y avait personne alentour. Comme c'est généralement le cas, la rue était peuplée de voitures et non de personnes. Elle fit le tour de la voiture et regarda par les fenêtres. Une brochure était posée sur le tableau de bord, un indicateur ferroviaire et, sur cet indicateur, une enveloppe avec un document inséré dedans. Le nom tapé en lettres d'imprimerie sur l'enveloppe était celui de M. Jonathan Nicholson, avec une adresse à Fulham, SW6.

Julia retourna chez elle, plutôt satisfaite de son travail de détective, mais par ailleurs profondément troublée. Elle se demandait où Francine avait rencontré cet homme. Il lui avait été présenté par une de ses amies, supposa-t-elle, une de ces Holly, de ces Miranda. Elle avait admis en son for intérieur que Francine avait remporté une grande victoire le jour où elle était partie de chez Noelle et où, pour la première fois, quand on lui avait dit de monter dans sa chambre, elle avait désobéi. Depuis lors, elle était sortie chaque fois qu'elle en avait eu envie ; seule concession à l'autorité, elle rentrait toujours à la maison à une heure raisonnable. Comment cela était-il arrivé ? Comment avait-elle permis qu'il en soit ainsi ?

Aussi sûrement qu'elle connaissait son propre nom, qu'elle savait où et qui elle était, Julia savait qu'à travers cette liberté que Francine avait arrachée pour elle-même, elle scellerait sa perte. Ce serait sa ruine. Francine connaîtrait l'anéantissement et, si elle n'en mourait pas, elle allait ensuite se retrouver internée dans un service psychiatrique. Julia ferait n'importe quoi pour éviter ça.

Francine était en haut, dans sa chambre. Si seulement elle, Julia, était capable de monter là-haut et de fermer la porte à clef. Après tout, Francine avait sa salle de bains personnelle, cela ne lui causerait pas de souffrances excessives. Elle pouvait se servir de cette salle de bains pour avoir de l'eau. Julia s'imagina faire équiper la chambre de Francine d'une nouvelle porte, avec une lucarne et un judas. Elle avait vu ce genre d'installation dans des émissions de télévision sur les prisons. Le judas ne pouvait s'ouvrir et se fermer que de l'extérieur. L'interstice serait assez grand pour qu'on y passe les repas de Francine. On lisait des histoires sur ces gens que des parents angoissés enferment dans leur chambre, ces incarcérations se prolongeant des années durant. Julia avait lu ces histoires et elle avait jugé que ce genre d'attitude était indigne, mais à présent elle en était moins sûre.

Le téléphone sonna. C'était son amie Laura, qui avait gagné à la loterie. Avec leurs gains, son mari et elle étaient en train de monter une affaire, un hôtel-restaurant, et ils espéraient ouvrir d'ici un mois. Si Julia cherchait toujours un boulot pour Francine, il y aurait peut-être une ouverture, pour une jeune fille jolie et sachant s'exprimer correctement, comme réceptionniste. Julia songea aux gens que Francine rencontrerait à un tel poste, qu'elle allait devoir se rendre attirante pour les clients de sexe masculin, et elle répondit non, catégoriquement, en tâchant de réprimer le tremblement de sa voix.

Elle se surprit à faire les cent pas. Cela lui arrivait beaucoup, ces temps-ci. Elle aurait pu en retirer un avantage, un seul, perdre du poids, mais Julia ne perdait pas de poids, c'était plutôt le contraire. Elle faisait les cent pas, non parce qu'elle en avait envie, mais parce qu'elle n'arrivait pas à rester immobile. Son agitation l'épuisait. Souvent, elle se disait qu'elle aurait aimé fumer ou recourir à un remontant quelconque pour soutenir ses nerfs.

Au bout d'un moment, Francine descendit, vêtue de son blouson de cuir noir et les cheveux noués. Julia lui demanda où elle allait et Francine lui dit :

« Faire les boutiques. »

Ne serait-ce que quelques mois auparavant, cela ne se serait jamais produit. Julia monta au premier et surveilla son départ par la fenêtre de la chambre. Elle pensait voir Francine traverser la rue, et se rendre là où l'attendait Jonathan Nicholson, mais Nicholson était parti et l'arrêt de bus était vide. Francine était restée de ce côté-ci et marchait en direction de High

Street. Julia quitta la fenêtre et se rendit dans la chambre de Francine. Elle avait été jadis une femme comme il faut, mais elle n'avait désormais aucun scrupule à fouiller la chambre de Francine et à fourrer son nez dans ses affaires.

Le téléphone mobile était là, branché sur une prise murale à côté du lit de Francine. Ce fut non sans amertume que Julia vit cet objet qu'elle lui avait acheté, qu'elle lui avait accordé à seule fin d'assurer la sécurité de la jeune fille et de garder l'œil sur elle ; maintenant, c'était le retour de bâton. À cause de ce téléphone, Francine passait des coups de fil en secret. Julia ouvrit les tiroirs, fouillant, sans trop savoir pourquoi. Elle trouva un agenda et le passa au crible mais, étrangement peut-être, elle répugna à regarder dans la partie rendez-vous. À cette pensée, de honte, elle se sentit envahie d'une bouffée de chaleur.

Elle entra dans la salle de bains de Francine, remarqua comme elle était propre et bien rangée. Et ceci, obscurément, ajouta à son embarras. Mais elle ouvrit l'armoire au-dessus du lavabo pour voir ce qu'il y avait à l'intérieur. Si elle possédait un diaphragme, Julia n'avait jamais pris de contraceptifs par voie orale, et elle ne savait pas à quoi ressemblait une pilule. Le seul objet de l'armoire qui aurait pu éventuellement ressembler à une pilule se révéla être du paracétamol. Elle avait entendu dire qu'il y avait des filles, des dévergondées, comme cette Holly, elle en était sûre, qui sortaient en fait avec des préservatifs sur elles, à l'intention de leur petit ami, mais elle aurait reconnu des préservatifs, et il n'y en avait pas dans la chambre de Francine.

Elle referma la porte derrière elle, s'aperçut qu'elle était toute tremblante, redescendit au rez-de-chaussée en se cramponnant à la rampe, et se versa un doigt de cognac. C'était presque une première. Julia ne buvait pas. Le cognac lui brûla la gorge et lui remplit la tête de feu. La nourriture procurait un plus grand réconfort. Elle inspecta le réfrigérateur et se bourra d'une tranche de *cheesecake*, d'un morceau de pizza et d'un peu de salade de pommes de terre, dévorant le tout à grandes bouchées, comme si manger à toute vitesse allait diminuer et la quantité de nourriture, et ses effets. Elle s'assit sur la chaise du vestibule, à côté du téléphone. Là, torturée par une cuisante sensation de brûlures d'estomac, elle se tordit les mains en secouant la tête.

Julia était restée assise là depuis une heure, ou à peu près, lorsque Francine rentra.

« Quelque chose ne va pas ? » s'inquiéta-t-elle.

Julia la dévisagea, ainsi que les petits clous en or piqués dans les lobes de ses oreilles.

« Tu t'es fait percer les oreilles !

– Tout va bien, fit Francine en souriant. Ce n'est pas trop tôt, tu ne crois pas ? Mes amies se sont toutes fait faire ça quand elles avaient douze ans.

– Tu te rends compte, j'imagine, que tu vas attraper le sida ?

– Mais non, Julia, pas du tout. Ils utilisent une aiguille neuve qu'ils sortent d'un emballage stérile.

– Je ne sais pas ce que ton père va dire. »

Francine monta au premier. Toujours assise dans le vestibule, Julia se demanda ce qu'elle ferait si Francine redescendait et l'accusait d'avoir fouillé sa chambre. Bien sûr, elle pouvait se justifier, ça, elle le pouvait, dès lors qu'il était question de protéger Francine, elle avait tous les droits. Mais Francine ne revint pas, et Julia finit par se dire qu'il lui fallait préparer leur déjeuner à toutes deux. Elle était affamée, comme si elle n'avait pas mangé cette pizza et ce *cheesecake*.

Elle s'affaira dans la cuisine, prépara une salade, coupa du pain – et se coupa presque. Le temps que tout soit sur la table, il était deux heures passées. Julia appela d'une voix tremblotante et Francine fit son apparition, l'air calme et heureuse. Elle se mit à parler de Holly, qui déménageait de chez ses parents pour s'installer dans un appartement qu'elle allait partager avec une autre fille, et du voyage d'Isabel en Thaïlande.

Julia l'interrompit :

« Qu'es-tu en train d'essayer de me dire, Francine ? (Francine la regarda avec stupéfaction.) Si tu veux insinuer par des moyens détournés que l'on devrait t'autoriser à faire toutes ces choses que je ne souhaite pas te voir faire, je préférerais que tu le dises carrément. J'ai horreur de ce côté retors. Tu es devenue bien sournoise, ces derniers temps, t'en es-tu aperçue ? »

Au lieu de se lever de table et de quitter la pièce, Francine se força à rester et à parler d'une voix égale :

« Julia, je disais ça dans la conversation, c'est tout. Je trouvais que c'était intéressant.

– Je t'en prie, ne te sens pas obligée d'avoir une conversation avec moi.

– Très bien. Alors laissons tomber, non ? »

Elles se séparèrent pour l'après-midi. On pouvait vaguement entendre de la musique dans la chambre de Francine, Oasis et ensuite Elton John. Le bruit de la clef de Richard dans la serrure précipita Julia dans le vestibule. Il referma la porte d'entrée derrière lui et elle se jeta dans ses bras, en larmes, en sanglots, saisie d'un chagrin inexplicable.

Teddy l'attendait sur les marches de la Tate Gallery. Elle s'était demandé comment le saluer, ce qu'elle devrait faire et ce qu'il allait faire. Allait-il l'embrasser ? L'étreindre ? Le souvenir de ce long baiser passionné lui revint avec un frisson d'excitation, étrange et inhabituel. Il n'allait certainement pas l'embrasser comme cela maintenant.

Elle monta les marches vers lui. Il sourit, lui tendit la main, prit la sienne et l'attira à lui. Ils se tinrent un instant tout près l'un de l'autre, en se dévisageant. Et puis :

« Viens, fit-il. Je veux te montrer un tableau. »

Marc et Harriet à Orcadia Place. Elle lut à haute voix sur le cartel fixé au mur.

« Simon Alpheton, ajouta-t-elle. Il n'a pas peint un tableau d'un groupe pop ?

– Ils s'appelaient les Come Hither, confirma Teddy. Le tableau s'appelle *Musique dans la ruelle de l'Épée-suspendue*. »

Elle détourna le regard et dit d'une voix altérée :

« Ma mère avait un CD de Come Hither », et puis : « Non, ce n'était pas un CD, pas à l'époque, c'était un 45 tours. Je l'ai cassé. Je ne l'ai pas fait exprès, mais ça lui a causé une peine terrible. Le morceau s'appelait *Mending Love*. »

Il ne vit pas les larmes dans ses yeux. Cela ne l'intéressait pas. Aucune musique, d'aucun genre, ne signifiait rien pour lui.

« Qu'est-ce que tu en penses ? » lui demanda-t-il, en concentrant une fois encore son attention vers la jeune fille en robe Fortuny rouge, vers le garçon dans son costume bleu, et la maison à l'arrière-plan, dans son manteau chatoyant de verdure.

« Je n'y connais rien en peinture. »

Il commença à lui expliquer, se remémorant ce qu'avait souligné le professeur Mills, la justesse de ce tableau, le souffle de sa construction et le traitement qu'avait donné Alpheton à l'ombre et à la lumière.

Pour elle, il n'y avait qu'une chose qui vaille d'être remarquée.

« On voit bien qu'ils étaient amoureux », fit-elle.

Il ne répondit pas. Il continua quelques minutes encore à fixer le tableau du regard. Puis :

« Je voulais te le montrer, déclara-t-il. Je suis allé dans cette maison. Avec toutes ces feuilles. Bien, on va y aller, maintenant. On va aller chercher mon miroir. »

Quelqu'un l'avait très soigneusement emballé et calé dans de l'aggloméré. Elle s'attendait à ce qu'il prenne un taxi pour les emmener dans la maison, le miroir et eux, elle avait l'habitude des taxis, mais ils prirent le bus jusqu'à l'arrêt de Sloane Square, et ensuite le métro. Il ne voulait pas de son aide, pour le miroir. Elle vit, à l'aisance qu'il mettait à le porter, qu'il était très fort.

« Mon père et ma belle-mère sont partis pour la journée chez des amis, lui annonça-t-elle. Je ne voulais pas y aller. Je voulais être avec toi.

– Je vis dans un trou minable. Je te préviens, alors ne sois pas surprise. »

Mais ce n'était pas un trou minable. C'était l'endroit le plus propre, le mieux rangé dans lequel elle soit jamais allée. Tout était peint de couleurs douces et claires, les vitres brillaient, les planchers, faits de simples planches en bois, avaient été teintés et cirés. De mobilier, il y en avait fort peu, rassemblé pour l'essentiel dans la pièce principale, au rez-de-chaussée, où des rideaux propres de coton délavé pendaient à la fenêtre. Les dessins de Teddy, dans des cadres noirs ou en bois naturel, étaient accrochés aux murs, des croquis pour le miroir, des croquis pour une table, des représentations de grandes demeures au trait et au lavis, des pastels de statues. Étalés sur la table, des portraits.

« Tu es très adroit, observa-t-elle. Ces dessins, c'est moi, n'est-ce pas ?

– Oui.

– Personne ne m'a jamais dessinée, avant. »

Elle se rendit dans la chambre de Teddy, là où il y avait son lit, et la table basse et les serre-livres qu'il avait fabriqués, là où se trouvaient ses outils, et la croupe évasée de l'Edsel plaquée contre la fenêtre.

« On peut aller dehors la regarder ?

– Si tu veux. »

Elle ne trouva pas la voiture vilaine. Son enthousiasme pour ce véhicule lui parut creuser un fossé entre eux. Le masque boudeur qui lui tenait lieu de capot la fit rire. Elle tourna autour, admirant sa taille et sa couleur, mais quand elle posa la main sur le coffre, il ne put se contenir.

« Ne touche pas ! »

Il avait dit ça si brutalement qu'elle retira sa main, comme si le métal jaune l'avait brûlée.

« Je suis désolée, je ne voulais pas...

– C'est sale, reprit-il. Je ne veux pas que tu te salisses. »

Pendant qu'elle allait visiter le reste de la maison, il déballa le miroir. Elle descendit au rez-de-chaussée, se rendit dans la pièce principale et il était là, sur une chaise, appuyé contre le dossier. Il dit :

« Il est pour toi.

– Oh, non, ce n'est pas possible.

– Je veux qu'il soit à toi. Il faut qu'il soit à toi. »

Il lui passa le bras autour de la taille et la conduisit au miroir. Elle se souvint de ce qu'il avait dit, qu'il le donnerait à sa femme, pour qu'elle voie son visage s'y refléter. Une rougeur intense lui empourpra les joues et lui monta au front. Elle se regarda rougir dans le miroir, son visage brûlant, ses yeux brillants, et puis elle se tourna vers lui.

Il l'embrassa, le même baiser que sous les arbres. Il l'attira vers le canapé. Elle sentit son corps chanceler, enveloppé d'une vague de chaleur, comme par une chaude journée d'été.

« Je n'ai jamais fait ça, avant, avoua-t-il.

– Moi non plus. »

Il lui retira sa robe blanche. Il lui retira ses sous-vêtements, comme s'ils lui déplaisaient, comme s'ils étaient trop fonctionnels. D'un bras, elle se couvrit les seins, posa l'autre main sur sa toison pubienne, puis elle parut s'apercevoir de l'absurdité du geste, retira les mains et le laissa voir. Il tremblait, vraiment. Elle pouvait le voir secoué de tremblements. Elle l'entoura de ses bras et s'allongea avec lui.

« Tu dois me montrer comment faire ça bien, chuchota-t-il.

– Mais je ne sais pas, moi. »

Après quoi elle découvrit que si, elle savait.

« Comme ça... c'est bien ? Et ça ? Dis-moi.

– Oui, oh, oui...

– Et si je t'embrasse là, est-ce que c'est très bien ? Et si je fais ça ? »

Mais elle était en train de prendre conscience que « ça » n'allait pas, sans pour autant savoir ce qui serait bien. Ses mains à lui s'étaient montrées avides et sa bouche pressante, mais dans tout cela il fallait bien qu'il se passe quelque chose de plus que le tendre attouchement des doigts et la chaude exploration d'une langue. Elle savait fort bien ce qu'il aurait fallu, et ce n'était pas le ramollissement de la chair qui recule, le corps qui cède à l'apathie. Sa propre chaleur humide – de l'inattendu, personne ne lui avait parlé de ça – s'assécha et tiédit. Il marmonna quelque chose. Elle crut l'entendre dire :

« Je ne peux pas.

– Ce n'est pas grave. »

Sauf que si, ça l'était, et pas qu'un peu. Elle se surprit à lui trouver des excuses, sans savoir que c'était là le genre de paroles réconfortantes que les femmes prononçaient depuis des temps immémoriaux.

« Tu es fatigué, nerveux. Moi aussi, je le sens bien. Et puis devoir se cacher, le stress, tout ça... Ce sera différent la prochaine fois. »

Richard et Julia annulèrent leur déjeuner. Ils avaient prévu de partir en voiture avec Francine dans le Surrey pour rendre visite à Roger et Amy Taylor. Roger Taylor, Richard et Jennifer avaient été à l'université ensemble, mais Roger s'était marié beaucoup plus tard que ses amis, après la mort de Jennifer, et Jennifer n'avait jamais connu sa femme. Cette dernière, quoi qu'il en soit, avait fini par figurer au nombre des amis de Julia. Julia se faisait une joie de voir Amy, même si, selon ses propres termes, elle n'avait pas « beaucoup de temps » à consacrer à Roger, mais la perspective de passer ne fût-ce qu'une demi-journée avec ses amis ne pouvait entrer en ligne de compte quand il était question de la sécurité de Francine.

« Nous serons de retour avant elle, l'avait rassuré Richard. Elle a une clef. Tu sais ce que c'est, à cet âge, en rentrant, elle va monter directement dans sa chambre. Elle peut très bien y arriver toute seule, elle n'a pas besoin qu'on soit là. »

Mais Julia opposa toutes sortes d'arguments. Suppose que « quelque chose soit arrivé » à Francine, ses amis, la police ou l'hôpital ne sauraient pas où trouver ses parents. Ensuite, il y avait le danger représenté par ce garçon. Julia avait tout raconté à son mari au sujet de ce garçon : qu'elle l'avait vu à plusieurs reprises en train d'attendre Francine à l'arrêt du bus, qu'elle avait trouvé sa voiture, vu une enveloppe à son nom et son adresse posée sur le tableau de bord.

« Pourquoi attendait-il un bus s'il avait une voiture ? s'étonna Richard.

– Je te l'ai dit. Il n'attendait pas le bus. Il attendait Francine.

– Est-ce que tu l'as réellement vu retrouver Francine ? Tu l'as vue monter dans sa voiture ? C'est cela que tu es en train de dire ? »

Julia secoua la tête, exaspérée.

« Je crois tout à fait possible, j'en ai peur, que Francine l'amène ici pendant que nous sommes sortis.

– Qu'est-ce que tu es en train de suggérer, Julia ?

– Francine est un être humain, non ? Elle est jeune.

– Pas Francine, répliqua Richard. Elle ne ferait rien de tel. »

Mais il téléphona à Amy Taylor et annula leur visite. Il tressaillit quand elle lui demanda assez brutalement pourquoi il ne le lui avait pas fait savoir plus tôt.

« Tu ne crois pas vraiment que Francine aurait... enfin, des relations avec ce garçon, n'est-ce pas ? En tout cas, je croyais qu'elle était sortie pour la journée avec cette Isabel, comment s'appelle-t-elle déjà ? Ce n'est pas ça ?

– Je n'en sais rien, fit Julia avec raideur. Pourquoi me demander cela à moi ? À moi, elle ne me parle jamais.

– Julia, Francine serait incapable de faire une chose pareille. Elle est peut-être grande sous certains aspects, mais à d'autres égards elle est très jeune pour son âge. Tu ne crois pas vraiment qu'elle le laisserait...

– La baiser ? »

C'était une expression que Julia n'avait jamais employée auparavant dans sa vie. Elle ne l'avait pour ainsi dire jamais entendue, sauf à la télévision. Mais elle la proféra avec une hargne malveillante et elle vit que son mari en était estomaqué.

« Pourquoi pas ? ajouta-t-elle. Elle est instable, ça, nous l'avons toujours su. Les gens comme elles, les individus traumatisés, n'ont aucun sens moral et sont obsédés par le sexe, c'est un fait bien connu. Évidemment qu'elle le laisserait...

– Pour l'amour du ciel, n'emploie plus ce mot ! »

Ils passèrent une journée lamentable. Il n'y avait pas grand-chose dans le frigo, Julia avait tout mangé et, par conséquent, puisqu'elle refusait de quitter la maison, Richard dut aller faire les courses. Il revint et tenta de regarder le championnat de rugby à la télévision, mais Julia entra et éteignit en lui disant qu'il était sans cœur de s'amuser comme cela quand elle était folle d'anxiété. Faire les cent pas était devenu chez elle une habitude, mais jamais auparavant il ne l'avait vue tourner en rond. Cela lui permit de comprendre que cette manie d'angoissée était l'une des plus irritantes et des plus contrariantes qu'un être humain puisse observer chez un autre être humain. Pour y échapper, il s'enferma dans leur chambre, s'allongea sur le lit et n'eut plus qu'une envie, que l'on soit mardi, jour où il devait prendre un vol en milieu de matinée pour Francfort.

Quand Francine rentra à la maison, il n'était pas tard. Elle était certainement la seule fille de sa classe à être de retour chez elle à dix heures un samedi soir.

Elle n'avait aucune envie de rentrer. Elle n'avait pas eu envie de quitter Teddy et, surtout, elle aurait aimé passer la nuit avec lui. Lui aussi, il en avait envie. La même pensée occupait leurs deux esprits. Si elle restait, tout irait bien, elle serait de nouveau réceptive, il lui ferait l'amour. Mais à cette différence près qu'il était incapable de comprendre qu'il lui faille partir, et il essaya de la retenir, physiquement.

« Il le faut, insista-t-elle. Je sais que tu ne comprends pas et je ne sais pas comment te le faire comprendre. C'est un fait, voilà tout. Il faut que je rentre à la maison.

– Je vais faire toute la route avec toi. Je vais chercher le miroir. »

Alors elle dut lui expliquer qu'elle ne pouvait pas prendre le miroir. Même si elle avait effectué tout le trajet en taxi. Elle ne pourrait expliquer ce miroir à Julia et à son père. Julia était capable de le briser. Cela, il le comprit, elle vit une ombre lui traverser le visage à cette perspective.

« Tu le gardes pour moi. Quand je viendrai te voir, je le verrai. »

Elle appela un taxi par téléphone. Qu'elle ait de l'argent pour ça, voilà qui le sidéra. En attendant la voiture, il lui repassa sa robe blanche, car il déclara ne pouvoir supporter de la voir dans un vêtement froissé. Sur le petit sentier, dans le jardin devant la maison, surveillé depuis une fenêtre du premier par les voisins qu'il appelait les jeunes cadres dynamiques, il l'embrassa si longuement et si intensément que le chauffeur de taxi leur cria de laisser tomber parce qu'il n'avait pas toute la soirée devant lui.

Francine s'assit sur la banquette arrière du taxi en frissonnant. Il lui était arrivé tant de choses qu'elle se sentait presque comme Julia l'avait prévu, comme si la vie pouvait la vaincre en un tournemain. Presque, mais pas tout à fait. Et quand elle fut chez elle, une fois payé le chauffeur, elle se surprit à marcher très calmement vers la porte d'entrée, pour se glisser dans la maison aussi sereinement que si elle avait vraiment fait l'amour, triomphale, merveilleusement comblée.

Ce fut Julia qui troubla son équilibre en se précipitant dans le vestibule et en étreignant Francine avec brusquerie, enfouissant son visage baigné de larmes dans son épaule.

« Oh Dieu, oh Dieu, tu es rentrée ! Dieu merci, tu es rentrée ! »

Le temps d'un instant, Francine eut peur. On venait de pincer une certaine corde du passé.

« Ce n'est pas papa, non ? Il n'est rien arrivé à papa ? »

Une voix à la fois lasse et enjouée – une gaieté peut-être forcée – l'accueillit depuis le salon.

« Je suis là, ma chérie. Je vais bien. »

L'avait-il jamais appelée ma chérie auparavant ? Elle était incapable de se le rappeler. Mais quand elle sonda le visage humide et chiffonné de Julia, elle n'aima pas ce qu'elle y vit. À maintes reprises, dans ses pensées, et une ou deux fois en s'adressant à Holly et Miranda, comme cela, en passant, elle avait traité Julia de folle. À présent elle savait que, ce disant, elle avait ignoré jusqu'à cette minute ce qu'était la folie.

23

DANS SON RÊVE, le miroir cessa d'être un miroir et se transforma en un portrait encadré. Par un curieux processus chimique ou magique, parce que Francine y avait maintes fois plongé le regard, son image s'était imprimée et fixée dans l'épaisseur du verre, c'était désormais un tableau d'elle. Son propre visage ne s'y reflétait plus. Il regardait celui de Francine, et l'adorait.

Mais cela, c'était le bon rêve. Dans son mauvais rêve, elle posait sa petite main blanche sur le coffre de l'Edsel et la substance dont était fabriqué ce dernier, sa surface de métal luisante couleur citron, fondait et se dissolvait comme du beurre qui a ramolli. Sa main traversait et descendait plus profond, plus profond, dans la pourriture grise et la putréfaction moite, infecte... Teddy se réveilla en hurlant si fort que, plus tard, quand il sortit jusqu'à la poubelle, Megsie pointa la tête au-dessus de la clôture et lui demanda ce qui se passait. Nige et elle avaient entendu ce hurlement épouvantable dans la nuit, ils avaient cru que quelqu'un se faisait assassiner.

« Pas cette fois-ci, répondit Teddy.

– Ça ne va pas devenir une habitude, hein ? Un peu plus, Nige et moi, on allait appeler la police. »

Francine était venue chez lui à quatre reprises, et chaque fois il avait pensé à ce qu'il y avait dans ce coffre, à sa proximité avec cette entité, à sa beauté et à sa perfection, et à cette horreur. Le moment était venu de faire quelque chose. Elle ne viendrait pas avant cet après-midi. À dix heures du matin, il se rendit à Orcadia Place.

La maison avait un aspect différent. Le temps d'un instant, il fut incapable de cerner en quoi. Puis il comprit que l'automne était venu. Côté façade et sur l'arrière, les feuilles qui avaient recouvert la maison d'un dais changeaient de couleur, passant du vert à l'or roux, ou bien au rouge violacé. Les vrilles de vigne vierge étaient d'une délicate nuance de rose. Sans s'y connaître du tout en matière de jardins, de jardinage ou de plantes, il comprit qu'il avait gelé et il s'aperçut que Harriet Oxenholme (ou son jardinier) avait taillé les fleurs ou les avait déracinées, que la terre dans les pots était fraîche, et que celle des plates-bandes était retournée et replantée. En amoureux de l'ordre et de la propreté, il préféra presque cet aspect impeccable à l'abondance débridée de la floraison.

Il sonna. Dès qu'elle ouvrit la porte, la première chose qu'il remarqua, ce furent les deux valises posées dans le vestibule, une bleue et une noire, chacune avec une étiquette de compagnie aérienne attachée à la poignée.

À sa vue, elle se renfrogna.

« Je vous avais pris pour quelqu'un d'autre. Que voulez-vous ?

– Mes croquis, annonça-t-il. Je les ai laissés ici. »

Elle était bien habillée, selon la formule de sa grand-mère, « sur son trente et un ». La longue jupe gris argenté et le haut élégant tricoté de fils d'argent seraient bien allés à Francine. Ils avaient été dessinés pour une femme de moins de vingt-cinq ans, et le col bateau, qui aurait dévoilé le haut des seins doux et blancs de Francine, exposait sa poitrine brunie, amaigrie, couverte de taches de rousseur. Ses ongles étaient vernis couleur argent, et elle avait sur la bouche une espèce de substance grasse et scintillante. Teddy détourna légèrement le regard et répéta ce qu'il venait de dire.

« J'ai laissé mes dessins ici. Puis-je entrer ?

– Quels dessins ? s'exclama-t-elle.

– Les croquis pour le placard que vous disiez vouloir.

– Mon Dieu, vous ne vous imaginez pas que je les ai gardés ? »

Il demanda, d'une voix rauque :

« Vous avez brûlé mes dessins ?

– Évidemment non, je ne les ai pas brûlés. Dans quel siècle vivez-vous ? Je les ai jetés, pour qu'on les enlève et qu'on les recycle. »

Il avait compté accéder à l'intérieur de la maison et faire ce qu'il avait fait précédemment, sortir par-derrière et laisser le portail ouvert. À présent, c'était impossible. Et elle avait détruit ses dessins ! Il l'aurait volontiers tuée. Mais, une fois de plus, son œil se posa sur les deux valises. Elle s'en allait. Et incessamment, à en juger par ce qu'il voyait. Il n'en dit pas plus, mais tourna les talons, se refusant à regarder derrière lui, sachant bien qu'elle était encore là, qu'elle n'avait pas fermé la porte.

Un break était garé dehors. Sur le flanc, il était inscrit : « G. Short, Entretien adoucisseurs d'eau ». Un homme à peu près de l'âge de Teddy, grand, la peau sombre, descendit de la cabine du conducteur. Teddy l'ignora. Il fit le tour par-derrière, par l'allée des écuries, et il essaya le portail. Naturellement, il était fermé au verrou, de l'intérieur.

Mais elle s'en allait. Si ce n'est aujourd'hui, demain. Si ce n'est demain, bientôt.

En passant au crible les papiers de Keith, il trouva sur une brochure le nom, l'adresse et le numéro de téléphone du vendeur de Balham à qui Keith avait acheté l'Edsel. La société s'appelait *Miracle Motors*. C'était probablement trop demander qu'ils rachètent la voiture pour la même somme d'argent. Mais l'achèteraient-ils seulement ?

Il leur téléphona. Plutôt surpris, il s'entendit répondre qu'ils aimeraient voir la voiture et demander quand il pourrait la leur amener. Pas aujourd'hui, réfléchit-il, ni demain. Et pourquoi pas jeudi ? On lui dit que jeudi serait parfait et, juste au moment où ils raccrochaient, il réussit à leur préciser que l'Edsel était en excellent état.

Avant de la conduire chez *Miracle Motors*, il fallait qu'il la nettoie, qu'il la lave, qu'il la lustre et l'astique, et qu'il passe les chromes à la peau de chamois. Il sortit dans le jardin et examina l'Edsel, en quête d'éventuelles rayures et éraflures, mais il n'y en avait pas une seule. Elle était en aussi parfait état, sa carrosserie aussi brillante et intacte qu'en ce jour de 1957 où elle était sortie de la chaîne de montage de Ford, une tonne et demie de métal et de verre, comme neuve en dépit de ses quarante ans d'âge ; elle semblait dotée du secret de la jeunesse éternelle. Il trouva étrange qu'un objet si cossu, si entretenu, conçu avec autant de soin et construit avec autant d'amour, puisse également être aussi laid.

En se penchant au-dessus du coffre, les mains posées sur les feux arrière en forme de M, comme deux ailes de papillon, il tâcha de déceler la moindre odeur. Et quand il approcha son visage tout près du rebord du coffre, à l'endroit de la jointure avec la carrosserie, un relent infime, quelque chose comme une horreur vague et lointaine, lui parvint aux narines. Il se dit « vague et lointaine » parce que cela lui semblait très distant. Un soupçon d'horreur, rien de plus, et pourtant ce n'était pas loin, ce n'était qu'à quelques centimètres de lui. Il renifla de nouveau, mais il n'y avait rien, il avait imaginé la chose.

L'idée de Francine à proximité de cette voiture le dégoûta. Il avait même suggéré qu'ils se retrouvent quelque part près de l'endroit où elle habitait, qu'ils aillent dans un parc, au cinéma, qu'ils dînent ensemble. Mais elle avait voulu venir à lui, être seule avec lui. Et pour sa part, il pouvait à peine supporter la perspective d'être avec elle tout en étant dans l'incapacité de la toucher. Il fallait qu'elle vienne, et cette fois il devait réussir à lui faire l'amour, cette fois il ne devait plus y avoir aucune défaillance ignominieuse. C'était la présence de l'Edsel qui affaiblissait sa chair, il en était sûr, car rien d'autre ne pouvait justifier la défaillance quand le désir était si fort.

Tout ce qu'il pouvait faire, c'était la tenir à l'écart de sa chambre, là où l'arrière de l'Edsel masquait le bas des fenêtres. Cela lui rappela une scène qu'il avait vue, une fois, à la télévision, dans une émission sur les animaux sauvages : un singe énorme tournant le dos à un ennemi et soulevant son derrière dans un geste de dérision méprisante.

Parfois, c'était ce qu'il ressentait à l'égard de l'Edsel, à cause de sa taille, de sa couleur, et de son contenu épouvantable : elle se moquait de lui.

Même Megsie, en la regardant un jour du fond de son jardin, avait commenté, avec un rire bête :

« Cette Elgin, elle a comme une espèce de visage, hein ?

– Edsel », avait rectifié Teddy.

Une bouche qui faisait la moue, des globes oculaires très écartés, des rouflaquettes... Il ferma les yeux et tourna le dos à la voiture avant de les rouvrir. Elle se demandait sans doute pourquoi il ne se servait pas de l'Edsel pour venir la chercher à la station de métro de Neasden, par exemple, au lieu d'y aller à pied. Il ne voyait pas quelle explication inventer. Tant pis, elle s'interrogerait, certes, mais très probablement elle ne poserait pas de question. L'Edsel ne serait bientôt plus là, hors de sa vue, oubliée, et peut-être en tirerait-il assez d'argent pour acheter une petite voiture moderne, aux lignes élégantes, d'une couleur discrète, sombre...

Il la vit avant qu'elle ne le voie. Elle sortait de la station, hésitante, presque timide, en le cherchant. Un jean, aujourd'hui, et une chemise bleue. Il était déçu. Pas profondément déçu, mais simplement déconcerté parce qu'il pensait toujours à elle en robe, complètement féminine, délicate, une princesse.

Caché sous un porche, il l'observa. Elle s'immobilisa et l'attendit. Ses yeux s'imprégnèrent du modelé exquis de sa tête, de sa forme moins dissimulée que mise en valeur par sa ravissante chevelure noire posée toute droite comme un voile, une chute d'eau, de ses épaules légèrement anguleuses, de la finesse de sa taille, de ses jambes longues et minces et de la cambrure du cou-de-pied. L'idée lui vint qu'il aimerait bien la garder toujours avec lui, pour la regarder, sans jamais la laisser sortir de son champ de vision, la toucher mais sans lui parler, la dévêtir et la vêtir à nouveau d'une belle étoffe de lin ou d'une robe Fortuny qui n'était pas rouge comme celle de Harriet Oxenholme, mais d'un blanc pur.

Elle avait regardé dans sa direction, un rien stupéfaite. Quand elle se détourna, il sortit de sa cachette et l'appela par son nom :

« Francine ! »

Son sourire et la rougeur qui lui monta aux joues la transfigurèrent. Fugitivement, il se dit qu'il la préférait pâle comme neige, et grave. Il la prit dans ses bras et lui baisa la bouche, un baiser d'abord léger, mais qui se fit intense, profond, pénétrant.

Ce fut elle qui s'écarta la première, mais sans le vouloir, et uniquement pour dire :

« Est-ce que nous pouvons aller chez toi ?

– Où aller, sinon ?

– C'est seulement parce que tu avais parlé du cinéma ou d'un dîner.

– J'ai de quoi manger là-bas, annonça-t-il, et j'ai du vin pour toi. Allons-y. »

Dilip Rao resta si longtemps à Orcadia Cottage que Harriet commença à s'inquiéter. Franklin avait signifié son intention de rentrer tôt. Il avait quelques tâches de dernière minute à régler avant de partir pour l'aéroport au volant de sa voiture. Dilip n'avait que vingt ans, il était viril et ardent, et ne semblait pas du tout voir ce qui leur interdisait, à Harriet et à lui, de rester dans le lit à baldaquin jusqu'au lendemain matin. Il n'écoutait pas ses explications et, finalement, elle dut se lever, lui retirer les couvertures et lancer ses vêtements sur son corps nu. Il partit à quatre heures vingt et Franklin fut de retour à la maison à la demie.

Pendant qu'il passait des coups de fil apparemment essentiels avant de quitter le pays, jetant les coussins par terre pour ensuite se percher sur un accoudoir du canapé, Harriet resta assise dans la cuisine. Embrumée de sexe et d'alcool, elle reprit ses esprits grâce à une tasse de thé fort. Plus tôt, en s'assoupissant, elle avait sombré dans un rêve aux accents prémonitoires, ce qui n'était pas rare chez elle, mais quand même contrariant. Ces présages étaient presque toujours vains, les événements qu'ils annonçaient, la mort, le désastre, la perte de revenus, une maladie invalidante ou fatale, finissaient rarement, voire jamais, par se réaliser, mais ils laissaient néanmoins derrière eux un sentiment d'inquiétude. Elle ne parvenait pas à s'extraire de la tête la voix chuchotante qui avait proféré : « La dernière fois, la dernière fois », sans pouvoir discerner s'il s'était agi d'une allusion à quelque circonstance antérieure ou à un événement ultime.

Mais, après coup, ce rêve la laissait perplexe : pouvait-il signifier que c'était la dernière fois qu'elle avait reçu un jeune amant ou la dernière fois qu'elle avait fait l'amour, ou que sous peu ce serait la dernière fois qu'elle verrait Franklin – la dernière fois qu'elle lui dirait au revoir ? Il y avait toujours la possibilité qu'il ne revienne pas d'un de ses départs en vacances, qu'il reste auprès de la femme qui lui tenait lieu de compagne. Si femme il y avait – comment le saurait-elle ?

Subitement, elle fut gagnée par un sentiment de solitude. Après le retour de Franklin, elle prendrait des vacances elle aussi, les deuxièmes de l'année, ils partaient en vacances deux fois chacun. Tout de même, la quinzaine de jours à venir s'étirait dans un grand vide. Certes, Dilip reviendrait, il n'attendrait probablement même pas d'être invité, mais Harriet n'était pas du tout certaine d'avoir envie de revoir Dilip.

Franklin entra dans la cuisine pour lui demander si elle avait vu la sangle de sa valise.

« Elle est dans ta penderie. Sur la planche du haut. Frankie, pourquoi est-ce que je ne viens pas avec toi ?

– Parce que nous prenons des vacances séparément, lui répondit-il. Depuis toujours, pour toujours.

– Tu veux dire que tu ne veux pas de moi.

– Monte me chercher cette sangle de valise, veux-tu ? »

Harriet monta.

Une fois qu'il eut chargé ses valises dans le coffre de sa voiture et démarré, elle ramassa les coussins et se mit à téléphoner à des gens, des connaissances, les quelques personnes qu'ils appelaient leurs amis. Depuis longtemps maintenant, elle avait remarqué que dans un mariage ou dans une association, quand la femme s'en va, pour l'homme les invitations pleuvent, à des réceptions, à des dîners. Les choses sont très différentes quand c'est la femme qui est laissée pour compte. Personne ne l'invite nulle part et elle a de la chance si on ne l'ignore pas complètement.

Bien qu'elle ait perdu de vue Orage, Anthère et Cithare depuis longtemps, elle savait où les trouver. Ils avaient repris leurs vrais noms, étaient devenus respectables et avaient monté un cabinet d'études de marché. Orage avait épousé Cithare et Anthère occupait l'appartement du haut dans leur maison de Brondesbury. Quatorze Manvantaras et un Krita font un Kalpa, se dit Harriet en écoutant la sonnerie. Puis la voix de Cithare se fit entendre, annonçant leur départ à tous pour Hanoï, ce qui devait correspondre, supposa Harriet, à leur conception de la plaisanterie, car cela signifiait simplement qu'ils étaient descendus au pub ou, à la rigueur, à Bournemouth.

Simon Alpheton lui vint en tête. Elle avait levé les yeux et son œil s'était allumé à la vue de son tableau, la nature morte avec la petite bestiole que Teddy Brex avait admirée. Les oranges et le fromage, et la souris blanche qui les regardait avec tant de convoitise. Simon habitait à Fulham, et seul, probablement. Harriet avait appris son divorce dans les journaux. Le numéro où le joindre qu'elle avait dans son répertoire commençait par l'indicatif 0181. L'indicatif pour le centre de Londres était le 0171, tout autre numéro indiquait que l'on habitait chez les péquenots; un indicatif 0181, c'était aussi mauvais signe que de ne pas avoir de W dans son code postal, Harriet avait tranché la question depuis longtemps. Mais Simon, c'était autre chose, Simon, c'était l'exception.

Il lui fallut trouver un certain courage avant de lui téléphoner. Je suis sa Fiancée juive, se dit-elle, sa dame rousse d'Orcadia Place, riche et aimée. « Je l'achèterai peut-être », avait-elle déclaré pendant qu'il la peignait, et Marc avait répondu : « Avec quoi ? » Elle respira profondément et composa le numéro.

Simon Alpheton eut l'air sincèrement ravi d'avoir de ses nouvelles. Elle se remémora qu'il incarnait ce qu'elle n'avait pas souvent rencontré dans sa vie, le modèle du type sympa. Il la convia à dîner avec lui le lendemain soir.

« J'ai quelque chose pour toi, lui annonça Teddy.

– Tu m'as déjà donné quelque chose, lui rappela Francine. Tu m'as donné le miroir.

– Tu t'assois là-bas et tu regardes dans le miroir, moi, je vais chercher la chose et je la mets sur toi. »

Cela faisait plusieurs semaines qu'il n'avait plus jeté un œil sur la bague. Il la trouvait encore plus belle que dans son souvenir. Elle était assez belle pour elle. Il descendit rejoindre Francine au rez-de-chaussée, la bague dans la main gauche.

Le crépuscule était tombé et il fit de la lumière, juste une seule lampe dans la pièce principale. Francine n'était pas face au miroir, comme il l'avait enjointe de le faire, elle lui tournait le dos. Il en ressentit une petite pointe d'irritation, une sensation similaire à celle qu'il avait éprouvée quand il avait vu ce jean et cette chemise. Maintenant elle ne les portait plus, elle était enveloppée, telle qu'il l'avait enveloppée, dans une dizaine de mètres d'une soierie couleur de pierre qu'il avait achetée pour y tailler des rideaux.

« Tourne-toi », lui commanda-t-il.

Elle lui obéit, en souriant. Mais il ne voulait pas qu'elle sourie.

« Regarde-toi, fit-il. Rien au monde ne mérite plus d'être regardé. Non, ne souris pas ! »

Il se tenait debout derrière elle, il posa les bras sur ses épaules, lui prit la main et y passa la bague. Elle était trop large pour son annulaire. Elle allait devoir la porter au majeur.

« Elle est belle, dit-elle. Je ne peux pas l'accepter.

– Si, tu le peux. Tu le dois. Je l'ai gardée pour toi. Cela fait des années que je la garde.

– Mais ça ne fait pas des années que tu me connais !

– Je savais que tu étais quelque part, ma femme parfaite, et que tu attendais ma bague. »

Il posa ses mains sur ses épaules, rentrant son petit doigt abîmé afin de ne pas gâcher l'image. Elle regarda la bague, se regarda dans le miroir, puis elle leva les yeux sur lui. Il l'embrassa.

« Je ne peux pas l'accepter.

– Alors, je ne te laisserai pas partir. Je vais te garder ici.

– Mais c'est une bague de fiançailles.

– C'est une bague d'amoureux », rectifia-t-il, et alors elle lui dit qu'elle allait l'accepter et la porter.

Il était temps pour elle de rentrer. Il défit le drapé de soie et le laissa retomber, pâle amas chatoyant sur le sol. Les vêtements horribles qu'elle avait l'intention de remettre le choquaient. Il aurait bien aimé la laisser nue, statue vivante livrée à son adoration. Mais elle enfila le jean, la chemise et un cardigan de laine, celui-là même qu'elle portait quand il avait remonté sa manche et lui avait écrit son numéro de téléphone sur le poignet. Il lui prit la main et admira la bague.

Il faisait nuit, à présent, neuf heures passées, et il n'allait pas la laisser prendre le métro toute seule.

« Tu ne pourrais pas m'emmener dans ta voiture ?

– Je la déteste, lui dit-il. Je ne m'en sers jamais. Je vais m'en débarrasser et en acheter une petite. »

Il prit donc le métro avec elle jusqu'à Bond Street, changea avec elle pour prendre la Central Line et ne la quitta que lorsqu'ils furent arrivés sous les arbres, près de sa maison. Pendant tout le trajet, d'une rame à l'autre, il garda le bras autour d'elle, la tenant contre lui, et tenant aussi la main qui portait la bague.

24

LE TEMPS QU'IL RENTRE, il était minuit passé. Il rangea la maison, lava le verre de Francine, les assiettes et les tasses où elle avait bu et mangé, mit le reste du vin au frigo. C'était une négligence de sa part d'avoir laissé cette soierie en tas sur le sol de la pièce principale. Cela allait provoquer des plis qu'il pourrait avoir du mal à éliminer. Il plia la soierie en deux, et puis encore en deux, et l'étendit sur la rampe.

Une fois couché, il pensa à Francine telle qu'il l'avait vue, assise devant son miroir, drapée de soie raide, le reflet de son visage posant un regard grave sur son visage réel. Elle était sans aucun doute la plus belle fille du monde. Un régal pour les yeux. Jadis, Alfred Chance avait employé cette expression, et elle lui était restée en mémoire. En parlant d'un objet, toutefois, et non d'une personne. Cela voulait dire que poser le regard sur la beauté supprimait douleur et blessure, et vous rendait meilleur. Francine le rendait meilleur, et lorsqu'ils ne pouvaient se délecter de la regarder, ses yeux étaient douloureux.

Il n'avait jamais vu personne qui l'égale. Mais il fallait procéder à quelques changements, dans sa vie et la sienne, et dans leur manière d'être ensemble, et dans les endroits où ils vivaient. Premièrement, il la voulait tout le temps avec lui. Et vêtue comme il avait envie qu'elle le soit, pas dans ce jean hideux, ce coton bleu, ces bottes. Il commença de réfléchir, non pas à Alpheton, en cet instant, ni l'École de Joyden, mais à Gustav Klimt et aux femmes qu'il avait peintes en robes scintillantes de lamé, de paillettes, de velours et de fourrure, de lourdes tresses de bijoux accrochées à leur cou ou qui retenaient les turbans dont elles coiffaient leurs cheveux. Il aimerait habiller Francine comme une femme de Klimt et la parer de colliers, de bracelets et de rangs de perles. Et vivre avec elle dans un bel endroit, un décor adapté à sa personne.

Sur cette pensée, il s'endormit, et dormit jusque tard dans la matinée du lendemain. Il était debout, en train de compter ce qui restait de l'avance qu'il avait reçue de Mme Trent, quand il se souvint que c'était aujourd'hui le jour dit. C'était aujourd'hui, ou ce soir, qu'il allait s'en occuper. Quoi qu'il en soit, il compta l'argent et s'aperçut qu'il lui restait un peu moins de cent livres.

Il n'avait plus eu de réponses à sa petite annonce et avait décidé de ne plus en faire paraître. Il ne pouvait pas se permettre de passer une annonce – mais en même temps il avait besoin de travail. L'Edsel, ce qu'il obtiendrait de l'Edsel, c'était sa seule chance. Assurément, depuis que Keith avait acheté la voiture, les prix devaient avoir monté. Et maintenant, se pouvait-il qu'elle vaille jusque dans les dix mille livres ?

Il remplit un baquet d'eau chaude, rassembla ses éponges, ses chiffons et ses pinceaux, et sortit la nettoyer. Nige, qui n'allait plus travailler à l'extérieur mais faisait tout de chez lui sur un ordinateur, un modem, un e-mail, et toutes sortes de choses de ce genre, pointa la tête au-dessus de la palissade. Megsie lui avait dit avoir vu la petite amie de Teddy et que c'était vraiment une belle fille, et cela plairait-il à Teddy de la leur amener la prochaine fois qu'elle passerait, que l'on boive un verre ? Teddy répondit : peut-être. Il se dit que Nige allait retourner à l'intérieur, mais non. Une chaise de jardin en cannage blanc fut sortie de l'atelier de M. Chance, qu'ils appelaient le « pavillon », et Nige s'assit pour profiter de l'été indien.

Teddy astiquait le pare-brise quand un tapotement à la porte-fenêtre le fit sursauter. Sa grand-mère était là, dans sa chambre, en train de regarder au-dehors, coiffée de son chapeau rouge en forme de pain de sucre, avec un lourd sac de commissions dans chaque main. Il détestait qu'elle possède une clef, mais elle en avait une depuis la mort de sa mère. Pour autant qu'il sache, elle l'avait prise sur le corps de sa mère, elle en était capable. Il ne voyait pas de moyen de la lui reprendre. Elle ouvrit la porte-fenêtre et sortit.

« Keith n'est pas encore revenu, alors ? fit-elle.

– Il ne va pas revenir.

– On aurait pu penser qu'il veuille récupérer sa voiture. Avec quoi il circule ? Il compte sur cette moto, c'est ça ?

– Non, il ne compte pas dessus, intervint la voix de Nige. Il a demandé à Teddy de la vendre à un de nos potes.

– Qui vous a demandé de venir mettre votre grain de sel ? » dit Agnes à mi-voix.

Mais Teddy trouva qu'elle lui avait lancé un drôle de regard. Tous deux entrèrent dans la maison et Agnes insista pour passer l'ensemble en revue, admirant les améliorations qu'il avait faites depuis sa dernière visite. Elle regarda la soierie couleur de pierre étendue sur la rampe et lui dit qu'il y aurait des chances que sa copine Gladys lui confectionne une paire de rideaux si, en échange, il lui peignait ses toilettes extérieures.

Sur le bras du fauteuil de la pièce principale, elle trouva un fin cheveu noir, long de quarante-cinq bons centimètres. Pour quelqu'un qui avait dépassé les quatre-vingts ans, elle avait une vue miraculeuse.

« Qui est-ce qui est venu ici, alors ?

– Ma petite amie, répondit Teddy et, comme il aimait entendre ces mots, il les répéta : Ma petite amie. »

Pour on ne sait quelle raison, Agnes jugea cela désopilant et elle se mit à rire.

« Tu l'emmènes se balader dans cette voiture, c'est ça ? lui demanda-t-elle.

– J'emmène la voiture à Liphook demain, je l'apporte à Keith, à Liphook, lâcha froidement Teddy.

– Bien, fit Agnes. Je me disais aussi qu'il devait y avoir une raison pour que tu la nettoies. Tu n'as pas la réputation de faire des choses pour les autres, à moins que tu n'y aies un intérêt. Il te paie, hein ? »

Teddy se débarrassa d'elle dès que possible et retourna astiquer l'Edsel. À l'heure du déjeuner, Megsie rentra à la maison, ramenant avec elle quatre autres jeunes cadres dynamiques, et ils restèrent tous debout dans le jardin à boire des Pimm's champagne et à l'appeler toutes les cinq minutes par-dessus la palissade pour qu'il les rejoigne. (« Pourquoi tu ne laisses pas tomber cette vieille Edwyn ? » lui dit Megsie.) Nettoyer la voiture à fond prit à Teddy trois heures pleines et, naturellement, il ne s'était pas encore occupé de l'intérieur du coffre.

Dans l'après-midi, Francine lui téléphona depuis son portable. Ils n'avaient rien prévu pour se voir ce jour-là, mais ils se retrouveraient vendredi. Il n'avait pas grand-chose à lui raconter, les pensées qui lui emplissaient la tête n'étaient pas faites pour qu'elle les entende, et ce qu'elle avait à lui raconter, au sujet de sa belle-mère et d'un boulot que sa belle-mère ne voulait pas qu'elle accepte, ne l'intéressait pas. Mais il aimait le son de sa voix. Il aurait pu l'écouter toute la journée, même si elle s'était exprimée dans une langue étrangère.

S'il touchait une somme conséquente pour l'Edsel, peut-être pourrait-il leur trouver un endroit à tous les deux. Louer un appartement dans un endroit agréable, un appartement avec des pièces superbes, comme celles d'Orcadia Place. Il s'imagina un atelier de dessin avec des portes vitrées donnant sur un jardin à l'italienne, entouré d'arbres toujours verts, avec des feuilles pointues, vert foncé, des pots sur les dalles, pleins de lis et de cyprès. Un banc de pierre, un bassin circulaire avec des poissons rouges, des dauphins en bronze dont la gueule cracherait le jet d'eau d'une fontaine. Francine s'assiérait sur le banc dans sa robe Fortuny blanche, sa main ondoyant dans l'eau claire...

À sept heures du soir, il téléphona à Harriet Oxenholme. Le répondeur prit l'appel, la voix de Harriet prononçant tout juste une phrase, aucun de ces trucs détaillés ou facétieux, mais la simple mention de son numéro avec cette formule : « Voulez-vous laisser un message ? »

Il ne voulait pas. Il était content qu'elle soit partie. Il était indispensable qu'il fasse noir, sans avoir à attendre jusqu'au milieu de la nuit. Il subsistait une terrible difficulté, et une incertitude. Avant le départ, allait-il ouvrir le coffre et regarder à l'intérieur ? Ou attendre d'être là-bas dans l'allée des écuries, derrière Orcadia Place ? Il comprenait maintenant qu'il n'avait pas cessé de se poser cette question de toute la journée, dans une partie semi-consciente de son esprit, une région subliminale. Derrière les fantasmes de Francine et du jardin à l'italienne, derrière les projets de vendre l'Edsel et de trouver un endroit où habiter, pour elle et lui, cette question était restée pendante.

S'il ouvrait le coffre ici, il y avait toujours la possibilité que Nige et Megsie regardent par la fenêtre du premier et qu'ils en aperçoivent le contenu. Peut-être, bien sûr, pour ne rien en voir de plus que le sac en plastique, une chose, oui, une chose grise et luisante nouée avec du ruban adhésif. Mais se dégagerait-il une odeur ? C'était à cela qu'il devait réfléchir, le risque d'une odeur. Si seulement Nige et Megsie avaient pu sortir ce soir, il se serait occupé de ça en toute sécurité, mais ils ne sortiraient pas, il le savait. D'un bout à l'autre de l'après-midi, entre les verres de Pimm's, les commentaires sur l'été indien et, plus tard, le dîner dehors à base de pizzas, il les avait entendus répéter, à plusieurs reprises, que leur intention était de rester les doigts de pied en éventail et de regarder leur cassette de *Trainspotting*. Il n'osait pas ouvrir ce coffre avec eux à seulement quelques mètres de distance.

Devait-il se rendre à Orcadia Place sans savoir ce qu'il trouverait là-dedans quand il allait ouvrir ? Son imagination toujours fertile se chargea de lui représenter une masse détrempée, quelque chose comme le contenu d'une canalisation, qu'il avait vue en passant à pied devant des travaux, une masse grise et mouillée, comme de la boue, mais truffée de morceaux de bois et de cailloux. Il n'était pas impossible qu'un corps renferme de puissants acides capables de manger le plastique. Cela faisait maintenant huit mois que Keith était mort.

Au bout du compte, il prit une décision et, à dix heures, quand les lumières, chez Nige et Megsie, lui indiquèrent qu'ils se trouvaient dans leur salon, côté rue, à regarder leur vidéo, il s'installa dans l'Edsel, à la place du conducteur, et mit le contact. Il dut effectuer plusieurs tentatives avant que le moteur ne démarre, et il se souvint que les voitures ont des batteries et que les batteries peuvent se décharger. Quoi qu'il en soit, tout se passa bien. Il sortit de l'auvent en marche arrière, tourna, franchit le portail à deux battants, émergea dans la rue.

Le sale moment, ce fut quand, chez ses voisins, dans le salon qui donnait sur la rue, les rideaux s'entrouvrirent, et lorsque Megsie lui adressa un signe de la main. Il lui répondit d'un signe de la main, une sorte de salut. Pas la première fois qu'il se demandait ce que ces deux-là lui voulaient, pourquoi ils donnaient l'impression de l'apprécier alors qu'il avait repoussé toutes leurs avances.

La nuit était sombre et sans lune, mais un éclairage artificiel blanc et jaune palliait l'absence de luminosité. Il prit l'une des avenues qui longent Gladstone Park et là, en terrain découvert, avec d'un côté l'ombre des arbres et, de l'autre, des maisons assez éloignées, il se gara et descendit de la voiture. Il n'y avait personne alentour. La plupart de ces maisons étaient éclairées, mais certaines d'entre elles n'avaient de la lumière qu'aux fenêtres du premier étage. Il se dirigea vers l'arrière de la voiture et resta debout, à regarder le coffre.

À ce moment-là, il se demanda si à ce stade il ne serait pas possible de tout simplement abandonner l'Edsel, de l'emmener quelque part à la campagne et de s'en débarrasser, dans un bois ou en bordure d'un champ. Qui saurait à qui appartenait cette voiture ou le corps enfermé dans son coffre ? Mais ce n'était pas aussi simple que ça. Megsie et Nige le sauraient. Sa grand-mère le saurait. *Miracle Motors* le saurait. La police enquêterait auprès des vendeurs de voitures, de tous les vendeurs de ce type de véhicule dans Londres, si ce n'est ailleurs. Et, de toute façon, s'il abandonnait la voiture, il ne serait pas en mesure de la vendre et d'en tirer ses cinq, ou peut-être ses dix mille livres.

Il inséra la clef dans la serrure du coffre et la tourna. Sa main se posa un petit moment sur la poignée chromée, juste au-dessus de la plaque d'immatriculation. Puis il ouvrit le coffre en vitesse. Il ferma les yeux, souleva le capot, rouvrit les yeux.

Rien n'avait changé.

À l'intérieur du coffre, tout avait exactement le même aspect que lorsqu'il l'avait fermé, huit mois auparavant. Pour autant qu'il puisse en juger dans cette lumière, qui n'était pas très puissante. Consciemment, il avait cessé de respirer, ou plutôt, il n'avait respiré que par la bouche. Maintenant, il aspirait de l'air par les narines. Il n'y avait aucune odeur, rien. En dépit de l'absence d'odeur, il commença à se sentir écœuré, nauséeux. Il se pencha un peu au-dessus, s'approcha plus près, et c'est alors que lui parvint, comme d'un lointain charnier, portée par un léger souffle de vent, une vague bouffée d'épouvante.

Promptement, il referma le coffre. Il le verrouilla. Il remonta dans la voiture et roula en direction d'Edgware Road. Quand il était arrêté aux feux rouges, l'Edsel attirait quantité de regards curieux ou admiratifs. Quelqu'un traversa la chaussée derrière lui, en se faufilant entre les voitures, et donna une claque sur le coffre du plat de la main. Teddy fut parcouru d'un frisson.

Il tourna dans l'allée des écuries en quittant Hall Road. Là, les réverbères étaient à l'ancienne, des lanternes retournées cul par-dessus tête, le sommet des poteaux en acier peint en noir, et il n'y en avait que deux. Pour autant qu'il puisse dire, toutes les portes des garages étaient fermées, et tous les portails. Deux voitures seulement étaient restées en stationnement. On était samedi soir et les gens étaient soit sortis, soit partis pour leur maison de campagne.

Il gara l'Edsel, l'arrière contre la porte à deux battants du garage d'Orcadia Cottage. Pour ouvrir, il serait facile d'escalader le mur ou le portail, mais il n'osait pas prendre ce risque. C'était une chose que d'être vu en train de tirer un sac rempli d'on ne sait quoi du coffre d'une voiture et de le traîner par une porte ouverte, mais c'était une tout autre affaire que de se faire prendre dans l'attitude du cambrioleur qui escalade un mur. Cependant, la faible probabilité d'être vu lui donna confiance. Aucune fenêtre ne surplombait cette partie des anciennes écuries, les appartements étaient situés au-dessus de garages, à une bonne cinquantaine de mètres de là. Les seules personnes susceptibles de voir quoi que ce soit étaient les conducteurs qui rentraient chez eux, ou ceux de ces deux véhicules en stationnement, quand ils viendraient les chercher.

Emportant avec lui la trousse à outils de Keith, une lampe torche et une canne qui avait appartenu à son grand-père, il contourna la maison pour passer par-devant et s'introduire dans le jardin côté rue, par le portail en fer forgé du mur d'enceinte. Une fois à l'intérieur, ni lui ni rien de ce qu'il ferait ne pourrait être vu de la rue. Malheureusement, il était impossible de rejoindre la cour arrière depuis le jardin côté rue sans traverser la maison. Il en avait été presque certain la dernière fois qu'il était venu, et maintenant il en avait confirmation.

À l'intérieur du jardin clos, il faisait noir. Dans la maison, pas une lumière n'était allumée. Les myriades de feuilles qui la recouvraient pendaient, immobiles et sombres, mais chacune, semblait-il, avec une infime lueur en surface. Il leva les yeux pour voir si une quelconque fenêtre était ouverte à l'étage, quand une lumière jaillie du perron, au-dessus de sa tête, lui causa une frayeur. Subitement, toutes les feuilles virèrent au vert fluorescent. Il attendit le bruit des pas qui se précipitent, la porte qui s'ouvre à la volée, mais rien ne se produisit. Après coup, il comprit que cette lumière avait été commandée par un programmateur. Une autre s'était allumée dans l'une des pièces du rez-de-chaussée donnant sur le jardin.

Possédait-elle un système d'alarme ? Il crut se rappeler la présence d'un panneau de touches sur le mur du vestibule. Harriet était suffisamment étourdie pour en posséder un et ne pas s'en servir. Elle était assez écervelée pour ne pas avoir tourné la clef dans l'un des deux verrous de la porte, celui du haut. La lumière lui vint en aide. Grâce à elle, il aurait l'assurance de faire un minimum de bruit. Il ferma les yeux, se remémorant le dessin de la porte côté vestibule, la forme de la poignée – à l'extrémité carrée – qui ouvrait cette porte, la position de la boîte aux lettres et, surtout, qu'il n'y avait pas, du côté intérieur, de boîte symétrique recouvrant la fente.

Lentement et très prudemment, il inséra la canne dans la boîte aux lettres, le pommeau coudé en premier. Quand l'instrument et son avant-bras se furent complètement enfoncés, il replia le bras et, avec le pommeau, chercha la poignée à tâtons. Le pommeau cogna contre la boiserie, puis accrocha la poignée. Il tira la canne vers lui, la serrure cliqueta et la porte s'ouvrit. Lâchant la canne par terre, à l'intérieur, il ramassa la trousse à outils et entra.

Ainsi qu'il l'avait pensé, les valises n'étaient plus là. Elle était partie. L'endroit était très silencieux et il y faisait extrêmement chaud. Elle était le genre de personne suffisamment riche pour laisser le chauffage central allumé pendant son absence. Alors, que faire en premier ? Déverrouiller le portail ou explorer la cave ?

Bien qu'aisé, dès lors qu'il s'agissait du choix d'un restaurant Simon Alpheton ne jetait pas son argent par les fenêtres. Jamais, se souvint Harriet. Pourtant, elle s'était imaginée qu'accéder à la fortune aurait modifié ses habitudes. *La Ruchetta*, le nom sonnait fort bien, quoique ce fût la première fois qu'elle en entendait parler, et Old Brompton Road était un quartier chic, pourvu que l'endroit où vous alliez se situe dans la partie est de la rue. À mesure que son taxi l'emmenait vers l'ouest, les appréhensions de Harriet allèrent croissant. Le chauffeur la déposa à Earl's Court, devant un restaurant italien riquiqui, entre un bureau de paris mutuels et un bar à tapas, une vitrine pleine de filets de pêche et de paquets de pâtes.

Simon, qui était déjà là, lui annonça que c'était son endroit préféré. À l'époque où il était pauvre, il avait habité juste au coin de la rue. Harriet lui trouva une allure épouvantable, les cheveux complètement blancs, longs jusqu'aux épaules, la panse surplombant généreusement la taille de son jean. Un jean ! Elle portait un ensemble et une veste de soie rayés noir et blanc, la jupe s'arrêtant dix bons centimètres au-dessus du genou, et les pans de la veste, très amples, étaient surchargés d'incrustations de perles brodées, rouges et noires.

Mais elle vit bien qu'on faisait grand cas de lui, à *La Ruchetta*. Le propriétaire vint les voir à leur table, lui adressa une sorte de courbette et lui donna du « maestro ». Les dîneurs assis aux autres tables se donnaient des coups de coude et le dévisageaient. La photo de Simon était passée dans le journal la semaine précédente. Il avait accordé un grand entretien au *Times* à l'occasion de sa nouvelle exposition.

« Cela doit faire dix ans, lança-t-il à Harriet, sans lui dire qu'elle n'avait pas changé ou qu'elle paraissait plus jeune que jamais, ni rien de ce genre. Comment se porte Franklin ?

– Parti pour San Sebastian, ce sont ses vacances », répondit Harriet.

Quelle qu'ait pu être la réplique de Simon, elle se perdit à jamais quand une femme pour le moins expansive, tenant un album à la main, s'approcha et lui demanda si elle pouvait avoir un autographe pour sa fille, qui était à l'école des Beaux-Arts de Chelsea. Simon signa, lui sourit et se montra très affable. Tous deux commandèrent un risotto, et puis une escalope de veau, et Harriet dut admettre que c'était délicieux. Le frascati était très bon, et le chianti aussi. Elle commençait de se demander ce qui serait arrivé si jadis elle avait appelé Simon après Marc et avant Otto, et si elle l'avait épousé, lui, au lieu de Franklin, quand Simon fit remarquer qu'il avait quelque chose à lui dire. C'était la raison pour laquelle il avait répondu à son coup de téléphone en l'invitant ici. Il voulait essayer quelque chose sur elle.

Avant qu'il ait pu expliquer de quoi il s'agissait, le plus beau jeune homme que Harriet ait vu depuis des années entra dans le restaurant et s'approcha de leur table. Il était grand, mince et brun, les traits du David de Michel-Ange et le sourire de Tom Cruise, et il éclipsait Otto, Zak et Dilip, sans parler de Teddy Brex. Une idée folle traversa l'esprit de Harriet, l'idée que

Simon était en train de lui offrir une sorte de présent longtemps différé, que c'était pour elle qu'il provoquait l'apparition de ce garçon, par gratitude ou par simple générosité. La désillusion vint s'y substituer. Simon tendit la main et la manière dont il serra celle de l'autre, qu'il eut de regarder ses yeux noirs, ne laissait guère de place au doute.

« Je vais rendre publique mon homosexualité, Harriet. La semaine qui vient. En fait, je vais tenir une conférence de presse... Ça te paraît croyable ? Je veux vraiment savoir ce que tu en penses, si c'est sage, je veux dire. Pas si notre relation est sage, je n'ai aucun doute là-dessus. Oh, mais, au fait, voici Nathan.

– Mais tu n'es pas homo ! s'exclama Harriet.

– Enfin, non, je ne l'étais pas. Ou je croyais que je ne l'étais pas. Avec le temps, les gens changent. »

Il regarda de nouveau Nathan et reprit, avec tendresse :

« Regarde-le, il a de quoi rendre Casanova homo ! »

Ils burent du champagne. Harriet se sentit chagrinée, sans guère savoir pourquoi, car elle-même, elle ne désirait pas Simon, et d'expérience elle savait la futilité des avances faites aux personnages de l'acabit de ce Nathan.

« Alors, est-ce que je prends une sage initiative ou non ? » lui demanda Simon.

Elle avait envie de dire qu'elle n'en savait rien et que cela lui était égal. Au lieu de quoi, ce mantra, ou ce texte étrange sur lequel elle était tombée pour la première fois voici près de trente ans, lui vint aux lèvres, et elle le prononça à voix haute :

« Quatorze Manvantaras et un Krita font un Kalpa.

– Cela signifie-t-il oui ou non ? s'enquit Simon.

– Cela signifie : fais comme tu veux », répondit-elle.

Il dut en conclure qu'il l'avait contrariée, mais sans trop savoir en quoi, et ne put qu'ajouter qu'il allait s'en tenir à sa décision. Harriet répliqua, non sans méchanceté, qu'au moins cela ferait quelque chose à lire dans le journal, et qu'elle attendait de voir ce que les chroniqueurs des rubriques mondaines en tireraient. Une profonde solitude s'empara d'elle, l'impression d'être tenue en lisière de tout, et la perspective de son trajet de retour solitaire à la maison la remplit de terreur.

Elle se rendit compte qu'elle avait attendu de cette soirée quelque chose de très différent, et quand elle fut dans le taxi que Simon avait fait appeler par le restaurateur, elle comprit, dans un de ses rares moments de lucidité vis-à-vis d'elle-même, que ce qu'elle avait recherché là, c'était une amitié. Peut-être, plus exactement, le renouveau d'une amitié, une personne appréciée et qui l'apprécierait, l'inverse de quelqu'un qu'elle aurait désiré.

Sur la banquette arrière du taxi, plongée dans la pénombre, elle se confronta à son avenir et elle sut que les rencontres avec les Zak et les Dilip allaient prendre fin, que c'était dans la nature des choses. Cette année, ou l'année prochaine, et sans doute – elle serra les poings – au prix d'une cuisante humiliation. C'était dans ces moments-là que l'on avait besoin des amis, mais elle n'avait pas d'amis, en dehors des relations mondaines de Franklin, en dehors de tous les Anthère et de tous les Cithare de ce monde, éternellement indisponibles. Un abîme parut s'ouvrir devant elle, le gouffre de vacuité des années à venir.

C'est dans cet état de désespoir qu'elle rentra à Orcadia Cottage et monta directement au premier. Une sensation effrayante vint remplacer la solitude, une sensation qui la laissa désemparée, ne sachant que faire, sans la moindre idée sur la manière de passer le temps ; la nuit, il n'y avait absolument rien qu'elle ait envie de faire. Ni manger, ni boire, ni regarder la télévision, ni lire, ni écouter ses messages téléphoniques, s'il y en avait, pas même ressortir – où pourrait-elle aller ? Ni se mettre au lit, ni dormir, ni même favoriser la venue du sommeil grâce à un somnifère.

Mais elle pénétra dans sa chambre, retira son manteau et le jeta sur le lit. Tout près du miroir, elle plongea le regard dans son propre visage avant de s'en détourner sèchement. Loin de l'affaiblir, le désespoir l'emplissait d'une énergie misérable, de sorte qu'elle mourait d'envie, à présent, de s'activer, fût-ce violemment, de se défouler sur un sac de frappe, de donner des coups dans quelque chose d'élastique et mou. Ou de fracasser le miroir et de voir sa figure et son corps et toute la pièce se fendiller, frémir et s'écrouler.

Si ce genre de comportement avait été dans sa nature, elle serait partie en courant. Elle aurait couru autour du pâté de maisons, se serait arrêtée quelque part et, comme l'homme qu'elle avait vu un jour s'entraîner dans Regent's Park, elle aurait exécuté des mouvements d'aérobic, escaladé des bancs pour en redescendre aussitôt, et ainsi de suite. Mais ce n'était pas dans sa nature, et c'était au-dessus de ses forces. Elle étira les bras, les leva au-dessus de sa tête, pensa crier.

Ce fut alors qu'elle entendit. La porte qui s'ouvrait en haut de l'escalier de la cave. Quelqu'un était entré dans la maison par cette porte et la refermait derrière lui, presque en la claquant.

Ce devait être Franklin. Seul Franklin possédait une clef. Pour une raison ou une autre, il était revenu. Là-bas, la femme n'était pas au rendez-vous. Personne d'autre, aucun intrus, n'aurait des gestes aussi assurés, ne ferait autant de bruit. Pourtant, il ne s'approchait jamais de la cave ou de l'escalier de la cave. Elle aurait presque pu affirmer qu'il ignorait qu'il y avait une cave à cet endroit.

Une colère indéfinissable l'envahit, lui parcourut les veines, lui échauffa la figure. Qu'est-ce qu'il fabriquait ? Pourquoi était-il ici ? Sachant qu'elle était sortie, devinant qu'elle sortirait dès qu'il serait parti, il mettait en œuvre un plan qui impliquait d'utiliser la cave, qui impliquait de la tromper. Il devait être en train d'y cacher quelque chose, de lui cacher quelque chose. Ou alors, il mettait en place une sorte de piège contre elle. Cela lui ressemblerait assez, se dit-elle en se représentant son grand sourire en forme de rictus et en se figurant entendre sa voix moqueuse.

Elle chercha la perche munie d'un crochet qui ouvrait la fenêtre en demi-lune et la trouva dans le placard du palier. Cela l'amusa de s'imaginer le battre avec, le frapper, peut-être mortellement, et d'expliquer après coup qu'elle l'avait pris pour un cambrioleur, qu'elle avait eu une peur épouvantable, au point de perdre la tête. Elle commença à descendre l'escalier.

Le programmateur avait déclenché la lumière du perron, et il aurait dû actionner aussi l'éclairage de la salle à manger. Inexplicablement, ce n'était pas le cas. Mais la lumière en haut de l'escalier de la cave, elle, s'était allumée à la suite d'une intervention humaine. La porte de la cave, à laquelle on n'avait pas touché depuis des années, était maintenant ouverte. Dans son désir de lui faire peur, elle en oublia sa colère pour simplement songer à lui causer un choc. Elle ne le frapperait pas – enfin, cela dépendait de ce qu'il était en train de fabriquer.

Elle descendit une marche, regarda en bas et, sur le ton menaçant cher à Franklin, prononça la formule chère à Franklin. Sur le ton de l'officier qui ordonne à des troupes peu enthousiastes de monter à l'assaut.

Il était sorti par la porte de la cuisine, après avoir éteint au passage la lumière de la salle à manger.

La cour qui séparait la maison de l'allée des écuries formait un rectangle, dont tout l'espace était pavé de gypse. De chaque côté s'étendait une étroite plate-bande plantée d'une quantité de petits arbustes aux feuilles argentées. Lors de sa précédente visite, Teddy ne les avait pas regardés comme il convenait, car sur le moment il n'avait remarqué que la plaque en fonte. Celle-ci se trouvait à peu près au milieu de la cour, tout en étant plus près du portail que de la maison. À présent, il s'apercevait que le mur qui, sur un côté, séparait cet espace de la rue, le mur qui le séparait du jardin des voisins et le mur au bout des écuries, étaient construits avec ce qui semblait être, sous cette lumière sombre et dangereuse, de la brique jaune. On avait récemment surélevé ces murs, et le nouveau briquetage était d'une nuance légèrement différente.

Une table de jardin et quatre chaises, en fonte peinte en blanc, étaient disposées dans l'un des coins, à l'extrémité de la maison, et, dans le coin opposé, il y avait une grande urne de marbre, dans laquelle poussait un arbre taillé en pointe. L'arrière de la maison était couvert du même feuillage luxuriant que la façade, ce qu'il n'avait pas remarqué la dernière fois. Plus encore, en fait, car pas une parcelle de brique n'était visible, et les vrilles rosâtres étaient dissimulées par les feuilles elles aussi. Seules les fenêtres, rectangles noirs et brillants, tels des yeux, et les portes vitrées, à losanges, perçaient vers la végétation.

Les deux lampadaires des écuries donnaient assez de lumière pour révéler tout cela, mais dans un camaïeu sombre, noir, charbon de bois, gris, avec des lueurs argentées dans le feuillage. Il ouvrit les verrous du portail. Puis il essaya de soulever la plaque. C'était une espèce de pièce métallique gravée au nom du fabricant, Paulson & Grieve, Ferronniers, à l'intérieur d'une couronne de laurier. Il tira sur l'anneau de métal enchâssé en son centre, mais sans aucun effet, et il comprit assez vite que le problème ne venait pas de son propre manque de force, mais plutôt de ce que quelque chose, de l'autre côté, probablement un écrou, maintenait la plaque en place. Il allait devoir passer par la maison pour descendre à la cave.

Tout d'abord, il alla jeter un coup d'œil à l'Edsel et à l'allée des écuries. Personne dans les parages. Les deux voitures en stationnement étaient toujours là. Au loin, il pouvait entendre le bruit de la circulation sur Maida Vale, par-delà la levée de terre du canal. Il retourna dans la maison, ouvrit la porte de la cave et appuya sur l'interrupteur.

Rien. Grâce à la lumière provenant de l'escalier, il put discerner une ampoule nue pendue au plafond. Cela lui fit plaisir que l'ampoule soit hors d'usage et n'ait jamais été remplacée, car cela confirmait ce qu'elle avait dit, à savoir qu'elle ne descendait jamais dans la cave.

Il dévissa l'ampoule de cent watts d'une lampe posée sur une table de la salle à manger, la descendit dans la cave et remplaça l'ampoule défectueuse. Aussitôt, la lumière se fit et lui montra ce qu'il était venu voir.

Le reste de la maison était très propre, presque à la hauteur de ses propres critères d'exigence. Ici, en bas, si ce n'était pas exactement sale, c'était poussiéreux et guère entretenu. Des toiles d'araignées pendaient du plafond et s'agglutinaient dans les coins. L'endroit était vide, pas plus de trois mètres carrés, le sol de béton râpeux, les murs recouverts de plâtre et peints en blanc. Ils avaient été peints en blanc voici très longtemps, car ce blanc s'était fendillé et avait viré au gris. Dans le mur de droite, situé à l'arrière de la maison, il y avait une porte, faite de planches grossières, dont la peinture blanche s'écaillait, et dans laquelle s'ouvrait une trappe. Cela datait du temps où le charbon, livré de l'extérieur, venait remplir la cave, supposa Teddy. La trappe était soulevée de l'intérieur et on y déversait le combustible. La tâche d'un serviteur, avec un seau ou un panier à fond plat. Les saletés que cela devait provoquer, la crasse, le firent frémir.

Il souleva le loquet. L'espace dans lequel il pénétra mesurait peut-être la moitié de la surface de la cave elle-même, et consistait en une cavité en forme de cube d'environ un mètre quatre-vingts de profondeur. Il ne restait plus de charbon, mais le sol était noirci de poussière et une odeur âcre restait en suspension dans l'air confiné. Il alluma sa lampe torche, et le faisceau fit détaler une araignée dans un recoin obscur. Au sommet de la cavité, la torche éclaira la face intérieure de la plaque. Comme il s'y était attendu, elle était maintenue en place par un lourd écrou d'acier.

Teddy était assez grand pour atteindre l'écrou du bout des doigts, mais pas pour le saisir ni pour le faire tourner. Il avait besoin de quelque chose sur quoi monter et aussi, au cas où, d'une clef à molette et d'un tourne-à-gauche pour le loquet.

Pendant un moment, il se demanda où il avait laissé la trousse à outils de Keith. L'avait-il emportée dehors ? Il remonta une fois encore en haut de l'escalier de la cave, époussetant soigneusement la poussière de charbon de ses chaussures avant de pénétrer dans le vestibule. L'idée de salir cet endroit exquis lui était très désagréable. La porte qui donnait sur le vestibule était de celles qui se refermaient en claquant à la moindre poussée.

Ensuite, il se souvint. Il avait laissé la trousse à outils juste derrière la porte, quand il était sorti pour ouvrir le verrou du portail. Maintenant, il fallait trouver un escabeau ou, à défaut – et ce serait certainement à défaut –, une chaise ou un tabouret.

Rien qui convienne dans la cuisine. Il doutait de pouvoir se résoudre à monter sur une des magnifiques chaises dorées de la salle à manger. L'une des chaises en fonte de la cour ferait l'affaire. Il alla en chercher une. Elle était lourde, elle devait peser une bonne douzaine de kilos. Portant la chaise d'une main et la trousse à outils dans l'autre, il s'apprêtait à refaire le chemin en sens inverse quand il entendit une voix perçante de femme s'écrier : « Plus un geste. Restez où vous êtes. Je suis armée. » Un petit ricanement hystérique ponctua les derniers mots.

25

LE TEMPS D'UN INSTANT, il douta que ce fût une voix réelle. Cela devait provenir de la radio ou de la télévision. Ou alors, le dispositif qui commandait les lumières pouvait, après un temps de retard assez astucieux, être programmé pour lancer une bande magnétique. C'était à cela qu'il pensait, mais il avança, déboucha dans le vestibule, s'enfonçant mollement dans l'épais tapis. Le silence. Puis le bruit d'une respiration que l'on retenait lui indiqua que c'était une vraie femme qui avait parlé. C'était elle, Harriet.

Il la vit. Elle portait des chaussures à talons d'une hauteur extravagante, des chaussures pour mannequin adolescent sur une piste de défilé de mode, des talons aiguilles de dix centimètres. Elle se tenait de dos, en haut des escaliers, elle regardait en bas, oscillant sur ses talons acérés, une espèce de bâton ou de gaffe dans la main. Il fut immédiatement clair qu'elle le croyait en bas. Où qu'elle ait été dans la maison, et peut-être y était-elle dès qu'il y avait pénétré, elle avait entendu la porte de la cave claquer et croyait qu'elle s'était refermée derrière lui quand il avait descendu l'escalier.

Il demeura absolument immobile. L'Edsel était dans l'allée des écuries, le portail était ouvert. Si elle appelait au secours, si elle téléphonait à la police, il se ferait arrêter, la voiture serait saisie. Il resserra fermement les doigts sur le pied de la chaise qu'il tenait, sur la poignée de la trousse à outils.

Elle s'écria :

« Sors, espèce d'imbécile. Qu'est-ce que tu fabriques, à la fin ? »

Son sang se chargea d'un flot d'adrénaline. Il le sentit déferler dans son crâne. Elle savait qui il était, elle était encore en train de l'insulter. Il prit sa respiration et la relâcha dans un rugissement :

« Retournez-vous ! »

Jamais auparavant il n'avait vu quiconque exécuter un bond. Il avait entendu dire que cela arrivait, oui, mais il n'avait jamais vu ça. Son sursaut la galvanisa, il aurait juré que ses pieds avaient quitté le sol. Son visage pivota vers lui, elle cria : « Vous ! », et, alors, il lança la trousse à outils sur elle.

Il l'envoya de la main gauche, et la chaise de la droite. Le sac la cueillit à la poitrine, la chaise dans les jambes. Elle tomba en arrière, exécuta plusieurs tonneaux et roula tout en bas des marches, ses mains agrippant le vide. Un cri plaintif lui échappa, la perche qu'elle tenait lui vola des mains en décrivant un arc de cercle, sortant du champ de vision de Teddy. Il entendit un fracas quand la perche s'abattit par terre, et l'écrasement plus mou du corps.

Qu'il s'agisse d'un cadavre, et non d'une femme en vie, blessée, mais vivante, il n'en sut à peu près rien tant qu'il ne fut pas descendu jusqu'en bas. Il traversa même un moment d'angoisse – que faire si elle était bel et bien en vie ? Mais sa tête avait heurté le sol avec violence, un peu comme si elle avait plongé dans la mer depuis un promontoire sans remarquer que l'eau était peu profonde, et le fond une roche peu clémente.

Sa première pensée, après cela, fut étrange. À présent, il lui fallait éviter de la toucher. Si quelque chose devait l'empêcher de tuer, ce serait la nécessité d'avoir d'abord à toucher sa victime. Deux personnes étaient mortes de ses mains sans qu'il les touche. Il sourit, l'idée était si singulière et tellement inattendue.

Il ramassa la chaise. La peinture s'était écaillée, mais à part cela elle était intacte. Rien n'était arrivé à la trousse à outils, si ce n'est qu'un tournevis et une paire de tenailles en étaient tombés. Il porta sur le corps un regard froid, le sang rouge foncé contre la chevelure roux foncé, le blanc cireux de la face sous le maquillage. Qu'est-ce qui l'avait ramenée chez elle ? Apparemment, elle n'était partie que pour deux nuits. Deux grosses valises pour deux nuits ? Peut-être, pour une femme pareille. Quand il avait ouvert la porte d'entrée, sans doute se trouvait-elle au premier, trop loin pour l'entendre, occupée à déballer ces deux valises.

Satisfait par cette hypothèse, il emporta la chaise dans le réduit à charbon, monta dessus et, se servant des tenailles, donna un bon tour pour dégager l'écrou. On eût dit qu'il avait été calé dans cette position des années auparavant et qu'on n'y avait plus touché depuis. La fermeté de ses mains lui plut. Il était presque imperturbable. C'était d'autant mieux. Il poussa sur la plaque et elle se souleva assez facilement.

Il remonta l'escalier et retourna dans le vestibule, regarda autour de lui et, avisant son sac à main sur la petite table à côté de la porte d'entrée, le fourra dans la trousse à outils. Par simple précaution, au cas où une femme de ménage ou toute autre personne possédant une clef viendrait dans la maison. Il retourna dans la cour, ouvrit le portail et sortit dans l'allée des anciennes écuries.

L'une des deux voitures était partie. Le plus vraisemblable, c'est qu'elle appartenait à quelqu'un venu rendre visite à des amis, dans l'un des appartements ou l'une des maisons situés plus haut dans l'allée. En vérité, côté dîners en ville ou visites de courtoisie, il en savait fort peu, mais il avait calculé que c'était à peu près l'heure à laquelle on partait d'un endroit où l'on avait été reçu un samedi soir.

Et maintenant, motus et bouche cousue. Qui avait l'habitude de dire ça ? Il s'était surpris lui-même quand ces mots lui étaient venus spontanément à l'esprit. Sa grand-mère peut-être, ou son grand-père, décédé depuis longtemps. Et maintenant, motus et bouche cousue. Un régal pour les yeux. Ou de quoi abîmer des yeux bien portants ? Il ouvrit le coffre de l'Edsel, ferma les yeux, les rouvrit. À deux mains, il agrippa le sac en plastique par le haut, le linceul de Keith, l'empoigna juste au-dessous de la fermeture au ruban adhésif, et le souleva.

Il y avait une odeur, mais ni forte, ni terrible, ni fétide, non, rien de tel. Si le plastique crevait, ce serait une autre histoire, ça, il le savait. Une déchirure serait fatale, un désastre. Il hissa le sac et son contenu par-dessus le rebord du coffre et le déposa sur les dalles. Une fois le sac sorti du coffre, enfin par terre et intact, il sut que le pire était passé.

Il traîna le sac jusqu'à la plaque. Puis il retourna fermer le coffre et le portail. Un homme et une femme, apparemment surgis de nulle part, se matérialisèrent soudain dans l'allée des écuries, et cela lui fit un choc. Ils marchaient en direction de la voiture restée en stationnement.

Qu'avaient-ils vu ? Sans doute rien. Il était sûr et certain qu'ils ne se trouvaient nulle part dans les parages pendant qu'il traînait le sac. Et leur comportement semblait le confirmer, car, tout en déverrouillant la portière de sa voiture, l'homme lui lança :

« Quelle belle nuit ! »

Teddy hocha la tête. Il ne savait jamais quoi répondre à ce genre de remarque.

« Bien, alors bonne nuit.

– Bonne nuit », fit Teddy.

Il ferma le coffre. Il essaya de se comporter comme se comporterait un propriétaire qui habiterait dans un endroit de ce genre. Il alla jusqu'au garage, fit comme s'il s'assurait que tout était en ordre du côté de la voiture – il n'y avait pas de voiture, ce qui ne le surprit pas –, examina un tas de briques, qu'on avait dû laisser là après avoir surélevé les murs. Il passa le portail, d'un pas assuré, comme s'il allait et venait à cet endroit depuis des années. Mais il fut incapable de s'empêcher de regarder par-dessus son épaule lorsque la voiture le dépassa. La femme, assise côté passager, le gratifia d'un petit signe amical de la main.

Une fois le portail fermé et verrouillé, il redressa la plaque et la posa à l'écart, sur le dallage. Son principal souci, maintenant, c'était que le sac puisse éclater quand il le ferait descendre par cet orifice. Enfin, si cela arrivait, ce ne serait pas la fin du monde, ce serait seulement... désagréable. La fin du monde avait été évitée et le pire était passé.

Il poussa et hissa le sac jusqu'à la bouche de la cave. La bouche du corps mort, songea-t-il. Il le poussa au travers, les pieds en avant, en le retenant par la tête et les épaules. Lâcher tout n'était pas une solution, pas tant qu'il ne pourrait sentir les pieds, là, en bas, au moins effleurer le sol de pierre. Tenant bon, respirant fort, il s'arc-bouta au-dessus du bord, ses bras le tiraient au point de se rompre, crut-il, jusqu'à ce qu'il sente la charge diminuer, la tension se relâcher. Le sac touchait le fond.

Il le laissa filer et il y eut une glissade, un coup sourd, une secousse. Le temps d'une brève seconde, il crut qu'il allait partir avec, mais, bandant ses muscles, il parvint à garder prise sur les dalles. Il avait laissé la chaise en fonte en bas, et le sac tomba de guingois, s'affaissa dessus, comme si le corps, dans son linceul glissant, s'était assis. Il eut un frisson.

D'une flexion vigoureuse, il se redressa. Il remit la plaque en place, vérifia que tout, dans la cour, était tel qu'il l'avait trouvé, et retourna dans la maison.

Un drap ou une nappe, quelque chose comme ça, voilà ce dont il avait besoin. Au premier, dans un placard du palier, devant la chambre où elle l'avait conduit, il trouva des deux, en quantité. Les draps propres, repassés de frais, blancs, lui plurent. Il lui plairait d'avoir un lin semblable pour son lit à lui, le sien et celui de Francine, chaque jour des draps frais. Et pourquoi pas ? Ce qu'il fallait faire pour l'obtenir n'était rien comparé aux avantages.

Toutefois, vu l'usage, une couverture serait peut-être mieux adaptée. Il y en avait plusieurs, des bleues, des blanches, moelleuses, impeccables, sur le rayonnage du bas. Il en tira une bleue et descendit une fois encore dans la cave. Le sang avait cessé de couler, comme cela se produit une fois que l'on est mort, c'est ce qu'il avait entendu dire. Malheureusement, beaucoup de sang s'était répandu sur le sol. Sans nul doute, ce sang allait aussi souiller cette jolie couverture propre. Mais il n'avait pas le choix. Il étendit la couverture par terre et roula dedans le corps de Harriet, une tâche pas bien difficile, elle ne devait pas peser la moitié du poids de Keith.

À ce stade, une idée lui vint, un plan merveilleux. C'était simple et beau, cela résolvait tout. Plutôt que de mettre le corps de Harriet dans le réduit à charbon avec celui de Keith, il allait apporter celui de Keith ici. Comme ça, le réduit serait vide, une mesure de sécurité si jamais quelqu'un soulevait la plaque ; et pour ce qui était de la cave proprement dite... Y arriverait-il ? Il était certain d'y arriver. L'idée qu'il venait d'avoir le fit sourire, puis rire à gorge déployée. Dans ce lieu souterrain, son rire fit écho.

Tout d'abord, il ôta la chaise en fonte. Ce faisant, il garda les yeux fermés, mais il ne pouvait se boucher les oreilles pour éviter d'entendre le bruit de succion du corps glissant sur le sol.

Mais enfin, c'était la toute dernière fois qu'il allait devoir le traîner, c'était la fin. Son contenu avait été passablement dérangé, et n'importe qui désormais aurait pu sentir. Il resta là, debout, et il sentit. Horrible, réellement. Que les êtres humains étaient dégoûtants, dans la vie, dans l'agonie, et dans la mort...

Il ferma la trappe du réduit à charbon et repoussa les loquets. Le sang de Harriet dessinait une flaque presque noire, collante, sur le sol de la cave. Il envisagea d'aller chercher de l'eau, une brosse à récurer et de nettoyer, c'était tout à fait dans sa nature de nettoyer une fois la besogne accomplie – quelle que soit la besogne –, mais finalement il décida que non. Il était déjà suffisamment sale comme cela. En réalité, il se sentait crasseux, à cause de toute l'énergie qu'il avait dépensée, de la poussière de charbon et des toiles d'araignées. Il pouvait se sentir, une puanteur forte, d'oignon. C'était plus répugnant que s'il avait reniflé ça sur quelqu'un d'autre.

Pourquoi ne pas faire ce qu'il mourait d'envie de faire ? Il était seul, tout était terminé, l'Edsel l'attendait, sa voiture, une voiture étrange qui attirait les regards des curieux, mais rien de plus qu'une voiture, et qui pourrait dorénavant soutenir l'examen détaillé de n'importe quelle autorité. Alors pourquoi ne pas monter au premier prendre un bain ?

Il avait le choix. Une salle de bains attenante à sa chambre à coucher à elle, et une autre à laquelle on accédait depuis le palier. La sienne avait une baignoire à pieds de lion, dressée sur une estrade carrelée, l'autre était une baignoire en marbre bleu, encastrée, et ce fut celle-là qu'il choisit. Il la remplit d'eau fumante et mousseuse dans laquelle il versa un filet d'huile parfumée à l'oranger. Il se servit d'un luffa pour se frotter – c'était le premier objet de ce genre qu'il voyait de sa vie – et d'un savon aussi odorant qu'une corbeille d'agrumes. La serviette était orange pâle, moelleuse d'un côté et veloutée de l'autre. Quand il fut sec, il sécha la baignoire et il essuya les robinets avec un gant de toilette pour les faire reluire.

Il consulta sa montre, une heure dix du matin, et vérifia que le sac à main de Harriet contenait une clef de la maison ; ensuite, il sortit par la porte d'entrée et fit le tour de la maison en direction des anciennes écuries, où l'Edsel l'attendait.

26

DANS LE PETIT SAC À MAIN de cuir matelassé, il y avait bien plus qu'une clef de la maison. Le lot de cartes de crédit pourrait lui être utile. Il allait devoir y réfléchir. Mais dans le portefeuille, il trouva également près de cent livres en billets, un petit carnet d'adresses relié pleine peau, ainsi que les trucs habituels des femmes, un poudrier, du rouge à lèvres, un petit flacon de parfum.

Quant au sac à main lui-même, il essaya d'imaginer Francine l'utilisant, mais l'image qu'il suscita était complètement faussée. C'étaient des talons hauts qui allaient avec, et une démarche maniérée, des ongles vernis rouges et des bracelets créoles. Avec un frémissement, il fourra le sac à main dans sa poubelle. La journée qui venait de s'écouler et cette nuit lui paraissaient un rêve, à présent, et le souvenir qu'il en avait était tellement surréel, les événements si bizarres, qu'il éprouva le besoin de sortir, dès son réveil, pour aller vérifier que le coffre de l'Edsel était vraiment vide.

Il avait l'air innocent et ordinaire – si toutefois l'Edsel avait quoi que ce soit d'ordinaire –, un espace vide et propre qui semblait n'avoir jamais rien renfermé de plus macabre qu'une valise. De cette chose qui était restée à l'intérieur pendant huit mois, il ne subsistait pas un signe, pas une trace. Et l'odeur, toute odeur s'en était allée avec Keith, dans la cave.

À l'intérieur du garage, il se souvint, il y avait un tas de briques. Pour qui s'y connaissait un peu, ce qui s'était passé relevait de l'évidence. Le mur du fond avait été jugé trop bas et, à une période récente, on l'avait surélevé d'une bonne soixantaine de centimètres. Les calculs avaient prévu plus de briques que nécessaire, d'où cette pile dans le garage. Il allait avoir besoin de ciment tout préparé, et peut-être d'une dalle. La pierre, il ne l'ignorait pas, cela coûtait cher, mais peut-être y avait-il une autre solution...

Il ferma le coffre, recula et considéra la voiture. Était-il préférable de la laver encore une fois avant de l'emmener chez *Miracle Motors* ?

Megsie fit soudainement son apparition à l'autre bout de la palissade, l'air de se matérialiser comme si elle avait surgi d'une trappe dans le sol.

« Je ne t'ai jamais vu ouvrir ce coffre, avant, remarqua-t-elle sur le ton de la conversation. C'est ce que j'ai dit à Nige, je ne l'ai jamais vu ouvrir ce coffre, avant, et il m'a dit : moi non plus, jamais.

– Je la vends, pour Keith, répondit Teddy, plus expansif qu'à l'ordinaire. Il m'a dit de la vendre si je pouvais en tirer un bon prix.

– On aurait cru qu'il gardait là-dedans quelque chose qu'il ne voulait pas qu'on voie, j'ai dit. Et Nige m'a dit, peut-être qu'il a de la drogue là-dedans, et qu'il y en a pour des millions et des millions, à la revente. Marrant, les choses auxquelles on pense, hein ? Je l'ai maudite d'encombrer tout le jardin, cette Esme, et pas qu'une fois, mais je sais pas, j'imagine qu'elle me manquera quand elle ne sera plus là.

– Edsel », rectifia Teddy, plus par souci d'exactitude que par ce qu'il pensait qu'elle allait retenir.

Si laver la voiture signifiait le faire sous ses yeux, il décida de s'en abstenir. Quoi qu'il arrive, il avait une journée chargée devant lui. Le téléphone sonna, et il était certain que c'était Francine. Ils avaient évoqué l'idée d'aller voir ensemble ce nouvel appartement de Holly, et puis que Holly, elle, lui et un type qui s'appelait Christopher organisent une sortie. Tout ça l'insupportait, mais si c'était ce qu'elle voulait, il s'exécuterait. Ce n'était pas Francine au téléphone, mais un homme, à Highgate, qui était tombé sur l'ancienne annonce de Teddy, qui l'avait notée, ou qui avait gardé le journal, enfin quelque chose dans ce goût-là, et cet homme voulait savoir s'il pouvait obtenir un devis pour deux penderies encastrées. Ayant depuis longtemps décidé de ne rien refuser, excepté les travaux pénibles, Teddy répondit à M. Habgood, de Shepherds Hill, qu'il passerait dans l'après-midi, à trois heures.

L'homme qu'il rencontra chez *Miracle Motors* n'était pas celui avec lequel il s'était entretenu au téléphone. C'était le directeur, ou peut-être le directeur général, et quand Teddy lui annonça qu'il avait pratiquement reçu une promesse de vente, ce dernier fit la moue et commença de secouer la tête à droite et à gauche, un geste destiné à décourager.

Ensuite, celui auquel il avait parlé survint et se conduisit très différemment de ce à quoi Teddy s'était attendu. Bon, s'il s'agissait d'une reprise, expliqua-t-il, c'était une tout autre histoire.

Le directeur, qui n'avait cessé de secouer la tête, se mit à la hocher en signe d'approbation.

« Dans ce cas, on pourrait parler de deux mille, c'est ça, Mick ?

– Deux mille livres ? s'exclama Teddy, horrifié.

– C'est à peu près cet ordre de grandeur.

– Et il faudrait que je vous achète une voiture neuve ? »

Cela eut l'air de les amuser. Ensuite Mick ajouta, très sèchement :

« Franchement, que M. Brex veuille vendre, cela me surprend. Ou plutôt, ce que j'entends par là, c'est que je suis surpris qu'il ne soit pas venu lui-même. Où est-ce qu'il est parti, d'ailleurs ?

– Il vit à Liphook, fit Teddy.

– Ah oui, vraiment ? Il est là-bas et vous êtes ici, avec sa voiture ? »

Les deux hommes le toisèrent de la tête aux pieds. Ils le regardaient de la manière qu'ont les gens de la quarantaine ou de la cinquantaine de regarder les jeunes messieurs, avec un mélange de mépris, d'envie et de suspicion. Un fainéant, étaient-ils très probablement en train de penser, un profiteur qui cherchait à leur soutirer un bénéfice, et sans doute un traficoteur qui réalisait des profits indus, à la limite du crime.

« Si nous parlons d'un achat en bonne et due forme, reprit le directeur qui, ayant achevé d'inspecter Teddy, tourna enfin les yeux vers l'Edsel, avec un billet de mille, on resterait réaliste. »

Atterré, il songea aux dix mille livres qu'il avait eues en tête. Mais il voulait se défaire de la chose, que ce ne soit plus le premier objet qu'il voie en se réveillant le matin, qu'il n'encombre plus son jardin et ne s'appuie plus contre ses fenêtres. Même sa couleur, ce jaune pastel insipide, était devenue la couleur qu'il détestait le plus...

« Vous m'en donneriez mille livres, alors ?

– J'imagine que vous avez sur vous les papiers du véhicule, la carte grise et le certificat d'assurance ? »

Il n'avait jamais entendu parler de ces choses-là. Le certificat d'assurance, qu'est-ce que c'était ? Il n'osa pas demander.

« Je vais vous dire, vous vous organisez pour m'amener M. Brex ici et qu'il nous dise un mot à ce sujet lui-même. Franchement, je préfère être en affaires avec M. Brex en personne. Liphook, ce n'est pas le bout du monde. Pour l'instant, vous nous remportez cette bagnole et peut-être que, si M. Brex veut bien faire une apparition lui-même, nous pourrons parvenir à un arrangement plus satisfaisant pour tout le monde. »

Teddy ne dit rien. Il marcha en direction de l'Edsel.

« Vous lui transmettrez les meilleures amitiés de Wally », lui lança le directeur, dans son dos.

M. Habgood habitait un de ces pavillons de ville construits dans les années soixante, avec garage au rez-de-chaussée, sans un seul placard. Il avait quitté une villa victorienne amplement équipée d'espaces de rangement pour emménager ici. Teddy inspecta les chambres, prit des mesures, perdit son enthousiasme quand son client lui dit que de l'aggloméré suffirait pour les portes, il ne voulait rien de sophistiqué, pas trop de dépenses, mais encore une fois, il sentait bien qu'il ne pouvait guère se permettre de refuser quoi que ce soit de cet ordre.

« C'est un sacré véhicule que vous avez là, observa Habgood, en le raccompagnant. Vous devez bien vous débrouiller pour vous retrouver avec une belle pièce comme ça entre les mains, à votre âge. Elle pompe, je parie. »

Parler mettait presque Teddy en colère. Mais il se dit que si Habgood le croyait prospère, il accepterait probablement volontiers de le payer plus, et il résolut de doubler la somme qu'il avait eu l'intention de demander.

Sur la route du retour, il s'arrêta dans une grande surface de bricolage et acheta du ciment tout préparé. À vrai dire, c'était une sensation étrange que d'utiliser le coffre de l'Edsel dans un but légitime, de charger quelque chose à l'intérieur de cet espace resté si longtemps un domaine interdit.

L'essence était la prochaine nécessité. Il se servit tout seul et observa la voiture en train de téter son carburant. Avec sa bouche monstrueuse de poisson et son arrière rehaussé, elle avait quelque chose d'animal, et il n'était guère difficile de se l'imaginer aspirant goulûment le pétrole qui l'alimentait. Il n'aurait pas été surpris de voir une langue jaune lui pointer hors de la bouche. Merci mon Dieu pour l'argent du sac à main. Mais en voir une telle quantité disparaître dans la caisse de la station-service lui causa une douleur presque physique.

Il découvrait cette sensation de désespoir qui survient lorsqu'on a l'intention de se défaire d'un fardeau, sensation elle-même appelée à disparaître, on en est sûr et certain, pour peu que l'on respecte scrupuleusement certaines étapes, mais, alors que l'on anticipe déjà cette disparition (et le soulagement qui va de pair), on se retrouve tout bêtement dans la même situation qu'avant, dans la même position, indéfiniment. La chose est infaisable. Il n'est pas jusqu'aux plans les mieux conçus qui n'aient échoué. La cause, quelle qu'elle puisse être – une éruption de boutons sur la figure, une invasion de mouches, la hi-fi allumée toute la nuit chez le voisin d'à côté –, est toujours là.

Il en était ainsi pour Teddy. Une profonde humiliation, voilà ce qu'il ressentait en guidant l'Edsel entre les battants du portail jusque sous cet auvent abhorré. À cet instant précis, le souvenir d'avoir annoncé à Nige et Megsie qu'il vendait la voiture ne pouvait qu'aggraver sa honte. Et pourtant, ça y était, on était revenu au point de départ. Pendant un petit moment, il tâcha de la manœuvrer, en marche arrière, en marche avant, pour essayer de lui trouver une nouvelle position, mais tout ce qu'il réussit à faire, ce fut de laisser deux mètres au lieu d'une soixantaine de centimètres entre l'arrière de la voiture et sa fenêtre.

Il était si préoccupé par l'Edsel et son problème d'argent qu'il lui arriva une chose curieuse, presque terrible. Quand Francine téléphona, il s'écoula quelques secondes avant qu'il ne comprenne de qui il s'agissait. Il n'arrivait tout simplement pas à enregistrer. Sa voix lui parlait, elle prononçait son nom, et il aurait presque pu demander : qui ?

Puis il se reprit. Elle, sa femme, celle qui portait sa bague, elle qui s'était vue dans son miroir, elle revenait à lui. Mais ce fut avec un véritable soulagement qu'il l'entendit lui annoncer qu'elle ne pouvait venir le voir ce soir, que vraiment elle ne pouvait pas. Son père était à l'étranger, il serait parti pour la semaine, et sa belle-mère – là, Francine hésita, recherchant le terme exact – était dans un « état angoissé », elle l'avait priée de ne pas sortir et lui avait fait des menaces délirantes.

Cela dépassait l'entendement de Teddy. Il ne fit aucun effort pour comprendre. Si elle voulait rester chez elle avec cette folle, il n'y voyait aucun inconvénient, il se trouvait qu'il n'avait aucun besoin de distraction pour ce soir. À présent, une pointe d'anxiété lui titillait l'esprit, la vague possibilité que quelqu'un d'autre pénètre dans Orcadia Cottage et ouvre cette porte de cave... Naturellement, il ne fit part de rien de tout ça à Francine, il se contenta d'ajouter qu'il la verrait le lendemain.

« Alors on peut aller voir l'endroit où habite Holly ? Et sortir avec elle et Christopher ? Si on allait au cinéma ? Il ne faut pas que j'aille en boîte parce que Julia va en faire tout un plat... enfin, de toute façon, elle en fera tout un plat, mais si je sors tard, ça va la rendre dingue. »

Par souci d'apaisement et pour la contenter, il accepta. Si cela n'avait tenu qu'à lui, il serait resté à la maison avec elle, ou alors, peut-être, s'ils avaient dû sortir, il l'aurait emmenée passer l'après-midi au Victoria and Albert Museum.

« Tu es un amour, s'exclama-t-elle. Tu es si gentil avec moi.

– Alors on se voit demain », répondit-il.

C'était une drôle de sensation, mais s'il ne la voyait pas, c'était à peine si elle était présente. Endormie, observée, admirée, elle était plus réelle que cette voix distante et désincarnée. Il se sentit subitement en colère et plein de rancœur sans savoir pourquoi ; ce devait être la perspective de se retrouver en compagnie de Holly et Christopher. Une fois encore, l'idée que quelqu'un pénètre dans cette maison lui vint à l'esprit. Mais de qui pourrait-il s'agir ? Il n'y avait personne, Harriet vivait seule. Dans l'éventualité improbable du passage d'une femme de ménage, l'état de saleté de la cave suffisait à démontrer qu'elle n'y descendait jamais.

Mais plus vite il retournerait là-bas, mieux ce serait. Il ressortit l'Edsel. Le temps qu'il atteigne Orcadia Place, la nuit était tombée, le crépuscule humide et miroitant d'une soirée d'automne à Londres. Des réverbères brillaient comme des perles d'ambre contre le lointain décor d'une lumière chimique plus voilée sur Grove End Road. Le ciel était rougeâtre et violacé, une vilaine couleur. Cette fois, lorsqu'il s'arrêta aux portes du garage, on le vit. Mais il n'y avait pas là matière à flagrant délit. Une femme avec deux petits chiens ébouriffés tenus en laisse lui sourit, ou sourit à la voiture, qu'à l'évidence elle reconnut. Sans doute le prenait-elle pour un mécanicien qui la rapportait après la révision des mille cinq cents kilomètres.

Désormais, côté clefs, il était convenablement équipé, il pouvait pénétrer dans la maison par la porte de derrière. Sa trousse à outils à la main, il marqua un temps d'arrêt dans la cuisine, et tendit l'oreille. De toute façon, se dit-il, si quelqu'un avait été là, si ce quelqu'un avait été là et s'il était parti, il le saurait, il le sentirait. Mais tout n'était que silence et vacuité. Rien n'avait changé de place, même pas l'air qu'il respirait. Il ouvrit la porte de la cave et regarda en bas, mais sans allumer la lumière. Dans l'obscurité, il entrevit le reflet lustré, argenté du plastique, la pâleur pelucheuse de la couverture et, vision moins agréable, le pied de Harriet qui dépassait.

Toutefois, ce ne serait pas long, et il n'aurait jamais plus à revoir ça. Personne, jamais, ne reverrait ça. Il étala du papier journal sur le sol et disposa ses outils. La première chose qu'il entreprit, ce fut de retirer les vis des gonds et de démonter la porte. Une porte banale, composée de six panneaux et d'une poignée en cuivre. Peut-être pourrait-il lui trouver une utilité. La prochaine étape allait prendre plus de temps. Se servant de son maillet, il entreprit de dégager l'architrave du briquetage et du plâtre. C'était un travail bruyant, mais Orcadia Cottage était situé à l'écart, longé par une rue sur un côté, le plus proche voisin à une dizaine de mètres de là, avec un mur, une palissade, des buissons et des arbres entre les deux. Il n'y avait pas de Megsie et de Nige juste à côté, et pas de mur mitoyen où cogner.

En dépit de tout cela, les lourds coups de marteaux le mettaient mal à l'aise, même s'il n'ignorait pas que les gens, à Londres, sont rarement alertés par les travaux en cours chez le voisin. Là-bas, à Neasden, c'était différent. Les saletés qu'il était en train de faire, voilà qui le troublait presque autant, des éclats de bois partout, et de la poussière de plâtre à en suffoquer. Tout à coup, il se rendit compte qu'il allait devoir poser une nouvelle plinthe, voire peut-être en tailler une s'il ne trouvait pas une baguette, qui se raccorderait à la baguette existante.

Une fois retiré le chambranle de la porte, il put remettre de l'ordre pour la nuit. Il n'y aurait plus de bruit. Bientôt, il n'y aurait plus de cave. Il trouva un balai, une balayette, une pelle et un rouleau de sacs-poubelle, et il balaya soigneusement. Ensuite, ce fut au tour de l'aspirateur d'entrer en scène, et il supprima les derniers vestiges de poussière.

Fallait-il qu'il transporte les briques, en prévision du travail du lendemain ? Il décida que oui. Il faudrait que ce soit fait dans la matinée, car l'après-midi il faisait cette visite épouvantable avec Francine. Sa colère le reprit, telle une lueur. Dehors dans la cour, la nuit fraîchissait, il y avait du givre dans l'air, ce qui lui rappela la nuit de la mort de Keith. Il avait besoin d'un seau de maçon, mais il lui faudrait se débrouiller sans. Son père avait été maçon, et il avait certainement eu une auge de maçon, mais où, qu'est-ce qu'elle était devenue, Teddy l'ignorait. La disparition de cette auge lui inspira un vague ressentiment – de même que l'absence de tant de choses qui lui appartenaient de droit.

Détail qu'il avait oublié, de la peinture murale blanc mat, pour un raccord avec la peinture existante. Il fallait qu'il en achète sur son chemin, dans la matinée. Cela le peina de mettre des briques au contact du beau tapis velouté recouvrant le parquet, en haut de l'escalier. Il fouilla partout jusqu'à ce qu'il ait trouvé une pile de magazines – *Vogue*, *Harper's Bazaar*, *Hello!* – puis il étala leurs pages de papier glacé sur le sol, avant de, précautionneusement, déposer les briques dessus.

Le mieux serait peut-être de se débarrasser tout de suite de la porte de la cave et de tous les morceaux de bois éclatés du chambranle. Il les emporta dehors pour les mettre dans l'Edsel. Si elle avait mesuré un centimètre de plus, la porte ne serait pas entrée dans le coffre. En retournant à la maison, il regarda la plaque et eut une idée qui le fit sourire, et puis rire. C'était encore une autre idée magnifique, qui atteignait presque au génie.

Julia inquiétait Francine et la mettait de plus en plus mal à l'aise. Ce n'était pas seulement qu'elle agissait comme un animal au caractère inégal, qui avait constamment besoin d'être apaisé, mais en outre, dans mille et un menus détails, son comportement devenait de plus en plus bizarre. Une bonne part de tout ceci échappait à Richard, Julia le lui cachait à dessein, mais Richard était loin et, en son absence, son étrangeté avait toute latitude de se dévoiler.

Restée à la maison – car sans Teddy elle n'avait nulle part où aller –, Francine fut pour la première fois témoin des déambulations de Julia. Aller, retour, aller, retour, elle l'entendait même depuis sa chambre au premier, mais quand elle descendit, Julia s'arrêta et s'assit sur une chaise, droite comme un i, l'air exaspéré, comme si elle était obligée, pour se soumettre au caprice d'on ne sait qui, de renoncer à une tâche essentielle. Francine essaya de lui parler, de lui demander ce qu'elle pensait d'un article paru dans le journal du matin, ou si tel film, dont on publiait des critiques partout, lui avait plu, mais Julia se bornait à opiner ou à remuer la tête avec impatience. Elle gardait les yeux rivés sur la fenêtre, fixant l'animation de la rue.

Puis, subitement, sans crier gare, elle bondit et se précipita dans le vestibule, attrapa au passage un manteau au portemanteau et franchit la porte d'entrée en toute hâte. Francine la vit marquer un temps d'arrêt, le temps d'un soupir, pour laisser passer un poids lourd, puis elle traversa jusqu'au terre-plein central, marqua de nouveau un temps d'arrêt avant de courir jusqu'au trottoir d'en face. Quelqu'un était assis sous l'abribus et elle lui adressa la parole, on eût dit qu'elle l'apostrophait en agitant les mains.

Francine la regarda revenir et lui demanda, quand elle fut de retour dans la pièce :

« Mais enfin, qu'est-ce qui se passe ? »

La réponse de Julia fut de détourner sèchement la tête comme un enfant, le geste d'une personne dérangée. Elle alla au pas de charge jusqu'à l'autre bout de la pièce, exécuta un demi-tour, retourna sur le sofa, où elle se laissa tomber lourdement. Elle avait encore pris du poids et, quand elle enfonçait tout son corps dans un fauteuil ou un canapé, les ressorts gémissaient. Francine se demanda si elle n'était pas une boulimique qui mangeait en cachette, qui se gavait pour se consoler d'un chagrin. Mais quel chagrin ?

Soudain, Julia prit la parole.

« Tu ne sais pas comment sont les hommes, Francine. Les hommes bien élevés comme ton père sont très rares, et on n'en rencontre pas souvent, permets-moi de te le dire. N'importe lequel de ces garçons avec qui tu seras amenée à sortir ne voudra de toi qu'une seule chose, et il se servira, tant qu'il pourra, tant que tu lui en donneras, et ensuite il se lassera de toi et tu ne l'intéresseras plus du tout. Ils sont tous pareils.

– Mais tu viens de dire qu'il y en a qui sont comme papa, la reprit Francine.

– Je t'ai donné ma vie, pour te protéger et veiller sur toi et pour tâcher de te faire comprendre qu'une personne aussi singulière que toi ne peut pas sortir dans ce monde se mêler à de dégoûtantes créatures. Tu n'es pas préparée à ça. Je ne peux pas t'y préparer, et pourtant, Dieu sait si j'ai essayé. J'aurais souhaité que nous vivions à une autre époque, quand les parents avaient des droits sur leurs enfants et quand ils pouvaient leur imposer l'obéissance. Là-bas, dehors, les créatures dégoûtantes sont partout, il y en avait une, en face, sous cet abribus. Tu sais pourquoi il était là, n'est-ce pas ?

– Non, Julia, je n'en sais rien. (Francine sentit un froid dans l'air, le frisson que l'inconnu apporte avec lui.) Je ne vois pas ce que tu veux dire.

– Je préférerais que tu ne me mentes pas. Je ne veux qu'une chose, que tu sois honnête. Tu sais fort bien qu'il t'attendait. »

Francine traversa la pièce jusqu'à la fenêtre. Le jeune homme était encore là, mais maintenant il avait été rejoint par un autre. À cette distance, elle était incapable de voir distinctement, mais il lui semblait qu'ils avaient tous deux allumé une cigarette.

« Je ne connais pas ces gens, Julia. »

Julia laissa échapper un ricanement moqueur, tonitruant.

« Tu es une petite menteuse, une effrontée, hein ? »

Elle s'était mise debout, cette femme grande et lourde qui portait son excédent de poids en façade, les seins gros comme des traversins et le ventre rond sous une taille qui n'était plus qu'un souvenir. Le visage s'était épaissi de bajoues, les joues s'étaient transformées en coussins, et le casque de cheveux blonds trônait sur la tête comme un heaume de cuivre. Elle fit un pas en avant, et puis un autre, sa tête s'abaissa, avec un air menaçant, et Francine se souvint de cette unique fois où sa belle-mère l'avait frappée. Elle refusa de battre en retraite et tint bon.

Or, l'intention de Julia était tout autre. Un fragile sourire lui adoucit le visage, le relâcha, le ramollit comme une éponge. Elle étendit les bras dans ce qui semblait être un geste implorant, puis elle enlaça Francine, la retint contre elle, puis l'étreignit très fort, à l'étouffer.

Dès qu'elle put échapper à cette embrassade, avec force diplomatie, Francine posa la main sur l'avant-bras de Julia et le lui caressa doucement.

« Est-ce qu'on ne pourrait pas être gentilles l'une avec l'autre, Julia ? On s'entendait si bien, quand j'étais petite. »

S'entendaient-elles bien, réellement ? Mieux valait faire semblant de le croire.

« Je te promets d'être honnête avec toi. Je n'ai pas l'intention de dissimuler. Vraiment. Mais je ne vais pas retrouver ce garçon là-bas, ni son ami ; je ne les ai jamais vus. »

Julia fondit en larmes.

« S'il te plaît, ne pleure pas. Sortons toutes les deux quelque part, tu ne veux pas ? Je ne vais nulle part, donc on pourrait s'organiser quelque chose ensemble. J'aimerais bien aller jeter un coup d'œil au théâtre du Globe, le théâtre du Globe de Shakespeare, il a été restauré, tu n'aimerais pas ? Ou alors on pourrait aller faire des courses, tu m'as dit que tu voulais te trouver un manteau pour l'hiver.

– Ça ne me dit rien, fit Julia. Je suis trop malade. Tu m'as rendue malade. »

Après quoi, Francine n'eut plus aucune envie d'aller nulle part, même toute seule. Elle monta dans sa chambre et resta là, assise, à penser à Julia, à ce qui était en train de se passer, et à ce qu'elle pourrait bien tenter pour y changer quelque chose. L'ironie, c'était que, dans cette période de l'enfance qu'elle venait d'évoquer, c'était elle que l'on avait envoyée consulter Julia pour un suivi psychiatrique, alors que maintenant c'était son tour de rechercher une thérapie pour Julia. À l'évidence, le seul moyen était d'essayer de parler à son père de l'état de Julia, de le persuader que Julia traversait une espèce de dépression. Mais son père était à Francfort.

Elle attrapa son téléphone mobile et tenta d'appeler Teddy, mais il n'y eut pas de réponse. Il était la seule personne qu'elle connaissait à ne pas avoir de répondeur. Mais, se dit-elle, quand elle essaya chez Isabel et Miranda, et le nouveau numéro de Holly pour seulement apprendre qu'il n'était pas en service, ces voix enregistrées ne furent pas non plus d'un grand réconfort.

La bague de Teddy, qu'elle portait autour du cou, suspendue à un ruban, elle la retira et la glissa à son doigt. À l'annulaire de la main droite. Peut-être un jour, dans un lointain avenir, quand tout ceci, avec Julia, serait rentré dans l'ordre, quand elle serait à Oxford, quand elle serait une jeune femme indépendante, avec un métier, quand Teddy serait un artiste reconnu, alors, et alors seulement, elle pourrait faire passer cette bague à sa main gauche.

Il avait entendu parler, il était incapable de se rappeler où, d'esclaves dormant sur le seuil de la chambre de leur maître. Et cette idée le tenta, non qu'il fût un esclave et que ces morts fussent ses maîtres, mais être leur gardien, un chien de garde, pour les protéger de quiconque pourrait venir, était une idée étrangement attrayante. Jusqu'à ce que le mur soit construit et que la cave ait pour ainsi dire disparu.

Mais personne ne viendrait, et il ne ferait rien de tout ça. Il se baigna, alla se coucher dans le lit de Harriet et rêva qu'il démembrait du mobilier, à la manière dont il s'y était pris pour démonter, dans la réalité, l'ensemble de la salle à manger. Mais quand il en fut au stade de sortir les morceaux de meubles, de jeter dans une poubelle, jour après jour, soit une pièce de bois, soit une jointure, il regarda dans le sac et il découvrit non pas un morceau de bois ouvragé, teinté ou verni, mais une main sectionnée et le pied de Harriet dans sa chaussure à haut talon.

27

COLMATER LE TROU dans le mur avec de la brique eût été une tâche rapide et simple s'il n'avait pas fallu tenir compte de l'aspect du résultat final. Si, par exemple, un mur de maçonnerie grossier, bombé, inégal avait rempli le même office qu'une cloison bien lisse. Teddy entendait accomplir un travail convenable. Il voulait que cela ait de l'allure, comme si aucune porte, aucun accès ne s'était jamais trouvé là. Il travailla donc lentement et méticuleusement, posant ses assises de briques en parfait alignement avec la structure existante. Il fit une découverte surprenante, à savoir que le métier de son père n'était pas le jeu d'enfant qu'il avait toujours cru. Il y avait là un savoir-faire, des techniques et des méthodes qu'il n'avait jamais apprises. Mais il parvint à ses fins, au prix de pas mal de tentatives et d'erreurs, et, à l'heure du déjeuner, au moment d'aller retrouver Francine, six rangées de briques étaient en place.

L'appartement de Holly de Marnay était dans une rue derrière Kilburn High Road, que les agents immobiliers avaient décrite comme située « à la limite de West Hampstead ». C'était un endroit miteux, composé d'alignements de maisons de la fin de l'époque victorienne, des rues que l'on avait bordées d'arbres et qui maintenant étaient aussi bordées de voitures. Sur les trottoirs, des feuilles mortes et des déchets de plastique étaient emportés par le vent. Que quelqu'un qui avait la chance de vivre là où habitait la famille de Holly, dans une belle et grande maison à Ealing Common, puisse choisir de dévoyer cette chance en venant s'encanailler dans cet endroit, cela n'inspira à Teddy que dédain et mépris.

Par souci d'indépendance ? Toute sa vie il avait connu l'indépendance, et c'était une situation aussi précaire que pénible. Tout ce dont on peut avoir envie, si on est en mesure de l'obtenir, c'est d'une belle maison avec des gens pour veiller sur vous, et cela, elle l'avait eu et l'avait rejeté. La maison où se trouvait l'appartement donnait l'impression d'être l'une des plus mal entretenues de la rue : deux piliers délabrés s'élevaient au pied de l'escalier, avec un lion de pierre sans tête posée sur l'un, et, sur l'autre, un gant d'enfant, en laine, sans nul doute ramassé dans la rue. Il monta les marches ébréchées et sonna à la porte qui lui parut être la bonne.

Il s'attendait à ce que ce soit Holly qui vienne ouvrir, mais c'était Francine qui était descendue. Elle portait une robe, une longue robe noire avec une veste rose pâle et un long collier de perles roses. Elle avait les cheveux nattés en une tresse lâche. Elle lui prit la main et le fit entrer, leva le visage pour un petit baiser léger, mais sa beauté lui fit trop d'effet et il la prit dans ses bras, dans l'entrée sombre, pour lui donner un baiser intense.

Tous les vagues sentiments de déception qu'il avait éprouvés à son égard s'en étaient allés. Elle était parfaite. Elle était son trésor magnifique. Sa peau était plus douce que le velours, plus douce que la cire. Tant qu'il l'avait, elle, il pouvait ne plus se soucier de ce qui l'attendait en haut de cet escalier : qui que ce soit, quoi que ce soit, cela comptait pour moins que rien.

Holly vint à lui avec ses manières d'aristocrate, lui tendant la main en disant :

« Salut, comment ça va ? Nous nous sommes rencontrés à l'exposition, tu te souviens ? »

Teddy acquiesça de la tête. Bien sûr qu'il se souvenait. C'était là qu'il avait rencontré Francine. La pièce où ils se trouvaient l'atterra. Pour commencer, elle était crasseuse, un ancien grand salon caverneux, avec des portes-fenêtres rabattables, un parquet éraflé, marqué, taché, et un plafond immensément haut d'où pendait un lustre en métal gris, et puis aussi des guirlandes de toiles d'araignées poussiéreuses. Cela dégageait une odeur, un mélange d'huiles essentielles et de marijuana.

Christopher était là, allongé sur un canapé recouvert d'une peau de tigre en polyester, et il avait deux filles sur lesquelles

Teddy n'appréciait guère, vraiment, d'avoir à poser le regard. L'une était grosse, avec des cheveux noirs et bouclés et des anneaux en argent lui perçant tout le pourtour des oreilles et une arcade sourcilière. L'autre était une créature famélique, à la peau couleur de paille et les cheveux fins, vêtue d'une salopette en jean délavé et chaussée de bottes en daim qui lui montaient jusqu'aux genoux. Il ne saisit pas leurs noms, ce qui importait peu, puisqu'il n'avait aucune intention de s'en servir.

« Je vais te montrer le reste, si tu as envie, lui proposa Holly.

– Bien sûr qu'il a envie, intervint Francine, en le prenant par le bras. Et moi aussi, j'ai envie. J'ai attendu qu'il arrive pour pouvoir voir la maison. »

Laissait-elle entendre qu'il était en retard ? Il lui jeta un coup d'œil soupçonneux. Il n'était jamais en retard, jamais. Ils sortirent dans le couloir et passèrent une porte pour entrer dans une chambre. Visiblement, d'une grande chambre on en avait fait trois, et d'une autre, deux.

« Qui a monté ces cloisons ? demanda Teddy. La maison "Vite fait, Mal fait" ? »

Sa vieille blague fut saluée d'un rire appréciateur. Peut-être était-ce réellement la première fois que Holly l'entendait.

« Si Francine finit par être notre quatrième colocataire, tu pourras te charger des améliorations dont nous avons bien besoin. Sois notre bâtisseur.

– Tu ne me l'avais pas dit », observa-t-il.

Elle lui serra le bras.

« Parce qu'il n'y a rien à dire. Je ne vais pas venir ici. Je ne peux pas. Ils ne me laisseront jamais. »

Holly éclata de rire.

« Tu ne peux pas l'enlever, Teddy ? »

Les chambres étaient toutes pareilles, des placards hideux, trois d'entre elles avec des matelas par terre. Quand on était forcé de s'organiser comme ça, c'était une autre histoire, mais le faire par choix ! La salle de bains avait une baignoire à pieds de lion, mais pas de la dernière mode. Elle avait été installée quand les salles de bains faisaient figure d'audacieuse innovation, et depuis lors elle avait reçu environ quinze couches de peinture. Des écailles de cette peinture, en se détachant, révélaient un motif d'îles noires dans une mer verte.

« En certaines occasions, expliqua Holly, tu sors de la baignoire avec la peau d'une couleur d'hématome assez particulière, comme si tu t'étais fait battre. »

Elle parlait comme une actrice des films anglais des années quarante que l'on voyait quelquefois à la télévision. Il n'avait rien à lui dire, ni à Christopher. Mais durant le déjeuner, dans une pizzeria de West End Lane, il fit un effort, par égard pour Francine. Il leur raconta le travail qu'il faisait, en laissant de côté la partie concernant la peinture au domicile de Mme Trent et en insistant sur l'ébénisterie. La tentation de parler d'Orcadia Cottage était très forte, il comprenait à peine pourquoi ; peut-être parce que, mis à part Francine, pour l'heure, il n'avait que ça en tête.

« J'ai un contrat pour des travaux de transformation, fit-il. C'est une maison à St. John's Wood. Je fais ça pendant que les gens sont partis.

– J'aimerais bien que tu t'occupes des travaux de transformation pour nous, dit Holly. Tu le ferais ? Quand tu auras le temps ? Notre propriétaire est l'oncle de Christopher, et je suis sûre et certaine, si je le lui demande extrêmement gentiment, qu'il dirait oui.

– Oui, en fait, nous n'avons jamais rencontré personne qui soit capable de s'occuper de ce genre de chose, hein, Holly ? renchérit Christopher.

– Nous n'avons aucun talent, pauvres de nous, et vraiment nous admirons énormément ceux qui en ont. »

Il subodora qu'ils étaient en train de se payer sa tête, mais après coup, quand il posa la question à Francine, elle lui affirma que non, ils le pensaient réellement. Il ne fallait pas qu'il soit soupçonneux envers les autres, il y avait plein de gens réellement gentils. Pas à sa connaissance, pas au vu de son expérience, songea-t-il, mais cela il ne le dit pas.

Holly et Christopher buvaient beaucoup, des alcools et du vin, de la vodka surtout. Qu'est-ce qu'il y avait dans ce truc pour que ça ressemble à une eau qui aurait épaissi ? Il aimait bien voir Francine un verre de vin blanc frais à la main, non pas tant qu'elle le boive, mais qu'elle tienne ce verre bien froid, embué de gouttes de givre, ses lèvres entrouvertes effleurées par le miroitement du vin. Comme une fille photographiée en couverture d'un de ces magazines trop chers pour qu'il se les achète. Comme une fille dans un film qui se passe à l'étranger, à Paris peut-être, ou à Madrid, une fille assise à une table en terrasse, et qui attendrait son amant, qui l'attendrait, lui.

Le film qu'ils allèrent voir n'était pas du tout comme ça, et il y avait peu de jeunes gens dedans. Teddy n'arrivait pas à comprendre ce qui pouvait donner envie de voir un film sur la reine Victoria qui tombe amoureuse d'un vieux serviteur, et il jugea donc l'enthousiasme de Francine incompréhensible. Pendant presque toute la seconde partie, il garda les yeux fermés, rêva de gagner dix mille livres et d'emmener Francine faire des courses dans les magasins de vêtements chers de Knightsbridge, de lui acheter des robes noires et des robes blanches dessinées par les meilleurs créateurs, et des manteaux en velours longs, avec de grands cols de fourrure.

De retour chez Holly, ils voulurent tous qu'il les emmène faire un tour dans l'Edsel. Qu'il n'ait pas mentionné le fait qu'il était venu avec, cela les déconcerta. Pendant qu'ils étaient au restaurant et au cinéma, quelqu'un, un gamin probablement, avait inscrit ces mots, « Bagnole ricaine de merde », sur toute la largeur du coffre, avec un clou rouillé. Christopher s'indigna bruyamment. Il voulait appeler la police. Teddy, pour sa part, se souciait bien peu du dommage causé à la carrosserie de l'Edsel, car l'opinion inscrite là était à peu près la sienne, et il savait que les policiers traiteraient semblable plainte avec indifférence. Ils avaient d'autres chats à fouetter, en particulier dans ce quartier. Mais il les emmena, un tour du pâté de maisons et un aller et retour sur West End Lane, Holly adressant des signes de la main aux passants, tel un membre de la famille royale.

Quand il put enfin prendre le large avec Francine, il n'était jamais que sept heures. Il trouva un endroit où s'arrêter et se garer, puis il resta assis là, à la dévisager.

« Je suis désolée, Teddy. Si je viens chez toi, je vais devoir repartir presque tout de suite. Ça n'a aucun sens que je vienne avec toi si je ne peux pas rester.

– Alors pourquoi, releva-t-il, avons-nous gâché toute notre journée avec ces gens ?

– C'est comme ça que tu as vu ça, comme un gâchis ? Ce sont mes amis. »

Il lui prit les mains. C'étaient des mains exceptionnellement jolies, d'une finesse inhabituelle, que l'on ne voyait que chez les femmes asiatiques, de longs doigts d'une blancheur de crème et des ongles d'un ovale parfait. Mais ce qu'il aimait le mieux dans ces mains, c'était l'absolue douceur de la peau, sans une ride et presque sans le moindre plissement ; les veines, au lieu de ressembler à des racines, formaient des ombres bleu pâle sous la surface laiteuse. Il les porta à ses lèvres, lui baisa les ongles, les phalanges, la membrane délicate entre l'index et le pouce.

« C'est à cause de chez moi, n'est-ce pas ? Tu n'aimes pas où j'habite. Je ne t'en veux pas, j'ai dit moi-même que c'était un taudis. »

Elle en resta sidérée, et quelque peu déconcertée. Voir ses sentiments si complètement incompris n'était pas pour elle une expérience nouvelle, mais elle ne s'était pas attendue à cela de la part de Teddy.

« C'est un horrible trou, reprit-il, et qui n'est pas digne de ta présence. Cela, je le sais. Je n'ai jamais voulu t'emmener là-bas, mais je n'avais pas le choix.

– Teddy, ce n'est pas ça. J'adore ta maison. Est-ce que je ne te l'ai pas répété plusieurs fois ? Je l'adore.

– Si vraiment tu l'adorais, tu rentrerais avec moi.

– Je ne peux pas. Julia est seule. J'ai peur de ce qu'elle pourrait faire.

– Pourquoi as-tu besoin de ces gens ? lui demanda-t-il. De ces soi-disant amis ? De cette femme ? Je t'ai, toi, et tu m'as, moi. Nous n'avons pas besoin des autres. »

Elle fit, d'une voix haletante :

« Rends-moi mes mains. »

Elle avait le visage écarlate. Elle était excitée et il l'avait excitée. Son cœur se mit à battre, des martèlements lourds et réguliers.

« Tu n'as plus besoin de rentrer, jamais. Tu peux rester avec moi jour et nuit. »

Elle s'arracha à l'emprise de ses mains, détourna le visage.

« Emmène-moi à une station de métro. S'il te plaît. »

Immobile, comme sans vie, il dit :

« Je vais te ramener jusqu'à chez toi en voiture. »

Il ne pouvait pas se le permettre, il ne pouvait franchement pas se permettre de rouler au volant de l'Edsel. Mais à la première occasion, il effectua un demi-tour à un rond-point, conduisit Francine par la rocade nord, en sortant à Ealing, et il la laissa descendre sous les arbres où ils s'étaient séparés la première fois. Elle lui donna un baiser, un seul, puis elle sauta de la voiture et s'éloigna en courant.

Le garage était grand, mais pas assez pour accueillir l'Edsel. C'était fâcheux car il aurait préféré ne pas la laisser dehors, dans l'allée des anciennes écuries, où elle attirerait l'attention, comme chaque fois, où qu'elle se trouve. Non qu'il y eût quiconque, ce soir, dont elle aurait pu attirer l'attention. Ici, c'était rarement le cas. Lundi matin, il essayerait de trouver un endroit où l'on vendait de la peinture en aérosol, il y aurait peut-être un jaune primevère clair pour masquer les lettres gravées sur le coffre.

Il entra par le portail de derrière et le referma derrière lui. Ensuite, il trouva que, vue de derrière, la maison n'avait pas du tout l'air d'une maison, mais d'un buisson carré avec des yeux. Le mois d'octobre était largement entamé maintenant – n'était-il pas temps pour ces feuilles de tomber ? Ou bien étaient-elles de l'espèce qui ne tombe pas ? La lumière du réverbère éclairait jusqu'ici, mais il alluma sa lampe torche. Il s'accroupit et examina la plaque. Il remarqua la finesse du travail : « Paulson & Grieve, Ferronniers », et la couronne de laurier, avaient été dessinés avec un talent et un goût remarquables. Il n'allait pas la balancer à la ferraille, il allait la garder, cela valait la peine de la garder.

Quelque part, parmi toutes ces dalles de pierre, en façade ou sur l'arrière, cachée peut-être ou à demi dissimulée par les plantes, il devait y en avoir une exactement de la bonne taille, qu'il pourrait dégager et loger dans le trou béant que la plaque laisserait une fois qu'il l'aurait retirée. La loger et la cimenter. À chaque jour suffisait sa peine, ce serait pour plus tard, dans le courant de la semaine à venir. Il avait d'autres choses à faire avant cela.

Il s'introduisit dans la maison par la porte de derrière et retourna à ses rangées de briques. Cette fois, il travailla pas à pas, procéda avec lenteur, mais il trouvait progressivement ses marques et devenait de plus en plus adroit. Ne se contenter que de la perfection, tel était son but. Le temps qu'il achève d'élever un mur pour combler cet espace où il y avait eu naguère un seuil de porte, il était minuit.

Mais ça y était, ces deux-là, ils étaient murés là, à l'intérieur. C'était presque comme s'ils n'existaient plus, comme si, en créant pour eux une tombe sans porte, il les avait escamotés dans la poussière qu'il avait balayée, aspirée. Demain, il plâtrerait son briquetage. Et quand ce serait fait, ou peut-être même avant, il amènerait Francine ici, oui. C'était la solution à tous leurs problèmes. Il ne pouvait pas louer l'élégant appartement qu'il avait en tête, il n'avait ni l'argent, ni les moyens d'en trouver, mais il avait mieux, à savoir un endroit libre et disponible.

Personne n'habitait ici. La propriétaire de la maison était partie pour toujours. En un sens, c'était la même situation qu'avec Keith qui se répétait. Tout comme il s'était arrangé pour que Keith meure, afin de pouvoir occuper la maison, Harriet était morte elle aussi, et le laissait en possession de son bien. Ces propriétés n'étaient pas les siennes et, autant qu'il puisse en juger, ne le seraient jamais. Pourtant, elles étaient plus à lui qu'à quiconque, il n'y avait personne pour lui contester son occupation des lieux et, pourvu qu'il paie les factures des services de base qui allaient inévitablement tomber, personne non plus pour l'expulser.

Il amènerait Francine ici. Demain. Il pourrait continuer le travail qui devait être fait. Maintenant que le trou dans le mur était comblé de briques jusqu'en haut, jamais elle ne devinerait qu'il y avait eu une porte à cet endroit, elle s'imaginerait que le revêtement de plâtre nécessitait une remise à neuf, tout simplement. Un plan commençait de prendre forme dans son esprit. Il lui raconterait qu'il avait loué cet endroit en échange d'un certain travail qui devait être réalisé, un travail de première importance. Faire croire à Francine que la maison lui appartenait, bien sûr, serait préférable, mais trop d'obstacles s'y opposaient. Les vêtements de Harriet dans la penderie, par exemple. Tout ce mobilier, ces bibelots et ces tableaux de prix qu'il n'avait pas les moyens d'acheter, cela, elle ne l'ignorait pas. Son manque de familiarité avec la marche de la maison et avec son agencement. Il fallait l'amener à croire qu'il l'avait prise en location, en un certain sens...

Elle allait adorer l'endroit. Cette maison était exactement faite pour elle, comme si elle avait été conçue, construite, meublée pour elle. Et une fois qu'elle l'aurait découverte tout entière et qu'elle se serait couchée dans ce lit splendide avec lui, qu'elle se serait vue dans ces miroirs, qu'elle aurait senti la douceur de ces couvertures et la délicatesse de ces tentures de soie, elle oublierait qu'il lui fallait rentrer chez elle si tôt. Elle cesserait de lui raconter des mensonges à propos de cette femme, de cette Julia.

Et une fois qu'il l'aurait amenée ici, il pourrait lui faire l'amour. Ce décor était ce dont il avait besoin, il n'arrivait pas à comprendre pourquoi il n'y avait pas songé plus tôt. Sa défaillance n'était pas due à la présence de l'Edsel, car l'Edsel était maintenant propre et vide, ce n'était plus qu'une voiture comme une autre, grosse et ridicule, mais à ces lieux sordides où ses parents et Keith, quoique morts et enterrés, subsistaient à l'état de présences hideuses et inhibantes.

Ici, tout serait différent. Il devait être le genre d'homme – et cette idée de lui dans ce rôle lui plut assez – qui ne pouvait accomplir l'acte d'amour avec une belle femme que dans un bel environnement. Le premier élément, il le possédait, personne n'était plus jolie que Francine, et maintenant il allait la placer dans ce décor fait pour elle. Alors, et alors seulement, il connaîtrait avec elle la possession totale.

Il rentra chez lui au volant de l'Edsel, qu'il remit à sa place, dans le jardin, sous l'auvent.

28

PLUS D'UNE FOIS, Julia regretta de ne pas avoir noté l'adresse de Jonathan Nicholson. Tout ce qu'elle savait, c'était qu'il vivait quelque part à Fulham mais, quand elle avait cherché dans l'annuaire téléphonique, elle n'avait pu trouver aucun J. Nicholson dans cette partie de Londres répertoriée SW6. Elle arriverait peut-être à retrouver sa voiture, et peut-être cette enveloppe serait-elle encore sur le tableau de bord.

Elle ne pourrait sortir que lorsque Francine elle-même serait dehors, car elle s'en tenait encore fermement à son principe de ne jamais permettre à la jeune fille de rester seule à la maison. Et la difficulté tiendrait à ce que, une fois Francine sortie, la voiture ne serait pas garée dans le voisinage, naturellement. Francine et Jonathan Nicholson se trouveraient à son bord, quelque part, probablement en route pour la maison de Nicholson, à Fulham. Julia était convaincue que si seulement elle avait l'occasion de se mettre à la recherche de cette voiture pendant que Francine était à la maison, elle la retrouverait certainement.

Son occasion, elle l'eut quand Richard, de retour en Angleterre, prit deux jours de congé. Julia lui annonça qu'elle déjeunait avec Jocelyn et qu'elle ne jugeait pas bon d'annuler ce rendez-vous. Elle n'aimait pas mentir, mais elle estima que la fin justifiait les moyens.

Elle passa deux heures en quête de voitures de sport rouges, arpentant en tous sens les rues parallèles qui partaient de la grande rue, comme les côtes à partir de la colonne vertébrale, et deux fois elle crut la trouver. Peut-être l'avait-elle trouvée, elle ne pouvait en avoir l'assurance. Elle fut déçue de constater qu'il n'y avait sur le tableau de bord des deux voitures aucune enveloppe adressée à M. Jonathan Nicholson. Quand elle rentra, Richard lui apprit que Francine était sortie. Elle avait un entretien pour un petit boulot, et après elle voyait un ami. Il n'avait pas eu envie de lui demander qui était cet ami et où ils allaient.

« Moi, j'aurais demandé, rétorqua Julia, puis elle ajouta : Qu'est-ce que c'est que cette histoire de petit boulot ? »

Il avait l'air mécontent.

« Serveuse, je crois que c'est ça. Dans ce petit bar où on sert des cafés et des sandwiches, à l'autre bout de High Street.

– Elle ne peut pas être serveuse. Comment as-tu pu la laisser y aller ? Pourquoi ne l'en as-tu pas empêchée ?

– Je ne peux pas l'en empêcher, Julia. Elle est majeure. Qui plus est, elle doit s'occuper à quelque chose, et le boulot avec Noelle n'a pas marché. Nous avons déjà discuté de tout cela.

– Les hommes vont lui mettre partout leurs mains dégoûtantes, siffla Julia d'une voix étrangement haut perchée. Remonter sous sa jupe, descendre dans son chemisier. Ils vont lui baver dessus. Ils vont la caresser, oui. Et elle ne dira pas non, pas elle, elle ne saura pas comment, elle n'aura aucune envie de dire non, elle est bien trop hypersexuée pour ça. La réalité, c'est que ça existe, la nymphomanie, tu le sais, même si ce n'est pas politiquement correct d'en parler. Je dirais qu'elle relève d'un cas classique de nymphomanie. »

Richard regarda sa femme avec horreur. Il crut percevoir dans son visage une mutation, un étrange défaut de proportion, et son iris gauche paraissait se prélasser au coin de l'œil, dans le blanc. Quand elle eut achevé sa diatribe, ses lèvres tremblaient. Il ne savait quoi lui répondre. Elle le dévisagea, puis elle tourna les talons et quitta la pièce.

Il s'en tint à cette certitude ridicule que, ayant été psychothérapeute, elle ne saurait être mentalement dérangée. Comme si de tels individus devaient être exempts des troubles qu'ils traitaient. Mais elle ne pouvait pas être dérangée, elle ne pouvait pas, se répétait-il pour se convaincre. Pas Julia, qui avait toujours été – s'il proféra cette perfidie, ce fut en son for intérieur – saine d'esprit, en effet, à en périr d'ennui.

Il lui vint une image de Jennifer. Par un tour de passe-passe, il fit apparaître sa première femme, là, sous ses yeux, et jamais il ne s'était trouvé aussi près de voir un fantôme. Elle était dans la chambre et, en même temps, elle n'y était pas, tel un corps flottant sur sa rétine, une toile d'araignée oscillant dans son champ de vision. Il ferma les yeux. Il souhaitait sa présence comme un petit garçon veut sa mère. Pour qu'elle le prenne dans ses bras et l'embrasse. Pour le protéger des folles, de ces femmes et de leurs fantasmes sexuels obscènes.

Si, au cours de cette dernière année qu'ils avaient passée ensemble, il avait aimé Jennifer comme autrefois, et s'il avait su éveiller l'amour en elle, serait-elle morte ? Par exemple, il aurait pu rentrer à la maison plus tôt, ce soir-là, il aurait pu le faire tous ces soirs-là. Avec lui à la maison, elle aurait été en sûreté. Il n'aurait pu expliquer comment il savait cela, car le meurtrier était venu chercher l'argent d'un trafic de drogue, et il aurait tué quiconque se serait mis en travers de son chemin, mais il le savait. Par instinct ou par intuition, il le savait.

Il ouvrit les yeux et le fantôme de Jennifer s'était dissipé au loin, aussi promptement qu'il s'était matérialisé, et quand ensuite il revit Julia, elle était redevenue elle-même, calme et rationnelle. Elle avait l'intention de retourner à Oxford d'ici quelques jours, elle emmènerait Francine avec elle, et si elles se décidaient pour une maison, alors ce pourrait être le moment de mettre celle-ci en vente. Il était fatigué, ou peut-être était-il plutôt à bout de nerfs. Ce devait être dans son imagination qu'une démente était entrée ici et l'avait apostrophé, accusant sa douce et gentille enfant d'être une hystérique du sexe. Ou bien il avait rêvé cela dans son sommeil, quand il s'était endormi après le déjeuner, exactement comme il avait rêvé la visite de Jennifer.

« Je n'ai pas eu le boulot », annonça Francine.

Teddy fut soulagé.

« Tu ne peux pas avoir envie d'un boulot pareil. C'est indigne de toi.

– Il faut que je fasse quelque chose. Il faut que j'apprenne à aller travailler et à gagner de l'argent. C'est la raison de cette année sabbatique, entre autres. Au café, ils ne m'ont pas trouvée assez endurcie pour ce genre de boulot... ils ne l'ont pas tout à fait dit comme ça, mais c'était ce qu'ils pensaient.

– Tu n'es pas assez endurcie et tu ne pourras jamais l'être. »

Il l'avait retrouvée un bon demi-kilomètre plus bas dans la rue. Maintenant, il allait la surprendre, si elle le lui permettait, si elle omettait de remarquer le changement par rapport à la route qu'il prenait d'habitude. Mais sa connaissance de la géographie londonienne était assez élémentaire et, quand il quitta Park Road pour emprunter Lisson Grove, elle ne releva que le nom de la voie.

« Eliza Doolittle venait de Lisson Grove, dit-elle.

– Qui ?

– Eliza Doolittle, dans *Pygmalion*. C'est une pièce de Shaw. Elle était originaire de cette rue. Le professeur Higgins était capable de la repérer rien qu'à son accent.

– Pour toi, les accents, ça compte beaucoup, non ?

– Qu'est-ce que tu veux dire ?

– Peu importe, fit-il. Oublie. »

Un nuage traversa le ciel de son plaisir. Qui resta suspendu là, ternissant tout.

Elle lui posa la main sur le genou.

« Où allons-nous, Teddy ?

– Tu vas voir.

– Ce n'est pas le chemin de ta maison.

– C'est le chemin d'une maison. »

Depuis Grove End Road, il tourna dans Melina Place, traversa l'allée des écuries pour accéder à Orcadia Place. Ils allaient laisser la voiture ici, dit-il. Il y avait un espace de parking prévu pour la voiture. Personne ne viendrait y poser de sabot. Il lui tendit la main pour l'aider à descendre de voiture, chose qu'il n'avait jamais faite auparavant, et ils marchèrent jusqu'au coin de la rue.

Quand elle vit la maison, l'expression de son visage fut loin de ce à quoi il s'était attendu, ou plutôt, de ce qu'il avait espéré. Elle sembla considérer avec défiance la brique ancienne, les fenêtres à losanges, la plaque de Della Robbia, le rideau de feuilles, désormais or et cramoisi. Quand ils arrivèrent devant la porte d'entrée, tandis qu'il sortait la clef de sa poche, qu'il l'en sortait avec fierté comme s'il était réellement le propriétaire des lieux, il se produisit une chose terrible. En fait, c'était un événement ordinaire, un rien, mais il fut stupéfait de voir que, pour elle, c'était terrible.

Un papillon, pauvre chose dépenaillée, le dernier de l'été, s'écarta du feuillage rouge foncé en voletant. Par endroits, là où la poussière veloutée s'était effacée, ses ailes étaient transparentes, mais c'était encore un papillon noir avec un liseré rouge vif et blanc lui cernant les ailes. Il s'apprêtait à voler, agita à moitié ses ailes, puis voltigea mollement contre l'épaule de Francine. Elle eut un geste de recul et, en poussant un cri, le chassa avec les mains.

« Oh, non, oh, non, s'il te plaît... je ne peux pas... non ! »

Il la prit dans ses bras, l'attirant en arrière.

« Qu'est-ce qu'il y a ? Qu'est-ce qui ne va pas ?

– Cette chose, c'est un vulcain rouge. Oh, je suis désolée, oui, je suis désolée d'être aussi bête. »

Le papillon était à terre, remuait faiblement les ailes. Teddy l'écrasa. Il crut que cette action définitive, à l'évidence indispensable, ferait plaisir à Francine. Que c'était clairement ce qu'elle voulait.

Elle éclata en sanglots.

« Tu n'avais pas besoin de le tuer, le pauvre, le pauvre ! »

Il marmonna :

« De toute façon, il allait mourir. Pourquoi tu t'en fais autant ? Ce n'était qu'un vieux papillon », et, avec la clef, il ouvrit la porte.

Elle entra à l'intérieur, tête baissée, les mains lui masquant le visage. Pour leur arrivée à Orcadia Cottage, ce début n'était guère prometteur.

Et il fallut un petit moment avant que les choses ne prennent un meilleur tour. Lorsqu'elle regarda autour d'elle dans l'entrée et quand il l'emmena dans le salon, dans la salle à manger, alors qu'il lui montrait l'escalier tournant tout blanc, le visage de Francine exprimait la même défiance. Depuis le moment où ils étaient entrés, depuis qu'il avait refermé la porte derrière eux, elle était restée silencieuse. Elle avait le visage rougi, les yeux gonflés d'avoir pleuré, et pour l'heure elle n'était pas la beauté qu'il adorait et qu'il aimait contempler plus que tout. La perfection de sa peau blanche était gâchée, et elle renifla une ou deux fois d'une façon humaine, trop humaine. Il ne l'avait jamais supposée capable de renifler. Ajoutés à la vision consternante de ses vêtements, encore ce jean et un épais sweater de couleur sombre, ces nouveaux doutes le paniquèrent quelque peu.

Qu'elle fût en train de faire des efforts, par égard pour lui, cela lui échappa. Il ne s'aperçut pas qu'elle avait besoin de reprendre ses esprits. Elle se forçait à sourire, et il vit cela comme le signe d'un émerveillement tout à fait naturel devant cet endroit.

« À qui est cette maison, Teddy ? Pourquoi sommes-nous ici ? »

Il avait préparé sa réponse.

« Je suis en train de m'occuper d'un boulot, des plâtres, de la maçonnerie. La propriétaire me laisse habiter ici tout le temps que c'est en cours. En réalité, c'est une sorte de bail. Elle ne va pas revenir.

– Mais un jour, elle reviendra ? »

Il exhuma une formule qu'il avait lue ou entendue quelque part.

« Peut-être, dans un avenir pas tout à fait imprévisible. (Il rit.) Ou, disons, dans un avenir franchement imprévisible. De toute façon, ce n'est pas notre problème. Pour l'instant, elle est à nous. Viens en haut. »

La maison lui rappelait le cottage où ils avaient vécu et où sa mère était morte. En réalité, elle était très différente : beaucoup moins ancienne, et meublée de façon bien plus coûteuse et recherchée. Leur cottage était un endroit silencieux, car il jouissait de la quiétude de la campagne, alors qu'ici, même à l'intérieur, on pouvait entendre la pulsation lointaine du trafic automobile, Londres qui bourdonne. Mais dès le premier instant où Teddy et elle avaient marché sur les dalles de cette cour fermée qui formait le jardin devant la maison, elle avait perçu la similitude, une certaine atmosphère qui les identifiait l'une à l'autre. Toute cette végétation, cette vigne vierge rouge et jaune qui tapissait l'extérieur de la demeure, ils en avaient une semblable dans leur cottage. Là-dessus était intervenu l'épisode aussi ridicule que déplaisant du vulcain rouge, qui n'avait fait que creuser son souvenir, et le geste brutal de Teddy qui lui avait donné l'impression, l'espace de quelques instants, d'être totalement détachée de lui.

Elle avait pleuré, espéré qu'il la réconforterait, mais il s'était borné à témoigner de son impatience. Elle devinait qu'il était déçu par sa réaction et elle fit de son mieux pour manifester un enthousiasme qu'elle n'éprouvait pas. D'une manière ou d'une autre, et malgré son manque d'expérience, elle comprenait que la défaillance qu'il avait connue avec elle le soumettait à une tension croissante, et elle sentait qu'ici, dans cet endroit qu'à l'évidence il admirait si profondément, il allait triompher. Cela se passerait, supposa-t-elle, dans ce splendide lit de star, tout de draperies de soie blanche, de dorures et d'incrustations de tableaux de l'âge classique, le genre de chose que l'on voyait en photographie dans les magazines qui présentaient des intérieurs de demeures sur papier glacé.

« Tu aimes ? » n'arrêtait-il pas de lui demander, et « Qu'est-ce que tu en penses ? »

Elle avait envie de dire, parce que c'était la vérité, qu'elle avait aimé sa maison à lui, telle qu'elle était. Le terme approprié, supposa-t-elle, était celui de « minimalisme ». Dans le cas présent, pour celle-ci, le mot adapté devait être « baroque ». Mais elle ne dit rien de tout ça.

« C'est ravissant.

– Je voulais te voir dans ce lit. Je trouvais que tout était fait pour toi, toute cette chambre, ce lit. S'il te plaît. »

Une sensation étrange s'empara d'elle. C'était comme si elle était en train d'apprendre des choses qu'à son âge, et avec l'expérience qui était la sienne, il lui était absolument impossible de savoir. Pourtant, cette conscience qui s'imposait à elle avec force ne laissait pas d'être profondément troublante. Par exemple, il y avait la perception que sa première histoire d'amour n'aurait pas dû se dérouler de la sorte, qu'il y avait là-dedans quelque chose de périlleux, quelque chose de préjudiciable, et pour elle et pour lui. Et encore ceci, également, qu'elle n'était pas un objet à la beauté parfaite, une icône, un bibelot que l'on adore, mais une très jeune femme, et bien réelle.

Que ferait-il s'il essayait, essayait encore, et, bien que tout fût conforme à son idéal, échouait à nouveau ? Et elle, que ferait-elle ? Elle se sentait froide et peu disposée, mais elle ôta ses vêtements et se mit dans le lit, s'attendant à ce qu'il la rejoigne. Au lieu de quoi, il resta debout à l'observer, avec une expression d'une intensité presque cruelle. Il était tard, par un après-midi de novembre, presque la tombée de la nuit, et la pièce était sombre et terne. Elle préférait ce crépuscule qui gardait les choses à moitié secrètes mais, à présent qu'elle était dans le lit, installée par ses soins de manière à être face au miroir, les draps rejetés loin d'elle, blanche et nue dans toute cette soie blanche, il alluma toutes les lampes, provoquant un violent embrasement.

Devant cette lumière, elle eut un mouvement de recul et cligna des yeux. Ses mains s'étaient fermées, deux poings, et elle vit dans le miroir une jeune fille effrayée, un visage aux yeux immenses avec une expression suppliante, presque un appel au secours. Mais elle ne fit rien, ne dit rien, elle le laissa seulement la regarder, s'imprégner d'elle à satiété. Pendant un moment – et elle aurait détesté ça –, elle crut qu'il allait tomber à genoux, comme devant l'image d'une déesse. Au lieu de quoi, au bout d'un certain temps toutefois, il éteignit les lumières les plus vives, se dévêtit et vint dans le lit à côté d'elle.

La suite, ce furent les doux baisers et les douces caresses qu'elle aimait. Elle lui confia même que cela lui suffisait, même si ce n'était pas tout à fait la vérité. Avec beaucoup de brusquerie, il lui avait répondu qu'elle mentait, que c'étaient forcément des salades, qu'avec lui ce n'était pas la peine de faire la gentille, de dire que cela lui suffisait. Mais il était dans sa nature d'être gentille, et quand, à cet instant même, il essaya encore et qu'il connut encore cette défaillance, elle le prit dans ses bras avec une grande tendresse, l'embrassa et lui caressa les cheveux.

« Dormons, fit-elle, allongeons-nous et dormons. »

Tard dans la soirée, quand elle s'éveilla, il se fit plus enjoué. Il lui montra le reste de la maison, il voulait savoir encore et toujours si elle aimait, si elle aimait vraiment. Et il paraissait résigné à ce qu'elle rentre chez elle tôt, pourvu qu'elle lui promette de revenir le lendemain. Il la raccompagna à pied jusqu'au métro St. John's Wood, ce n'était pas loin, il l'embrassa sur le trottoir, devant la station, avec toute la maîtrise et toute la puissance de l'amant victorieux. La petite aiguille était sur le neuf. Elle serait à la maison à l'heure.

Teddy éprouvait une sensation inédite. Quand il était enfant, il y avait très, très longtemps, il l'avait connue, mais elle s'était éteinte avec le temps, du fait de son inutilité. Elle ne le sauvait de rien, ne le préservait de rien, ne lui apportait aucun réconfort et ne changeait rien à rien. Il n'avait pas les moyens de la conserver, donc, dans sa lutte désespérée pour la survie, il l'avait mise au rebut. Ou l'avait enterrée profondément. Mais voilà qu'elle avait refait surface. Cette sensation, c'était la peur.

Il avait très peur. De lui-même, surtout. Son corps qui, mis à part ce doigt mutilé, était une machine si parfaite et qui fonctionnait sans problème, qui non seulement lui obéissait en tout ce qu'il exigeait, mais qui accomplissait des actions d'exception au-delà même de ses attentes – il suffisait de voir de quelle manière il avait soulevé le corps de Keith et comment il avait déplacé cette dalle –, échouait maintenant lamentablement, et dans un domaine où, à son âge et avec sa force, elle aurait dû lui procurer le plus de plaisir.

L'espace de quelques instants, cet après-midi-là, il n'avait pas été loin de haïr Francine. Pour elle, c'était facile, tout lui était facile. Chez lui, son désir pour elle emplissait toutes les parties de son corps et de son esprit, ce désir le noyait dans l'urgence, l'envie ardente et l'absolu besoin, de sorte que tout le reste se vidait, s'échappait de lui. Dès lors, pourquoi, quand il la regardait, quand il était en adoration devant elle, avait-il une érection, un courant lui irriguant les veines, et pourquoi, aussitôt qu'ils se touchaient et qu'elle était dans ses bras, flanchait-il et se flétrissait-il comme un arbre empoisonné ?

Lentement, il regagna Orcadia Cottage. Il passerait la nuit là, dormirait dans ce lit. Si elle était restée, finalement, tout se serait bien passé, songea-t-il. Il y songea non sans ressentiment, même si, à l'heure qu'il était, il avait oublié sa quasi-aversion à son égard, en mémoire de la beauté qui avait émané d'elle dans cette chambre, plus encore qu'il ne l'avait prévu.

Avant de la retrouver cet après-midi-là, il mit la dernière main à son briquetage. Seul désormais dans la maison silencieuse tout entière plongée dans le noir, sauf ici, il s'attela à ses plâtres. C'était loin d'être la besogne facile qu'il avait imaginée. En fait, il avait beau essayer, s'y prenant avec lenteur et méthode, se servant des outils qu'il avait achetés, la truelle à plâtre en forme de losange et la rectangulaire, il fut incapable d'obtenir une surface absolument lisse et régulière.

Cela l'agaçait d'échouer là où des idiots comme les individus avec lesquels son père avait travaillé réussissaient facilement tous les jours. Mais ces hommes avaient des années de pratique derrière eux, tandis que pour lui c'était tout nouveau. Pourtant, il refusa de se contenter d'un travail bâclé et, grattant le plâtre pour l'enlever, il recommença encore. Cette fois, c'était mieux. La pratique, tout était là. Enfin, le résultat fut proche de ce qu'il avait visé, acceptable même pour un perfectionniste comme lui. Demain, il peindrait le mur, et il le ferait avant d'aller chercher Francine.

Après avoir pris un bain dans la baignoire non encastrée, posée sur ses pieds de lion, il s'aperçut qu'il avait encore l'esprit attisé par un million de pensées et de fantasmes. Il était certain que s'il avait plus d'argent, il serait un homme, un vrai, un homme puissant. Au fond de sa tête, il avait beau résister, la crainte subsistait que Francine ne le méprise. À cause de ses origines sociales, de son accent, de son milieu familial et de sa pauvreté. Comment faire l'amour convenablement à une femme qui n'éprouvait envers vous que du mépris ?

En ramassant ses vêtements par terre – il les laverait demain dans la machine d'Orcadia Cottage –, il sentit, dans la poche de son jean, le petit carnet d'adresses relié en cuir qui se trouvait dans le sac à main de Harriet, et il le sortit. Étrange, il croyait l'avoir jeté en même temps que le sac à main. En retournant dans le lit de soie blanche où Francine et lui s'étaient couchés l'après-midi, il feuilleta les pages du carnet, mais un seul nom signifiait pour lui quelque chose : Simon Alpheton. Il laissa tomber le carnet par terre.

Il était deux heures du matin. Plusieurs pendules dans la maison l'en informèrent, mais en silence. Aucune d'elles ne sonnait.

29

LA FEMME QUI l'accompagnait en vacances, et qui avait été déjà sa compagne à l'occasion de plusieurs de ces voyages, Franklin Merton l'avait rencontrée dans Green Park par un après-midi ensoleillé de juin. Rencontrée, à vrai dire au sens de retrouvée, car ils avaient été présentés l'un à l'autre quelque quarante-cinq ans plus tôt.

Franklin se dirigeait de la station de métro de Green Park vers Queen's Walk, pour déjeuner avec un ami à son club de St. James, quand, sur son chemin, il vit, en train de gambader dans l'herbe devant lui, un setter irlandais. Comme c'était invariablement le cas avec cette espèce de chien, celui-ci lui rappela O'Hara, qu'il avait été contraint d'abandonner à Anthea lorsqu'il l'avait quittée pour Harriet. Au cours des années qui avaient suivi, il lui était souvent arrivé de penser que ç'avait été là un piètre échange.

Le chien vint à lui, Franklin lui tendit la main dans un geste doux et amical, le chien s'approcha et, à cet instant, une femme fit son apparition, comme surgie de nulle part. C'était Anthea.

Il ne l'avait pas revue depuis dix-huit ans. Et, au cours de la décennie précédant cette période, il ne l'avait vue qu'à deux reprises. Il savait qu'elle s'était remariée deux ans après leur divorce, que son mari était un homme assez fortuné, qu'il était mort et qu'il lui avait laissé une maison quelque part dans Mayfair.

« Hello, fit-il.

– Hello.

– Comment s'appelle le chien ?

– De Valera. »

Elle était encore bien, pour son âge, songea-t-il. Elle devait avoir soixante-cinq ou soixante-six ans, mais elle faisait plus jeune que Harriet. Étant une femme aux rondeurs confortables, elle avait un visage lunaire, lisse et sans rides, et ses cheveux gris, qui n'étaient pas teints, brillaient comme de l'argent poli à neuf. Si maquillage il y avait, il était discrètement appliqué. Les seuls signes qui trahissaient sa fortune, c'étaient les diamants qu'elle portait aux deux mains, car le tailleur de tweed qu'elle avait sur le dos, s'il était visiblement coûteux, avait dû connaître des jours meilleurs. Elle tendit la main et, quand le chien vint à elle, elle le tint par le collier, comme pour le protéger des cajoleries des inconnus.

« Viens boire un verre, lui proposa Franklin.

– Quoi, maintenant ?

– Je connais un charmant petit pub vers St. James Square.

– Moi aussi, répliqua Anthea. Probablement le même. Nous avions toujours beaucoup de goûts en commun. Comment va ta femme ? »

Tout en abrégeant quelque peu sa réponse à cette question, Franklin se dit qu'elle allait refuser son invitation. Et il s'aperçut que cela le contrariait diablement.

« Allons, viens », insista-t-il.

Elle mit sa laisse au chien. Dans le pub, on donna un bol d'eau à De Valera, et ce fut alors qu'une scène similaire revint à l'esprit de Franklin. C'était dans un pub aussi et il avait presque trente ans de moins, mais à l'époque, la femme en question, c'était Harriet, et le chien, O'Hara. Il se souvint aussi, mais un peu tard, de l'ami qu'il devait retrouver, et il appela le club pour annoncer qu'il était grippé.

Après deux ou trois Martinis dry, Anthea lui dit :

« Je vais ramener Dev à Half Moon Street, et ensuite, cela me ferait plaisir de t'offrir un déjeuner. »

Jamais Franklin n'avait laissé une femme régler un seul de ses repas. C'était une situation inédite et étrangement excitante. Quand ils se séparèrent, il lui demanda s'il pouvait la revoir et, deux mois plus tard, ils partaient en vacances ensemble à Lugano. Cela faisait cinq ans.

À présent, dans une villa qu'on leur avait prêtée, non loin de San Sebastian, ou plutôt, en cet instant précis, assis à la terrasse d'un restaurant et contemplant la courbe ample de la baie et la crête des vagues, Franklin lui déclara, sans romantisme excessif :

« Est-ce qu'on s'accorde un nouveau départ ?

– Je te demande pardon ?

– Nous n'avons pas besoin de nous marier, à moins que la question ne te tracasse. Aujourd'hui, tout le monde s'en moque. Mais nous nous entendons plutôt bien, non, tu ne crois pas ?

– Nous nous sommes toujours bien entendus, renchérit Anthea, jusqu'à ce que tu ne t'attaches à cette vache rousse.

– Sortir des injures ne sert pas à grand-chose. Je pense qu'elle a un adolescent en remorque, en tout cas quelqu'un de très jeune. J'en ai vu tous les signes.

– Elle va te prendre un maximum, côté pension alimentaire. D'après ce que tu m'as dit, cette garce coûte cher. Là-dessus, je pourrais me montrer compréhensive, mais je t'indique la limite à ne pas franchir : que tu n'entretiennes pas le gigolo d'une autre. (Anthea le regarda par-dessus le rebord de son verre, elle avait l'air de le sonder.) Tu es sûr que c'est moi que tu veux, et pas Valera ? »

Franklin sourit, de son grand sourire de tête de mort, afin d'ôter le mordant de la réponse qu'il avait à lui faire.

« Si nous attendons plus longtemps, le pauvre vieux sera parti pour la Terre promise des setters irlandais. »

Le lendemain, se rappelant – sans savoir d'où cela lui venait – qu'on devait laisser sécher le plâtre frais, et ce au moins une journée, voire peut-être plus, Teddy se mit au travail dans la cour. Il s'était réveillé tôt, et, l'espace de quelques secondes, il n'eut aucune notion de l'endroit où il se trouvait. Puis il se souvint. Quand il fut levé, habillé et dehors, il était à peine sept heures.

Il faisait encore nuit. La journée à venir allait être humide et brumeuse. Sans trop de difficulté, il souleva la plaque et la posa sur le dallage. Il avait passé en revue les solutions possibles pour cacher le trou : un parterre de fleurs planté dans un bac en fibres de verre, avec peut-être dedans un arbre ou un rosier, une vasque pour les oiseaux disposée sur un socle en marbre, une autre dalle posée dans le ciment, comme le reste du pavement de la cour. C'est avec mélancolie qu'il songea à créer quelque chose de beau qui soit susceptible de transformer cette cour plutôt terne. Ce qu'il aurait préféré, c'était une statue, par exemple une effigie de Francine, en bronze ou en marbre.

C'était impraticable, il n'était pas sculpteur et les matériaux, en tout cas, seraient trop chers. Une dalle insérée dans l'ouverture serait la meilleure idée, et la plus sûre. Le temps que vienne la lumière du jour, une lumière froide et nacrée qui paraissait sans rapport aucun avec le soleil levant, il avait trouvé ce qu'il cherchait, pas ici dans cette cour, mais à la limite de l'aire dallée, sur le devant de la maison.

Le long des plates-bandes de fleurs, de chaque côté, les dalles avaient été simplement posées à plat sur la terre, et étaient donc mal scellées. Cela étant, seule une de ces dalles avait approximativement la bonne forme et la bonne taille. Teddy comprit qu'il allait devoir fabriquer un cadre en bois, le loger dans l'ouverture, y faire reposer la pierre et la cimenter en place. Il souleva la dalle en forçant dessus et regarda les cloportes qu'il avait dérangés courir en tous sens. Deux ou trois escargots étaient restés collés dessous. Il les fit tomber d'un revers de main et, quand il regarda derrière lui, c'est avec satisfaction qu'il vit une grive cogner l'un des deux escargots contre les dalles, bien décidée à fendre sa coquille.

Il traversa la maison, laissant derrière lui un sillage de résidus de terre et d'éclats de pierres. Plus tard, il nettoierait, il ferait le ménage à fond. Il était capital de maintenir la maison dans un état impeccable, en meilleur état, en fait, que celui dans lequel il l'avait trouvée. Le châssis, il le fabriquerait en chêne, car c'était un bois pratiquement indestructible, éternel et insensible à l'eau, à la sécheresse et au temps. Il avait à la maison un morceau de chêne qui ferait certainement l'affaire.

Il prit des mesures, cacha la dalle sous les buissons gris argent, sur le côté de la cour, et remit la plaque en place. Son prochain travail consisterait à acheter une peinture vinylique blanc mat et un peu de ciment tout préparé. Il se lava soigneusement les mains, trouva une balayette, une pelle et l'aspirateur, puis effaça du parquet toute trace du passage de la dalle dans la maison. Là-dessus, il rentra chez lui en voiture, s'arrêtant en chemin pour la peinture et le ciment.

Il sortit le morceau de chêne et se mit à l'ouvrage. Il n'y avait pas de temps à perdre. À trois heures, il retrouvait Francine. Tout en travaillant, il songea à la carte de crédit de Harriet Oxenholme. Pas aux deux cartes de crédit, la Diners Club et l'American Express, qui, il le savait pour avoir observé le comportement des gens aux distributeurs de billets, ne permettaient pas de retraits d'argent, mais à la carte Visa qui pouvait, elle, être utilisée pour retirer du liquide à partir d'un compte en banque. Comment cela fonctionnait-il ? Qu'est-ce qu'on devait faire pour ça ?

Il avait besoin d'une demi-heure, c'est tout, pour achever les dessins des placards encastrés de la maison de Highgate. Il les mit sous enveloppe, accompagnés de son devis, libella le pli à l'adresse de M. Habgood, et sortit acheter un timbre. La banque voisine du bureau de poste possédait un distributeur de billets, situé à côté de l'entrée principale. Teddy le scruta d'un œil méditatif. Il n'eut à patienter que quelques minutes.

Une femme, une jeune fille en réalité, s'approcha du distributeur et regarda par-dessus son épaule, à droite et à gauche, avant de sortir sa carte de son sac. Elle fait mine de savoir ce qu'est le monde de la rue, se dit Teddy. Allons donc, il n'allait pas la toucher, même pas du bout du doigt. Rien que d'y penser, il fut parcouru d'un frisson, car même si elle avait à peu près l'âge de Francine, elle lui était en tous points inférieure, obèse, boutonneuse, avec des mains courtes et rougeaudes.

Il les observa, ces mains, ces doigts aux ongles rongés. Elle introduisit la carte dans une fente et une ribambelle de lettres vertes s'affichèrent sur l'écran. Il se rapprocha dans son dos, s'aventurant aussi près que possible, et tout ce qu'il comprit, c'était que la machine demandait un numéro. Ce devait être ce numéro qu'elle était en train de taper. Subitement, dans un mouvement brusque, elle regarda autour d'elle, il battit en retraite et, par simple précaution, commença à s'éloigner. En regardant par-dessus son épaule, il vit la carte réapparaître et, avec un soudain sentiment d'envie, sortir une liasse de billets.

Donc, il fallait disposer d'un numéro. Juste un numéro que vous donnait la banque ? Votre numéro de téléphone ? Votre date de naissance, si cela ne faisait pas trop de chiffres ? Sans trop savoir pourquoi, il avait la certitude que Harriet n'aurait jamais choisi d'utiliser sa date de naissance. Qu'est-ce qu'elle aurait choisi d'utiliser ? S'il pouvait trouver ce numéro, c'était la fin de ses tracas.

Toute cette matinée, Julia l'avait passée dans des souffrances terribles. Elle ne se fiait absolument pas à l'histoire de Francine, comme quoi le père de Miranda pourrait lui proposer un boulot et qu'elle devait aller le voir. Pourquoi un homme comme celui-là, un magnat des affaires, aurait-il un boulot pour une jeune fille de dix-huit ans sans formation et qui, cela aurait sauté aux yeux de n'importe qui, était perturbée ? C'est juste après le départ de Francine de la maison qu'elle avait entamé ses déambulations. C'est à l'occasion d'un de ses trajets en direction de la fenêtre, côté rue, qu'elle avisa un jeune homme assis à l'arrêt de bus. Il était blond, massif, mais cela n'abusa pas Julia. Jonathan Nicholson était malin et, pour parvenir jusqu'à Francine, rien ne l'arrêterait. Le déguisement était un domaine où il était passé maître, et s'éclaircir les cheveux, étoffer son apparence physique, tout cela n'était pour lui qu'un jeu d'enfant.

S'il avait l'intention de la mettre au défi, elle n'allait pas mordre à son hameçon aussi aisément. Au lieu de se précipiter pour traverser la rue, elle releva la fenêtre à guillotine, se pencha et le fixa du regard. Il la regarda fixement à son tour. Avec des gestes lents, avec une nonchalance trompeuse, cette fois sans aucune hâte maniaco-dépressive, elle enfila son manteau, le boutonna, s'entoura le cou d'une écharpe, et ouvrit la porte d'entrée.

Il était toujours là, mais debout, à présent. Elle hésita, réfléchit ; supposons qu'il m'agresse ? Supposons qu'il me frappe, qu'il me pousse sur la chaussée ? C'était un risque qu'il lui fallait courir. Pour le bien de Francine, pour sauver Francine de ce garçon. Rien de ce qu'il pourrait lui faire ne comptait, dès lors qu'il s'agissait de la sécurité de Francine. Elle traversa la rue d'un pas décidé, jusqu'au terre-plein central. Un flot de véhicules l'arrêta. Le dernier de ces véhicules, c'était le bus.

C'était bien sa chance. Être si proche de sa proie et le voir une fois encore s'en tirer. Elle ne put traverser avant que le bus ne soit parti et, bien sûr, lui avec. Parti, vraiment ? Elle ne l'avait pas vu monter, elle n'avait vu que l'arrivée d'un grand écran rouge devant ses yeux, et le départ du véhicule le balayer dans la foulée. Il pouvait simplement s'être caché, calculant qu'elle le croirait parti avec le bus, alors qu'en fait il se dissimulait derrière cette palissade ou dans ce jardin ou derrière ce tournant.

Julia le chercha un moment. Elle entra dans plusieurs jardins et souleva même le couvercle d'une poubelle à roulettes pour voir s'il était tapi à l'intérieur. Le propriétaire passa la tête par une fenêtre à l'étage et l'apostropha. Alors elle monta et descendit la rue à la recherche de la voiture de Jonathan Nicholson. Bien sûr, elle ne parvint pas à la trouver, parce qu'il avait pris le bus, n'est-ce pas ? Sa voiture devait être en révision, ou peut-être l'avait-il vendue, s'en était-il débarrassé parce qu'elle le trahissait et qu'il savait qu'elle était sur ses traces.

En fin de compte, elle rentra à la maison, mais, une heure plus tard environ, elle comprit qu'il était resté là tout le temps, car elle le vit de nouveau à l'arrêt de bus, dépouillé de son excédent de poids, ses cheveux ayant récupéré leur brun naturel. Cette fois, il était accompagné de plusieurs personnes. Des gardes du corps, se dit-elle, des gorilles, comme on les appelait.

Elle n'y retourna pas. Elle trouva le numéro de Miranda dans le carnet d'adresses de Francine et le composa. Une jeune fille qui n'était certainement pas Miranda lui répondit, confirmant ainsi les pires craintes de Julia. Julia demanda à parler au père de Miranda et la jeune fille lui dit qu'il était à son bureau et ensuite, à la hâte et mentant, à l'évidence, ajouta précipitamment qu'elle avait entendu dire que Francine le voyait pour un boulot. C'était justement le genre de mensonge qu'une jeune fille raconterait, persuadée, ce faisant, de rendre service à son amie.

Parce qu'elle ne voulait pas que Jonathan Nicholson la voie sortir, lui laissant par conséquent le champ libre, Julia attendit que ses camarades et lui soient retournés une fois de plus se cacher, puis elle prit son cabas et descendit vers High Street. Dans la pâtisserie qui vendait des produits « du continent », elle acheta un chausson aux olives, du pain aux dattes, des croissants au chocolat et plusieurs paquets de boudoirs au chocolat blanc. Elle mangea presque tout pour son déjeuner, se gavant jusqu'à l'écœurement. Quand Richard téléphona en fin d'après-midi, elle afficha un ton doux et chaleureux, lui disant que tout allait bien, que c'était une belle journée pour la fin novembre et que Francine – imagine – était sortie avec Miranda.

« Je croyais que tu allais dire : “avec ce garçon”, s'étonna Richard.

– Oh ça, lui, il aimerait bien. Mais aucun ne trouve grâce à ses yeux, enfin c'est comme ça que je vois la chose. La réalité, c'est qu'il n'a pas arrêté de la guetter depuis cet arrêt de bus, presque toute la journée.

– Il quoi ?

– J'ai bien peur qu'il ne soit coutumier du fait. Il est franchement obsédé.

– Il n'est pas en train de la suivre, non ? »

Soudain, Julia eut vraiment peur. Bien sûr que Jonathan Nicholson était en train de la suivre, mais si elle admettait la chose devant Richard, il allait faire intervenir la police, peut-être un conseil juridique. Elle ne voulait aucune interférence dans la façon dont elle gérait Francine, elle ne voulait pas que des gens qui se mêlent de tout viennent lui retirer son contrôle sur elle. Elle se répandit en dénégations.

« Oh, non, non, quelle idée ! Ça, je ne le tolérerais pas, j'y mettrais le holà. Laisse-moi jeter un œil... Il est parti maintenant, il a disparu. De toute manière, je ne sais pas pourquoi, mais j'ai le sentiment, un sentiment vraiment viscéral, mon chéri, qu'il ne reviendra pas.

– J'espère que tu as raison. Je devrais être de retour à la maison à six heures. Est-ce que Francine sera rentrée ?

– Oh, oui, elle rentre très tôt. Elle l'a promis. »

« Si tu restais ici et si tu dormais ici et si tu étais tout le temps ici, tout irait très bien. »

Teddy s'exprimait avec un air maussade, sur un ton guère enthousiaste, accusateur.

« Si tu étais ici avec moi, je pourrais faire ça bien. »

Son allure sinistre la troubla. Quand il réunissait ses sourcils noirs et avançait sa lèvre inférieure, il cessait d'être beau, drôle ou séduisant. Paradoxalement, il faisait alors bien plus jeune que son âge, comme un vilain garnement trop vite grandi.

« Tu ne vas pas faire ce que je veux, poursuivit-il. Je veux que tu fasses uniquement ce que je veux, ce n'est pas grand-chose que je te demande, c'est relativement simple.

– Mais si, je fais ce que tu veux, Teddy. Je te laisse m'envelopper dans tous ces trucs en soie, ces draperies et je ne sais quoi encore, et braquer des lumières sur moi, et me mettre ces bijoux partout, si, je te laisse faire, mais je ne peux pas accepter ça tout le temps. Du coup, je me sens... enfin, bizarre, je ne sais pas, mal à l'aise. Je peux le faire un peu, mais pas des heures et des heures.

– Alors, qu'est-ce que tu veux ?

– Peut-être qu'on aille se promener de temps en temps, manger quelque part, sortir en voiture, se parler. J'aimerais réellement parler, et rien d'autre. On ne se parle jamais. »

Ils étaient dans la chambre de Harriet, Francine sur le lit dont il avait changé les draps, enfilant sur les oreillers des taies en organza blanc qu'ils avaient trouvées dans un placard. Elle s'était mise nue, à sa demande, ornée seulement des innombrables colliers de perles qu'il avait découverts parmi les bijoux de Harriet, mais à l'instant présent, déconcertée par quelque chose dont elle ne connaissait pas le nom, le regard obsédant de Teddy, elle s'était enveloppée dans le couvre-lit brodé blanc.

« Je suis désolée, Teddy, je ne veux pas te froisser, mais je ne pense pas que ce soit vraiment bien que tu m'habilles dans ces déguisements, ou plus exactement que tu me déshabilles comme ça, et que tu ne me lâches plus des yeux. C'est... (elle allait dire « malsain », mais elle s'interrompit)... ce n'est pas comme ça devrait être. »

Au lieu de répondre, il dit :

« Puisque nous sommes au service des réclamations, j'aimerais simplement préciser que je déteste ta façon de t'habiller. Je déteste tes vêtements, tes jeans, tes chemises, tes blousons qu'un garçon pourrait porter sur un chantier de construction. La première fois que je t'ai vue, tu avais mis une robe.

– Je peux mettre une robe, si c'est ce que tu veux.

– Trouve-toi quelque chose dans le placard. Vas-y. Il y en a plein. Elle ne les réclamera pas. J'ai du boulot... tu te souviens ? Je ferais mieux de m'y mettre. »

Laissée seule, Francine passa ses sous-vêtements et ouvrit la porte de la penderie. L'intérieur lui rappela la boutique de Noelle. Étaient suspendus là les robes et les tailleurs d'une femme d'âge mûr au goût tape-à-l'œil, qui avait un faible pour les perles, les paillettes et le strass. Pour les couleurs, c'était surtout du rouge, du noir et du blanc, mais il y avait une robe en velours d'un émeraude éclatant. Même si elle les avait aimées, elle aurait refusé de mettre aucun de ces vêtements. Ils n'étaient pas à elle et elle ne pouvait croire que leur propriétaire ne verrait aucune objection à ce qu'elle les porte.

Elle s'attendait à ce que la seconde penderie contienne une gamme de vêtements plus décontractés, mais les affaires qui se trouvaient dedans étaient toutes des affaires d'homme. Des costumes, des vestes sport, des pantalons, un manteau d'hiver en poil de chameau et ce genre d'imperméable que portent les policiers dans les séries télévisées. Des vêtements d'homme, mais pas d'un homme jeune. Cela ne la regardait pas, décida Francine ; en se souvenant de ce qu'avait déclaré Teddy à propos de ses jeans et de sa chemise, après une petite hésitation, elle enfila un peignoir de soie noire.

Elle n'était pas sûre que Teddy veuille d'elle pendant qu'il travaillait, mais il n'y avait rien d'autre à faire dans cette maison. Elle se rendit en bas et, guidée par l'odeur entêtante et forte de la peinture, elle le trouva dans un coin du vestibule, dans le fond, près de la porte de la cuisine.

Quand il la vit, il sursauta.

« Je ne t'avais pas entendue. »

Elle rit.

« Julia dirait que tu avais mauvaise conscience. Enfin, elle dirait plutôt que tu as un surmoi coupable. »

Il ne sourit pas.

« Où est-ce que tu as trouvé ce peignoir ?

– Il appartient à ton amie... ton employeur, ta cliente, je ne sais pas, moi. Teddy, est-ce que tu savais que l'autre penderie est pleine de vêtements d'homme ? Tu disais qu'elle vivait seule. »

Il posa le rouleau de peinture. Il réfléchit à ce qu'elle venait de dire.

« Ils doivent être à Marc Syre.

– Mais il est mort avant qu'on soit nés, toi et moi.

– Alors, je ne sais pas. Qu'est-ce que ça peut faire ? »

Elle n'avait pas peur de lui, mais il la déconcertait. Il la suivit en haut de l'escalier, éteignit la lumière, alla dans la cuisine nettoyer son rouleau de peinture et se laver les mains.

« Qu'est-ce que nous allons faire ? demanda-t-elle, comme une enfant.

– Faire ?

– Je veux dire, tu as fini de travailler, alors qu'est-ce qu'on va faire du restant de la journée ? »

Au lieu de répondre, il se sécha les mains, se retourna vers elle et l'étreignit dans ses bras. Cela se passa ainsi, il s'empara d'elle, ce fut brutal et soudain. Il écarta le peignoir pour dénuder ses épaules et lui embrasser le cou et les seins. Il lui tenait la taille à deux mains, comme on tiendrait un bouquet de fleurs.

« Tout va bien se passer, maintenant, ne cessait-il de chuchoter. Viens avec moi, ça va aller, maintenant. »

30

Mais cela ne se passa pas bien.

Exactement comme lorsqu'il avait éprouvé cette émotion vieille de plusieurs années, longtemps oubliée, cette sensation de peur, de même, maintenant, c'était le retour d'une autre pulsion de l'enfance. Il avait envie de pleurer. Dans son parc à jeux, il avait pleuré, mais plus jamais depuis, même pas quand il s'était coupé le doigt avec le ciseau à bois de M. Chance. Il enfouit son visage au creux de l'épaule de Francine et fut secoué de sanglots sans larmes.

Elle le serra et lui répéta encore une fois que cela ne faisait rien, que ce n'était pas important. Un jour, tout rentrerait dans l'ordre, s'il voulait bien cesser de s'inquiéter. Elle embrassa ses mains et son doigt mutilé, mais il détestait cela, il détestait attirer l'attention sur son seul et unique défaut. Cela ne rentrerait dans l'ordre, lui dit-il d'un air grognon, que lorsqu'elle serait tout le temps avec lui, quand elle aurait laissé cette vieille femme, quand elle voudrait de lui plus que de cette vieille femme. Mais il n'effectua aucune tentative physique pour l'empêcher de s'en aller, et il la raccompagna même une partie du chemin avec l'Edsel.

Et quand elle fut loin de lui, assez étrangement, les choses allèrent mieux. Il pouvait cesser de se sentir surveillé par elle, de sentir qu'elle s'interrogeait, qu'elle le méprisait, qu'elle s'impatientait. Il arrivait même à orienter son esprit et ses actions vers les choses urgentes qu'il avait à achever dans cette maison. Ce n'était pas si mal qu'elle ait refusé de le voir pendant quelques jours, car il pourrait les consacrer à terminer son travail.

C'était un sentiment étrange que de considérer ce mur, sur lequel la seconde couche de peinture blanche était en train de sécher, en sachant que derrière il y avait quelque chose que peut-être aucun œil humain ne verrait plus jamais. C'était sans aucun doute à cela que songeaient les bâtisseurs des pyramides quand le pharaon, sa suite et ses objets étaient couchés à l'intérieur du tombeau, et quand venait le moment de refermer ce dernier. Naturellement, ces bâtisseurs avaient eu tort, on avait forcé l'entrée des pyramides, découvert les morts, et peut-être sa chambre mortuaire serait-elle ouverte elle aussi, un jour. Mais non, se dit-il, non, je l'ai scellée de telle sorte que personne n'ira imaginer qu'il se trouve quelque chose derrière.

Une petite chambre blanche, une minuscule pièce aveugle, qui s'ouvrait profond sous la terre, sous Londres. C'était le genre d'idée qui lui plaisait. En un sens, c'était curieux, cela le réjouissait même. Cela effaçait un peu de la douleur causée par son impuissance. En ce domaine, en matière de mort et de dissimulation, il était un roi.

Personne ne pourrait pénétrer dans sa chambre secrète à partir de la maison, car cette chambre n'avait pas d'entrée. Du côté de la cour, il n'y aurait bientôt plus d'ouverture, plus de trou, plus d'accès, car Paulson & Gnieve, Ferronniers, à l'intérieur de leur couronne de laurier, seraient à l'abri dans une cachette de son cru et, là où s'était ouvert un conduit pour le charbon, une plante nouvelle fleurirait et s'épanouirait. À l'intérieur, l'air manquerait, et le couple mal assorti se décomposerait lentement, retournerait à la terre, à l'état d'ossements, à la poussière. C'est ainsi que toute laideur devrait être dissimulée et ensevelie...

La sonnerie du téléphone le fit sursauter. Il n'allait pas répondre, naturellement. Le répondeur interrompit la sonnerie. Il monta au premier. Francine n'avait pas fait le lit avant de partir. Cette omission l'irrita. Il n'attendait pas d'elle qu'elle fasse le lit parce qu'elle était une femme, il attendrait cela de n'importe qui. Il l'avait portée au pinacle, et voilà que maintenant elle descendait un peu dans son estime. Sa grand-mère avait pour habitude de dire que nous n'étions pas tous bâtis sur le même modèle, et que c'était une bonne chose, mais il n'en était pas si convaincu. Ce serait une bonne idée que tout le monde soit comme lui, ordonné, propre, méthodique, circonspect et ponctuel.

Il rajusta le drap de dessous et secoua le couvre-lit de soie blanche. Quand il retapa les coussins, il vit le carnet d'adresses de Harriet, coincé dessous. S'asseyant sur le lit, il le feuilleta de nouveau. L'un de ces numéros de téléphone pourrait être le numéro de code confidentiel de la carte à puce de Harriet. Que voulait dire code confidentiel, d'ailleurs ? Confidentiel pour quoi ? Numéro d'immatriculation personnel ? Non, code confidentiel. Peut-être avait-elle utilisé son numéro de téléphone personnel. Ou celui de Simon Alpheton. Il croyait savoir que si l'on insistait en essayant de faux numéros dans l'un de ces appareils, après trois essais peut-être, celui-ci avalerait la carte.

Cela pouvait être n'importe quel numéro. On n'irait pas se servir du numéro de téléphone d'un ami pour ça, quand même, non ? Si on était comme lui, si on n'avait pas d'amis, c'était difficile à savoir. Que ferait-il, lui ? Il le retiendrait, se dit-il. Mais si peu de gens étaient aussi ordonnés, aussi propres et aussi méticuleux que lui, de même, ils étaient peu à posséder une mémoire aussi fidèle. Le moment était proche, avait-il lu, où ces distributeurs de billets de banque fonctionneraient aux empreintes digitales ou à la photographie de l'iris de l'œil. Mais ce moment n'était pas encore venu. Pour l'instant, le système reposait encore sur des chiffres.

Une fois encore, il feuilleta le carnet d'adresses. Presque tous les noms étaient des noms de personnes, mais certains ressemblaient à des noms de restaurants, et pour beaucoup c'étaient des noms de gens qui effectuaient des services à domicile, plombiers, électriciens, entrepreneurs de divers types. Pour maintenir la maison dans un état impeccable, supposa-t-il. Pourquoi lui fallait-il tous ces restaurants ?

Les gens riches mangeaient beaucoup, naturellement. Sortait-elle manger seule ? Emmenait-elle un invité avec elle ? Il en savait si peu sur ce genre d'existence. Il n'avait entendu parler d'aucun de ces restaurants : *Chez Odette*, *Le Lierre*, *Chez Orso*, *Chez Odin*, *Chez Jason*, *La Puntina*, *L'Artiste assoiffé*, *L'Escargot*. S'il s'agissait de restaurants.

De retour chez lui, il termina le châssis en bois pour la dalle de pierre. À Orcadia Cottage, il avait dessiné une découpe dans la plinthe pour être certain que le contour en serait exact, et à présent il entreprenait de découper et de raboter une pièce de bois qui ferait l'affaire. Pour bien l'ajuster, il serait possible d'acheter de la baguette, mais il n'avait pas les moyens d'acheter quoi que ce fût. L'état de ses finances était préoccupant. Francine n'avait pas l'air de comprendre qu'ils ne pourraient pas sortir avec l'Edsel ou dîner même dans le plus ordinaire des restaurants, parce qu'il n'avait plus d'argent.

Restaurants. Il sortit les Pages jaunes et chercha tous ceux qui figuraient dans le carnet d'adresses de Harriet. Le seul à ne pas s'y trouver, c'était *La Puntina*. L'indicatif téléphonique était le même que celui de *Chez Jason*, ce qui signifiait, vu l'adresse de *Chez Jason*, que *La Puntina* devait se situer quelque part dans Maida Vale. Le numéro à quatre chiffres suivant l'indicatif était : quatre-un-six-deux. Il composa les sept chiffres et il s'entendit répondre par une voix de femme que le numéro qu'il venait de composer ne pouvait aboutir, sans trop comprendre ce que cela voulait dire.

Sur le chemin du retour, vers Orcadia Cottage, il trouva une place payante non loin de Finchley Road, avec encore quinze minutes au parcmètre. La place était assez grande pour accueillir l'Edsel, ce qui n'était pas souvent le cas, donc il laissa la voiture là et se mit en quête d'un distributeur de billets.

Nerveusement – il s'était à moitié attendu à ce que l'appareil mette à exécution quelque châtiment instantané –, il inséra la carte Visa de Harriet, et quand on lui demanda de taper quatre chiffres, il se servit du numéro de téléphone d'Orcadia. « Veuillez patienter, s'il vous plaît », fit la machine. Puis elle lui répondit qu'il y avait une erreur et que sa demande ne pouvait être traitée. Mais la carte à puce lui fut restituée. Il eut peur d'essayer une deuxième fois.

Colère ou joie hystérique, de la part de Julia, Francine s'était habituée à l'une ou à l'autre. Mais le silence, c'était une nouveauté. Se voir accueillie par un regard immobile et blessé, la tête baissée, les sourcils froncés, un trait d'union entre ces yeux douloureux, mais sans qu'un mot soit prononcé, voilà qui était sans précédent.

De toute manière, elle savait très bien que s'enquérir du pourquoi, de ce qui n'allait pas cette fois, de ce qu'elle avait bien pu faire, de ce qu'elle devrait faire... toutes ces demandes étaient inutiles. Julia avait passé les bornes du raisonnable. Si jadis elle avait sincèrement redouté qu'il arrive du mal à Francine en raison d'une cause extérieure (ou intérieure), tout cela était oublié depuis longtemps. Tout ce qui comptait pour elle, à présent, c'était son obsession de vouloir garder Francine ici avec elle, entre quatre murs, sous ses yeux, nuit et jour. En montant dans sa chambre, Francine se dit que Julia ne souhaitait même pas qu'elle trouve un petit boulot, des amis convenables, un emploi. Ce qu'elle voulait, c'était une prisonnière qu'elle puisse tenir sous tutelle.

Son père était à la maison. Elle s'était décidée à lui dire la vérité, qu'elle fréquentait Teddy, qu'elle « voyait » Teddy, qu'il était son petit ami. Elle était fatiguée de mentir, elle détestait cela, ses fausses déclarations comme quoi elle allait visiter l'appartement d'une amie ou d'une autre. Mais elle n'avait pas la possibilité de se retrouver avec lui sans que Julia soit là, et même si, à n'en pas douter, il allait tout raconter à Julia, elle ne pouvait se résoudre à aborder tout ça en présence de Julia, faire face à sa colère, à sa panique et, d'une certaine manière, aussi, à son triomphe. Mais elle n'était pas non plus capable de dire à son père qu'elle souhaitait lui parler seule à seul. Le résultat fut qu'elle ne dit rien, et qu'elle passa de longues heures dans sa chambre.

Le lendemain, il était prévu qu'elle revoie Teddy, et elle avait envie de le voir, elle avait une fois encore envie de le rassurer. Elle avait la ferme conviction que si seulement elle pouvait lui faire comprendre que cela n'avait aucune importance et que cela ne l'embêtait pas, les choses rentreraient dans l'ordre. Mais se rendre jeudi à Orcadia Cottage équivaudrait à mentir à son père. Faire à Julia de fausses déclarations était une chose, en faire à son père en était une autre. Il lui serait impossible de se résoudre à lui dire en face qu'elle allait en boîte avec Miranda ou au cinéma avec Holly quand, en réalité, elle allait retrouver Teddy. Francine était en train d'apprendre que, s'il est assez facile de mentir à quelqu'un qui ne signifie rien à vos yeux, c'est une tout autre affaire avec une personne pour laquelle vous éprouvez de l'amour et du respect.

Elle téléphona à Teddy chez lui et n'obtint pas de réponse. Le numéro d'Orcadia Cottage, elle ne le connaissait pas, et elle se dit qu'il lui fallait se souvenir de le chercher. Cela l'amena à faire des conjectures au sujet d'Orcadia Cottage et à s'inquiéter un peu. Qui était cette femme qui habitait là et qui permettait à Teddy de disposer librement de sa maison ? En dépit de sa jeunesse, Francine savait déjà observer les êtres, et elle estimait que peu de gens se comporteraient ainsi, en laissant quelqu'un qui n'était, après tout, qu'un ouvrier du bâtiment s'installer dans leur maison, dormir dans leur lit et y amener sa petite amie.

La vie antérieure de Teddy demeurait un mystère, peut-être un secret. Elle savait seulement que ses parents étaient morts. Il se pouvait que cette femme soit une parente, une tante ou une marraine. Cette théorie comportait des lacunes – par exemple, à qui appartenaient ces vêtements d'homme ? –, mais dans l'ensemble elle s'en contenta. Elle le lui demanderait, ou alors il le lui raconterait sans qu'on le lui demande. Quand elle réessaya de lui téléphoner, cette fois tôt dans la matinée, il répondit.

Une réponse boudeuse aux excuses qu'elle lui fit pour ne pas être allée le voir, voilà à quoi elle s'était attendue. Elle dut écouter des protestations indignées, et un flot d'invectives adressé à la personne de Julia.

« Je te verrai samedi, répondit-elle. Ne sois pas fâché. Je t'en prie.

– Je ne suis pas fâché contre toi. »

Mais à l'entendre, il en donnait l'impression. Puis il ajouta :

« Francine ?

– Qu'est-ce qu'il y a ?

– Tu connais l'italien, n'est-ce pas ? Tu as passé un examen d'italien, au bac.

– Tu veux que je traduise quelque chose ?

– *La Puntina*, qu'est-ce que ça veut dire ? P, u, n, t, i, n, a. »

Les gens qui ne connaissent pas une langue étrangère que vous maîtrisez s'attendent toujours à ce que vous connaissiez le moindre mot qu'elle comporte, que vous soyez un lexique ambulant. Ce que vous ne sauriez être, même dans votre propre langue, car il y aurait toujours certains mots pour lesquels il vous faudrait consulter un dictionnaire.

« Je ne sais pas, Teddy. Je n'ai jamais entendu ce mot-là. Je vais chercher, et puis je te rappelle. »

De retour chez lui, il travailla sur la plinthe. Cela ne l'ennuyait pas de découper et de passer du papier de verre, c'étaient des activités tranquilles, apaisantes, mais en même temps cela l'agaçait de penser que s'il avait eu quelques livres en poche, il aurait pu acheter de la baguette pour achever en dix minutes une besogne qui lui prenait des heures.

Il n'avait pas reçu de réponse de la part de M. Habgood. Teddy était impatient, cela ne faisait aucun doute, mais si ce devis était accepté, les dix pour cent d'arrhes qu'il avait demandés seraient également joints à la réponse. Les artisans devaient parfois attendre des semaines, des mois avant d'être payés, cela, il s'en souvenait, à en juger par certaines remarques de M. Chance, certaines récriminations qui étaient passées au-dessus de sa tête de petit garçon, mais qui lui revenaient à présent.

Francine ne l'avait pas rappelé à propos de *La Puntina*. Il ne se demandait pas pourquoi, il pouvait l'imaginer. Cette vieille femme lui avait mis la main au collet et elle la sermonnait, ou son père était rentré à la maison et il avait besoin d'elle pour une raison ou une autre. Pourtant, on aurait pu penser d'elle qu'elle gardait un dictionnaire d'italien dans sa chambre. Une sonnerie se mit à retentir, mais c'était le carillon de la porte, pas le téléphone. Personne ne venait jamais lui rendre visite, il ne voyait pas du tout qui cela pouvait être, à moins que ce ne soit Nige venu piquer une crise à cause du bruit que faisait le rabot.

C'était sa grand-mère. Elle avait sonné à la porte – par « souci de politesse », avait-elle précisé – mais s'était immédiatement introduite dans la maison avec sa clef.

« Hello, homme mystérieux », s'était-elle écriée.

Il avait envie de la cantonner dans le vestibule, mais elle entra, marchant droit vers sa chambre, l'œil fixé sur l'Edsel, qu'à l'évidence elle ne s'était pas attendue à voir. Mais sa première remarque ne concerna pas la voiture.

« On gèle, ici. Il fait plus froid que dehors.

– Je n'ai pas les moyens de chauffer, répondit-il.

– Trop fier pour pointer au chômage, hein ? Enfin, ça change, de trouver un peu de fierté dans cette famille. Je ne m'arrête pas, je ne voudrais pas avoir à retirer mon manteau. Le docteur me dit qu'il ne faut pas que je prenne froid, je pourrais faire de l'hypothermie, tout le monde en fait de nos jours, et je n'ai aucune envie de me retrouver dans une ambulance, emballée dans du papier alu, à mon âge. Je suis venu te dire que ma copine Gladys t'a fait tes rideaux et te demander à toi où tu en es pour ce qui est de venir lui repeindre ses toilettes extérieures, comme tu l'as promis. »

L'idée de voir cette maison avec des rideaux paraissait appartenir à un lointain passé. Il avait un nouveau domicile, à présent, où il faisait chaud. Peut-être pourrait-il revendre le produit des efforts de Gladys, déposer les rideaux dans une de ces boutiques où l'on trouvait des objets d'occasion. Mais dans l'intervalle, il allait devoir repeindre des cabinets dans une arrière-cour glaciale...

Le téléphone sonna. Il put voir sa grand-mère s'illuminer, comme toujours quand elle avait une occasion de surprendre quelqu'un en conversation intime. Il décrocha le combiné. C'était Francine.

« Je suis tellement désolée, Teddy. Mon père est rentré à la maison juste à ce moment. Ensuite, la secrétaire du père de Miranda a appelé pour dire que je n'avais pas le boulot. »

Il ne s'intéressait absolument pas à tout cela.

« Est-ce que tu as trouvé ce que voulait dire *la puntina* ?

– Oui, j'ai trouvé. Ça veut dire la puce.

– *La puntina*, ça veut dire la puce ?

– C'est ça.

– Tu es merveilleuse, fit-il. Tu es géniale. Je te rappelle. »

Il éclata de rire. Ses ennuis étaient terminés, tout était rentré dans l'ordre.

« Enfin, qu'est-ce qui te prend ? » lui demanda Agnes.

31

DAVID STANARK s'était donné la mort, et Richard lui avait fait défaut en cet ultime instant de détresse. Il ignorait tout des ennuis de David parce qu'il ne s'était pas donné la peine de découvrir ce qui se passait, parce qu'il avait négligé David. Un moment de grande détresse, assurément, car, abandonné par son épouse, certainement sans amis, sans personne à qui se confier, il avait lancé une corde par-dessus une poutre, dans son garage, fait un nœud coulant, se l'était passée autour du cou pour sauter dans le vide du haut d'une chaise.

Cela faisait des mois que Richard ne l'avait pas vu. Après les propos sentencieux de David sur la raison pour laquelle la vanité comptait parmi les sept péchés capitaux, leur amitié n'avait jamais plus été la même. Richard n'était pas sans le savoir, ce n'était là qu'un écho de ses propres conclusions, mais il est des situations où nous n'apprécions guère ceux qui tombent d'accord avec nous. Nous nous confions à eux parce que nous voulons les entendre contester les soupçons humiliants et l'analyse trop franche que nous portons sur notre propre caractère. Richard ne pouvait jamais revoir David sans se souvenir de cette petite leçon sur la vanité et sur la nécessité où nous sommes d'apprendre à vivre avec nos propres erreurs. Aussi ne le vit-il plus que rarement, et toujours avec sa femme, Susan, qui était une amie de Julia.

Mais maintenant, David était mort. David qui ne l'avait pas abandonné quand le besoin d'un ami s'était fait sentir, David qui, sans lui avoir tout à fait sauvé la vie, lui avait au moins épargné des journées ou des semaines d'interrogatoires et de soupçons policiers, et une calomnie qui aurait pu lui coller à la peau. La culpabilité le submergea. S'il s'était conduit en ami fidèle, David serait peut-être en vie, à présent. Encore une fois, c'était sa misérable fierté qui s'immisçait pour venir dévaster sa vie et celle des autres. Tout ce qu'il pouvait faire désormais, et c'était vraiment bien peu de chose, ce serait de se conformer à la demande de la police et de passer au commissariat en se rendant à Heathrow, vendredi.

Dès que son père eut le dos tourné (ce fut du moins l'impression de Julia), Francine sortit. Il se pouvait qu'elle lui ait dit où elle allait, Julia n'avait pas écouté. Elle était fatiguée de tous ces efforts déployés alors qu'elle savait que la jeune fille se payait sa tête et s'en allait rejoindre Jonathan Nicholson.

Elle se dit qu'elle était ravie de voir Francine déguerpir. Débarrassée de cette entêtée et de sa présence agaçante dans la maison, elle, Julia, allait pouvoir se consacrer à toutes les tâches et occupations que ses scrupules l'avaient poussée à négliger depuis si longtemps. Après tout, elle était une femme cultivée, à l'esprit actif. Il y avait mille et une choses auxquelles s'intéresser, dont une adolescente agaçante n'avait pas idée, et sur lesquelles il ne faudrait plus l'autoriser à empiéter.

Mais quand elle tenta de passer ces diverses occupations en revue, elle s'aperçut qu'elles s'étaient volatilisées, ou qu'elles ne présentaient plus pour elle aucun intérêt. Cette phase de son existence était terminée. Elle n'avait pas beaucoup déjeuné, ou en tout cas c'était son impression, maintenant, trois heures après, aussi avala-t-elle les restes de la quiche à laquelle personne n'avait beaucoup touché, tous les biscuits au chocolat de la boîte et un yaourt goyave-mangue. Tout ce qui lui restait à faire, c'était de passer des coups de téléphone. Elle téléphona à Noelle, qui ne pouvait pas lui parler longtemps, le vendredi étant chargé à la boutique, à Jocelyn, dont le répondeur prit l'appel, et à Laura, qui avait du temps libre et fut tout à fait disposée à bavarder une demi-heure des aspects invraisemblables de l'adolescence actuelle.

Vers six heures, il se produisit quelque chose d'étrange. Elle comprit soudain que, tout l'après-midi, elle s'était languie de Francine. Il lui semblait que si la jeune fille franchissait la porte, c'en serait fini de tous ses ennuis et qu'elle serait heureuse, qu'elle retrouverait sa sérénité, et n'aurait plus à se gaver d'aliments qui ne lui faisaient aucun bien. Elle n'aurait plus à se trouver une occupation.

Mais alors que la nuit tombait, et à six heures il faisait aussi sombre qu'à minuit, un désir second pénétra dans l'esprit de Julia et, tout en se situant à l'opposé de son premier désir, il exista de pair avec lui, suivant un cours parallèle. Elle se languissait de Francine, mais elle espérait, avec un malin plaisir, qu'elle ne rentrerait pas, qu'elle rentrerait tard, à une heure extravagante, à minuit au moins, ce qui ne lui était jamais arrivé. Elle avait envie que Francine soit terriblement en retard, un retard épouvantable, de sorte qu'elle, Julia, pourrait atteindre un sommet d'angoisse et de terreur au-delà de tout ce qu'elle avait connu auparavant, une folie de l'attente, et une folie durable, jusqu'à ce que, à l'arrivée de Francine, elle puisse exploser. Qu'elle puisse éclater comme un orage à la fin d'une journée de chaleur insupportable.

C'était dans cet état d'esprit qu'elle surveillait la pendule. Elle faisait les cent pas et surveillait la pendule, elle faisait les cent pas et se recommandait à elle-même de ne plus regarder la pendule jusqu'à ce qu'elle ait compté cent pas. L'abribus était vide depuis des heures, elle pouvait l'apercevoir assez distinctement à la lumière des réverbères, mais elle n'était pas surprise de l'absence de Jonathan Nicholson. Bien sûr que non, il n'était pas là, songeait-elle avec amertume : il était avec Francine.

À sept heures et demie, elle était presque heureuse. Elle était en train d'obtenir ce qu'elle voulait. Francine n'arriverait pas avant des heures et des heures. Des fantasmes écrasants de viol, d'agression et de meurtre allaient pouvoir lui emplir l'esprit de façon débridée. Un édifice de tension, qui allait grandissant, commença de s'élever en elle. Neuf heures allaient se muer en dix, et dix heures en onze, et, bien avant cela, elle serait tombée malade de terreur, vraiment malade physiquement, et elle aurait mangé pour se donner une contenance, peut-être à un certain stade se serait-elle allongée par terre, pour crier. Elle faisait les cent pas et elle surveillait la pendule, son cœur battant la chamade.

À neuf heures, ou quelques minutes avant, Francine était rentrée. Julia était incapable de parler. Elle était interdite, de soulagement et de déception, les deux à la fois. Elle se contenta de regarder Francine, lui adressa un long regard furieux, dérisoire et dégoûté, et, dans son abattement, elle détourna la tête.

Quatre-un-six-deux. Harriet Oxenholme avait peut-être eu besoin, elle, de noter ça dans son carnet d'adresses, en faisant passer ce numéro pour celui d'un restaurant, mais il n'avait aucun besoin, lui, de ces moyens mnémotechniques. Si elle avait possédé une mémoire comme la sienne, elle ne se serait pas trahie et ne lui aurait pas ouvert la porte de son compte en banque aussi simplement que l'on aurait ouvert le couvercle d'une boîte de chocolats pour en offrir le contenu. Quelle idiote ! Sans doute s'était-elle crue maligne, alors qu'elle n'avait rien eu d'autre à faire que de chercher « puce » dans un dictionnaire d'italien.

Il se rendit au distributeur de billets de l'agence de la Barclays Bank qui se trouvait au coin de Circus Road et de Wellington Road. D'abord, il avait eu l'intention d'attendre d'avoir tout à fait terminé le plâtre du mur, mais il se découvrit incapable de soutenir cette attente plus longtemps. Il vérifia que l'appareil acceptait bien les cartes Visa. Il affichait une petite image d'une carte comme celle de Harriet. Teddy retint son souffle, s'ordonna de ne pas faire l'imbécile et se mit à respirer normalement. La carte entra dans l'appareil. La première fois, il l'introduisit dans le mauvais sens, aussi dut-il recommencer. Cette fois, tout alla bien.

Très soigneusement, avec un doigt auquel il ne permit pas de trembler, il tapa le numéro, quatre-un-six-deux. Il n'y eut pas d'explosion, pas de voix en colère, pas non plus de pur et simple refus. Mais cet appareil était légèrement différent de celui où il avait regardé la fille opérer. Cette machine-là exigeait de vous que vous précisiez quelle sorte d'argent vous vouliez – anglais, français, américain ou espagnol –, elle vous demandait si vous aviez besoin d'un ticket. Celle-ci était plus simple. Il tapa sur la touche Valider.

« Veuillez patienter s'il vous plaît », dit la machine, puis : « Nous traitons votre demande ». La carte lui fut rendue. Il n'y croyait pas. Il savait que cela devait marcher mais, tout de même, il n'y croyait pas. L'argent sortit. Ni dans un grincement, ni dans un roulement de tambour, ni aux accents de l'hymne national, mais il glissa en silence. Huit billets de vingt livres et quatre de dix livres.

Ça marchait. Il était dans les affaires.

Ce fut une rencontre mystérieuse, cet entretien avec le commissaire de police judiciaire et un inspecteur principal, toux deux des inconnus, car Wallis était parti à la retraite. Même après que tout fut terminé, alors qu'il hélait un taxi, Richard n'avait aucune idée bien précise du but de leur convocation. Si un fait concret était sorti de ce rendez-vous, c'était que Susan Stanark avait quitté son mari l'été précédent.

« Est-ce pour cela qu'il s'est tué ? demanda Richard.

– Peut-être. En partie. Nous pensons qu'il pourrait y avoir d'autres raisons.

– Vous ne voulez pas que je... je veux dire, vous ne m'avez pas demandé de venir ici pour l'identifier ?

– Non, non. Son frère s'en est chargé. Il était lié à votre épouse actuelle, je crois ? »

Richard n'apprécia guère cet « actuelle », comme s'il avait des épouses en série.

« Vaguement, fit-il, surpris. Un cousin au second degré ou quelque chose de ce genre.

– Vous le connaissiez depuis longtemps ?

– Onze ans. »

Richard ne voyait pas pourquoi il devait entrer avec eux dans le détail de toute cette histoire d'alibi. Ils devaient bien être au courant, et s'ils ne l'étaient pas, ce n'était pas lui qui allait les seconder. Qui plus est, si vous racontez à un policier qu'à une certaine époque vous avez eu besoin d'un alibi, il va immédiatement en déduire (c'est ainsi que raisonna Richard) que soit vous étiez coupable, soit vous vous étiez livré à des activités qui faisaient de vous un suspect. Aussi ne dit-il rien, et les policiers lui en dirent-ils à peine plus, hormis pour s'enquérir s'il avait « des spécimens de l'écriture manuscrite de David Stanark » en sa possession. Richard répondit par la négative, ils ne s'étaient jamais écrit, et là-dessus ils le laissèrent repartir.

« Néanmoins, il est très probable que vous aurez de nos nouvelles », l'avertit le commissaire, plus sur le ton de la menace que sur celui de l'assurance.

Quand une chose se passe bien, et si c'est une chose importante, d'autres bonnes surprises s'ensuivent. Tout se passe comme si ce succès initial jetait un sort bénéfique sur toutes les entreprises ultérieures, dispensait la lumière sur le chemin qui y conduit. Teddy, au début, avait eu du mal avec le plâtre du mur de la cave. Aujourd'hui, en se mettant au travail avec précaution, il s'aperçut qu'il ne faisait pas le moindre faux pas – ou plutôt, le moindre faux mouvement – avec la truelle en forme de losange.

Le plâtre possédait exactement la consistance qu'il fallait, ni trop sec ni trop détrempé. Il s'étalait comme de la crème. Ses mouvements, d'une main ferme et assurée, créaient une surface égale et lisse. Il posa le bandeau de bois sculpté qu'il avait dû fabriquer lui-même et qui, d'ailleurs, constituait un mieux par rapport à la plinthe existante.

Maintenant que c'était fini, il ne put s'empêcher d'éclater bruyamment de rire. Le mur semblait là de toute éternité. Il pourrait même y accrocher un tableau. Pourquoi ne pas aller chercher la nature morte de Simon Alpheton ? Elle méritait un mur à elle, et non d'être réduite à la médiocrité, au milieu de tout ce fatras sans âme de la salle à manger.

Francine venait. Le charme souverain de sa réussite étendait également ses bienfaits à sa visite et, à cet égard, il était en train d'échafauder des projets, quelque chose de presque sans précédent pour lui. Il se montrerait raisonnable, car il comprenait que sa défaillance était due au surmenage, à la fatigue et à l'anxiété. Aujourd'hui, il ne se risquerait pas à essayer. Elle prendrait cela comme il lui plairait, il n'était pas obligé de se plier à tous ses caprices.

Ils feraient un tour en Edsel. Il la prendrait près de chez elle et ils iraient au Musée impérial de la guerre, puis voir l'exposition de la mode des années quarante. C'était quelque chose qu'il mourait d'envie de voir, et toutes les filles aimaient la mode, croyait-il. Puis ils reviendraient ici, il lui montrerait le mur et il observerait son visage. Peut-être qu'elle applaudirait, il n'en serait pas surpris. Elle s'attendrait à ce qu'il veuille la voir retirer ses vêtements et poser pour lui toute recouverte de soieries et de bijoux, mais il ne le lui demanderait pas. Pas aujourd'hui.

Il lui trouverait du vin, une bouteille chère, et après ça ils sortiraient dîner. Peu importait l'endroit. Peut-être qu'il lui achèterait une robe, blanche ou noire. Une robe de velours noir, ce serait merveilleux, avec une longue jupe coupée dans le biais et un décolleté drapé. Il aurait fait le plein d'essence, ainsi pourrait-il la ramener jusqu'à chez elle, et si elle voulait rentrer tôt, il ne ferait pas d'histoires. Demain, dimanche, il retournerait au distributeur avec la carte et il tirerait encore deux cents livres.

En se réveillant affamée à quatre heures du matin, Julia descendit au rez-de-chaussée et mangea deux boudoirs au chocolat. Ensuite, parce qu'elle savait que si elle retournait au lit l'estomac vide, elle allait devoir descendre à nouveau, elle avala le reste du paquet. Bizarrement, si elle éprouvait souvent le besoin de manger la nuit, elle n'avait jamais envie dans ces moments-là de faire les cent pas. Elle se traînait d'un pas languissant, de fenêtre en fenêtre, ne regardant rien au-dehors sinon la rue vide, délavée de lumière, et le petit terre-plein central, avec sa balise solitaire.

Elle avait compris que les jeunes filles aimaient bien faire la grasse matinée. La mère de Miranda lui avait raconté que sa fille restait parfois couchée jusqu'à deux heures de l'aprèsmidi. Jamais Julia n'avait autorisé cela. Francine avait eu la permission de rester couchée jusqu'à dix heures au plus tard, et ce, seulement le week-end. Mais la veille au soir, elle avait pris congé tôt de Jonathan Nicholson, et elle était rentrée tôt à la maison. En ce dimanche matin, elle était levée avant sa bellemère. Julia descendit au rez-de-chaussée à neuf heures, les yeux battus à cause du manque de sommeil, et elle trouva Francine à la table de la cuisine en train de manger des corn-flakes.

« Est-ce que je prépare le déjeuner, aujourd'hui ? s'enquit Francine. C'est toujours toi qui cuisines pour moi, et j'aimerais bien m'en occuper, pour changer. Je peux ?

– Pas si ce sont des haricots mung, du tofu ou ce genre de choses. (Quand Francine se faisait la cuisine pour elle toute seule, elle avait un faible pour cette sorte de nourriture.) Tu peux sortir un peu de viande du congélateur, ou alors, j'ai un poulet élevé en plein air. »

Francine répondit qu'elle allait préparer le poulet et mettre à cuire des pommes de terre au four. Et composer ce qu'elle appelait sa salade spéciale, avec des avocats et des poivrons.

« Tu n'auras rien à faire. Je vais préparer, débarrasser et tout nettoyer, enfin, en tout cas, je vais tout mettre dans la machine avant de sortir. »

En fait, Julia retint seulement la dernière partie de ces assertions. Francine sortait. Julia se leva de table, se coupa une épaisse tranche de pain, la beurra, étala dessus de la marmelade de reines-claudes et commença de se l'enfourner dans la bouche, à deux mains. Elle ne regardait pas en direction de Francine, aussi ne savait-elle pas du tout si la jeune fille la surveillait.

Francine ne sortirait pas, certainement pas. Peut-être le croyait-elle, mais elle avait tort. Jonathan Nicholson pouvait toujours l'attendre à cet arrêt de bus des heures, plusieurs heures d'affilée, ou se cacher derrière la palissade, voire dans la poubelle de quelqu'un, mais Francine ne viendrait pas. Car elle, Julia, elle en avait assez. Cela faisait maintenant des mois, des années qu'elle supportait le comportement de Francine, qui sortait quand bon lui semblait, qui rentrait à la maison quand elle en avait envie, usant de cette maison comme d'un hôtel et mettant délibérément Julia à la torture. Ce n'était ni de l'insouciance, ni l'ignorance d'une jeune fille quant à la façon de se tenir, ni le fait d'un esprit perturbé, cela, désormais, Julia le savait. C'était résolument de la méchanceté et de la cruauté.

Mais c'était la dernière fois qu'elle agissait de la sorte, Julia le proclama à voix haute, la bouche pleine :

« J'en ai assez.

– Excuse-moi, qu'est-ce que tu as dit ?

– Rien, se reprit Julia, et, comme elle aimait la sonorité de sa réponse, elle la répéta plusieurs fois : Rien, rien, rien... »

Francine quitta la pièce. Elle ne monta pas au premier. Julia tendit l'oreille pour entendre ce qu'elle fabriquait. À en juger par le bruit, elle était dans la buanderie, en train de repasser quelque chose. De repasser une robe pour la porter quand elle sortirait. Sauf qu'elle n'allait pas sortir. Julia y veillerait.

Elle téléphona à Noelle, elle téléphona à Amy Taylor. Amy avait un fils de dix-sept ans et une fille de quinze, et elles discutèrent un petit moment des problèmes de la coexistence avec des enfants adolescents. Amy lui apprit que sa fille était sortie jusqu'à deux heures du matin, sans le moindre avertissement, sans lui donner le moindre signe qu'elle avait l'intention de faire une chose pareille, et Julia lui dit, c'est épouvantable, et ce qu'elle était certaine de pouvoir dire pour Francine, c'était que non, jamais elle n'oserait.

Cette conversation lui remonta le moral. Elle fit du café, pour elle et pour Francine, et, une fois n'est pas coutume, elle n'eut aucune envie de manger quoi que ce fût, ce délicieux espresso lui suffisait. S'affairant en tous sens, rangeant le salon, époussetant, elle chantait des chansons de son adolescence à elle. Depuis la cuisine, Francine entendit la mélodie de *Mending Love* et se souvint du disque de sa mère qu'elle avait cassé, et d'avoir été renvoyée dans sa chambre, et de l'arrivée de cet homme...

Dès que Julia eut l'assurance que Francine était occupée à la préparation du déjeuner, après l'avoir vue effeuiller la laitue et peler un avocat, elle se livra à ses préparatifs. En passant dans la buanderie prendre un drap et une serviette de bain propres, elle retira la clef de la porte, et celle de la porte du dressing, puis elle monta au premier. Elle avait calculé que l'une de ces deux clefs s'adapterait à la serrure de la porte de la chambre de Francine. Il en était toujours ainsi dans les maisons comme celle-ci, une clef fonctionnait dans la moitié des serrures, et l'autre dans le reste. La clef de la porte du dressing pénétra dans le trou de serrure de la porte de la chambre de Francine et tourna sans à-coups. Julia mit la clef dans la poche de sa jupe.

Puis elle ouvrit la porte de Francine, très doucement, et s'introduisit dans la chambre. Elle vit le téléphone portable posé sur la table de chevet. Évidemment, elle allait devoir le confisquer. En sortant de la salle de bains, elle entendit Francine dans l'escalier, aussi n'eut-elle que le temps de laisser tomber le téléphone pour le pousser dans la penderie du bout du pied.

« Je déposais juste des serviettes propres dans ta salle de bains », annonça-t-elle.

Francine servit le poulet rôti et les pommes de terre au four à peine après une heure. La salade avait très belle allure, avec ses tranches d'avocat et ses poivrons rouges émincés sur fond de romaine vert foncé dans un saladier en verre. Julia n'avait pas eu l'intention d'ouvrir une bouteille de vin, mais elle se sentit subitement en verve, il fallait qu'elle se montre gentille, c'est cela, gentille avec Francine et, après tout, ce serait une chance pour la jeune demoiselle si elle passait une partie de l'après-midi à dormir.

Je n'aime pas agir de la sorte, s'avoua Julia pour elle-même, mais je le dois. Maintenant, je sais quelles étaient les intentions des parents de l'époque victorienne quand ils battaient leurs enfants en s'écriant : « Cela me fait plus de mal à moi qu'à vous. »

Francine ne but qu'un seul verre de vin, mais elle en versa un deuxième pour Julia, puis un troisième.

« Est-ce que tu sors, cet après-midi ? demanda-t-elle. Est-ce que quelqu'un vient ? »

C'est sa culpabilité qui parle, songea Julia.

« Je vais rester absolument toute seule.

– Je t'ai entendue parler avec Noelle et je pensais que, peut-être, elle allait passer.

– Si tu comptes faire comme tu as dit, Francine, reprit Julia, si tu ranges tout, j'aimerais bien que tu t'y mettes. Ou alors, est-ce que tu veux me laisser m'en charger ?

– Non, je vais le faire », répondit Francine.

Elle lava le fait-tout et le saladier. Elle rangea les plats, les assiettes, les couverts et les verres dans le lave-vaisselle, elle versa la poudre à laver, ferma la porte et mit l'appareil en route. Ensuite, elle demanda à Julia si elle voulait qu'elle prépare un café. Julia lui répondit :

« J'ai eu suffisamment de café pour la journée. »

Elle s'assit dans un fauteuil et regarda le journal du dimanche. Il y avait une histoire scandaleuse au sujet d'un artiste du nom de Simon Alpheton qui avait viré homosexuel, avec une photo de lui, le bras autour de la taille d'un jeune homme. Tous deux étaient souriants. Julia songea combien la vie était facile pour certaines personnes. Dès que Francine fut montée au premier pour se changer, elle se précipita en courant dans le jardin, devant la maison. Jonathan Nicholson était déjà là, assis à l'arrêt de bus avec une jeune femme. Il avait amené une femme avec lui pour se donner une apparence respectable. Il n'y avait pas de limites à son habileté et à sa perversité. Il était coiffé d'une casquette de base-ball et chaussé de grandes bottes en cuir.

Julia l'observa fixement, mais il refusa de regarder dans sa direction. Naturellement, elle ne doutait pas qu'il l'avait vue. Il allait bientôt découvrir qui commandait ici. Il pouvait toujours attendre tout l'après-midi et toute la soirée dans cet arrêt de bus plein de courants d'air, et elle espérait qu'il allait attraper la grippe, pour sa peine.

Elle retourna à l'intérieur et ferma la porte d'entrée. Au pied de l'escalier, elle s'immobilisa et écouta. Quand elle eut entendu le bruit de l'eau en train de couler dans la douche de Francine, elle monta au premier et ne marqua qu'un temps d'arrêt, un bref instant, quelques secondes, devant la porte de Francine, afin de prendre une profonde inspiration et de se donner du courage, avant de tourner la clef dans la serrure.

32

La fermeture à clef de la porte se fit à l'insu de Francine, qui n'entendit rien. Elle se trouvait dans sa salle de bains, enveloppée dans le drap de bain propre après sa douche, écoutant un CD de K.D. Lang, plutôt fort. Trop fort pour que cela soit du goût de Julia, était-elle en train de se dire, et elle traversa la pièce pour baisser le volume.

Elle entendit Julia descendre l'escalier. Sa démarche s'était faite pesante. Francine retourna dans sa salle de bains, brancha le sèche-cheveux, l'alluma à la puissance maximale et entreprit de se sécher les cheveux. Ensuite, elle enfila une robe blanche, parce que Teddy aimait cela. Elle mettrait un manteau pardessus, ou en tout cas sa veste en cuir, parce que même si la température était douce pour novembre, il ne faisait pas plus de dix degrés. Ses cheveux, les laisser défaits ou les natter ? Finalement, elle ne se décida ni pour l'un ni pour l'autre, mais elle les entortilla en un chignon de geisha et les maintint en place avec de longues épingles argentées.

Teddy l'attendrait à trois heures. Il viendrait la prendre dans la rue, deux cents mètres plus bas, comme il l'avait fait les dernières fois. Elle enfila ses chaussures à hauts talons parce que Teddy les aimait bien, puis elle se dit qu'elle allait devoir marcher et les remplaça par de confortables bottines. Ensuite, elle essaya d'ouvrir la porte. Sans succès.

Elle devait être coincée. Elle tourna la poignée vers la droite et vers la gauche. Elle poussa et tira dessus, mais la porte ne bougeait pas. Le temps d'un instant, elle ne parvint pas à comprendre. Dans la maison, il n'y avait pas de clefs, sauf celles du dressing et de la buanderie, au rez-de-chaussée. Personne n'avait besoin de fermer les portes à clef, tout le monde respectait l'intimité de l'autre, ou du moins l'avait-elle cru. Mais s'il n'y avait pas de clef, il y avait un trou de serrure. Elle ne l'avait jamais remarqué auparavant, jamais, au cours des dix années passées dans cette maison. Un trou de serrure sans clef ? Elle tira de ses cheveux l'une de ses épingles en argent et la fourra dans le trou de serrure. Pas de clef. En s'agenouillant, et en clignant de l'œil à travers le trou, elle pouvait voir de l'autre côté le rai de lumière de la fenêtre du palier.

Maintenant, elle savait ce qui s'était passé, et elle en resta abasourdie, sous le choc. Personne n'avait eu recours à la force contre elle, mais c'était comme si elle avait été agressée. Personne n'avait levé la main sur elle, mais c'était comme si elle avait été mise aux fers. Sans chercher à retrouver la voix, sans même ouvrir la bouche, elle crut que ce choc l'avait privée de la parole, comme déjà une fois auparavant. Pendant un moment, elle eut peur d'essayer, puis elle se risqua, elle parla, pas assez fort toutefois pour être entendue au-delà des limites de sa chambre.

« Julia, Julia... »

Être capable de parler était en soi un immense soulagement. Elle se demanda si elle devait se mettre à hurler, à crier qu'on la laisse sortir, je t'en prie, Julia, je t'en prie, laisse-moi sortir, je t'en prie, Julia... Elle en fut empêchée par sa dignité naturelle. Elle n'allait pas non plus tambouriner à la porte. Elle s'assit sur son lit, elle retira sa veste. Au moins, elle pourrait téléphoner à Teddy. Son téléphone portable, qui était le cadeau de Julia, était le meilleur présent qu'elle ait jamais reçu. Il y avait là une certaine ironie, qui, en d'autres circonstances, l'aurait fait sourire.

Le portable aurait dû se trouver sur sa table de chevet, mais il n'y était pas. Julia l'avait emporté, bien sûr. Francine se rappela maintenant qu'elles s'étaient croisées sur le seuil de sa chambre avant le déjeuner, et Julia lui disant avoir déposé des serviettes propres dans sa salle de bains. Ce devait être à ce moment-là qu'elle avait pris le portable pour interdire à sa prisonnière de téléphoner à quiconque. Francine fut brièvement saisie d'une angoissante sensation de désespoir. Mais elle se leva, se rendit à la fenêtre et ouvrit la croisée.

Dans les livres, il y avait des gens qui sortaient par les fenêtres le long d'un lierre obligeamment situé à une hauteur stratégique, ou qui retiraient les draps de leur lit, les nouaient ensemble et se laissaient descendre le long de cette corde de fortune. Mais personne ne vous expliquait où vous amarriez la corde, de ce côté-ci, ou quoi faire si vous n'aviez sur votre lit qu'une couette et un seul drap. En outre, c'était haut à faire peur ; Francine était incapable de calculer à quelle hauteur elle était, mais c'était suffisant pour se briser les os en cas de chute.

Deux maisons plus loin, il y avait une femme qui travaillait dans le jardin, elle plantait des bulbes. C'était une voisine aimable, sans pour autant être très sociable. Elle ne comptait certainement pas parmi les amies de Julia, et Francine n'était pas certaine qu'elle soit jamais venue à la maison. Fallait-il qu'elle l'appelle ? Qu'allait-elle lui dire ? « Ma belle-mère m'a enfermée dans ma chambre et m'a confisqué mon téléphone. Pourriez-vous, s'il vous plaît... »

Pourriez-vous s'il vous plaît quoi ? Appeler la police ? On n'appelait pas la police parce que quelqu'un vous avait enfermée dans votre chambre. « Ma belle-mère », cela sonnait comme un personnage des *Contes* de Grimm. Toute cette idée d'appeler à l'aide était humiliante et, en un sens, quelque peu ridicule. Tandis que Francine réfléchissait en ces termes, toujours en se penchant à la fenêtre, la femme frotta la terre de ses mains gantées, ramassa son panier de jardinage désormais vide et rentra chez elle.

Francine ferma la fenêtre. Il s'était mis à pleuvoir, au début un léger crépitement, puis à verse. Avec la pluie, la lumière diminua sensiblement. Elle alluma sa lampe de chevet. Comment était-elle censée se débrouiller pour boire et pour manger ? Et combien de temps Julia avait-elle l'intention de la garder ici ? Toute la journée ? Toute la nuit, carrément ?

Parce qu'il ne voulait pas que Francine voie ces mots qui défiguraient le coffre de l'Edsel, ou plutôt parce qu'il ne voulait surtout pas qu'elle les revoie, dimanche matin, Teddy sortit et trouva un magasin où on lui vendit de la peinture en bombe jaune clair, sous l'appellation « aube primevère ». Sur la route du retour, il s'arrêta à un distributeur de billets dans West End Lane et retira deux cents livres de plus sur le compte en banque de Harriet Oxenholme. Un caviste était ouvert, la porte à côté. Il acheta un cépage chardonnay australien pour Francine, et une boîte de chocolats à la liqueur, parce qu'il se dit que peut-être elle attendait de lui qu'il lui fasse des cadeaux.

En manœuvrant l'Edsel dans l'allée des écuries, il vit, debout au milieu de la partie pavée, la femme qui lui avait adressé un signe de la main depuis une voiture, la nuit de la mort de Harriet. Il la reconnut sur-le-champ. Et elle, tout en attachant en laisse le petit chien qu'elle promenait, parut le reconnaître.

« Hello, lança-t-elle, et puis, plutôt menaçante : Nous nous rencontrons de nouveau.

– C'est exact. »

Que pouvait-il dire d'autre ?

« Harriet va bien, n'est-ce pas ? »

Il était impossible de se méprendre sur la note de malveillance qu'il y avait dans sa voix. Où voulait-elle en venir ? Que savait-elle ? La peur le traversa.

« Elle va bien, assura-t-il avec fermeté.

– Alors, transmettez-lui le bonjour de Mildred. »

C'était une rencontre perturbante. Il attendit qu'elle soit partie puis il ponça la carrosserie de l'Edsel avec du papier émeri et en nettoya la surface. Mildred réapparut à son portail à elle, un sac-poubelle en plastique noir à la main. Elle laissa le portail ouvert, calé contre le sac. Cela devait signifier que les sous-traitants que le conseil municipal de Westminster embauchait pour ramasser les ordures allaient passer lundi matin, ainsi que jeudi matin. Il avait intérêt à mettre un sac dehors. Ne pas le faire n'aurait d'autre effet que d'attirer l'attention sur lui.

Il vaporisa une fine couche de peinture. Pendant qu'elle séchait, il souleva la plaque et essaya d'y loger le châssis de chêne. Là, il y eut un contretemps. Le châssis était légèrement trop petit. À la moindre pression – comme le poids d'une dalle en pierre –, il passerait au travers et tomberait. Il se demanda avec colère comment il avait pu commettre une erreur aussi facile à éviter. Maintenant, il allait devoir fabriquer un nouveau châssis, ou trouver un autre moyen. Et pourquoi pas un treillage de fil de fer tendu en travers, pour former une sorte de panier ? Cela pourrait faire l'affaire. Il lui faudrait acheter du treillage métallique, ou même un bout de grillage pour clôture.

À présent, il était temps d'appliquer une seconde couche de peinture en bombe sur l'Edsel. Cela n'avait pas trop mauvaise allure, ce n'était pas parfait, mais au moins ces lettres grossières étaient-elles effacées. Orcadia Cottage méritait un peu de ménage. Il passa l'aspirateur et astiqua, il lava la salle de bains, la baignoire et la douche, sortit le sac-poubelle, se prépara à déjeuner et nettoya scrupuleusement la cuisine après.

Il mit la bouteille de vin au frigo. Il ne serait pas indiqué qu'elle boive trop de vin, mais il lui autoriserait un verre. Il y aurait plein de boutiques de vêtements ouvertes, donc, s'il sortait, il aurait tout son temps pour lui acheter la robe de velours noir en chemin, avant d'aller la retrouver. Elle pourrait la porter quand ils reviendraient ici. Il envisagea de repousser l'achat de la robe, d'attendre que Francine soit avec lui, mais il écarta cette idée, la jugeant absurde. Il connaissait sa taille, et c'était son goût à lui qui comptait.

Il avait commencé à pleuvoir. Il remit en place la plaque.

La grande surface de bricolage se trouvait dans une galerie marchande. En sortant avec son rouleau de treillage métallique à haute résistance, il vit la robe dans la vitrine d'une boutique entre la pharmacie et le vidéoclub. Du velours frappé, pas noir, mais du vert le plus sombre, le vert des forêts de pins, sans manches, avec un décolleté arrondi taillé de manière à tomber en trois plis. Elle coûtait quatre-vingts livres, une somme énorme, mais elle les valait, jusqu'au dernier penny, et il imagina Francine la porter, allongée sur le sofa du salon d'Orcadia Cottage. Il faudrait qu'elle porte les bracelets en or de Harriet et qu'elle tienne une plume d'autruche noire à la main.

Il pleuvait à torrents. Il courut à l'Edsel se mettre à l'abri. À trois heures trois, il était au lieu de rendez-vous convenu. Quelque peu calmée maintenant, la pluie crépitait avec régularité sur le toit de la voiture. Il commença d'échafauder de nouveaux plans pour fixer la dalle de pierre dans la bouche de la cave. Au départ, le treillage métallique serait calé et servirait en quelque sorte de berceau ou de hamac...

Elle était souvent un petit peu en retard. Il était incapable de comprendre ne serait-ce qu'une minute de retard, chez personne, mais venant de Francine il l'acceptait. Pourtant, aujourd'hui, elle n'était pas en retard d'une simple petite minute, voire de cinq. Il l'attendait maintenant depuis neuf minutes. Pourquoi dire trois heures si cela signifiait trois heures et quart ? La pluie avait vidé la rue. Tout ce qu'un samedi après-midi humide pouvait avoir de maussade imprégnait cet endroit, de quoi déprimer quiconque serait contraint de poser le regard sur ces grandes maisons mitoyennes des années trente, sans une seule fenêtre éclairée, ces arbres dégoulinants, cette grisaille sinistre, ces voitures qui passaient en faisant jaillir des gerbes d'eau des caniveaux.

Un quart d'heure plus tard, il était en rage. Lui qui était toujours ponctuel ou en avance, dès qu'on lui imposait de patienter, cela le mettait à la torture plus que quiconque. À trois heures vingt, il se rendit en voiture jusque chez elle, passa devant et fit le tour du pâté de maisons. Il n'y avait aucun signe de sa présence, aucun signe de vie, rien que la pluie et des flaques noires et vitreuses un peu partout. Il se gara de nouveau, de l'autre côté de la rue.

Elle avait promis, s'était engagée à venir, et elle ne s'était pas montrée. Il savait pourquoi et il était submergé de honte et d'amertume. Quoi qu'elle ait pu dire – et tous ces mots d'amour destinés à le rassurer lui revinrent –, elle le méprisait. Elle considérait son milieu, sa voix, son domicile et par-dessus tout sa défaillance en tant qu'homme, avec mépris.

Assis là dans la voiture, il la maudit à mi-voix, elle était une salope, une vache, une snob imbécile, une menteuse et une tricheuse. Mais à quatre heures, il s'était fait avaler par le gouffre de sa propre souffrance. Une colère et une détresse disproportionnées, par rapport à l'affront qu'elle avait commis, l'engloutirent. Il avait envie de détruire les choses et il se souvenait à présent d'un fait longtemps oublié, comment, dans ce parc à jeux, il avait brisé ses jouets dans une vaine tentative pour attirer l'attention. Un souvenir de son grognement sourd lui revint, et ses hurlements afin que quelqu'un le regarde, lui adresse la parole. Ses mains puissantes de bébé avaient arraché à ses jouets leur tête, arraché à ses jouets leurs roues, jusqu'à ce qu'ils n'en aient plus, et personne ne les avait remplacés.

Ici, il n'y avait rien à mettre en pièces, et s'il y avait eu quelque chose, s'il avait été chez lui ou à Orcadia Cottage, il accordait trop de valeurs aux objets pour les casser. Les objets, c'était cela qui importait. Il savait qu'il ne la reverrait jamais. Elle avait choisi cette façon de le quitter. James, ou un autre, qui avait l'argent et la voix qu'il fallait, et la famille qu'il fallait, s'était imposé à elle. Et même, à l'heure qu'il était, songea-t-il, son corps mince et blanc était dénudé pour James. Jamais plus elle ne regarderait dans son miroir pour y voir la bague de Teddy s'y refléter.

Les sentiments qu'éprouvait Teddy étaient tous inédits pour lui. Non pas la colère, dont il était assez coutumier, mais cette sensation, qu'il était incapable de définir, d'avoir été blessé. C'était nouveau, et pourtant il se rappelait bien l'avoir éprouvée précédemment, en d'autres circonstances lointaines, il y avait longtemps, quand il était un tout petit enfant. À présent, ces vieilles sensations de blessure montaient en lui. Durant des années, elles étaient restées latentes, elles avaient sommeillé là, une douleur ancienne que réveillait la défection de Francine. Dans la promesse rompue de Francine, le fait qu'elle ne soit pas venue, il ressentait de nouveau toute la douleur du refus de sa mère de prendre soin de lui, de lui parler, de le toucher.

Protéger Francine en la confinant dans sa chambre apporta plus de bienfaits à Julia qu'elle ne s'y était attendue. Cela la soulagea, temporairement, de cette angoisse atroce qui, dans le moment présent, la gouvernait et lui dictait tous ses actes. Quand elle avait compris que Francine avait dû se rendre compte qu'elle était enfermée, elle s'était faufilée au premier aussi silencieusement qu'elle avait pu – en réalité, elle avait rampé à quatre pattes sur la moquette – et, s'asseyant sur le palier, elle avait dressé l'oreille devant la porte de Francine. Elle avait entendu la fenêtre s'ouvrir, mais il n'y avait rien eu d'autre à entendre. Aucun appel au secours, pas de cris. Elle avait cru que Francine se serait peut-être mise à pleurer, mais si tel était le cas, alors elle devait étouffer le bruit de ses pleurs.

Soulagée. Tout se passait bien. Elle était contente qu'il n'y ait eu aucune protestation, aucune rébellion. Francine avait accepté son lot, elle avait reconnu en Julia sa maîtresse, son droit de tout contrôler, et elle s'était inclinée devant son autorité supérieure. Julia s'assit dans la salle à manger et but le reste de la bouteille de vin qu'elle et Francine avaient ouverte au déjeuner. C'était sa façon à elle de célébrer sa victoire, sa réussite. Quand la bouteille fut vide, elle se versa un petit cognac.

Dans l'esprit toujours agité de Julia, rien ne restait jamais longtemps à l'identique. Le silence de Francine, qu'elle avait pris pour une forme d'acceptation, pouvait simplement signifier qu'elle était en train de travailler à un moyen de s'échapper. Bientôt, il ferait nuit. Il pleuvait sans discontinuer. Julia enfila un imperméable et prit un parapluie. Elle réfléchit, elle n'avait aucun besoin de se camoufler de la sorte, que Francine la voie n'avait pas la moindre importance.

L'arrêt de bus était vide. Il était parti. Quand il était vaincu, il savait le reconnaître. Julia entra sous la porte cochère située sur le côté. D'abord, elle regarda sous le grand appentis, vers la gauche du jardin. À une époque, on avait laissé une échelle, un modèle télescopique, dans l'appentis. Ou bien c'était l'ouvrier qui avait travaillé sur la maison qui l'avait laissée là. Elle n'y était plus, elle fut heureuse de le constater, et le petit escabeau à deux marches ne présentait aucun danger. Elle ressortit sous l'averse, sous son parapluie, et leva les yeux vers la fenêtre de Francine. Elle était fermée, maintenant. Environ un mètre quatre-vingts au-dessous de sa fenêtre, une vigne vierge panachée jaune et vert poussait contre le mur. Julia ferma son parapluie, se mouiller n'avait aucune importance, et elle se mit à arracher la vigne vierge du mur. Elle arracha, tira d'un coup sec et déchiqueta les vrilles coriaces et les feuilles tendres et luisantes, jusqu'à ce que la vigne vierge gise en lambeaux autour de ses pieds.

Supprimer ce moyen éventuel de se glisser hors de la maison procura à Julia une seconde phase de soulagement. Il faisait noir, à présent, ce serait bientôt la nuit. Elle retourna à l'intérieur. Le téléphone sonna. Ce devait être Jonathan Nicholson, qui appelait pour savoir pourquoi Francine n'était pas venue le retrouver à l'arrêt de bus. Julia décrocha et répondit de son ton le plus glacial :

« Elle ne viendra pas. »

La voix de Richard s'écria :

« Qu'est-ce que tu as dit ?

– Je suis désolée, s'excusa Julia. Je croyais que c'était quelqu'un d'autre.

– Qui croyais-tu que c'était ? »

Julia n'avait pas de réponse à cela, et avant qu'elle ait pu en inventer une, le bruit commença au premier étage. Francine avait dû entendre le téléphone sonner et elle s'était mise à tambouriner à sa porte, pas seulement avec les mains, mais avec un objet pesant. Elle hurlait également – Julia pensait ne jamais l'avoir entendue hurler avant cela –, elle criait :

« Aidez-moi, aidez-moi ! »

Julia plaça sa main sur le combiné et marmonna au travers :

« La ligne est très mauvaise.

– Quel est ce bruit ?

– Les ouvriers chez les voisins, prétendit Julia. Même le dimanche, quelle honte. »

Elle savait bien qu'elle avait la voix pâteuse et qu'elle était incapable d'articuler. Peut-être allait-il croire que cela aussi était dû à la mauvaise qualité de la ligne.

« Nous allons toutes les deux très bien, poursuivit-elle. Notre jeune fille va bien. Elle allait sortir avec Jonathan Nicholson dans sa voiture de sport rouge, elle allait chez lui, à Fulham. Mais elle n'est pas sortie parce qu'il pleut des cordes.

– Si je me fiais aux apparences, Julia, je dirais que tu as bu. »

Julia gloussa.

« Francine et moi, nous avons partagé une bouteille de sauvignon à déjeuner, en effet. »

Quand il eut raccroché, elle s'assit et reprit contenance. Le bruit au-dessus avait cessé. Julia se rendit de nouveau au premier et tendit l'oreille. Pas un mot, pas un grincement. Peut-être s'était-elle endormie, à défaut d'un autre passe-temps. Julia aussi se sentait fatiguée. Elle n'aurait pas dû boire de cognac, cela l'exténuait. Elle reprit la direction du rez-de-chaussée, avançant à pas comptés, et vit à la pendule de l'entrée qu'il était six heures et demie passées, presque sept heures moins le quart. Elle se sentait tranquille, maintenant, et avait envie de dormir, trop calme pour avoir besoin de se nourrir. Francine allait avoir faim, et la pensée de cette privation faisait de la peine à Julia. Mais on n'y pouvait rien, elles devaient souffrir toutes les deux, pour sa désobéissance passée, pour son caractère récalcitrant.

Julia arpentait la maison, désœuvrée. Il n'était plus l'heure des cent pas, elle ne ferait plus jamais les cent pas. Ses jambes ne la soutenaient plus et, de retour dans le salon, elle tomba à genoux. Ramper sur les mains et sur les genoux, c'était encore une façon plus commode de se déplacer. En rampant, elle effectua le tour de la pièce, dans le sens des aiguilles d'une montre, puis elle exécuta un demi-tour et rampa dans le sens inverse. Le sofa sur lequel, à un certain moment de la journée, Francine avait posé un jeté de laine, paraissait particulièrement accueillant. Julia envoya balader ses souliers, escalada le sofa et, tirant sur le jeté pour s'en couvrir, tomba de sommeil et d'épuisement.

33

QUI AVAIT PASSÉ ce coup de téléphone, Francine n'en savait rien. Son père, peut-être, ou Noelle, ou bien Susan, ou une autre amie de Julia, ou Holly, ou Isabel – ou même Teddy. Peu importait qui c'était, pourvu qu'elle puisse faire entendre son remue-ménage de prisonnière implorant qu'on la libère. Mais naturellement, il n'avait rien entendu, ou alors il avait cru à ce que Julia avait inventé, Dieu sait quoi, pour justifier ce bruit.

Pour cogner à la porte, elle avait utilisé la première chose sur laquelle elle avait posé les yeux, sa raquette de tennis. La raquette était adossée contre le mur, mais maintenant elle allait la ranger avec sa boîte de balles de tennis, son survêtement, son short de jogging et ses baskets, dans le tiroir en bas de la penderie. Lorsqu'elle repoussa le tiroir, il racla quelque chose, en dessous. Francine tâtonna sous le tiroir et en retira son téléphone portable.

Elle composa le numéro de Teddy. Elle éprouvait un élan de confiance en lui, elle avait foi en lui. Il allait la sortir de là.

Aucun des actes de Julia, enfermer Francine à clef et lui cacher son téléphone portable, ne surprit Teddy outre mesure. Il s'attendait à ce que les gens se comportent de façon bizarre et folle. S'il en croyait sa propre expérience, ils étaient presque tous dans ce cas. Lui-même n'avait jamais connu une existence tranquille, ordonnée, faite de routine et de normalité. De son point de vue, les êtres humains étaient plus sauvages que les animaux, et bien plus laids. Seule Francine était à part, elle n'était pas tout à fait réelle, elle était trop belle pour la réalité, et trop pure.

Son ressentiment et sa haine envers elle étaient oubliés. Elle ne l'avait pas quitté, elle n'avait pas été avec James, mais s'était fait enfermer dans sa chambre par sa cruelle belle-mère. C'était ce qui arrivait aux princesses. Il roula en direction d'Ealing par la rocade nord. La circulation du dimanche soir était fluide et l'Edsel attirait beaucoup l'attention. Il maudit la fréquence des feux où il dut s'arrêter, endurer les commentaires et les regards admiratifs.

Au téléphone, elle lui avait raconté qu'elle allait lui lancer la clef de la porte d'entrée par la fenêtre.

« Je vais le faire tout de suite, avait-elle ajouté, comme ça, je pourrai te dire où elle est tombée. »

Il était plutôt déçu que le problème reçoive une solution si prosaïque. Il s'était représenté entrant dans la maison par effraction, ou tout au moins grimpant sur une échelle pour faire descendre Francine ensuite. Elle était revenue au téléphone et lui avait annoncé que la clef était sur la pelouse, pas sous sa fenêtre mais un peu sur la gauche.

« La porte sur le côté du jardin ne sera pas fermée à clef. Tu peux passer par là, mais ne fais pas de bruit du tout, et ramasse la clef dans l'herbe, c'est tout.

– Pourquoi est-ce que tu chuchotes ?

– Je ne veux pas que Julia m'entende », souffla-t-elle.

L'Edsel, il la gara dans un virage, à l'angle d'une rue, et fit à pied les quelque cent mètres qui le séparaient de la maison. Il fut surpris de la découvrir plongée dans l'obscurité. Il ressentait une certaine curiosité. Les maisons l'intéressaient toujours, toutes les maisons. Il était impatient de voir l'intérieur de celle-ci. La porte latérale du jardin n'était pas fermée à clef, comme Francine l'avait dit. Il leva les yeux vers l'arrière de la maison, où, derrière une fenêtre, à l'étage, une lumière était allumée, mais pas une lumière très puissante, et les rideaux donnaient l'impression d'être fermés.

Ayant à moitié espéré qu'elle l'attendrait, le guetterait, le visage à la fenêtre, il en ressentit une pointe de déception. Mais il ne pouvait pas l'appeler, il avait promis de ne faire aucun bruit et il s'y tiendrait. Handicapé par l'obscurité, il chercha la clef en vain un petit moment, la trouva enfin, cachée par une touffe d'herbe plus haute, trempée. La clef était mouillée, elle aussi, et il l'essuya soigneusement contre sa manche.

La clef pénétra sans heurts et presque sans bruit dans la serrure de la porte d'entrée, et la porte pivota sur ses gonds en silence. À l'intérieur, il faisait noir, mais pas complètement, car une lampe de faible puissance brillait vaguement au détour d'un corridor. Cette lampe lui dévoilait un couloir, toutes portes fermées, sauf une, qui était entrouverte. Le sol était moquetté, les murs tendus de papier, un motif de brocart tape-à-l'œil qui lui déplut au premier coup d'œil. Dans un angle, un grand vase de porcelaine colorée était rempli de fleurs séchées aux pétales duveteux, poussiéreux.

Il posa le pied sur la première marche de l'escalier, hésita et rebroussa chemin. Francine ne l'attendrait pas encore, il était arrivé plus vite qu'il ne l'avait espéré. Il tendit la main vers la porte qui était entrouverte, la repoussa un petit peu plus et entra. Ici, le noir, mais les rideaux n'étaient pas tirés et la lumière de la rue pénétrait dans la pièce. Une pièce hideuse, se dit-il, le genre de mobilier qu'il détestait le plus. Banlieusard, bourgeois, genre salon britannique des Arts ménagers. Moquette et tapis, un ensemble rebondi, canapé-fauteuils, avec motifs à fleurs, des tables copies d'ancien, un essaim de tables, une vitrine à porcelaines.

Le sofa était orienté de telle façon qu'il le dépassa avant de voir qu'une femme y était allongée, dormant à poings fermés. La cruelle belle-mère. La cause de tous les ennuis de Francine et des siens, par la même occasion, puisqu'elle le privait de Francine. Une idée lui vint, étrange, mais immédiatement convaincante. Que c'était cette femme qui provoquait son impuissance, comme une sorcière qui pompe la force des hommes, s'empare de leur âme et mine leur pouvoir.

Elle était grasse et pâle, une pâleur tout à fait différente de la blancheur de pétale de rose de Francine. L'éclairage de la rue révélait ses mains blanches et replètes, et les bagues incrustées dans sa chair. La chose en laine qui la couvrait à demi lui rappelait les châles que sa mère avait l'habitude de tricoter au crochet. Cela éveilla en lui une poussée de colère, lente et intense.

Sans guère réfléchir, sans marquer de temps d'arrêt ou se demander pourquoi, il tendit les mains vers elle. Mais il savait qu'il ne pourrait se résoudre à la toucher. S'il la touchait, ses genoux se déroberaient sous lui, ou alors il aurait la nausée. Il retira ses mains et regarda autour de lui, dans la pièce. Il y avait des coussins partout, des coussins doux et rebondis, recouverts de velours ou de soie.

Quand vous avez tué deux fois, il est facile de recommencer une troisième. Il ramassa un grand coussin en velours, rectangulaire et – pour autant qu'il puisse dire dans cette lumière – de couleur rouge, et il le tint levé à trente centimètres de son visage à elle. En raffermissant sa prise sur les côtés, il lui appuya lentement le coussin sur le visage.

Elle remua dans son sommeil mais, à part cela, elle demeura immobile. Il rapporta d'autres coussins, les empila sur elle, appuya fort, des deux mains, fit poids sur la pile, puis s'agenouilla dessus. Au-dessous de lui, à travers la masse de soie et de plumes, il la sentit se débattre, il perçut des sons. Ses jambes bougèrent et ses talons frappèrent des coups mats et sourds contre le bras du canapé. De toute sa force, il maintint sa pression, cela ne se comptait plus en secondes, mais en minutes, cinq minutes, jusqu'à ce qu'il sache. Étrange comme il sut, et qu'il n'ait aucun besoin de lui tâter le pouls, de vérifier si elle respirait. La vie s'était enfuie et il l'avait sentie partir aussi distinctement que si elle avait pris son essor et s'était envolée par la fenêtre.

Il était parvenu à cela sans la toucher. On pouvait prendre la vie juste en s'approchant, presque par commande à distance. Tout ce qu'il suffisait de faire, c'était de braquer la télécommande et d'éteindre l'écran. C'était aussi simple que ça. Le dirait-il à Francine ? Pas tout de suite. Un jour peut-être, mais pas tout de suite. Il souleva les coussins, l'un après l'autre, les remit en place sur les fauteuils où il les avait pris. Le visage apparut, la bouche molle, le regard fixe. Dans la demi-obscurité, il crut détecter que ces traits avaient bleui, mais c'était difficile à dire. Toujours sans la toucher, il ramena la couverture de laine jusque sous le menton. Ensuite, il ferma la porte du salon et monta au premier rejoindre Francine.

« Tu en as mis du temps ! chuchota-t-elle derrière sa porte. Pourquoi as-tu été si long !

– J'ai fait aussi vite que j'ai pu, affirma-t-il.

– Tu as trouvé la clef de ma chambre ? »

Il avait oublié, alors qu'elle lui avait dit.

« Où crois-tu qu'elle soit ?

– Elle pourrait être en bas, dans le dressing, ou dans sa chambre. Où est Julia ?

– En bas. Elle dort. »

Il entendit Francine lâcher un petit rire. Il avisa une clef sur une autre porte. Ça marchait. Elle se blottit dans ses bras, le serra, rit de soulagement.

Elle portait la robe blanche. Il retira les épingles de ses cheveux pour les dénouer. Quand elle eut l'allure qu'il voulait qu'elle ait, il ramassa sa valise et ils se faufilèrent en bas de l'escalier de manière à ne pas réveiller Julia. Il aurait aimé lui annoncer qu'on ne risquait plus de réveiller Julia, plus jamais, mais il avait résolu de n'en rien faire, aussi se prêta-t-il à cette pantomime, marche sur la pointe des pieds et chuchotis, jusqu'à ce qu'ils soient sortis de la maison. Puis ils traversèrent la rue jusqu'à l'endroit où l'Edsel était garée.

C'est alors que Francine laissa libre cours à un flot de paroles. Elle parla plus qu'il ne l'avait jamais vue le faire – et, quitte à être franc, plus qu'il ne l'aurait souhaité. Mais il la laissa continuer sans l'interrompre ; apparemment, Julia était devenue folle, elle lui avait caché son portable, elle l'avait enfermée dans sa chambre, elle avait raconté des mensonges ridicules au téléphone et, semble-t-il, inventé un petit ami à Francine, qui s'appelait Jonathan Nicholson. Ce fut la seule chose qui retint l'attention de Teddy.

« Qui est-ce ? Tu le connais ?

– Teddy, il n'existe pas. Tu ne comprends pas ? Julia l'a inventé. Julia est folle. »

Il ne comprenait pas vraiment, mais il se sentait apaisé, libéré, et très proche du bonheur. Francine venait avec lui, maintenant elle allait rester avec lui, elle n'avait aucun autre endroit où exister. Elle ne pouvait pas revenir en arrière et ne pouvait aller nulle part ailleurs. Elle avait été la prisonnière de Julia, mais à présent elle était sa prisonnière à lui. C'était pour elle qu'il avait tué Julia.

La première chose dont elle eut envie en arrivant à Orcadia Cottage, ce fut de se nourrir. Il était neuf heures et elle n'avait rien mangé depuis l'heure du déjeuner. Il y avait des œufs, du pain et du fromage dans le frigo, et elle se prépara un repas, mais elle ne boirait pas de vin. Il lui donna les chocolats à la liqueur et elle en mangea un, elle n'en voulut pas d'autre. Tout ce qu'elle voulait, c'était parler, revenir sans arrêt sur tout ça : pourquoi Julia avait fait ça, qu'est-ce qui n'allait pas chez Julia ? Teddy n'avait aucune opinion, et cela lui était égal. C'était le côté de Francine qui lui plaisait le moins, ce désir qu'elle avait de parler, de discuter, de spéculer, de se perdre en conjectures et de s'interroger.

Quand il estima qu'elle avait dû parler suffisamment, même pour elle, il lui donna la robe. Il voulait qu'elle la mette, mais elle ne voulait pas.

« Elle est belle et je l'adore, lui expliqua-t-elle, mais je ne veux pas la porter tout de suite. Nous n'allons nulle part, nous sommes chez nous, tous les deux... enfin, pas exactement chez nous, mais ensemble et détendus, ce n'est pas une occasion pour une jolie robe.

– J'ai envie de te voir dedans, insista-t-il, glacial.

– Je la mettrai demain, Teddy. Je suis fatiguée, maintenant. En réalité, ce que j'aimerais, c'est aller au lit. Je veux aller au lit dans un endroit où je serai libre, voilà, et où personne ne m'a enfermée, et simplement dormir, dormir et dormir. »

Ce n'était pas ainsi qu'il avait envisagé les choses. Pendant tout le chemin, dans la voiture, une idée excitante lui avait progressivement occupé l'esprit, l'idée qu'à présent tout allait rentrer dans l'ordre. Il avait gagné, il avait réussi. Il l'avait sauvée, il avait commis un meurtre pour elle, et pris possession d'elle. Par ces actes, ce qui avait pu l'inhiber et engourdir sa chair serait banni. Ses ennuis étaient finis et ne recommenceraient plus jamais.

Mais au lieu de venir à lui, beauté passive et silencieuse, obéissant à son ordre de porter la robe qu'il lui avait donnée, elle avait parlé, parlé, jusqu'à ce qu'il ait la nausée des « Julia » et des « papa », et à quel point ç'avait été horrible. Un état dépressif et vaguement irritable s'instaura en lui et, quand il monta dans la chambre, à son grand écœurement, il la trouva couchée dans le lit de Harriet, vêtue d'une chemise de nuit en coton blanc et déjà endormie.

Il s'allongea à côté d'elle, écouta la pluie qui crépitait dans le vent contre la vitre. Le désir semblait être de retour, un désir vacillant, et il posa les mains sur elle, releva cet horrible vêtement de coton blanc et sentit sa chair chaude et lisse. Elle ne se tourna pas vers lui, ne se détourna pas dans un mouvement brusque, elle était immobile et profondément endormie, mais il demeurait tout de même impuissant, aussi inanimé qu'une bille de bois.

Il devait y avoir un moyen. Il resta allongé tout éveillé, à songer à ce moyen, combien cela pourrait être différent s'il était en mesure de la réduire au silence, de lui fermer les yeux, de l'habiller de velours vert foncé, de lui retirer cette espèce de chemise de nuit en coton et de la brûler, ou de la fourrer aux ordures. De la parer de bijoux, de lui acheter des fleurs et de la charger de brassées de lis. Maintenant qu'il avait de l'argent, il pourrait se le permettre. Demain, il allait acheter des lis, et peut-être des plumes de paon, et un bon métrage de lourde soie blanche. Il l'étendrait sur le sol, sur la soie, qu'il rassemblerait un peu, qu'il froisserait, et il déploierait sa chevelure, la faufilerait de chaînettes en or. Il lui maquillerait les paupières, vert canard et or, et les refermerait sur ses yeux tels ces couvercles en forme de dôme des boîtes à bijoux, et il lui placerait un lis dans une main, et une plume verte dans l'autre.

Elle dormait à côté de lui, le souffle régulier et, au bout d'un moment, il s'endormit lui aussi.

Elle ne se leva pas avant onze heures, et ce fut la sonnerie du téléphone qui la réveilla. Elle décrocha le combiné, fit allô, et une voix d'homme demanda à parler à Franklin Merton. Francine répondit à cet homme que, d'après elle, il devait avoir composé un mauvais numéro.

Teddy était debout depuis des heures. Il était allé avec l'Edsel jusqu'à Cricklewood, avait fait le plein d'essence et utilisé la carte Visa de Harriet pour retirer encore deux cents livres. De retour à Orcadia Cottage, il déposa avec précaution la dalle de pierre dans son berceau de treillage métallique. Il restait beaucoup d'espace tout autour. Il fallait qu'il casse cette pierre en deux ou qu'il trouve un morceau de dallage plus petit, pour le glisser à côté de celle-ci. La chose importante, c'était d'éviter que cela ait un aspect bizarre, qui soit de nature à attirer l'attention.

Il appliqua du ciment par petites touches sur les chevilles qui maintenaient le treillage en place, puis il en appliqua une couche bien lisse. La pluie lui avait accordé un répit suffisamment long pour qu'il puisse achever sa besogne, mais maintenant elle se remettait à tomber, une bruine fine et insistante. Il recouvrit son travail d'un carré de plastique qu'il cala aux quatre coins avec des cailloux. Après quoi, il retourna dans la maison et trouva Francine contemplant son nouveau mur, là où la nature morte de Simon Alpheton était désormais accrochée.

« Je croyais qu'il y avait une porte, ici. Il me semblait me souvenir d'une porte qui menait à la cave. Ma mémoire me joue des tours, ça doit être ça. »

Elle s'était habillée avec son hideux uniforme, jeans, boots et sweater. Cela lui fit un tel effet qu'il lui adressa la parole avec brusquerie, alors même que le propos allait lui faire plaisir.

« Ce soir, je t'emmène dehors, lui annonça-t-il. Nous irons où tu voudras. J'ai plein d'argent.

– Tu as trouvé du travail, Teddy ?

– Autant que je peux en assumer. Plus. On peut aller partout où tu veux. Tu peux t'habiller en grande tenue et mettre ses bijoux à elle, tout ce que tu veux.

– Je dois téléphoner à mes amis, fit-elle comme s'il ne lui avait pas adressé la parole. Leur téléphoner et leur dire où je suis. »

Ils se rendirent dans la cuisine. Elle moulut du café, plaça un filtre en papier dans la cafetière électrique et y versa de la poudre de café.

« Pourquoi tu dois ? reprit-il. Pourquoi veux-tu faire ça ? »

Elle ne répondit pas.

« Et téléphoner à Julia, aussi. Je ne peux pas simplement me volatiliser dans la nature. Elle va être malade d'inquiétude à cause de moi. Quand elle s'est réveillée... pense un peu à la façon dont elle a dû réagir quand elle a vu que j'étais partie. Elle a sûrement contacté papa en Allemagne et elle a dû téléphoner un peu partout, faire le tour de mes amis. »

Il la dévisagea avec une sorte de désespoir. De quoi parlait-elle ? Il l'avait sortie de là-bas et maintenant elle était à lui, liée à lui, ici, avec lui. Alors la colère chassa son désarroi. Il la prit par les épaules, agrippant la chair fine, l'ossature légère, y plongea les doigts avec dureté.

« Tu ne vas passer aucun coup de téléphone, d'accord ? Tu

as pigé ? Tu ne peux pas te servir de son téléphone pour appeler tes amis, c'est tout. Ça ne sert à rien, tu comprends ?

– Teddy, tu me fais mal ! Pourquoi fais-tu ça ? »

Elle se déroba à son emprise, mais il tint bon. Il la fit osciller d'avant en arrière, il la secouait presque, pas tout à fait.

« Tant que tu es avec moi, tu fais ce que je te dis, d'accord ? Pas de coups de téléphone, pas de contacts avec Julia. Autant qu'on mette les choses au clair tout de suite. Je ne veux pas que tu connaisses des gens, tu n'as pas besoin d'amis, tu m'as, moi. À partir de maintenant, tu vis ici avec moi, et c'est comme ça que ça va se passer, toi et moi tout seuls.

– S'il te plaît, laisse-moi. » Elle s'exprima avec une telle dignité, si calmement, que cela ne fut pas sans exercer son effet sur lui. Alors que ses doigts se relâchaient, elle lui prit les mains et les retira de ses épaules.

« Je ne comprends pas ce que tu veux dire.

– C'est suffisamment clair. Je t'ai offert ma bague, non ? Et je t'ai libérée. Tu n'as plus à revoir ces gens, ni ton père, ni tes amis, ni personne. Tu m'appartiens. »

Elle était rarement silencieuse, et quand elle l'était, il ne savait plus du tout par quel bout la prendre. L'impuissance s'étendait de son corps à son esprit, et il était plein d'une frustration amère, désordonnée. Elle prépara le café, lui en versa une tasse, la posa sur la table et la poussa dans sa direction. Elle avait un visage de pierre, beau à force de froideur et de dédain, telle une statue de marbre dans un musée. Il tenait à instaurer sa loi – c'était la formule de sa grand-mère, souvenir de son enfance –, à lui signifier que c'était lui qui édictait les règles et ce qu'elles comportaient, qu'il était le patron et qu'elle devait obéir. Il fallait qu'elle en comprenne toute la vérité, qu'il leur avait procuré cet endroit, qu'il avait tout arrangé, qu'il détenait l'argent et le pouvoir, qu'elle n'avait aucun droit de contester quoi que ce fût. Mais l'expression de son visage l'arrêta. Il renversa dans l'évier le café qu'elle lui avait servi et sortit de la cuisine en ouvrant bruyamment la porte, qu'il claqua derrière lui.

Le téléphone sonna, et parce qu'à l'évidence il ne répondrait pas, elle s'en chargea. Une femme, cette fois, qui demandait encore Franklin Merton, et là encore elle répéta qu'il s'agissait d'une erreur de numéro, quoiqu'elle commençât d'avoir des doutes. Elle composa le numéro de Holly, puis celui de Miranda, tomba les deux fois sur des répondeurs. Elle avait remis à plus tard l'idée de parler à Julia mais, cette fois, le moment était venu. Que Holly et Miranda soient sorties, cela ne l'avait pas vraiment surprise, mais le fait que Julia ne réponde pas, si. Assise à la table, sirotant son café, elle commença de se sentir plutôt malheureuse. Elle voulait parler à son père, mais elle ne connaissait pas le nom de l'hôtel où il était descendu.

La fois d'après, lorsque le téléphone sonna, elle ne répondit pas. Cela semblait inutile. Au bout de six coups, la sonnerie cessa et le répondeur prit la communication. Peu après, elle se rendit dans le salon, où se trouvaient quelques livres dans une bibliothèque vitrée. Ce n'était pas son genre d'ouvrages, mais elle préférait encore lire n'importe quoi plutôt que rien du tout. Au bout d'une demi-heure, Teddy entra dans la pièce et la trouva recroquevillée dans un fauteuil, avec un livre de poche. Il lui annonça qu'il allait au travail, il s'occupait d'un boulot pour un monsieur à Highgate, et qu'il serait rentré à cinq heures.

Quand il fut parti, elle posa son livre et réfléchit à certaines choses. Holly devait être sortie quelque part avec Christopher et, d'une manière ou d'une autre, elle savait que cela ne se passait pas comme ça entre eux. Il n'était pas un homme qui ne pensait à rien d'autre qu'au sexe et à l'allure de Holly, il aimait bien bavarder avec elle et l'écouter parler, et ils se permettaient de rire, de s'amuser et de partager des choses. Mais, songea-t-elle, je ne peux pas revenir en arrière, n'est-ce pas ? Je ne peux pas retourner auprès de Julia la folle, me faire enfermer dans ma chambre et me laisser transformer en une espèce de Cendrillon. Qu'est-ce que je vais faire ?

Chez Franklin, c'était une habitude de téléphoner à Harriet deux ou trois jours avant la date attendue de son retour à la maison. Si elle n'était pas là, il ne laissait jamais de message. Après tout, il n'avait rien à lui dire, à part s'assurer qu'elle s'était chargée de la visite d'entretien du chauffe-eau et occupée de faire relever le compteur d'eau. Lorsqu'il raccrocha, il fut frappé de constater à quel point cela comptait peu que ces choses soient faites ou non, c'est-à-dire, peu pour lui, puisqu'il n'avait pas l'intention de revivre à Orcadia Cottage.

« J'imagine que c'est elle qui va la garder, n'est-ce pas ? s'enquit Anthea.

– Il va bien falloir parvenir à un arrangement.

– Pas le même genre d'arrangement que celui auquel on était arrivés avec moi, je l'espère pour toi. Moi, je t'ai nettoyé, et à sec, non ?

– Ce que tu pourrais appeler le service complet, l'entretien plus la réimperméabilisation, ironisa Franklin avec son sourire de tête de mort. Dans le cas présent, tout ce que je tiens vraiment à conserver, c'est le mobilier. Mais ça, je vais bien me garder de le lui dire. Cela reste entre toi et moi. »

Anthea eut un sourire.

« Je suppose que mercredi tu vas revenir avec moi à Half Moon Street ?

– Nous passerons prendre De Valera au chenil sur notre route. »

M. Habgood avait une épouse. Teddy ne s'était pas attendu à ça, car il n'avait jamais été question d'elle. Mais elle était là, une femme compliquée, qui avait l'air de trouver étrange qu'il leur rende visite chez eux pour savoir s'ils acceptaient son devis. Pourquoi n'avait-il pas téléphoné, s'il était si inquiet ? Non, elle ne pouvait pas le laisser entrer, pas s'il ne possédait pas de carte professionnelle. Elle paraissait s'attendre à ce qu'il porte une photographie de lui accrochée à une chaîne autour du cou.

Tout en le laissant sur le seuil, elle se radoucit suffisamment pour accepter de discuter des croquis des placards avec lui. Elle détestait les portes lambrissées et voulait des ferrures en cuivre. Jamais son mari ne lui verserait cinquante pour cent d'arrhes, c'était hors de question. Dix pour cent, voilà qui était plus vraisemblable. S'il voulait bien téléphoner ce soir, son mari serait là, après sept heures. Mais avant neuf heures et demie, s'il vous plaît, car ils n'étaient pas des couche-tard.

Teddy ne pouvait pas téléphoner ce soir. Il emmenait Francine dehors. Cela lui semblait une tâche plus redoutable que de fabriquer tout un mobilier. Premièrement, il n'oserait pas porter le type de vêtements qu'il portait d'ordinaire, un jean, un sweat-shirt et un blouson à fermeture Éclair. Il fallait qu'il s'achète quelque chose, mais il ne savait où ni comment. Les vêtements de femme, c'était plus commode. Le choix de la robe de Francine ne lui avait pas posé la moindre difficulté. Il se pouvait qu'elle ait une idée, mais il n'allait pas s'abaisser jusqu'à le lui demander, elle l'avait déjà suffisamment humilié comme ça. Ensuite, il y avait la question de l'endroit où aller. De sa vie, jamais il n'était entré dans un grand restaurant, sans parler d'y emmener quelqu'un d'autre, d'y emmener une fille !

Il n'avait pas pour habitude de demander conseil, mais il aurait aimé connaître quelqu'un auprès de qui se renseigner. Nige ? Christopher ? C'était impossible, avec l'un comme avec l'autre. En rentrant à la maison au volant de l'Edsel, il se souvint du carnet d'adresses de Harriet, des vrais restaurants et du faux. Il pourrait téléphoner dans l'un de ces endroits. Ou alors il pourrait l'amener, elle, à téléphoner, elle saurait quoi dire.

Lorsqu'il rentra et la trouva en train de lire dans le salon, elle lui demanda :

« Qui est Franklin Merton ?

– Je n'en sais rien. Pourquoi ?

– Il y a des gens qui lui ont téléphoné.

– Ne réponds pas au téléphone, lança-t-il. Je te l'ai dit. Je t'ai dit de ne pas répondre. Il y a un répondeur. »

Il avait noté les noms des restaurants et leur numéro de téléphone sur une feuille de papier à dessin. Elle lui dit qu'elle appellerait, si c'était ce qu'il voulait, bien sûr qu'elle allait appeler, mais il n'apprécia guère le regard qu'elle lui adressa, comme si elle était désolée pour lui, ou comme si elle le « comprenait ». Ce n'était pas possible, mais même si ça l'avait été, il n'avait pas envie d'être compris.

34

IL MONTA AU PREMIER et ouvrit la porte de la penderie qui, selon Francine, était remplie de vêtements d'homme. Vu leur style, il s'agissait d'un homme âgé. Seuls les hommes âgés portaient des costumes en tweed et des vestes à carreaux, et ce truc qui, croyait-il, s'appelait peut-être un smoking. Jusqu'à cet instant, il n'en avait vu qu'à la télévision. À l'évidence, cet homme âgé n'était pas gros, au moins, c'était déjà ça. Mais pouvait-il se résoudre à porter les vêtements de quelqu'un d'autre ? À cette pensée, il frissonna. L'Oxfam, c'était une chose, mais au moins tout ce qui provenait de là-bas pouvait être lavé.

Il n'y avait qu'un seul costume possible. Il était dans un fourreau en plastique transparent. Il le dépendit de son cintre, le glissa hors de sa housse et avisa les étiquettes du nettoyage à sec encore attachées au col et à la ceinture avec de petites épingles de nourrice. Personne ne l'avait porté depuis qu'il avait été nettoyé, un costume sombre tout simple qui pouvait lui aller. Il alla dans la salle de bains et se fit couler un bain, y versa de l'huile parfumée et de l'huile essentielle. En se savonnant et en se faisant un shampooing, il sentait qu'il récurait et qu'il lavait à grande eau toute la saleté accumulée pendant la journée, les mots de cette femme mal élevée à Highgate, la désobéissance et le mépris de Francine, sa peur du monde nouveau qu'il était en train de découvrir. La serviette qu'il utilisa pour se sécher n'avait jamais été utilisée auparavant. Il y avait une traînée à peine visible de quelque chose de bleu sur l'ourlet – de l'huile pour le bain, du maquillage ? Demain, il faudrait qu'ils se lancent dans une grande lessive...

Une chemise blanche propre. Il en trouva une dans un tiroir. Elle avait été magnifiquement lavée et repassée, il n'aurait pu faire mieux lui-même. Mais pourtant, en l'enfilant, il se contracta un peu à son contact, de même quand il enfila le pantalon – il était trop court de presque trois centimètres –, et lorsqu'il passa les bras dans les manches de la veste. Certes, il avait été nettoyé à sec, mais ce n'était pas comme un lavage, ce n'était pas une immersion totale, pas une complète purification. Se retrouver à l'intérieur de ces vêtements d'emprunt le hérissait, tout comme la laine donne la chair de poule à qui a la peau sensible.

Plusieurs fois dans le cours de l'après-midi, Francine avait tenté de joindre Julia au téléphone. Puis, alors qu'il était presque trop tard et que tout le monde était sur le point de rentrer chez soi, elle téléphona au bureau de son père, à Londres. Ils connaîtraient le nom de l'hôtel où il était descendu à Hambourg. Mais tout ce qu'elle obtint, ce fut une voix qui indiquait que le titulaire de cette ligne n'était pas à son poste pour le moment et qui proposait toutes sortes de numéros, de portables et de télécopieurs, et une adresse de courrier électronique. Francine laissa un message, disant qu'elle voulait le numéro de l'hôtel de son père et qu'elle rappellerait le lendemain dans la matinée.

Un vent violent soufflait et il pleuvait fort. Elle aurait aimé sortir, ne serait-ce que pour faire un tour à pied de ce quartier qu'elle connaissait à peine, mais aller dehors n'avait rien d'engageant. Quand elle pensa qu'à cette heure-là le personnel serait arrivé, elle réserva une table dans un restaurant de Primrose Hill. C'était une chose qu'elle n'avait jamais faite auparavant, mais elle avait entendu Julia s'en occuper, et la femme à qui elle s'adressa parut comprendre et n'opposer aucune difficulté.

C'est tout juste si elle reconnut l'homme qu'elle retrouva dans l'escalier, alors qu'elle montait se changer. Teddy avait belle allure, l'air courtois, étrange, une autre personne. Il avait l'air plus vieux, aussi, et bien qu'elle se soit refusée à l'admettre jusqu'à ce moment, en un certain sens, plutôt effrayant. Chez lui, cette tenue habillée faisait ressortir une froide austérité d'expression qu'elle n'avait jamais observée quand il portait son blouson et son jean. Sa bouche paraissait plus ferme, le regard plus tombant. Il descendit l'escalier d'une démarche féline. Il avait toujours eu une allure élégante mais, à cet instant, il y avait dans ses mouvements quelque chose de plus étudié, de plus fluide, presque quelque chose de sinueux.

Elle aurait aimé lui dire un mot au sujet de la longueur de son pantalon d'emprunt, pas précisément pour rire de lui, mais peut-être pour lui faire remarquer qu'il devrait le déboutonner à la taille et le faire glisser plus bas sur les hanches. Quelque chose dans son visage, cette gravité, cette froideur terrible, lui conseilla de n'en rien faire.

Mais quand il tourna le regard vers elle, pour s'imprégner de son apparence dans la robe qu'il lui avait achetée, son visage s'éclaira et il exprima une sorte de soulagement.

« Magnifique, s'écria-t-il. Tu es si belle.

– Elle me va. Tu as vu juste.

– Uniquement parce que tu tailles pile du 36. »

Elle se mit à lui parler de Noelle, et de ses clientes, et de la colère qu'avait piquée Noelle. Ça semblait drôle, maintenant, mais sur le moment cela avait été des plus déplaisants. Noelle l'avait accusée d'avoir voulu être plus belle que les clientes, ce qui n'était aucunement dans ses intentions et qu'elle ne croyait de toute façon pas.

Il n'écoutait pas.

« Il est l'heure d'y aller », l'interrompit-il.

Le restaurant n'était pas de ceux qu'elle avait souvent fréquentés, mais il lui était arrivé parfois d'aller dans des endroits de ce genre pour déjeuner avec Julia. Teddy était si manifestement mal à l'aise que ce fut elle qui se chargea de passer presque toute la commande et de demander les choses. Il ne boirait pas – enfin, il ne pouvait vraiment pas, pas avec l'Edsel à conduire. Elle sentait qu'elle buvait trop, peut-être plus qu'elle n'avait jamais bu de toute sa vie. Il le fallait, parce que autrement elle aurait été incapable de tenir le coup jusqu'à la fin de la soirée. Une soirée pénible, déplorable, une leçon qu'elle apprenait trop tôt dans sa vie, cela, elle le comprenait, et elle le comprenait dans le désagrément.

Il était taciturne. Elle lui parlait de tout, l'école, le mariage de son père avec Julia, la maison où elle habitait autrefois, qui était comparable à Orcadia Cottage, la maison où elle vivait à présent, ou en tout cas jusqu'à hier, ses amis, le boulot qu'elle aurait pu avoir par le père de Miranda. Il n'y eut qu'une seule chose dont elle ne parla pas.

Il réagit à la perspective d'un boulot. Elle n'avait pas besoin de boulot. Il l'entretiendrait, il avait de l'argent, et bientôt il en aurait encore plus.

« Je ne peux pas vivre à tes crochets, Teddy.

– Pourquoi pas ? Tu as bien vécu aux crochets de ton père.

– C'était différent, objecta-t-elle. C'est toujours différent. Une enfant, c'est entretenu par ses parents jusqu'à ce que ça gagne sa vie. Enfin, jusqu'à ce qu'elle gagne sa vie. Il faut que je gagne ma vie jusqu'à ce que j'aille à Oxford. »

Il tomba dans un silence rebelle. Leur addition arriva. Il ne savait qu'en faire, il lui adressa des mines furieuses et impuissantes ; finalement, il lui passa les billets sous la table. Elle dut lui dire que ce n'était pas suffisant. Cela lui faisait de la peine et la gênait, il avait l'air si pantois, si désemparé. Elle n'avait jamais vu personne aussi accablé de honte. D'autres billets passèrent sous la table, jusqu'à ce qu'elle puisse régler la note et s'arranger pour laisser un pourboire, insuffisant.

Ils partirent sans adresser un mot au serveur, sans parler à personne, sans dire au revoir ou merci. Elle avait oublié toute exaspération à son égard, toute sa consternation devant son incapacité à écouter ce qu'elle disait, toutes ses exigences selon lesquelles elle devait lui obéir. Tout cela se noya dans une immense pitié. Il lui semblait que tout ce qu'on avait pu lui infliger dans son enfance et sa jeunesse, tout ce lot de cruautés et de privations, tout cela l'avait horriblement traumatisé, peut-être de façon irrémédiable. Elle voulait lui faire savoir qu'elle aussi, elle avait perdu sa mère dans des circonstances terribles, qu'elle partageait ses traumatismes et ses blessures.

Ils gardèrent le silence sur tout le trajet du retour. Elle entra seule dans Orcadia Cottage pendant qu'il garait la voiture dans l'allée des écuries. Quand il arriva, elle était assise sur le sofa de satin ivoire, dans sa robe de velours vert foncé, les cheveux défaits sur les épaules, les mains croisées, qu'elle relâcha et qu'elle posa sur ses genoux.

« Je veux te dire quelque chose. »

Il hocha la tête. Il s'assit dans un fauteuil, la dévisagea.

« Quand j'avais sept ans, un homme est venu dans notre maison et il a assassiné ma mère. J'étais en haut, on m'avait envoyée dans ma chambre, j'avais été vilaine, et j'ai entendu la sonnette de la porte, et j'ai regardé dehors, et tout ce que j'ai pu voir, c'étaient ses souliers et le sommet de son crâne. Ma mère est allée à la porte et l'a laissé entrer. »

Il écoutait. Presque pour la première fois, totalement concentré, il écoutait une chose qu'elle lui disait. L'attention de Teddy lui insuffla la force de continuer.

« Notre maison était un petit peu comme celle-ci, une sorte de grand cottage avec cette même plante grimpante sur la façade. De venir ici, cela n'arrête pas de me la rappeler, mais ça ne fait rien. Je veux te dire, je sais ce que c'est. Je sais ce que c'est lorsqu'il est arrivé quelque chose d'effroyable quand on était petit, et qu'on ne s'en remet jamais vraiment, et comment on vit avec, tous les jours. J'ai perdu la faculté de parler. Pendant six mois, je n'ai pas pu prononcer un mot. »

Il fit, d'une voix rauque :

« Qu'est-ce qui s'est passé ?

– Tu veux vraiment le savoir ?

– Qu'est-ce qui s'est passé ?

– J'ai entendu le coup de feu. Il lui a tiré dessus. Pas seulement une fois, je crois. Deux ou trois fois. L'homme cherchait de la drogue ou de l'argent qui venait d'une vente de drogue, la police a pensé qu'il a pris la maison de mon père pour celle d'un docteur qui avait le même nom. Ma mère a dû se mettre en travers de son chemin, essayer de l'arrêter.

– Pourquoi ne t'a-t-il pas tuée ?

– Tu penses qu'il l'aurait voulu ? Peut-être. Je ne sais pas. Je me suis cachée dans un placard de ma chambre et il est entré. Il est allé dans toutes les chambres, il cherchait de la drogue, je suppose. Quand il est parti, je suis descendue et j'ai trouvé ma mère. »

Il répéta, d'une voix blanche maintenant :

« Qu'est-ce qui s'est passé ?

– Il y avait... du sang. Beaucoup de sang. Mon père est rentré à la maison et il m'a trouvée assise là, couverte du sang de ma mère. L'homme l'avait touchée à la poitrine, une balle avait pénétré dans son cœur. Je n'ai rien pu leur dire au sujet de l'homme, pas avant des mois. Je ne pouvais plus parler. »

Son regard intense l'apeura. Elle tressaillit légèrement.

« Teddy ?

– Quelqu'un a assassiné ta mère ? Pourquoi ne m'as-tu rien dit ?

– Mais je viens de te le dire. Ne me regarde pas comme ça. »

Après cela, quelque chose de terrible. D'incroyable. Il se leva et vint à elle, avançant sur elle comme s'il allait se livrer à une agression. Son visage était devenu absent, un masque vide. Tout en s'approchant, il retira ses vêtements, défit sa braguette, laissa tomber le pantalon trop court, se prit les pieds dedans, sans plus aucune grâce. Il tenta de se saisir d'elle en la maintenant fermement contre le sofa brillant et glissant. On eût dit que sa respiration était mue par un moteur dans sa poitrine, montant en régime, poussant une pointe. Elle sentit un poids dur comme de l'acier lui appuyer sur le ventre, et c'était quelque chose qu'elle n'avait jamais ressenti auparavant, une hampe entre la douceur de sa chair à elle et ses os à lui.

Ses mains étaient devenues des outils d'ouvrier, acérées, dures, sûres d'elles. Il fit passer la robe par-dessus sa tête, mais pas complètement, en laissant suffisamment pour lui en entortiller le visage et le masquer. La robe devenait une cagoule qui lui barrait la vue. La hampe dure était à présent sortie, elle n'en était plus séparée par des barrières de vêtements. Elle la sentit chercher ses cuisses, en quête d'une entrée, tandis que les mains de Teddy lui enfonçaient des plis de velours vert dans la bouche, dans les yeux. Elle lui donna des coups de pied et se défendit avec les mains. Ses chaussures auraient pu lui servir d'arme, mais elles s'envolèrent. Elle entendit l'une d'elles cogner contre un objet, le briser. Le tintement de la porcelaine fracassée fut couvert par un bruit plus cuivré, celui du téléphone qui sonnait.

Cela suffit à le tenir en respect, momentanément. Elle sentit l'étreinte de ses mains se relâcher brièvement. Elle bondit et le repoussa, lui donna un coup de pied au passage, fila à travers la pièce, trébucha et s'écroula sur le seuil. Le téléphone se tut, brusquement, au milieu d'une sonnerie. Elle se débattit pour se remettre debout, certaine qu'il allait s'emparer d'elle maintenant, que pour elle ce serait la fin.

Il s'assit sur le sol, à moitié nu, la tête dans les mains. Elle vit ses épaules secouées de soubresauts. Il pleurait. Pendant un moment, elle ne sut tout simplement pas quoi faire. Ce qu'il venait de tenter la laissait en état de choc, son cœur tambourinant fort. Elle avait la bouche sèche, ses mains tremblaient. Une voix, sa propre voix, à l'intérieur de son crâne, ne cessait de répéter : « Comment a-t-il pu ? Comment ai-je pu ? Pourquoi ai-je fait ça ? Pourquoi ai-je fait ça ? »

Le toucher là, maintenant, le réconforter en lui posant la main sur l'épaule, peut-être lui caresser les cheveux, lui prendre la main, tout cela était impossible. Sachant à peine ce qu'elle faisait, elle se traîna hors de la pièce puis jusqu'au premier étage, en s'agrippant à la rampe. Il y avait une autre chambre, avec un autre lit, un lit ordinaire, avec un cadre de lit en cuivre plutôt joli. Il y avait une clef dans la serrure. Elle entra et s'enferma à l'intérieur. Au bout de quelques minutes, elle fut frappée de l'ironie de la chose, qu'elle se retrouve ici, elle que l'on avait emprisonnée de force dans une chambre, et qui maintenant s'enfermait de son plein gré dans une autre pour se protéger de l'homme qui l'avait libérée.

Dans la matinée, elle entra dans la grande chambre blanche pour aller y chercher ses vêtements. Il l'observa en silence. Pour la première fois depuis longtemps, il n'était pas debout à l'aube. Il était couché là, désemparé, parce qu'il n'avait nulle part où aller et rien à faire.

La pluie était revenue. Elle tombait à verse. Francine portait encore la robe de velours. Dans la lumière grise et délavée, il la regarda sortir de la valise qu'elle avait apportée avec elle un jean, une chemise, un sweater. Elle ne les enfilerait pas devant lui. Il la regarda passer dans la salle de bains en emportant ses vêtements, il entendit le verrou de la porte, puis la douche couler.

Quand elle revint, elle était habillée de la façon qu'il détestait mais, en cet instant, il le remarqua à peine. Elle se rendit à la coiffeuse et commença de natter ses cheveux, enroula sa tresse derrière la tête. À la main droite, elle portait encore sa bague.

Il dit :

« Je te croyais partie. »

Ce fut tout ce qu'il trouva en guise de formule d'excuse. Elle ne lui répondit pas. Elle ouvrit la penderie, et il supposa qu'elle cherchait son manteau.

« Ne t'en va pas », dit-il.

Ces mots lui furent un arrachement. C'était comme de presser un tube presque vide. Sa voix était sèche et rauque. Elle se retourna et vint s'asseoir au bout du lit.

« Tu t'en vas. »

Elle secoua la tête.

« Je ne sais pas quoi dire. La nuit dernière, j'ai eu peur. Tu as essayé de me violer. »

Ce mot le choqua.

« Moi ? Comment aurais-je pu te violer ? Tu es à moi, nous sommes ensemble.

– Le viol, reprit-elle, ce n'est pas seulement quand il s'agit d'une fille que tu prends en voiture ou que tu rencontres dans une rue, la nuit.

– En tout cas, insista-t-il, ce n'était pas mon intention. Pas ça.

– Pourquoi as-tu fait ça, Teddy ? Pourquoi as-tu eu envie de ça ? »

Il haussa les épaules, fit passer ses jambes de l'autre côté et sortit du lit.

« Ne t'en va pas », répéta-t-il en mordant les mots, comme s'ils lui faisaient mal.

Quand il descendit, elle était dans la cuisine, en train de boire un café, de préparer un toast. Il pleuvait si fort que la pièce était sombre et les fenêtres embuées. Elle le choqua en lui parlant de tout autre chose, presque du bavardage mondain. Elle avait la voix neutre, polie, distante.

« Je n'arrête pas d'essayer de téléphoner à Julia, mais je n'obtiens pas de réponse. »

Et tu n'en auras pas. Mais il ne le lui dit pas.

« Aujourd'hui, je vais joindre mon père. Je ne devrais pas être ici, et personne ne sait où je suis. Je me sentirais mieux si je pouvais parler à mon père, à Hambourg.

– Il fait trop humide pour sortir, objecta-t-il. Aujourd'hui, il va falloir que tu restes ici.

– Teddy, reprit-elle sur un ton très sérieux, si je sors, je te promets de revenir. Je sais que ça te tracasse, que je ne revienne pas, mais je vais revenir. Je ne te quitterai pas comme ça. »

Après quoi, il dut donner le change, comme si cela lui était égal. Bien sûr qu'elle allait revenir – où aurait-elle pu aller ? Il but un peu de café, se rendit dans le salon et ramassa les morceaux de la figurine en porcelaine bleue et blanche que la chaussure de Francine, dans son envol, avait brisée la veille au soir. Sur un fragment étaient peints une couronne et les mots « Royal Copenhagen ». Il avait été magnifique, cet enfant de porcelaine pastel, et il détestait le voir ainsi cassé, par indifférence, par négligence. Pouvait-il le faire réparer ? Et combien cela coûterait-il ? La destruction gratuite de quelque chose d'aussi beau le rendit malade d'aversion envers l'humanité.

D'humeur maussade, il effaça la buée de la fenêtre pour se ménager une ouverture et regarder dans la cour. Tout était mouillé, partout, les dalles de pierre noircies par la pluie et l'eau formant des flaques. Le plastique de protection, sur son treillage métallique et sa structure en ciment, battait au vent.

Il s'était produit tant de choses, tant de choses perturbantes, qu'il avait oublié la bouche de la cave, qu'elle était restée ouverte, seulement abritée par cette fine membrane, pendant des heures. Il avait plu toute la nuit et l'eau avait dû pénétrer dans la bouche, jusqu'en bas, avec ce qui gisait là...

Il sortit, ramassa le plastique et les cailloux et remit en place la plaque. Les quelques minutes qu'il avait passées dehors avaient suffi pour que la pluie battante lui trempe les cheveux et laisse des marques humides sur son jean. Il frissonna. Le réservoir de l'Edsel était presque vide et il avait encore besoin d'argent. Mis à part ça, il fallait qu'il aille chez lui, qu'il vérifie son courrier, qu'il voie s'il n'avait rien reçu de la part de Habgood, et peut-être qu'il aille rendre visite à Gladys, l'amie de sa grand-mère. La note du restaurant avait été pour lui un choc presque plus grand que le rejet de Francine. Il ne savait pas que la nourriture pouvait coûter si cher. Il lui restait à peine cinquante livres, dont facilement une trentaine pouvait partir en essence.

Francine était passée dans le salon et elle téléphonait à quelqu'un. À cette Holly, à en juger par ce qu'il entendait.

« Je sors, annonça-t-il. Je vais te faire fabriquer une autre clef, tu veux ? »

Si elle disait oui, tout rentrerait dans l'ordre. Elle masqua le combiné de la main.

« Oui, très bien. Occupe-toi de ça. Si je sors, je te promets de revenir.

– Tu n'as qu'à garder la clef de la porte de devant et je prendrai la clef de derrière. »

Une pensée vint à l'esprit de Francine.

« Tu veux savoir à quelle heure, exactement ? »

Il acquiesça d'un signe de tête.

« Alors, je serai de retour à six heures précises. »

Il n'était pas très versé dans l'étude des expressions du visage ou du ton de la voix, mais il était capable, même lui, de constater qu'elle déployait des efforts pour se montrer aimable à son égard. Pour le « ménager », c'est ainsi qu'on appelait cela, se dit-il. Mais elle reviendrait bien à six heures. Il commença de réfléchir à des moyens de la retenir, mais de telle sorte qu'elle ne puisse s'en aller, qu'il n'y ait pas d'échappatoire.

Il restait assez de carburant dans le réservoir pour le conduire jusqu'à la pompe la plus proche. Quand il eut payé l'essence, il repartit en direction de son distributeur de billets préféré, celui de l'angle de Wellington Road. Il inséra la carte, tapa le code, demanda deux cents livres et attendit. Avant même que d'autres chiffres ou d'autres mots ne soient apparus sur l'écran, il sut que quelque chose n'allait pas. Ensuite, des lettres vertes s'affichèrent : « Votre demande ne peut être prise en compte. Reprenez votre carte s'il vous plaît. » Perplexe, il la reprit. Fallait-il qu'il réessaye, peut-être à Edgware Road ?

Il trouva un distributeur à la NatWest Bank, à l'angle d'Aberdeen Place. C'était le genre d'appareil qui voulait savoir s'il avait besoin d'argent anglais. Il tapa oui à cette question et non à la proposition d'un ticket et, alors que l'espoir renaissait, ce fut à nouveau un refus. Il y avait une anomalie. Sa demande ne pouvait être satisfaite et il devait reprendre sa carte.

Alors il comprit, ou il devina. Les fonds de Harriet étaient épuisés. Il avait tiré tant d'argent qu'il ne restait plus rien sur son compte courant.

35

RICHARD LUT LA TÉLÉCOPIE en provenance de Londres avec un peu de stupéfaction. Sa fille avait tenté de le joindre et elle avait laissé un numéro où il pouvait l'appeler. Pourquoi fallait-il qu'elle laisse un numéro ? Son numéro, c'était son numéro de domicile, son numéro à lui.

Depuis qu'il avait parlé à Julia, dimanche après-midi, il ne lui avait plus passé de coups de fil. C'était normal. Il n'avait jamais pris l'habitude de téléphoner tous les jours. Mais, à présent, un coup de fil s'imposait. Jamais auparavant Francine n'avait essayé de le joindre en son absence, et si elle avait essayé, ce devait être parce que quelque chose n'allait pas.

Aussi, à onze heures du soir – dix heures seulement à Londres –, il avait essayé de téléphoner. Pas de réponse, et le répondeur éteint. Il songea à l'homme qui l'avait traquée. Jonathan Nicholson. Essayait-elle de le contacter à cause d'un acte de violence perpétré contre elle par Nicholson ? Julia avait-elle débranché le téléphone à cause de Nicholson qui la harcelait de ses appels ? Il se mit au lit, mais il dormit mal.

À neuf heures du matin, huit heures à Londres, il essaya de nouveau. Julia serait peut-être debout, Francine tout juste. Enfin, il était sûr de joindre au moins l'une des deux. Il tapa le numéro et, n'obtenant aucune réponse, essaya encore en passant par le standard de l'hôtel. Toujours pas de réponse. Si, comme il le pensait, elles avaient débranché le téléphone, avaient-elles pu oublier de le reconnecter ?

Il pouvait téléphoner à un voisin. Cela lui inspirait la même réticence qu'à Francine l'idée d'appeler à l'aide quand elle s'était retrouvée enfermée à clef dans sa chambre. La mère de

Holly était le seul autre contact auquel il pouvait recourir. Elle répondit, ne lui fut d'aucune aide, mais lui donna le numéro de l'appartement de Holly. Là encore, il réussit à obtenir la communication, mais ce fut le répondeur qui prit l'appel.

D'ici une demi-heure, il devait donner une conférence, la dernière du colloque. Il avait eu l'intention de rester jusqu'au lendemain matin, pour rendre visite au directeur général d'une nouvelle société, un fabricant de logiciels, mais à cet instant il décida d'abandonner ce projet et de rentrer à la maison par le vol de l'après-midi.

Les rideaux de soie étaient aussi beaux que ce qu'il aurait pu souhaiter mais, maintenant, ils ne lui étaient plus d'aucune utilité. Il se voyait vivre à Orcadia Cottage, sinon de façon permanente, du moins pendant des années. Pourvu qu'il règle les factures des services de base, qui – ou qu'est-ce qui – l'en empêcherait ? On pouvait venir couper l'eau et l'électricité de son ancien foyer, cela lui était égal, il était déterminé à ne plus jamais y retourner.

La vieille femme qui avait confectionné les rideaux lui demandait de peindre le trou puant situé à l'arrière de sa maison. Agnes, qui était venue avec lui, l'appuyait en ce sens. Il pouvait commencer n'importe quand, insista-t-elle, il ne savait que faire de son temps, il n'avait pas de boulot régulier. Si sa source d'approvisionnement ne s'était pas tarie, il l'aurait dédommagée pour ce travail et comme ça, il se serait dégagé d'une besogne détestable. Maintenant, il regrettait amèrement ce coûteux repas. Ce n'était pas comme s'il s'était agi d'un plaisir. Tout cet argent avait été gâché.

« Il va commencer demain, assura Agnes, s'improvisant d'elle-même son porte-parole.

– Je commencerai vendredi », rectifia Teddy.

D'ici vendredi, il pouvait se passer n'importe quoi. Pour autant qu'il sache, il n'était pas impossible que ce compte en banque se garnisse à nouveau, il n'était pas impossible que cela se produise automatiquement d'ici, disons, la troisième semaine du mois, et des séries de billets de deux cents livres, deux à la fois, seraient à nouveau disponibles. Il regagna la maison – quel autre nom pouvait-il lui donner ? – en voiture, avec Agnes côté passager. Elle n'avait aucune objection à ce qu'il lui serve de chauffeur dès lors qu'il possédait son permis en bonne et due forme.

Subitement, elle lui demanda :

« Est-ce que Keith t'a donné cette voiture ? »

Il ne répondit pas. Il écoutait un nouveau bruit qui émanait du moteur, un cognement. Un vague souvenir lui revint de Keith en train de le démonter pièce par pièce puis de le remonter. Est-ce qu'une voiture devait être régulièrement révisée et, si oui, selon quelle fréquence ? Une chose était sûre, personne n'avait regardé ce moteur depuis neuf mois.

« Il ne me l'a pas donnée, répondit-il lentement, et puis : Il veut la récupérer.

– Et comment, qu'il veut la récupérer. »

Agnes puisait toujours un plaisir victorieux dans les regrets et la résignation d'autrui.

« Si tu n'en as pas pris soin comme il faut, il va en avoir après toi. Il va exiger une compensation. »

Au vu de la destinée de Keith, il était trop stupide et trop méchant de chercher une réponse. Teddy entra dans la maison, portant les rideaux. Il y avait une lettre pour lui sur le paillasson. Il déchira l'enveloppe sur laquelle le timbre indiquait un envoi effectué la veille au soir. La lettre était de M. Habgood, qui expliquait que sa femme n'était pas ravie des croquis et pas du tout contente du devis, aussi, dans ces circonstances, ils ne poursuivraient pas plus avant. Une lueur de panique tremblota dans la poitrine de Teddy, tel un minuscule filament. Apparemment, il était passé de la richesse à la misère en l'espace de quelques jours.

Il alla dans la pièce qu'il avait toujours estimée – et qu'il estimait encore – être la sienne, et décrocha le miroir du mur. Quand elle reviendrait, à six heures, elle serait enchantée de le voir et elle oublierait toutes les accusations stupides qu'elle avait formulées. Il tira une couverture de son lit, en enveloppa le miroir et l'emporta. Toujours assise dans la voiture, Agnes était en train de parler à Megsie par la fenêtre côté passager.

« Hello, homme mystérieux, lança Megsie. Tu aurais dû nous dire quand tu partais, tu sais, histoire qu'on garde l'œil sur les intrus.

– J'ai déménagé, annonça-t-il imprudemment. J'habite à St. John's Wood. »

Sa grand-mère s'écria que c'était la première fois qu'elle en entendait parler, et qu'à partir de maintenant ça coûterait cinquante pence de lui téléphoner.

« Cette jolie vieille voiture va franchement nous manquer, regretta Megsie. Rien qu'hier, Nige me disait : l'endroit n'est pas le même sans cette jolie vieille Elvis.

– Edsel, corrigea Teddy, et puis, parce que c'était vrai, que c'était son intention, la décision à laquelle il était soudainement parvenu : Je vais l'emmener à Liphook, l'apporter à Keith. Plus tard dans la semaine. »

Rapide comme l'éclair, Agnes intervint :

« Pas vendredi, ça non. Vendredi, tu repeins les toilettes de Gladys.

– Keith va être heureux de la voir, s'extasia Megsie. Je vous parie que ça lui fera l'effet de retrouver sa chouchoute après une quarantaine. Et tu l'as drôlement bien entretenue, Teddy, pas une marque. »

Il raccompagna sa grand-mère chez elle. Pourquoi, plus tard dans la semaine ? songea-t-il. Pourquoi pas tout de suite ? Il n'avait rien d'autre à faire. Il allait effectuer le trajet en voiture jusqu'à Liphook et puis il abandonnerait l'Edsel, il la laisserait quelque part dans la rue, tout simplement. Par la suite, ils l'enlèveraient, mais s'ils remontaient jusqu'à lui, il n'aurait qu'à dire qu'elle était à son oncle et que son oncle habitait à Liphook, voilà tout. Et il en serait débarrassé, et de ce qu'elle lui coûtait, et des soucis qu'elle lui causait.

Après qu'Agnes fut rentrée chez elle, il resta assis dans la voiture un moment, simplement pour regarder la maison de sa grand-mère. C'était bel et bien sa maison, pas de doute là-dessus, pas en location, pas en usufruit, mais la sienne, dont elle pouvait faire ce que bon lui semblait. La sienne, mais pour ne rien en faire, pour qu'elle meure et la lui laisse en héritage. Une maison qui serait à lui, qu'il pourrait revendre, pas une maison qui serait vaguement entrée en sa possession pour qu'il l'occupe sans qu'elle lui appartienne.

Il regagna Orcadia Cottage. La maison était vide. Francine était sortie. Il s'y attendait, elle lui avait dit qu'elle pouvait sortir et elle avait promis d'être de retour à six heures. Cela lui rappela qu'il lui avait proposé de lui procurer une clef. Cela ne valait pas la peine de prendre l'Edsel, à vrai dire, cela n'en valait franchement pas la peine. Il traversa Hamilton Terrace à pied, en direction de Maida Vale, jusqu'à Edgware Road, car là il y avait des échoppes où l'on pouvait faire fabriquer des clefs. Elle ne l'aurait pas laissé se donner ce mal si elle n'avait pas l'intention de rester.

On regarda la clef et on lui répondit qu'on ne pouvait pas la dupliquer. C'était l'intérêt des clefs de ce genre. Pour les dupliquer, il fallait s'adresser aux serruriers fabricants de la clef. Il essaya deux autres endroits, mais on lui répéta la même réponse. Cela ne le contraria pas plus que ça, cela importait peu, après tout, Francine et lui avaient tout de même chacun une clef. Le principal, c'était qu'elle veuille une clef parce qu'elle avait l'intention de revenir.

La boutique d'à côté était un endroit où l'on vendait des vêtements « quasi neufs ». Il se souvint de celle de Noelle et du jour où il était passé là-bas, à la recherche de Francine. Mais la boutique de Noelle était beaucoup plus haut de gamme que celle-ci. On ne se serait pas attendu à ce que des vêtements de créateurs soient vendus dans Edgware Road, même d'occasion, mais dans des quartiers plus chics de Londres, il devait y avoir plein d'endroits. Et avant de pouvoir vendre, il fallait bien acheter.

Alors qu'il rentrait à pied, le vent se leva, apportant avec lui des bourrasques de pluie. Aussitôt qu'une rafale se calma, il retira le miroir du coffre de l'Edsel et le porta dans la maison en traversant la cour. Pourquoi ne pas l'accrocher à l'emplacement où se trouvait auparavant la nature morte de Simon Alpheton ? Le crochet y était encore, un crochet à deux pointes vissé, et non cloué, dans le mur. Il accrocha le miroir, le mit bien droit, avec précision – les miroirs et les tableaux de travers étaient parmi ses objets de détestation – et considéra l'effet rendu. C'était bien. Il avait redouté que ce ne soit trop contemporain pour la pièce, un trop grand contraste avec le reste du mobilier, mais cela s'intégrait très bien. Il reflétait les tableaux qui lui faisaient face et la plante rampante dans un vase mural.

Il monta au premier et entra dans la chambre. Pas étonnant que Francine n'ait rien pu trouver à se mettre dans cette garde-robe. Quels vêtements horribles Harriet avait eus là ! Enfin, quand même, on voyait bien qu'ils avaient coûté cher. Un tailleur rose vif et noir portait une étiquette Lacroix. Il y avait un manteau de fourrure, une sorte de chose jaune tachetée, qui avait l'air véritable au toucher, et une robe du soir avec un haut comme un corset incrusté de pierreries bleues, rouges et jaunes.

Il ne ferait pas bon effet que Mildred ou l'un des voisins le voient sortir les bras chargés des vêtements de Harriet. Il chercha des valises et il les trouva finalement dans un placard du palier. Si quelqu'un le voyait avec ça dans les mains, on penserait simplement qu'il avait résidé à Orcadia Cottage et qu'il rentrait chez lui.

Le vent s'était changé en tempête, il soufflait les feuilles des arbres et les envoyait tourbillonner haut dans le ciel. La pluie qui allait de pair fit tomber le crépuscule avant l'heure. Comme d'autres voitures avaient leurs phares allumés, il alluma ceux de l'Edsel. En roulant vers le sud-ouest, l'Edsel et lui rejoignirent la procession des véhicules qui avançaient à une lenteur misérable dans la brume humide et grise d'un après-midi d'hiver. Des feuilles soufflées par le vent vinrent voleter contre le capot et un sac en plastique rouge, aussi éclatant qu'un oiseau tropical, s'abattit et se prit dans ses essuie-glaces.

« Et Teddy t'a sauvée ? s'exclama Holly. Mais c'est extrêmement romantique ! Tu ne trouves pas que c'est romantique, Chris ?

– Dans le cas improbable où ta mère t'aurait enfermée, j'en aurais fait autant.

– Tu n'auras jamais cette chance. Teddy, lui, l'a réellement fait. »

Francine se trouvait dans l'appartement de Holly, à Kilburn, où elle était arrivée depuis dix minutes. Le désordre, les odeurs de bâtonnets d'encens, d'huiles essentielles et de cigarettes, les tasses et les assiettes vides – mais loin d'être propres pour autant – qui traînaient un peu partout, tout cela était infiniment réconfortant. Elle était assise par terre, sur un tas de coussins, de châles et de couvre-lits, elle se dit que c'était vraiment sympa d'être assise par terre, et elle se demanda comment elle avait pu se priver de cette manière si agréable et si confortable de se délasser.

Comme si elle lisait dans ses pensées, Holly lui déclara :

« Tu as été drôlement privée de tout un tas de choses, hein ? J'espère simplement que tu as mis un point final à tout ça. »

Ce n'était pas si facile. Holly faisait toujours paraître tout si simple. Francine n'avait rien dit de ce qui s'était passé la nuit précédente et elle s'en abstiendrait. Après tout, il n'y avait pas eu de viol. On n'en était pas arrivé là, et c'est pourquoi on pouvait oublier, elle pouvait tourner la page. Elle avait pensé parler à Holly et Christopher, et à James, qui venait juste d'arriver avec une bouteille de champagne, d'Orcadia Cottage, de cette maison prêtée à Teddy et du travail qu'il y accomplissait, mais elle se ravisa. C'était peut-être ridicule de sa part, très soupçonneux et très petite-bourgeoisie mais, par rapport à Orcadia Cottage, elle se sentait mal à l'aise. Elle estimait qu'ils, ou tout au moins qu'elle n'aurait pas dû se trouver là.

James versa le champagne. Il paraissait avoir l'habitude d'ouvrir ce genre de bouteilles, parce qu'il n'en renversa pas une goutte.

« C'est pour fêter ton évasion », annonça-t-il.

Ils burent tous en son honneur et en l'honneur de Teddy, qui, estima Holly, méritait d'être revêtu d'une armure et de monter un cheval blanc. Et d'ailleurs, où était-il ? Pourquoi n'était-il pas venu avec elle ? Francine expliqua qu'il travaillait.

« C'est vraiment très drôle que Julia ne nous ait pas passé un coup de fil, s'étonna Christopher. Je veux dire, on s'y serait attendus, non, Holly ? »

Holly approuva de la tête.

« Elle ne sait pas que Teddy t'a libérée. Elle doit penser que tu es sortie par tes propres moyens. Ou alors, non, le plus vraisemblable, c'est qu'elle croit que tu m'as téléphoné, que je suis venue et que c'est à moi que tu as lancé la clef. Alors pourquoi n'a-t-elle pas appelé ?

– Parce qu'elle a peur d'admettre devant quiconque, intervint James, qu'à la fin du XXe siècle elle a enfermé sa belle-fille à clef dans une chambre. Ça la fait passer pour quelqu'un de cruel et de très très bête.

– Cela la fait passer pour sévère et draconienne.

– Une tête de mule.

– Folle.

– Elle est un peu folle, admit Francine. Cela fait longtemps que je le pense. Mais tu ne peux pas dire à une psychothérapeute qu'elle est folle, pas plus que tu ne peux dire à un docteur qu'il a attrapé... disons, la varicelle. »

Ils rirent. De minute en minute, Francine se sentait mieux. Elle demanda si elle pouvait téléphoner au bureau de son père, mais quand elle appela elle obtint une fois encore cette voix de femme qui précisait qu'il n'était pas à son poste. Holly s'écria : maintenant que le champagne était fini, pourquoi n'iraient-ils pas tous au pub fêter encore un peu ça, pour ensuite acheter des pizzas au *Safeway*. Avant, le *Safeway* était un bon vieux pub irlandais, mais maintenant l'endroit était plein de beaux Somaliens à l'air farouche, qui vivaient tous d'allocations diverses.

« Raciste », lança James.

Son frère rectifia :

« Si elle dit qu'ils sont beaux, Holly croit que ça fait politiquement correct. »

C'était un autre monde. Francine songea, non sans nostalgie, qu'elle aimait bien ce monde. Le pub était enfumé, bruyant, et ces gens avaient l'air mal dégrossis, mais cela aussi, elle aimait bien. Ensuite, Holly fit cuire les pizzas et, après le déjeuner, Christopher et James, qui avaient tous les deux un boulot, durent partir travailler. Quant au travail de Holly, c'était terminé, d'ici une semaine elle s'en allait rejoindre un groupe d'étude qui s'occupait de la protection du corail sur les îles Banggai, dans l'archipel des Sulawesi.

« Tu devrais venir. Enfin, je pense que c'est complet, mais je pourrais voir. Ou alors, tu pourrais t'inscrire pour cette histoire d'Observatoire du globe à laquelle je participe au printemps.

– Je pourrais ?

– Tu t'es sauvée... tu te souviens ? C'est une étude sur les crabes terrestres de Trinidad. Ne ris pas, ça vaut vraiment la peine.

– Je n'étais pas sur le point de rire, Holly. Je pensais que je ferais mieux d'aller à la maison affronter Julia. »

Ce fut l'expression horrifiée de Holly qui la fit rire.

« Mon père sera rentré à la maison demain. Je ne peux pas l'abandonner comme ça. Je ne vais pas rester, ne crois pas ça, j'ai promis à Teddy d'être rentrée à six heures... »

Très sérieusement, Holly la reprit :

« Francine, ne replonge pas là-dedans. Même pas avec Teddy. Avec personne.

– Dans quoi ?

– Promettre que tu vas rentrer à la maison. Que tu seras à la maison à six heures ou à n'importe quelle heure. Ne fais pas ça. C'est ce que tu as connu toute ta vie, à ce compte-là, tu ne seras jamais libre. Sors-toi de là tout de suite. »

Comme si elle était elle-même d'âge mûr, Holly ajouta :

« Tant que tu es jeune.

– Très bien. Je vais essayer. Je vais tâcher de changer. Mais il faut que j'aille voir Julia et... et que je lui dise certaines choses.

– Est-ce que tu veux que je vienne avec toi ?

– Non. Non, merci. Je veux dire, j'aimerais vraiment bien que tu viennes, c'est un long trajet, ce serait sympa de t'avoir là-bas, mais il faut que j'y aille seule. Il faut que je l'affronte moi-même. C'est mieux ainsi. C'est mieux même sans que mon père ne soit là. Tu comprends ça, hein ? »

La boutique que Teddy trouva était située à Notting Hill Gate. Elle s'appelait *Créateurs SVP*, et elle prétendait n'acheter et ne vendre que des vêtements d'occasion de première qualité. Ce quartier de Londres lui était inconnu. Il ne se souvenait pas d'être jamais venu ici auparavant. Il tournait en voiture, dans la demi-obscurité, ses phares allumés, à la recherche d'une place de stationnement.

Toutes les places payantes du quartier paraissaient occupées. Il savait qu'il serait risqué, à cette heure, de se garer sur une ligne jaune double, voire sur une ligne jaune simple, mais dans une rue secondaire, non loin derrière Kensington Church Street, il trouva des zones délimitées sur la chaussée par des lignes blanches. Elles étaient toutes occupées, sauf une, et qui était juste assez grande pour accueillir l'Edsel.

Tant qu'il y était, il décida qu'il pourrait aussi bien risquer une autre tentative à un distributeur de billets. Il essaya, échoua une fois encore et retourna à la voiture. Valise à la main, il remonta Kensington Church Street. Il avait été obligé de garer la voiture tellement loin que *Créateurs SVP* se trouvait à presque huit cents mètres de là. Une femme qui ne ressemblait absolument en rien à Noelle, puisqu'elle était obèse, brune et dotée d'un double menton, s'occupait d'un client, et il s'écoula dix minutes encore avant qu'elle lui demande en quoi elle pouvait lui être utile. Il ne tenait pas en place, faisait les cent pas et regardait sa montre. Il commençait de se rendre compte que s'il voulait passer la soirée avec Francine, il n'aurait pas le temps d'aller à Liphook aujourd'hui.

La femme jeta à peine un coup d'œil aux vêtements dans la valise, mais elle lui déclara ne rien pouvoir examiner qui n'ait été nettoyé à sec. Ravalant sa colère, Teddy lui demanda simplement de jeter un œil et de lui indiquer si elle serait intéressée, dans l'éventualité où il ferait nettoyer ces vêtements. Quand elle vit l'étiquette Lacroix et une autre marquée Givenchy, son expression condescendante se transforma. Il semblait posséder là des vêtements de très grande qualité, remarqua-t-elle, mais il faudrait qu'il fasse tout nettoyer à sec – il voulait bien le comprendre, n'est-ce pas ?

Il y avait un pressing à quelques numéros de là, en remontant la rue. Le vent lui souffla dessus sans relâche tout au long du chemin, l'arrêta même une fois dans sa marche, tant il était violent. Une fois encore, il ouvrit la valise, empila les tailleurs et les robes de Harriet sur le comptoir et s'entendit répondre que ce serait prêt jeudi. Alors qu'il remettait la valise dans le coffre de l'Edsel, il vit un panneau qu'il n'avait pas remarqué précédemment et qui semblait indiquer que c'était une zone de stationnement résidentielle réservée aux seuls détenteurs d'autorisation.

Le soulagement qu'il ressentit était prématuré. Il s'installa au volant et mit le contact, mais le moteur refusa de démarrer. Il ne s'était jamais rien produit de ce genre auparavant. Il essaya encore et encore, insistant pour que le moteur démarre, mais n'entendit que ce chem-chem-chem monotone, exaspérant. Il s'écoula une dizaine de minutes avant qu'il ne remarque ses phares allumés et qu'il ne comprenne, du même coup, que c'était pour cela que la voiture ne parvenait pas à démarrer. La batterie. Il avait déchargé la batterie.

Keith aurait su quoi faire, Nige aurait su, ce Christopher aurait su, mais lui non. Il se souvint vaguement de Keith prononçant les mots « pinces de démarrage » en relation avec une batterie à plat, mais ce que ces trucs-là signifiaient, il n'en avait aucune idée. Le seul moyen serait de trouver un garage et d'obtenir que ces gens-là remettent la voiture en marche.

Il n'était pas encore quatre heures, et il faisait nuit. Le vent déchirait l'air, apportant avec lui un crachin. Le pare-brise de l'Edsel était décoré de larges éclaboussures et de menus filets d'eau. Des gens se débattaient dans le vent, tête baissée, emmitouflés dans leur manteau qu'ils tenaient étroitement fermé. Une femme brandissait un parapluie noir, retourné par le souffle. Teddy était assis dans la voiture et comptait son argent, tout ce qu'il avait au monde. Vingt-quatre livres et un peu de menue monnaie. Supposons que les gens du garage lui comptent vingt livres pour faire redémarrer la voiture ? Ils pourraient. Ils pourraient tout aussi bien lui en demander cinq ou quarante. Il n'en avait aucune idée.

La seule chose à faire, c'était de laisser l'Edsel, de rentrer à la maison et de réfléchir. De revenir demain. Entre-temps, réfléchir au moyen de mettre la main sur de l'argent. Pouvait-il vendre une partie de l'argenterie ou des services de verres de Harriet ? Ses bijoux ? Ce ne seraient pas des bijoux volés, donc ils ne figureraient sur aucune des listes de biens volés que possédaient les bijoutiers. Laisser la valise dans le coffre. Cela n'avait aucun intérêt de s'encombrer avec ça. Il dut lutter contre le vent pour arriver à sortir de la voiture, le combattre et pousser de toutes ses forces pour se hisser sur le trottoir.

Arriver jusqu'à St. John's Wood lui prit un bon bout de temps, puis il y eut la marche jusqu'à la maison, en se débattant contre le vent. Le jardin d'Orcadia Cottage, côté façade, avait disparu sous un tapis de feuilles mortes de la vigne vierge, rouges, violettes, vert-jaune et or, d'ores et déjà une masse glissante et détrempée. Il ressortit du jardin et passa par-derrière. Il y était contraint. Francine avait la clef de la porte de devant.

36

SON BON SENS lui soufflait de rassembler l'argenterie et les bijoux immédiatement, avant le retour de Francine. Elle ne croirait aucune des explications qu'il pourrait lui fournir pour justifier pourquoi il vendait les biens de Harriet. L'avenir, auquel il réfléchissait rarement bien longtemps, se présentait désormais à lui comme un blanc, un mystère. Il fallait le remplir – avec de l'argent, avec du travail et surtout avec Francine.

Voilà que d'un seul coup il se mettait à spéculer sur les individus, leurs motivations, leurs souhaits, leurs espoirs et leurs peurs. Cela ne l'avait jamais concerné auparavant, il ne s'en était jamais soucié. Maintenant, il s'en souciait. Il luttait pour la comprendre, elle, pour savoir ce qu'elle voulait. De l'argent, bien sûr. Une fille élevée comme ça, avec ces parents-là, qui allait dans cette école-là, avait constamment besoin de réserves d'argent. Pas un instant il n'avait cru qu'elle ne voulait pas qu'il l'entretienne. La bague et la robe et le restaurant, et d'être emmenée en voiture, et de boire du vin, cela ne lui avait pas déplu. S'il voulait la garder, et il le voulait désespérément, il fallait qu'il ait, qu'il trouve, qu'il gagne de l'argent.

Il monta à l'étage et entra dans la salle de bains. Les bijoux de Harriet lui étaient déjà familiers. Il avait assez souvent suspendu au cou de Francine ces perles, ces rangs de perles et ces pierres étincelantes, et passé ces bracelets à ses bras. Il en fourra une poignée dans chacune des poches de sa veste. Un petit bol en argent, une brosse à cheveux au dos en argent et un peigne avec une monture en argent avaient également l'air vendables. Il apporterait ce sautoir à un bijoutier et ce bracelet à un autre, la brosse à cheveux à un troisième. Cela prendrait du temps, mais il pourrait en tirer un millier de livres.

Francine aurait envie de vêtements et d'une voiture pour circuler, et encore d'autres restaurants de ce genre et peut-être de livres. Elle paraissait avoir une passion pour les livres. Pouvait-il louer la maison de Neasden ? Difficile de s'imaginer quelqu'un qui aurait envie de vivre dans ce quartier, de payer un loyer pour une maison pareille, mais Megsie et Nige appréciaient, eux, ils avaient acheté, la porte à côté. Ou peut-être pourrait-il même mettre cet endroit-ci en location ? L'idée était audacieuse.

Durant le long et lent trajet en métro, Francine songea que c'était la première fois de sa vie qu'elle rentrait chez elle sans avoir, pour ainsi dire, de rendez-vous, qu'elle allait là où se trouvait Julia, mais sans que l'heure ait été fixée à l'avance, sept, neuf ou dix heures.

Toutes les fois précédentes, des centaines de fois, elle avait appréhendé la façon dont Julia allait l'accueillir. Même si elle était en avance ou à l'heure. Des larmes de rage ou des sourires ravis, des reproches ou une approbation satisfaite, telles avaient été les alternatives, forcément. Jamais Julia n'avait simplement répondu à son arrivée par un signe de tête ou un simple « coucou ». À regarder en arrière, elle comprit à quel point cela lui avait empoisonné l'existence. Comme elle aurait aimé vivre en compagnie de quelqu'un qui se serait montré détaché, décontracté, enjoué, quelqu'un qui aurait pris les choses tranquillement. Mais c'était fini, maintenant, et elle n'avait absolument plus peur de la manière dont Julia allait la recevoir.

Elle sortit de la station pour se retrouver sous une pluie encore plus battante et dans un vent qui soufflait par nappes horizontales. Il faisait de plus en plus noir, et elle s'aperçut qu'elle avait un peu trop tardé à partir de chez Holly, car il était maintenant quatre heures passées. Il allait être difficile de regagner Orcadia Place pour six heures mais, tandis que cette pensée lui venait à l'esprit, elle se rappela les mots de Holly. « Francine, ne replonge pas là-dedans. Même pas avec Teddy. Avec personne. » Elle pourrait lui téléphoner de la maison, elle pourrait lui dire qu'elle serait en retard.

Tous les taxis étaient pris. Toujours, quand il pleuvait. Elle pouvait aller à pied, cela lui prendrait un quart d'heure, c'était tout, et si elle était trempée jusqu'aux os, elle avait là-bas quantité de vêtements pour se changer.

Marcher – même marcher dans un vent violent et sous une averse – était une bonne activité pour réfléchir et s'éclaircir l'esprit. Elle l'avait souvent remarqué. Les choses se mettaient en place avec plus de logique et de raison que quand on essayait de se concentrer dessus avant d'aller se coucher. Elle songea à Teddy et elle sut soudainement, et avec regret, que cela ne marcherait pas. Il n'était pas fait pour elle et ne le serait jamais. Ils n'avaient rien en commun et ils voyaient la vie d'un œil complètement différent. Sans doute ne serait-elle jamais sortie avec lui, n'aurait-elle jamais eu de rendez-vous secrets avec lui, si Julia n'avait pas exercé sur elle une telle pression et si son père ne s'était pas montré si moralisateur.

Cela ne voulait pas dire qu'elle ne retournerait pas là-bas. Bien sûr qu'elle y retournerait, et ce soir, ainsi qu'elle s'y était engagée. Elle allait même rester quelques jours et lui expliquer, et le forcer à écouter, et tâcher de lui montrer qu'ils n'étaient pas faits l'un pour l'autre. Elle s'était chaque fois sentie très frustrée, et en un sens privée d'un droit, mais maintenant elle était heureuse qu'ils n'aient jamais eu de rapport sexuel. Enfin, jamais eu de rapport sexuel véritable, un rapport sexuel naturel. Elle se serait sentie plus engagée à son égard s'ils en avaient eu un.

Elle n'avait pas apprécié sa façon de vouloir qu'elle se déguise, qu'elle pose, et qu'on pose sur elle un regard immobile. C'était – elle chercha et trouva ce mot peu familier – du voyeurisme. C'était comme un strip-tease à l'envers. Elle s'était sentie tout le temps mal à l'aise, durant ces séances, et elle en avait aussi éprouvé de l'ennui. Comment pouvait-on supporter d'être mannequin, cela dépassait son imagination. Mais le pire de tout, c'était son comportement la nuit dernière. Elle n'en avait pas parlé à Holly, elle n'aurait pu en parler à personne, mais elle savait à présent, si elle ne l'avait pas su à ce moment-là, qu'il avait eu envie d'un rapport sexuel avec elle, qu'il avait presque été capable, oui, d'avoir un rapport sexuel parce que sa mère avait été assassinée et parce qu'elle lui avait parlé de meurtre. Ce moment avait agi comme une sorte de déclic qui l'avait excité, et elle ne pouvait le supporter. Cela avait mis un terme, le point final.

Dans l'humidité, la bague de Teddy glissa de son doigt. Elle amena la main devant son visage et observa les pierres bleues et le diamant. Il fallait qu'il la reprenne. Les livres lui avaient appris que l'on rendait sa bague à un homme, même s'il ne s'était jamais agi que d'une bague de fiançailles.

Ce furent de joyeuses retrouvailles. Ils passèrent prendre De Valera au chenil sur leur route depuis Heathrow. Le setter irlandais leur réserva le même accueil à tous les deux, semblait-il, aussi prodigue de coups de langue et de couinements de bonheur à l'égard de Franklin qu'avec Anthea.

« Avec de la chance, espéra Anthea, ils mettront un terme à cette horrible obligation de quarantaine, et la prochaine fois nous pourrons l'emmener avec nous. »

Ils avaient décidément basculé dans le « nous », et leur avenir était une affaire conjointe. Seul problème, s'il y en avait un, c'était que Franklin, n'ayant pas d'autorisation résidentielle de stationner dans la ville de Westminster, dut garer sa BMW dans un parking souterrain. Anthea et lui commandèrent des plats thaïlandais par téléphone. L'idée de ressortir et de laisser De Valera de nouveau seul leur déplaisait.

« Est-ce que tu vas téléphoner à Harriet ? lui demanda Anthea.

– J'y ai réfléchi et je ne vois pas pourquoi je devrais. En temps normal, je ne le fais jamais. Elle s'attend à mon retour demain, et demain je serai de retour... pour une demi-heure.

– Il vaudrait mieux que cela ne dure pas plus d'une demi-heure », prévint Anthea, qui commençait à manifester ses vieux signes de possessivité.

Franklin appréciait plutôt. Premièrement, il n'en avait pas perçu beaucoup, de ces signes-là, en presque trente ans, et deuxièmement, cela ranimait de tendres souvenirs de sa jeunesse.

« Je resterai suffisamment longtemps pour lui apprendre ce qui s'est passé, et que je la quitte. Je mettrai quelques vêtements dans une valise et je repartirai.

– Gare à ne pas faiblir.

– Je ne faiblis jamais, tu le sais », répliqua Franklin avec l'un de ses épouvantables sourires.

C'était vrai. Il faisait toujours exactement ce qu'il voulait, quel qu'en soit le coût, en argent et en embêtements. Il avait voulu Harriet, donc il s'était défait d'Anthea, bien que cela lui ait pris cinq ans et coûté, jusqu'à ce qu'elle se remarie, quelque chose comme un demi-million de livres sterling. Maintenant, il la voulait de nouveau et il était en train de se débarrasser de Harriet. Sans doute cela lui prendrait-il cinq années supplémentaires, et lui coûterait-il trois ou quatre fois cette somme. Mais il le ferait.

Elle s'imaginait qu'elle l'aimait. Il était très difficile de savoir tout à fait ce que cela signifiait, quand on atteignait son âge. Certes, il y avait des choses chez lui qu'elle aimait et qui lui avaient manqué. Sa façon de jeter les coussins par terre avant de s'asseoir dans un fauteuil. La façon qu'il avait, tous les soirs avant de venir au lit, de vider ses poches sur la coiffeuse, un mouchoir chiffonné, ses clefs, son portefeuille, sa petite monnaie déversée en vrac dans un poudrier en forme de bol en verre. Elle avait toujours trouvé cela touchant et quand elle l'avait vu se livrer à ces petites manipulations si attachantes, dès la première nuit qu'ils avaient passée ensemble, après tant d'années, à Half Moon Street, elle en avait eu les larmes aux yeux.

« En quel honneur, les grandes eaux ? » lui avait-il demandé, et il avait enclenché son large sourire de tête de mort, de sorte que l'espace d'un instant c'était le Temps qu'elle avait vu là, debout, la Faucheuse.

Et puis il était venu à elle.

Les journaux étaient encore dans la boîte aux lettres. Ce fut la première chose qu'elle remarqua en arrivant à la hauteur du portail. Se pouvait-il que Julia soit partie ? Elle referma le portail derrière elle. Il faisait nuit, maintenant, mais il n'y avait pas une lumière allumée. Pourtant, quand elle emprunta le petit chemin qui menait à la porte d'entrée, les expériences qu'elle avait connues par le passé l'avertirent que Julia pouvait l'attendre derrière cette porte. Une fraction de seconde avant que sa clef n'entre dans la serrure, Julia allait ouvrir.

Julia n'ouvrit pas. Francine avait très nettement la sensation que Julia n'était pas là. Elle déverrouilla la porte et entra. Le vestibule était dans le noir, la maison tout entière semblait être dans l'obscurité. Elle donnait une impression étouffante, oppressante, comme si elle n'avait pas été aérée depuis des jours. C'était évident, il n'y avait personne à la maison. Elle alluma les lumières du vestibule et du palier, monta au premier, alla dans sa chambre, ôta ses vêtements mouillés et les étendit sur le rebord de la baignoire. Cela ne servait à rien de faire une autre valise, car elle serait de retour dans deux ou trois jours. L'idée de revenir ici n'était pas agréable, mais où pouvait-elle aller ?

Si Holly pouvait arranger son inscription pour ce voyage à Trinidad, ou même dans cette mission d'étude sur le récif corallien... Son père la laisserait-il partir ? C'était possible. Ce que Julia lui avait infligé le mettrait en rage, et par conséquent d'humeur à accepter d'importantes concessions. Elle se sécha les cheveux avec une serviette, enfila un jean tout propre, un T-shirt et un sweater, des bottes qui la protégeraient de la pluie. Teddy allait détester chaque pièce de son habillement mais, bientôt, se soucier de ce que voulait et pensait Teddy appartiendrait également au passé. Elle mit son portable dans son sac et descendit au rez-de-chaussée.

Il était rare que la porte du salon soit fermée. Elle l'avait remarqué dès son arrivée, mais elle n'avait pas réellement enregistré la réalité de la chose. Elle hésita, puis elle ouvrit la porte. À l'intérieur, il faisait sombre, une sorte de pénombre crépusculaire, un embrasement de lumière illuminant soudain le mur et le plafond, les phares d'une voiture qui passait. Sur le tapis, au bout du canapé, il y avait une chaussure.

La nuit dernière, dans sa lutte avec Teddy, d'un coup de pied, elle avait envoyé voler une chaussure à travers la pièce, brisant une statuette de porcelaine. La chaussure sur le tapis était celle de Julia, elle la reconnut, une ballerine en daim avec un talon plutôt haut. Bleue, pensait-elle, mais, dans cette faible lumière, elle ne pouvait distinguer les couleurs. Pourquoi Julia avait-elle laissé son soulier au milieu du salon ?

Le dossier du canapé était tourné vers elle. Elle entra dans la pièce sans allumer aucune lampe. Avant. Juste avant de contourner le canapé. En baissant les yeux dessus, elle comprit que c'était la peur de ce qu'elle pourrait voir qui l'avait empêchée d'allumer la lumière. Elle n'avait pas envie de voir quoi que ce soit.

Mais il n'y avait rien à faire contre ça. Le visage de Julia, blanc comme de l'os, blanc comme une perle, luisait dans le crépuscule. Ses yeux fixaient la jeune fille qui la regardait, craintive devant son regard accusateur. Une main pendait selon un angle insolite, l'air raide, impassible, mais quand Francine la toucha, elle retomba avec un léger froissement, aussi fragile qu'un fil. D'un froid de glace, le contact de sa peau. Le visage était comme le masque d'un personnage de cire, humide, luisant, sans rides, comme s'il n'avait jamais été vivant. Francine s'effondra sur le sol et éclata en sanglots silencieux et sans larmes.

Quand il entra dans la maison, un peu après six heures, Richard la trouva là. La lumière qui éclaboussait la pièce lui révéla sa femme morte sur le canapé et sa fille assise par terre à côté d'elle. Il n'y avait pas de sang, cette fois, et Francine avait une douzaine d'années de plus, mais cela lui sembla la seule différence.

Elle était consciente. Quand il la souleva, ce fut avec soulagement qu'elle vint dans ses bras. Mais elle ne put rien lui dire. Elle n'avait pas de mots, une fois de plus elle était muette.

37

FENDRE LA DALLE de pierre en deux fut plus facile qu'il ne s'y était attendu. Il plaça les morceaux sur leur soubassement de fil de fer et se rendit aussitôt compte que ça n'allait pas fonctionner. Le ciment allait glisser au travers du treillage, lequel ne supporterait qu'un poids des plus léger. Le bon moyen de remplir un trou, c'est par-dessous, ou en se procurant un couvercle approprié. Voilà ce qu'il était en train de comprendre. Le couvercle était là, mais tout le but de l'exercice, c'était de s'en dispenser. L'idée de remplir le conduit le tentait bien – mais avec quoi ? Des pierres, dans l'idéal, des gravats. Cette méthode soulevait trop de difficultés. Sans aucun doute, il pourrait se faire livrer de la caillasse, mais cela lui coûterait de l'argent et il n'en avait pas.

Il alla chercher sa pince coupante et démonta le treillage métallique en le cisaillant. En effet, il aurait empêché d'ajuster convenablement la plaque et maintenant, selon toute apparence, il allait devoir se contenter de simplement remettre cette plaque à sa place. Mais pas encore. Il allait se donner le temps de la réflexion, essayer de concevoir une solution alternative. Le parterre de fleurs dans son bac en fibres de verre ? Cette idée avait toujours été la plus séduisante.

La pluie avait cessé, même si l'eau formait des mares. Dehors, dans l'allée des écuries, les platanes s'étaient dépouillés de leurs feuilles, dont la chute avait été précipitée par la bourrasque, mais ici, à l'intérieur, tout l'espace était réservé à la vigne vierge dont le feuillage incarnat, cramoisi, violet, presque noir, mais en même temps noir et or, recouvrait d'une couche épaisse le dallage de la cour, flottait sur les flaques ou s'engluait à la pierre. Étrange que le mur luxuriant désormais multicolore paraisse plus dense que jamais, alors qu'il avait été dépouillé de ses feuilles par dizaines de milliers. Dans la matinée, il balayerait. Il ouvrit le portail et regarda dans l'allée des écuries, juste au bon moment pour voir, non pas Mildred, mais une femme, elle aussi sortie avec un chien, glisser sur les feuilles mouillées, partir en avant et tomber sur le dos.

On approchait de six heures. À six heures précises, c'était ce qu'elle avait dit. Il retourna dans la maison. Se nourrir ne l'intéressait jamais beaucoup, mais il y avait de la viande dans le congélateur, des œufs dans le frigo et plein de boîtes. Le vin était encore là lui aussi, intact. Après être sortie toute la journée avec ses amis, elle serait d'humeur joyeuse et conciliante et, une fois qu'elle aurait mangé, elle serait d'accord pour porter la robe qu'il lui avait achetée et poser pour lui. La maison était remplie de coussins. Il les rassembla, soie et velours, patchwork et brocart, et les empila sur le sol du salon. Il fut incapable de trouver dans la maison la plume noire qui, il se l'était promis, devait faire partie du tableau. Il trouverait bien quelque chose pour la remplacer. Il monta au premier et fouilla dans les affaires de Harriet, châles, foulards, gants, étoles, et là, dans le fond d'un tiroir, il trouva un boa de plumes rouge sang.

Cette vision le fit frémir. Cela ressemblait à un oiseau mort ou à un serpent à plumes. Ce boa avait une odeur de parfum affadi, éventé avec le temps. Il l'imagina, tenu par la main blanche de Francine, les frondes de ces plumes effleurant sa joue pâle. Des bracelets aux bras, les jambes nues, la jupe de velours vert frappé relevée autour de ses cuisses, des souliers vert foncé aux pieds, avec des talons aussi effilés que des lames. Il se redressa de tout son corps, se livrant à ce fantasme, il avait une érection, rien que d'y penser. Il ferma les yeux, soupira, prit le temps de se ressaisir. Puis il se remit à fouiller la chambre, cette fois en quête de souliers verts, n'importe lesquels feraient l'affaire. Ces vêtements, cette pose, en particulier ce boa rouge reptilien, tout cela allait marcher, il le savait.

Julia lui était sortie de la tête. Il avait à peine pensé à elle depuis qu'il l'avait tuée, pas plus qu'à cet acte de tuer qui avait été si facile, qui avait rencontré si peu de résistance. Il l'avait presque oubliée, comme il avait oublié cette histoire de Francine, le meurtre de sa mère. Cela lui revenait, maintenant, mais cette histoire, il la récusait, car il la jugeait incroyable. Pour des raisons qui lui étaient propres, elle avait essayé de l'impressionner et cela avait fonctionné, ou presque.

Le téléphone de la chambre était débranché, mais il l'entendit sonner en bas. Il ne répondait jamais et espérait avoir su interdire à Francine de répondre. Après une demi-douzaine de sonneries, le répondeur intercepta l'appel. Ce pouvait être Francine qui lui expliquait le pourquoi d'un tel retard. Il se sourit à lui-même. Elle était si souvent en retard (la ponctualité ne signifiait rien pour elle) que cela ne le préoccupa pas énormément. Elle allait venir, elle avait promis.

Cela lui parut presque un miracle de trouver une paire de chaussures en daim vert foncé à hauts talons. Elles seraient trop petites pour Francine, mais peu importait, puisqu'elle n'allait pas circuler avec. Ce soir, ce serait la soirée, la vraie, il le savait, il en était convaincu. Peut-être lui demanderait-il de lui raconter encore cette histoire du meurtre de sa mère, tandis qu'elle serait allongée sur les coussins et qu'elle tiendrait le boa rouge près de son visage. Vraie ou fausse, cela ne comptait pas, il fallait seulement qu'il entende cette histoire, à l'endroit propice, au moment propice.

Il s'écoula un long moment. Elle n'était toujours pas de retour, sept heures avaient passé, puis huit heures, puis huit heures et demie. Il resta étendu par terre, sur les coussins, à réfléchir à la manière dont il allait la guérir de son manque de ponctualité, la changer et la transformer pour la rendre plus à son image. Mais c'était là un refuge qui ne pouvait durer qu'un temps et, quand il fut neuf heures, il était tour à tour désespéré et en rage. Il ne pouvait pas téléphoner à Holly, il ne connaissait pas son numéro. Une fois qu'elle serait revenue auprès de lui, il allait aussi la guérir de Holly, déloger cette femme de là, les en débarrasser, et lui-même et Francine, comme il les avait débarrassés de Julia.

Mais, pour l'heure, il était en colère. Si elle était arrivée à la maison à cet instant, alors il l'aurait battue, il l'aurait frappée de manière à ne pas laisser de marques, ou tout au moins pas de marques qu'auraient pu voir ceux qui étaient ses proches, sans être ses intimes. Lui, il les verrait, et elle, elle les verrait, et ça lui apprendrait. Il se passa la langue sur les lèvres, puis il s'assit, boudeur, songeant combien c'était facile, réellement, combien c'était simple. Il pourrait avoir satisfaction, y arriver et se montrer même expert, si seulement une sotte, une fille sans cervelle faisait ce qu'il lui demandait. Et il ne demandait pas grand-chose. N'importe quelle autre femme en serait capable, il en était sûr.

Ce coup de téléphone, c'était peut-être Francine. Il fit ce qu'il n'avait jamais fait auparavant, il rembobina les messages de Harriet. Il y en avait une flopée, deux d'un homme qui n'avait pas laissé son nom, qui lui était évidemment trop familier pour cela, plusieurs de femmes différentes, un de Simon Alpheton, que Teddy écouta avec étonnement et presque incrédulité. Il trouva de quelle manière éteindre l'appareil, ce qu'il fit. Maintenant, si Francine téléphonait...

Il essaya de se forcer à penser à autre chose, à l'Edsel abandonnée dans la rue à Notting Hill, aux vêtements de Harriet qu'il faudrait reprendre au pressing, aux bonnes bijouteries où l'on rachèterait les colliers, les bracelets et les bagues sans poser de questions gênantes. Quand il fut neuf heures et demie, il mangea un peu de pain et de fromage, et il but un verre de lait. Cela lui resta sur le cœur, car à dix heures il sut qu'elle ne viendrait pas.

Parce qu'il était incapable de lui donner ce qu'elle voulait. Cela n'avait aucune importance, ce qu'elle voulait, rien à voir avec le fait d'être avec quelqu'un, de lui apporter son aide et d'avoir du respect pour lui et de le soutenir dans ses entreprises. C'était ça, les choses qui comptaient. Mais ce que les femmes voulaient, c'était du sexe, c'était toujours ça qu'elles voulaient, il le savait rien qu'à voir la façon qu'avaient ces filles à la fac de le regarder et de lui adresser la parole. Pour elles, c'était commode, elles n'avaient qu'à s'allonger et à attendre que ça vienne. Elles ne comprenaient pas quelle contrainte c'était pour un homme, les tensions que cela faisait peser sur lui, à quel point c'était fragile, tout ça, se préparer, se concentrer et tenir le coup. Pas étonnant qu'il n'ait pu y arriver avec tout ce qu'il avait en tête, mais ça, elle ne le comprenait pas, tout ce qu'elle savait, c'était qu'elle n'obtenait pas ce qu'elle voulait et, donc, elle n'était pas revenue.

Ses promesses ne signifiaient rien. Peut-être avaient-elles signifié quelque chose sur le moment, quand elle les avait prononcées, mais depuis elle avait parlé à ses amis, et cela les avait fait rire, et ils lui avaient dit de ne pas s'embêter avec lui. Elle devait être avec eux, là-bas, maintenant. S'il avait encore été en possession de l'Edsel, il serait allé jusqu'à Kilburn et il l'aurait enlevée de force. Mais elle ne serait pas dans cette maison, elle serait sortie avec eux, sortie avec James, très vraisemblablement.

Elle avait sa clef à lui, celle de la porte d'entrée. La conserver et ne pas revenir, ce serait du vol. Il se rendit sur le devant de la maison et regarda par la fenêtre, comme si la chercher du regard allait la faire arriver. Au-delà des limites de ce jardin ceint d'un mur, on ne voyait rien. Le pavement était enfoui sous une mer de feuilles, une mer revenue au calme maintenant que le vent avait cessé, sombre et brillante dans la lumière jaune. Les pots et les bacs émergeaient de ce flot immobile et sans vagues, comme des îles elles aussi enveloppées de feuilles venues s'y accrocher.

Même là, maintenant, il ne la verrait pas arriver, jusqu'à ce qu'une main apparaisse et relève le loquet du portail. Il éprouva le besoin de prendre l'air et, regagnant l'arrière de la maison, il sortit dans la cour. Il faisait plus noir ici, avec pour seul éclairage le peu de lumière qui émanait de la cuisine et d'une lampe de table derrière les portes-fenêtres. Au lieu d'une mer, il y avait ici un épais tapis visqueux de feuilles, sans aucun doute à cause de l'eau qui avait stagné en flaques avant que le gros de ces feuilles ne soit soufflé de leurs branches par le vent. S'il vivait ici de façon permanente, si c'était vraiment sa maison, il taillerait toute cette vigne grimpante. Peu importait qu'Alpheton l'ait introduite dans son tableau le plus célèbre, cela demeurait une nuisance. Personne ne devrait avoir à se coltiner tout ce fatras à chaque automne.

Il déverrouilla le portail et gagna l'allée des écuries. Mildred et un homme étaient en train de descendre d'une voiture. S'il avait été en mesure de les apercevoir par-dessus le mur, s'il avait vérifié en regardant à travers un trou laissé par un nœud dans le bois du portail, il s'en serait abstenu, mais il ne l'avait pas fait, et à présent il était trop tard. L'homme lui dit bonsoir et Mildred fit :

« Salut.

– Où est cette voiture incroyable ? » s'enquit Mildred.

Pendant un instant, il se dit qu'elle savait sûrement ce qui s'était passé aujourd'hui, qu'elle avait dû le suivre, qu'elle l'avait espionné, ou que, par la grâce d'une intuition de sorcière, elle avait lu dans ses pensées. Mais ce n'était rien de tout cela, naturellement. Ils s'étaient tout simplement habitués à voir l'Edsel dehors, à la voir partout où il était, tout comme leur chien qui, en cet instant, sautait de l'arrière de la voiture, les suivait, où qu'ils soient.

« Elle est entrée en révision, répondit-il, employant l'expression de Keith.

– Harriet, ça va ? »

Il hocha la tête, sans trop apprécier son air entendu.

« Ces feuilles, ce sont de véritables déchets, tout comme les vieux papiers et les boîtes de conserve, à mon avis. Paula a glissé dessus et s'est cassé la jambe. Dites-le à Harriet, si elle n'est pas au courant, Paula, au numéro onze. Mon père a empoisonné un arbre dans le jardin du voisin quand celui-ci a refusé de le couper. Il ne pouvait plus supporter les feuilles.

– Empoisonné ? reprit Teddy.

– Il était juste contre la palissade. Dans le noir, à vrai dire au beau milieu de la nuit, il a foré un trou dans le tronc avec sa Black & Decker et il y a versé de la mort-aux-rats. Vraiment, je ne blague pas.

– Allons, écoute, Mildred, fit l'homme. L'ami de Harriet va te prendre pour une criminelle, n'est-ce pas, monsieur, euh... ?

– Hill, précisa Teddy. Keith Hill. »

Sur le ton de l'apaisement, l'homme ajouta :

« Les employés de la ville vont venir balayer dans la matinée. Pour ça, ils sont très bien. »

Teddy ne croyait pas un mot de cette histoire d'arbre empoisonné, il ne croyait jamais ces histoires de folles que racontaient les femmes. C'était l'histoire de la mère de Francine qui s'était fait assassiner qui recommençait. Mais il éprouva le besoin de demander :

« Est-ce qu'il est mort ? L'arbre, je veux dire ?

– Ah ça, oui, il est mort. Il a basculé dans le jardin de papa, et cela lui a coûté une somme de le faire enlever. Bonne nuit. Transmettez mes amitiés à Harriet. »

La nuit était claire et froide, une brume violacée avait gagné tout le ciel. Sans raison particulière, il regarda un peu partout dans l'allée des écuries. Ce n'était pas par là qu'elle arriverait. Les heures à venir menaçaient d'être horribles, une nuit d'abattement et de colère. Il ne pouvait se mettre simplement au lit, il avait besoin d'entreprendre quelque chose, de mener une action puissante et peut-être violente. À cet instant, il décida d'aller à Kilburn et de l'enlever.

Il l'avait déjà fait, il l'avait libérée et l'avait ramenée ici. À sa connaissance, Holly, Christopher et James la retenaient de force, eux aussi. Cette fois, il se pouvait qu'il lui faille prendre les lieux d'assaut, s'introduire par effraction, enfoncer des portes. Il s'y sentait prêt. Bien sûr, il n'avait plus de voiture, mais cela lui paraissait sans importance. Il y avait des taxis, des bus, des métros, et puis, ce n'était même pas très loin.

Une fois qu'il la tiendrait, il ne la laisserait plus filer. Il n'aurait jamais dû lui permettre de sortir toute seule. D'autres l'avaient emprisonnée, et il n'agirait pas autrement, à ceci près que c'était lui qui en avait le plus le droit. Elle était à lui, pour qu'il en use comme bon lui semblait.

La fraîcheur de la nuit traversa l'étoffe mince de sa veste. Il sentait les bijoux de Harriet peser dans sa poche, et cela le réconforta. Ils étaient comme de l'argent sonnant et trébuchant, de la monnaie, pour le maintenir en sûreté, à flot, le protéger. Il allait avoir besoin d'un sweater, peut-être d'un manteau. Il y en avait dans la penderie de vêtements masculins.

Il referma le portail et le verrouilla, il avait fait un pas à l'intérieur de la cour quand le téléphone se mit à sonner dans la maison, fort, perçant, insistant. À cette heure-ci, ce devait être Francine, il fallait que ce soit elle. Personne d'autre ne téléphonerait à dix heures et demie, personne. Il courut vers la porte, mais ne l'atteignit jamais. L'épaisse couche de feuilles collées entre elles agit comme un toboggan, plus glissant que la glace. Ses jambes se dérobèrent sous lui. Il perdit le sens de l'orientation et tendit les mains pour trouver une prise sur quelque chose, sentit ses mains riper elles aussi tandis qu'il partait en avant comme sur une luge, sur cette espèce de vase graisseuse, et il tomba dans le trou.

Ce ne fut pas une chute libre et ininterrompue. Dans sa descente, il s'agrippa au rebord et resta suspendu là, le bout des doigts perdant prise sur ce dépôt de verdure luxuriante. Mais la douleur du treillage métallique récemment cisaillé lui perçant les paumes le força à tout lâcher, pour tomber dans le réduit à charbon, sur une couche gluante de poussière de charbon humide.

Il ferma les yeux et se força à prendre de lentes et profondes inspirations. L'inconvénient, c'était qu'en inhalant il amenait à lui la puanteur de la décomposition. Elle filtrait au travers des planches de la porte et de la trappe. Mais il fallait qu'il supporte ça, il fallait qu'il arrive, oui, à ne pas en tenir compte, qu'il n'y prête pas attention. Quelle que soit la façon de considérer la situation, c'était bien la dernière chose dont il avait à se soucier. Et cela n'avait aucun intérêt non plus de faire remonter la pendule de cinq minutes en arrière, afin de ne pas courir, de ne pas glisser, de se souvenir, enfin, qu'il y avait là des feuilles, qu'elles étaient glissantes. Il ne pouvait pas revenir en arrière, il devait accepter ce qui était arrivé. Il n'était pas réellement en danger, c'était à cela qu'il fallait se raccrocher.

Il ne pouvait pas s'être écoulé plus de dix minutes depuis qu'il avait parlé à Mildred et à l'homme qui était en sa compagnie. S'il hurlait, il était probable qu'ils l'entendraient, ou sinon eux, quelqu'un. Ils viendraient le sortir de là. Sans doute deux mains tendues par ce trou suffiraient-elles à le hisser. Une corde nouée au poteau du portail ou un escabeau qu'on lui descendrait.

Mais toute personne qui s'approcherait sentirait l'odeur. Peut-être pas si l'on se trouvait simplement debout dans la cour, mais si l'on se penchait pour l'aider à sortir du trou, alors oui, on sentirait. Et ils ne se borneraient pas à émettre quelques commentaires sur les canalisations, ils demanderaient à quelqu'un de venir s'en occuper.

Vue de dessous, l'ouverture lui apparaissait sous la forme d'un orifice rectangulaire, une fenêtre, que remplissait un ciel d'un violet rougeâtre. Il s'étira vers le haut, aussi loin qu'il put, mais il s'aperçut que, même de la sorte, le bout de ses doigts ne touchait pas l'ouverture.

Il avait beau savoir qu'il était stupide et inepte d'avoir des regrets, il ne put s'empêcher de se maudire pour ne pas avoir laissé la chaise dans le réduit à charbon. Avec cette chaise, en se mettant debout dessus, il n'aurait eu aucune difficulté. Elle l'aurait surélevé suffisamment pour qu'il puisse grimper tranquillement hors du trou. Encore des regrets stupides, car personne, dans ces circonstances, n'aurait laissé une chaise là-dedans. Étrange qu'il ait pu encore entendre le téléphone. Dans la maison, peut-être, ou de l'autre côté de la cour. Si elle n'obtenait pas de réponse, viendrait-elle ? Un scénario hautement souhaité se présenta devant ses yeux, Francine s'introduisant par la porte d'entrée, l'appelant, le cherchant, ressortant sur l'arrière, dans l'allée des écuries, pour voir si l'Edsel était là...

Se trouver au fond d'un puits en plein Londres n'avait jamais tué personne. Puis il se rappela qu'il avait verrouillé le portail de l'intérieur après être rentré de l'allée des écuries. Sans doute était-ce sans gravité, sans doute cela n'avait-il aucune importance, mais il ne pouvait s'empêcher de penser que les choses seraient plus faciles pour lui si ce portail n'était pas fermé au verrou.

Il s'agenouilla par terre, en face de la porte d'accès au réduit, et tenta de relever la trappe de l'intérieur. À sa grande surprise, ce fut une tâche aisée. L'odeur qui venait de la cave était horrible et il en eut un mouvement de recul, se rassit en position accroupie. Est-ce qu'on se faisait jamais à cette odeur ? Le temps viendrait-il jamais où l'on s'y accoutumerait ? Il se souvint s'être demandé quelle odeur avaient les cadavres. Maintenant, il le savait. On pouvait se boucher les oreilles, se masquer les yeux, mais il n'existait aucun moyen de s'obstruer le nez si on voulait être en mesure de respirer. Cela étant, personne ne mourait d'une mauvaise odeur. Il fallait qu'il s'en tienne à ça.

Son bras contourna le châssis de la trappe et il chercha le loquet. Il était pratiquement sûr de pouvoir l'atteindre, et il y parvint. La porte s'ouvrit d'un coup et il pénétra dans la chambre mortuaire. Une fois là, il ne put s'empêcher de se rappeler les pensées qu'il avait eues au sujet des pharaons égyptiens et de chambres sous la terre qu'aucun œil humain ne vit durant des milliers d'années. Cet œil humain le voyait, songeat-il avec amertume, ou plutôt le sentait, car ici, loin de la faible lumière qui filtrait par l'ouverture de la bouche d'égout, il faisait presque un noir de poix.

Il redoutait de toucher ou même d'effleurer les corps sur le sol, et donc il se dirigea vers l'escalier en se guidant le long du mur. Même comme cela, il se prit les pieds dans quelque chose par terre. C'était la perche munie d'un crochet que Harriet avait tenue en main. Arrivé à l'escalier, il s'accroupit et monta à quatre pattes. L'espace devant le nouveau mur semblait très étroit, guère plus d'une trentaine de centimètres de profondeur, ou à peu près. Du bout des doigts, il sentit le briquetage rugueux, se hissa de manière à s'appuyer au mur.

Pour la première fois de sa vie, il regretta d'avoir été si minutieux, d'être un tel perfectionniste, de toujours faire la moindre chose aussi impeccablement que possible. S'il avait lésiné sur le mortier, laissé des vides entre les briques, travaillé le plâtre moins en épaisseur... Mais il essaya quand même. Dans le noir, il poussa et il donna des coups de pied dans le mur, il tambourina dessus avec ses poings et frappa dedans avec la perche. C'était aussi solide que si cela avait été construit d'origine, comme faisant partie de la maison. Il n'y avait pas moyen que ça cède. Il doutait que la peinture d'Alpheton de l'autre côté en ait même seulement tremblé.

Mais la panique croissante, une peur très réelle que sa situation puisse se révéler bien plus grave qu'elle ne semblait à première vue, pire qu'il n'avait pu l'imaginer, le poussa à continuer de tambouriner, le fit taper du pied contre le mur avec la semelle du pied droit. Et ce fut cela – car il n'avait rien à quoi se retenir – qui lui fit perdre l'équilibre et tomber en arrière jusqu'en bas des marches.

Comme Harriet, il atterrit sur le sol de la cave, et, comme elle, il perdit connaissance.

38

LA POLICE CONNAISSAIT l'histoire de Francine et ne fit aucune tentative pour la harceler de questions. Dans la matinée, de son propre gré, elle indiqua par écrit où elle s'était trouvée depuis dimanche, ce qu'elle avait fait et quand elle était rentrée chez elle. Elle était restée chez des amis, écrivit-elle, en donnant l'adresse de Holly. Pourquoi impliquer Teddy ? Surtout s'il risquait d'avoir des ennuis à cause d'Orcadia Cottage. Dimanche, quand elle était parvenue à sortir de la maison, Julia était endormie, elle en était certaine, mais elle n'entra pas dans les détails. Elle ne voulait pas qu'ils sachent que sa belle-mère l'avait enfermée. Aborder tout cela aurait donné l'impression qu'elle disait du mal de la défunte.

Elle tenta de se rappeler comment cela s'était passé avant, la première fois qu'elle avait perdu la voix. Mais c'était peine perdue, à ceci près que c'était comme maintenant, les mots étaient là, et le désir de parler, mais avec l'incapacité d'articuler. Pour elle, c'était la frustration suprême, et elle songea à Teddy qui avait été incapable de fonctionner en homme viril. Je ne leur dirai rien à son sujet, se dit-elle, car il n'a rien fait, il était là, c'est tout, et avec moi, et il a essayé de m'aimer.

Richard leur fut d'un plus grand secours. Ou, du moins, c'est ce qu'il sembla de prime abord.

« Il y a un homme qui s'appelle Jonathan Nicholson. Il a harcelé ma fille. Il l'a traquée. »

Naturellement, ils voulurent savoir pourquoi Richard et Julia n'en avaient jamais fait état, et Richard ne put que répondre qu'il voulait s'en occuper, que telle était son intention, une fois de retour chez lui. Or, à cette heure-là, il était trop tard, lut-il sur leurs visages. Dans la conscience de Richard, une nouvelle culpabilité remplaça l'ancienne. S'il était allé voir la police pour lui parler de Jonathan Nicholson, si seulement il avait téléphoné d'Allemagne, Julia serait-elle en vie à l'heure qu'il était ? Sa fille chérie, sa délicieuse fille, aurait-elle la faculté de parler ?

Elle était assise, étrangement silencieuse et tranquille, même si, à une ou deux reprises, des larmes perlèrent à ses yeux et roulèrent sur ses joues. Cela lui remémorait cette autre fois, après la mort de Jennifer. Elle était trop grande à présent pour qu'il lui lise des histoires et lui achète un chaton, ce n'était pas une réponse. Au lieu de quoi, il lui acheta des livres. Elle lui rédigea une liste et il les acheta tous.

La police s'intéressa à Jonathan Nicholson et se lança à sa recherche. D'après Richard, ils savaient qu'il était jeune, brun, qu'il avait une voiture de sport rouge et qu'il vivait à Fulham. Le trouver ne leur prendrait pas beaucoup de temps.

Quand Teddy reprit connaissance, pendant un moment, il ne comprit pas où il se trouvait. Ensuite, à mesure qu'il se réveillait et qu'il recouvrait et la vue et l'odorat, il connut un accès de terreur pure, qui se prolongea. Il avait peur, comme jamais dans sa vie. Il avait envie de crier et de pleurer, et de frapper de ses mains contre ces murs de pierre brute.

Au lieu de quoi, il se ferma la bouche, des deux mains, jusqu'à ce que ce besoin lui passe. Lentement, il s'agenouilla, mais sa tête lui faisait mal et l'élançait. Il ne servait apparemment à rien de lutter pour se mettre debout. Il s'assit par terre, face au mur, adossé aux épais replis du plastique. C'était comme s'il y avait dans sa tête le battement d'un pouls, là où il n'en existait aucun précédemment.

Il faisait plus clair à l'intérieur de la cave, et il vit pourquoi. Très peu de temps s'était écoulé, l'affaire de quelques minutes, mais une lune jaune et noyée de brume était venue flotter dans le rectangle éclairé de rouge que formait l'ouverture de la bouche d'égout. La lumière qu'elle répandait illuminait les côtés du trou, tendus de toiles d'araignées, le plastique miroitant, et d'autres choses bien pires. C'était pour s'éviter de les voir qu'il s'était assis face au mur. Par la suite, songea-t-il, quand le tambourinement dans sa tête aurait cessé, et peut-être aussi quand le clair de lune serait passé, il effectuerait une tentative pour se hisser hors du trou.

À l'intérieur, là où il était, sous terre, cela s'était beaucoup refroidi. Il avait les mains gelées et, sous sa veste légère, les poils de ses bras se hérissèrent à cause de la chair de poule. Le clair de lune lui permit de voir les aiguilles de sa montre. Il était à peine plus de onze heures. Peut-être Francine allait-elle encore arriver. D'ici, d'en bas, entendrait-il un taxi ? Il recréa dans sa tête la vibration d'un moteur Diesel, mais le bruit tant attendu ne vint pas. Il ferma les yeux et tenta de réfléchir.

En mettant les choses au pire, si l'impensable arrivait et s'il restait ici toute la nuit, l'entreprise sous-traitante de la ville de Westminster serait ici dans la matinée pour enlever les feuilles. C'est ce qu'avait dit l'ami – ami ou autre – de Mildred. Il n'était pas question qu'ils entrent ici, bien sûr. Mais si, à leur arrivée, il hurlait et appelait à l'aide, le sortiraient-ils d'ici sans poser de questions ? Se contenteraient-ils de réagir en venant lui lancer une corde ou un escabeau ? Il s'imaginait que ces gens-là avaient toujours des cordes et des escabeaux à bord de leur camion. Mais il avait verrouillé le portail de l'intérieur.

Il eut une autre idée, presque trop effroyable à envisager. Il pourrait tirer les cadavres dans le réduit à charbon, les empiler l'un sur l'autre et, en montant dessus, atteindre l'ouverture. Peut-être. Tout juste. Il flancha, il ne pouvait pas faire ça, il était incapable de les toucher. Mais il fallait bien qu'il l'envisage, il devait tout envisager. S'il forçait ses pieds à entrer dans les chaussures à hauts talons de Harriet, et puis ces derniers dans ceux de Keith, cela le surélèverait peut-être d'une dizaine de centimètres. Ensuite, en se mettant debout sur les corps, il serait d'autant plus facilement en mesure d'agripper les rebords du trou. Il pourrait même déblayer avec ses doigts les feuilles collantes qui formaient une croûte enrobant les dalles de pierre, sur le pourtour du trou.

Il attendit un moment avant de s'y mettre. C'était plus fort que lui. Il fut parcouru d'un frisson qu'il lui fallut réprimer. Quand la lune disparut, une fois revenue une semi-obscurité, cela devint plus facile. Même sous cet éclairage, il ferma les yeux avant de tendre la main pour attraper les pieds de Harriet. Il s'était attendu à les sentir tout raides, mais ils étaient mous.

Les chaussures qu'elle portait avaient de plus hauts talons que dans son souvenir, et, quand il les tint dans sa main, il éprouva quelque chose d'inattendu, une petite bouffée d'excitation. Ces chaussures allaient le sauver, elles allaient le rehausser, le sortir de là, sans qu'il soit besoin de l'intervention de quiconque.

Ils ne voulaient pas rentrer. Il poussait sur ses pieds, il les enfonçait dedans, il forçait pour les enfiler dans ces souliers pointus, il retira même ses chaussettes, alors qu'il était gelé. Ses talons refusaient de rentrer. Les chaussures étaient de cinq pointures trop petites, au moins. Et pourtant, même avec toutes ces pointures d'écart, il fallait qu'il essaie. Il posa le pied sur les deux cadavres, les piétina avec écœurement, fit semblant d'être quelqu'un d'autre, repoussa cette réalité loin de lui et tendit les mains en l'air, vers l'ouverture béante. Ses mains étaient très endolories par le treillage métallique, et de s'être éraflées contre la pierre, et puis là, dehors, ce n'était pas moins glissant. Mais aussi, c'est que sa chute avait dû provoquer quelque chose, peut-être une forme de commotion, il n'en savait rien, mais cela avait suffi à l'affaiblir et à le priver de toute force dans les épaules et les muscles des bras. Il sentit ses doigts glisser sur cette surface graisseuse, et revenir en arrière, sans rien pouvoir y faire. Il s'accrocha du bout des ongles, pria pour trouver une prise, une adhérence, mais ses doigts collants et affaiblis ripaient, glissaient, et vint le moment où ils perdirent le contact et il glissa en arrière, moitié tombant, moitié se laissant tomber, au fond du puits.

Cette fois, il ne se fit pas très mal. Le pire moment, ce fut quand il atterrit sur les cadavres de Keith et Harriet. Il y eut là quelque chose de terrible, comme si eux, les morts, le tiraient vers le bas, dans leur épouvantable laideur et leur décomposition, comme s'il se noyait dans leur putréfaction. Il recula pour s'en écarter, et se blottit contre le mur. Pendant quelques minutes, il resta contre la brique froide, comme si, en poussant assez fort, il finirait par la faire céder, pour qu'elle l'avale. Mais s'il voulait survivre à la nuit, il savait ce qu'il devait faire : les traîner pour les remettre dans la cave et garder pour lui le réduit à charbon, passer la nuit là, du mieux qu'il pourrait, seul, isolé, et s'employer à réfléchir à la manière de s'en sortir. Et puis le froid. Il prit soudain conscience du froid terrible qui régnait dans ce trou.

Là encore, il savait ce qu'il avait à faire. Mais s'y préparer lui prit un long moment. Il avait escompté ne plus jamais revoir les occupants de la cave, et encore moins les toucher. De plus en plus tétanisé par le froid, claquant des dents, les bras hérissés par la chair de poule, de véritables rougeurs, il se dit en marmonnant à voix basse qu'il devait, qu'il était obligé de le faire. Sans quoi, il mourrait d'hypothermie.

« Fais-le et c'est tout, s'écria-t-il, à voix haute cette fois. Fais-le et c'est tout. »

Détournant le visage, il tendit la main vers la couverture dans laquelle le corps de Harriet était enroulé, en attrapa un côté et tira d'un coup sec. Elle se dégagea assez facilement, mais la glissade et le choc sourd du contenu de cette couverture s'affalant lourdement sur le sol lui serrèrent la gorge et lui levèrent le cœur. La laine sentait, mais pas mauvais. Plutôt, curieusement, une odeur de parfum et de luxe, et puis quelque chose d'aigre-doux, d'entêtant et d'indéfinissable, qui, il le sentait, d'ici demain peut-être, allait devenir effroyable.

Il lui fallut encore un long moment avant d'utiliser la couverture comme il en avait l'intention. C'était une chose d'en toucher les bords avec les mains, et tout à fait une autre que de s'en envelopper. Et pourtant, c'était un fort bel objet. Il conservait ce souvenir du moment où il l'avait sortie du placard, douce, épaisse, bleu pastel, avec un liseré de satin. Dans la faible lumière qui lui venait d'en haut, il put constater qu'elle était maculée de poussière de charbon, et cela le perturba. Il eut honte de lui-même pour avoir sali une laine aussi ravissante, aussi propre, aussi coûteuse, pour avoir eu un geste aussi étranger à sa nature. Doucement, pendant un moment, il la caressa du bout des doigts. Puis, maintenant plus familiarisé avec l'objet, écartant de lui la pensée de l'usage qui en avait été fait, il s'enveloppa dedans et se recroquevilla à même le sol.

Des larmes lui roulèrent sur la figure, aussi chaudes que l'eau d'un robinet. Il les essuya en les effleurant avec les doigts. À l'intérieur des replis duveteux de la couverture bleu pastel, on était au chaud, et plus encore que cela. C'était comme de redevenir un enfant, mais pas le genre d'enfant qu'il avait été.

Mais il ne parvenait pas à s'endormir. Il se recouvrit le visage avec la couverture, se blottit de plus en plus profondément à l'intérieur, en rabattant un pli sur sa tête pour l'y enfouir douillettement. De retour dans le ventre d'Eileen, au chaud, dans le noir, il tenta de s'endormir mais il n'y parvint pas. Qui sait si un fœtus dort ?

Anthea se surprit elle-même. Jamais elle n'aurait cru que le sort voudrait que ce soit elle qui presse Franklin de retourner chez lui et de parler à Harriet. Elle aurait espéré que Franklin y aille tout seul, simplement, de bon ou de mauvais gré. Mais voilà subitement qu'elle avait envie de clarification, d'arrondir tous les angles, que tout se passe ouvertement.

« Vas-y, c'est tout, fit-elle. Explique-toi. Ne promets rien, mais laisse entendre que tout est possible. »

Il était arrivé parfois à Franklin, mais sans trop s'y attarder, de se demander comment Harriet s'en sortait quand il n'était pas là pour lui apporter son thé le matin. En somme, quand elle n'avait ni à faire le ménage, ni à tenir la maison pour lui, ni à courir en tous sens pour aller chercher ses vêtements au pressing. Peut-être s'amusait-elle, ou alors elle craquait. Enfin, en tout cas, pour le moment elle était bien forcée de faire son thé toute seule, mais cela la poussait-il à se lever plus tôt ou la retenait-il au lit plus tard, il était incapable de le dire. Cela étant, à neuf heures dix, après sa douche du matin, heure à laquelle, selon ses calculs, il arriverait à Orcadia Cottage, il était à peu près certain de la trouver encore à la maison, probablement en train de se pomponner.

La circulation était chargée et, du coup, il arriva avec un peu de retard. Il gara la voiture dans l'allée des écuries et, d'un signe de la main, salua Mildred, qui était sortie avec son chien. Elle lui fit un signe en retour, parvint à décrocher un demi-sourire, et il crut déceler chez elle une gêne, mais c'était probablement le fruit de son imagination. Comme si elle ne s'était pas attendue à le voir, ou comme s'il se trouvait à l'endroit où il ne fallait pas, à l'heure qu'il ne fallait pas. Son imagination, sans aucun doute. Il y avait une chance pour que le portail de derrière n'ait pas été fermé au verrou, car pour ce genre de choses Harriet était négligente, mais pas cette fois, et il lui fut impossible d'entrer de ce côté.

Il contourna l'angle de la maison et ouvrit le portail du

jardin. La vigne vierge s'était dépouillée de la moitié de ses feuilles, sur une telle épaisseur qu'on ne voyait plus les dalles de pierre du pavement. Bien entendu, dans le jardin, Harriet n'en fichait jamais une, mais franchement elle aurait pu balayer. Il lui revint en mémoire que ce qu'elle faisait – ou plutôt ce qu'elle était incapable de faire – ne présentait plus pour lui aucune importance, pas plus que l'aspect des lieux, puis il introduisit sa clef dans la serrure de la porte d'entrée et pénétra dans la maison.

Pour être juste envers elle, elle l'avait toujours maintenue en état de grande propreté. Et c'était ainsi qu'il la trouva à l'instant, voire, sembla-t-il à l'œil acéré de Franklin, plus propre et mieux rangée que d'ordinaire. Il s'écria :

« Coucou, c'est moi. »

La réponse aurait dû être un cri perçant, de stupeur. Jamais il n'était rentré de vacances à une heure pareille. Il n'y eut pas de réponse. Franklin monta au premier. Le lit était fait, charmant. À l'évidence, personne n'avait dormi dedans la nuit passée, et personne n'avait utilisé non plus la chambre ou la salle de bains. La cabine de douche aurait été mouillée, mais elle était sèche et, sur le porte-serviettes, les serviettes couleur ivoire étaient sèches elles aussi.

Il redescendit au rez-de-chaussée et jeta un coup d'œil alentour. Les lieux étaient tellement propres qu'on aurait dit qu'un essaim de bonnes s'en étaient mêlées, époussetant, passant l'aspirateur et astiquant. Harriet avait dû se livrer au nettoyage de printemps en novembre. L'unique incongruité, mis à part les lumières qu'elle avait laissées allumées, c'était la pile de coussins par terre dans le salon. Les coussins de toutes les chaises et des deux canapés avaient trouvé le chemin du plancher, et, disposé au sommet de cette pile, il y avait le boa de plumes écarlates de Harriet.

Réservant son jugement, Franklin se rendit dans la cuisine. Là, tout était normal, si tant est que l'on pût trouver normal que du verre scintille et que des revêtements soient briqués. Il y avait certes quelque chose de changé dans la salle à manger, mais il lui fallut quelques instants avant de pouvoir déterminer quoi. Le miroir, ce devait être ça, le nouveau miroir. Harriet, qui n'achetait jamais rien pour la maison, qui dépensait tout son argent en vêtements et en produits de beauté, avait, en son absence, acheté ce miroir magnifique. Il était plutôt trop moderne à son goût, mais il sut reconnaître la justesse exquise du geste, le délicat équilibre des couleurs.

Mais alors, qu'était-il advenu de la nature morte d'Alpheton ? Si elle l'avait vendue, se dit Franklin, il la punirait, et on irait jusqu'aux pleurs et aux grincements de dents. Mais elle ne l'avait pas vendue, elle était accrochée au mur, tout au bout du corridor, un emplacement des plus inadéquat pour une toile aussi merveilleuse et, soit dit en passant, d'un tel prix. C'était là une drôle de réflexion, s'agissant de sa propre maison, mais oui, en effet, ce coin obscur où il ne se rendait jamais beaucoup en faisait bel et bien partie. Il était incapable de se rappeler quand il avait emprunté ce coin de corridor, et c'était certainement pour cela qu'il en conservait un souvenir autre, pour cela qu'il y avait eu à cet endroit, croyait-il, une autre porte, ici, quelque part, ou bien alors une fenêtre.

Où était-elle ? Où et pourquoi était-elle partie ? Une fois encore, il monta au premier. Si elle était partie, certains de ses vêtements seraient manquants, et une valise. Il ouvrit les portes de la penderie et vit que la moitié de ses vêtements avaient disparu, les plus récents, les plus tape-à-l'œil, nota-t-il. La plus grande de ses valises manquait dans le placard du palier. Mais ce fut l'absence de l'essentiel de ses bijoux qui éveilla un espoir paraissant presque trop beau pour être vrai, l'espoir qu'elle ne soit pas simplement partie, mais qu'elle l'ait quitté. Il regarda dans les diverses boîtes et, à l'intérieur du tiroir, les sacs fermés par un cordon coulissant, ainsi que les deux coffrets à bijoux. Il découvrit que les perles avaient disparu, que le collier de diamants et saphirs avait disparu, que les deux bracelets en or avaient disparu.

Des autres pièces de pacotille suspendues à leur arbre en argent, elle ne s'était pas encombrée, non plus que des bijoux manifestement trop fantaisie. Si elle était simplement partie en vacances avec un peu d'avance sur les dates prévues, elle n'aurait pas emporté les perles, le collier et tout le reste. Non, il était clair qu'elle était partie pour de bon. Franklin exécuta l'une de ses petites danses dans la chambre, songea à téléphoner à Anthea pour lui apprendre l'heureuse nouvelle, se décida à le lui annoncer en personne, valsa dans la chambre d'amis et regarda par la fenêtre.

Comme devant, une épaisseur de feuilles jonchait le sol, et quelqu'un avait démonté la plaque d'accès à la cave. De retour en bas, il contempla la pile de coussins décorée de ce boa rouge. Maintenant qu'il avait relevé d'autres preuves du départ de Harriet, il crut pouvoir interpréter cette étrange composition comme une espèce de signe de sa part, de défi ou de simple adieu. Elle avait toujours eu en horreur, se rappela-t-il, sa manie de balancer les coussins par terre avant de s'asseoir. D'ailleurs, en ce qui concerne le boa, il se souvint d'avoir ri, déjà, quand elle l'avait acheté, et de lui avoir expliqué qu'elle avait à peu près trente-cinq ans de trop pour mettre ça. Un signe, donc, là où une autre femme aurait laissé un mot.

Il décrocha l'Alpheton du mur (mur dont il ne parvenait pas à retrouver le souvenir à cet endroit), et il le posa contre celui du vestibule. C'était là un objet qu'il emporterait avec lui.

L'enlèvement des feuilles avait commencé à huit heures. Il avait écouté, au point du jour, dès les premières lueurs de l'aube qui avaient percé par cette lointaine fenêtre ouverte sur le monde. Au moment où ils avaient commencé, il passait assez de lumière pour qu'il lise l'heure sur sa montre.

Il n'avait ni faim ni soif, et ceci le perturba confusément, car cela semblait être une indication de ce que bientôt il allait avoir très, très soif. La perspective de la faim paraissait moins compter. S'il pleuvait, peut-être parviendrait-il à recueillir des gouttes sur sa langue. Mais quelle idée ! Il n'allait pas rester là en bas suffisamment longtemps pour cela.

La balayeuse annonça son arrivée dans un fracas suivi du vrombissement de l'aspiration. Le tout s'accompagnait d'un gémissement de sirène qui s'élevait puis retombait, et il comprit que, au lieu de balais et de balayettes, un aspirateur géant était à l'œuvre là-haut. Un homme seul devait manœuvrer la machine, estima-t-il, et il n'avait avec lui ni corde ni escabeau. Il se leva et se mit quand même à hurler, à lancer des « Hé ho ! » les premières fois, et puis des « Au secours ! Au secours ! ».

Il comprit bientôt qu'il était incapable de se faire entendre par-dessus les grondements et les plaintes de l'aspirateur et, au bout d'un petit moment, le bruit commença à décroître au fur et à mesure de sa progression dans l'allée des écuries. Il continua d'appeler et de marteler le mur avec ses poings et la perche.

Rien ne se passa. Personne ne vint. Jusqu'à cet instant, il n'avait jamais pensé à la maison d'à côté, au numéro 7 d'Orcadia Place, il avait à peine jeté un œil dessus lors de ses allées et venues, mais peu à peu, tandis que le gémissement de l'aspirateur se fondait dans le silence, la conviction lui vint qu'elle devait être vide la plupart du temps, que ses occupants possédaient peut-être également une maison de campagne et que, en temps ordinaire, c'était là-bas qu'ils habitaient. Le soir il y avait des lumières qui s'allumaient à l'intérieur, mais cela signifiait seulement qu'elles étaient commandées à certaines heures par un programmateur, comme dans la maison de Harriet.

D'autres gens allaient venir, sûrement, tôt ou tard. Des livreurs, un laitier, quelqu'un qui apportait les journaux ? Mais pas de ce côté-ci, pas sur l'arrière. Et, de toute façon, il avait fermé le portail au verrou, de l'intérieur. Il savait ce qu'il lui fallait faire. Il devait à tout prix survivre. Si ses sauveteurs reniflaient l'odeur et découvraient ceux qui étaient ici, en bas, avec lui, ainsi soit-il. Peut-être pourrait-il nier savoir quoi que ce soit sur leur compte, peut-être ne trouveraient-ils pas quel lien il avait avec Keith, à supposer même qu'ils découvrent qui était Keith. Et dans le cas contraire, en mettant les choses au pire, la prison était préférable à la mort.

Il se replia dans le réduit à charbon, refermant la porte derrière lui. Dans cette étroite cellule, il y avait plus d'air frais, il faisait plus doux. Rien que d'être en mesure de voir la lumière du jour, voilà qui était réconfortant, un pâle rayon de soleil vacillant qui dessinait une petite tache de lumière sur le mur de brique.

Tôt ou tard, peut-être pas avant l'heure du déjeuner, ou presque, quelqu'un allait venir chercher sa voiture dans l'allée des écuries. Il entendrait ses pas. Et puis il se mettrait à appeler à l'aide. Il beuglerait aussi fort qu'il pourrait et taperait dans le mur avec la perche. L'homme à l'aspirateur ne l'avait pas entendu à cause du bruit que faisait sa machine. Mais, dans le silence, il serait entendu. Maintenant qu'il s'était décidé à prendre le risque que l'on découvre les deux autres, il lui suffisait d'attendre que quelqu'un vienne.

En s'emmitouflant à nouveau dans la couverture, il s'assit

par terre, dos au mur. La tête appuyée contre ce mur, il commença d'échafauder une histoire qui tiendrait lieu de ligne de défense contre toutes les accusations que l'on pourrait formuler. Il s'occupait d'un travail pour Harriet, c'était ainsi qu'il justifierait sa présence ici. Elle ne pourrait pas le contredire, elle était morte. Il avait glissé et il était tombé dans le trou. La cave ? Il ignorait même qu'il y avait une cave. L'existence de ce réduit à charbon, c'était tout ce qu'il connaissait.

Ces pensées étaient réconfortantes, et elles le plongèrent dans le sommeil. Il n'avait pas fermé l'œil de toute la nuit, mais maintenant il pouvait dormir, avec la ferme certitude qu'il sortirait bientôt d'ici, libre, victime innocente d'un piège fait de feuilles détrempées.

Tandis qu'il inspectait la maison, l'expression du visage de Mildred n'avait pas cessé d'accompagner Franklin. Il ne faisait aucun doute qu'elle savait quelque chose. Il réexamina la pile de coussins, étudia le boa de plumes comme s'il avait pu s'y loger un indice parmi ses frondes écarlates et, renonçant à spéculer plus avant, sortit rendre visite à Mildred.

Ils n'avaient jamais été amis, n'avaient jamais échangé plus de quelques mots en passant, en voisins, bien qu'elle soit venue à la maison, croyait-il, prendre le café avec Harriet – un verre, plus vraisemblablement, connaissant Harriet –, mais elle l'accueillit à bras ouverts.

« Je ne suis pas du tout étonnée », lui confessa-t-elle quand il lui rapporta l'absence de son épouse, et elle le répéta encore à trois reprises. Elle lui adressa un regard en coin, jouant les saintes nitouches.

« Son jeune ami est resté là avec elle pendant... oh, au moins deux semaines.

– Son jeune ami ? s'écria Franklin, arrivant tout juste à réprimer un sourire.

– Keith Hill, c'est son nom. Très beau garçon. Il a une voiture américaine incroyable et quand cette voiture a disparu des écuries, je me suis dit... enfin, je n'ai pas pu m'empêcher de penser...

– Que Harriet et lui avaient filé à l'anglaise », compléta Franklin, avec un sourire radieux.

Mildred jugea ce sourire déplacé. Elle en fut presque choquée.

« Tony et moi, nous l'avons vu ici, hier soir. D'après moi, ils étaient tout juste sur le point de partir. Elle vous a sûrement laissé un mot ?

– Juste un boa en plumes », précisa Franklin.

Il regagna Orcadia Cottage, car il avait une dernière tâche à accomplir avant d'apporter l'heureuse nouvelle à Anthea. Pour la première fois, il avait remarqué que la porte de derrière n'était pas fermée à clef et que la clef manquait. Ce genre de négligence, c'était typique de Harriet. Il serait peut-être sage de sa part de faire changer les serrures.

Dehors, dans la cour, en marchant avec précaution pour éviter de glisser sur l'épaisse couche de feuilles, Franklin souleva la plaque. Pour son âge, il était fort, et il n'eut aucune difficulté à la traîner et à la replacer tranquillement sur la bouche. Puis il marcha dessus, deux ou trois pas sur place, pour s'assurer qu'elle était bien refermée, étanche à l'eau et à l'air.

Teddy dormait. Il rêvait d'une demeure en bois, mais cette fois il était à l'intérieur, progressant sous les poutres et les lambris, de chambre en chambre, humant une senteur aromatique de résine. Il avait dû beaucoup rapetisser, car il était en fait dans le buffet qu'il avait démembré. Les tours derrière lesquelles il se tenait, les yeux levés au travers de leurs flèches ajourées, étaient les fleurons qui ornaient ses rayonnages, et les galeries qu'il escaladait si laborieusement, ses tiroirs. Ses pilastres s'étaient changés en arcs-boutants, et maintenant il débouchait dans un cloître haut et sombre, que fermait la double rangée de balustrades courant sur tout le pourtour.

Le cloître se terminait sur une espèce de rebord de falaise. Il se tenait debout sur cette corniche noire et lustrée, regardant de là-haut, à perte de vue, une obscurité où tourbillonnaient de pâles colonnes de vapeur. Pour une raison ou une autre, il s'attendait à une apparition surgissant de ces profondeurs, pas Francine, mais un être du passé reculé. M. Chance, peut-être. Alors qu'il se tenait là, debout, écarquillant les yeux, dans l'attente d'un signe, d'une lueur de vie, d'un rai de lumière, il lui vint à l'esprit que, de tous les gens qu'il avait rencontrés

– Francine, ça ne comptait pas, Francine était différente –, M. Chance était le seul qu'il ait réellement bien aimé.

Mais il se détourna, sachant qu'il serait forcément déçu, et refit à pied le chemin par où il était venu, le long de ces corridors lambrissés, traversant ces chambres lambrissées, jusqu'au cœur de la demeure buffet, jusqu'à ce qu'il se retrouve dans une cellule étroite et sombre. Ce fut avec la fermeture de la porte derrière lui qu'il se réveilla.

Ou plutôt, il n'était pas sûr de s'être réveillé ou d'être encore endormi. Il s'était trouvé dans une cellule, et il était maintenant dans une autre, et dans une obscurité plus profonde encore. Le noir était absolu, aussi dense que l'intérieur d'un sac de toile. Et il avait le souffle court, l'air – ou cette atmosphère à peine respirable – l'enserrait, épais, nauséabond. Il y en avait trop peu pour autoriser la lutte, la pensée ou l'activité, aussi tira-t-il une fois encore la couverture sur sa tête et retomba-t-il dans le sommeil.

Le sommeil dont on ne se réveille pas.

39

JONATHAN NICHOLSON était un fonctionnaire de cinquante-cinq ans qui habitait dans Dawes Road, à Fulham, avec une épouse et trois enfants adolescents. C'était le neveu de son épouse, et non lui, qui était le propriétaire d'une voiture de sport rouge. Le neveu s'appelait Darren Curlew, il habitait à Chiswick et il avait une petite amie à Ealing. À cinq heures du matin, Darren Curlew fut emmené au poste de police, et il y était encore lorsque le soleil se leva, quand la lumière vint et que débutait une journée laborieuse.

Réduite au silence et retirée dans son monde intérieur, Francine n'était pas malheureuse. Elle avait le sentiment que, les mauvaises choses de son existence étant derrière elle, il y aurait bientôt un nouveau commencement. Son absence de parole la perturbait surtout parce que cela suscitait chez son père une grande affliction, et parce qu'elle ne pouvait pas téléphoner à Teddy. Quelque chose lui disait, une certitude et une confiance profondément ancrées en elle, que si elle restait calme et tranquille – et elle n'avait aucune envie d'être autrement –, la faculté de parler lui reviendrait et ne l'abandonnerait plus jamais.

À Teddy, elle écrivit plusieurs lettres, pas à Orcadia Cottage, où elle était de plus en plus sûre qu'il n'aurait jamais dû se trouver, mais à sa maison à lui. Elle ne reçut aucune réponse, bien qu'elle lui ait dit qu'il pouvait lui téléphoner et que son père parlerait pour elle. Il était en colère contre elle, se dit-elle plutôt tristement, parce qu'elle n'était pas revenue le voir quand elle le lui avait promis. Mais en réalité, elle ne s'était attendue à rien, si ce n'est à son silence, et cela ne fit que l'attrister, rien de plus. Entre eux, cela n'aurait jamais fonctionné, ils allaient très mal ensemble, et au départ ils n'avaient été attirés l'un vers l'autre que par leur jeunesse et leur apparence physique.

Elle dormait beaucoup, elle lisait, elle réfléchissait au passé. À son retour des Sulawesi, Holly vint la voir et lui parla des heures, sans s'attendre à recevoir des réponses. Miranda revint d'Apia, Isabel fit le trajet depuis Cambridge, et elles restèrent à ses côtés, lui racontèrent leurs vies aventureuses. Son père passa Noël avec elle, à la maison, tranquillement, et Flora vint les voir avec son mari tout neuf et leur petit garçon âgé de deux ans.

La première semaine de janvier, en jeune femme silencieuse tout de même capable de prendre le métro et de se servir d'un distributeur de tickets, elle se rendit à la maison de Teddy, à Neasden. Elle emporta avec elle la bague montée d'un diamant et de saphirs, enveloppée dans un mouchoir en papier et cachetée sous enveloppe. Avant de quitter la maison, et quoique incapable de lui parler, elle avait composé son numéro, mais juste pour savoir s'il était ou non chez lui. Il n'y eut pas de réponse.

Et il n'y eut pas de réponse quand elle sonna à la porte. Ce fut un soulagement, car elle n'aurait pas pu s'expliquer, elle n'aurait pu se défendre, elle ne pouvait qu'être passive et silencieuse. Alors elle glissa l'enveloppe dans la boîte aux lettres et reprit le chemin de son domicile.

Victorieuse lors de la seconde joute entre Harriet et elle-même, Anthea pouvait se permettre de se montrer généreuse. À son avis, Franklin devait faire de son mieux pour retrouver son épouse, même si, et c'était une possibilité, elle vivait heureuse quelque part avec Keith Hill. Franklin lui assura qu'il la retrouverait bien assez tôt. Dès qu'elle serait dans le besoin, et cela ne saurait tarder bien longtemps, elle serait joignable. Entre-temps, il mit Orcadia Cottage en vente. Après tout, cette maison lui appartenait. Il acheta une maison dans South Kensington, parce que Anthea avait toujours voulu habiter là-bas. Vu sa situation, elle avait un vrai grand jardin, dont il pourrait prendre soin et où De Valera pourrait courir partout. Avant même que les contrats ne fussent signés, il déménagea les plus beaux meubles d'Orcadia Cottage, y compris le lit à baldaquin et le nouveau miroir.

Les investigations de la police ne tardèrent pas à mettre Darren Curlew et Jonathan Nicholson hors de cause, et aucun élément nouveau ne permit de découvrir qui était le responsable de la mort de Julia. Son enterrement eut enfin lieu, dans la deuxième semaine de janvier.

L'Edsel fut d'abord immobilisée par un sabot, puis enlevée. Par la suite, on put établir qu'elle était la propriété de Keith Brex. Mais, selon Nigel Hewlett et Marguerite Palmer, les occupants de la maison voisine, il n'habitait plus là depuis des mois, depuis presque un an, maintenant. Ils déclarèrent à la police qu'il était parti s'installer à Liphook, mais ils ignoraient à quelle adresse. Teddy, son neveu, le saurait, lui. Teddy avait partagé la maison avec son oncle mais, lui non plus, on ne l'avait plus revu depuis longtemps.

« Depuis octobre, non, Nige ? se demanda Marguerite Palmer. Non, je me trompe, c'était en novembre. Le 20, l'anniversaire de ta mère, parce qu'elle est passée ici et elle a dit : "Et alors, où est-elle cette voiture ?", et j'ai dit qu'il l'avait emmenée la veille au soir et qu'il n'était pas revenu.

– Et il n'est jamais revenu, précisa Nigel Hewlett. Sa grand-mère est passée plusieurs fois faire un saut, mais ça ne sert à rien que vous lui demandiez, elle ne sait pas non plus ce qu'il est devenu. »

Le pressing de Notting Hill Gate suivit sa politique habituelle concernant les vêtements nettoyés que les clients omettaient de retirer, il les conservait trois mois, puis il les mettait en vente. Les tailleurs de chez Versace et Lacroix qui avaient appartenu à Harriet furent accrochés à un portant, sur le trottoir, à côté des chemisiers C & A et des pantalons Littlewoods. La seule concession de la boutique fut de les proposer à cinq livres pièce au lieu du tarif normal d'une livre cinquante. Même à ce prix plus élevé, on ne fut pas long à se les arracher.

Absorbé par ses nouvelles difficultés, Richard avait presque oublié cet étrange entretien qu'il avait eu avec un commissaire de police judiciaire et un inspecteur principal, quelques jours avant la mort de Julia. Il aurait pu ne jamais s'en souvenir, s'il n'y avait eu cette idée qui lui était venue en tête, un soir à minuit, quand, comme c'était fréquemment le cas chez lui, il ne parvenait pas à trouver le sommeil. Supposons que le même homme ait tué ses deux épouses ? Supposons que l'intention première du meurtrier n'ait pas été de les détruire, elles, mais bien plutôt lui ?

C'était là une pensée épouvantable, et pourtant un rai de lumière perçait dans toute cette noirceur. Car si une haine personnellement dirigée contre lui avait bien été le mobile, ce ne pouvait être une confusion entre les deux docteurs Hill qui avait amené le tueur jusqu'à sa maison.

Dans la matinée, il téléphona à la police. Ils lui répondirent, sans condescendance aucune, mais avec patience, que sa théorie leur était venue à l'esprit dès le début. Le policier mentionna l'inspecteur avec qui Richard s'était entretenu auparavant.

« Il a quelque chose à vous dire. Nous étions sur le point de vous passer un coup de fil. »

« Pourquoi ? leur redemanda Richard quand il se retrouva assis dans le bureau de l'inspecteur. Puisque vous n'avez trouvé personne pour aucun de ces deux meurtres, comment pouvez-vous être aussi sûrs que le même homme n'est pas responsable des deux ?

– Pour le meurtre de Jennifer Hill, nous avons trouvé quelqu'un. »

Souvent, face à certaines révélations, nos réactions sont très différentes de ce que nous aurions cru. Richard ne comprenait pas pourquoi il rougissait au moment où on lui annonçait que l'on avait trouvé le meurtrier de sa femme. Il se serait attendu à trembler. Mais le sang et une bouffée de chaleur lui montèrent au visage, et il sentit sa lèvre supérieure se couvrir d'une perle de sueur.

« Avez-vous procédé à une arrestation ? » demanda-t-il.

Un mouvement de la tête, un regard légèrement embarrassé – était-ce le fruit de son imagination ?

« Depuis la mort de votre épouse, on a réalisé des progrès considérables dans les techniques d'analyse de l'ADN, docteur

Hill. Si on en avait disposé à l'époque de l'enquête, le criminel aurait été découvert dans les quelques jours qui ont suivi le meurtre. Cela ne fait aucun doute. »

Déconcerté, Richard ne dit rien.

« Ce sont là des choses qu'il est pénible d'évoquer, même après autant de temps, je le sais. On a trouvé des cheveux sur les vêtements de votre épouse, en dehors des siens, des cheveux courts, châtain clair. On a pu maintenant établir à qui correspondait leur ADN.

– Mais pourquoi ? Comment ?

– Docteur Hill...

– Au nom du ciel, ne m'appelez pas comme ça ! »

Richard n'avait jamais expliqué ses sentiments à la police, il n'en avait parlé qu'à David Stanark et à Julia, mais à présent il s'y résolvait.

« C'est parce que je me suis fait appeler "docteur" dans l'annuaire que ma femme a été tuée. Ma maison a été confondue avec la maison d'un autre docteur Hill.

– Non, non, ce n'est pas cela. C'est l'hypothèse que l'on avait formulée à l'époque, mais c'était une erreur. Je suis désolé d'avoir à vous l'apprendre, doc... euh... monsieur Hill, mais votre épouse avait une liaison avec un autre homme, et c'est lui qui l'a tuée. Il l'a tuée parce qu'elle voulait mettre un terme à leur relation. Après l'avoir abattue, il est monté au premier pour chercher les lettres qu'il lui avait écrites, et sans doute les a-t-il trouvées, parce que nous, jamais. »

Alors Richard réagit comme il l'avait prévu dans ses rêves et dans ses fantasmes. Il frissonnait et ses mains tremblaient. Mais il retrouva sa voix et parvint à formuler des questions :

« Pourquoi maintenant ? Comment se fait-il que vous sachiez tout ça maintenant ? Que ça tombe de nulle part...

– Parce que cet homme est mort. Avant de mourir, il a avoué une partie de tout ceci à sa femme. C'était plus qu'elle n'en pouvait supporter, et elle l'a quitté. Je pense, si cela peut vous être d'une quelconque consolation, qu'il en a éprouvé de grands remords pendant des années. Et pas seulement pour le meurtre...

– Je ne comprends pas.

– Disons, de vous avoir trompé, pas seulement avec votre femme, mais après coup, pour s'être procuré un alibi tout en vous en fournissant un. Pour avoir établi avec vous une relation d'amitié, et aussi dès le début... on peut le supposer... de vous avoir conseillé.

– Je n'y crois pas, s'écria Richard, ce qui signifiait, comme souvent quand les gens disent cela, qu'il n'y croyait que trop.

– Quand il s'est présenté à la porte de chez vous, votre fille a reconnu le sommet de son crâne.

– Il y a eu plusieurs hommes dont ma fille a reconnu, ou cru reconnaître, le sommet du crâne quand ils se sont présentés à la porte de chez nous.

– Dans le cas de David Stanark, répliqua l'inspecteur, elle avait raison. »

Le choc que cela représenta d'apprendre la vérité rendit sa voix à Francine. Richard avait hésité à le lui dire, mais avait finalement conclu qu'il ne serait pas bon de lui taire cette vérité. Ç'aurait été une tout autre affaire si, à l'époque, en cet instant, elle ne s'était pas trouvée dans la maison, si on ne l'avait pas contrainte à participer à une séance d'identification, si on ne l'avait pas fait si longtemps souffrir des conséquences de ce crime, comme il en avait souffert lui aussi.

On s'était déchargé du poids d'une culpabilité. La dernière chose qu'il voulait, c'était d'en endosser une autre, celle d'avoir abusé Francine et de laisser perdurer cette tromperie pour le restant de son existence d'homme.

Francine le stupéfia.

« C'est moi qui ai trouvé les lettres, lui annonça-t-elle. Elles se trouvaient dans le placard à perruques. Je les ai apportées ici et je les ai cachées. »

Il sentit sa poitrine se contracter douloureusement, comme si quelqu'un venait de le frapper en pleine poitrine. Il avait la voix rauque quand il demanda :

« Tu les as lues ?

– Je n'étais pas capable de lire une écriture avec les lettres attachées. »

Elle réussit à sourire.

« De l'écriture manuscrite. À l'époque, j'ai pu avoir peur de les lire. Je pense que, même alors, je savais que c'étaient des choses qu'on ne devait pas lire.

– Tu les as gardées ?

– Je les ai jetées. Dans la poubelle de la cour, à l'école. »

Ils n'en dirent pas plus. Richard trouvait déplacé et humiliant de discuter avec sa fille de dix-huit ans de la liaison amoureuse de sa mère. Avec humilité, Francine jugea que, pour l'heure, elle en savait trop peu sur l'amour et le sexe pour émettre des jugements, ou même un commentaire. Peut-être, si elle avait montré les lettres à son père, sa vie aurait-elle été différente. D'un autre côté, quelles que soient les circonstances, la pauvre Julia aurait été femme à trouver un prétexte pour l'emprisonner et la protéger.

En revanche, elle ne se priva pas de profiter de l'avantage qu'elle semblait avoir acquis pour demander à son père si elle pouvait partir avec Holly faire un voyage dont le but était d'effectuer des recherches sur l'évolution des crabes terrestres de Trinidad et si, à leur retour, elle pourrait partager son appartement jusqu'à leur départ pour Oxford à toutes les deux. En réalité, elle ne le lui demanda pas, pas tout à fait : elle lui fit part de son intention, mais avec tellement de ménagement qu'il crut qu'elle lui demandait la permission. Il la lui accorda avec joie.

Des prospectus, voilà ce qui, pour l'essentiel, s'accumulait dans la boîte aux lettres, des publicités pour des restaurants et des sociétés de location de voitures, des nettoyeurs de moquettes et des plombiers. Pour ces derniers, cela revenait à porter de l'eau à la rivière, c'était l'avis d'Agnes Tawton, même si aucun plombier n'habitait plus ici. Elle avait pris l'habitude de venir faire un saut une fois par semaine pour relever le courrier et jeter un œil sur d'éventuels petits détails sans grande importance dont personne ne se serait occupé.

Un chèque de cent livres d'une certaine Marjorie J. Trent à l'ordre de T. Brex ne lui fut d'aucune utilité. Elle n'avait pas de compte en banque. Le seul autre élément intéressant, c'était une bague dans une enveloppe. Sans l'avoir vue depuis des années, Agnes reconnut la bague de fiançailles de sa fille.

La seule bonne chose à faire avec une bague, c'est de la passer à un doigt, et c'est ce que fit Agnes, au petit doigt de sa main gauche, tous les autres étant trop gros. Elle avait toujours assez mauvaise opinion de son gendre, aussi douta-t-elle que la bague puisse avoir beaucoup de valeur – il l'avait probablement ramassée sur le marché de Wembley pour deux-trois livres.

Mais elle la garda sur elle. Son amie Gladys lui dit qu'elle était « habillée », aussi la porta-t-elle pour la sortie de printemps des plus de soixante ans, à Felixstowe. Après avoir pris le thé dans un restaurant sur le bord de mer, elle se rendit aux toilettes des dames pour se poudrer le nez et se laver les mains. Agnes n'avait jamais possédé de bague de fiançailles et, en cet instant, si tard dans sa vie, retirer la bague et la poser à côté du lavabo, comme toutes les autres dames alignées devant tous les autres lavabos, lui donna un frisson de plaisir.

Il n'y avait pas de serviettes, rien d'autre que ces séchoirs automatiques qui soufflaient de l'air chaud, et qui le soufflaient lentement. Un seul fonctionnait, et Agnes dut faire la queue. Le temps que ses mains soient sèches, Gladys lui criait de se dépêcher, le car s'en allait, et elle sortit en trottant, quelque peu agitée, laissant la bague à côté du lavabo.

Dans leurs annonces, les agents immobiliers décrivirent Orcadia Cottage comme « l'élégante demeure immortalisée par l'œuvre d'art de renommée mondiale de Simon Alpheton », même si la photographie qu'ils avaient prise ne ressemblait pas au tableau. Au creux de l'hiver, Orcadia Cottage révélait son être véritable, sa forme et ses proportions. La brique couleur lie-de-vin, d'ordinaire dissimulée derrière des guirlandes vertes, or et cramoisies, n'était plus voilée que par un maillage de fines vrilles de couleur rousse, comme des toiles qu'aurait tissées une araignée rouge. D'après Anthea qui, c'était bien normal, avait toujours détesté l'endroit, on aurait dit que la maison avait retiré ses vêtements et se montrait debout dans ses dessous sales.

Mais Franklin en reçut bientôt une offre. Les acheteurs, un homme d'affaires américain et son épouse, voulaient emménager rapidement. Quand Franklin leur proposa l'état des lieux que ses experts avaient établi trente ans plus tôt, c'est volontiers qu'ils se dispensèrent d'en établir un autre.

Après tout, la maison était là depuis deux cents ans, et il était peu probable qu'elle s'écroule tout de suite.

Dans la collection
« Suspense »

AMBROSE David
Cyber Killer, 1997

DEAVER Jeffery
Dix-Huit Heures pour mourir, 1996
Le Désosseur (Bone Collector), 1998
Tir à l'aveugle, 2000

DIBDIN Michael
Coups tordus, 1993
Spectre noir, 1996

EVANS Penelope
La Locataire, 1996
Voyage au cœur des ténèbres, 1998

FRANCIS Dick
À couteaux tirés, 1996

GERRITSEN Tess
Donneur sain, 1997
Fonctions vitales, 1999

HEGARTY Frances
Jeux d'enfants, 1992
Peinture au couteau, 1994

HIGHSMITH Patricia
L'Inconnu du Nord-Express, 1952
Monsieur Ripley (Plein Soleil, Le Talentueux Mr Ripley), 1957, 1980, 2000
Eaux profondes, 1958
Le Meurtrier, 1960
Jeu pour les vivants, 1963
Le Cri du hibou, 1964-1987
Ce mal étrange (Dites-lui que je l'aime), 1966
Ceux qui prennent le large, 1968
L'Empreinte du faux, 1969
Ripley et les ombres, 1970
La Rançon du chien, 1972
Ripley s'amuse (L'Ami américain), 1974-1982
L'Amateur d'escargots, 1975
Le Rat de Venise et autres histoires de criminalité animale à l'intention des amis des bêtes, 1977
Le Journal d'Édith, 1978-1991
L'Épouvantail, 1979
Sur les pas de Ripley, 1980
La Proie du chat, 1981
Les Deux Visages de Janvier, 1982
Le Jardin des disparus, 1982
Ces gens qui frappent à la porte, 1983
L'Homme qui racontait des histoires, 1983
Les Sirènes du golf, 1984
La Cellule de verre, 1984-1991
Carol (Les Eaux dérobées), 1985-1990
Une créature de rêve, 1986
Catastrophes, 1988
Les Cadavres exquis, 1990
Ripley entre deux eaux, 1992
Small g, 1995
On ne peut compter sur personne (nouvelles), 1996

KENNEY Charles
Le Code Hammourabi, 1996

KORELITZ Jean Hanff
Un jury sur mesure, 1996

MARSHALL SMITH Michael
Frères de chair, 1998
La Proie des rêves, 1999

NOLL Ingrid
Rien que pour moi, 1996
La Tête de nos amants, 1997
Confessions d'une pharmacienne, 1999

PARSONS Julie
En mémoire de Mary, 1999

RENDELL Ruth
Un enfant pour un autre, 1986
L'Homme à la tortue, 1987
Vera va mourir, 1987
L'Été de Trapellune, 1988
La Gueule du loup, 1989
La Maison aux escaliers, 1989
L'Arbre à fièvre (nouvelles), 1991
La Demoiselle d'honneur, 1991
Volets clos (nouvelles), 1992
Fausse Route, 1993
Plumes de sang (nouvelles), 1993
Le Goût du risque, 1994
Le Journal d'Asta, 1994
L'Oiseau-crocodile, 1995
Une mort obsédante, 1996
En toute honnêteté (nouvelles), 1996
Noces de feu, 1997
Regent's Park, 1998
Jeux de mains, 1999

SEE Lisa
La Mort scarabée, 1998

VINE Barbara
Ravissements, 1991
Le Tapis du roi Salomon, 1992

WALKER Mary Willis
Cri rouge, 1997
Statues de sang, 1997
La Loi des morts, 1998

Photocomposition CMB Graphic
(Saint-Herblain)
Achevé d'imprimer en mars 2000
par Firmin-Didot
(Mesnil-sur-l'Estrée)
pour le compte des Éditions Calmann-Lévy
3, rue Auber, Paris 9e

Imprimé en France
Dépôt légal : avril 2000
N° d'éditeur : 12954/01 – N° d'impression : 50573